Sommaire

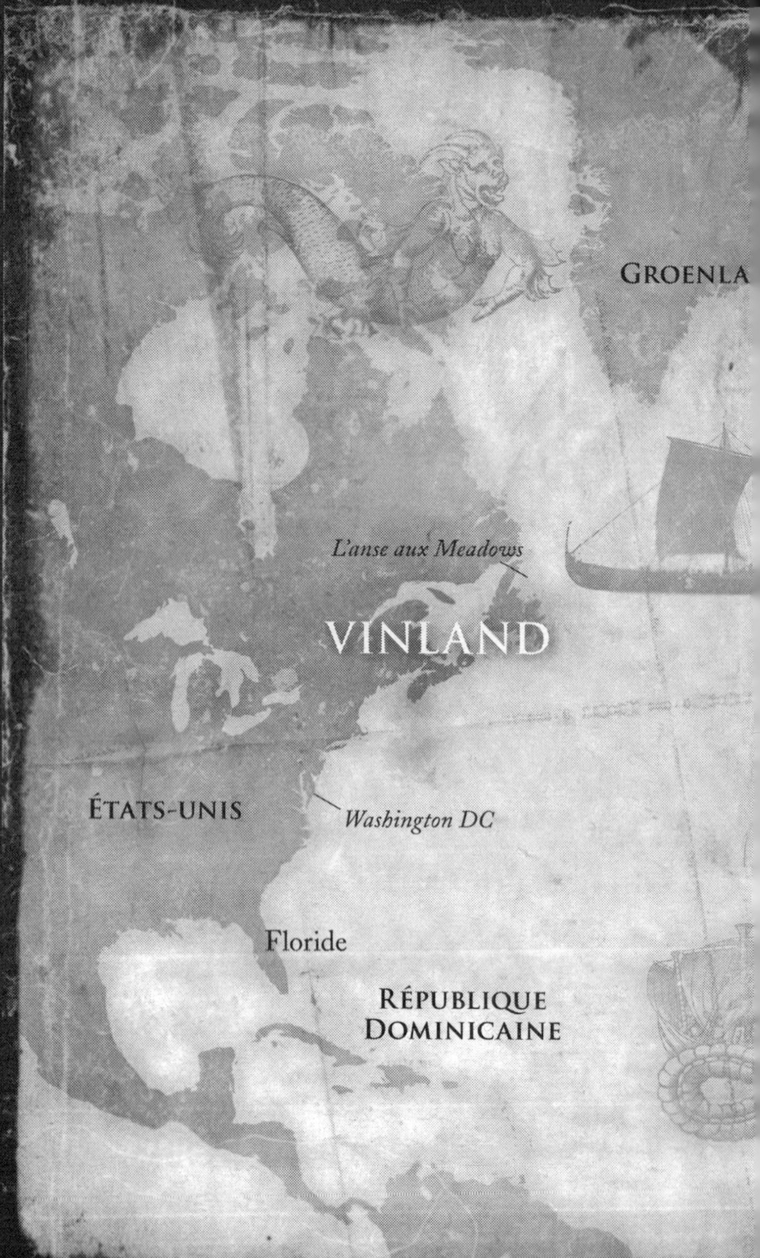
GROENLA
L'anse aux Meadows
VINLAND
ÉTATS-UNIS
Washington DC
Floride
RÉPUBLIQUE
DOMINICAINE

LANDE
NORVÈGE
SUÈDE
DANEMARK
ANGLETERRE
Normandie
Rouen
FRANCE
Pampelune
Provence
Ebro
ITALIE
ESPAGNE
Rome
PORTUGAL
Cadix
LE CALICAT
NORD-AFRICAIN
Jerusalem
Alexandrie
ÉGYPTE
Louxor/Thèbes
Nil

Ankh égyptien

Rune T – Tyr

Croix chrétienne

Pentagramme

Moïse, serviteur de l'Éternel, mourut là, dans le pays de Moab, selon la parole de l'Éternel. Et il l'enterra dans la vallée, dans le pays de Moab, vis-à-vis de Beth-Péor, et personne ne connaît son sépulcre, jusqu'à aujourd'hui.

Deutéronome

Ma crypte est ouverte, et la lumière afflue dans l'obscurité. L'œil d'Horus me rend sacré et Osiris, lui qui reste parfait après sa mort, m'embrasse.

Le livre des morts des anciens égyptiens

Tore Hund alla là où se trouvait le corps d'Olav, le lava, l'étendit, l'arrangea et le couvrit d'un drap, et lorsqu'il essuya le sang de son visage, relata-t-il par la suite, le teint du roi était très animé, il avait les joues roses de quelqu'un qui dort et son visage était bien plus lumineux qu'il ne l'avait été pendant qu'il était en vie.

Snorri

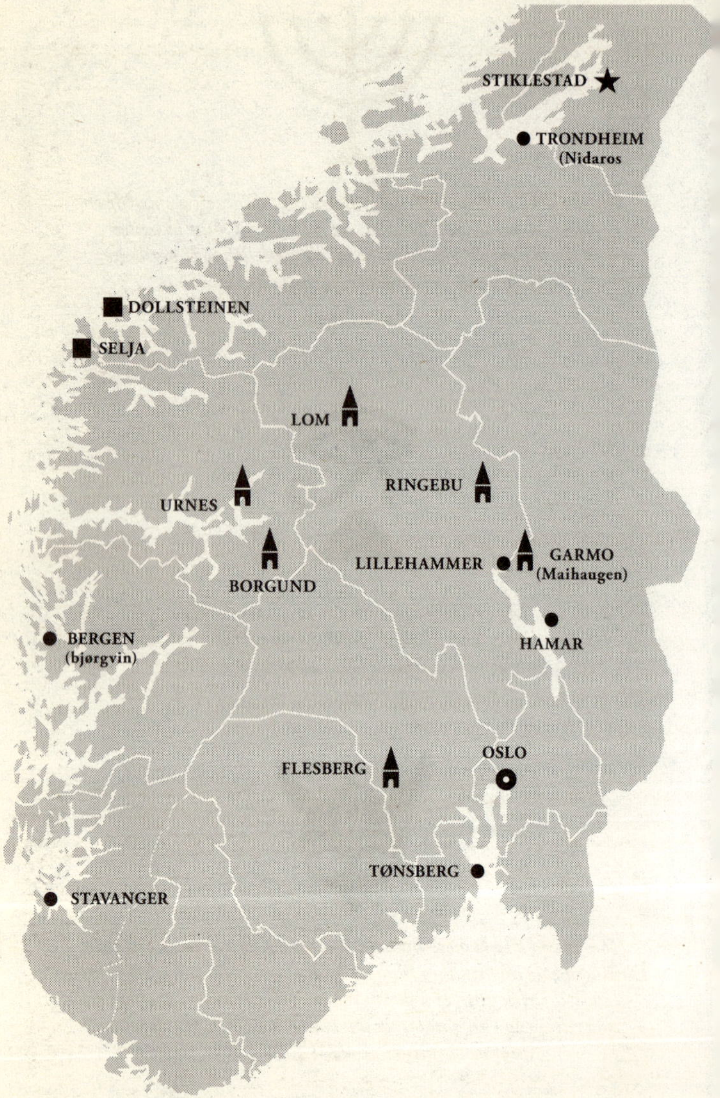
STIKLESTAD
TRONDHEIM
(Nidaros
DOLLSTEINEN
SELJA
LOM
RINGEBU
URNES
BORGUND
LILLEHAMMER
GARMO
(Maihaugen)
HAMAR
BERGEN
(bjørgvin)
OSLO
FLESBERG
TØNSBERG
STAVANGER

PROLOGUE

☥ ↑ †

Il n'y a qu'un pas entre moi et la mort.

Premier livre de Samuel

C'est pourquoi la sagesse de Dieu a dit :
Je leur enverrai des prophètes et des apôtres ;
ils tueront les uns et persécuteront les autres.

Évangile selon Luc

Égypte
an 1360 avant Jésus-Christ

Il porta lentement la coupe de poison à ses lèvres. Au pied du palais, à travers les voiles de chaleur, il aperçut le Nil qui étincelait. Dans le ciel dégagé, le soleil chatoyait comme du cuivre en fusion. Au loin, la poussière du désert formait une voûte de brume gris brunâtre.

Des filets de sueur ruisselaient dans sa nuque et son dos. Le sable collait à sa peau, telle une croûte récalcitrante.

Ils avaient beau avoir mélangé le poison avec du miel et du vin, la mixture dégageait une forte amertume.

Ils l'avaient laissé choisir comment il souhaitait mourir.

À présent, ces vizirs, ces grands prêtres, ces fonctionnaires et ces généraux l'encerclaient, attendant qu'il vide sa coupe. Seuls manquaient Pharaon et la reine. Mais ils ne viendraient pas.

Une colombe blanche passa devant la fenêtre en battant des ailes, occultant passagèrement le soleil.

Il suivit l'oiseau du regard avant d'incliner la coupe et de boire.

PARCHEMIN NORROIS, AN 1050 (INTÉGRÉ DANS LE *CODEX SNORRI* EN L'AN 1240)

Prends garde, lecteur des runes secrètes. Les tourments de Duât, de Helheim et de l'Enfer t'attendent, toi qui sans autorisation déchiffres les énigmes des signes.

Élu, toi qui protèges le secret de ton honneur et de ta vie. Tes aides divins Osiris, Odin et le Christ suivent tes pas. Gloire à Amon !

Norvège, an 1070

Dans la fraîcheur de sa cellule du monastère accroché au rocher, le vieux Viking toussa en regardant par la lucarne. Un imposant banc de brouillard venait de la haute mer, mais le vieillard étant presque aveugle, il ne le vit pas. Au bord de l'eau, entre galets et algues, les goélands criaient autour de la carcasse en décomposition d'un veau marin. Il se racla la gorge et recourba ses doigts goutteux autour de la plume :

Odin, donne-moi de la force !

Mes mains tremblent et mes doigts crochus ressemblent aux serres d'un aigle. Mes ongles sont pointus et fendus, mon souffle est un râle sifflant.

Mon regard, qui autrefois pouvait repérer une buse sous les nuages ou le drapeau du grand mât d'un navire derrière l'horizon, est prisonnier d'une brume éternelle. Ce n'est qu'en approchant le visage tout contre le parchemin que j'entrevois les traits vagues de l'encre. J'entends la plume gratter la peau et je sens l'odeur du tanin. C'est ainsi de souffrir la lente mort de la vieillesse.

Brage, donne-moi le cœur de fixer mes souvenirs sur ce parchemin blanc ! Plus de quarante années se sont écoulées depuis le jour où mon seigneur et roi, l'homme que l'on appelle *Óláfr hinn helgi*, saint Olav, périt sous les coups d'épée à Stiklestad. J'étais son écuyer et son ami. Je le vois encore tel qu'il se tenait, sans peur et ferme dans sa foi, lorsque Kalv lui donna le coup de grâce. Il avait trouvé son dieu, mon roi.

Pour plaire à mon seigneur, je m'étais fait baptiser au nom du Christ blanc. Mais toutes ces années durant, j'ai prié secrètement les dieux des pères. Je n'ai jamais osé avouer ma trahison à Olav. En secret, je louais Odin et Tor, Balder et Brage, Freyr et Freyja. Mes dieux à moi m'ont soutenu toute ma vie durant. Qu'a fait le Christ blanc pour mon roi ? Où était le dieu d'Olav lorsqu'il combattit au nom du Seigneur à Stiklestad ? Mes dieux à moi ont épargné ma vie. Ils m'ont laissé vivre si longtemps que mon corps se décompose. Mes viscères se putréfient. La chair se détache de mes os. Jamais les portes du Walhalla ne se sont ouvertes à moi. Mais une question me ronge : pourquoi ne m'ont-ils pas fait mourir au combat ? Lors de nos expéditions dans des empires lointains, lorsque, jeunes poulains, Olav et moi nous battions, j'ai regardé la mort dans les yeux. Mais jamais les Valkyries ne sont venues me chercher. Je sens encore la soif de sang et la sauvagerie qui s'emparaient de moi chaque fois que nous approchions de rivages étrangers. Je voyais les trésors qui nous attendaient, la peur dans les yeux de l'ennemi, les gorges pâles et les cuisses des femmes que nous déshonorions. Nous luttions courageusement, comme nos pères et les pères de nos pères nous l'avaient appris. À combien de vies avons-nous mis fin ? Plus qu'on ne peut en compter sur les doigts de mille hommes. Je vois encore en moi les regards des hommes que j'ai massacrés au service du roi Olav. Nous capturions des hommes et des femmes et les vendions comme esclaves et courtisanes. Nous incendiions des maisons et mettions les villages à sac. Tel était l'usage.

Pendant ses dernières années, Olav fut tourmenté par le repentir. Il priait son dieu de le pardonner. Son dieu ne respectait pas le combat honorable. Si les sujets de ce dieu le suppliaient en joignant les mains, il passait sur les péchés qui les torturaient. Mais seulement s'ils l'adoraient. Hypocrisie ! Je n'ai jamais compris ce dieu pas plus que son fils. C'est pourquoi je continue de faire des offrandes à Odin et Tor, et à Brage, le dieu de la poésie et de l'art du scalde. On m'appelle Bård le Scalde. Aucun de mes poèmes n'a été consigné par écrit ; ils survivent simplement sur les lèvres d'autres hommes.

Dans le monastère de pierre où l'on s'occupe de moi, et où je vis depuis une bonne vingtaine d'années, on me traite comme un saint puisque j'étais proche du roi Olav et d'Asim l'Égyptien. À présent, ils reposent tous deux dans la crypte cachée d'Asim, avec les trésors et les rouleaux que seul Asim était capable de lire. Pendant vingt-cinq ans, de l'époque où nous étions jeunes garçons jusqu'au jour où la vie le quitta sous le cuisant soleil de juillet, dans le Trøndelag, je suis resté fidèlement aux côtés du roi. Je suis vieux à présent et je veux coucher, sur le meilleur parchemin que le monastère puisse trouver, à la plume d'oiseau et à l'encre fluide, un secret remontant à la vie que je partageais avec mon roi. Avant de mourir, je veux raconter l'histoire d'une expédition au temple de dieux étrangers, dans l'empire du soleil.

L'ancien jeta encore un regard en direction de la lucarne. Le brouillard enveloppait le monastère. Les goélands s'étaient tus. Il relut les mots qu'il avait écrits. Les runes couvraient le parchemin blanc en lignes symétriques. Il se mit péniblement sur ses jambes et se traîna jusqu'à la lucarne, où il reposa ses coudes sur le rebord en plongeant les yeux dans ses souvenirs. Le parfum salé de la mer ramena ses pensées à sa jeunesse, quand il s'était tenu à la proue du bateau viking Havørnen, *l'aigle des mers, avec le roi Olav, les cheveux flottant au vent et les yeux tournés vers des empires inconnus.*

Bâton runique
Église en bois debout d'Urnes

Le culte sacré
Des dignes GARDIENS
D'Amon-Rê
Connaît le retentissant secret
Des runes

Vatican, an 1128

Le cardinal-évêque Benedictus Secundus blêmit à la lueur des lampes à huile de foie de morue fumantes. Il balança le lot de parchemins sur la table et vissa son regard sur l'archiviste.

— Pourquoi ne me présente-t-on ce texte que maintenant ?

— Éminence ! Le document copte se trouvait parmi de nombreux textes saisis par le Vatican depuis plus d'un siècle. Ils sont restés intacts dans les entrepôts depuis lors, jusqu'à ce que le préfet Scannabecchi ordonne qu'on les classe. Ce texte copte est l'un des nombreux textes que nous avons récemment fait traduire. Nous ne soupçonnions pas le moins du monde…

L'archiviste hésita, promenant son regard du cardinal-évêque à Clemens de Fieschi, le fidèle chevalier du pape, qui restait comme une ombre dans le demi-jour.

— … la nature du texte.

— Qui est l'auteur de la traduction copte ?

— Un Égyptien, Éminence…

— J'aurais pu m'en douter.

— … un certain grand prêtre du nom d'Asim.

— Où est le texte original ?

— À notre connaissance, le papyrus se trouve en… Norvège.

Le regard du cardinal-évêque devint vague, perdu.

— *Noruega*, répéta l'archiviste : le pays de la neige. Loin au nord.

— *Noruega*.

Le cardinal-évêque fit un effort pour ne pas perdre son calme.

— Comment une collection d'écrits sacrés a-t-elle pu échouer chez ces… *barbares* ?

— Nous l'ignorons, chuchota l'archiviste.

— Je suppose qu'il est inutile que je vous explique à quel point il est primordial que le Vatican mette la main sur l'original ?

— C'est pourquoi je vous ai fait appeler, Éminence.

Le cardinal-évêque se tourna vers Clemens de Fieschi :

— Je veux que vous partiez à la recherche de l'original et que vous le trouviez ! Dans ce… pays. *Noruega*.

Clemens de Fieschi sortit de la pénombre avec une légère courbette.

— Éminence, protesta l'archiviste en feuilletant la pile de parchemins jusqu'à ce qu'il trouve ce qu'il cherchait, les indications d'Asim l'Égyptien ne donnent que des approximations de…

— Trouvez-le ! coupa le cardinal-évêque, le regard toujours rivé à De Fieschi. Et ramenez-le !

— Éminence… répondit De Fieschi en s'inclinant encore.

Les flammes des lampes vacillèrent sous le mouvement de sa cape. Ils entendirent les pas s'éloigner et la porte claquer.

— De Fieschi doit impérativement trouver l'original ! s'exclama le cardinal-évêque, plus pour lui-même que pour l'archiviste. Si ce manuscrit tombe entre de mauvaises mains…

— Cela ne doit pas se produire.

— Pas un mot ! À quiconque !

Le cardinal-évêque coula un regard le long des rayonnages d'archives qui débordaient de parchemins, manuscrits, documents, lettres et cartes, du plancher au plafond.

Il joignit les mains et, avec les mots « Seigneur Dieu, aidez-nous à trouver le papyrus », abandonna l'archiviste à la peur et à la fumée des lampes à huile.

Inscription tombale
monastère de Lyse
an 1146

ᚼᛁᚱ:ᚼᚢᛁᛚᛁᚱ:ᛌᛁᚱᛆ:ᚱᚢᛏᚮᛚᚠᚱ

HIR:HUILIR : SIRA:RUTOLFR

Ici repose sira Rudolf[1]

Extrait du *Codex Snorri*
an 1240

Honorable GARDIEN
Qui interprètes les énigmes des signes
Seul tu trouveras la pierre runique
Dans le dernier sépulcre du pentagramme
Où repose l'évêque Rudolf

1. Sira : ancien titre donné aux ecclésiastiques, toujours en usage en Islande. (*NDT*)

Islande, an 1241

La nuit où ils vinrent le tuer, il resta longtemps dans la cour à contempler les étoiles. Quelque chose le tourmentait. Une intuition. Il frissonna dans le vent du nord. Il avait passé plus d'une heure dehors dans son bain chaud avant de se sécher et de s'habiller. Au-dessus du toit de la maison, il vit le clair de lune étinceler dans la vapeur du bassin ; son reflet brasillant évoquait un peu une aurore boréale. Il râpa ses doigts dans sa barbe grise et donna un coup de botte dans une touffe d'herbe fanée. Il détestait ces vagues de froid qui saisissaient l'âme. Il lui restait tant de choses à accomplir. Le poids des ans ne lui pesait pas. Non, pas du tout. Il était rapide et vif comme un agneau de printemps. Une étoile filante lacéra le ciel.

Un présage ? se demanda-t-il. Il emplit ses poumons d'air et y retint le froid. Quelque part à la ferme, un chien aboya. Dans l'écurie, un cheval renâcla.

Puis le monde se tut de nouveau.

Bon, murmura-t-il pour lui-même, bon, bon, bon.

Il monta l'escalier dont la septième marche grinçait. Après s'être enfermé dans sa chambre, il s'assit lourdement sur le lit, sur les peaux que la servante avait secouées et repliées. Ainsi s'endormit-il, tout habillé, la tête contre les rondins grossiers du mur du fronton.

***

Hennissements. Cris. Un portail en bois qui cède, craque, se brise. Quelqu'un rugit un nom. Son nom.

Les bruits se mêlaient à son rêve. Ses paupières vibrèrent. Puis, soudain, il fut parfaitement réveillé. Entendant du vacarme dehors, il se releva brusquement et dut s'accrocher au montant du lit pour éviter de perdre l'équilibre. Il regarda par une lucarne. La cour fourmillait d'hommes armés. Parmi eux, à la lueur des flambeaux, il entrevit Gissur. Son visage se crispa. Gissur ! Dans un accès de légèreté, il avait permis le mariage de sa fille Ingibjørg avec ce chien. Était-ce ce soupçon qui l'avait rongé ? Gissur et lui étaient d'amers ennemis. Mais à ce point ? Quoiqu'il ne fallût pas s'attendre à autre chose de la part d'un misérable qui servait le roi de Norvège. Son cœur battait fort. Mais la mort ne peut survenir par une nuit pareille, songeait-il, pas par une nuit d'automne aussi paisible et étoilée…

Il ouvrit le coffre contre le mur et fouilla entre les vêtements épais jusqu'à ce que ses doigts trouvent le mécanisme de fermeture du compartiment secret. Le verrou s'ouvrit d'un coup. Sa main se referma autour des parchemins roulés : ceux-ci ne devaient jamais tomber entre les mains de Gissur et du roi de Norvège ! Il glissa le rouleau de parchemins sous son sarrau avant de descendre l'escalier sur la pointe des pieds pour rejoindre le passage. À l'abri de l'obscurité, il se faufila le long de la rangée de maisons et alla trouver le prêtre Arnbjørn. Le prêtre était assis sur son lit, la peau remontée jusqu'au menton. Il poussa un soupir de soulagement en reconnaissant le chef.

— Qui…

— Gissur et ses hommes !

— Gissur ! s'écria le prêtre en se signant avant de tituber hors de son lit. Il faut que tu te caches ! Je sais où ! Dans la galerie souterraine. Dans le réduit où…

— D'abord, il faut que tu promettes de m'aider.

Ses paroles avaient un ton calme, encourageant, dénué de peur.

— Arnbjørn, écoute mes paroles !

La bouche d'Arnbjørn était entrouverte. Son souffle renvoyait l'écho de ses battements de cœur.

— J'écoute.

Il lui tendit les parchemins. Pendant un moment, ils tinrent tous deux le rouleau de peau.

— Si je ne vis plus au lever du jour, Arnbjørn, tu auras une mission. Une mission plus importante que n'importe quoi d'autre dans toute ta vie.

Le prêtre acquiesça sans mot dire.

— Tu devras apporter secrètement ces parchemins à Thordur Kakali[1], expliqua-t-il en plongeant son regard dans celui du prêtre. Et jamais tu ne devras rien révéler de tout ceci. Jamais. Pas un mot, à quiconque, tu m'entends ?

— Que dois-je dire à Thordur ?

— Rien, il comprendra.

Thordur était le prochain gardien en Islande. Et s'il était quelqu'un en qui il avait confiance, c'était bien le fils de son frère, Thordur Kakali.

C'est seulement à cet instant qu'il lâcha le rouleau.

— Protège-le de tout ton être ! Même s'ils t'arrachent les yeux…

Le prêtre retint son souffle et fit un pas en arrière.

— Tu ne devras pas leur donner les parchemins ni leur révéler que tu les as ! Peux-tu me le promettre, Arnbjørn, au nom de Dieu ?

Le prêtre eut un très bref moment d'hésitation – considérant très certainement la perspective de se faire arracher les yeux – avant de répondre :

— Bien entendu.

1. Le surnom « Kakali » pourrait signifier « le Bègue ». (NDT)

— Je te fais confiance, mon ami. La paix soit avec toi, prêtre Arnbjørn !

Sur ces mots, il quitta le prêtre et s'élança dans la nuit. L'obscurité était glaciale contre sa peau. Il entendait les beuglements des guerriers de Gissur qui fouillaient la ferme, les hennissements et le piétinement des chevaux, les aboiements des chiens et les cris de colère des gens de ferme qui protestaient contre les agissements des hommes en armes. Derrière un abri à outils, il ouvrit la trappe menant à l'une des galeries souterraines et, dans la nuit noire, courut le dos courbé en palpant les murs de pierre. Au bout de dix ou douze mètres, il heurta vivement une porte en bois. *Bon sang !* Il tâtonna à la recherche du porte-clefs, ouvrit la porte et entra dans un réduit. L'air sentait le blé, le moisi et l'hydromel fermenté. Il se serra entre des tonneaux de blé rangés contre le mur. Ils n'arrêteront pas leur traque avant de m'avoir trouvé, pensa-t-il.

Lorsqu'ils le découvrirent, ils poussèrent des cris de joie en écartant les tonneaux à coups de pied pour le tirer de sa cachette. À la lueur des flambeaux, il vit qu'ils étaient cinq. Il reconnut Arni Beiskr et Simon Knute. Mais Gissur n'était pas parmi eux. L'infâme. Derrière eux, dans le tunnel obscur, il reconnut le prêtre Arnbjørn.

— Sire ! cria le prêtre en proie à la panique. Ils ont promis de faire preuve de clémence.

— C'est bien, répondit-il si bas que le prêtre ne l'entendit guère.

— Tais-toi, prêtre ! ordonna Simon Knute.

— Gissur a promis d'épargner ta vie ! poursuivit Arnbjørn. Il a dit que la réconciliation ne serait pas possible s'il ne pouvait pas te rencontrer...

Ses mots se turent comme il se rendait compte qu'il s'était laissé duper et avait trahi son chef.

L'un des hommes rit.

— Où sont les parchemins ? tonna Simon Knute.

— Où les as-tu cachés ? rugit Arni Beiskr.

Pour qui donc le prenaient-ils ?

Simon Knute colla son visage au sien.

— Tu sais que nous les trouverons, vieil homme ! Quand bien même il nous faudrait démonter la ferme entière rondin par rondin !

Ils continuèrent ainsi, puis finirent par perdre patience.

— Allez, coupe-lui donc la tête ! dit Simon Knute à Arni Beiskr.

Les soldats le regardèrent.

— Parle, alors ! cria Arni Beiskr.

Tout ce qu'il ressentait, c'était une profonde paix. Il savait que sa vie était terminée. Une vie riche et mouvementée, il ne pouvait pas le nier. Une vie non sans ressemblance avec celles qu'il avait dépeintes dans ses sagas.

— Ne me décapitez pas, dit-il d'une voix assurée.

— Allez, coupe ! répéta Simon Knute.

Il n'avait pas peur, mais il voulait mourir dans l'honneur et éviter de quitter la vie le visage ravagé par les coups de hache et d'épée. Un coup de grâce droit dans le cœur serait plus honorable.

— Ne me décapitez pas, reprit-il d'un ton autoritaire en regardant ses assassins dans les yeux.

Arni Beiskr donna le premier coup de hache. Il sectionna une artère. Le sang jaillit avec une puissance inouïe. J'ai encore de la sève en moi, se dit-il alors qu'il s'effondrait. Les coups de hache se multiplièrent. Dans le tunnel, il entendit les lamentations du prêtre Arnbjørn. Tant qu'il tient sa promesse et apporte les parchemins à Thordur Kakali… songea-t-il. Et c'est ainsi, entouré d'ennemis et baignant dans son propre sang, que s'éteignit Snorri Sturluson.

Pierre runique
palais Miércoles, an 1503

Tord grava ces runes loin du royaume de ses pères
Traversant des mers déchaînées
et des pays montagneux étrangers
Des forêts et des sommets
Nous avons apporté la relique
Que nous étions nés pour protéger

Vatican, an 1503

Le pape Jules II dévisagea avec stupéfaction Giuliano Castagna, le cardinal-évêque qui venait d'être nommé au Vatican.

— Répétez, s'il vous plaît, demanda le pape. Où se trouve le manuscrit ?

— Saint-Père, je sais que cela semble éminemment surprenant… Mais l'envoyé de la reine Isabelle nous a apporté la missive ce matin. Comme vous le voyez d'après le sceau, cette lettre est authentique.

Le pape prit le papier roulé au sceau brisé et secoua la tête en lisant. Lorsqu'il eut terminé, il rendit la lettre au cardinal-évêque.

— Et il s'agissait du manuscrit sur papyrus original des Saintes Écritures, dont nous possédons une traduction copte ?

Le cardinal-évêque Castagna acquiesça.

— Ce même papyrus que l'un de vos prédécesseurs, Secundus, a essayé de retrouver il y a près de quatre siècles ? demanda le pape.

— Aussi inconcevable que cela puisse paraître.

— Comment ces textes ont-ils échoué *là-bas* ?

— Cette histoire aussi, répondit le cardinal-évêque, est incroyable.

Le pape leva les yeux vers le ciel étoilé de la voûte de la chapelle Sixtine.

— Nous devrions vraiment nous occuper de ce plafond, marmonna-t-il en déplaçant son regard vers le cardinal-évêque. Si l'information était révélée, ce serait une catastrophe ! Pour l'Église, pour le Vatican et pour le monde.

— Permettez-moi de suggérer une solution audacieuse à ce problème.

Première partie

LE MANUSCRIT

… là, ils tuèrent trois prêtres et brûlèrent trois églises,
puis rentrèrent chez eux à la voile.

Snorri

Un chevalier du Temple est en vérité
un chevalier sans peur,
car son âme est protégée par une armure de foi.

Bernard de Clairvaux

C'est vrai
Ce qui est dit en runes

Hâvamâl

Le meurtre du pasteur

Islande, an 2007

1

Sira Magnus est mort. Il flotte à la surface, le visage dans l'eau, comme s'il avait pris une profonde inspiration et guettait quelque chose au fond du bassin. Ses cheveux mi-longs forment une auréole grise, tandis que ses mains livides trempent dans l'eau ridée.

— Magnus ?

Je parle d'une petite voix frêle.

Ses vêtements tanguent autour de lui comme des algues à la surface de l'eau. Au fond étincellent les pièces de monnaie jetées par les touristes.

Je crie encore une fois son nom. Quelque part, un corbeau croasse. Je suis incapable de bouger, m'efforçant peut-être simplement de repousser l'inévitable, devoir le sortir de l'eau de source chaude et croiser son regard sans vie.

Il n'est pas tombé par accident, car le bassin n'est pas profond et il aurait donc aisément pu se relever : on l'a assassiné. On a noyé sira Magnus.

Agenouillé, je saisis ses chevilles et le tire hors de l'eau, qui sent vaguement le soufre. Il est lourd. Ses vêtements sont imbibés d'eau. Lorsque je le bascule sur le côté, de l'eau s'écoule de sa bouche. Je cherche un pouls qui s'est tu depuis longtemps. Son visage est rouge et bouffi. Il a perdu ses lunettes, ses yeux sont grand ouverts. Et vides.

Oh, Magnus, que t'ai-je fait ? dis-je dans un murmure. Je prends sa main dans la mienne. Je tremble. Sa barbe ruisselle. Ses vêtements se plaquent contre son corps bien en chair. Le bassin rond est entouré de dalles de pierre rainurées, entre lesquelles émergent quelques plantes particulièrement résistantes.

Une rafale de vent siffle sur la lande.

Je lâche sa main et compose le 112.

2

En attendant la police, je cours au presbytère voir si le manuscrit a été volé.

La porte est ouverte. Je traverse en courant l'entrée et le salon pour rejoindre le bureau. C'est là que, la veille, nous avons examiné le fragile parchemin, le *Codex Snorri*, un curieux recueil de codes, textes, cartes et symboles occultes. Il était près de deux heures du matin lorsque nous avons terminé notre journée. Je me souviens du soin avec lequel Magnus a rangé le manuscrit avant de l'enfermer dans le dernier tiroir du secrétaire.

La clef était sur un porte-clefs suspendu à une chaîne accrochée à un passant de sa ceinture.

À présent, le porte-clefs et la chaîne pendent du tiroir ouvert. Le codex de Snorri a disparu.

J'imagine toute la scène. Ils lui ont maintenu la tête sous l'eau. Ils l'ont menacé et Magnus a fini par céder. À contrecœur, il a révélé où se trouvait le parchemin. Évidemment. J'aurais fait pareil. Certains brigands se sont précipités dans la maison. Et lorsqu'ils ont trouvé le codex, dans le tiroir du secrétaire, ils ont plongé la tête de Magnus sous l'eau tandis qu'il se débattait et se débattait encore, jusqu'à ce qu'il cesse de respirer, de faire du bruit, de bouger, et ils l'ont laissé flotter comme n'importe quel débris dans le bassin de Snorri Sturluson.

3

Les sirènes déchirent le silence. Une nuée de corbeaux s'envolent et disparaissent en protestant derrière la crête de la colline. La police et l'ambulance arrivent à une vitesse qui m'induit à me demander s'ils ont fait la course depuis Borgarnes et préféreraient à vrai dire ne pas s'arrêter maintenant qu'ils ont vraiment pris de la vitesse. Ils n'ont pas dû comprendre que leur intervention avait perdu tout caractère d'urgence depuis des heures.

Je fais signe à la voiture de police et à l'ambulance depuis le bord du chemin qui mène au bassin.

Les lumières bleues des gyrophares clignotent, tandis que les sirènes se taisent l'une après l'autre dans un couinement. À travers les pare-brise, j'aperçois les visages sceptiques et décontenancés.

Sira Magnus ? Mort ? Dans le bassin de Snorri ? *Assassiné* ?

Ils ont peine à le croire, car Reykholt est habituellement un coin paisible. Il faut remonter sept cent soixante-six ans dans le temps pour trouver un meurtre ici : une nuit de septembre 1241, Snorri Sturluson avait été assassiné par Gissur Torvaldsson, sur ordre du roi Håkon Håkonsson de Norvège.

Pour l'instant, je suis seul à savoir qu'il existe un lien entre ces deux meurtres.

Prélude

1

— J'ai trouvé quelque chose de formidable, Bjørn !

Sira Magnus était pasteur. Il protégeait les hommes de la perte. Quant à moi, je suis archéologue, je protège le passé de l'oubli. Accompagnez-moi dans le passé, juste deux jours plus tôt, permettez-moi de faire marche arrière jusqu'à samedi matin.

Sira Magnus se tenait souriant et plein d'attentes dans le rayon de soleil lorsque je me suis garé sur le parking de Reykholt, l'ancien empire de Snorri en Islande. Quand je ferme les yeux, je le vois à travers le reflet du pare-brise, exalté, bien vivant. J'ai coupé le moteur. Sira Magnus m'a ouvert la portière. Nous nous sommes donné une accolade maladroite, à la manière des hommes un peu inquiets à l'idée de montrer l'attachement qu'ils ont l'un pour l'autre.

— Merci d'être venu, Bjørn. Tu ne vas pas le regretter !

— Quand vas-tu donc me raconter ce que tu as trouvé ?

— Bientôt, Bjørn, bientôt…

Nous avions fait connaissance environ trois ans auparavant, lors d'un symposium pluridisciplinaire sur l'auteur de sagas Snorri Sturluson. Sira Magnus donnait une conférence sur les points de correspondance entre le Snorri du Moyen Âge et le Socrate de l'Antiquité en tant que dépositaires de sagesse et passeurs de savoir. De mon côté, je parlais des relations tendues que Snorri avait entretenues avec le roi Birkebeiner[1] Håkon Håkonsson. Et c'est ainsi que nous nous sommes liés d'amitié.

Il y a une semaine, il m'a appelé pour m'inviter en Islande. Je lui ai expliqué que je n'avais pas le temps, car j'étais très occupé par le chantier de fouilles du château royal de Harald Hårfagre, Harald à la Belle Chevelure, sur l'île de Karmøy.

Mais il ne voulait rien entendre. Je *devais* venir. Il avait trouvé quelque chose. Quelque chose d'historique. Si je ne l'avais pas si bien connu, je l'aurais pris pour un hurluberlu. Mais sira Magnus était un bon pasteur de campagne, pondéré, peu enclin à perdre la tête.

— Alors, qu'as-tu trouvé ?

Ma valise à la main, je marchais quelques pas derrière sira Magnus sur le sentier piéton qui mène à Snorrastofa, le centre de recherche lié à l'église et au musée de Reykholt. Il avait une démarche de canard, comme si ses jambes étaient un peu trop courtes. Il restait deux voitures sur le parking : le quatre-quatre BMW de sira Magnus et ma voiture de location.

— Un codex ! Un recueil de parchemins, écrit sur la peau de veau la plus fine et la plus souple qui soit ! Un recueil manuscrit de textes et de versets mystérieux, de cartes et d'indications, de symboles et de codes.

— Tu sais de quoi il parle et de quelle époque il date ? Est-ce que tu as une idée de qui en est l'auteur ?

— Patience, mon ami, patience !

---

1. Birkebeiner pourrait se traduire par jambes de bouleau. C'est un nom donné à des insurgés et qui leur venait du fait qu'ils s'enroulaient les pieds d'écorces de bouleau pour les garder au chaud. Ils prirent le pouvoir en 1177. (NDT)

Sira Magnus parlait toujours lentement, au rythme du métronome de l'âme, avait-il coutume de dire.

— Pourquoi m'avoir fait venir moi plutôt qu'un autre ?

— Allons, Bjørn, c'est pourtant évident.

J'ignore s'il voulait dire que c'était parce que j'étais son ami ou s'il faisait allusion à un événement qui s'était déroulé quelques années auparavant. J'étais alors contrôleur du chantier de fouilles archéologiques sur lequel nous avions trouvé le *Reliquaire des secrets religieux*, un reliquaire d'or contenant un manuscrit qui allait m'assurer une certaine renommée dans les cercles universitaires.

Sira Magnus a ouvert la porte de l'appartement de chercheur dans lequel j'allais loger. J'ai posé ma valise dans l'entrée. Puis j'ai saisi mon ami par la manche, l'ai entraîné derrière moi dans le salon, où je l'ai forcé à s'asseoir dans un fauteuil.

— Voilà. Maintenant, raconte !

Son visage, si l'on passe sur son bouc et le tissu de rides, aurait pu être celui d'un enfant. Avec une cérémonie toute solennelle, comme avant un sermon, il s'est raclé la gorge :

— Permets-moi de présenter l'histoire dans son ordre chronologique.

— Allez, vas-y !

— Tout a commencé il y a deux semaines. Nous avons eu un décès dans les environs, un vieil homme paralysé. Rien d'inattendu. Après les funérailles, on m'a prié d'aider la famille chez qui ce vieillard avait vécu, avec le soutien de la paroisse, à passer en revue les documents qu'il laissait. Une collection non négligeable. Son obsession était la généalogie. C'était une collection contenant toutes sortes de choses, des rapports de recherche modernes aux arbres généalogiques et manuscrits islandais. Les agriculteurs chez qui il logeait sont des fidèles de la paroisse, un couple d'amis à moi qui sont ses héritiers. Ils ont sollicité mon aide lorsque la société islandaise deCODE, qui se sert de la recherche génétique dans le développement biopharmaceutique de médicaments, a voulu acheter la collection.

— Que voulait-elle en faire ?

— L'Islande possède la banque génétique la plus exceptionnelle du monde. L'histoire généalogique d'une grande partie de la population peut être retracée jusqu'à la colonisation, au moment du peuplement de l'Islande. DeCode espérait sans doute que la collection du vieillard apporterait un nouvel éclairage sur des lignées inconnues. Mon ami l'agriculteur souhaitait que j'apporte un avis de spécialiste afin d'éviter que la société ne prenne des documents qui auraient dû être confiés à la collection des manuscrits de Reykjavik.

— Qu'as-tu trouvé ?

— C'était une collection exceptionnelle, vraiment ! Il y avait là des livres ancestraux, des lettres, des parchemins, des manuscrits dont certains en piètre état. J'ai aussi trouvé des cartes et des cessions de propriété. Parmi les manuscrits, j'ai trouvé une consignation datant de 1453 de l'arbre des Sturlungar, la famille de Snorri.

J'ai essayé de glisser une question, mais il m'a arrêté d'un geste de la main.

— J'allais emballer un manuscrit quand j'ai senti une bosse dans la reliure de cuir. Donc, j'ai…

Il a toussoté sous le poids de la culpabilité.

— … j'ai défait la couture pourrie pour voir ce qu'il y avait dedans.

— Tu as fait *quoi* ?

— Et dans la reliure, j'ai trouvé un texte encore plus ancien.

— Tu as défait la reliure ?

— Le recueil de parchemin à l'intérieur de la reliure était cousu comme un livre. Un codex.

— Abîmer une antiquité, c'est du vandalisme. Et tu le sais.

— J'ai fait quelque chose d'affreux, Bjørn.

— Tu aurais dû laisser à un conservateur le soin d'ouvrir la reliure.

— Et ce n'est pas tout.

— Comment ça ?

— Quelque chose dans le texte.

Son regard est devenu lointain et rêveur.

— Quelque chose dans le ton, dans l'écriture, dans toutes ces figures géométriques…

— Qu'as-tu fait ?

— Tu sais que je suis un pasteur honnête et droit…

— Magnus, qu'as-tu fait ?

Il m'a lancé un regard honteux.

— J'ai glissé le recueil de parchemins dans ma veste et je l'ai ramené chez moi.

Son regard rampait sur le sol.

— Je l'ai volé, Bjørn.

2

Plus tard dans la soirée, alors qu'un vent frigorifiant arrivait par bouffées des montagnes, sira Magnus m'a montré le codex. Nous étions assis à la table d'un des salons du presbytère, à un jet de pierre du centre culturel Snorrastofa.

Un trait de douleur torturait son visage.

— Qu'est-ce qui te tracasse ?

Il a secoué la tête d'un air maussade.

— Tu as honte d'avoir volé les parchemins ?

— Ce n'est pas tout. Je… Non, pas maintenant. Peut-être une autre fois.

D'un tiroir verrouillé du secrétaire, il a tiré une boîte

enveloppée de kraft et de papier journal. Il en a déplié plusieurs épaisseurs et m'a tendu le manuscrit. Le recueil de parchemins était dans un état remarquable. J'ai caressé du bout des doigts le cuir brun.

— Qu'est-ce que c'est ?

J'avais le sentiment de devoir chuchoter en ouvrant avec précaution le codex. Les cinq premières pages étaient écrites en runes. Puis j'ai feuilleté jusqu'à une peau plus pâle et des caractères latins. Trois signes étaient gravés dans la peau : un *ankh* égyptien, le caractère runique *tyr* et une croix chrétienne.

Sur la page suivante étaient dessinées deux cartes du sud de la Norvège et de l'ouest de l'Islande, ainsi qu'un pentagramme.

— C'est de la géométrie sacrée, a observé Magnus.

Il ne manquait plus que cela.

— Pour être tout à fait honnête, je n'ai jamais compris si la géométrie sacrée relevait de la mythologie ou de la science.

— Ou de quelque chose d'intermédiaire.

— C'est toi le pasteur.

Quand je faisais mes études, j'ai eu un professeur invité qui parvenait à convaincre même les sceptiques comme moi que nos ancêtres avaient été influencés par les idées grecques et égyptiennes sur les mathématiques, l'astronomie, la géographie et la géodésie, la discipline qui est à la base de la cartographie. À l'aide d'images satellites et de cartes, il avait démontré comment les lieux sacrés et monuments du Moyen Âge avaient été édifiés suivant des modèles géographiques, géométriques et mathématiques. Et pourtant…

Sira Magnus est revenu aux pages écrites en lettres latines et m'a montré l'écriture.

— Regarde ça. On appelle cette écriture la « minuscule caroline ». Elle est le fondement du caractère d'imprimerie actuel et marque une grande étape dans la calligraphie.

Je l'ai observé avec un regard que je sais pouvoir être perçu comme irritant, d'autant plus qu'il est agrandi par l'épaisseur de mes verres de lunettes. Sira Magnus a posé l'index sur deux tout petits caractères au bas de la page et m'a tendu la loupe.

— Tu vois ces deux S ? m'a-t-il demandé.

— Oui ?

— Alors tu comprends peut-être ?

Mais je ne comprenais strictement rien.

— S. S. ? Combiné avec la minuscule caroline ? Bjørn, tu ne comprends pas ? S. S. : Snorri Sturluson ! Les caractères latins ont été écrits par Snorri !

Désarçonné, je gardais les yeux rivés au texte. Dehors, au coin de la maison, le vent gémissait dans une plainte.

— Ce texte est écrit de la main de Snorri en personne, a poursuivi Magnus.

— Tu es sûr ?

— N'est-ce pas incroyable, Bjørn ?

Si Magnus avait raison, le codex était un événement historique, un morceau d'histoire mondiale. C'est à peine si Snorri, se contentant de dicter, avait écrit quoi que ce soit de sa propre main.

Entouré de toute une équipe de scribes, il composait ses œuvres sur les rois vikings et ses mythes divins.

À ce jour, les chercheurs continuent de se battre sur la question de savoir si un ajout, dans la marge d'un contrat, a été écrit de la main de Snorri ou de l'un de ses scribes !

— Que Snorri ait personnellement écrit certaines parties du texte, sans en laisser le soin au scribe en qui il avait le plus confiance, signifie que le contenu a dû être démesurément sensible, a commenté sira Magnus.

— Mais pourquoi Snorri a-t-il mêlé ses propres

parchemins et textes à un manuscrit encore plus ancien écrit en runes ?

— Si seulement je le savais…

Délicatement, nous avons feuilleté en tous sens.

— De quoi est-il question dans ce texte ?

— D'indications. De règles. De prophéties…

Il a tourné une page et trouvé un texte en vieil islandais :

Le grand prêtre Asim a annoncé que les temps viendront où les GARDIENS ramèneront LE SAINT à son lieu de repos, sous le soleil sacré, dans l'air sacré, dans la falaise sacrée ; puis mille années s'écouleront ; et la moitié d'entre elles seront plongées dans les brumes de la déchéance et de la corruption ; et de la légion de GARDIENS n'en resteront que trois ; et ces trois sont loyaux, leurs cœurs sont purs, et leur nombre est trois.

— Qu'est-ce que cela signifie ? ai-je demandé.

— Pas la moindre idée. Mais au moins, les mots sont lisibles.

— Comment cela ?

— De grandes parties du texte sont parfaitement incompréhensibles !

— Elles sont rédigées dans une langue inconnue ?

— Non, en fait, certaines parties de ce texte sont codées.

— Codées ?

— C'est tout à fait incroyable, mais certains vers et paragraphes sont écrits en code.

Il comprenait qu'il me fallait un peu de temps pour digérer cette information.

— Pourquoi es-tu si surpris ? Il y a des millénaires qu'on emploie les codes.

— Mais… Snorri ?

— S'il voulait écrire quelque chose de secret, il était bien obligé d'en cacher le sens !

Il a tourné les pages jusqu'à la dernière et m'a montré un vers à la calligraphie superbe ceint de bordures sophistiquées.

J'ai tenté de le lire, mais même pour un maître de conférences un peu dégourdi et maîtrisant le norrois, le texte faisait figure de pur charabia.

— Trente-trois mots répartis sur six lignes, a-t-il indiqué. Le texte est incompréhensible. J'ai donc cherché les significations du nombre trente-trois.

— Et qu'as-tu trouvé ?

— C'était l'âge du Christ à sa mort. C'est un nombre central en numérologie magique, et trente-trois est un nombre sacré chez les francs-maçons.

— Les francs-maçons n'existaient pas du temps de Snorri.

— Précisément ! C'est pourquoi je pense que c'est un hasard complet que le message compte trente-trois mots.

Il a éclaté de rire et tourné les pages, jusqu'à un texte de huit lignes sur lequel il s'est arrêté en tapotant son index.

— Encore du charabia !

— Tu sais décrypter des codes ?

— Absolument pas, et toi ?

— Non, mais je connais quelqu'un qui sait.

3

Je ne saurais affirmer avec certitude si Terje Lønn Erichsen est davantage un ami ou un collègue. Comme moi, c'est une amibe sociale. Il est maître de conférences et chercheur auprès de l'Institut de linguistique et d'études nordiques de l'Université d'Oslo où il travaille sur un projet de recherche sur l'évolution du norrois en norvégien, suédois, danois et islandais. J'irais jusqu'à dire que Terje est un génie des langues. L'un de ses hobbys est de craquer des codes.

À l'âge de seize ans, il a réussi à comprendre, et ce sans consulter Thomas Phelippes, des codes de la correspondance de Marie Stuart avec ses partisans à l'extérieur de la prison. Lorsque j'ai téléphoné à Terje pour lui expliquer en quoi j'avais besoin de son aide, j'ai perçu sans peine son enthousiasme. Mot par mot, ligne par ligne, je lui ai dicté le code de Snorri. Sira Magnus m'observait avec un demi-sourire, comme si jamais de la vie il ne pensait que quelqu'un arriverait à bout des codes médiévaux de Snorri, pas même mes amis les plus tordus.

4

Le sommeil sans rêves peut rappeler la mort, si ce n'est qu'on se réveille. C'était le matin quand j'ai ouvert les yeux avec du soleil dans l'âme et *Roméo et Juliette* comme sonnerie de mobile.

— Bonne nouvelle ! criait Terje dans le téléphone.

— Hmm ? ai-je grogné en m'efforçant de chasser le sommeil de ma voix.

— J'ai décrypté le code !

Tu ne vas pas me dire que tu as passé la nuit dessus ?

— Tu ne peux pas savoir comme il est amusant !

— Amusant ?

J'ai coincé le mobile entre mon oreille et mon épaule et entrebâillé la fenêtre. Le vent du nord de l'Atlantique a fait chuter la température à environ moins deux cents degrés.

— Le code runique était un simple chiffre C3. César 3.

— César 3 ?

— *Caesar shift cipher.* La méthode de chiffrement par décalage de César. C'était un code simple que Jules César utilisait pour fourvoyer les curieux quand il envoyait des messages à ses généraux. César remplaçait chaque signe par un autre signe se trouvant quelques places plus loin. C3 signifie que chaque caractère du texte est remplacé par un caractère qui se trouve trois caractères plus loin dans l'alphabet. Ainsi A devient D, B devient E et ainsi de suite.

— Puis-je en conclure que tu as une traduction ?

— N'est-ce pas la raison pour laquelle tu as fait appel à moi ? Commençons par le premier vers.

Il s'est éclairci la voix avant de commencer à lire :

Cherche la réponse dans l'histoire de la croix
Car le nombre est magique
Et le nombre est la parole du Seigneur
Et le nombre tu trouveras
Dans l'arbre de vie et les tribus perdues
Et le nombre de sacrements t'indiquera la suite du chemin

— Eh bien… ai-je marmonné.

— C'est beau, non ?

— Euh… oui.

— Tu ne comprends pas ?

— Pas tout à fait.

— Donc, *l'histoire de la croix…* C'est l'*Histoire de la sainte Croix.* La dernière saga que Snorri ait écrite avant de mourir. *Car le nombre est magique et le nombre est la parole du Seigneur. La parole du Seigneur* pourrait désigner les dix commandements. *L'arbre de vie* fait référence à la kabbale et au mysticisme juif et en revient à la manifestation de Dieu dans le monde en dix étapes. Et *les tribus perdues*, eh bien, à quoi cela peut-il renvoyer d'autre qu'aux dix tribus perdues d'Israël ?

— Dix, ai-je répondu, le nombre dix revient !

— Bingo !

— Et *le nombre de sacrements* ?

— Qui est sept. Les sept sacrements. Tu comprends maintenant ?

— Absolument pas.

— Ce doit être trop tôt pour toi. Quelle heure est-il en Islande ? Le texte oriente vers deux nombres : dix et sept !

— Ça, je l'ai compris. Et après ?

— Bjørn, tu es vraiment long à la détente ! Pour trouver le message, vous devez chercher dans l'*Histoire de la sainte Croix* à l'aide de combinaisons de dix et de sept.

— De combinaisons de dix et de sept ?

La dernière saga de Snorri Sturluson est la moins connue et la moins appréciée.

Elle se présente comme un conte, une fable, et de nombreux chercheurs ont des doutes quant au fait même que Snorri en soit à l'origine. Il y est question de Bård, roi viking mythique, qui, lors d'un raid dans le Jorsalaland, le pays de Jérusalem, dérobe la croix de Jésus. Bien arrivé en Norvège, il plante la croix, qui ne tarde pas à devenir une forêt entière de croix.

L'histoire se poursuit sur une peinture de la Norvège visitée par des croisés, des Templiers, des Johannites et des soldats du pape. Snorri aurait écrit l'*Histoire de la sainte Croix* en 1239, juste après être allé en Norvège pour la seconde et dernière fois, et fui les luttes de pouvoir entre le jarl ou duc Skule et le roi Birkebeiner Håkon Håkonsson. C'est ainsi qu'on vivait, et surtout qu'on mourait, en ce temps-là.

— Et l'autre texte ? ai-je demandé.

— Tout aussi obscur. Je l'ai décodé, mais je n'ai pas eu le temps de l'analyser ni de l'interpréter. Le texte a été écrit pour des lecteurs ayant des références qui ne sont pas les nôtres.

Il a lu sa traduction provisoire :

Honorable GARDIEN
Qui lis ces mots secrets
Sois seul à savoir que la rose runique[1] *sacrée d'Asim*
Et les runes secrètes cachées de la croix de l'église
Te mèneront aux chambres funéraires sacrées
Et à la plus sacrée d'entre toutes
Qui est le premier sépulcre

Honorable GARDIEN
Qui interprètes les énigmes des signes
Seul tu trouveras la pierre runique
Dans le dernier sépulcre de la rose runique
Où repose l'évêque Rudolf
Honorable GARDIEN
Qui connais l'histoire occulte
Sois seul à savoir que la pierre runique
Te mènera aux runes secrètes
Du bâton runique, de l'harmonie, du retable

5

— Je suis un être épouvantable !

Ivre de sommeil, sira Magnus buvait du café assis à la fenêtre quand je suis arrivé pour lui montrer les traductions de Terje. Il avait l'air misérable. Comme beaucoup, Magnus avait une propension à sombrer dans le spleen et

1. En norvégien, la rose runique désigne le pentagramme. (NDT)

à s'apitoyer sur son sort. Je sais d'expérience que rien n'est urgent quand on est d'humeur mélancolique. Je me suis donc servi un café et installé à la table de la cuisine.

— Écoute, ai-je dit en glissant un morceau de sucre entre mes lèvres, ce que tu qualifies de *vol* des parchemins n'est guère plus qu'un emprunt temporaire. Un emprunt au service de la science. Magnus, demain je vais personnellement me rendre à l'institut des manuscrits et faire part de la découverte. Ils comprendront, et alors ce péché sera enlevé de tes épaules.

— Crois-tu que la grâce du pardon ait des limites ?

— Camarade…

— Tu ne me connais pas aussi bien que tu l'imagines, car ce n'est pas tout ! J'ai…

— Allons ! Ce ne peut tout de même pas être si grave !

— Nous devons remettre le codex à l'institut des manuscrits.

— Bien entendu. Quand nous aurons terminé notre affaire. Je vais leur parler. Et puis l'institut et le Seigneur tireront un trait sur ce que tu as fait.

— Bjørn… Je vais avoir de la visite. Demain…

— De la visite ?

— Je me suis un peu laissé aller à bavarder.

— Qui vient ?

— Des chercheurs de l'institut Schimmer. Ils aimeraient bien regarder les parchemins de plus près.

J'ai eu quelques relations avec eux dans le cadre des péripéties entraînées par la découverte du *Reliquaire des secrets religieux*, dans un champ du monastère de Værne, dans l'Østfold. *The Schimmer Institute*, qui se trouve dans un désert de pierre au Moyen-Orient, est le plus grand centre de recherche théologique du monde.

— Ils envoient des experts.

— Dépêchons-nous, alors. Il ne faut pas que tu les laisses reprendre le codex !

— Ils veulent simplement le regarder.

— C'est ce qu'ils disent… Ils vont t'offrir une véritable fortune.

Il allait dire quelque chose, mais s'est contenté de secouer la tête.

— J'ai une nouvelle qui va te remonter le moral.

J'ai levé la feuille avec la traduction du texte que Terje avait déchiffré pour nous au cours de la nuit et lui ai lu le texte. Puis je lui ai montré la référence à l'*Histoire de la sainte Croix*.

— Bon Dieu ! s'est-il exclamé, avant d'avaler une dernière gorgée de café. Allez, nous avons du travail !

La traduction qu'avait faite Terje du texte codé avait enflammé Magnus au point que j'ai dû trotter pour le suivre du presbytère au centre Snorrastofa.

Après avoir ouvert une porte latérale, nous avons traversé l'église pour rejoindre le musée au sous-sol. Dans une vitrine au mur se trouvait le texte original de l'*Histoire de la sainte Croix*. Sira Magnus l'a ouverte et en a sorti le manuscrit.

— Snorri a écrit cette saga juste après avoir bravé le roi Håkon, fui les Birkebeiner norvégiens et être rentré en Islande, explique-t-il.

— Le texte est controversé.

— Tout ce que Snorri a écrit a été sujet à controverse. Il dépeignait des événements remontant à plusieurs siècles en arrière. Peut-être avons-nous eu une lecture erronée de ses histoires. Snorri pourrait-il avoir éprouvé le besoin de nous raconter quelque chose sans le raconter vraiment ?

Sira Magnus a apporté le livre sur une table rectangulaire et nous nous sommes penchés au-dessus du manuscrit. Il a désigné trois symboles : ankh, tyr et croix.

— Les mêmes symboles que dans le codex. Et tu vois ces textes dans les marges, ces petits ajouts en dehors du texte ? C'est la même écriture que dans le codex de Snorri ! Le corps du texte, les initiales et les enluminures sont indubitablement l'œuvre de scribes. Mais est-ce Snorri qui a écrit les textes en marge ? En règle générale, ils disparaissent quand le manuscrit est copié. Les copistes considèrent ces textes marginaux comme des fioritures, des gribouillages.

6

Pendant toute la journée et jusqu'à une heure avancée de la soirée, sira Magnus et moi avons feuilleté l'original de l'*Histoire de la sainte Croix*.

Nous procédions avec méthode pour trouver la solution, lettre par lettre, signe par signe.

S'il est une chose dont les universitaires ne manquent pas, c'est la patience. À intervalles réguliers, je téléphonais à Terje à Oslo pour lui demander conseil. Parfois, Magnus s'extasiait sur une initiale bien formée ou une allitération bien sentie.

— Regarde ! s'est-il exclamé. Ce texte dans la marge évoque Thordur Kakali.

— Qui ?

— Le neveu de Snorri. Il a rassemblé les chefs islandais et est devenu si puissant que le roi Håkon s'est vu contraint de l'appeler en Norvège, où il s'est soûlé jusqu'à ce que mort s'ensuive.

Dans un autre texte en marge, nous avons vu une référence à *la caverne sacrée.*

Le reste de la phrase avait été gratté avec une énergie qui avait rendu la peau translucide.

La caverne sacrée ?

7

Il était près de vingt et une heures lorsque nous avons enfin réussi à comprendre le code.

Comme d'habitude, Terje avait raison. Dix et sept étaient bien la clef de chiffrement.

En commençant par les initiales et en sortant ensuite chaque dixième lettre du corps du texte, puis en décalant les lettres de sept caractères dans l'alphabet latin selon la méthode de César, nous avons obtenu le message suivant :

Le nombre de la bête
Montre la voie
Le long de la falaise
De Lögberg
Vers le Skjaldbreiður

La voix d'outre-tombe

1

— Donc c'est vous qui avez trouvé sira Magnus mort ?

Le commissaire de police de Borgarnes a l'air d'avoir été élevé aux boulettes de poisson pas fraîches arrosées de goulées un peu trop généreuses d'huile de foie de morue périmée. Tout en lui, ses yeux, ses cheveux, sa peau, sa voix, a un aspect gris et éteint. Il parle le danois avec un accent islandais, sonnant ainsi comme un Norvégien qui aurait un vague défaut de prononciation. Il est assis derrière son bureau, avec la photo encadrée de madame la commissaire, de junior et d'un caniche royal dont je parie qu'il s'appelle Bonzo. Il tapote avec impatience son stylo bille contre un formulaire posé sur un sous-main.

— Oui, c'est moi qui l'ai trouvé, je réponds.

— Votre nom complet ?

— Bjørn Beltø.

— Vous êtes norvégien ?

— Oui.

— Année de naissance ?

— 1968.

— Profession ?

— Archéologue. Je suis maître de conférences à l'Université d'Oslo.

— Que faites-vous au Snorrastofa ?

— Je travaillais avec sira Magnus sur un projet de recherche.

— Qu'est-ce qui vous fait affirmer qu'il a été assassiné ?

— Il a été tué dans le bassin…

— Il pourrait avoir eu un simple malaise.

Le commissaire a de la peine à accepter que le doux serviteur du Seigneur à Reykholt ait été tué. Reykholt est une petite ville dont les habitants sont paisibles et vivent dans la crainte de Dieu. Seuls des touristes et des chercheurs visitent ce lieu caché, sa belle église, son musée et le site de la demeure de Snorri.

— Les meurtriers ont volé quelque chose, dis-je.

Il m'observe d'un air scrutateur. Je suis blanc comme la craie. Mes yeux ont un éclat rouge derrière les verres de mes lunettes. J'ai la vue basse et les nerfs fragiles. Pour le commissaire, je suis une plaie. Je comprends en le regardant qu'il ne *veut pas* que sira Magnus ait été assassiné, car un meurtre serait trop lourd à porter.

— Qu'ont-ils volé ?

— Un manuscrit très ancien.

— Vous voulez dire que sira Magnus a été tué à cause d'un manuscrit ?

— Pas n'importe quel manuscrit : *Codex Snorri*. Le codex de Snorri.

— C'est quoi ?

— Un recueil de parchemins dont les textes datent d'une période allant du milieu du onzième siècle à deux cents ans plus tard.

Silence.

— Des textes écrits par Snorri ?

Dans le sourcil du commissaire de police, un muscle tressaille.

— C'est une longue histoire.

De l'autre côté de la fenêtre, un goéland, en quête d'un casse-croûte, fait une embardée avant de plonger à pic et d'atterrir sur le ventre.

— Pour autant que je sache, les manuscrits de Snorri se trouvent dans la collection islandaise de manuscrits de l'institut Árni Magnússon à Reykjavik, observe le commissaire.

— Pas tous. Certains s'y trouvent en effet, mais d'autres sont à Copenhague, à Uppsala et à Utrecht.

— Et il y en a chez sira Magnus à Reykholt ?

— Il est tombé dessus il y a huit jours.

— La découverte a-t-elle été officiellement déclarée ?

— Aujourd'hui oui. C'est la raison pour laquelle je me suis rendu à Reykjavik. Et je viens de trouver le cadavre de Magnus.

— Selon vous, qui a dérobé le manuscrit ?

— Ceux qui l'ont assassiné.

— Et pourquoi l'ont-ils volé ?

— Pour le vendre, je suppose. Aux yeux des collectionneurs, un tel manuscrit écrit par Snorri aurait beaucoup de valeur.

Je songe intérieurement qu'il est bon que la police nationale soit en route de Reykjavik. Un meurtre et un trésor culturel disparu ne sont pas des dossiers que le commissaire de Borgarnes souhaite traiter.

— Ce projet de recherche sur lequel vous collaboriez... commence-t-il en hésitant.

— Le thème en est relativement compliqué.

— Essayez tout de même de m'expliquer.

— Nous travaillions sur une théorie selon laquelle Snorri aurait laissé des pistes cachées dans ses textes.

— Des pistes cachées ?

— Des codes, des cartes, de la géométrie sacrée.

— Ah…

Il n'a pas la moindre idée de ce dont je parle.

— Nous pensons que Snorri avait connaissance de la façon dont nos ancêtres norrois ont placé des édifices importants, comme des églises, monastères, grandes demeures, fortifications, selon un ordre de géométrie sacrée fondé sur la philosophie et les mathématiques pythagoriciennes et néo-platoniques.

Mon discours est tellement étrange qu'on dirait qu'il résulte de la disparition d'un filtre de raison entre mon cerveau et ma langue.

— Nos ancêtres avaient recours à leur connaissance de la science antique dans n'importe quel domaine de la vie, de l'élaboration de cartes à la construction de bateaux vikings et d'églises en bois.

Un voile d'incrédulité glisse devant les yeux du commissaire. Il cesse d'écrire. C'est peut-être aussi bien. Mon récit omet beaucoup d'éléments, des choses que je ne *peux* pas raconter parce que je ne sais pas, parce que je ne saisis pas. Je passe sous silence le code que Magnus et moi avons réussi à comprendre tard hier soir : il est certaines choses qu'il vaut mieux garder pour soi.

— Je ne suis pas archéologue, dit le commissaire. Ni historien. Mais même si je peux comprendre qu'une révélation de ce genre puisse être passionnante pour vous autres, scientifiques, j'ai plus de mal à comprendre comment quelqu'un pourrait vouloir tuer pour cela.

Cette fois, c'est moi qui me tais, car je pense exactement la même chose que lui.

Je passe une heure et demie à faire ma déposition. Les questions du commissaire fusent. Il n'y comprend pas grand-chose et moi non plus. Au milieu de l'interrogatoire arrive un enquêteur de la *Ríkislögreglustjórinn* – la police en Islande. Il jette un sachet en plastique transparent sur le bureau devant le commissaire. Les lunettes de sira Magnus. Les enquêteurs locaux du commissaire ne les avaient pas vues au fond du bassin. Le commissaire prend la mouche et les deux hommes se rendent dans un bureau voisin.

À travers la cloison, j'entends une discussion animée, puis ils reviennent et reprennent l'interrogatoire.

Le détective de la capitale est assis sur l'appui de fenêtre. À plusieurs reprises, il me regarde comme s'il se demandait si j'ai toute ma tête. Au bout d'un moment, il veut savoir où j'étais quand Magnus est mort. Je lui explique que j'étais à Reykjavik chez le professeur Thrainn Sigurdsson de l'institut Árni Magnússon.

Aussitôt après, on m'emmène dans une cellule. Suis-je arrêté ? Je reste assis là pendant trois quarts d'heure avant qu'on vienne me chercher. C'est seulement maintenant que l'enquêteur de Reykjavik me serre la main et se présente. Quand les Islandais disent leur nom, on dirait qu'ils ont la bouche remplie de billes.

— Nous avions besoin de vérifier que vous êtes bien celui que vous dites et de trouver quelqu'un pour confirmer votre histoire.

— Vous pensez que c'est *moi* qui ai noyé sira Magnus ?

Aucun d'eux ne me répond. Finalement, le commissaire prend la parole :

— Mon collègue de la *Ríkislögreglustjórinn* estime que nous devrions envisager de vous attribuer le statut de suspect afin que vous bénéficiiez aussi des droits du suspect…

Ses mots chavirent dans les flots démontés d'une mer d'indignation. Ce commissaire de police respecté – gardien de la loi, pilier de la société locale – vient de se faire doubler par un lieutenant de la capitale. Il commence à m'inspirer une certaine sympathie.

L'équilibre des pouvoirs est modifié. Maintenant, le commissaire est de mon côté : deux contre un.

L'interrogatoire continue. J'en raconte encore moins que le peu que je sais.

Le commissaire et le lieutenant notent un mot ici et là avec un manque d'intérêt qui me fait conclure que ni la police de Borgarnes ni la *Ríkislögreglustjórinn* ne parviendront jamais à démêler tous les fils que sira Magnus et moi avons laissés derrière nous.

Il ne me reste donc plus qu'à le faire moi-même.

2

Le soir est tombé quand je retourne à Reykholt.

La police a déroulé son ruban en plastique jaune avec l'inscription *lögregla* tout autour du presbytère.

Dans le vent, le plastique produit un bruit de déchirement. Je reste à écouter un moment avant de descendre vers le bassin.

Les voitures de police sont reparties. *Sjúkrabíllin* a emmené Magnus à l'Institut de médecine légale de Reykjavik, où les légistes doivent l'autopsier pour découvrir les raisons exactes de la mort.

Flairant l'inexpliqué, les journalistes tiennent bon. Baigné de la lumière vive de deux projecteurs de caméra, un reporter de *Stod 2* parle dans un micro. Les photographes de *Morgunbladid, Frettabladid* et *GV* rôdent autour du lieu du crime. Par bonheur, ils ne me voient pas. Impatients, ils errent sans but autour du bassin.

Mon esprit, essayant sans doute de trouver un sens, une explication à la mort de Magnus, ne cesse de voir des images de lui. Je finis par regagner l'appartement de Snorrastofa.

3

Je m'en aperçois immédiatement : quelqu'un est venu. L'appartement est aussi ordonné que quand je suis parti, mais j'ai un regard sensible. Je sais précisément où et comment je pose les choses, comme mon ordinateur portable, mes notes ou ma chaussette droite trouée au talon. Je me rends compte que quelqu'un est venu fouiller, même si rien n'a été volé.

Il pourrait bien entendu s'agir de la police. En Islande, les policiers ont peut-être le droit de perquisitionner l'appartement du suspect principal sans lui en parler. Mais il pourrait aussi s'agir de l'un des assassins de sira Magnus.

Je fais un tour pour m'assurer que je suis seul avant de tirer les rideaux aux fenêtres. Je regarde sous le lit, dans les placards, et vérifie mon téléphone mobile sur la table de chevet.

J'ai reçu deux messages, un vocal et une image par SMS. Ces deux messages ont été envoyés par Magnus. Le message vocal a été enregistré à 13 h 42, juste avant sa mort.

« Salut, Bjørn, c'est moi », dit sa voix d'outre-tombe. Il semble agité et surpris. « Tu sais, les chercheurs étrangers ? Ceux de l'institut Schimmer ? Ils sont déjà en train de monter du parking. C'est une sacrée équipe. Je t'envoie un SMS. » Il rit de manière forcée. « Toi qui connais un peu ces gens, tu en reconnais ? C'est juste que… enfin, je ne sais pas. Je voulais que tu le saches. À plus tard ! »

La photo floue a été prise à travers la fenêtre du salon. Ils sont sur le parking. Au fond se trouve un quatre-quatre. J'entrevois quatre silhouettes, dont une véritable montagne, qui se dirigent vers la maison.

Le commissaire m'explique qu'il est trop tard pour s'occuper de ces nouveaux renseignements. Il passera demain matin. Entre-temps, il me prie de lui faire suivre la photo envoyée par Magnus.

Je demande si la police a perquisitionné mon logement.

— Non… Devrions-nous le faire ? ajoute-t-il dans un petit rire.

4

Le soleil matinal inonde le paysage d'une lumière si vive que Reykholt paraît surexposé. Au loin, sous l'enfilade de montagnes volcaniques, la vapeur des sources géothermiques s'élève et est emportée par la faible brise en virevoltant.

Je ferme la porte et sors sur la place devant Snorrastofa. Tout est calme.

Un jour que je visitais la maison d'enfance de Léonard de Vinci sur un coteau toscan, j'ai été bouleversé en songeant que ces collines d'oliviers et de vignes étaient les mêmes que celles que Léonard avait regardées. Je ressens cette même émotion à Reykholt : ces mêmes sommets ceignaient l'horizon lorsque Snorri est venu s'installer ici à l'âge de vingt-sept ans. Il était déjà un chef puissant.

Une voiture de police tourne vers le parking. Le gravier crisse sous les pneus. Le commissaire a fait une longue route de Borgarnes à Reykholt pour récupérer mon téléphone mobile et observer de plus près les lieux du crime. Peut-être veut-il également vérifier que Bjørn, cet albinos louche, n'a pas rassemblé ses pistolets Micro UZI SMG et ses poignards arabes recourbés avant de disparaître au creux de la nuit !

Quoi qu'il en soit, il se dirige vers moi la main tendue, avec une grimace qui pourrait facilement passer pour un sourire. Nous nous jaugeons mutuellement dans la lumière crue du matin. Il est rasé de près, la peau de ses mâchoires est rouge et irritée. Il demande à emprunter mon téléphone, afin de faire analyser et mettre en lieu sûr le message vocal et l'image.

Il s'enquiert de savoir qui sont les chercheurs, mais je n'en ai aucune idée.

— Nous allons les trouver ! En rentrant de Reykjavik hier, avez-vous remarqué des voitures en particulier ?

Le trajet de Reykjavik à Reykholt dure une heure et demie et traverse un site qui pourrait induire à penser que l'on se trouve sur Mars. Un Islandais sur deux roule en quatre-quatre : comment pourrais-je me souvenir d'une voiture plutôt que d'une autre ?

— Nous avons un témoignage qui correspond à la photo, explique-t-il. Une Blazer noire a été observée venant d'ici et roulant à grande vitesse hier…

Il vérifie dans son carnet de notes.

— … à quatorze heures. Une agence de location de voitures de Reykjavik a loué une Blazer à des étrangers. Nous avons deux hommes à l'agence qui attendent qu'ils ramènent la voiture.

— Des étrangers ?

— Des Arabes, en provenance des Émirats, si l'on en croit les passeports.

Brève pause.

— Voyez-vous une raison pour laquelle il y aurait eu des contacts entre sira Magnus et des Arabes ?

Un mensonge peut prendre bien des formes : une distorsion de la vérité, une information passée sous silence… Je réponds que je ne vois strictement aucun lien entre sira Magnus et des gens des Émirats, mais, au fond de moi, une peur naissante commence à me glacer l'échine. Il peut s'agir de membres dissidents de l'institut Schimmer, de collectionneurs ou tout simplement de riches excentriques qui feraient n'importe quoi pour s'assurer une belle pièce historique. Je n'en touche pas un mot au commissaire ; il ne comprendrait pas.

Après le départ du policier, je téléphone à un contact de l'institut Schimmer. Je lui expose ce qui s'est passé et lui demande qui ils ont envoyé.

— Personne, m'affirme-t-il. Pour examiner une découverte aussi exceptionnelle, nous aurions envoyé les professeurs Osman, Rohl, Dunhill, Silbermann, Finkelstein, Philips et indubitablement le professeur Friedman. Mais avant tout, nous aurions sans doute essayé de convaincre Magnus d'apporter le codex ici à l'institut.

5

À la mi-journée, je retourne à Reykjavik. La route sinue devant des fermes désertes, des enclos à moutons et des sites d'exploitation de la vapeur thermique.

Les montagnes volcaniques semblent n'attendre rien d'autre que l'explosion.

Ici et là, la route fait un étrange virage elfique. Les ouvriers des ponts et chaussées d'Islande ont beaucoup de respect pour le peuple *huldu*, ces elfes souterrains et invisibles, qui vivent dans les rocs, en pleine nature sauvage. Quand un ingénieur islandais a tracé à la règle sa route bien droite à travers une pierre qui indiscutablement abrite une famille d'elfes, les ouvriers évitent la catastrophe en déviant la route par ailleurs tracée au cordeau.

Je ne cesse de découvrir de mystérieuses voitures dans mon rétroviseur : des Blazers noires.

Mais il se pourrait que ce soient des Islandais, ou bien des elfes qui me jouent un tour. La Blazer noire dans mon rétroviseur me dépasse en trombe : ce n'est en fait qu'un Volkswagen Touareg bleu.

Nous avons tous nos démons.

Je n'ai pas de noms pour les miens, mais je les connais, comme vous connaissez les vôtres. Ils sommeillent quelque part en vous, entre vos intestins, votre foie, vos reins et toutes les humeurs qui vous font fonctionner, et soudain, une nuit, ils montrent leurs sales trognes.

Je n'ai jamais eu de problèmes d'alcool, mais j'ai sucé des antidépresseurs comme des pastilles aux fruits.

On appelle cela des pilules du bonheur. Pourtant elles ne vous rendent pas heureux, ne font que limer un peu les aiguillons de l'angoisse.

Ne vous méprenez pas : je ne suis pas fou, simplement parfois mes nerfs se nouent. Souffrir d'angoisse n'a rien de différent de souffrir de diabète ou de goutte articulaire. Mais les gens vous regardent autrement, ils font un pas en arrière. *Ah oui ? Les nerfs ?* Ils sourient avec compassion et inquiétude, comme si vous aviez un couperet de boucher dans la manche et plein de voix maléfiques qui hurlent dans la tête.

À deux reprises, je me suis fait interner, c'était mieux ainsi. Je ne dis pas « service de psychiatrie », car c'est froid. En revanche, je ne dis pas non plus « maison de fous » ou « sanatorium ».

Je préfère « clinique des nerfs », mon propre petit nid de coucou ! Là, on nous laisse mûrir, sous surveillance et sous contrôle, sous nos cloches à fromage d'angoisse rentrée.

Voilà aussi qui je suis ; je peux être un drôle de diable. J'ai de la peine à me soumettre et c'est sans doute la raison pour laquelle je ne suis pas professeur. Les autorités et les règles me hérissent, les autres me hérissent. L'existence me hérisse. Je ne suis sans doute pas d'un commerce facile. J'ai un demi-frère que je vois rarement et un beau-père que je m'efforce d'éviter. C'est mon patron à la fac. Maman est morte l'année dernière. Cancer de la lymphe.

Mes poursuivants ne sont plus là.

Après quelques dizaines de kilomètres, et un péage, la route s'élargit et l'asphalte est neuf. L'autoroute vers Reykjavik ne compte pas un seul virage elfique. Les pauvres bougres invisibles qui ont vu leurs maisons de pierre détruites par de brutaux bulldozers et l'adoration complaisante de la ligne droite des ingénieurs virevoltent désormais dans la nature, sans domicile, assoiffés de vengeance en semant la pagaille. C'est pourquoi je leur fais signe par la fenêtre. J'ai toujours eu de la sympathie pour ceux qui étaient en dehors.

6

L'institut Árni Magnússon, qui abrite la collection de manuscrits d'Islande, se trouve aux confins du campus universitaire de Reykjavik. La plupart des gens frissonnent à la vue de la façade grise d'un bâtiment d'université. Personnellement, je ressens une chaude bouffée de bonheur : je suis de retour à la maison.

Recourbé derrière son bureau qui déborde, le professeur Thrainn Sigurdsson étudie les yeux plissés un texte tout en remuant les lèvres comme dans une conjuration silencieuse. Son nom et son titre sont gravés sur une plaque de bronze qui menace de tomber du bureau.

Il lève les yeux quand je frappe à la porte entrouverte, se lève et me serre la main.

— Toutes mes condoléances, fait-il en parlant les yeux dans le vide.

Lorsqu'elle a récupéré les manuscrits anciens qu'Árni Magnússon avait consacré sa vie à collectionner, l'Islande a célébré un jour de fête nationale. Juste avant sa mort en 1730, Magnússon avait légué le tout à l'Université de Copenhague. Ce n'est que dans les années 1970 que l'Islande a retrouvé la collection. La télévision émettait en direct. Employés et élèves ont pris leur journée. Mères de famille, ouvriers, étudiants et oisifs s'étaient rassemblés dans le port de Reykjavik pour accueillir le navire transportant la collection *Den Arnamagnæanske Samling*. Les Islandais savent protéger ce qui leur appartient !

— Y a-t-il un lien ? demande Thrainn.

Les journaux ont écrit des colonnes et des colonnes d'articles sur le meurtre, mais la police n'a pas soufflé mot du manuscrit disparu.

— Ils ont volé le codex, réponds-je.

— Vous en avez une copie ?

Je secoue la tête.

Nous passons un moment à discuter des secrets que Snorri a pu cacher dans le texte. Je décris l'alternance entre ce qui était la propre écriture de Snorri, sur laquelle Thrainn a des doutes, et l'écriture runique encore plus ancienne. Sur une feuille, je dessine les symboles qui sont répétés tout au long du manuscrit. Ankh. Tyr. Croix. Pentagramme.

Nous recherchons ensemble une explication que nous ne trouvons pas.

— *Ankh*, dit Thrainn. Le hiéroglyphe qui désigne le mot égyptien signifiant *vie*, le symbole de la vie éternelle et de la renaissance. *Tyr* : c'est le caractère runique, de l'ancien alphabet futhark, qui désigne le dieu de la guerre norrois Tyr. La croix latine, *crux ordinaria*, le symbole de la chrétienté et du martyr de Jésus. C'est aussi un signe géométrique sacré de l'Antiquité.

— La théorie que sira Magnus et moi avons imaginée est que Snorri cachait des allusions et des indications dans ses sagas.

— Les omissions et les modifications sont fréquentes dans les éditions en fac-similé et les copies manuscrites du parchemin original et du texte en marge.

— Il est donc courant qu'une partie du texte soit supprimée ?

— Ou ajoutée. À Uppsala, en Suède, se trouvent des éditions en fac-similé des textes de Snorri. Il existe certainement des copies sur papier inconnues qui reposent sur des versions alternatives du Moyen Âge. Si nous comparons les versions les plus récentes avec l'original, mot pour mot, de nouvelles informations pourraient apparaître. Mais c'est un sacré travail.

— Nous ne savons pas ce que nous cherchons. Sira Magnus et moi avons envisagé la possibilité d'une révélation de la preuve de contacts entre les cultures norroise et égyptienne. Quelque chose qui démontrerait que tout, des bateaux vikings aux églises en bois, en passant par les cartes et la mythologie, était influencé par les Égyptiens.

Thrainn regarde longuement par la fenêtre. Au mur, à côté de lui, est accrochée une photo d'un personnage qui tient sa longue barbe. Cette barbe ressemble à un ankh renversé. C'est une figurine en bronze du onzième siècle, trouvée au bord du fjord Eyjafjördur en Islande en 1815.

— T'es-tu jamais dit que tout cela pouvait être une escroquerie ? Que quelqu'un, au Moyen Âge, avait fabriqué le codex tout simplement pour duper quelqu'un d'autre ?

J'y ai pensé, bien sûr. Les musées du monde regorgent de contrefaçons. J'ouvre ma sacoche et pose un fac-similé de l'*Histoire de la sainte Croix* sur la table.

— Tu sais, observe-t-il, beaucoup de gens pensent que Snorri n'est même pas l'auteur de ce texte.

— Il contient un code.

Son regard est un peu trop appuyé.

— Et sira Magnus et moi l'avons décrypté, poursuis-je.

— Un code ?

— Je crois que le Thingvellir abrite une caverne sacrée.

Thrainn rit de bon cœur.

— Une caverne sacrée ? Sur le site de Thingvellir ? Eh bien, eh bien…

— Et je sais à peu près où elle se trouve.

— Tu sais quoi ? fait-il, son rire joyeux continuant de bouillonner en lui. Je n'y crois pas !

Il est temps de donner le coup de grâce. Je lui montre l'indication. *Le nombre de la bête montre la voie le long de la falaise de Lögberg vers le Skjaldbreiður…*

— Allons bon ! s'exclame le professeur. Tu te fous de moi ?

7

Ce soir-là, je m'installe à Reykjavik à l'hôtel Leifur Eiríksson face à l'église Hallgrím. À travers la fenêtre, j'entends le bourdonnement d'une balayeuse dans le calme des rues vides. L'église Hallgrím est baignée de lumière blanche. Sa façade rappelle les cimes d'un iceberg qui dérive, tout seul sur l'océan désert.

Je flâne jusqu'au restaurant végétarien où je déguste un potage suivi de lasagnes aux légumes. Dans la soirée, le commissaire de Borgarnes m'appelle sur le téléphone de ma chambre d'hôtel. Il a reçu le rapport d'autopsie.

— Sira Magnus est mort d'un infarctus.

Je reste muet si longtemps qu'il me demande si je suis toujours là.

— Un infarctus ? Dans le bassin ?

— Il a pu tomber dedans. Il avait un peu d'eau dans les poumons, mais pas suffisamment pour le noyer. C'était le cœur.

— Que fabriquait-il dans le bassin ? Tout habillé ? Et le parchemin qui a été volé ? Et la Blazer ?

— Nous poursuivons bien entendu l'enquête. Mais un infarctus n'est pas une affaire de meurtre.

Le commissaire promet de déposer mon téléphone mobile à la réception dans le courant de la matinée.

Il ne le dit pas, mais je comprends que pour lui le SMS et le message de sira Magnus ne sont plus des pistes dignes d'intérêt.

— Et selon vous, qu'est-ce qui a provoqué l'infarctus ? je demande d'un ton acerbe.

— Il va de soi qu'il peut avoir été menacé. Mais il va être difficile de prouver un lien valable pénalement entre l'infarctus et le vol supposé du codex.

Quand un policier dit *supposé*, c'est parce qu'il n'est pas tout à fait certain de ce qui se passe. Dans un sens, je peux le comprendre.

Dans ma chambre d'hôtel, j'essaie de mettre de l'ordre dans mes notes et de voir une logique dans ce que nous avons découvert. Les Arabes pourraient-ils faire partie d'une bande qui se serait spécialisée dans la recherche et le vol de trésors culturels historiques destinés au marché noir des collectionneurs ? Au Moyen-Orient, il existe de nombreux rois du pétrole richissimes, dont le coffre-fort regorge de merveilles artistiques que n'importe quel musée serait fier d'exposer dans ses vitrines.

Et pourtant beaucoup d'aspects de cette affaire me décontenancent ; je ne parviens pas à me faire une image globale. Les années, la chronologie et les diverses lignes historiques ne sont qu'un embrouillamini. Trop fatigué pour me concentrer, je m'endors sur mon lit.

Je suis habillé et ne me suis pas brossé les dents ni lavé. En rêve, je sens le regard d'ange désapprobateur de maman.

Thingvellir

1

Noir comme du charbon, le mur de lave vertical se dresse vers le ciel. Les montagnes dessinent des silhouettes aiguës sur les nuages qui affluent de l'ouest. Sur les coteaux sifflent des colonnes de vapeur souterraine. Des blocs rocheux forment des monolithes de lave torturés. Les frimas nimbent le lac et le marécage d'un voile d'argent. Juste au pied de l'énorme faille se trouve une petite église en bois et quelques maisons qui semblent se serrer les unes contre les autres pour se tenir chaud. Les continents américain et européen tirent chacun un bout de l'Islande et à Thingvellir l'île s'est déchirée.

— Alors, fait Thrainn avec un sourire supérieur. Où est ton trésor ?

Découragé, je contemple la faille large d'un kilomètre. Quiconque visite le site de Thingvellir tombe sous le charme de l'atmosphère ensorceleuse du lieu. Deux falaises coupent à la verticale le paysage volcanique, où, en l'an 930, fut fondé à ciel ouvert l'Allting, la plus ancienne assemblée nationale du monde. Les *lovsigemenn*, les hommes disant la loi, avaient vue sur un terrain de formations de lave dénudées, de buissons et d'arbres battus par les vents. Sur les touffes d'herbes entre la rivière et les petits ruisseaux, ils plantaient leurs tentes lors du *tingsamling*, la session de l'assemblée.

Nous jetons un œil sur la traduction du texte de Snorri que j'ai écrite à la main :

Le nombre de la bête
Montre la voie
Le long de la falaise
De Lögberg
Vers le Skjaldbreiður

Thrainn désigne d'un signe de tête une plateforme en bois de construction récente sur un rocher.

— *Lögberg :* le mont de la loi. C'est l'endroit d'où l'on proclamait les lois et où tous les hommes libres pouvaient plaider leur cause. C'est là qu'ils se tenaient, les géants des livres d'histoire. C'est de là que gouvernaient les *lovsigemenn*, comme Snorri avec les *alltingsmenn*.

Thrainn met sa main en visière et balaie les lieux du regard :

— En cherchant bien, conclut-il, nous trouverons peut-être un grand X rouge.

Puis il se détourne en hennissant.

Thrainn a réuni un groupe d'étudiants en archéologie qui, séduits par tous les mystères, la promesse de garder le secret et la perspective de prendre part à quelque chose de vaguement historique, sont venus nous aider à chercher. Pelle et barre à mine sur l'épaule, nous descendons au pas de charge le sentier qui longe les falaises de lave noire. Nous aurions pu ressembler aux sept nains, mais nous sommes bien plus nombreux, et aucun de nous n'est nain. Le soleil chatoie à travers les nuages. Il n'y a presque pas de touristes à cette heure matinale. Seuls quelques Américains en groupe nous lancent des regards indifférents. Ils nous prennent sans doute pour une équipe d'entretien que la commune a tant bien que mal réussi à constituer en faisant appel à d'anciens pickpockets condamnés à des travaux d'utilité générale.

Thrainn parque les étudiants à la croisée des chemins. Quant à nous, nous nous rendons au mont de la loi, *Lögberg*.

— *Skjaldbreiður* ! dit Thrainn en pointant le doigt vers une montagne au loin.

Puis, il ajoute d'un air songeur :

— *Lögberg... Skjaldbreiður... le nombre de la bête...* donc 666, dans l'Apocalypse selon saint Jean. N'est-ce pas un peu trop évident ?

— Pour nous. Snorri a écrit cela à une époque où très peu savaient lire. Et encore moins décrypter des codes. Pour connaître un concept comme le nombre de la bête, il fallait alors être érudit.

— Et pourtant, tu dis toi-même que Snorri a écrit une indication codée...

— Destinée à d'autres érudits qui savaient quelle clef utiliser pour la déchiffrer, des hommes qui partageaient l'appareil conceptuel de Snorri. Ils savaient comment un texte codé devait se lire et se comprendre. *Le nombre de la bête* est une référence simple pour nous. Mais l'Apocalypse selon saint Jean n'était sans doute pas une lecture populaire au treizième siècle.

Nous commençons nos six cent soixante-six pas à partir de *Lögberg*. Les étudiants nous suivent comme une troupe de canetons. Nous enjambons des pierres de lave et des touffes d'herbe. Les sommets volcaniques éraflent la couverture nuageuse.

Au bout de quatre cents pas, nous nous arrêtons. Je suis démoralisé.

— S'il y avait une caverne ici, elle aurait été découverte depuis longtemps !

— Pas si elle est vraiment bien cachée. Quand Howard Carter a trouvé le tombeau de Toutankhamon dans la Vallée des Rois, les archéologues le cherchaient depuis des décennies.

Après deux cents pas de plus, nous devons continuer soit à gauche, soit à droite d'un rocher de lave bosselé. Nous suivons la falaise.

Encore soixante-six pas et nous sommes arrivés, mais il n'y a rien ici.

2

La falaise nous domine de dix ou quinze mètres. Au pied du mur de lave se trouvent des moellons et un éboulis couverts de mousse et de quelques plantes obstinées.

Encore une fois, je relis l'indication. *Le nombre de la bête*, 666, montre la voie le long de la falaise de *Lögberg*, le mont de la loi, vers *Skjaldbreiður*. Thrainn et moi échangeons un regard abattu.

— Il n'y a pas de caverne, dis-je en donnant un coup de pied dans une pierre de lave.

— Snorri pourrait avoir utilisé une grotte naturelle dans la montagne et l'avoir cachée ensuite, observe Thrainn. Tout comme l'entrée des tombeaux royaux égyptiens était recouverte de pierres après les funérailles.

— Mais les gens du coin auraient sans doute tiqué si une grotte naturelle avait été bouchée ?

— Les gens du coin ? Regarde autour de toi ! Peux-tu imaginer un lieu qui soit plus désert et perdu que celui-ci ? Les plus puissants des Islandais faisaient un pèlerinage au Thingvellir une fois par an. Si une caverne avait été recouverte par un éboulis depuis leur dernier passage, ils auraient à peine haussé les épaules.

— N'est-ce pas risqué de cacher quoi que ce soit dans une caverne par ici ?

— Au contraire. Le Thingvellir était presque quelque chose de magique, de sacré. Pour Snorri, le choix a dû s'imposer de lui-même.

Nous contemplons l'éboulis au pied du mur de lave.

— L'entrée de la grotte pourrait-elle avoir été cachée dans une ravine ou une faille souterraines ? suggère Thrainn.

— Puis recouverte de pierres ?

Nous regardons de nouveau l'éboulis.

3

Avec les étudiants, nous entreprenons de transporter les pierres de lave.

L'une des premières choses que l'on nous enseigne en archéologie, c'est la patience. L'archéologie est un métier pour les patients, les appliqués et les paisibles. Après tout, cette discipline est faite de peu de grands moments et de beaucoup de terre, d'argile, de fastidieux formulaires d'enregistrement et de classement.

Ce n'est qu'une fois tous les cent ans que quelqu'un découvre son Toutankhamon ou sa Troie.

Au bout d'une bonne heure, nous avons progressé d'un mètre dans l'éboulis, mais il n'y a toujours rien. Les pierres claquent sur le sol derrière nous, roulant et s'amassant en tas de lave.

Bientôt nous devons faire une chaîne et nous passer les pierres d'une personne à l'autre pour parvenir à les dégager.

Nous avons enlevé plusieurs tonnes de lave quand l'une des étudiantes, une jeune femme que je n'ai pas manqué de remarquer, nous appelle. Le travail s'arrête. Les cailloux filent sous mes pieds quand je cours la rejoindre.

Sur la paroi mise à nu, quelqu'un a taillé une niche rectangulaire de dix centimètres de profondeur. Je brosse la terre et la mousse.

Un murmure parcourt le groupe d'étudiants.

Trois symboles sont gravés dans la roche : ankh, tyr et croix.

4

Nous remontons avec les étudiants jusqu'au parking en leur faisant croire que le travail reprendra demain. Ils protestent et veulent dégager la cavité dès maintenant. Ils veulent savoir ce que nous avons trouvé, tout de suite, pas demain.

Je les comprends, mais nous n'avons pas besoin d'eux. Leur présence et leur curiosité compliqueraient le travail et le retarderaient.

Thrainn dit que nous devons passer le reste de la journée à prendre des mesures et à préparer l'excavation.

Du haut de son charisme professoral, il parle avec conviction et autorité. Déçus et à contrecœur, les étudiants rentrent à Reykjavik.

Thrainn et moi attendons que le dernier minibus ait été englouti par l'horizon avant de regagner les lieux au trot et de continuer de déplacer des pierres.

Nous mettons deux ou trois heures à dégager l'entrée de la caverne. Une demi-heure plus tard, nous avons éliminé assez de pierres pour obtenir une ouverture suffisamment grande. Je lâche dans la cavité une corde en nylon que Thrainn a ancrée à un rocher.

Les mains serrées autour du cordage, je me faufile dans l'ouverture et me laisse glisser jusqu'en bas. Je pose les pieds sur le plancher irrégulier de la grotte.

La caverne n'est pas particulièrement grande. L'ouverture laisse passer le soleil qui m'atteint comme un chuchotement de lumière. Thrainn descend plus vite que moi et je le réceptionne des deux mains.

Nous nous trouvons dans une cavité naturelle du rocher de lave, une grotte qui mesure quatre ou cinq mètres de profondeur et deux ou trois mètres de largeur. Nous allumons nos lampes frontales dont les faisceaux errent et frôlent les parois.

Thrainn me donne un coup de coude. Contre le mur ouest a été maçonnée, à partir de blocs de lave soigneusement taillés, une construction ressemblant à un autel. Fait de la même matière que ce qui l'environne, il se confond presque avec la paroi de la cavité.

Sur cette construction en lave rectangulaire repose une lourde dalle en pierre lisse.

Nous nous positionnons chacun à une extrémité de la dalle et la soulevons.

Dans la cavité, sous la dalle, se trouve un reliquaire noir comme du charbon.

Nous posons délicatement le reliquaire en biais sur le bord de l'autel creux. Je frotte la surface du bout du doigt.

— Qu'est-ce que c'est ? De la poussière, de la suie, de la lave ? demande Thrainn.

— Aucun des trois.

Je frotte plus énergiquement. J'ai bien deviné : le revêtement extérieur est noir, car il est oxydé.

— Le reliquaire, dis-je, est en argent.

5

Nous l'enveloppons dans une bâche avant de le remonter au parking et de le sangler à l'arrière du Toyota Land Cruiser de Thrainn. Nous manœuvrons avec une telle fébrilité que nous n'échangeons pas un mot.

Thrainn prend la route principale vers Reykjavik. Elle est en ligne droite et nous ne croisons pas une voiture. À cent trente kilomètres-heure bien tassés, nous filons à travers un paysage lunaire. Le lac Thingvallavatn scintille sur notre gauche. L'horizon est morcelé par une chaîne de sommets volcaniques.

La Chevrolet Blazer est garée en travers de la route, juste après la montée suivante. Deux hommes attendent de part et d'autre de la voiture.

Tous deux ont les mains devant l'entrejambe, dans une posture étrange, comme s'ils posaient pour une affiche de film. Par ce soleil cru qui m'empêche de bien distinguer, je ne puis exclure qu'ils aient chacun un pistolet à la main.

Thrainn réagit avec la vivacité de l'éclair. « Accroche-toi ! » Sans hésiter, il fait sortir son Land Cruiser de la route. Je pousse un cri.

Thrainn serre les dents et regarde droit devant lui d'un air concentré, comme si le héros de film d'action qui sommeille en lui s'éveillait soudain à la vie, dans la joie et la bonne humeur ; c'est un soldat de commando spécialement entraîné qui, pendant ces quinze dernières années, a prétendu étudier des écritures manuscrites islandaises dans le cadre d'une opération incognito.

Dans un nuage de poussière et de sable, nous nous éloignons à une vitesse croissante de la Blazer et de la route principale. Thrainn roule en évitant les rocs.

— Nous roulons sur les vestiges d'une ancienne voie

pour charrettes entre Reykjavik et le Thingvellir ! crie-t-il.

Nous avons beau avoir l'avantage de rouler en tête, avec une vue dégagée à l'avant, la Blazer qui nous poursuit gagne du terrain.

— Appelle le 112 ! lance Thrainn.

Je trouve le téléphone en tâtonnant. Par chance, il y a du réseau. Lorsque l'opérateur finit par comprendre que je m'exprime en anglais et non dans quelque obscur dialecte islandais et que nous sommes poursuivis par des hommes armés, il envoie une voiture de patrouille dans notre direction. Même si je n'ai pas d'adresse précise à lui indiquer dans cette cambrousse…

La Blazer est à quelques mètres de nous quand je la vois soudain filer à droite. Ils ont l'intention de nous couper la route.

J'aperçois le roc avant le chauffeur de la Blazer. Il ne parvient ni à freiner ni à l'éviter. Dans un froissement métallique, la voiture de nos poursuivants s'échoue dessus. Et y reste.

Nous continuons sur la piste pendant encore quelques kilomètres avant de rejoindre un chemin de traverse asphalté qui nous ramène sur la route principale.

La police rappelle quand nous approchons de l'université pour nous demander où nous sommes. Que les policiers ne nous aient pas trouvés, c'est compréhensible. Qu'ils n'aient pas non plus trouvé la Blazer laisse un peu plus songeur…

6

À l'institut Árni Magnússon, nous nous installons dans un laboratoire libre. Un conservateur, ami de Thrainn, nous aide à ouvrir le reliquaire.

Enveloppée dans du coton enroulé dans de la toile se trouve une boîte en bois dur. Six épais rouleaux de peau, noués avec un lacet de cuir, sont protégés par plusieurs épaisseurs de tissus souples.

Avec une infinie précaution, nous ouvrons le premier rouleau de parchemin. Il est dans un état de conservation époustouflant.

Les peaux sont recouvertes de deux colonnes de petits caractères symétriques. J'essaie de lire, mais, s'ils sont vaguement reconnaissables, les caractères sont incompréhensibles.

Thrainn laisse glisser son regard sur ces pages d'écriture serrée. Les deux colonnes sont écrites dans des langues différentes.

Celle de gauche ressemble à du copte, la langue parlée et écrite en Égypte à partir des environs de l'an 200 jusqu'au douzième siècle. La colonne de droite pourrait rappeler l'hébreu.

Thrainn effleure l'un des parchemins du bout des doigts, le hume et examine les caractères.

— Je dirais que la peau a mille ans, plus ou moins un siècle.

Il roule le document et le repose dans la boîte. Nous portons le reliquaire dans l'escalier en colimaçon qui descend au sous-sol, où les écritures manuscrites les plus anciennes et les plus précieuses d'Islande sont conservées dans un coffre-fort robuste à température et humidité constantes.

Derrière une épaisse et lourde porte en acier, sur des mètres de rayonnages, est rassemblée l'histoire écrite des pays nordiques, soigneusement enveloppée dans du papier et placée dans des boîtes en carton plates.

Dans le robuste coffre-fort du sous-sol de l'institut Árni Magnússon, nous cachons le reliquaire et les parchemins de Thingvellir.

7

C'est une longue journée. Policiers, journalistes, chercheurs, tous veulent entendre l'histoire encore et encore.

Dans le taxi qui me ramène à l'hôtel Leifur Eiríksson, je reçois un appel du commissaire de Borgarnes.

Il vient de recevoir un rapport sur un cambriolage dans l'appartement de chercheur du centre culturel Snorrastofa.

Le cambriolage a vraisemblablement eu lieu hier, juste après mon déménagement en ville. Il ajoute :

— J'ai parlé avec la police de Reykjavik. Tout bien considéré, ils envoient une patrouille à l'hôtel dans la soirée. Par mesure de précaution.

Le taxi s'arrête devant l'hôtel. Je règle ma course. Je songe que ce « Par mesure de précaution » a des accents funestes.

Le code runique

1

J'aime les hôtels. On s'y sent toujours le bienvenu, car on y fait partie d'une communauté qui ne vous impose jamais de présence intempestive.

Quand vous sortez, on vient faire votre lit et on range derrière vous sans rien dire.

Et quand, fatigué, vous vous enfermez dans la chambre, tout est bien propre et rangé.

Un petit sourire aux lèvres, j'ouvre la porte et entre dans la chambre numéro 206.

Ils sont deux. Des Arabes. L'un est imposant, musclé et pèse sûrement une bonne centaine de kilos.

Ses yeux sont deux trous noirs. Je le reconnais : c'est lui la montagne de la photo que Magnus m'a envoyée par SMS. Il s'est rasé la tête, mais a conservé une moustache broussailleuse. Ses joues et son menton sont mouchetés du noir d'une barbe de trois jours.

L'autre est petit, mais trapu et fort, tel un ressort au repos, et a la mine affligée de quelqu'un qui marche depuis son enfance avec un caillou pointu dans sa chaussure. Ils sont tous deux vêtus de costumes gris sombre, tout droit sortis de la teinturerie. Et ils se trouvent tous les deux dans ma chambre d'hôtel…

Le petit attend juste derrière la porte ouverte, à un minuscule mètre de moi. Le grand, quant à lui, est assis dans le fauteuil près de la fenêtre.

Pour ma part, je reste parfaitement immobile. Une flèche d'angoisse me traverse et me rive au mur. Deux choses m'empêchent de me jeter dans le couloir et de me précipiter dans les escaliers : d'abord, mes genoux, qui flageolent au point que mon corps vacille, et puis, le pistolet que le petit Arabe braque sur moi.

Grâce à mes lunettes en cul de bouteille et à la fascination que j'avais durant mon enfance pour les armes à feu, je suis en mesure de reconnaître un Glock.

— *Please*, fais-je dans un couinement.

Le petit referme la porte. Je sens une vague odeur d'après-rasage et de cigare.

— Bonsoir, monsieur Beltø, dit le petit Arabe en anglais.

Sa voix est sèche comme le vent du désert. Mon cœur bat si fort et si vite que j'en ai les oreilles qui sifflent. Je suffoque. Il me fait signe d'avancer dans la chambre. Docilement, je fais quelques pas en titubant.

— Que voulez-vous ?

Tentative misérable et ratée de prendre le contrôle de la situation. Ma voix chevrote tellement qu'on croirait que je pleure.

Le grand se passe la main sur le visage. Il a la peau rugueuse, comme s'il avait dû essuyer de trop nombreuses tempêtes de sable.

— Où sont-ils ?

— *What* ? dis-je, histoire de tenter le coup et de gagner du temps.

J'ai la bouche tellement sèche que ma langue se colle à mon palais. Le petit agite son pistolet et élève la voix.

— *Where are the scrolls*[1] ?

L'espace d'un instant, j'envisage de prétendre ne pas comprendre de quoi ils parlent. Mais l'idée m'effleure seulement un bref moment. Imaginer ce qu'ils pourraient me faire m'a transformé en une pauvre feuille qui tremble, en une créature rampante terrifiée.

— Je ne les ai pas !

Ma voix, mes mains et mes genoux tremblent.

L'homme du fauteuil se lève, il est plus imposant que je ne l'avais imaginé. Ce monolithe de muscles me fait signe d'approcher. Lorsque je suis suffisamment près, il me prend par la chemise et m'attire tout contre lui. Je sens son haleine fétide qui empeste comme s'il avait mangé des aliments crus et sanglants.

Je vois les pores de sa peau et l'abîme insondable de ses yeux. Il empoigne ma main gauche et tire violemment mon auriculaire en arrière.

— Où sont les rouleaux ? demande-t-il.

De l'autre côté de la fenêtre, l'église Hallgrím se dresse vers le ciel dans tout son éclat céleste. Dans la rue, des passants se hâtent dans le vent mordant.

Il tire plus fort jusqu'à ce que la douleur soit intenable.

— Où ?

Je pousse un gémissement fort et déchirant. Le visage inexpressif, la montagne de muscles me regarde dans les yeux et pousse mon doigt encore plus en arrière.

À ce moment-là, je suis prêt à avouer à peu près n'importe quoi. Où se trouvent les rouleaux. Que je dirige un culte satanique qui sacrifie des petits enfants. Que je suis un membre actif d'Al-Qaida. Que je suis agent double pour le compte de la CIA, du FASB, du MI5 et du Mossad. Mais j'ai si phénoménalement mal que je ne parviens ni à penser ni à parler.

— *Where are the scrolls* ?

1. « Où sont les rouleaux ? »

Je ne crois pas être particulièrement fragile. J'entends avec un frisson mon petit doigt craquer, il casse dans un bruit aigu, sec, comme du petit bois sur lequel on marche dans la forêt. Une langue de feu fuse de ma main à ma tête.

Il lâche prise, ce qui me permet de saisir ma main gauche et de me lamenter. Mon bras entier est en feu.

— Je regrette ce qui s'est passé avec le pasteur, affirme l'homme au pistolet. Mais nous n'hésiterons pas…

Il me coule un regard comme pour s'assurer que j'écoute bien.

— … à vous mutiler ou à vous tuer. Nous voulons les rouleaux !

Monsieur Muscles met sa patte d'ours autour de mon cou. Ma pomme d'Adam va et vient le long de son index. Il ne serre pas, mais j'ai malgré tout un réflexe nauséeux et c'est comme si j'étouffais. Si nous étions dans un film, j'aurais pris mon élan pour sauter par la fenêtre, à travers la vitre. Les gens font tout et n'importe quoi pour échapper au danger de mort. Mais j'ai toujours été une mauviette. Les hauteurs ne m'ont jamais inspiré confiance, pas plus que les bris de verre. Quelque chose dans le fait de se couper jusqu'au sang et de se casser les bras et les jambes me pose problème.

Je n'ai pas l'intention de sacrifier ma vie pour les rouleaux de Thingvellir. Mais au moment où je vais révéler qu'ils se trouvent dans le coffre-fort de l'institut Árni Magnússon, mon regard tombe sur la rue. Je vois une voiture de police s'arrêter en face de l'hôtel.

Mes yeux ont dû briller d'une étincelle d'espoir, parce que le grand Arabe se tourne et regarde par la fenêtre. Ses mains se sont relâchées autour de mon cou et je peux enfin reprendre mon souffle en hoquetant. Son camarade vient à la fenêtre. Le petit dit quelque chose qui ressemble à *mokhabarat*. Le grand répond *shorta*.

En bas, dans la rue, deux policiers sortent de la voiture de patrouille. Ils prennent tout leur temps.

Les Arabes me dévisagent comme des hyènes à qui l'on a dérobé un cadavre. Je gémis. En un éclair, ils me ligotent les mains au lit et me bâillonnent avec du ruban adhésif avant de s'en aller.

2

Lorsque les policiers finissent par s'apercevoir de mes lamentations à demi étouffées et s'élancent dans ma chambre d'hôtel, les Arabes ont depuis longtemps pris l'escalier de secours et disparu par l'arrière-cour dans les ruelles calmes au pied de l'hôtel.

Je suis pris de vertige. Les policiers ôtent le ruban adhésif et m'aident à m'allonger sur le lit. Ma douleur et ma terreur sont tout à fait disproportionnées par rapport au caractère anodin d'un auriculaire cassé.

Mais, personnellement, cela me suffit amplement.

La police appelle des renforts. Depuis mon lit, j'entends des voitures des forces de l'ordre et une ambulance s'arrêter dans la rue. L'hôtel ne tarde pas à fourmiller d'agents de police et d'enquêteurs.

Un jeune interne au stéthoscope froid écoute mon cœur qui bat la chamade. Il pose mon petit doigt endolori et enflé sur une attelle, qu'il attache à l'annulaire et me donne des cachets contre la douleur et une écharpe afin de soutenir mon avant-bras.

Une infirmière me prodigue une caresse consolatrice sur la joue. Les enquêteurs m'interrogent. Je désigne le grand Arabe sur la photo du SMS et laisse entendre que le râblé pourrait être l'une des personnes floues à l'arrière-plan. Ils prennent des notes dans leurs carnets à spirale avec un tel naturel que l'on croirait l'Islande régulièrement visitée par des Arabes violents qui viennent piller le pays de ses trésors culturels et briser les doigts d'innocents chercheurs.

Quelques heures plus tard, je leur ai raconté tout ce que je sais et l'ambulance est repartie à l'hôpital sans moi.

Deux policiers restent à l'hôtel, l'un devant ma porte, l'autre en bas à la réception. Tout l'univers se résume à un seul point : mon petit doigt.

3

— Bjørn Beltø ?

La femme dans l'encadrement de la porte serre une enveloppe sur sa poitrine en promenant un regard inquiet qui va du policier à moi. Je viens de descendre prendre mon petit déjeuner, escorté de la police.

— Mon mari et moi sommes des amis de sira Magnus, poursuit-elle dans un mélange de danois et de norvégien. *Étions*. Nous faisions partie du conseil paroissial de Reykholt. Mon mari chante dans le chœur de l'église. Puis-je entrer ?

Elle ne semble pas particulièrement dangereuse. Pourtant, le policier la scrute des pieds à la tête avec son regard radiographique.

— Mon mari attend dans la voiture, précise-t-elle une fois que je l'ai laissée entrer et que j'ai refermé la porte.

Elle n'a manifestement guère l'habitude de se trouver dans une chambre d'hôtel avec des hommes inconnus, et reste plantée au milieu de la pièce, l'enveloppe contre la poitrine.

— Le jour où sira Magnus est mort… ?

— Oui ?

— Il est passé chez nous dans la matinée. Il nous a

dit que si quelque chose devait lui arriver, il faudrait que nous vous donnions *ça*.

Elle me tend l'enveloppe, qui est scellée par plusieurs épaisseurs de scotch.

— Nous ne devions pas aller à la police, mais veiller à ce qu'elle vous soit remise en mains propres.

— Merci.

— Nous avons essayé de prendre contact avec vous.

— Désolé, j'ai été occupé.

— Nous en avons entendu parler à la radio. Vous avez trouvé une caverne sur le site de Thingvellir ?

Elle penche la tête, comme si elle attendait que je lui fournisse une explication.

— Merci beaucoup. Sira Magnus vous aurait été très reconnaissant, lui dis-je.

Face à mon silence, elle frissonne et répète que son mari l'attend dans la voiture. Encore une fois, je la remercie et elle s'en va.

4

Je déchire l'enveloppe avant d'en sortir la feuille. Pardonne-moi, sira Magnus, mais je ne peux pas m'en empêcher : j'éclate de rire. Mon vieil ami est resté fidèle à lui-même, même dans la mort.

Le texte, écrit en runes, s'étend sur trois lignes. Au premier coup d'œil, il semble parfaitement incompréhensible. Certes, je sais lire les runes, mais même après deux, puis trois lectures, il reste toujours aussi obscur.

Au sommet de la feuille est écrit :

G88C3

Au-dessous, Magnus a écrit le texte suivant :

Je reste longtemps à fixer le texte en essayant de lui trouver un sens, mais même en progressant lettre par lettre, il reste illisible. Le message en runes est codé. Il devait redouter que quelque chose se produise, puisque la peur de ce qu'ils risquaient de faire l'a incité à déposer le message chez des amis de confiance. Cette idée me fait frémir : sira Magnus avait dû comprendre qu'il était en danger de mort. Que savait-il qu'il n'a jamais révélé ? Quand je lis le texte, je devine un système, qui n'atteint pas tout à fait la surface. Il a dû décaler les lettres suivant la méthode de César, mais de combien de caractères ? Et dans quelle direction ? Depuis ma chambre d'hôtel, j'appelle mon petit génie des codes et lui dicte le texte runique.

— G88C3, marmonne Terje Lønn Erichsen. Ce doit être la clef de chiffrement.

J'ai une illumination et m'exclame :

— G88 ! La dénomination officielle de la pierre de Kylver.

La pierre de Kylver a été découverte sur une tombe du domaine de Kylver sur l'île de Gotland en 1903. C'est une dalle en roche calcaire qui contenait *le futhark initial*, l'ancien alphabet runique. Nous transcrivons la valeur phonétique des runes et obtenons le texte abscons suivant :

iii.ndgëo.hÞd
rëtwpgdt : uëp dÞb
sgëëiÞwu : dëp oëutpëhgs

— Nous approchons, déclare Terje. Ce n'est pas un code particulièrement sophistiqué. Est-ce que cela pourrait être aussi simple que César 3 ?

En effet. En appliquant le décalage de trois caractères de César, nous parvenons au texte suivant :

www.gmail.com
Username : din mor
Password : min lidenskap

Nom d'utilisateur : ta mère. Mot de passe : ma passion.

— Eh voilà ! conclut Terje. Un compte e-mail tout prêt.

Magnus, espèce de petit malin…

Je remercie Terje pour son aide avant de me connecter à Internet sur mon portable. J'entre le nom de ma mère et la passion de Magnus, qui n'est pas Snorri, ce qui serait facile à deviner, mais le *foie gras*, qui pour l'occasion doit s'écrire en un mot pour fonctionner comme mot de passe. Dans la boîte de réception, un seul message m'attend. Le texte est bref :

Shit happens. Bonne chance, Bjørn ! Je suis avec toi. Ne me juge pas trop sévèrement. Ton ami, Magnus.

J'ouvre la pièce jointe. Le temps s'arrête pendant quelques secondes. Sira Magnus m'a envoyé une version scannée et numérisée du codex de Snorri.

5

Je reste en Islande pendant encore quelques jours. Deux policiers en uniforme m'escortent en permanence et, par leur simple présence, m'empêchent de faire quoi que ce soit de ce que j'ai réellement à faire.

Thrainn et moi sommes interviewés par les journaux et chaînes de télévision sur la découverte de la grotte et du reliquaire d'argent contenant les manuscrits que tous appellent les rouleaux de Thingvellir.

Le nom n'est pas choisi au hasard.

En 1947, à Qumrân au bord de la mer Morte, un berger a trouvé des rouleaux dans une caverne dans le désert. Au cours des dix années suivantes, bergers, bédouins et archéologues sont tombés sur pas moins de huit cent cinquante rouleaux de textes bibliques hébraïques. Les manuscrits sont entrés dans l'histoire sous le nom de « rouleaux de la mer Morte ».

J'ai fait suivre à Thrainn par e-mail une copie du codex de Snorri. Par mesure de précaution, je le prie de ne pas mentionner que nous disposons d'une copie.

Je lui ai demandé de ne rien dire à la police non plus, car on ne sait jamais…

Les rouleaux de Thingvellir sont en sûreté dans le gros coffre-fort du sous-sol de l'institut. Même avec de la dynamite, du Semtex et un chalumeau, les Arabes ne pourront pas ouvrir la porte en acier !

Thrainn recrute trois spécialistes, deux linguistes et un historien pour traduire le texte. Quant à moi, je décide de rentrer en Norvège. La police n'y voit pas d'objection et, pour tout dire, ils ne demandent pas mieux. Ils me conduisent à l'aéroport très tôt le matin en s'assurant que je monte et suis en sécurité à bord de l'appareil.

Je ne les vois pas agiter la main quand l'avion décolle, mais je m'imagine qu'ils le font. En poussant un soupir de soulagement d'être débarrassés de moi.

Le pentagramme

Norvège

1

On est venu dans mon appartement.

Je vis dans un grand immeuble dans le quartier de Grefsen, un trois-pièces cuisine bien trop grand pour un solitaire comme moi, mais la vue sur Oslo est irréprochable.

À mes yeux, le foyer est sacré. Quand nous refermons la porte derrière nous, c'est pour laisser le monde à l'extérieur, les questions de travail, les collègues, les femmes collantes… et les assassins sans scrupules.

C'est pourquoi je reste les pieds comme deux masses de plomb sur le paillasson de l'entrée. Je retire délicatement la clef de la serrure et ferme la porte derrière moi avant de poser ma valise sur le tapis du couloir noué main que j'ai acheté dans un bazar d'Istanbul.

La porte de mon bureau est entrebâillée. Je me souviens pourtant de l'avoir fermée avant de partir pour l'Islande.

Dans l'éventualité d'un incendie ou d'une fuite d'eau, je ferme toujours toutes les portes avant de quitter mon appartement.

Je retiens mon souffle : sont-ils encore là ? Mon regard balaie l'entrée. Quelque part dans l'immeuble une porte s'ouvre, ce qui me fait sursauter. *Secoue-toi, Bjørn !*

Bien sûr qu'ils ne sont plus là : ils sont en Islande ! Ils ne peuvent pas être à la fois en Islande et en Norvège.

Je revois le regard mort de sira Magnus. Et les deux Arabes dans la chambre d'hôtel à Reykjavik.

Le silence s'amplifie. Que faire ? Fuir ? Rester sans bouger ? Appeler la police ? Y a-t-il des cambrioleurs dans l'appartement ? me demandera-t-on. Je ne sais pas, répondrai-je.

La porte a-t-elle été forcée ? Non, dirai-je, c'est juste un pressentiment. Ensuite l'opérateur du 112 poussera un soupir en me demandant d'appeler la brigade criminelle si je relève des signes de cambriolage, en particulier si quelque chose a été volé.

Je pousse la porte du bureau. Je m'attendais à entrer dans une pièce sens dessus dessous, mais tout est bien ordonné, exactement comme je l'ai laissé. Ou presque. Le côté gauche du clavier de l'ordinateur a été décalé d'un centimètre ou deux alors que je le laisse toujours parallèle au bord du bureau.

Le salon est bien rangé. Mais ils ont remis *La Cloche d'Islande* de Halldór Laxness à droite du *Lolita* de Nabokov, non à gauche. Dans la collection de CD de Pink Floyd, ils ont mal placé *Wish You Were Here* à côté d'*Ummagumma*.

La grille de mots croisés sur la petite table en verre dans l'angle entre les canapés – avec les six horizontaux toujours aussi peu résolus – est renversée.

Mon stylo de cruciverbiste est en biais et non en angle droit. Ils ont exploré la chambre à coucher, la cuisine et le dressing étroit et plein à craquer. Je ne sais pas s'ils ont trouvé ce qu'ils cherchaient, et d'ailleurs je ne sais même pas ce qu'ils cherchaient.

Après avoir défait ma valise et mis en route la machine à laver, je vais me chercher une canette de bière dans le réfrigérateur et m'affale sur le canapé. Avant que j'aie pu l'ouvrir, le téléphone sonne. C'est Thrainn, qui me raconte que sa maison a été cambriolée, ainsi que l'institut. Par bonheur, ils n'ont rien trouvé et n'ont même pas essayé d'ouvrir le coffre-fort. Je lui demande d'appeler la police et lui déconseille de parler davantage au téléphone, au cas où la ligne serait sur écoute.

Après de nombreux échecs, je parviens enfin à ouvrir ma bière. Comme je me ronge les ongles, j'ai eu de la peine à passer le bout de mon doigt sous le cercle en aluminium. La main tremblante, je porte la canette à ma bouche et bois. Je ne suis pas un héros, mais je suis coriace. Et je me dis que vraiment, maintenant, je commence à en avoir assez.

J'appelle donc la police. Ils n'en croiront sûrement pas un mot et me transféreront à la brigade criminelle. En bafouillant, je raconte tout ce qui s'est passé en Islande : sira Magnus, les Arabes, les découvertes archéologiques. J'explique également que je crois que mon appartement a été « visité ». En m'entendant parler, j'imagine que les policiers doivent certainement cocher la case « cas psychiatrique » dans leur main courante. Bizarrement, le policier me répond quelque chose de surprenant, comme : « Doux Jésus ! »

Peut-être a-t-il entendu parler de moi. Peut-être a-t-il été impressionné par mes titres et mes références à Snorri. « On vous envoie quelqu'un », déclare-t-il sans hésiter.

2

L'« homme » qu'ils envoient est dodu, vêtu d'une chemise et d'un pull près du corps qui n'aident pas précisément à cacher le poids de ses seins. Je la prends d'abord pour une colporteuse. Puis j'aperçois le mot POLICE sur le badge d'identification qui pend à un cordon autour de son cou.

Elle s'appelle Ragnhild et est lieutenant. J'ai fait bouillir de l'eau pour préparer du café en poudre et nous nous installons dans le salon. Je lui explique tout ce qui s'est passé en Islande et la raison pour laquelle je pense qu'on est entré chez moi par effraction. Elle ne rit ni ne lève les yeux au ciel. Après mon récit, elle examine les encadrements de portes et verrous. Je lui précise que mes visiteurs sont des professionnels et n'ont pas laissé de traces grossières. L'un après l'autre, je lui montre les petits signes de l'effraction : le clavier, les livres, les CD, la grille de mots croisés et le stylo. Elle a un sourire insondable et dit que je suis quelqu'un de sacrément observateur.

Un peu plus tard, deux techniciens de police viennent faire le tour de l'appartement avec leurs brosses et leurs petits sachets en plastique dans lesquels ils vont recueillir toutes les preuves.

La police passe deux heures chez moi sans trouver la moindre trace. Quand les techniciens s'en vont et que Ragnhild se lève pour prendre congé, nous en savons exactement aussi long qu'à leur arrivée.

— Comme vous devez le comprendre, c'est un peu maigre pour vous accorder une protection policière. Mais… soyez prudent.

Elle me tend une carte de visite avec pléthore de numéros de téléphone, et ajoute encore un numéro de mobile au stylo bille.

— Mon numéro privé. Au cas où… enfin, vous savez.

Après le départ de Ragnhild, je ferme la porte à clef. Je bois une gorgée de ma canette, mais la bière est maintenant éteinte et tiède. Le téléphone sonne.

Personne ne parle, pourtant j'entends quelqu'un respirer avant de raccrocher le combiné : quelqu'un vérifie si je suis chez moi.

Je fourre quelques vêtements et un nécessaire de toilette dans un sac et descends à toute allure à ma voiture. D'aucuns hésiteraient beaucoup avant de qualifier la Boulette de voiture, mais je n'ai jamais ressenti le besoin d'acheter de belles voitures.

La Boulette est une 2CV, c'est-à-dire une boîte en tôle avec un moteur de machine à coudre. Bourrée d'âme, de charme et d'huile synthétique.

Dans la Boulette, je fuis Grefsen. Je n'ai personne à mes trousses. Et c'est tant mieux, parce que je n'avance pas très vite ! Mais ils me gardent sans doute à l'œil : si je ne les vois pas, eux me voient sûrement.

3

Le directeur de l'institut à l'université, le professeur Trygve Arntzen, est un infâme salaud.

Je le sais avec certitude, parce que pendant plus de vingt-cinq ans il a été mon beau-père. À la mort de maman, tous nos fragiles liens de politesse forcée et de tolérance affectée se sont rompus.

Le professeur a repris maman, une belle occasion, lorsque papa s'est tué en tombant d'une corniche montagneuse que le professeur voulait à tout prix qu'ils escaladent. J'avais douze ans. À défaut d'autre chose, j'ai appris qu'il était mortellement dangereux de défier les lois de la gravité. Il y a quelques années, j'ai également appris que papa avait essayé de raccourcir la vie du professeur, parce qu'il avait une liaison avec maman.

À la place, c'est papa qui a été la victime. Comme l'observait sira Magnus : *Shit happens.*

Je connais les singularités et petites habitudes du professeur, comme le fait qu'il arrive tôt au bureau. Il affirme qu'il accomplit bien plus de choses avant que le monde ne se réveille. En ce qui me concerne, j'ai passé la nuit dans ma voiture, dans un parking couvert sous une caméra de surveillance.

Le professeur est là quand je frappe à sa porte. Son visage se tord avec l'expression de quelqu'un à qui l'on vient de presser un citron dans la bouche.

— Bjørn ? Je croyais que tu étais en Islande ?

— Exact. J'y *étais*.

Par pur devoir, je lui raconte les grands moments de mon séjour, dont il a entendu parler depuis longtemps. Je tais tout ce qui pourrait avoir un quelconque arrière-goût de non-observation des formalités.

Le professeur Arntzen est procédurier devant l'Éternel, mais je parviens à piquer suffisamment sa curiosité pour qu'il accepte de me laisser travailler sur « le projet » jusqu'à nouvel ordre.

Il me scrute d'un regard filandreux et me demande de lui faire des rapports réguliers pour qu'il sache où j'en suis dans mon travail. Mais oui…

4

Cicéron disait que la solitude n'était pas un fardeau pour celui qui était plongé dans ses études. Je suis toujours plongé dans mes études, mais cela ne signifie pas que les manques sont plus faciles à porter. Ils sont juste plus faciles à refouler.

J'ai verrouillé la porte de mon minuscule bureau d'université, où je suis coincé entre des meubles d'archives pleins à craquer et des étagères qui croulent sous le savoir.

Je fais rouler un crayon de papier entre mes doigts et garde les yeux braqués alternativement sur la fenêtre et sur mon écran d'ordinateur. J'ai de la peine à comprendre ce que sira Magnus savait, et comprenait, et pourquoi il avait peur de ces supposés chercheurs.

Savait-il qu'ils ne venaient pas de l'institut Schimmer ? À qui avait-il parlé ? Qu'est-ce qui l'a incité à scanner le codex de Snorri page par page pour ensuite créer un code runique pour me mettre sur la piste ?

J'ai imprimé le codex sur du papier brillant de haute qualité. Dissimulés parmi les lignes régulières de runes et de lettres latines, les symboles et les cartes, se trouvent manifestement encore plus de messages et de fils directeurs. Certaines parties du texte sont codées, mais de nombreux paragraphes sont lisibles.

Quel secret a incité Snorri à écrire à la main un texte pour la postérité ?

Les trois premières pages sont écrites en runes sur un parchemin plus sombre et plus ancien que le reste.

Les runes étaient l'alphabet des anciens peuples de langue germanique qui s'est développé et répandu dans toute l'Europe du Nord pendant le premier millénaire après Jésus-Christ.

Avec le christianisme, les runes ont peu à peu été repoussées par l'alphabet latin, mais, pendant plusieurs siècles, runes et lettres ont coexisté.

Signe par signe, mot par mot, je traduis les runes. Le texte apparaît comme un croisement entre le recueil de règles, la conjuration et la directive. En langue moderne, le texte runique s'ouvre ainsi :

Prends garde, lecteur des runes secrètes. Les tourments de Duât, de Helheim et de l'Enfer t'attendent, toi qui sans autorisation déchiffres les énigmes des signes. Détourne-toi de ce parchemin des dieux.

Car c'est ainsi : dans le secret des dieux, nous protégeons le secret sacré. La puissance des runes cache la prophétie dans le brouillard des signes.

Élu, toi qui protèges le secret de ton honneur et de ta vie. Tes aides divins Osiris, Odin et le Christ suivent tes pas. Gloire à Amon !

Plus étrange encore est le vers suivant, qui est écrit en runes, mais est manifestement traduit de l'égyptien :

– La clef –

Les hommes de cour du foyer royal marchent à la suite
De l'Osiris-roi Toutankhamon vers l'ouest.
Ils crient : Ô Roi ! Viens en paix !
Ô Dieu ! Protecteur du pays !

La clef ?

Après le texte runique suivent quelques pages que, deux cents ans plus tard, Snorri lui-même a recouvertes de lettres latines, de cartes et de dessins. Parfois en code, parfois lisibles.

Rois et jarls, chefs et chevaliers, scaldes et hommes assermentés se réunissent dans un cercle de GARDIENS du secret divin.

Seuls les élus et initiés doivent interpréter les mots dissimulés et les signes cachés.

Je me représente Snorri dans l'étude de Reykholt. Le scriptorium était éclairé par des lampes à suif le long des murs, au plafond et sur les hauts pupitres. Il avait certainement renvoyé les scribes pour être seul.

Devant lui, Snorri avait solidement arrimé à la tablette d'écriture le parchemin blanc en peau de veau souple. Sa plume d'oiseau taillée, il se mit à écrire, d'une écriture régulière suivant le léger tracé des lignes.

Au milieu de la page, il dessina un pentagramme. Au temps de Snorri, on gravait cette étoile dans la porte en pensant se protéger des cauchemars pénibles qui ruinaient le sommeil nocturne.

Même dans un bureau moderne avec ordinateur, téléphone, fax et pot à trombones aimanté, je sens la force du pentagramme.

Depuis cinq mille ans, l'étoile à cinq branches brille dans le ciel de l'occultisme. Les Égyptiens ont ajouté un cercle autour de l'étoile, *duât*, qui pointait vers l'outremonde, l'au-delà.

Les Arabes l'utilisaient en magie et dans des rituels. Les pythagoriciens voyaient dans le pentagramme l'expression de la perfection mathématique, car dans ses lignes se cachent la section dorée et le rapport 1,618.

Pour les juifs, il symbolisait les cinq livres de la Torah de Moïse. Pour les chrétiens, ce signe représente à la fois la magie noire et les cinq plaies du Christ.

Et, ma foi, si on retourne la pointe vers le bas, on obtient un symbole satanique.

Sur la cinquième page, je trouve une carte du sud de la Norvège, qui commence à Trondheim. La carte n'est pas particulièrement précise.

Du temps de Snorri, les cartes étaient fondées sur des mesures à vue d'œil et des conjectures.

La première carte de Scandinavie que nous connaissions, la carte de Nacy de 1427, a été dessinée par le Danois Claudius Clavus, qui vécut quelques années à Rome et fraya avec les cardinaux et secrétaires du pape. Mais quelqu'un avait dessiné une carte de l'Østlandet plusieurs siècles avant lui, copiée à partir d'un parchemin runique encore plus ancien. Je passe des heures à étudier textes et illustrations, et à traduire le texte runique et celui de Snorri.

Je peine sur les codes. Je suspecte qu'un message, une indication pourrait se cacher dans les mots, peut-être dans un code que je ne vois même pas.

J'examine la carte de la Norvège et les symboles, mais je ne trouve aucun sens.

Après le déjeuner – deux tranches de pain avec du gouda, un bout de chou rave, une carotte et une tasse de thé –, j'appelle le commissaire de Borgarnes pour voir s'il y a du neuf. Il y en a : ils ont obtenu des images des suspects sur la caméra de surveillance d'une station-service de Saurbær. Les images sont en cours de transmission à Interpol.

La police norvégienne en a reçu une copie. Puis il me met au courant de l'enquête de façon juste assez superficielle pour que je me sente informé sans pourtant avoir appris quoi que ce soit.

Je viens de raccrocher quand Ragnhild, de la police d'Oslo, m'appelle. Elle vient de recevoir les photos d'Islande et me prie d'identifier les suspects. Elle m'a envoyé une copie par e-mail et attend au téléphone pendant que j'ouvre ma boîte et la pièce attachée.

La photo de la caméra de surveillance est en noir et blanc, mais bien nette. Je reconnais les deux hommes qui m'ont rendu visite dans ma chambre d'hôtel à Reykjavik : le petit, immonde, et la grosse montagne qui m'a brisé le doigt.

— C'est eux, dis-je.

— Nous allons les arrêter. Maintenant que nous avons une photo, nous avons quelque chose sur quoi travailler.

Je la prie d'attendre un peu, car je viens de recevoir un autre message non lu :

De : <expéditeur inconnu>
Envoyé le : <date inconnue>
À : bjorn.belto@khm.uio.no
Sujet : Bjørn Beltø, lisez ceci !

Cher Bjørn Beltø,

Vous ne savez pas qui je suis, mais moi je vous « connais ». Je regrette tout ce que mes collaborateurs ont pu vous infliger en matière de douleur et de frayeur. Je leur ai confié une mission et je ne puis les diriger en tout.
En Islande, votre ami sira Magnus a découvert un codex que mes hommes se sont procurés. Mais vous avez aussi réussi à trouver la copie du manuscrit que les médias, dans leur infini manque d'imagination, ont appelé les rouleaux de Thingvellir.Je suis disposé à aller loin, très loin, pour obtenir ce manuscrit. Qu'il soit encore en Islande ou en votre possession en Norvège. Je ne voudrais surtout pas vous menacer, mais vous me forcez à recourir à des méthodes que j'aurais préféré éviter.
Je vous en supplie : laissez les rouleaux de Thingvellir à mes hommes. Votre collaboration sera richement récompensée. Par « richement », j'entends par plus d'argent que vous ne pouvez l'imaginer. Vous pourrez vivre le restant de vos jours dans un luxe insouciant.
Si vous choisissez de braver ma volonté, votre destin ne sera plus entre mes mains. Mes hommes ont des instructions claires. Je ne souhaite pas vous nuire, mais rien n'est plus important pour moi que d'avoir le manuscrit de Thingvellir. J'ai donné à mes hommes carte blanche pour faire tout ce qu'ils jugeront nécessaire. Permettez-moi d'éviter d'entrer dans les détails.

Ma salive se remplit de sable et ma bouche devient pâteuse. Je n'ai pas reçu beaucoup de lettres de menaces dans ma vie, à vrai dire, c'est même la première.

D'une voix pleine de heurts et de couacs, je la lis à Ragnhild qui me demande de l'imprimer et lui faire suivre le mail.

J'appuie sur le bouton « imprimer ». Rien ne se passe. Agacé, j'appuie sur le bouton de la souris. Plusieurs fois. Rien.

Alors que je vais faire suivre l'e-mail, l'image de l'écran se met à papilloter. Le message se décompose sur mon écran, comme si chaque pixel lâchait son voisin et se déplaçait dans un chaos absurde.

Finalement, le message disparaît.

— Il a disparu, dis-je.

— C'est impossible.

J'explore la boîte de réception d'Outlook. Le message est encore en deuxième position. Je clique dessus. La ligne entière disparaît aussitôt.

— Vérifiez dans « éléments supprimés » ! dit Ragnhild.

Rien.

— Vérifiez dans « rétablir éléments supprimés ».

Rien.

Elle m'explique que ce que je viens de décrire est techniquement irréalisable. Un e-mail ne peut pas disparaître de l'ordinateur du destinataire. Dans ce cas, il aurait fallu que le texte soit une pièce attachée ou un exécutable, qui aurait été repéré par le programme antivirus.

— S'agissait-il d'une pièce jointe en format exe ?

— C'était un e-mail tout ce qu'il y a de plus ordinaire.

— Quelqu'un a dû *hacker* votre ordinateur et y installer un logiciel espion.

— Ils sont venus ici ? *Ici* ?

— S'ils disposent de logiciels en mesure de faire s'autodétruire des e-mails d'Outlook, ils ont des compétences de pointe en informatique. Auquel cas, ils pourraient parfaitement bien vous avoir envoyé un message qui, même s'il a atterri dans votre dossier spam et a été effacé, a automatiquement installé un logiciel clandestin.

— Il n'y avait rien d'indiqué sur l'expéditeur du message.

— L'adresse et la date d'expédition sont faciles à manipuler et à falsifier. Théoriquement, il est possible de découvrir le serveur depuis lequel le message a été envoyé, mais là aussi il existe des solutions astucieuses, comme de hacker un serveur mal protégé qui sera utilisé pour envoyer un message.

Ragnhild m'invite à noter le contenu du mail aussi littéralement que possible.

Une demi-heure plus tard, elle arrive avec un technicien de la police pour chercher l'ordinateur. Mais je doute qu'il trouve quoi que ce soit.

5

Tard dans l'après-midi, je sors de mon bureau. Je suis angoissé. J'ai glissé l'impression du document de Snorri dans un sac en plastique transparent sous ma chemise. Le plastique me colle à la peau.

Je traverse rapidement le long couloir, descends l'escalier qui mène au sous-sol et sors à la lumière du jour par l'arrière de l'institut. Je fixe mon clip pare-soleil sur mes lunettes. Il règne une odeur de fin d'été.

De Blindern, je prends le *t-bane* jusqu'au centre. Je me dirige tranquillement vers le parking couvert où j'ai garé la Boulette.

Assis dans un escalier en face de l'entrée, il fait semblant de lire *VG*, mais il garde constamment l'œil sur les portes en verre qui s'ouvrent et se referment automatiquement.

Le plus effrayant, c'est que le parking compte de nombreuses entrées. S'ils ont placé un surveillant à une entrée, ils doivent bien en avoir aux autres aussi. Combien sont-ils ?

Je disparais autour du coin et laisse la Boulette, seule et environnée d'ennemis, dans la zone P2.

Qui sont-ils ? Sira Magnus pourrait-il s'être adressé à des collectionneurs illégaux ? Des étrangers fortunés peuvent aller loin pour se procurer des joyaux hors des canaux de vente formels. Mais tuer ? Pour un vieux parchemin ? À moins que ce ne soit… pour une information que cacherait le texte ?

Je prends le tramway pour Skillebekk et me cache sous un porche dans une ruelle.

Terje Lønn Erichsen arrive une bonne demi-heure plus tard. Dans sa besace, celle-là même qu'il a depuis ses études, il porte une boîte à casse-croûte en fer-blanc, un thermos d'école et un exemplaire de *Dagbladet* qu'il a lu dans le tram. Il flâne dans la rue avec une posture un peu dégingandée. Terje a de petites dents et de grandes oreilles, une calvitie qui est compensée par de longs cheveux bouclés et une barbe complète impressionnante.

En m'apercevant, il s'arrête avec un grand sourire.

— Bjørn ! Problème de femme ?

Nous autres, personnages ironiques, avons développé une langue tribale où même les vexations les plus sanglantes sont bien intentionnées. Terje sait pertinemment que, tout comme lui-même, je ne me suis pas trouvé à proximité d'une femme depuis plusieurs années.

Cette nuit-là, je dors chez Terje. Il trouve exaltant de cacher quelqu'un qui fuit de mystérieux poursuivants. Je n'exclus pas qu'il pense que je me fais des idées, mais cela ne me pose pas de problème.

6

Depuis mon enfance, je suis attiré par les sorcières.

C'est une attirance douteuse, certes. Mais mes pulsions n'ont jamais suivi le sentier bien balisé de la raison. Au début, quand j'étais encore relativement petit, les sorcières me flanquaient une peur bleue. Elles avaient des capes noires, de longs nez et d'affreuses verrues poilues. Elles concoctaient des mixtures nauséabondes dans de grandes marmites, volaient dans l'obscurité sur un manche à balai et caquetaient méchamment de leurs voix stridentes. Avec l'âge, et mes hormones qui sortaient relativement timidement de leur coquille, j'ai intuitivement compris que les sorcières dégageaient un pouvoir d'attraction érotique subtil qui me faisait fondre. Et me laissait tout aussi terrorisé. C'est pourquoi je suffoque sur le paillasson d'Adelheid af Geierstam.

— Bjørn Beltø ? demande-t-elle en inclinant la tête.

La paralysie de l'enchantement finit par s'estomper.

— Adelheid ?

— Entrez, entrez !

Adelheid af Geierstam cadre parfaitement avec ma représentation de la pure sorcière wiccane. Elle est époustouflante d'une façon sensuelle et mesurée. Ses lèvres sont étroites et brillantes, ses yeux bleu polaire et pleins de promesses voilées.

Elle vit à Lillehammer, dans une grande maison tarabiscotée pleine de vents coulis, à la peinture blanche qui s'écaille et dont le jardin est rempli de vieux pommiers, de groseilliers en broussaille et de tas de compost abandonnés à leur sort depuis longtemps.

Elle me conduit à travers le vestibule et dans l'entrée, où j'accroche mon pardessus à une patère, avant de s'enquérir de mon voyage en train. Dans ses vêtements flottants qui cachent presque ses formes, elle volète dans un couloir qui mène à un salon peuplé de bongos, de peaux de zèbres, de masques en bois, de lances, d'une tête d'antilope et des capteurs de rêves tressés en plumes d'autruche et griffes de lion. Adelheid me tend une infusion dans un grand *mug* en céramique.

— Je suis contente que vous soyez venu. Ma parole, il était temps ! La science établie a toujours manqué de compréhension pour la géométrie sacrée ! Vous êtes le premier professeur qui vienne me voir.

Au lieu de souligner que je ne suis qu'un maître de conférences ne représentant guère que moi-même, je sirote ma tisane, qui a un goût de décoction d'herbes et de vivaces ayant périclité.

Adelheid a écrit quatre livres controversés sur l'histoire de la géométrie sacrée et son influence sur le placement des monastères, églises, cimetières et châteaux nordiques.

— Dans toute la Norvège, vous pouvez trouver des exemples de géométrie sacrée. Mais de nombreux scientifiques considèrent notre discipline comme de la pure superstition.

Elle a une voix chaude. Quand elle pose sa main sur la mienne, ses bracelets en perles de pierres et ses bijoux tintent et cliquettent. Je ne suis pas insensible à ce contact inattendu avec sa peau. Elle enchaîne sans me laisser le temps de poser des questions.

— Le long du littoral norvégien, du Rogaland au Nordfjord, soixante croix en pierre témoignent d'une influence celte sur la christianisation de la Norvège jusqu'au onzième siècle. Saint Olav a cueilli les fruits des celtes. Croyez-vous que ces croix en pierre, parfois hautes de trois ou quatre mètres, aient été placées au hasard ?

— Je n'y ai pas réfléchi.

— Tirez un trait du monastère d'Utstein près de Stavanger à Tønsberg puis à Nidaros. Est-ce un hasard si ces lignes forment un angle à quatre-vingt-dix degrés ?

— Euh…

— Est-ce un hasard si l'ordre des cisterciens a construit l'abbaye de Lyse en 1146, l'abbaye Sancta Maria sur l'île de Hovedøya dans le fjord d'Oslo en 1147, le monastère de Munkeby à Trondheim en 1180 et l'abbaye de Tautra dans le fjord de Trondheim en 1207 ?

— Sûrement pas.

— Est-ce alors un hasard que le monastère augustin d'Utstein et l'abbaye de Lyse soient à égale distance d'Oslo ? Est-ce un hasard qu'exactement la même distance, deux cent soixante-quinze kilomètres, sépare l'abbaye de Halsnøy, fondé par les augustins en 1163, de la forteresse Tunsberghus, et Tønsberg d'Utstein ?

Je ne sais quoi répondre.

— Tous les anciens lieux saints de Norvège se soumettent à une logique mathématique qui montre que nos ancêtres trouvaient savoir et inspiration chez les Grecs et les Égyptiens. Est-ce encore un hasard si les villes saintes de Bergen, Trondheim, Hamar et Tønsberg sont placées suivant un pentagramme sur la carte du Moyen Âge ?

J'ai froid, je suis même carrément gelé. Je ne lui ai pas encore expliqué grand-chose sur la raison de ma venue. Pourtant elle s'attaque à l'une des questions que j'avais l'intention de lui poser.

— Je ne voudrais surtout pas paraître effrayant ni faire dans le pathos, dis-je, mais en Islande, un pasteur a été assassiné à cause de ce que je vais vous montrer maintenant.

Je pose la copie du codex de Snorri devant elle.

— S'agit-il des rouleaux de Thingvellir ?

— Non, mais c'est le texte qui nous a menés à la grotte de Thingvellir. Snorri est l'auteur de la dernière partie, celle écrite en lettres latines. Les runes datent vraisemblablement de deux cents ans plus tôt. Les cartes et les symboles magiques ont été dessinés dans la période entre 1050 et 1250.

Pendant quelques secondes, nous goûtons ces mots.

Elle feuillette avec recueillement et se penche sur les cartes et l'utilisation des symboles.

— Ankh ! Pentagramme ! Mais c'est formidable !

Je lui fais un bref résumé du texte runique et lui explique que le texte et les cartes dissimulent vraisemblablement une indication.

— Voici, dis-je en tournant les pages, une carte du sud de la Norvège. Elle ne correspond certes pas tout à fait à la géographie d'aujourd'hui, mais je suis stupéfait qu'on ait pu dessiner une carte aussi précise plusieurs siècles avant l'établissement de la cartographie comme science.

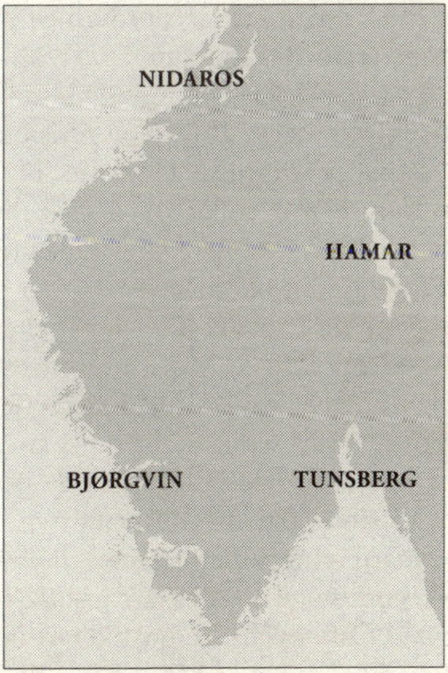

— Avez-vous placé le pentagramme sur la carte ?

Je lève les yeux vers elle avant de les baisser sur la carte.

— Le pentagramme et la carte vont ensemble, explique-t-elle. Vous devez prendre comme point de départ les sanctuaires de l'époque. Bjørgvin. Nidaros. Hamar. Tunsberg.

Tout en parlant, elle marque chaque lieu d'un petit point sur la carte.

Puis elle tire un trait de Bergen à Trondheim. De Bergen à Hamar, où Nicolas Breakspear, qui allait devenir le pape Hadrien IV, fonda un évêché dans les années 1150. De Trondheim à Tønsberg, la ville la plus ancienne de Norvège et centre du pouvoir au Moyen Âge.

— Il nous manque deux traits, observe-t-elle, et nous aurons un pentagramme.

— Mais on ne trouve pas de centre religieux dans le nord du Vestlandet ?

Je pointe mon doigt sur la coordonnée manquante, qui devrait se retrouver quelque part au niveau de Stadlandet.

— Ne dites pas cela. Il existe plusieurs grottes mystiques dans la région. Comme la grotte de Dollsteinen. L'un de mes collègues, le chercheur Harald Sommerfeldt Boehlke, a exploré la grotte et les récits qui y sont liés. La grotte est orientée vers la mer et se trouve à soixante mètres de hauteur dans les rochers à l'ouest de l'île de Sandsøy dans le Møre et Romsdal. D'après les mythes, le roi Arthur avait une maison de campagne à Sandsøy, et un trésor serait caché dans la caverne. Un tunnel mène à une grande salle. Cinq de ces salles, ou grottes, sont séparées par d'étroits boyaux. La caverne mesure cent quatre-vingts mètres, mais dans le temps on croyait qu'elle continuait sous la mer jusqu'en Écosse. Le croisé Ragnvald Orknøyjarl, Ragnvald jarl des Orcades, qui a été nommé d'après le fils adoptif de saint Olav

Ragnvald Bruseson des îles Orcades, a visité la caverne en 1127 en quête d'un trésor qui y avait été caché.

Adelheid trace les deux dernières lignes. Comme par magie, un pentagramme rayonne sur la carte de la Norvège.

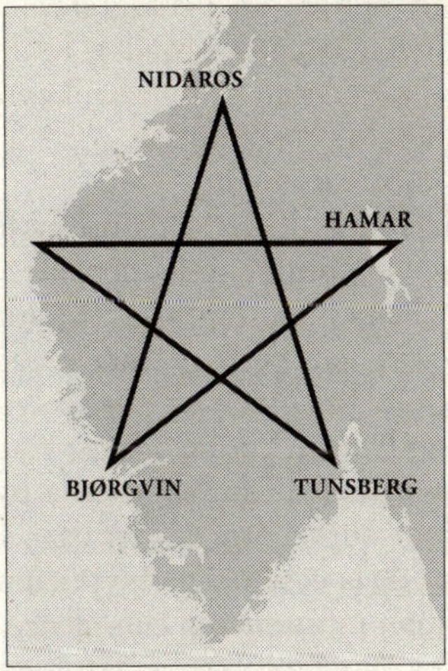

Secrètement, quelqu'un qui avait des connaissances ésotériques sur la magie des nombres, de la géographie et de la géométrie a jeté les bases de ce qui au douzième siècle allait être la cathédrale de Nidaros, la cathédrale de Hamar, Tunsberghus près de Tønsberg et d'un lieu saint dans la région de Bergen.

— Peu de gens savent que de nombreux lieux saints de toute la Scandinavie ont été positionnés selon un ordre mathématique hermétique, commente Adelheid.

Elle se dirige alors vers la bibliothèque et en sort un livre dont elle tourne les pages jusqu'à une photo aérienne des tertres funéraires de Gamla Uppsala en Suède.

— Voyez-vous comment les tertres et les églises et

forts environnants sont disposés suivant des cercles et des angles ?

Elle illustre les figures de son ongle verni de rouge. Dans un autre livre, elle me montre une carte de Bornholm, cette île danoise de la mer Baltique.

— Si vous mettez un pentagramme sur l'île, vous verrez comment les églises rondes, les forts et les sanctuaires des chevaliers du Temple se placent sur les pointes et les branches du pentagramme.

Elle sort encore un livre.

— Les Islandais Einar Pálsson et Einar Birgisson nous montrent comment les grandes demeures, les églises et les lieux importants ont été situés et construits suivant les principes de la géométrie sacrée à partir de la colonisation. Imaginez un cercle symbolisant l'horizon et le zodiaque. Les rayons du cercle étaient définis par le mouvement du Soleil et le tout formait une carte cosmique qui montre que les Islandais ont dû avoir connaissance de la cosmologie égyptienne.

Je sirote mon infusion, qui commence à être tiède.

Elle choisit plusieurs ouvrages dans la bibliothèque.

— On trouve les mêmes motifs et mystères en Norvège. Les recherches de Bodvar Schjelderup et Harald Sommerfeldt Boehlke, qui ont tous deux ont décrit leurs découvertes dans des livres passionnants, attestent de la présence importante de la géométrie sacrée dans l'histoire de la Norvège. N'oubliez pas que les Vikings étaient bien davantage que des brutes sanguinaires : ils étaient des êtres profondément croyants, qui recherchaient la vérité et appréciaient l'harmonie de l'existence. Regardez la forme des bateaux vikings. Regardez les lignes de runes. Quand les Vikings voulaient placer des bornes importantes, ils suivaient les lignes et formes sacrées.

— Mais, au bout du compte, tout cela n'est qu'un

imbroglio de traits et de coordonnées, dis-je en désignant la carte.

— Je serais tentée de supposer que des indications de lieu plus précises se cachent dans le texte. Peut-être à travers des codes.

Penaud, je regarde fixement le texte. Je l'ai compulsé tant de fois que je ne puis concevoir qu'il existe des codes cachés que je n'ai pas encore dépistés. Mais, bien entendu, je me trompe.

7

Dans le train du retour vers Oslo, je trouve huit appels manqués et quatre messages vocaux sur mon mobile. Ne voulant surtout pas devenir accro au téléphone portable, je l'avais mis en mode silencieux.

Tous les appels viennent du même numéro : Ragnhild. Lorsque je l'appelle, j'entends un soupir de soulagement.

— Bjørn ! Où étiez-vous passé ?

— Est-il arrivé quelque chose ?

— Il faut que je vous parle. Tout de suite. Où êtes-vous ? Nous venons vous chercher !

Au commissariat central d'Oslo à Grønland, Ragnhild a le front barré d'une ride d'inquiétude.

— Nous avons identifié l'un des Arabes, annonce-t-elle en montrant la photo de surveillance islandaise et en tapotant l'ongle de son index sur le plus grand.

— C'est celui qui m'a cassé le doigt.

— Interpol dispose d'une bibliothèque entière sur son compte. Son nom complet est Hassan ibn Abi Hakim.

— Hassan…

Elle pousse une pile de photos de Hassan de mon côté du bureau. Sur plusieurs d'entre elles, il porte un uniforme. Sur d'autres, il est vêtu de complets chics apparemment cousus sur mesure. Sur une autre photo en noir et blanc, il trône – avec un sourire de fierté – devant un charnier.

— Il est irakien, commente Ragnhild en me tendant une traduction d'un rapport d'Interpol. Ceci est ce que l'on appelle un I-24/7 de l'Interpol Criminal Data Access Management System.

INTERPOL
** Radiogramme entrant**

Radiogramme n° 7562	Date d'entrée 2007-11-17	14:13:48
De la station : LYON	N° exp. : SN	Date envoi : 171107
Heure envoi : 14:13:48	Priorité : URGENT	Pour zone : Oslo
De : « I-247-G° 14 »	À : « NORWAY »	

Sujet : Our ref : 1711/07 GD/VG/OKK
INTELLIGENCE MESSAGE NR. 26/11 REGARDING Hassan ibn Abi Hakim
Nom du sujet : Hassan ibn Abi Hakim
Éventuels pseudonymes : Inconnu
Date de naissance : Inconnu
Année de naissance : 1963
Domicile : Inconnu

De 1985 à 2003, Hassan ibn Abi Hakim a été officier de l'armée de Saddam Hussein, d'abord dans la Garde républicaine, puis, à partir de 1992, dans l'unité spéciale de Saddam *The Iraqi Social Republican Guard.*

Le sujet était spécialisé dans les opérations *sales* et en a dirigé un grand nombre.

Dans la période 1986-1989, il a été impliqué dans la campagne al-Anfal. Des milliers de villages kurdes ont été attaqués et des centaines de milliers de Kurdes massacrés, notamment avec des armes chimiques.

Le sujet était l'un des officiers dirigeants lors de l'attaque de Halabja, qui a fait environ cinq mille victimes, mortes des suites de blessures chimiques.

D'après la CIA (Central Intelligence Agency), le sujet était un officier central d'al-Anfal.

Le MI5 (Military Intelligence, Section 5) estime qu'il a personnellement assassiné entre trois et quatre mille personnes alors qu'il était officier de la Garde républicaine.

À partir de 2003, le sujet a gagné sa vie en tant que « consultant militaire indépendant » avec pour base Abu Dhabi. Dans les faits, on le soupçonne d'opérer comme mercenaire/tueur à gages.

D'après la DGSE (Direction générale de la sécurité extérieure), le sujet travaillerait depuis 2006 en exclusivité pour un commanditaire non identifié d'Arabie Saoudite. En dépit de tentatives répétées d'infiltration et de son travail stratégique, le Mossad (Ha-Mosad le-Modi'in u-le-Tafkidim Meyuhadim) n'a pas réussi à confirmer l'identité du commanditaire, qui *pourrait* être le cheikh Ibrahil al-Jamil ibn Zakiyy ibn Abdulaziz al-Filastini.

— Au moins, nous savons qui il est, conclus-je.

J'ai cette habitude de recouvrir ma peur d'un vernis d'indifférence affectée, mais, au fond, ces renseignements me terrifient. Il ne me vient cependant pas à l'esprit de capituler. Bien au contraire, je sens grandir en moi un besoin rebelle de les vaincre. De vaincre les invincibles. De vaincre un bourreau nommé Hassan. Je suis têtu, merci.

À ce point, un homme raisonnable aurait abandonné, mais pas moi. Au fond de mon être, il y a un pauvre bougre voûté qui est obsédé par la recherche de réponses, qui démonte volontiers un mécanisme de montre pour résoudre l'énigme du temps.

Je suis, dans la mesure du possible, encore plus curieux et obstiné que je ne suis effrayé. Abandonner maintenant serait un affront à la mémoire de sira Magnus.

Le regard de Ragnhild n'est pas sans rappeler celui de maman, tel que je m'en souviens lorsque j'étais enfant. « Mon cher Bjørn. Prudence », semble-t-elle me dire.

La police m'équipe d'un système de surveillance. Pendant quelques jours, je vais avoir mon garde du corps à moi tout seul, un policier avec une oreillette, des lunettes noires et un regard sensibilisé aux agresseurs qui rôdent dans les buissons.

Et puis on me rend mon ordinateur. Les logiciels que Hassan et ses hommes avaient dû réussir, d'une manière ou d'une autre, à installer, ont tout aussi inexplicablement disparu en s'effaçant ou en se rendant invisibles au sein d'autres programmes.

La seule chose que la police ait réussi à découvrir est un composeur connecté à un serveur proxy des Caraïbes, qui à son tour communique avec un serveur à Abu Dhabi.

8

À l'université, j'échange mon bureau contre celui d'un collègue en vacances. Assis sur une chaise dans le couloir, le garde du corps lit *VG* pour tromper son ennui.

Quant à moi, j'appelle Thrainn en Islande. À sa voix, j'entends que quelque chose le tourmente. Il cherche des mots qui ne le présenteront pas sous un trop mauvais jour quand il admet qu'il se sent surveillé. On le suit ; quand il sort, on fouille dans ses papiers ; quand il n'y est pas, on fouine dans sa maison. Son rire en dit long sur l'idée qu'il craint que je me fasse de lui.

Je lui parle de Hassan. Du policier qui est assis dans le couloir et surveille, ainsi que de tout ce qui s'est passé depuis mon retour en Norvège. Puis je lui demande d'appeler la police pour leur exposer la gravité de la situation.

— Ils sont à nos trousses, Thrainn, dis-je.

À l'autre bout du fil, j'ai l'impression de l'entendre engloutir un œuf.

— J'ai longtemps espéré que mon imagination me jouait des tours.

— Les rouleaux de Thingvellir sont-ils en sûreté ?

— Oui. Nous les avons déplacés à…

— Attends ! Ne dis rien.

— Mais…

— Le téléphone pourrait être sur écoute.

Il reste muet. Longtemps. Finalement nous convenons que j'appelle sur la ligne de l'un de ses collègues depuis un autre téléphone.

Sur la ligne sûre, Thrainn m'explique que les chercheurs de l'institut Árni Magnússon ont transféré les rouleaux de Thingvellir dans un laboratoire en relation avec l'exposition de manuscrits de la maison de la culture du centre de Reykjavik, où l'on prétend préparer un folio du quinzième siècle du *Livre de Flatey*, le *Codex Flatöiensis*.

En même temps, révèle Thrainn d'une voix frémissante d'autosatisfaction, il a déclenché une opération de couverture. Quatre étudiants en master, soumis à une surabondance de cachotteries, travaillent sur une copie du dix-huitième siècle de *Heimskringla*, l'*Histoire des rois de Norvège* de Snorri, dans le laboratoire principal de l'institut Árni Magnússon. Les brigands pourront facilement croire qu'ils analysent les rouleaux de Thingvellir.

— Tes chercheurs ont-ils trouvé quelque chose ?

— Cela ressemble à une transcription de la Bible, répond-il.

— Comment cela, *ressemble* ?

— Eh bien…

Il fait durer le suspense.

— … la langue d'une colonne est le copte. La deuxième est écrite dans une forme d'hébreu ancien que l'on appelle hébreu classique ou biblique. La traduction copte est placée côte à côte avec le texte original hébraïque. La bible hébraïque Tanakh et l'Ancien Testament ont été écrits dans cette langue. Elle ne se distingue pas fondamentalement de l'hébreu moderne, si ce n'est par quelques différences grammaticales et un style plus archaïque.

— Mais est-ce véritablement une transcription de la Bible ?

— Les traducteurs sont décontenancés. Il doit s'agir d'une version alternative du manuscrit. Certaines parties du texte sont copiées des livres du Pentateuque, d'autres sont inconnues. Nous n'avons pas énormément progressé dans la traduction. Nous avons seulement traduit quelques échantillons pris ici et là dans le document.

— Et ?

— Pour être tout à fait franc, je ne sais pas trop quoi en penser. Ce sont peut-être de pures absurdités. Peut-être qu'un plaisantin de moine incroyant ou de scribe s'est amusé à changer la Bible ? Et quand bien même le texte s'avérerait être une traduction approximative du Pentateuque, je ne sais pas ce que nous serions censés en faire.

— Pourquoi ?

— Si les transcriptions avaient daté de mille ans

plus tôt, cette découverte aurait représenté un événement mondial. La Bible des Septante, première traduction préchrétienne de l'Ancien Testament, a été écrite à Alexandrie en Égypte entre le troisième et le premier siècle avant Jésus-Christ. Le *Codex Vaticanus*, l'un des plus anciens manuscrits conservés de la Bible, date du quatrième siècle après Jésus-Christ. La version *Codex Sinaiticus* a été copiée entre l'an 330 et l'an 350. La *Vulgate*, première traduction latine de la Bible autorisée par l'Église catholique romaine, a été écrite autour de l'an 400. Or, les rouleaux de Thingvellir ont été copiés à l'époque viking. Certes une copie de la Bible du onzième siècle présente un intérêt universitaire, mais guère plus. C'est le genre de choses auxquelles des gens comme toi et moi peuvent consacrer des années de recherches, mais souviens-toi que c'est une transcription d'un texte qui avait déjà plus de mille ans quand il a été copié. Très amusant pour un chercheur, mais c'est à peu près tout.

Il marque une brève pause avant de reprendre.

— C'est d'autant plus incompréhensible que Snorri ait caché cette copie dans une caverne de Thingvellir.

— La question est de savoir quel texte original a été le point de départ de la copie.

— Et nous n'aurons jamais la réponse.

Je lui parle de ma visite chez Adelheid. Nous passons quelques minutes à discuter de géométrie sacrée. Nos arguments nous ramènent à l'Égypte, à la science antique et à la pseudoscience mythologique égyptiennes. Ces liens ne rendent pas l'affaire moins déconcertante. Qu'est-ce que l'Égypte vient faire dans l'histoire norvégienne ou celle de Snorri ? Quand je pense à l'Égypte, je vois Cléopâtre à l'ombre des pyramides. Mais lorsque, d'un clin d'œil aguicheur, Cléopâtre a fait son entrée dans l'histoire mondiale, les pyramides de Gizeh avaient deux mille cinq cents ans et l'Égypte était une grande puissance mourante. Les Égyptiens ont organisé leur État il y a cinq mille ans déjà. Pendant trois millénaires ont régné des pharaons oubliés depuis longtemps et d'autres dont le nom est encore sur nos lèvres, Wazner, Iry-Ro, Qâ, Hotepsekhemoui, Khâba, Khéops, Mentouhotep, Kamosé, Amenhotep, Thoutmôsis, Hatchepsout, Ramsès, Séthi, Xerxès… Tous des souverains et demi-dieux de leurs temps.

Mais l'Égypte pharaonienne a disparu juste avant la naissance de Jésus. Octave, le fils adoptif de Jules César, a envahi l'Égypte en l'an 30 avant Jésus-Christ. Cléopâtre s'est supprimée. Cette année-là, le dernier pharaon d'Égypte, Césarion, fils de Cléopâtre, a été exécuté à l'âge de dix-sept ans. À partir de ce moment-là, le pays a été dirigé par des étrangers. Au milieu du septième siècle, des Arabes musulmans ont envahi l'Égypte et succédé aux Byzantins et aux Perses. À l'époque viking, l'Égypte était un califat islamique.

9

Pendant les jours suivants, j'explore le texte de Snorri à la recherche de l'indication à laquelle Adelheid a fait allusion. Mais je ne trouve rien.

Mon garde du corps m'est retiré, officiellement pour des raisons de « manque de personnel » et « d'évaluation de la menace », mais plus vraisemblablement pour empêcher ce pauvre type de périr d'ennui.

Le matin, je me faufile hors de l'appartement de Terje et trouve refuge dans mon bureau provisoire en empruntant des entrées souterraines, des cages d'escalier oubliées et des couloirs au mauvais étage.

J'entends des déclics dans mon téléphone et je reçois des spams qui me font imaginer des logiciels espions capables de révéler tout ce que j'ai enregistré sur mon ordinateur et ce que j'ai mangé au petit-déjeuner. Je reçois des SMS incompréhensibles provenant de numéros de téléphone qui n'existent pas et me font craindre qu'ils envoient un signal GPS à l'un des satellites des malfaiteurs.

Sans trop de succès, je m'efforce d'oublier mes poursuivants et de me concentrer sur mon travail. Terje et Adelheid m'ont aidé à comprendre ce que je devais chercher et comment. Le reste n'est qu'une question de patience et d'imagination.

Je passe une grande partie de mes journées à scruter les combinaisons de lettres et à lire le texte en long, en large, en travers et à l'envers. Et je sais au fond de moi que la réponse rôde quelque part dans cette myriade de lettres et de signes.

10

Je trouve la solution tôt lundi matin.

Des gouttes de pluie ruissellent sur la fenêtre du bureau en filets sinueux. J'ai le sentiment d'avoir le cerveau en coton mouillé, et c'est dans cet état de stupeur que je le découvre.

Une partie déconcertante du texte de Snorri, tant par sa typographie que par son contenu, contient les lettres grecques alpha et oméga, qu'il a tracées particulièrement grandes et à l'encre rouge. Les lettres grecques A et Ω commencent et terminent un paragraphe lisible, mais dont le contenu n'a pas de sens. Alpha et oméga signifient souvent le début et la fin.

Donc si les signes A et Ω indiquent le début et la fin d'un message, il faut que je cherche dans cette partie circonscrite du texte.

En lisant la première et la dernière lettre des lignes *de haut en bas*, j'aperçois soudain deux noms de lieu sous le **A** de la marge gauche et le Ω de la marge droite.

Traduit du norrois en norvégien moderne, la première partie du rébus donne ceci :

A	**R**
D	**Ø**
Ø	**Y**
S	**K**
O	**E**
K	**N**
O	**E**
R	**S**
S	**Ω**

Sous l'alpha, en prenant la première lettre de chaque ligne, j'obtiens le mot *Døso*, suivi de *kors*, la croix.

De la même manière, je lis *Røykenes* en prenant le dernier signe de chaque ligne au-dessus de l'oméga.

J'ouvre un ouvrage de référence. Døso se trouve à Os, dans le Hordaland, à trente kilomètres au sud de Bergen. Le nom vient du mot *dys*, c'est-à-dire tertre de pierres, qui renvoie aux tertres funéraires de la région. Røykenes est l'endroit où se termine un sentier monastique à quelques kilomètres de Døso.

Sentier monastique ? Exalté par le suspense, je déplie une carte locale. Je place un point sur Døso et un autre sur Røykenes avant de tirer un trait vertical.

Croix…

Snorri veut-il dire que je dois dessiner une croix à partir de Døso et Røykenes ? Je trace la poutre horizontale de la croix. À droite, elle se termine dans la forêt.

À gauche, elle tombe sur… l'abbaye de Lyse.

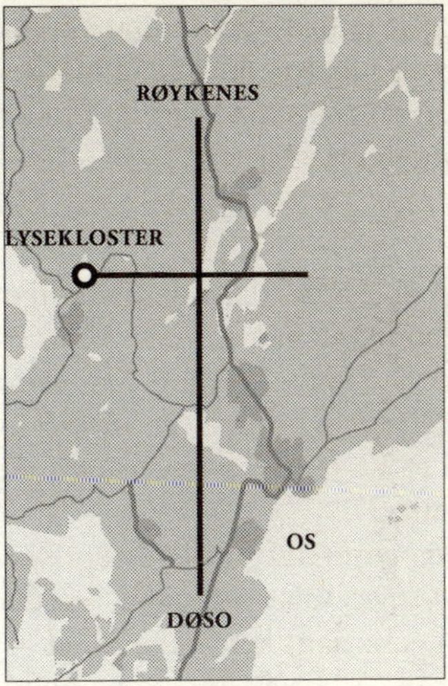

Je reste quelques secondes le regard fixe. La pointe du pentagramme ne désignait pas un sanctuaire de la ville de Bergen, mais Lyse !

C'est une abbaye cistercienne mythique fondée au douzième siècle. Elle a été fermée en 1536, mais les ruines restent une attraction touristique populaire dans ce paysage où les moines cultivaient la frugalité, la paix et le dévouement aux bienfaits de l'eau de source.

L'abbaye de Lyse… Bien sûr !

Avec ferveur, je continue de chercher dans le labyrinthe de signes. La situation s'étant débloquée, le travail progresse plus rapidement.

Certaines lettres sont plus grasses que d'autres et facilitent la découverte de nouveaux mots cachés à l'intérieur des mots et des phrases.

Par exemple, la ligne suivante, traduite du norrois en norvégien moderne :

Konge, vi vil dø for deg, Valhalls norner spinner
(Roi, nous voulons mourir pour toi,
les nornes du Walhalla filent)

abrite aussi le mot *kildevann*, eau de source :
***K**onge, v**I** vi**L** **D**ø for d**E**g, **V**alh**A**lls **N**orner spi**N**ner*

Entre le R et le S des deux dernières lignes verticales, je trouve (à rebours) le mot *sinister. Sinister* est le mot latin pour gauche. Je trouve les mots *Salomos segl* (le sceau de Salomon : le pentagramme) et *obelisk* (obélisque) entre les lettres S et K. Je lis *øst møter nord* (l'est rencontre le nord) à rebours.

Mais, plus étonnant, à deux reprises je vois le nom *Olav den hellige*, Olav le saint, ou *Óláfr hinn helgi*, comme c'est écrit dans le texte original.

Traduit et adapté en norvégien moderne, le diagramme textuel ressemble à ceci

```
A                          R
DRON      RETØM          STØ
Ø                          Y
SALAMOS   SEGL     OBELISK
OLAV    DEN     HELLIGE
K    ILD    EV    AN       N
OLAV    DEN     HELLIGE
R   E   T   S   I   N   I   S
S                          Ω
```

Je reste avec les yeux qui volettent au-dessus de la pléthore de lettres et de mots. On pourrait croire à une petite farce de Snorri, mais on pourrait aussi, théoriquement, imaginer que j'ai effectivement trouvé le sépulcre disparu de saint Olav.

On croit souvent que saint Olav, le roi viking qui christianisa la Norvège et mourut lors de la bataille de Stiklestad en 1030, repose dans la cathédrale de Nidaros à Trondheim, mais ce n'est pas le cas.

Après la bataille de Stiklestad, alors qu'Olav avait péri sous l'épée et s'était vidé de son sang, le paysan Torgil et son fils Grim se rendirent sur le champ de bataille à la recherche du cadavre du roi. Avant la bataille, ils avaient promis à Olav de s'occuper de son corps si jamais il tombait au combat. Ils trouvèrent le corps, l'enveloppèrent de lin et l'installèrent dans un cercueil en bois qu'ils glissèrent sous les lattes d'un bateau à rames.

Ils ramèrent dans ce bateau jusqu'à Nidaros, aujourd'hui Trondheim, et remontèrent un peu la rivière avant de déposer le corps du roi dans une remise.

Le paysan enterra ensuite le roi Olav dans son cercueil en bois dans un banc de sable au bord de la rivière Nidelven. Dans les mois qui suivirent, la population locale raconta que de mystérieux événements, des miracles et des présages s'étaient produits. On alla chercher l'évêque Grimkjel dans la région du lac Mjøsa. Un an et cinq jours après la bataille de Stiklestad, le paysan Torgil montra où il avait enterré le corps. Sous la surveillance de l'évêque et du gouvernement, le cercueil fut déterré. Le roi Olav avait l'air de dormir. Ses ongles, ses cheveux, sa barbe avaient poussé et il avait les joues roses. Du cercueil s'élevait, d'après le poète Snorri, un parfum exquis. Le corps fut mis en place d'honneur à l'église Klemens, puis déplacé dans un nouveau cercueil, tapissé d'étoffes précieuses, auquel on donna le nom de « reliquaire d'Olav ». Plus tard deux autres reliquaires d'Olav furent fabriqués. L'un était recouvert d'or, d'argent et de pierres précieuses. Le reliquaire contenant le corps mesurait deux mètres de long et quatre-vingts centimètres de large, il était voûté au-dessus, recouvert d'un couvercle, et abritait le reliquaire le plus petit dont le couvercle ressemblait à un toit de maison, avec faîte et tête de dragon, et était fixé avec des gonds et des fermoirs. Un autre reliquaire fut fabriqué comme étui pour ces deux reliquaires anciens.

Nul ne sait aujourd'hui où se trouve le reliquaire d'Olav. D'aucuns estiment que ce qu'il en reste est dissimulé dans le sol sous la cathédrale de Nidaros. D'autres affirment qu'il est muré dans la citadelle de Steinvikholmen aux abords de Trondheim.

Les historiens pensent, eux, qu'il a été détruit après avoir été laissé dans le château de Steinvikholmen par l'archevêque Olav Engelbrektsson en 1537. Tout ce qui avait de la valeur fut acheminé à Copenhague pour être fondu. Jochum Bech, le trésorier du roi du Danemark, écrivit en 1540 un reçu pour quatre-vingt-quinze kilos d'argent, cent soixante-dix pierres de cristal montées sur argent et onze pierres ornementales qui étaient tombées lorsque le reliquaire avait été brisé.

Dès lors, le reliquaire d'Olav a disparu de l'histoire pour entrer dans les mythes.

11

Avant de quitter mon bureau, je téléphone à Ragnhild, de la police, pour l'informer que je vais m'absenter pendant quelques jours.

— Où allez-vous ?

— La ligne est sûrement sur écoute.

— La police doit savoir où vous êtes, Bjørn.

— Hassan le voudrait bien aussi.

— Envoyez-moi un SMS, alors.

— On verra.

— Ne faites pas de bêtises.

Je le lui promets, avec les doigts croisés.

Si je parviens effectivement à trouver le sépulcre à l'abbaye de Lyse, je n'ai pas l'intention d'impliquer la direction du Patrimoine, l'université ou encore la police. Techniquement, je m'apprête à commettre un crime. La loi sur le patrimoine culturel est relativement tatillonne quand il s'agit du passé, mais je n'ai ni la patience ni le temps de suivre les règles du jeu de la bureaucratie.

— Il y a du nouveau ? je lui demande.

— Hassan et certains de ses hommes sont à Oslo depuis le lendemain de votre retour. Ils arrivaient d'Islande avec de faux passeports, bien entendu. Ils ont pris le train de l'aéroport jusqu'au centre-ville. Et ensuite, plus aucune trace. Ils ne sont descendus dans aucun hôtel.

— Alors, qui est allé dans mon appartement s'ils sont arrivés *après* moi ?

— Sans doute avaient-ils d'autres personnes à Oslo.

— À votre avis, où habitent-ils ? Dans un appartement privé ?

— Vraisemblablement. Peut-être chez des ressortissants venant d'Arabie Saoudite ou d'Irak.

— Vous êtes allés voir chez eux ?

— Vingt mille Irakiens vivent en Norvège, Bjørn, et un peu moins d'une centaine de Saoudiens.

Je préfère laisser mon téléphone portable au bureau, car je pense que Hassan, tout comme la police, dispose d'un matériel permettant de le dépister et de me localiser.

La crypte

1

À la lueur du soleil vespéral, les ruines de l'abbaye semblent être figées dans le temps. L'étroite galerie voûtée du cloître, qui est portée par une rangée de colonnes doubles, projette de longues ombres crépusculaires.

Au sommet des arcades et des ruines s'étend une épaisse couche d'herbe et de mousse.

— C'est beau, non ?

— Une perle, dis-je obligeamment.

Les bras croisés, Øyvind contemple les ruines avec la mine de quelqu'un qui construit sa maison lui-même et montre ses premières fondations.

Il a une bourse de chercheur en art et histoire au Musée de Bergen et j'ai fait sa connaissance en 2003 lors d'un congrès sur l'art sacré et l'iconographie. Øyvind a grandi à Os et a passé tous les étés de son enfance dans la région de l'abbaye de Lyse.

Il pense que ces ruines sont à l'origine de son intérêt pour l'histoire et l'archéologie.

Lorsque je l'ai appelé d'une cabine téléphonique à la gare pour lui dire que j'étais à Bergen et que j'avais besoin de son assistance à l'abbaye de Lyse, c'était comme si j'invitais un enfant de dix ans à aller gratuitement à la fête foraine !

— L'abbaye de Lyse recèle de nombreux mystères, observe-t-il avec des R bien grasseyés, à la manière du Vestlandet.

Øyvind a un penchant pour le lyrisme. À contre-jour, il plisse les yeux vers moi, exalté et plein d'attentes. Je lui ai promis de lui expliquer pourquoi je suis venu, mais pas tout de suite.

Autour de nous domine une forêt de sapins haute et sombre.

— Parle-moi de l'abbaye, je lui demande.

C'est une invitation polie à me faire une conférence qui viendra de toute façon, que je le veuille ou non.

— Avec plaisir !

Il adopte une posture de guide entouré de touristes curieux.

— Sur l'invitation de l'évêque Sigurd de Selja, l'abbaye de Lyse a été fondée en 1146 par des moines de Fountains Abbey en Angleterre et dédié à la Vierge Marie, pontifie-t-il en redressant ses lunettes.

— Pourquoi ici, en pleine forêt sauvage ?

— Regarde autour de toi ! L'ordre de Cîteaux cultivait le calme, la contemplation et le silence. Les cisterciens aspiraient à l'ascétisme, au méthodique et au pratique. Ils voulaient cultiver la terre et avoir leur propre approvisionnement en eau de source. La situation géographique ici était parfaite.

— Tu as évoqué des mystères…

— Bjørn, que sais-tu des Templiers ?

— Pas mal de choses, je crois.

Nous qui nous intéressons aux chevaliers du Temple et à ces choses-là avons une tendance naturelle à être un peu obsédés.

— Les Templiers étaient un ordre médiéval chrétien

fondé par des croisés en 1119, peu de temps après la fondation de l'ordre de Cîteaux en 1098, pour protéger les pèlerins européens en route pour Jérusalem. Le roi de Jérusalem avait donné aux chevaliers le droit d'établir leur quartier général sur la Colline du Temple, au-dessus des ruines du temple de Salomon. Les Templiers ont semé les graines de ce qui allait se développer en un système bancaire. L'ordre s'est tellement enrichi que le roi de France a massacré les chevaliers, poursuis-je.

— Et il n'a pas trouvé mieux que de le faire un vendredi 13.

— En 1307, dis-je pour montrer que je ne suis pas en reste. On dit que les chevaliers étaient gardiens d'un secret historique, un secret aussi important que le corps du Christ ou le Graal...

— Ou, tout simplement, la connaissance. Savais-tu qu'il existait plusieurs liens entre les chevaliers du Temple et l'ordre de Cîteaux ?

— Par exemple ?

— Ce sont des organisations sœurs, à peu près contemporaines. Mais il est un point commun qui est particulièrement intéressant : Bernard de Clairvaux !

— Tu veux dire le saint ? Saint Bernard, l'abbé français ?

— À Pâques, en 1146, l'année de la fondation de l'abbaye de Lyse, Bernard de Clairvaux a donné l'ordre de démarrer la deuxième croisade. Saint Bernard était l'une des autorités les plus puissantes de l'Église. On l'appelait la voix de la conscience. Il est sans doute celui qui a occupé le rôle le plus central dans la construction de l'ordre cistercien. Sans lui, nous ne nous serions pas trouvés à l'abbaye de Lyse aujourd'hui.

— Et le lien ?

— Bernard était le neveu de l'un des fondateurs de

l'ordre des Chevaliers du Temple et il a lui-même été l'un des hauts protecteurs de l'ordre et son administeur. Grâce à Bernard de Clairvaux, les Templiers ont été officiellement reconnus par l'Église lors du concile œcuménique de Troyes en 1128. C'est précisément cette reconnaissance qui a contribué à la croissance économique des Templiers et a apporté le soutien de familles fortunées de toute l'Europe. En 1139, l'ordre a été placé sous l'autorité directe du pape, par décret, dans la bulle d'Innocent II *Omne Datum Optimum*. Les prêtres qui s'offusquaient de ce que des chrétiens se battent à l'épée ont été fermement remis à leur place dans la réponse de Bernard *De Laude Novae Militiae*, où il défendait le paradoxe de *tuer au nom de Jésus*. Bernard de Clairvaux a aussi élaboré les règles de l'ordre des Templiers.

L'histoire regorge de liens inexplicables et de coïncidences. Pourquoi l'abbaye de Lyse a-t-elle été construite précisément ici par un ordre monacal ayant des liens avec les Templiers ? Est-ce autant un « hasard » que le fait que le monastère de Værne dans l'Østfold ait été transféré du roi Sverre à l'ordre des Johannites, que nous connaissons sous le nom d'ordre de Malte, en 1190 ?

Je contemple les ruines de l'abbaye. Le vent de la mer agite la forêt de sapins.Saint Olav est-il enterré ici, quelque part à l'abbaye de Lyse, grâce à de loyaux partisans norvégiens qui, aidés par l'ordre cistercien et les Templiers, ont pu sauver les vestiges du roi chrétien ?

Le reliquaire originel d'Olav a-t-il été déplacé de la cathédrale de Nidaros avant les grands travaux de transformation au milieu du douzième siècle ? Était-ce une simple copie que les Danois ont détruite au seizième siècle ?

Je laisse mon regard couler sur les ruines. Dans un arbre, sans un bruit, un autour maintient par petits mouvements son équilibre face au vent.

2

Ce soir-là, après avoir informé Øyvind de tout ce que je sais sur le codex de Snorri et les pistes qui mènent à l'abbaye de Lyse, je lui parle de Hassan et de mes poursuivants. Il me demande si j'ai une idée de leur commanditaire.

Il m'a invité à loger avec lui dans l'appartement vide au rez-de-chaussée de sa maison d'enfance non loin de l'abbaye. Nous y passons la soirée à examiner le texte de Snorri et les livres sur l'abbaye qu'Øyvind a apportés.

— Dans le texte, il est fait référence au sceau de Salomon, c'est-à-dire un pentagramme, dis-je en dépliant une carte.

— Difficile de trouver un pentagramme où quoi que ce soit sur cette carte, Bjørn.

— Le mot obélisque, qui est écrit en relation avec le sceau de Salomon, pourrait être un repère sur le terrain.

Øyvind me considère avec stupéfaction.

— Que dis-tu ? Il y a effectivement deux pierres levées dans le domaine. Deux colonnes en pierre dont les historiens n'ont jamais compris la signification.

Il place un point sur la carte à environ deux cents mètres au sud-ouest de l'abbaye de Lyse et un autre au nord-est.

— S'il s'agit de deux points d'un pentagramme, fais-je en dessinant un cercle qui touche les deux points avant de tapoter la carte du doigt en trois points, nous devrions trouver trois autres obélisques, là, là et là.

Le lendemain matin, nous sommes à pied d'œuvre au lever du jour et roulons jusqu'au parking de l'abbaye. Øyvind m'a prêté une paire de bottes en caoutchouc vertes et nous pataugeons sur ce terrain impraticable entre rochers couverts d'herbe, prés et forêt. Après avoir cherché pendant une demi-heure, nous trouvons la première pierre levée, a moitié dissimulée par un fourré à la lisière d'un bois clairsemé. L'obélisque est grossièrement taillé et mesure une cinquantaine de centimètres de haut.

— Les historiens locaux n'ont jamais fait le lien entre les pierres et l'abbaye, remarque Øyvind.

Nous continuons de progresser entre les arbres, franchissons des rochers et un ruisseau, nos bottes produisant des bruits de succion sur la terre mouillée. À l'approche du point où devrait se trouver la pierre suivante, nous ralentissons et marchons avec un écart de deux mètres entre nous. Pas à pas, nous inspectons le sol de la forêt. Lorsqu'il ne fait plus de doute que nous sommes allés trop loin, nous élargissons le cercle et faisons demi-tour. Puis nous tournons encore une fois les talons, mettons plus de distance entre nous et continuons.

Je découvre la pierre levée par une pure coïncidence. Je dois ôter mes lunettes qui s'embuent, et pendant que j'essuie les verres avec un pan de ma chemise, mes yeux entrevoient le contour diffus d'un obélisque. Je chausse mes lunettes : l'obélisque a disparu. Déconcerté, je regarde autour de moi. Je vois des troncs d'arbres, des ronces, une formation rocheuse couverte de mousse, et des branchages et brindilles sur le sol. J'enlève mes lunettes et vois de nouveau la silhouette. Cette fois, je verrouille mon regard sur la pierre et remets mes lunettes. Stupéfait, je constate que l'obélisque est une partie du bloc rocheux. Les sculpteurs ont simplement rafraîchi une pierre levée naturelle.

***

Au cours de la journée, nous trouvons les cinq obélisques, qui sont placés en forme de pentagramme autour de l'abbaye de Lyse. Nous trébuchons pour ainsi dire sur les deux qui suivent, tandis que nous nous escrimons pendant trois heures à trouver le dernier. Øyvind indique soigneusement chaque pierre sur la carte locale.

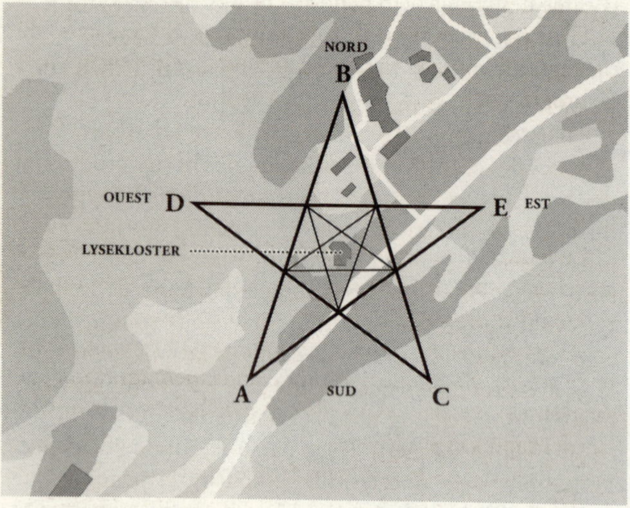

Puis nous regagnons en voiture notre base de recherche locale dans l'appartement au rez-de-chaussée de la maison des parents d'Øyvind et nous mitonnons du poisson du fjord que nous avons acheté à Os.

Nous avons les pierres levées, nous avons le pentagramme, mais nous n'avons aucun sépulcre. Après nous être sustentés, Øyvind et moi nous asseyons avec chacun une bière dans la main.

L'un des fils conducteurs de la grille de mots croisés alambiqués de Snorri est « l'est rencontre le nord ». Je songe soudain que cela pourrait être une description révélant le point de croisement intérieur de l'un des axes du pentagramme allant vers l'est avec l'un de ceux allant vers le nord. Mais c'est une indication plutôt vague, car plusieurs points peuvent légitimement être considérés comme des points de rencontre entre l'est et le nord.

C'est pourquoi nous devons remonter chaque ligne du pentagramme sur le terrain pour voir si cela nous permet de progresser.

3

Le lendemain, nous venons à peine de commencer à marcher le long de l'une des cinq lignes, l'axe A-B, quand je remarque un abri en pierres écroulé.

À l'orée du bois, un peu plus loin, là où l'axe A-B croise D-C sur le pentagone à l'intérieur du pentagramme, se trouvent les vestiges d'un abri, partiellement dissimulés par des sapins et des ronces.

— Rien d'intéressant, affirme Øyvind.

— La position sur le terrain est pourtant frappante.

— Ce n'est qu'une voie sans issue. Les experts de la direction du Patrimoine pensent que c'était un simple auvent protégeant un puits.

— Un puits ?

J'empoigne Øyvind et l'entraîne à ma suite.

— Qu'est-ce qui te prend ? s'écrie Øyvind. Calme-toi ! L'ordre cistercien se préoccupait maladivement d'avoir accès à de l'eau fraîche.

Nous marchons sur des racines et des pierres.

— Le puits principal se trouvait en haut au monastère, donc ceci était un puits de réserve dans l'éventualité où la veine d'eau qui approvisionnait le monastère s'assécherait. Or, selon les récits, le puits de réserve s'est asséché longtemps avant la source principale.

— Il n'a jamais été exploré ?

— Exploré ? s'étonne Øyvind en haussant les épaules. Bien sûr que l'abbaye a été explorée ! La première fouille a eu lieu en 1822, mais c'était dans le cloître évidemment, pas ici. Il y a eu plusieurs fouilles depuis, mais je ne sais pas si l'abri en pierres au-dessus du puits a jamais été considéré comme faisant partie des ruines de l'abbaye. L'abri du puits a très certainement été inspecté, au moins visuellement, lors de l'excavation de 1888. Mais, comme je te le disais, ce puits-ci est bien trop éloigné du site principal.

J'affiche un sourire confiant et satisfait.

— Bjørn, regarde autour de toi ! Tu vois un sépulcre ?

Je regarde autour de moi. Je ne vois aucun sépulcre, mais je ne suis pas si bête !

— Quoi ? bougonne Øyvind quand le poids de mon regard devient trop écrasant.

— Øyvind, que cherchons-nous ?

— Un sépulcre, un tertre funéraire, quelque chose de suffisamment grand pour abriter le cercueil de saint Olav. Et comme il était roi de Norvège, et de surcroît saint, s'il a été amené ici et enterré cent ans après sa mort, nous recherchons sans doute une crypte passablement grandiloquente. Ceci… fait-il avec un geste vers les restes de l'abri… ceci est un éboulis !

— Un puits.

— Et ? *So what* ? Il y a des centaines d'années, c'était…

Puis je vois sur son visage que l'évidence est en train de lui apparaître.

— Un puits… répète-t-il pour lui-même en me coulissant un regard.

***

Avec l'appareil numérique, je prends une série de photos afin de conserver pour la postérité le tas de pierres. Nous cherchons des gants de travail dans la voiture, puis nous entreprenons de déplacer des pierres. Nous œuvrons avec précaution, mais il est indéniable que je suis encore en train de détruire un monument ancien : Bjørn Beltø, le vandale de la culture !

Si nous avions voulu respecter le protocole, nous aurions dû demander une autorisation et *peut-être* obtenir le droit d'excaver le puits. Nous l'aurions peut-être obtenu dans un an ou deux, car ni la loi sur le patrimoine culturel ni ses protecteurs ne sont particulièrement enclins à faciliter la tâche de chercheurs de trésors qui sont pressés. Mes confrères vont, avec une certaine légitimité, me condamner.

Au milieu de la séance, je m'interromps et dis à Øyvind :

— Quand nous aurons terminé ce travail, j'en assumerai l'entière et totale responsabilité. Tu n'es pas venu ici. Tu ne m'as pas aidé. Tu ne sais rien du tout.

Øyvind baisse les yeux. Bien entendu, il aimerait partager les honneurs avec moi, mais il sait qu'il risque de ruiner sa carrière entière, ce dont, personnellement, je me balance.

Heureusement, il fait un peu frisquet et humide. Les quelques touristes se contentent de traverser les ruines en hâte. Nous pouvons travailler toute la journée sans être dérangés. Lorsque le soir commence à tomber, nous avons hissé, roulé et déplacé plusieurs tonnes de pierres recouvertes de mousse et exposé une base de galets coulés en une solide fondation.

5

Nous sommes de retour avant le chant du coq. Øyvind et moi sommes munis de lampes frontales, que nous éteignons dès que les lueurs de l'aurore frémissent sur la cime des arbres à l'est.

À l'aide d'une barre à mine, d'une masse, d'un marteau et d'un ciseau à bois, nous ôtons une par une les pierres du sol. Nous devons traverser trois épaisseurs de pierres. Tout au-dessous, nous découvrons une couche de rondins pourris. Ces poutres ont vraisemblablement servi de lattis aux maçons qui ont posé le sol de pierre.

À la mi-journée, nous sommes enfin parvenus à ménager une ouverture suffisamment grande.

Afin d'éviter un malheur – par exemple que nous échouions tous les deux au fond du puits –, Øyvind attend en haut pendant que je m'attache une corde sous les bras et me laisse glisser dans le puits.

Ma lampe frontale éclaire le mur rond du puits qui est en pierres et recouvert de verdure. Les pierres sont grandes et soigneusement taillées. Pour un puits de réserve, les moines et bâtisseurs de l'abbaye y ont mis une application hors du commun.

Le puits a un rayon d'un bon mètre et mesure cinq à six mètres de profondeur. Mes bottes en caoutchouc s'enfoncent dans une couche de boue. Je crie que je suis bien arrivé en bas, avant d'orienter ma lampe vers les murs humides recouverts de mousse. Il n'y a rien.

Je ne m'attendais pas précisément à trouver la crypte au fond du puits, mais je m'attendais sans doute à trouver *quelque chose*.

Avec mes gants, je commence à éliminer la mousse du mur du puits. Je travaille depuis un bon moment quand je m'aperçois que l'une des pierres est beaucoup plus claire que les autres. Marbre ? Stéatite ?

Je l'éclaire avec ma lampe frontale. Cette pierre est couverte de traits et de marques. Je me penche plus près. Au premier abord, il est difficile de voir ce que ces traits représentent. Je gratte plus de mousse et frotte la pierre avec mon gant, puis je le vois. Au sommet sont gravés trois signes : ankh, tyr, croix.

Øyvind me lance une bouteille d'eau en plastique, pour que je puisse laver la mousse, la crasse et la terre. Les mains tremblantes, je nettoie la pierre, mais je ne trouve pas d'autres caractères. Je prends des photos des trois signes et demande à Øyvind de me remonter.

Grisés, nous repartons pour l'appartement. Nous discutons longuement de ce que nous allons faire. Le puits cache indubitablement l'entrée d'une crypte. Allons-nous impliquer nos supérieurs hiérarchiques ? Allons-nous avertir la direction du Patrimoine ?

La réponse est oui, bien entendu. Mais pas tout de suite. Nous savons tous deux que nous perdrions toute forme de contrôle si nous impliquions d'autres personnes. L'excavation prendrait des mois, et je n'ai pas le temps d'attendre.

6

Le soir, nous mettons un vinyle de Supertramp et évoquons la possibilité d'un lien entre les Vikings et l'Égypte.

— Même si ce n'est pas attesté, ce n'est tout de même pas invraisemblable que les Vikings aient pu remonter le Nil, observe Øyvind. Les Vikings étaient un peuple qui naviguait sur les fleuves. Ils ont fait des milliers de kilomètres à travers la Russie, jusqu'à la mer Noire et à la mer Caspienne, à la voile, à la rame et en portant leurs embarcations.

— Mais jusqu'en Égypte ?

— Les Vikings ont fait des incursions sur toutes les côtes méditerranéennes, y compris en Afrique du Nord. Pourquoi se seraient-ils tenus à l'écart de l'Égypte ?

Il n'a pas tort. Sigurd Jorsalfare, Sigurd le Croisé de Jérusalem, a reçu son surnom parce qu'il avait effectué une croisade jusqu'à Constantinople, ou Miklagard comme l'appelaient les Vikings, et Jérusalem. Et puis, nous avons l'histoire de Harald Hardråde, Harald le Sévère, le demi-frère de saint Olav. À l'âge de quinze ans, il survécut à la bataille de Stiklestad et fuit vers le sud et Byzance où il devint officier de la garde impériale byzantine, eut une liaison avec l'épouse de l'empereur et combattit dans de nombreuses batailles, notamment en Afrique du Nord. Selon Snorri, il prit plus de quatre-vingts villes africaines. Snorri écrit encore que Harald passa de nombreuses années en Afrique et reçut beaucoup d'or et d'objets précieux. À leur retour, les navires croulaient sous les biens.

— Dès le neuvième siècle, les Vikings ont navigué vers le sud jusqu'à la Méditerranée et l'Afrique, reprend Øyvind. Et les sagas et les chroniques arabes racontent ces expéditions.

— Mais jamais en Égypte.

— C'est dingue ce que tu peux avoir l'esprit de contradiction ! Les Vikings étaient un peuple militaire qui ne craignait rien ni personne. Pourquoi diable auraient-ils eu peur de remonter le Nil ? En 844, une expédition de grands navires comptant plusieurs milliers d'hommes s'est rendue au nord de l'Espagne, a longé le Portugal d'aujourd'hui et attaqué Lisbonne, Cadiz en Espagne et plusieurs villes des bords des fleuves du sud de l'Espagne. Ils ont remonté le Guadalquivir jusqu'à Séville, une manœuvre dangereuse et risquée ! Ils ont passé une semaine entière à mettre la ville à sac, assassinant et violant, brûlant et volant, détruisant les grands murs de la ville et incendiant les mosquées. L'émir musulman Abd al-Rahman a dû faire descendre ses troupes d'élite de Cordoue pour que les Maures reprennent le contrôle de la situation. Les Vikings ont fui vers le sud et attaqué le califat nord-africain avant de rentrer chez eux à la voile avec leurs trésors. Quinze ans plus tard revenait une flotte encore plus imposante. Le raid a duré trois ans et était, d'après les récits, dirigé par les rois vikings Håstein et Bjørn Jernside, Bjørn Côtes-de-Fer. Avec plus de soixante grands navires et des milliers de Vikings, ils ont pillé la vallée du Rhône et attaqué la Galice, la région qui comprend aujourd'hui le Portugal, l'Andalousie et l'Afrique du Nord. Ils ont navigué le long de la côte est de la péninsule ibérique, sont passés par Majorque et sont remontés vers le nord sur l'Èbre en allant jusqu'à Pampelune au Pays basque. Jette un coup d'œil sur la carte ! L'Èbre sinue à des centaines de kilomètres de la côte est espagnole et va jusqu'à Pampelune. Ils ont enlevé le roi Garcia Iñigues. Lorsqu'ils sont repartis, ils emportaient soixante-dix mille pièces d'or. Ils ont continué en direction du nord-est, en longeant les côtes espagnoles et françaises, avant d'aller en Provence et en Italie, où ils ont attaqué Pise. Puis ils ont pris la ville de Luna, qu'ils avaient confondue avec Rome. Le butin était énorme. Les chefs vikings sont devenus extrêmement aisés, et cette richesse a incité leurs successeurs à réitérer ces expéditions. Un siècle plus tard, ils recommençaient : une flotte de cent navires et un peu moins de dix mille hommes ont pillé la Galice et le León, dans les terres chrétiennes du nord de l'Espagne, et ils ont ravagé Saint-Jacques-de-Compostelle et Catoira. Bjørn, crois-tu vraiment que de tels guerriers aient redouté le Nil ?

7

Avant de me coucher, j'appelle Thrainn en Islande, qui a cherché à me joindre. Trois hommes inconnus ont pénétré dans le laboratoire principal de l'institut Árni Magnússon et agressé les quatre étudiants qui faisaient

Je chuchote, comme par respect pour la paix du sépulcre que j'ai depuis longtemps profané.

— L'un des évêques qui a suivi le roi Olav d'Angleterre en Norvège avant la christianisation.

— N'est-il pas écrit saint Olav ?

— Non.

Je suis trop submergé par cette découverte et ce spectacle somptueux pour pouvoir éprouver de la déception. J'aurais pourtant bien voulu que ce soit le reliquaire d'Olav plutôt qu'un cercueil en pierre qui nous attende sur le socle.

Øyvind et moi empoignons chacun une extrémité du couvercle du cercueil et l'écartons délicatement.

Le squelette est vêtu d'un camail rougeâtre au col d'hermine décomposé dont les phalanges sont recourbées sur sa crosse d'évêque et dont le crâne repose en biais dans une mitre. L'évêque Rudolf. Contre toute attente, mes yeux s'embuent.

— Bjørn ?

Øyvind me donne un coup de coude. De sa lampe frontale, il désigne le mur sur notre gauche. Je ne vois d'abord que des reflets, puis, peu à peu, j'aperçois quatre jarres en céramique.

— Juste ciel ! s'exclame Øyvind.

Chaque jarre déborde de bijoux et de figurines égyptiennes d'or et d'albâtre. Chats, amulettes, scarabées, Anubis le dieu chacal, animaux fabuleux, cobras…

Les rayons de la lampe scintillent sur des pierres précieuses d'un rouge profond. Øyvind saisit un Horus à tête d'oiseau.

— Laisse-le. Nous devons laisser les choses aussi intactes que possible pour le moment où nos confrères archéologues viendront les examiner.

— Et c'est toi qui dis ça ? fait-il en riant.

La poussière des murs dissimule des inscriptions et

des dessins de runes et de hiéroglyphes. Le tombeau est orné d'un pêle-mêle de signes norrois et égyptiens. Nous restons longtemps dans la chambre sombre à contempler les inscriptions murales. Sous la poussière, les murs sont couverts d'écriture et de dessins.

Au pied du socle, je remarque une plaque de marbre scellée, couverte de centaines de signes : une pierre runique.

À l'aide d'un couteau, je la libère de l'étreinte du socle et la brosse avant de la poser délicatement sur le sol. Les bords sont sertis de pierres précieuses. En haut, je vois trois symboles.

— Ankh, tyr, croix, murmure Øyvind.

Je balaie les signes du rayon de ma lampe et traduis du vieux norrois : *Hellig er du sankt Olav vår konge god.*

C'est-à-dire : « Sanctifié sois-tu, saint Olav notre bon roi. » Voilà enfin un texte qu'il est possible de lire !

— Je l'emporte !

Au rayon de lumière qui m'éclaire droit dans la face, je comprends qu'Øyvind me regarde.

— Nous devons déclarer notre découverte, finit-il par dire.

— Bien entendu, mais nous n'avons pas besoin de parler de la pierre runique.

— Tôt ou tard, ils remarqueront son absence.

— Je vais bien sûr la rendre, mais uniquement quand j'aurai fini. Ils penseront sans doute que c'est l'œuvre de détrousseurs de tombes.

— Et d'ailleurs, ils n'auraient pas tort…

La nuit, sur la dure banquette de sa cellule de moine, il rêvait souvent de ses années de jeunesse et de ses expéditions avec le roi Olav. Dans un demi-sommeil, il s'enveloppait dans les couvertures de bure humides tandis que ses souvenirs se faisaient images, odeurs et sons, qui emplissaient la fraîche obscurité de la cellule. Parfois, quand il ne pouvait pas dormir, il se traînait jusqu'à la lucarne pour écouter le souffle de la haute mer et les brisants. Ainsi, légèrement transi et presque aveugle, il restait dans le courant d'air et regrettait les jours d'antan.

EXTRAIT DE L'HISTOIRE DE BÅRD

… labourait la mer dans un nuage d'écume. Avec le roi Olav, je me trouvais à la proue du *langskip Havørnen*, criant face au vent. De mon avant-bras, j'essuyai l'eau salée de mon visage. Le roi éclata de rire. Autour de nous, les gouttes d'eau scintillaient sous le soleil, telle une ondée d'argent.

La coque de chêne fendait les vagues avec des secousses brutales et des claquements dans les bordages. La voile se tendit sous le bon noroît.

Havørnen, l'embarcation du roi, était un navire fuselé avec des têtes de dragons sculptées en poupe et en proue. Nous l'appelions *drakkar*, navire dragon. À l'avant et à l'arrière, d'habiles sculpteurs sur bois avaient taillé des dragons retors, des serpents ignobles et des monstres marins immondes. Le mât était haut et droit. La voile capturait le vent et nous précipitait sur l'océan comme une flèche qui venait d'être tirée de l'arc.

Derrière les navires, qui formaient comme une chaîne de dragons, planaient de grandes nuées de goélands, mouettes, sternes et autres oiseaux marins savoureux. Olav et moi nous détournâmes du vent pour observer l'embarcation. De nombreux hommes étaient allongés au soleil et somnolaient.

D'aucuns jouaient aux dés, d'autres racontaient des exploits hardis et des batailles sanglantes. Aux gestes d'un gaillard du nom de Gorm, je compris qu'il parlait d'une femme bien faite auprès de laquelle il avait dormi. Un géant qui s'appelait Tord pissait par-dessus bord.

Au niveau du mât, deux jeunes garçons se querellaient à propos d'un nœud. L'un des navigateurs porta le point sur le parchemin de la carte.

Ensuite, il fit une encoche sur le disque de relèvement en demi-lune du compas solaire. Olav siffla entre ses doigts pour que le barreur oriente le cap très légèrement sur l'est. Puis il fit un signe de tête à Rane, le tuteur que sa mère avait envoyé avec lui lors de leur départ en expédition de nombreuses années auparavant.

Olav enfonça sa main dans ma crinière, m'ébouriffa les cheveux et dit : « Je vois que tu te plais en pleine mer, Bård. » Je crachai par-dessus bord et répondit : « Qui ne s'y plaît pas, mon roi ? »

Nous avions le même âge, Olav et moi. Nous l'appelions « mon roi », bien qu'il ne gouvernât aucun pays. Dans les veines de ce roi guerrier, c'était du sang viking salé qui coulait. Olav Haraldsson était d'extraction royale ; Harald Hårfagre, Harald à la Belle Chevelure, était son trisaïeul, et son père était Harald Grenske, Harald le Grenlandais, ce roitelet du Vestfold amateur de femmes qui fut brûlé par Sigrid Storråde, Sigrid l'Impérieuse, qui avait fini par le trouver par trop entreprenant. Lorsque Harald le Grenlandais périt dans les flammes en Suède, sa femme Åsta était enceinte et attendait Olav. Son nouvel époux, Sigurd Syr, Sigurd la Truie, était l'opposé de Harald : là où Harald était Viking en tout, brutal et guerrier, Sigurd était paisible, un grand paysan sage et travailleur, qui aimait s'occuper de ses terres et de ses animaux et exécrait le combat sanglant. Le jeune Olav avait en lui son père. Jeune garçon, il portait sur son beau-père, l'homme de terre, un regard condescendant et se moquait de lui derrière le dos de sa mère.

La main autour de la figure en bois gonflée d'eau, appuyant mon épaule contre l'intérieur de la proue, les yeux braqués sur cette terre étrangère qui était appelée al-Andalus et qui était gouvernée par des musulmans, je promenai mon regard de l'horizon à l'ouest au brouillard qui dissimulait la côte à l'est. Quelle résistance rencontrerions-nous ? Qu'ils viennent donc ! pensai-je hardiment. Je ne craignais personne.

Depuis que nous avions quitté la Norvège, naviguant d'abord jusqu'au Danemark, puis vers l'est, les raids de la flotte viking avaient été placés sous la protection des dieux. Nous étions invincibles. En Suède et dans les pays et îles de la Baltique, nous nous étions longuement battus et livrés aux ravages.

Ensuite, nous avions de nouveau fait voile vers le Danemark, où nous nous étions joints à la flotte de Torkjell Høye, Torkjell le Haut, frère du Viking de Jomsborg Sigvalde jarl, le duc Sigvald. Torkjell le Haut était fin prêt pour partir en expédition militaire.

Ensemble, nos deux chefs vikings, Olav et Torkjell, avaient navigué le long des côtes du Jutland où nous avions vaincu une grande armée maritime. Nos victoires en mer Baltique, au Danemark et aux Pays-Bas nous avaient donné beaucoup d'assurance.

En compagnie de Torkjell le Haut et de ses hommes, nous avions traversé la Manche. En Angleterre, nous nous étions associés à la Grande Armée et, dans le courant de l'automne, nous nous étions établis à l'extérieur de Londres. Le roi Ethelred avait peur.

Il versa quarante-huit mille livres à Olav et Torkjell pour qu'ils épargnent le royaume. Nous chargeâmes nos navires de plus de onze millions de pièces d'argent. Quelle richesse ! Chacune de ces pièces de monnaie allait nous permettre d'acheter une vache ou un esclave. Puis Olav et Torkjell s'étaient séparés.

Tandis que Torkjell changeait de côté et entrait au service du roi Ethelred en tant que chef chargé de la protection du territoire, Olav et sa flotte avaient fait voile vers la France.

La Normandie était gouvernée par le duc Richard II, connu comme le Bon. La Normandie pouvait être considérée comme norvégienne.

Après dix ans d'invasions, le Viking norvégien Gange-Rolv, Rolv le Marcheur, avait été fait duc, à condition que les Vikings protègent la Normandie contre d'autres puissances ennemies. Rolv le Marcheur, que les Francs appelaient Rollon, était fils de Ragnvald Mørejarl, Ragnvald duc de Møre, qui avait coupé les cheveux de Harald à la Belle Chevelure lorsque la Norvège était devenue un seul royaume. Rolv le Marcheur était le bisaïeul du duc Richard, et Richard fut le grand-père de celui que l'on connaît aujourd'hui comme Guillaume le Conquérant. Il a été couronné roi d'Angleterre il y a quatre hivers. Olav avait poliment décliné l'invitation de Richard à passer du temps à Rouen, mais promis de revenir après l'expédition.

Puis nous étions partis vers le sud.

En Bretagne, nous nous étions alliés avec une armée de Vikings irlandais. Ensemble, nous nous étions battus sur la côte française, puis en Galice. Nous avions dérobé des trésors et capturé des esclaves. À Tui, nous avions reçu quatre kilogrammes d'or pour épargner la ville. J'ai honte que nous n'ayons pas tenu parole.

Notre soif d'or nous poussait toujours plus loin au sud. Nous attaquions impitoyablement les villes où nous pensions pouvoir trouver un butin. Nous étions une flotte puissante. Olav avait quitté la Norvège avec cinq grands navires, mais en route nous avions rassemblé près de quatre cents navires, des grands vaisseaux, des navires de guerre fuselés plus petits, des navires de charge et des bateaux de guet rapides qui servaient aussi à transporter des messages entre les embarcations.

À bord du *Havørnen*, nous étions une bonne centaine d'hommes, des rameurs, des navigateurs, des guetteurs, des réparateurs, des voiliers et des guerriers.

Au total, l'armée d'Olav était constituée de vingt mille Vikings intrépides.

***

« Bård, dit le roi, j'ai fait un curieux songe cette nuit. »

Dehors, au soleil, du sable doré tourbillonnait dans le vent. Les gens qui se hâtaient dans les ruelles blanchies à la chaux s'enveloppaient de vêtements amples pour se protéger du vent cuisant du désert. Je jetai un coup d'œil vers mon maître. Olav était couché avec la tête et les épaules contre le mur et les deux jambes dans le lit.

Quant à moi, j'étais assis sur une chaise en bois qui grinçait et je buvais du vin acide dans une chope en argile qui me salissait la paume. Le soleil entrait dans la pièce par une lucarne haut dans le mur. Olav s'assit sur le lit. « Peut-être était-ce un dieu qui m'a parlé dans ce songe ? » observa-t-il. « Quel dieu ? » voulus-je savoir. Personnellement, j'adorais Odin et les dieux des pères. Mais au cours de notre expédition à travers l'Europe, nous avions beaucoup entendu parler d'autres dieux, de l'un d'eux en particulier, qui était appelé le Christ blanc. Il était capable de changer l'eau en vin, disait-on, et de faire d'un pain plusieurs. Il guérissait aussi les malades et savait marcher sur l'eau, quelle qu'ait bien pu en être l'utilité.

Mais je n'avais jamais compris ce Christ blanc. Était-il un dieu ou un homme ? Comment son père, un homme, avait-il pu donner un enfant à une femme humaine sans coucher avec elle ? Et le fils de l'homme d'une divinité n'était-il pas un demi-dieu ?

L'enseignement du Christ blanc me semblait seulement servir des faiblards sans courage.

On disait qu'il invitait ses partisans à tendre à son ennemi l'autre joue au lieu de lui trancher la tête. Faible discours pour un fils de dieu. Le Christ blanc avait été cloué sur une croix et était mort en martyr là-bas en Terre des Juifs. S'il avait eu le moindre dieu en lui, il se serait battu et libéré sans peine des soldats romains.

On dit qu'il s'est réveillé du sommeil mortel après trois jours. Bien. De mon vivant, j'ai vu de nombreux corps sur le champ de bataille. Après trois jours de chaleur, j'aimerais bien voir un crevé qui se réveille !

Le roi, qui devait s'être rendu compte que j'avais oublié que nous étions deux dans la pièce, se racla la gorge avant de poursuivre : « Dans mon songe, un homme venait me voir, un de ces hommes que tu remarques parce qu'il a du feu dans le regard, et il me disait de rentrer pour devenir roi de Norvège pour l'éternité. » Le roi inclina la tête pour voir ce que je pensais de cette perspective.

« Qui était cet homme ? » demandai-je. Je n'avais pas envie de rentrer tout de suite. Je me réjouissais à l'idée de continuer de naviguer vers l'est, de traverser le détroit de Norvasund[1], qui séparait l'Europe de la terre désertique au sud, Store Serkland[2], avant de poursuivre sur la grande mer, jusqu'à la Terre des Juifs, où le Christ blanc avait vécu mille étés auparavant.

Le roi me sourit, qui avait compris ce que je pensais, et répondit : « Je ne le connaissais pas, mais je lui ai répondu la vérité : Je rentre ! Et je vais régner sur la Norvège ! Mais pas tout de suite ! »

Soulagé, je levai ma chope de vin. « Bård, dit le roi, maintenant je voudrais te confier notre destination. » « La Terre des Juifs ? » demandai-je. Il secoua la tête. « Nous allons à Store Blåland, la Grande Terre bleue, cette terre désertique appelée Égypte. » « Ce pays, répondis-je, je n'en ai jamais entendu parler. »

Le roi expliqua que c'était un pays vieux de milliers d'années, abritant des rues couvertes d'or et de trésors précieux, qu'il était protégé par des dieux oubliés, divisé par des souverains et tribus étrangers et séparé en deux par un fleuve du nom de Nil. « Qu'avons-nous à faire dans ce pays ? » m'enquis-je. « Nous allons chercher un trésor », répondit le roi. « Un trésor ? » répétai-je en sentant mon cœur battre joyeusement. « Un trésor, confirma le roi, caché dans les rochers derrière un temple, caché dans une crypte derrière une crypte derrière une crypte. » Cela, je n'en compris rien. Le roi m'assura qu'il suffisait que lui comprenne. « Et comment sais-tu tout cela ? » demandai-je.

Et le roi m'expliqua : « L'un de ses ancêtres, Håkon den gode, Håkon le Bon, avait été élevé par le roi Athelstan d'Angleterre. Le roi Athelstan avait de nombreux amis.

---

1. Norvasund : Gibraltar.
2. Store Serkland : Afrique.

À sa cour étaient parvenus de nombreuses reliques et de nombreux manuscrits de la Rome antique, notamment l'épée du premier empereur romain chrétien, Constantin le Grand, et la lance de Charlemagne. Dans ses envois se trouvaient aussi des objets et des manuscrits laissés par Marc-Antoine, qui avait eu des enfants avec la reine Cléopâtre après la mort de César.

Parmi les manuscrits s'en trouvait un sur papyrus avec une carte. Les indications devaient mener à une crypte remplie des trésors les plus précieux, d'écritures saintes et d'une divinité en repos éternel.

À la cour, nul n'avait prêté attention à ces écrits égyptiens. Mais Håkon était curieux. Aidé par des moines érudits de la cour d'Athelstan, il avait réussi à dessiner une carte et à traduire les indications du papyrus en vieil anglais. Il n'y avait toujours personne pour remarquer quoi que ce fût.

Comme l'un des moines l'avait observé d'un ton moqueur, des trésors de diverses natures, il y en a suffisamment dans les *Mille et Une Nuits* ! Håkon n'en emporta pas moins la traduction lorsqu'il retourna en Norvège pour christianiser son pays avec l'évêque de Glastonbury. On dit que Håkon parlait alors le vieil anglais comme un Anglais et avait presque oublié sa langue maternelle. Pour des raisons incertaines, Håkon se désintéressa du papyrus qu'il avait recopié.

La copie des moines rejoignit la collection de trésors familiaux de Håkon. Olav lui-même avait huit ans lorsque sa mère Åsta lui avait montré le parchemin anglo-saxon avec la carte du fleuve menant à la crypte.

Je demandai au roi : « Et ce document et cette carte, tu les as emportés ? » Olav acquiesça et dit : « Je pense qu'il est temps de découvrir si cette histoire tient debout. Et si quelqu'un dans la famille doit y arriver, ce doit être moi ! »

Le même soir, dans l'une des étroites ruelles du port de Karlsrå[1], nous tombâmes sur un homme différent de tous les êtres humains que nous avions pu voir ailleurs dans le vaste monde. Il avait la peau bleu noir, était de petite taille, avec une coiffure élaborée et portait une tenue qui rappelait celle d'une femme. Un homme bleu. L'homme et sa suite refusèrent de céder le passage à Olav, qui était d'humeur grincheuse et encore tout ensommeillé après sa sieste. La garde d'Olav donna des coups d'épée à plusieurs hommes de la suite de l'homme bleu avant qu'ils capitulent et demandent grâce. Olav tira lui-même son épée pour décapiter cet homme bleu insoumis, qui tomba à genoux et le supplia dans sa langue incompréhensible de lui laisser la vie sauve.

L'un de ses serviteurs traduisit en latin et l'un des érudits de notre suite traduisit en norvégien. Lorsqu'Olav comprit que l'homme bleu était égyptien, il eut dans le regard une expression reconnaissable entre toutes. Le roi dit : « Il connaît le pays du désert, il en parle la langue, il peut nous aider. » C'est pourquoi Olav épargna l'homme bleu et le mit aux fers.

***

Le lendemain, nous mîmes le cap sur le pays appelé Égypte. L'homme bleu était enchaîné au grand mât. Plusieurs jours durant, nous naviguâmes vers le sud-est. Avec un bon vent du nord, nous fûmes engloutis par la chaleur.

***

Le soleil flamboyait, l'air était chaud et humide, et la plupart des hommes s'étaient déshabillés, nos dos et nos épaules étant embrasés par cette chaleur. Sur les navires, les hommes se tenaient le regard vissé à la terre. Devant

1. Cadix.

nous, sur un îlot au large d'une ville que l'homme bleu appelait Alexandrie, s'élevait un phare si gigantesque que nous en croyions à peine nos propres yeux. Il était en pierre blanche et s'étirait droit dans le ciel. Quelle pouvait être sa hauteur ? Je ne suis même pas capable de le deviner, et son souvenir continue de m'emplir de vénération. Je tentai de compter les fenêtres dans le sens de la hauteur, mais à chaque vague mon regard dérapait. Au niveau du sol, le phare était entouré d'un fort carré bas. Le pied du phare était érigé au milieu d'une cour d'honneur plus large et plus longue que n'importe quelle maison qu'il m'avait été donné de voir. Au sommet de cet édifice haut comme le ciel se dressait une colonne plus étroite, octogonale, sur laquelle reposait encore une tour, ronde et fine. Tout en haut étincelait un miroir qui captait les rayons du soleil. Même Olav, qui se laissait rarement impressionner, contemplait bouche bée cette construction. « C'est quelque chose », l'entendis-je murmurer à part soi.

***

Lorsque nous atteignîmes l'embouchure occidentale du Nil, après une brève navigation à l'est du phare, le vent commença à se lever. Les vagues blanchirent. Les plus petits oiseaux se réfugièrent à terre, mais les goélands et les pélicans tendirent leurs ailes, rectifiant constamment leur position pour garder l'équilibre face au vent. Avec le *Havørnen* comme navire de tête, nous entrâmes dans le delta du cours d'eau. Sur le rivage, les roseaux penchaient sous les rafales. Quelques bateaux de marchandises approchèrent à la rame ou à la voile pour nous regarder de plus près, mais tous firent aussitôt demi-tour.

Le contre-courant était puissant. Dans les roseaux, j'aperçus d'énormes vipères, longues de huit ou neuf aunes, qui rappelaient des dragons. Un funeste silence – interrompu par les cris des oiseaux, le coassement des grenouilles et le chant des sauterelles – reposait sur le fleuve et ses rives désertes. Nous étions observés, mais ne voyions personne. Au sortir du méandre suivant, notre flotte fut attaquée par une force insignifiante qui tirait des flèches faibles avec des arcs mous.

Un rameur du nom d'Arn fut tellement énervé par cette attaque misérable qu'il se leva et rugit des insultes en levant son poing serré. Il reçut ainsi une flèche dans la main, une autre dans la gorge et mourut sur le plancher du navire. « Tu auras finalement appris à te taire », observa le rameur devant lui. Les Égyptiens poursuivaient leurs attaques maladroites, envoyant des navires qui nous heurtaient en hésitant. Leurs embarcations anguleuses étaient construites de telle façon qu'elles ne pouvaient pas nous accoster convenablement.

Nous nous tenions en rang, avec épées, lances et haches. Les porteurs de lances tapaient en cadence les hampes sur le plancher et nul n'osa aborder nos grands navires. Olav riait de consternation. Il commenta que ces attaques en coups d'épingles étaient mal organisées et dirigées par les commandants téméraires de postes de garde et de douane sans importance. Nous n'allions toutefois pas tarder à rencontrer les vrais guerriers.

Les guerriers des califes fatimides nous attendaient dans une anse au nord des garnisons des villes jumelles Fustat et al-Qahira[1], qui flanquaient la mosquée fortifiée d'Ibn-Tulun. Subitement, il y eut des guerriers et des navires partout. Une centaine de bateaux se précipitèrent sur nous. Les guerriers étaient nombreux et divers. Certains étaient noirs comme de la suie, d'autres dorés et d'autres encore pâles. L'homme bleu avait raconté que la flotte des souverains était constituée de navires bâtis pour

1. Le Caire.

la guerre contre Byzance vingt étés auparavant. Non loin de trois pyramides, hautes comme des montagnes, et d'une imposante statue mi-homme mi-animal, la résistance fut énorme. Le ciel se noircit de flèches. Nous manœuvrâmes les grands navires *Havørnen* et *Odins ravn*, le corbeau d'Odin, de part et d'autre du plus grand des navires égyptiens que nous abordâmes en rugissant.

Les guerriers égyptiens étaient plus petits que nous. Ils avaient beau être entraînés au combat, la plupart manquaient de pugnacité et de ferveur.

Lorsque, à coups de sabre, nous nous fûmes fait de la place à bord du navire de guerre, beaucoup choisirent de sauter dans le fleuve et de nager jusqu'à la terre, lâchement et sans réfléchir, puisque les gigantesques lézards arrivèrent en glissant comme des fûts d'arbres et se servirent avec avidité. Quant à nous, nous dirigeâmes nos navires vers la rive et nous précipitâmes à terre.

Sur la terre ferme, l'ennemi semblait bien mieux organisé et plus discipliné.

Mais nous n'agissions visiblement pas en conformité avec le comportement habituel de leurs ennemis. Ils étaient divisés en bataillons, certains portaient des armes légères, d'autres de plus lourdes.

Certains étaient à cheval, d'autres montés sur d'étranges animaux ressemblant à des chevaux à long cou avec une bosse. Hommes bleus, hommes aussi pâles que nous et hommes de petite taille à grand nez et cheveux de jais se battaient ensemble. Les Égyptiens se présentaient en rangs, un rang derrière l'autre.

En première ligne, ils étaient agenouillés, tandis que les guerriers se trouvant derrière décochaient une pluie de flèches. Puis le premier rang se leva et tira. Chaque fois qu'un homme du premier rang tombait, il était remplacé par un malheureux du rang suivant. Lorsque la pluie de flèches s'abattit sur nous, nous nous protégeâmes en formant des murs et un toit de boucliers. Seuls les plus malchanceux d'entre nous furent touchés. Nous restâmes ainsi pendant deux averses de flèches, hésitant sur la manière de procéder, mais finîmes par perdre patience. Sur le commandement d'Olav, nous nous élançâmes à leur rencontre en poussant des rugissements et des beuglements, telle une armée sauvage d'*einherjer* et de *berserker*[1]. Ils jetèrent alors leurs flèches et leurs arcs à terre pour sortir leurs épées et lances à deux pointes.

Les épées étaient faites pour le combat de proximité, mais, là encore, on eût dit qu'ils étaient habitués à une autre forme de combat que la nôtre. Un petit bout d'homme s'acharna sur moi.

Je m'en débarrassai d'un coup de bouclier.

Comme il m'attaqua encore une fois, je lui tranchai le bras et il cessa de m'importuner. Un autre homme bleu arriva en courant, mais il tourna vivement les talons lorsque je hissai mon sabre en rugissant.

Au même instant vint un géant noir dont les narines, les lèvres et les joues étaient transpercées par des ossements pointus en guise d'ornements. Il m'attaqua avec hache et épée dans les mains.

Enfin un adversaire digne de ce nom ! Je m'abritai derrière mon bouclier et parvins à lui enfoncer l'épée dans le ventre. Mais la blessure ne l'arrêta pas. À la hache, il fendit mon bouclier tandis que son épée me lacérait l'épaule. Je lui tailladai le ventre, exposant ses intestins. C'est alors seulement que le géant reconnut que le combat était terminé. Il tomba à genoux dans un gémissement. Je m'inclinai en une courbette et le remerciai pour ce bon duel avant de lui trancher la tête.

L'air vibrait sous les cris, les rugissements et l'odeur âcre du sang. Je promenai mon regard à la recherche d'un

1. Les *einherjer* étaient des guerriers morts au combat, qui séjournaient dans le Walhalla ; on traduit parfois *berserker* par guerrier-fauve. (NDT)

nouvel adversaire. L'armée égyptienne était en train d'organiser sa retraite. Dans le combat d'homme à homme, ils avaient perdu le courage de la communauté. Nul ne mettait d'enjeu dans la lutte. Ils se battaient comme par obligation. Nous perdîmes quelques centaines d'hommes dans cette première bataille.

Lorsque les forces égyptiennes se furent retirées dans un nuage de poussière et de déshonneur, nous reprîmes notre navigation sur le fleuve. Nous ne tardâmes pas à rencontrer une nouvelle force, d'abord sur l'eau, puis à terre. Le même épisode se reproduisit : après une brève lutte, l'armée égyptienne capitula.

Notre expédition pouvait continuer.

***

Des jours durant, nous fîmes voile vers le sud, sur le Nil. Ce long cours d'eau nourrissait une population qui vivait dans des maisons faites de pierres, d'argile et de roseaux. Le fleuve sinuait comme un serpent à travers un désert de sable, de cailloux et de rochers. Olav était impressionné par le degré de précision et d'exactitude de la carte. Chacune de ses courbes était reproduite sur la copie des moines de l'original égyptien. Les barreurs, qui préféraient le large et le vent frais, se lamentaient.

À peine avaient-ils mis la barre à gauche qu'ils devaient la passer à droite. Encore et encore.

À quelques reprises, les navires s'échouèrent sur des bancs de sable. Ici et là, nous dûmes franchir des zones de compote d'algues. Sur les rives, les gens étaient massés par milliers, les petits enfants courant en poussant des cris au bord de l'eau. Nous rencontrâmes de nombreux navires marchands, mais tous cédèrent docilement le passage à notre flotte.

Nous naviguions jour et nuit. Le soir, nous restions allongés sur le dos sur le plancher et regardions tanguer le ciel étoilé en dégustant des fruits sucrés par le soleil que nous allions cueillir à terre. Le croissant de lune était presque horizontal : un spectacle vraiment étrange. L'air fourmillait d'insectes, de bruits et de parfums du désert.

***

La flotte atteignit le palais très tôt le matin. La description détaillée des vieux parchemins aurait pu avoir été rédigée la veille. Deux chacals en pierre montaient la garde à l'entrée du canal latéral. Le grand temple se trouvait à l'abri de la falaise. Olav coula son regard de la rive au palais, puis le long de la falaise. « Eh bien, dit-il, nous y voilà. » À côté de lui, je regardai la carte aux dessins ornés. Tout correspondait au tableau brossé. « Où sont les gens ? » demandai-je. « Ils doivent être en train de dormir », répondit Olav. J'objectai qu'ils devaient bien avoir des gardes. Olav dit : « Les gardiens du temple et les prêtres *sont* les gardiens. Il ne leur en faut pas davantage. Nul ne connaît l'existence de ce mausolée. Deux mille cinq cents ans se sont écoulés depuis l'enterrement. » « C'est long », admis-je.

Nous accostâmes et nous rendîmes à pied au temple. Notre suite fut enveloppée dans un nuage de poussière et de sable. Je remontais avec Olav l'allée dallée menant au temple lorsqu'un freluquet d'Égyptien nous barra la route. Sans crainte, il soutint le regard du roi.

Olav ricana avec assurance. « Pousse-toi, homme bleu ! » ordonna le roi.

Mais l'Égyptien ne faiblit pas. C'était tout à son honneur. L'expression de son visage et ses vêtements m'indiquèrent qu'il était vraisemblablement prêtre ou homme saint. « Pousse-toi ! » réitéra Olav. Je fis remarquer à Olav qu'il était peu probable que cet étranger parlât notre langue. « Alors il comprendra sûrement ceci », déclara Olav en tirant son épée. Le petit homme bleu ne bougea pas. Olav le piqua de son épée. Un filet de sang coula de la plaie et les gouttes tombèrent dans le sable. Il ne tremblait pas. Mais il eut une étincelle dans le regard. L'Égyptien dit quelque chose que nous ne comprîmes pas et tomba à genoux. Je trouvai à ses paroles des accents de conjuration. Contre toute attente, Olav tira l'épée à lui et la glissa dans son fourreau. « Nous l'emmenons avec nous ! annonça-t-il en baissant les yeux sur l'Égyptien agenouillé. Il pourrait nous être utile », ajouta le roi.

Sur la crête d'une colline s'étaient rassemblés des hommes armés. Olav fit signe aux forces derrière nous d'aller à la rencontre de l'armée de défense.

***

En compagnie d'Olav et des hommes qu'il avait choisis, j'entrai dans le temple vide, qui embaumait l'encens. Le sol était recouvert de mosaïque et tous les murs étaient ornés d'illustrations divines. L'entrée de la crypte était dissimulée par un tapis mural derrière un autel. Nous arrachâmes le tapis et renversâmes l'autel. La crypte elle-même était murée et scellée par de mystérieuses figures animales et des symboles qui ne ressemblaient ni à des runes ni à des lettres. Olav avait sélectionné six des gaillards les plus robustes de toute la flotte pour faire un trou dans le mur. Cela prit un certain temps.

Lorsque le trou fut suffisamment grand pour nous permettre de passer, nous dûmes emprunter un long escalier étroit. L'air chaud et humide sentait le moisi et la pierre. Dans l'obscurité, nous allumâmes des flambeaux que nous avions descendus du temple. Un tunnel au pied de l'escalier nous mena à la première crypte.

Olav entra le premier. Je suivis juste derrière.

À l'aide des flambeaux, nous éclairâmes la pièce de dimensions moyennes. Au milieu se trouvait un cercueil, entouré de figurines en bois et de quatre jarres d'argile remplies de joyaux et de pierres précieuses. « C'est déjà quelque chose », dis-je au roi. Les murs étaient ornés de figures divines et de symboles. Songer que cette crypte était restée ainsi pendant plusieurs millénaires me donna le vertige. À moins que ce ne fût la chaleur et l'atmosphère lourde. Nous appelâmes un groupe de porteurs qui descendirent les jarres jusqu'au navire. Olav était impatient. Muni d'un caillou pointu, il grava dans le mur le point où les solides gaillards devaient casser. Ils se remirent à l'ouvrage avec leurs marteaux. Le bruit déchirait les oreilles comme des coups de javelot. Le vacarme allait et venait, tel un écho prisonnier. Puis nous arrivâmes de l'autre côté et descendîmes encore un escalier jusqu'à la crypte suivante. Elle était tout à fait identique à la précédente. De la même taille, aussi chaude. Ici aussi se trouvait un cercueil au centre de la pièce.

Elle abritait quatre jarres en argile remplies de petits trésors. Le roi examina la copie des indications antiques égyptiennes et fit une marque là où il pensait se trouver l'entrée de la troisième et dernière chambre.

Le dernier mur était encore plus robuste que les deux premiers et se confondait avec le reste de la chambre. Olav comprit néanmoins ce que cachaient les pierres. Les tailleurs hissèrent leurs marteaux. « Taillez ! » dit le roi. Les hommes s'acharnèrent sur le mur. Le fer progressait dans les pierres avec un retentissement sonore. Les cailloux jaillissaient. La sueur ruisselait des hommes fatigués. Deux par deux, ils ouvrirent une voie dans le mur, jusqu'à ce que celui-ci cède et s'écroule. « Voilà ce que j'appelle tailler », commenta le roi.

Derrière le trou nous attendait encore un escalier, plus étroit, plus profond, plus escarpé. « À ce rythme-là, nous allons finir droit à Hel. » Personne ne rit. Les flambeaux levés, nous descendîmes les marches. Chaque marche nous rapprochait de la dernière chambre. Puis un nouveau tunnel nous fit progresser dans le rocher. Après cent pas, le tunnel s'élargit, nous franchîmes une galerie de colonnes. Enfin, nous arrivâmes.

***

La pièce la plus éloignée regorgeait de trésors : saphirs, émeraudes et diamants, chandeliers et porte-flambeaux en or massif, chats noirs en albâtre, oiseaux en pierre brillante, énormes scarabées moulés ou taillés. Nous trouvâmes des jarres d'argile remplies de rouleaux. « Tout cela, nous le devons à ton ancêtre Håkon le Bon », observai-je. Le roi répondit en souriant : « J'ai donc de qui tenir. »

Autour de nous, les hommes entreprirent de rassembler tout ce qui avait de la valeur. Nous laissâmes les statues et figurines de pierre et de plâtre. Les porteurs allèrent chercher des caisses à poissons sur les navires et les remplirent d'objets de valeur. Le poids et la chaleur ne pesaient plus à personne à présent que nous avions trouvé le trésor. Les hommes jubilaient en riant. L'escalier était si exigu qu'ils devaient l'emprunter à tour de rôle, car on ne pouvait pas s'y croiser. Lorsque les bijoux et les trésors furent enlevés, Olav leur ordonna d'emporter un coffre contenant six amphores de manuscrits sur papyrus. Je ne comprenais pas ce qu'il voulait faire de textes écrits dans une langue qu'il ne comprenait pas, mais le roi Olav aimait tant les écrits et les récits !

Et puis, c'était indéniable, le coffre était en or.

Au milieu de la crypte, entre les quatre colonnes sculptées, se trouvait un imposant cercueil en pierre. Au prix d'un gros effort, nous réussîmes à pousser le lourd couvercle. À l'intérieur se trouvait un sarcophage en quartz. Dans le sarcophage avait été placé un cercueil couvert de poussière, à l'intérieur duquel s'en trouvait un autre, en cyprès orné de vitraux et de pierres ornementales. Nous hissâmes le cercueil en cyprès sur le sol et l'ouvrîmes. Il abritait l'empreinte en or d'un défunt, et à l'intérieur reposait le corps enveloppé de lin. « La divinité dormante », déclara Olav. Personnellement, je ne trouvai pas que ce personnage chétif rappelât beaucoup un dieu, car j'ai toujours imaginé des dieux puissants comme Odin et Loki. Nous reposâmes l'empreinte en or et la momie dans le cercueil en cyprès. « Nous le prenons avec nous », annonça Olav. Je protestai. Nous nous étions tout de même procuré davantage d'or et d'objets précieux qu'à l'occasion de n'importe quel autre pillage. L'idée de déranger un dieu inconnu – même chétif et dormant – m'inquiétait. Mais Olav était inébranlable. Il avait rêvé qu'il trouverait une divinité dormante, affirmait-il, et que cette divinité le soutiendrait pendant le restant de ses jours. « Très bien, Sire », dis-je. Je savais qu'il n'était nul moyen de le détourner d'une pareille lubie. Nous regardâmes autour de nous dans la crypte. « C'est ainsi que je voudrais pouvoir reposer pour l'éternité lorsque mes jours seront passés », observa Olav. D'un ton caustique, je rétorquai qu'il serait sans doute dérangé dans la mort par des détrousseurs de tombes comme nous.

Puis Olav fit une chose curieuse. Il ôta son collier, une lourde chaîne en or avec la rune tyr en pendentif. Le symbole guerrier de Tyr devait donner à Olav puissance et courage dans le combat. Il posa la chaîne dans le sarcophage vide. Je voulais lui demander pourquoi, mais quelque chose me retint. Aucun de nous ne dit mot. Muets, nous respirions l'air lourd de la falaise.

Dans le sarcophage, le bijou en or du roi s'enroula comme un serpent doré. Puis nous quittâmes la grotte pour regagner la chaleur cuisante du matin.

À l'aube, après avoir mangé une portion de bouillie et bu un verre d'eau, il s'asseyait à son pupitre. L'encre avait une odeur métallique qui à la fois lui était agréable et lui déplaisait.

S'il se souvenait à peine de ce dont il avait parlé la veille avec les moines, les temps en compagnie du roi Olav vivaient en lui dans un impressionnant florilège de détails. Il se souvenait des nuées de mouches au-dessus des flaques de sang, de l'odeur de la mer salée et de la fumée qui piquait les yeux quand ils incendiaient les villes. Il se souvenait des cris de terreur qui résonnaient encore dans ses oreilles et du spectacle de l'horizon qui avalait les nuages. Mais ce qu'il avait mangé la veille au dîner, il l'avait oublié.

Maintenant Olav est un einherje ou peut-être un ange du Christ blanc, se disait-il, tandis que moi je vais devoir errer éternellement dans l'obscurité froide de Helheim tel un macchabée recouvert de mousse.

Deuxième partie

☥ ↑ †

LE SIGNE CACHÉ

À sa mort, Odin fut brûlé et ce feu fut admirable.

Snorri

Que celui qui a de l'intelligence calcule
le nombre de la bête.
Car c'est un nombre d'homme,
et son nombre est
Six cent soixante-six.

Apocalypse selon Saint Jean

Je suis tout à l'Égypte, elle est tout pour moi.

Jean-François Champollion

La pierre runique

1

Dans un fracas, je pose la valise contenant la pierre runique par terre. Je cherche à tâtons mon porte-clefs. Les clefs cliquettent les unes contre les autres.

Passer à la maison est un risque, mais après plus d'une semaine à Bergen, j'ai besoin de changer de vêtements, de prendre quelques livres que j'ai commencé à lire ainsi que mon tube de pommade contre l'eczéma de mon entrejambe.

Le verrou principal – un verrou à l'ancienne qui ne se referme pas automatiquement – s'ouvre dans un bruit sec. J'enfonce la grande clef dans la serrure du verrou de sûreté, qu'un colporteur m'a refourguée à grand renfort d'insistance, de flatterie et de menaces voilées de terreurs sans nom qui nous hanteraient moi et mon appartement si je ne lui apportais pas la sécurité d'un verrou supplémentaire. Je tourne. Crépitement et cliquetis. Par vieille habitude, je laisse pendre mon porte-clefs pendant que je pousse la porte. La lumière de l'entrée est éteinte. Cette fois, ils ont refermé toutes les portes derrière eux, y compris celle du bureau. Un souffle de lumière brille dans le trou de la serrure de la porte du salon : ils sont ici.

La peur commence comme un incendie qui couve dans mon diaphragme. Je pressens qu'Hassan est là, peut-être parce que je crois sentir l'odeur de son eau d'après-rasage et de son cigare mêlée à une odeur aigre de sueur. Tout tremblant, je laisse ma main sur la poignée de porte. Je jette un coup d'œil dans l'entrée. Personne. Pourtant, je sais qu'ils sont là.

Mon cœur bat comme s'il voulait plus que tout se libérer de mon corps et prendre l'ascenseur jusqu'au rez-de-chaussée. Je me dis qu'ils ont un double de mes clefs ou bien alors un pied de biche si sophistiqué qu'il se joue même d'un verrou de sûreté que le vendeur prétendait impossible à forcer. *Bjørn, tu es paranoïaque !*

Je crois entendre un bruit dans le salon, comme une semelle sur le sol. Mais cela pourrait aussi bien être mon imagination.

Dans la valise noire que j'ai achetée à Bergen, une Samsonite avec fermeture à code, se trouve la pierre runique, enveloppée dans des serviettes de bain humides, des chemises et des slips sales. Personne n'est au courant, pas même la direction du Patrimoine. Juste Øyvind et moi. Ressaisis-toi, Bjørn, me dis-je. Il n'y a personne, ils ne sont pas restés à t'attendre dans ton appartement pendant tout le temps où tu étais à Bergen. Ils ne savent pas que tu es rentré en train ce matin ; tu es irrationnel et tu paniques sans aucune raison.

La lumière dans le trou de la serrure s'obscurcit.

En 1905, Albert Einstein affirmait que le temps était relatif. Il a raison. Les secondes et les minutes sur le siège du dentiste ou devant un peloton d'exécution s'écoulent à un autre rythme qu'à la plage.

La porte du salon s'ouvre. Je cesse de respirer.

Les yeux de Hassan m'apparaissent encore plus froids et morts maintenant que je sais qui il est. Il porte un costume sombre aux plis marqués, une chemise blanche, une cravate… et un pistolet dans une main, un Glock.

Trois ou quatre mètres nous séparent. Il remplit l'encadrement de la porte du salon, alors que j'ai encore les pieds sur le paillasson.

Derrière Hassan surgit un autre visage, dont je ne connais pas le nom. Mais je le reconnais, je l'ai déjà vu dans la chambre d'hôtel en Islande.

Ayant encore la main sur la poignée, je réagis comme l'éclair. Je claque la porte, tourne la clef dans la serrure, attrape la valise avec la pierre runique et cours à l'ascenseur.

Pour échapper à un prédateur, il faut être plus malin que lui. C'est pourquoi je renvoie l'ascenseur au rez-de-chaussée. Sans moi. Je m'élance dans l'escalier et monte à l'étage du dessus en appuyant sur l'alarme que m'a fournie la police.

Ma respiration est saturée de battements de cœur. Au bout de trente secondes, Hassan parvient à ouvrir la porte. Lui et ses hommes se précipitent dans le couloir. Ils n'attendent pas l'ascenseur, mais dégringolent l'escalier dans un vacarme d'éboulement.

Pantelant, je reste à attendre. La première patrouille de police est sur place après cinq ou six minutes. La seconde, ainsi que Ragnhild, arrivent deux minutes plus tard.

Hassan a disparu, il s'est volatilisé dans une des rues résidentielles de Grefsen.

2

Deux heures plus tard, mon copain Terje vient me chercher au commissariat. Nous n'avons pas vu l'ombre des malfaiteurs, mais cela ne nous empêche pas de faire plusieurs détours à une vitesse qui aurait pu coûter à Terje huit points et son modeste salaire mensuel.

Je lui raconte tout ce qui s'est passé à Bergen. Mais il en sait déjà la majorité par les journaux. La découverte de la crypte de l'abbaye de Lyse a été un cas épineux pour les autorités du Patrimoine. Dans un premier temps, leur enthousiasme a été débordant. *Une crypte intacte ? Du douzième siècle ? Dans un puits sous l'abbaye de Lyse ?* Puis elles se sont rendu compte que je l'avais excavée tout seul, sans suivre la procédure formelle, n'ayant déposé aucune demande et informé personne. Bien au contraire, je m'étais même comporté comme un vulgaire détrousseur de tombes. Un vandale ! Le directeur du Patrimoine et les universitaires les plus remontés voulaient porter plainte, mais, par bonheur, le ministre de la Culture a été impliqué. Plus que tout, il souhaitait éviter un scandale. Après tout, la crypte avait suscité un intérêt international. J'ai ainsi pu, de justesse, conserver mon emploi. Mais je suis suspendu jusqu'à ce qu'une commission d'examen ait passé en revue tous les aspects de l'affaire.

Soit. J'ai contrevenu à toutes les règles existantes. Et je ne leur ai même pas parlé de la pierre runique que j'avais prise dans la crypte !

Cette nuit-là, je dors sur le canapé dans le salon de Terje. Mon mobile, que je suis allé chercher à la fac, sonne plusieurs fois. Numéro inconnu. Je ne réponds pas. Ils ne peuvent pas dépister un mobile dans le centre-ville. Serviable comme il est – et peut-être pour ne plus voir traîner dans son appartement la cible d'une attaque potentielle au bazooka –, Terje me prête la maison de vacances familiale de Spro à Nesodden, à une demi-heure de bateau d'Aker Brygge. Pratiquement impossible à trouver même pour des gens qui sont prêts à aller loin – voire à tuer – pour se procurer la pierre runique.

3

Il pleut. Les gouttes glissent par à-coups sur la vitre. Le fjord d'Oslo est froid et sombre. J'ai fait du feu dans le poêle à bois noir.

Dans la forêt – enveloppée dans un pull norvégien traditionnel et une bâche, glissée dans un sac de hockey enfoncé dans une cavité naturelle entre deux pierres que j'ai recouvertes de galets – se trouve la pierre runique.

Devant moi, sur le bureau tourné vers le fjord et Langåra, j'ai une photo montrant la pierre en taille réelle. Un copain de l'Institut de géologie a jeté un œil sur les joyaux sertis dans la pierre qui valent à eux seuls des millions de couronnes.

Hormis Øyvind, Terje et le géologue, nul ne connaît l'existence de la pierre runique. Mais évidemment, tôt ou tard, les fourmis qui travaillent assidûment dans la crypte finiront bien par s'interroger sur la niche vide dans le socle en marbre.

La pierre runique n'est pas difficile à déchiffrer. Le texte en norrois est écrit en runes, mais il n'est pas codé. Mot à mot, je traduis les cinq versets. C'est un hymne religieux à saint Olav, avec des références aux mythologies norroise, égyptienne et chrétienne. D'après le graveur de runes, dans les temps mythologiques, Odin, Osiris et le Dieu des chrétiens ont conclu une alliance selon laquelle leurs peuples vivraient ensemble dans la paix et l'harmonie. Traduite et adaptée, l'introduction du texte donne ceci :

Hellig er du sankt Olav vår konge god
Kristus sverd du svingte nådeløs og tro
Fryktløs konge hellig helgen ære være
Hvil deg i evigheten i Guds åsyn
Hvitekrist Osiris Odin du kongenes konge

Sanctifié sois-tu saint Olav notre bon roi. L'épée du Christ tu as maniée sans merci et avec loyauté. Roi sans peur saint sanctifié honoré sois-tu. Repose dans l'éternité sous la surveillance de Dieu Christ blanc Osiris Odin toi le roi des rois.

Ce texte est tout aussi énigmatique que la plupart des textes runiques. Lent comme je suis, je mets deux jours pour trouver le fil conducteur caché. La clef est gravée dans le coin droit de la pierre : un U à l'envers suivi de deux traits verticaux : ∩|| . Je crois tout d'abord à une incantation magique, mais c'est tout bonnement le nombre égyptien douze.

Je joue avec ce nombre dans différentes directions et combinaisons, et c'est ainsi que je parviens à résoudre le rébus. Si l'on compte douze signes en partant de la gauche et qu'on lit de haut en bas, un nom de lieu apparaît :

*Hellig er d**U** sankt Olav vår konge god*
*Kristus sve**R**d du svingte nådeløs og tro*
*Fryktløs ko**N**ge hellig helgen ære være*
*Hvil deg i **E**vigheten i Guds åsyn*
*Hvitekrist Osiri**S** Odin du kongenes konge*

Urnes.

L'église en bois debout d'Urnes dans le Sogn et Fjordane a été construite vers l'an 1130 et c'est la plus ancienne église en bois debout conservée de Norvège.

La construction du monastère de Lyse a commencé en 1146, seize ans plus tard. Naturellement, ce pourrait être une coïncidence, mais il pourrait aussi y avoir un lien.

Au douzième siècle, de nombreux monastères et églises ont été érigés en Norvège. Récemment christianisée, la Norvège était alors prête à adorer son nouveau dieu.

Les gouttes de pluie descendent par saccades sur la fenêtre. Derrière, rendu un peu flou par la buée de la vitre, un voilier brave le vent contraire. J'ai l'art de me reconnaître dans tout et n'importe quoi, un emballage de crème glacée roulé en boule que quelqu'un a jeté., la dernière pomme de terre du plat, un elfe malicieux sur une plaine islandaise, ou un voilier qui s'efforce d'avancer, d'avancer et d'avancer encore en dépit du vent et des vagues qui s'y opposent.

4

Tard ce soir-là, alors que j'observe un cargo qui tangue vers le sud du fjord, j'entends une fanfare céleste de trompes et de harpes, en d'autres termes, le téléphone mobile que j'ai emprunté à Terje. J'ai donné le numéro à mes seuls intimes.

Sur l'écran, je reconnais le numéro d'Øyvind. Il me raconte qu'ils ont excavé l'extrémité nord du tunnel, où nous avions fait demi-tour après être tombés sur un mur. De là, les archéologues ont poursuivi vers une partie jusqu'alors inconnue de l'abbaye de Lyse. Ils ont d'abord cru qu'il s'agissait d'un grenier à blé rebouché, mais aujourd'hui ils se sont rendu compte que cette grande chambre avait dû être un bassin.

— Un bassin ?

— Plus que ça en fait : à partir du bassin, on pouvait remplir le tunnel entier d'eau.

— Un piège à eau !

Øyvind me décrit comment les moines de l'abbaye de Lyse disposaient d'un mécanisme permettant d'actionner une cloison immergée pour réguler le niveau d'eau dans le tunnel entre le bassin et le puits. De cette façon, ils pouvaient sceller la crypte entière avec de l'eau, voire, si nécessaire, noyer les intrus.

— C'est donc pour ça que la crypte était surélevée par rapport au tunnel, dis-je.

— Une protection parfaite. Du temps des moines, le tunnel était rempli d'eau. Et la crypte était bien au sec et à l'abri, à plusieurs mètres au-dessus de l'eau.

— Crois-tu que les moines se doutaient de ce qu'ils protégeaient ?

— Une toute petite minorité, oui. Dans les écrits de l'abbaye du quatorzième et du quinzième siècle, nous pouvons lire des allusions voilées au fait qu'ils gardent un secret divin. Mais les historiens et vraisemblablement les moines eux-mêmes ont sans doute cru que ce n'était qu'une métaphore religieuse. Les années passant, l'existence de la crypte est tombée aux oubliettes. Les trois derniers abbés eux-mêmes ne semblent pas avoir été informés de son existence. Lorsque les moines ont quitté l'abbaye en 1536, ils ne devaient guère savoir qu'ils laissaient une crypte qui avait été la raison même de la construction de l'abbaye quatre cents ans auparavant.

— Ainsi, la pierre runique et le corps de l'évêque ont été livrés à eux-mêmes.

— N'est-ce pas formidable ?

— Et encore, tout ceci, Øyvind, n'est que le commencement.

Il se tait.

— Le commencement ?

— La crypte de l'abbaye de Lyse est le premier de cinq sanctuaires.

— Cinq ?

— Chacune des branches du pentagramme pointe vers une crypte.

— Donc, il y en a quatre de plus ?

— L'abbaye de Lyse n'est même pas la plus importante. Si elle l'était, c'est saint Olav que nous aurions trouvé, pas l'évêque Rudolf. Personne n'aurait tué sira Magnus, personne ne m'aurait attaqué à cause d'une pierre runique et d'un sépulcre d'évêque. Il y a plus, quelque chose d'autre, quelque part…

— Plus ? Mais quoi de *plus* ? Où est ce *quelque part* ? De quoi parles-tu ?

— Je sais *où*. Mais je ne sais pas précisément *quoi*.

— Et qu'entends-tu par là ?

— Je crois que je suis encore tombé sur une énigme.

— Encore une ? Comme si nous n'en avions pas déjà assez !

— La pierre runique donne un fil conducteur qui mène à un lieu qui n'a même pas de rapport avec le pentagramme. Øyvind, que dirais-tu de m'accompagner dans une nouvelle expédition ?

5

Par devoir, j'appelle Ragnhild et la préviens que je vais m'absenter quelques jours.

— Bjørn, enfin…

— J'emporte l'alarme !

— Vous avez vu comment les choses ont tourné la dernière fois…

— J'ai trouvé la crypte !

— Vous avez été suspendu.

Son ton me rappelle celui de maman.

Les églises en bois debout

1

La *stavkirke*, église en bois debout, d'Urnes domine sur une hauteur d'où l'on a une vue sur le Lusterfjord, au fond du Sognefjord. Des montagnes majestueuses s'élèvent le long de ce fjord du Vestlandet.

Tour et toits projettent des ombres aiguës sur le cimetière. En contrebas, le fjord s'étire brillant et froid. Quelque part un chien aboie.

Comme la plupart des églises en bois debout, Urnes porte toit sur toit sous une tour qui pointe droit vers les cieux. Le bois est brun, goudronné et grossier. Les décorations, provenant des vestiges de deux églises plus anciennes qui se trouvaient jadis sur le site, sont un ultime spasme de l'époque viking. Le bois sculpté est un entrelacs de boucles larges et étroites, d'arcs et de cercles.

— Bjørn !

Dans la pénombre, les parfums de vieux bois et les relents bruts de goudron de Norvège se mélangent. La voix chuchotante d'Øyvind marque son attente. Il scrute les reliefs d'un pilier et tapote un motif dans le bois. Entre d'élégantes lignes taillées dans le bois, je reconnais les trois symboles désormais familiers : ankh, tyr et croix.

— D’ordinaire, on creusait superficiellement et on posait les corps sur des écorces de bouleau. Les cryptes comme celles-ci étaient éminemment inhabituelles.

— Que contenait la crypte ?

— C’est là le plus étrange : elle était vide. Entièrement vide.

Øyvind, Vibeke et moi descendons dans la crypte étroite et basse, mais il n’y a rien à voir en bas. Tout est éliminé, même les pierres des murs et du sol sont entièrement vierges de toute inscription.

2

Le lendemain, nous poursuivons notre inspection. La matinée est fraîche. Øyvind et moi avons chacun revêtu un vieux pull norvégien. Vibeke virevolte autour de nous, tel un djinn serviable que quelqu’un aurait libéré de sa bouteille.

Vers midi, nous mangeons le casse-croûte que nous avons préparé à l’hôtel de l’autre côté du fjord. Nous le partageons avec Vibeke, qui en contrepartie a apporté un grand thermos de café, ce qui est plus que ce à quoi Øyvind et moi avions pensé.

Il s’écoule encore deux heures avant que je tombe sur l’ouverture qui est parfaitement camouflée. Je la découvre – pas par hasard, mais grâce à un coup de chance malgré tout – à l’arrière du chapiteau de l’un des robustes piliers porteurs s’étirant du sol au plafond. Le chapiteau se trouve à quatre mètres de hauteur, mais la chaire de 1690 est montée juste au-dessous de la cachette.

Au tout premier coup d’œil, la trappe apparaît comme raccord naturel d’un cadre sculpté encastré dans le bois. Je tape sur le poteau pour voir s’il est creux. Pas facile à dire.

Puis mon regard coule de nouveau vers le raccord et, centimètre par centimètre, je suis la trajectoire rectangulaire de la fente à travers le relief autour du cadre. J'appelle Øyvind et Vibeke. Ils accourent à la chaire, mais ne voient même pas le contour de la trappe avant que je leur montre le périmètre avec mon doigt.

— Grand Dieu ! s'exclame Vibeke. Et moi qui croyais que nous connaissions le moindre mètre carré de cette église.

En me servant du bout de mon doigt et du Leatherman d'Øyvind, je tente d'ouvrir la trappe en la triturant, mais elle est insérée dans le poteau avec grande précision et de manière inébranlable. Øyvind et Vibeke essaient de m'aider, mais même les longs ongles rouges de Vibeke n'entrent pas vraiment dans la fente.

— La trappe est peut-être collée ? suggère-t-elle.

— Alors il faudrait nous servir d'une scie égoïne, ou bien l'ouvrir avec une perceuse, dis-je en blaguant.

Le regard de Vibeke me fait savoir qu'il est des sujets avec lesquels on ne plaisante pas.

— Ne pouvons-nous pas carrément scier le pilier entier ? hennit Øyvind, moins attentif que moi au langage muet des regards.

Nous passons une petite heure à chercher un moyen d'ouvrir la trappe. Nous sommes sur le point de renoncer lorsqu'Øyvind découvre l'ingénieux système de fermeture.

Dans un champ encadré de l'autre côté du poteau se trouvent trois fleurs sculptées dont les corolles se révèlent être des chevilles en bois. En tournant les chevilles gonflées – et en forçant délicatement avec la plus petite lame de couteau du Leatherman d'Øyvind – nous parvenons à les sortir.

— Je vais vraiment me faire attraper, soupire Vibeke avec, malgré tout, de l'enthousiasme dans les yeux.

Nous nous demandons pendant quelques instants ce que nous allons faire de ces trois trous trop étroits pour nos doigts. J'y enfonce un stylo bille et sens que je pousse quelque chose à l'intérieur du pilier.

Mais rien ne se passe. C'est seulement lorsque nous enfonçons un stylo dans chaque trou, simultanément, que se déclenche un mécanisme interne de poids. S'ensuit une sorte de roulement.

Le mécanisme ouvre un verrou intérieur et subitement la trappe cède sans résistance.

J'éclaire l'intérieur du pilier avec ma lampe de poche, et j'entrevois quelque chose qui ressemble à un bout de bois. Hésitant, je plonge la main dedans. Je crains que les constructeurs du verrou aient assorti cette construction d'un piège qui, par exemple, couperait la main des voleurs. J'empoigne le bâton en bois, compte dans ma tête et le retire vivement.

Je conserve ma main qui tient un bâton runique.

Vibeke est euphorique. Au nom de l'Association de protection des monuments anciens, du comté du Sogn et Fjordane, de la direction du Patrimoine et du Seigneur, elle aimerait saisir la découverte immédiatement. Au prix de gros efforts collectifs et à grands renforts de charme, Øyvind et moi parvenons à la persuader de nous laisser emprunter le bâton runique pour l'examiner.

Nous promettons de le rendre intact et impeccable, afin qu'il puisse être exposé dans une vitrine pour la plus grande joie du directeur de l'Office de tourisme, du préfet et de tous les passagers des bateaux de croisière.

Le bâton, comme on pouvait s'y attendre, est parfaitement illisible. Mais en essayant diverses combinaisons du chiffre de César, nous nous apercevons que tous les caractères runiques sont remplacés par le caractère qui se trouve cinq places plus loin à droite. Déchiffré et traduit, le texte donne ceci :

Urnes a caché
l'indication
secrète
pendant 50 ans

La garde du pape
a approché trop près de nous

Le culte sacré
Des dignes GARDIENS
d'Amon-Rê
connaît le retentissant secret
des runes

B
- SELF -
R
G

Encore une référence à la garde du pape et au dieu du soleil égyptien Amon-Rê. En Égypte, Amon et Rê étaient deux dieux qui ont fini par n'en devenir qu'un seul.

L'homme qui a gravé les runes il y a plus de huit cents ans devait avoir la certitude que le code et le message seraient incompréhensibles si jamais, contre toute attente, quelqu'un tombait sur le bâton runique. À l'époque, rébus et textes codés étaient des notions étrangères au commun des mortels. Seuls les savants et les lettrés étaient capables de saisir le sens des runes secrètes. Seuls ceux qui savaient ce qu'ils cherchaient, et où et comment trouver l'information, étaient capables de trouver quelque raison dans ce ramassis de signes.

En quinze secondes, nous avons interprété la croix runique. Les caractères horizontaux, - SELF -, sont écrits à rebours et forment la désinence FLES, tandis que les caractères verticaux forment le mot BERG.

Flesberg.

3

L'église en bois debout de Flesberg a été construite à la fin du douzième siècle et est ceinte d'une clôture en pierres levées. Elle se trouve sur une plaine du Numedal, dans le Buskerud, entourée de douces collines recouvertes de forêt et de vieilles fermes.

En 1732, le pasteur s'est plaint de ce que l'église délabrée était là depuis « les temps catholiques » et a ainsi fait en sorte que l'église soit reconstruite et transformée en église en croix. Nul ne sait ce qu'il est advenu des vestiges de l'édifice. À cette époque, on réutilisait le bois, ou bien on s'en servait pour chauffer.

Øyvind et moi nous rendons hélas compte que nos chances de découvrir une piste du douzième siècle sont minimes.

Le pasteur nous fait visiter les lieux. À l'instar de la plupart des pasteurs, il aime son église, mais il ne reste pas grand-chose du Moyen Âge.

Les fonts baptismaux, deux croix en pierre, une aile de banc avec un *ornement en bois sculpté* et trois des murs entourant la nef sont conservés. Avec ses lions et dragons, serpents et guirlandes, l'ornementation de la porte ouest est sophistiquée. Mais même après une heure de recherche, nous ne trouvons aucune trappe cachée, aucune trace de runes dans le relief en bois, aucun code dans les décorations peintes.

— Je ne sais pas si cela a une importance, remarque le pasteur pendant notre pause café, mais l'une des cloches remonte aux premiers temps de l'église.

J'ai un déclic.

— Un retentissant secret… dis-je dans un murmure.

Øyvind et le pasteur me lancent un regard interrogateur.

— Un quoi ? demande Øyvind.

— L'inscription sur le bâton runique ! Il était écrit que *les dignes GARDIENS connaissaient le retentissant secret des runes.*

— Le bâton runique ? demande le pasteur. Amon-Rê ?

— Bien entendu ! s'exclame Øyvind.

Toutes affaires cessantes, nous montons en courant l'escalier du clocher et débarquons, essoufflés, dans la salle des cloches. Le pasteur ouvre deux lucarnes pour faire entrer de la lumière.

Nous voyons aussitôt quelle cloche est la plus ancienne. Ce n'est pas difficile : une inscription runique s'enroule autour du bas de la cloche. Elle est usée, mais lisible, en tout cas à première vue. De nombreuses cloches d'église anciennes sont ornées d'inscriptions runiques écrites à rebours comme des formules incantatoires, mais, dans le cas présent, il n'est même pas utile de lire à rebours. Lorsque nous nous lançons dans une tentative d'interprétation du texte, le pasteur déclare avec un sourire supérieur que ces caractères n'ont pas de sens.

— Au cours des siècles, beaucoup ont essayé avant vous, mais personne n'a réussi à comprendre les runes. Ces signes sont purement ornementaux.

Pendant qu'Øyvind photographie la ligne d'écriture, je recopie les runes une par une dans mon carnet.

4

Øyvind rentre avec moi dans la voiture de location jusqu'à Nesodden. Nous passons les journées suivantes à essayer de déchiffrer les runes, mais sans parvenir à craquer le code. Ces runes secrètes sont écrites non seulement en code, mais encore à l'aide d'un alphabet propre : les runes brindilles.

Le secret des runes brindilles est le classement en ce qu'on appelle des lignées, qui sont au nombre de trois. Les maîtres des runes avaient fait un schéma qui pouvait ressembler à ceci :

	1	2	3	4	5	6
3	**F**	**U**	**TH**	**O**	**R**	**K**
2	H	N	I	A	S	
1	T	B	M	L	Y	

Chaque rune brindille appartenait ainsi à l'une des trois « lignées » qui, pour compliquer les choses, étaient numérotées de bas en haut.

Chaque rune avait en outre une appartenance horizontale à un chiffre au sein de la lignée.

Dans ce système, la lettre runique A avait la valeur vingt-quatre ; elle était le quatrième caractère de la deuxième lignée, tandis que B avait la valeur douze ; elle était le deuxième caractère de la première lignée.

La valeur numéraire des runes était ensuite donnée dans une rune brindille. La rune A, donc vingt-quatre, aurait été marquée par deux brindilles (la valeur de la lignéc) à gauche de la barre centrale et quatre brindilles à droite :

Un F aurait trois brindilles à gauche et une à droite, et un Y une à gauche et cinq à droite.

En ce qui me concerne, il en va de la logique comme des femmes : ni l'une ni les autres ne sont tout à fait compréhensibles. J'ai beau saisir le principe des runes secrètes, je n'y comprends rien. Nous devons donc encore solliciter l'aide de Terje Lønn Erichsen.

Il ne se fait pas prier. Muni de mes esquisses et des photographies de la cloche d'église, il se rue sur les caractères runiques tel un Champollion face à la pierre de Rosette.

Dans un premier temps, il décompose le texte en ses particules élémentaires d'une façon que ni Øyvind ni moi n'avions envisagée, puis il analyse la structure des mots. Il découvre ainsi que le texte est constitué de deux articulations répétées trois fois, puis de cinq mots utilisés une fois.

Le maître des runes a combiné des runes ordinaires et des runes brindilles dans un texte écrit à l'envers.

— Je vais regarder si la roue runique ne pourrait pas nous aider, annonce Terje, qui a fait une copie de la roue runique se trouvant au Musée de Bergen.

La roue runique fascine et interloque les chercheurs depuis sa découverte lorsque l'église en bois debout de Gol a été démontée puis reconstruite au Musée des arts et traditions populaires d'Oslo à Bygdøy, en 1882. Encodeur primitif, précurseur de la clef à chiffre de Wheatstone, ce mécanisme est fait d'une plaque en bois dans laquelle sont insérés deux disques concentriques de diamètres différents, avec à la fois le futhark antique et le futhark plus récent.

En tournant les disques, on fait se rencontrer divers caractères dans diverses combinaisons. Mais quelle que soit la façon de procéder de Terje, la roue runique refuse de nous aider à déchiffrer le texte.

Après avoir utilisé un César 8 pour les runes ordinaires, avant d'éliminer un signe sur deux, Terje parvient à donner du sens à cette partie du texte, qui donne :

REMIK NEKKOLK

Version à rebours de

KLOKKEN KIMER

La cloche sonne.

Il passe plus de temps sur les runes brindilles. Les lettres résistent, se font récalcitrantes et rétives, mais, comme moi, Terje est un drôle de bougre entêté et il finit par craquer le code. Le maître des runes a systématiquement manipulé le nombre de brindilles à gauche et à droite de l'axe central selon un modèle ingénieux. Pas moins de trois fois apparaissent les mots :

RÅ ITMEF

Qui dans l'ordre font :

FEMTI ÅR

Cinquante ans. Il nous reste ensuite trois mots ou noms, de cinq, huit et trois lettres, qui ont tous subi encore une transformation.

Mais Terje a démasqué le maître des runes : en essayant divers décalages de César sur le texte à l'envers, il parvient à faire apparaître trois noms :

Urnes flesberg lom

Ainsi, l'inscription runique décodée de la cloche devient :

Klokken kimer Urnes femti år Flesberg femti år Lom femti år

La cloche sonne Urnes cinquante ans Flesberg cinquante ans Lom cinquante ans.

5

Avant qu'Øyvind et moi partions pour Lom, j'appelle Ragnhild, de la police.

Elle semble un peu revêche et n'a rien de nouveau à raconter. En contrepartie, je ne lui dis pas où je vais, mais elle me demande où j'étais. Je ne veux pas le lui dire non plus : je peux être revêche, moi aussi ! Je me suis mis dans la tête que, tout à fait hypothétiquement, nous pourrions être sur écoute, grâce à un système de rayons, d'implants et de satellites géostationnaires, mais je le garde pour moi. Cela me permettra d'éviter d'être renvoyé à la clinique psychiatrique…

— Moins vous en savez, dis-je, mieux c'est pour vous et pour moi.

— C'est un raisonnement que je ne comprends pas.

— Moins vous en comprenez, plus il vous est facile de vous mettre à ma place.

— Cette conversation, Bjørn, n'a strictement aucun sens.

Et voilà encore que je croirais entendre maman.

— Vous êtes là ? demande-t-elle au bout d'un moment.

— Oui…

— N'oubliez pas que la police est là pour vous aider. *Je* suis là pour vous aider.

Il y a tant de choses que je voudrais lui dire. J'ai envie

de lui parler de mon scepticisme à l'égard des autorités, des médecins et des psychiatres et de tous ceux qui se sentent supérieurs à nous autres. Mais je ne dis rien. Les mots s'accrochent les uns aux autres à mi-chemin entre mon cerveau et ma langue. C'est aussi bien comme ça, car elle ne comprendrait pas. Ragnhild est l'un des rouages dociles et loyaux de la société.

Je lui demande si l'enquête est en perte de vitesse. Elle m'assure que l'enquête continue comme avant, mais son ton manque de conviction. Elle ajoute qu'ils n'ont pas d'éléments. Ils ne savent pas où chercher, ils ne savent pas par où commencer pour démêler l'écheveau. Tout comme moi, la police n'a pas vu l'ombre de Hassan et de son armée depuis plusieurs jours. La plupart des gens se sentiraient légèrement rassurés, moi, cela m'inquiète. Le plus dangereux des prédateurs est celui qu'on ne voit pas.

Je sais qu'ils sont là. Quelque part.

Et qu'ils me cherchent.

6

La silhouette sombre de l'église en bois debout de Lom se découpe sur l'arrête de Lomseggen. Des têtes de dragons sculptées essaient de mordre le ciel tandis qu'une très légère couverture nuageuse passe au-dessus du Jotunheimen. Cette grande église, la plus importante de la paroisse, a été bâtie vers la fin du douzième siècle sur les terres d'une église encore plus ancienne.

Quatre jours durant, Øyvind et moi inspectons l'église, intérieurement et extérieurement, avec l'aide précieuse du pasteur, du sacristain et de représentants de l'Association de protection des monuments historiques. J'explique que, si ce que nous sommes en train de faire s'ébruite un tant soit peu, Lom perdra son innocence.

La commune sera envahie par la presse de la capitale et pis encore. Les chaînes de télévision émettront en direct en baignant l'église du village de lumière froide. Face à cette menace, tout le monde promet docilement de se taire. Tous les matins, nous quittons l'hôtel avec l'espoir frémissant que ce jour-là nous allons enfin trouver une piste. Et tous les soirs nous rentrons fatigués et déçus.

L'église a subi moult reconstructions et rénovations. Le bardage original a été ôté et les hommes de la Réforme ont arraché toutes les hérésies catholiques. Images saintes, retable, tabernacle, textiles, calices et ciboires ont ainsi été éliminés, brûlés ou jetés dans la rivière.

Certes les lieux regorgent d'inscriptions runiques, mais elles ne dissimulent aucun code.

Ici, on trouve des inscriptions gravées par les ouvriers de construction et des déclarations d'amour pleines de romantisme et de désir.

L'église a même conservé une missive runique sur un drame triangulaire où Håvard espérait détourner Gudny de Kolbein. Mais rien ne laisse penser que les gardiens norrois ont laissé des traces.

Vers la fin du quatrième jour, le pasteur nous annonce que nos collègues sont en route. Nos collègues ? Je jette un coup d'œil vers Øyvind. Aucun de nous n'a appelé de collègues.

Le pasteur comprend que quelque chose n'est pas normal.

— Ils ont dit qu'ils apportaient le matériel que vous avez demandé et ils voulaient s'assurer que vous n'étiez pas repartis.

Hassan… Comment sait-il où nous sommes ? La Boulette est garée dans le parking couvert, mais j'ai laissé mon téléphone portable à la maison.

Je rappelle au pasteur le destin de son confrère

de Reykjavik et lui conseille d'appeler le *lensmann*[1]. Immédiatement. En toute hâte, nous le remercions et quittons l'église.

Dans une station-service, je téléphone à Ragnhild à Oslo et la prie d'avertir le *lensmann* de Lom, pour le cas où le pasteur ne m'aurait pas pris au sérieux.

De Skjolden, je passe un coup de fil au pasteur pour savoir comment il va. Il parle d'une voix tremblante. Le *lensmann* de Lom est là depuis longtemps et les renforts sont en route de Ringebu.

— Qu'avez-vous fait ? demande-t-il.

Je n'ai pas de réponse à sa question. Nous repartons en passant par Sogndal et Voss, et c'est là que nous nous séparons.

7

Parfois, la solution d'un problème est si évidente qu'elle en devient invisible.

Pour cacher un livre, glissez-le dans la bibliothèque. Pour passer en douce un timbre rare, collez-le sur une enveloppe et envoyez-le par la poste.

— Bjørn ? C'est moi !

Øyvind crie si fort qu'on pourrait croire qu'il essaie de compenser la distance entre Bergen et Oslo.

Dehors, le froid a déployé son voile gris bleu sur le fjord d'Oslo et ses îles. C'est le lendemain de mon retour de Lom. Ayant horreur d'échouer, je suis de mauvaise humeur. J'ai le sentiment d'être un incapable.

De l'épaule, j'appuie le combiné du téléphone contre mon oreille. J'ai au bout du fil un Bergenois agité et essoufflé.

— Tu es là ? Bjørn ? Allô, allô ?

1. Officier chargé du maintin de l'ordre. (NDT)

— J'étais en train de réfléchir…

— De réfléchir ? Bjørn, écoute ! Nous avons inspecté la mauvaise église ! Il y avait une autre église en bois debout à Lom !

Øyvind marque une pause en attendant ma réaction.

L'air frais vibre. La basse cadencée des pistons des moteurs fait, dans un instant d'unisson parfaite, tinter les vitres de la maison. Puis le bruit disparaît et la coque dodue du ferry du Danemark sort de mon attention.

— Une autre église en bois debout ? Øyvind…

Le ferry laisse un sillage blanc d'écume. L'évidence vient de m'apparaître : une autre église en bois debout…

La légende veut que, en 1021, lors de sa mission de christianisation à travers le Gudbrandsdal, Olav Haraldsson, fils de Harald, saint Olav, ait persuadé Torgeir Gamle de se faire baptiser à Garmo, à Lom, et de construire une église à la gloire du Seigneur. Torgeir fit ce que le roi chrétien ordonnait. Il érigea une église qui resta pendant cent quatre-vingts ans. L'église de Torgeir Gamle a précédé l'église en bois debout de Garmo, qui a été démontée en 1880. Démontée… C'est pour cela que ni Øyvind ni moi n'y avons pensé.

— Les collections de Sandvig ! m'écrié-je.

— Exactement !

Quarante ans après avoir été démontée, l'église en bois debout de Garmo qui se trouvait sur les anciennes terres de Torgeir Gamle a été reconstruite dans le musée en plein air de Maihaugen à Lillehammer.

8

Le fœhn balaie gaiement le paysage lorsque, devant l'église en bois debout de Garmo, j'admire l'édifice, ses têtes de dragons et sa flèche fuselée.

Les collections de Sandvig, ou Musée de Maihaugen, ont été ouvertes en 1904 pour accueillir les objets anciens, bâtiments et fermes qu'Anders Sandvig avait passé presque vingt ans à collectionner. Lors du démantèlement de l'église en bois debout de Garmo, les éléments de l'édifice ont été vendus aux enchères. En compagnie de Trond Eklestuen, Sandvig a rassemblé tout ce qu'il pouvait retrouver. Ainsi l'église en bois debout a été reconstituée, en partie avec des pièces originales, en partie avec des pièces issues d'autres édifices et églises.

Les artisans et les conservateurs qui ont reconstruit l'église dans les années 1920 ont consciencieusement noté ce qui était original. Cela me facilite le travail et je ne mets pas plus de quatre heures pour inspecter l'église.

Dans un recoin sombre, je tombe sur un tableau mural aux couleurs passées représentant saint Olav. Le roi de la christianisation est enveloppé dans du velours rouge et lève, agenouillé, une croix vers le ciel. Sur le large cadre sculpté qui l'entoure, je trouve les trois symboles désormais habituels (ankh, tyr et croix), mais aussi de longues rangées de caractères latins et de runes norroises.

Un nouveau rébus !

9

Le texte codé du tableau mural de l'église est long et circonstancié. Je passe deux jours dans ma cachette de Nesodden à jouer sur différentes combinaisons de lettres sans arriver nulle part.

Je pressens, essentiellement comme un réflexe radar mental, la proximité de mes poursuivants. Je les imagine dans les bateaux qui voguent sur le fjord, dans l'hélicoptère qui survole la maison à plusieurs reprises, dans les voitures sur la route principale qui passent devant le chemin menant ici, dans les hommes qui pêchent sur l'avancée où le ferry de Nesodden accostait autrefois... Mais ils ne comprennent pas où je me suis caché.

Je croyais avoir trouvé le truc pour décrypter les codes, mais ce n'est pas le cas. Le troisième jour, je fais donc appel à Terje, qui prend quelques jours de congé pour venir m'aider. Nous essayons différentes combinaisons César, mais il n'y a aucun système dans ces caractères runiques. Terje est décontenancé. Il a beau ne pas pouvoir lire le texte, il affirme que quelque chose cloche. La structure des signes ne concorde pas.

— C'est une véritable soupe de runes, commente Terje.

Le quatrième jour, nous commençons à entrevoir la solution. Ou plutôt, Terje commence à entrevoir la solution. En ce qui me concerne, je me contente d'essayer de comprendre de quoi il parle.

Dans le texte, quelques runes sont répétées à une fréquence dépassant largement celle de n'importe quel signe de toute langue européenne. En norvégien moderne, le E, par exemple – ou le signe par lequel il est remplacé dans le code – revient bien plus souvent que la lettre M, beaucoup plus rare. Toutes les langues suivent une telle régularité mathématique.

Le problème avec le texte de Garmo, c'est que certains caractères sont répétés à une fréquence si absurde que Terje pose la question suivante : certains caractères pourraient-ils avoir été glissés dans le texte à seule fin de troubler le lecteur ? On aurait ainsi opacifié le texte afin de rendre le code plus difficile à percer à jour. C'est une théorie qui permettrait d'expliquer la fréquence et la régularité de l'apparition de certaines runes.

Je suggère que nous essayions de supprimer une lettre sur deux ou sur trois. À ma stupéfaction, Terje juge l'idée bonne.

Nous nous lançons dans cette mission avec un enthousiasme renouvelé.

Aussitôt après avoir identifié les caractères aveugles, qui sont six runes répétées en une boucle, nous nous retrouvons avec un texte qui demeure illisible, mais peut au moins être attaqué avec une clef de déchiffrement.

Cette clef suit le modèle de certains des textes précédents, mais elle est encore plus compliquée. Le maître chiffreur a d'abord utilisé la méthode César, remplaçant chaque signe par un autre décalé de quelques lettres, puis il a écrit les mots à rebours.

Pour pimenter le code, il a donné à chaque mot un décalage César individuel.

Nous parvenons laborieusement à identifier des mots norrois comme *dylja*, *páfi*, *líkami*, *texti*, *hir* et *heilagr*. Mais ils n'ont toujours aucun sens.

Celui qui a écrit le code a placé les mots dans un désordre qui suit toutefois un modèle logique : le premier mot est échangé avec le dixième mot, le deuxième mot avec le neuvième, et ainsi de suite.

Nous finissons enfin par saisir cette logique. Finalement, à force de temps et de patience, nous parvenons à traduire et à adapter le texte.

Inge le GARDIEN a gravé ces runes
Deux cents étés après la mort de saint Olav

La garde du pape de Rome, les Johannites de Varna et
Les chevaliers du temple de Jérusalem
sont réunis en un bataillon

Cachée est la crypte sacrée selon les indications d'Asim
Muettes sont nos lèvres

Les textes sacrés et le dieu dormant sont en sécurité
Chez notre allié dans le pays où le soleil se couche

~~~ ❁ ~~~

Njål le GARDIEN a gravé ces runes
Deux cent cinquante étés après la mort de saint Olav

La rune sacrée tyr et la magie de l'ankh
et la puissance de la croix
Protègent la grotte d'Olav et la route qui y mène

Tourne les pages de la bible de Lars là où le soleil se lève

À moins qu'il ne s'agisse d'une invention du graveur de runes Inge, une opération militaire massive – comprenant des soldats du Vatican, de l'ordre des Johannites et de celui des Templiers – a dû se dérouler en Norvège vers 1230, cent ans après la construction de l'église en bois debout d'Urnes et cinquante ans après celle de Flesberg. Si une armée aussi puissante est véritablement venue en Norvège, comme le texte le suggère, elle devait chercher quelque chose de bien plus précieux que le reliquaire d'Olav.

Quelque chose venant d'Égypte ? Quel est le lien ? L'an 1230 ?

En 1230, Grégoire IX était pape. C'était un juriste aimant le pouvoir qui bannit l'empereur Frédéric II et défendit vaillamment le pouvoir papal, y compris dans la société laïque. Grégoire IX envoya de nombreux hérétiques sur le bûcher.

Dans l'une de ses bulles d'excommunication, il indique : « Je répands la colère de Dieu sur les barbares de *Noruega*, qui profanent le plus saint des saints. »
~~~

Le grand maître des Templiers, jusqu'en 1230, s'appelait Pierre de Montaigu.

Au beau milieu de la cinquième croisade, qui allait échouer, il fut nommé grand maître des Templiers lors d'une cérémonie sur le Nil.

Les croisés voulaient récupérer Jérusalem et la Terre Sainte en prenant le contrôle de l'Égypte musulmane. L'un de ceux qui s'étaient illustrés dans la guerre pour l'Égypte était le grand maître de l'ordre des Johannites Pierre Guérin de Montaigu qui mourut en 1230.

Mais quel est le lien ?

Les textes sacrés et le dieu dormant sont en sécurité chez notre allié dans le pays où le soleil se couche…

L'allié devait être Snorri en Islande. Mais les *textes sacrés* renvoient-ils au codex de Snorri ? Plus vraisemblablement aux rouleaux de Thingvellir. Qu'est-ce qui aurait alors rendu ce texte sacré ? Et, bon sang, qui donc était ce dieu dormant ?

Le message apporte plus de questions que de réponses.

Cinquante ans plus tard, en 1280, un gardien du nom de Njål a fait un ajout. Les runes indiquent que la grotte d'Olav et la description de l'endroit où se trouve cette cavité sont protégées par la magie de l'ankh, la rune sacrée tyr et la puissance de la croix.

Comment interpréter une telle information ? Et où sommes-nous censés chercher *là où le soleil se lève*, qui de toute évidence est à l'est. Qui est Lars ? Comment vais-je pouvoir trouver sa bible ?

Je suis troublé par l'ambiguïté du texte. Il semble receler deux indications différentes, qui mènent à deux destinations différentes.

Les écritures saintes et ce dieu sont sous la protection de Snorri. Mais le reliquaire d'Olav, voire plus encore, se trouve ici, en Norvège. *Où le soleil se lève…*

Terje et moi échangeons des regards injectés de sang.

— Où est le fil conducteur qui nous indique la voie à emprunter pour aller à la prochaine église en bois debout ? je demande.

— Les gardiens auxquels l'indication était destinée ne devaient pas en savoir beaucoup plus que nous. Donc, le texte doit contenir toute l'information dont nous avons besoin.

Nous continuons de chercher, mais nous avons beau tordre les formulations dans tous les sens, nous ne trouvons pas de mots cachés dans le texte. Vers minuit, Terje s'endort sur le canapé.

Je reste à mordiller mon crayon de papier et à prendre de vaines notes dans mon cahier à spirale. Quelle puissance une croix peut-elle avoir ? Une puissance symbolique, bien entendu. Une puissance religieuse. Existe-t-il un lien entre les symboles ankh, tyr et croix et l'endroit où le soleil se lève ?

1030… 1130… 1180… 1230… 1280… Quel est le lien entre ces années ? Ainsi tournoient en moi ces pensées.

Deux heures plus tard, je me réveille en sursaut. Dehors un fort vent du nord souffle, faisant trembler les vitres. En rêve ou dans un demi-sommeil, je ne sais pas, j'ai eu une idée.

Je traîne mes pieds, vêtus de grosses chaussettes en laine, jusqu'à l'étagère, où se trouve un atlas de 1952. Je retourne à la table devant la fenêtre et feuillette jusqu'à une carte du sud de la Norvège.

Une idée me travaille. Sur le canapé, Øyvind ronfle faiblement.

Là où le soleil se lève.

À l'est.

La puissance de la croix.

Urnes, Flesberg, Lom.

Je marque chaque endroit d'un point au stylo bille.

Le quatrième doit se trouver à l'est, là où le soleil se lève. Je regarde la carte et laisse échapper un hoquet involontaire.

La puissance de la croix.

Là où le soleil se lève.

Ringebu !

J'ai du mal à respirer. En l'espace d'un siècle, les gardiens ont construit quatre églises en bois debout : Urnes, Flesberg, Lom (Garmo) et Ringebu.

Si l'on tire des traits entre ces quatre points, une croix apparaît : la croix chrétienne. *Crux ordinaria.*

La puissance de la croix.

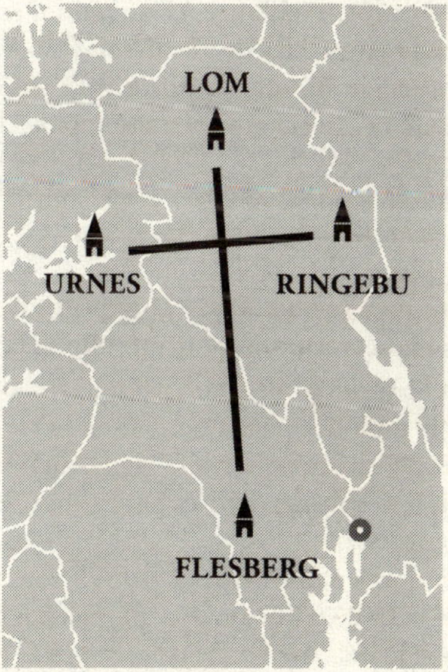

10

Tôt le lendemain matin, je prends le bac de Nesodden pour Aker Brygge.

J'ai déjà appelé, et réveillé, le pasteur de l'église en bois debout de Ringebu. Après avoir enlevé le sommeil de ses yeux et s'être raclé l'énervement de la gorge, il a senti que je traquais l'événement archéologique dans *son* église, et il s'est alors transformé en mon fidèle serviteur.

Je prends un taxi d'Aker Brygge à Blindern pour aller chercher un sac de matériel.

Avec le soin du paranoïaque, j'ordonne au taxi de rouler de l'université au parking couvert en passant par tous les détours et ruelles que je connais. À la longue, la voiture de location revient trop cher.

L'une après l'autre, je vérifie les entrées du parking. Ils ont mis fin à leur surveillance, ce qui en soi est suspect.

Je descends en ascenseur au niveau P2. Avant de me risquer dehors, je bloque la porte de l'ascenseur avec mon sac pour m'assurer une retraite rapide. Je regarde : personne.

Ni derrière un pilier, ni derrière un journal, dans une voiture garée. L'étage est vide. Voilà qui, décidément, est très suspect.

Je prends mon sac et longe le mur, le dos courbé. J'ai le sentiment d'être un héros de bande dessinée tandis que je m'approche prudemment de la Boulette.

Je ne vois toujours personne. J'ai emporté une lampe de poche et des gants de travail. Méthodiquement, laborieusement, je vérifie derrière les pare-chocs, sous les ailes et sous la carrosserie.

Je trouve finalement l'émetteur GPS sous l'aile avant gauche. De la taille d'une boîte d'allumettes, il est si bien accroché que je dois mettre de la force pour l'arracher. Ils ont collé du scotch noir sur l'ampoule rouge clignotante.

Les petits malins… Mais je ne m'arrête pas là. Un autre émetteur est fixé sur une pompe dans le moteur.

Content de moi, je colle les deux émetteurs sur une Mercedes gris argent et une Peugeot bleue garées à côté de la Boulette.

Puis je paie une fortune pour que la barrière se lève et roule vers le nord et Ringebu dans l'Oppland.

11

La grande église et sa tour rouge s'élèvent haut sur le coteau au-dessus de Ringebu, près d'un lieu de culte païen et d'un lieu d'assemblée.

Quand je gare la Boulette, le pasteur est là pour m'accueillir ; il a dû m'attendre. Nous nous serrons la main. Je le prie de m'excuser de l'avoir réveillé si tôt. Il me confie qu'il n'a pas connu de réveil aussi palpitant depuis des décennies.

Le pasteur Sigmund Skarnes est un homme rond et jovial, d'une petite soixante d'années. Ravi, il m'emmène dans l'église et m'offre une visite : construite vers 1220, l'église en bois debout de Ringebu est un témoignage de la réticence des Norvégiens à abandonner le culte des Ases pour faire l'expérience du salut avec Jésus-Christ. Sous le plafond, au sommet des piliers, on trouve encore des restes de peintures de dieux norrois.

L'un des plus anciens vestiges des premiers temps de cette église, un rescapé miraculeux de la chasse aux images saintes de la Réforme, est une effigie de saint Laurent.

Cette fine sculpture sur bois, qui se trouve à gauche de l'entrée du chœur et tient une bible rouge, est si féminine que je crois d'abord qu'elle représente une femme. Les fonts baptismaux en stéatite grise datent eux aussi de temps anciens. Un anneau de pierre plus sombre orne le sommet des fonts.

Une fois la visite guidée terminée, je demande au pasteur l'autorisation de me promener seul pour étudier toute cette splendeur. Je lui explique, en termes vagues, que je suis à la recherche d'un message caché que les constructeurs de l'église pourraient avoir laissé. Skarnes se retire pour travailler sur son homélie du dimanche.

Je sors chercher mon sac d'équipement dans la voiture : appareil photo numérique, loupe, lampe de poche puissante.

Avec lenteur et méthode, je procède à l'examen de l'église, accordant une attention toute particulière à l'effigie de saint Laurent, puisqu'il serait naturel d'utiliser un tel objet sacré pour dissimuler pistes et signes.

Mais je ne découvre rien. Je cherche sur l'effigie elle-même et sur le pilier où elle est fixée, je scrute la bible rouge, puisque le dernier message mentionnait la bible. Sigmund Skarnes vient jeter un œil et me demander si tout va bien.

— Je vois que vous vous intéressez à saint Lars ?

— Une belle statue sainte, dis-je, tout en saisissant la portée de ses mots. Comment l'avez-vous appelé ?

— Oui, en fait, il s'appelle saint Laurent. Laurent était garde du trésor de l'Église et diacre à Rome au troisième siècle. D'après la légende, ce pauvre homme a été grillé vivant parce qu'il distribuait les trésors de l'Église aux pauvres. Parfois, c'est ainsi que ça se passe ! Son crâne se trouverait encore au Vatican.

— Vous avez dit Lars ?

— C'est ainsi qu'il était appelé dans la région : saint Lars.

Tourne les pages de la bible de Lars là où le soleil se lève…

Le texte de Garmo fait référence à saint Laurent !

Tandis que le pasteur se retire et retourne à la sacristie et à sa prédication de dimanche, je tourne autour de saint Lars. Avec l'appareil numérique, je prends des photos de cette effigie, avec et sans flash, et avec divers réglages lumineux. Je prends des gros plans de son visage, de sa tunique, de l'étoffe rouge qui pend de sa main gauche et de la bible.

Tourne les pages de la bible de Lars…

Dans un coin sombre de l'église, je télécharge les photos sur mon ordinateur portable. Je les ouvre dans *PhotoManipulator Pro* et entreprend de manipuler les motifs. Le logiciel me permet de passer de négatif en positif, de simuler des rayons ultraviolets, de modifier le contraste, les dimensions, le nombre de pixels, la valeur des couleurs et de distordre les couleurs, les perspectives et les angles lumineux.

Archéologues et conservateurs s'en servent pour filtrer certaines couleurs et voir ainsi les coups de pinceau originaux sous les couches de peinture restaurée.

Les photos de la bible sont une malle aux trésors numériques. Sous huit couches de peintures différentes, j'entrevois les silhouettes de quelques caractères qui sont si frêles qu'ils ont dû être invisibles à l'œil nu quand ils ont été tracés. J'ignore quelle encre a été utilisée – il pourrait s'agir de tout et n'importe quoi, du miel distillé au jus d'oignon en passant par le vinaigre transformé et l'urine –, mais le résultat a été une écriture invisible sur laquelle on a peint. Pour rendre les lettres visibles, il fallait soit chauffer l'écriture ou appliquer au pinceau un liquide révélateur (par exemple, une décoction de chou rouge additionnée de certains produits chimiques rend visible l'écriture au vinaigre).

— Vous obtenez des résultats ? me lance le pasteur à la porte de la sacristie.

— Cela va sans doute prendre du temps.

Je ne voudrais surtout pas mentir à un pasteur dans la

maison du Seigneur. Mais ce n'est pas un gros mensonge, et je ne vois aucune raison de lui dire que je viens de découvrir les symboles (ankh, tyr et croix) suivis d'un texte court.

12

La pension dans laquelle je loge se trouve dans le village. La chambre est simple, mais je n'ai pas besoin de grand-chose. On a touché un peu à mes affaires, pas beaucoup, mais suffisamment pour que je m'en aperçoive. Je me demande si Hassan sait que je suis ici, mais je préfère chasser cette idée.

Je passe le reste de la soirée à interpréter le texte codé qui était caché sous la peinture. Une fois la technique du créateur du code découverte – décaler les caractères un certain nombre de fois pour ensuite insérer des caractères arbitraires comme fausse piste –, le déchiffrage est une question de temps plus que de capacité intellectuelle.

À précisément 23 h 27, le texte est prêt :

Comme la Vierge Marie a porté Jésus en son sein
Le ventre abrite le reliquaire
Gloire à Thomas !

Je reste longtemps immobile, sans pouvoir m'empêcher de rire un peu. Les gardiens d'antan ont caché leur message dans l'effigie qui sert d'indicateur.

13

Le soleil naissant brille dans un ciel matinal pâle. Le pasteur Sigmund Skarnes m'adresse un sourire cordial lorsqu'il arrive à pied sur le sentier. Il jette un regard faussement inquiet sur ma caisse à outils et tout le matériel à mes pieds.

— Avez-vous l'intention de démonter mon église ?

— J'ai trouvé où était le message !

Il m'interroge du regard.

— À l'intérieur de saint Laurent…

— Vous êtes sûr ? À *l'intérieur* de l'effigie ? À ma connaissance, elle n'est pas creuse.

Nous ouvrons l'église et allumons la lumière. Il fait froid et humide. Le soleil entre en biais par les fenêtres cruciformes haut sur le mur. Skarnes grelotte.

Pendant qu'il allume des bougies d'autel et des cierges sur de hauts chandeliers en fer forgé, j'apporte ma caisse à outils et mon matériel au milieu de l'allée centrale et pose tout sur le sol devant saint Laurent : burins, tournevis, marteau, bidon de white-spirit, lampe de poche, couteau et scie fine.

Avec ma lampe de poche, j'examine la manière dont l'effigie est fixée au pilier en bois. Les vieux objets sont fragiles, et je ne veux rien abîmer.

Je consacre environ une heure à cette inspection. Muni d'un coton-tige imbibé de white-spirit, j'ôte, délicatement, des restes récalcitrants de peinture et de colle entre l'effigie et le pilier en bois. Derrière moi – à voix basse, comme pour ne pas me déranger –, le pasteur parle avec une sacristaine d'un mariage à venir.

La bise souffle sur le plancher quand la porte s'ouvre et que l'on entre dans l'église.

— Bienvenue, dit Sigmund Skarnes en se dirigeant vers eux. Malheureusement, l'église n'est pas ouverte au public aujourd'hui.

Avec la lampe de poche, j'éclaire la fente entre l'effigie en bois et le pilier.

L'un des étrangers parle. Skarnes se met à parler en anglais et demande :

— *Where are you from ?*

Une voix grave répond :

— *Far away !*

14

Hassan.

Mes poumons se vident de leur air, mon cœur de son sang, mes muscles de leur puissance. Je hoquette et m'agrippe au pilier en bois.

Entre les rangées de bancs d'église, il y a Hassan, avec quatre hommes que je n'ai jamais vus.

— Bjørn ? s'inquiète le pasteur en plissant le front. Quelque chose ne va pas ?

Son regard file entre Hassan et moi.

— Qui sont-ils ?

Je fais un pas titubant vers l'autel.

— Bjørn !

De sa voix de pasteur, Sigmung Skarnes me somme de lui donner une explication, ici et maintenant, et cette explication a intérêt à être bonne. L'un des hommes de Hassan entraîne la sacristaine vers un banc. Elle résiste.

— Mais, non ! Enfin ! proteste-t-elle d'un ton indigné.

Il la frappe au visage. Le coup n'est pas très violent, mais elle se tait. Une goutte de sang coule de son nez et s'accroche à sa lèvre supérieure avant de tomber sur le chemisier blanc avec le grand badge indiquant son nom. Ils la plaquent sur le banc.

Le pasteur lance un regard décontenancé et désespéré vers Hassan.

— Mais que fabriquent-ils ? demande-t-il dans le vide.

L'un des hommes de Hassan allume une cigarette.

Sigmund Skarnes va protester – d'une voix prêcheuse il va dire que fumer est strictement interdit dans cette église en bois inflammable –, mais je vois qu'il se rend compte que rien de ce qu'un bon pasteur de campagne pourra dire ne forcera cet homme à éteindre sa cigarette.

Les pas de Hassan produisent un écho quand il descend l'allée centrale. Il bouscule le pasteur devant lui. Je suis chacun de ses pas. Il s'arrête à deux mètres de moi.

— Où sont les rouleaux de Thingvellir ?

Sa voix est très rocailleuse, mais son ton n'est pas menaçant. Il a posé une question et attend la réponse, car il a l'habitude de voir les gens obtempérer.

— Je ne les ai pas.

— Mais vous pouvez me dire où ils sont !

— Ils étaient en Islande, mais maintenant je ne sais pas où ils sont.

— Ah bon ? Et comment se porte votre doigt ?

Sa voix ressemble au grondement que j'imagine chez les morts-vivants des catacombes. J'essaie de dissimuler un frisson. Je ne parviens pas à déglutir. L'un des hommes de Hassan rit.

Hassan prend ma main gauche dans la sienne, tendrement, paternellement. Cela fait quinze jours que j'ai enlevé l'attelle de mon auriculaire. Le médecin trouvait que la fracture s'était ressoudée proprement.

Hassan saisit mon petit doigt et appuie d'un geste appréciateur. Je gémis, un peu de douleur, beaucoup de peur. Il me surprend en lâchant prise.

Deux de ses hommes me ligotent au pilier rond près de l'entrée du chœur. Mes genoux mollissent.

— Bjørn ? Que vont-ils vous faire ? s'angoisse le pasteur.

Je ne parviens pas à répondre. Hassan regarde avec curiosité l'effigie de saint Laurent.

— Elle contient une autre copie ?

Une autre copie ? Puis je me rends compte qu'il s'imagine que la statue en bois contient encore une transcription des rouleaux de Thingvellir.

L'idée ne m'avait même pas effleuré.

— Je ne crois pas.

— Où sont les rouleaux de Thingvellir ?

Je respire péniblement. L'odeur de l'après-rasage de Hassan se mêle à celle du bois et du goudron. À l'extérieur de l'église, dans un autre univers, résonne l'avertisseur d'un train au fond de la vallée.

— Vous avez dix doigts, constate Hassan.

Involontairement, je jette un coup d'œil sur mes mains blanches. Mes ongles n'ont l'air de rien, je les ronge depuis mon enfance.

Je serre les poings dans un réflexe protecteur.

— Et j'ai tout mon temps, ajoute-t-il. Donc, je répète ma question : où sont-ils ?

— Les rouleaux sont en sécurité. Ils ne peuvent pas être volés.

J'essaie d'adopter le ton de quelqu'un qui énonce un simple renseignement factuel, qui constate un fait regrettable, mais je couine comme un pleutre.

— Ce n'est pas ce que je vous ai demandé.

Il fait un signe de tête à deux de ses hommes. Voilà, c'est maintenant que ça se passe, me dis-je. Mes poumons ont cessé de fonctionner.

Tel un marathonien exténué, je cherche mon souffle et suis sur le point de perdre connaissance. C'est tout aussi bien : basculez l'interrupteur et retirez le contact !

Je m'imagine comment ils vont, l'un après l'autre, me briser les doigts. D'abord l'auriculaire. Puis l'annulaire. Le majeur. L'index. Le pouce. Ensuite, ils s'en prendront à ma main droite.

La terreur me donne la nausée. Faites que je perde connaissance et me réveille une fois le danger passé, quand Hassan aura glissé l'église en bois debout de Ringebu dans sa poche intérieure et pris la route.

Les hommes se présentent devant saint Laurent et, se parlant à voix basse, examinent l'effigie.

Le pasteur est décontenancé et me lance un regard interrogateur. Je secoue la tête pour le mettre en garde. Hassan secoue l'effigie.

Un autre attrape un burin dans la caisse à outils.

— Attendez un peu ! s'exclame le pasteur.

À présent il comprend ce qu'ils ont l'intention de faire.

L'un des Arabes enfonce le burin entre saint Laurent et le pilier en bois et commence à appuyer. Sigmund Skarnes fait deux ou trois pas vers l'homme qui est en train de détruire ce trésor âgé de huit cents ans.

Hassan frappe. Un coup rapide et surprenant. Son poing atteint le pasteur à la tempe. Si fort qu'il tourne sur lui-même et tombe la tête contre un banc. Son crâne heurte le bord en bois, tandis que quelque chose craque et qu'il roule sur le plancher, inanimé.

Indifférents, les autres alternent mouvements de levier et secousses pour décrocher saint Laurent. En mon for intérieur, j'entends le cri silencieux de l'effigie en bois. Le plus petit homme la tend à Hassan. Il la brandit devant lui, comme un trophée. Maintenant, c'est mon tour, me dis-je. Maintenant, ils vont me briser les doigts, l'un après l'autre. Mais ils sont plus calculateurs que cela.

L'un d'eux apporte le bidon de white-spirit aux fonts baptismaux, vieux de neuf cents ans, et les remplit.

Un autre y emmène la sacristaine en larmes.

— Vous nous forcez à la baptiser, m'annonce Hassan.

La baptiser ?

L'une des brutes passe ses doigts dans la chevelure de la sacristaine qui se débat et lui plonge le visage dans le white-spirit. Avec des hurlements et des bruits de noyade, elle résiste.

— Où sont les rouleaux de Thingvellir ? demande Hassan.

Épouvanté, je me rends compte qu'ils la torturent de la même manière que sira Magnus dans le bassin de Snorri. C'est même pire : dans le bassin, c'était de l'eau de source.

— Attendez ! Je vais vous dire où…

Les cheveux dégoulinants de white-spirit, la sacristaine agrippe les fonts baptismaux et les renverse. Une averse de white-spirit arrose les cierges allumés et touche l'homme qui est en train de fumer. Il s'enflamme comme une torche. Mon cœur bat la chamade.

Avec un cri épouvantable, l'homme en feu se rue dans l'allée centrale, où il tombe la tête la première et se recroqueville. Hassan et les trois autres jettent leurs vestes de costume sur lui pour tenter désespérément d'éteindre les flammes.

D'une voix perçante, j'appelle à l'aide. Autour de nous, les flammes progressent sur le plancher et le tapis, et partent à l'assaut des piliers. Le feu entreprend de ronger le bois sec. Mes mains sont toujours ligotées. Au même instant l'alarme d'incendie et le gicleur se déclenchent.

Hassan se redresse. Il me regarde, comme si toute cette misère était ma faute.

Sous son bras, il tient saint Laurent.

Je tire désespérément sur les liens qui m'attachent au pilier. L'eau de l'asperseur coule sur Hassan.

Il a l'air d'envisager de sortir son pistolet et de mener à bien sa vengeance ici et maintenant. Ou alors, peut-être, pense-t-il qu'il vaut mieux m'abandonner aux flammes et à une douloureuse mort par le feu.

L'alarme est assourdissante. L'un des hommes crie quelque chose à Hassan. Ils se précipitent vers la porte en tirant derrière eux leur collègue brûlé.

— À l'aide ! reprends-je d'une même voix perçante.

Autour de moi, les flammes s'emparent de la rangée de bancs où a atterri le gros du white-spirit. Le feu grésille dans le nuage d'eau de l'extincteur automatique. Chaque fois que j'inspire, la fumée me fait tousser.

Entre larmes, hoquets et quintes de toux, la sacristaine coupe les liens autour de mes poignets.

— Qu'est-ce qui se passe ? sanglote-t-elle.

Nous saisissons sous les bras le pasteur inconscient et traînons son corps lourd dans l'allée centrale, hors de l'église, sur les marches en pierre. À bonne distance de l'église enflammée, nous le posons sur l'herbe sèche entre les tombes. La fumée se déverse par la porte principale.

Un 4 x 4 Mercedes GL noir part sur les chapeaux de roue. Sur la place arrière, j'aperçois, entre l'homme brûlé et Hassan, l'effigie de saint Laurent.

Le pasteur a cessé de respirer. Ses yeux à demi ouverts fixent l'éternité qu'il a consacré toute sa vie à comprendre, tandis que de minces filets de sang coulent de son nez et de ses oreilles.

La sacristaine et moi nous acharnons pour insuffler de la vie dans ses poumons et remettre son cœur en route avec le poing, mais sans y parvenir.

Le visage de la sacristaine se décompose. Du bout des doigts, je ferme les yeux du pasteur.

À travers l'alarme stridente, nous entendons hurler les sirènes des voitures de pompiers qui arrivent du village.

— Pardon, dis-je imperceptiblement au pasteur en fondant en larmes silencieuses.

La mission

Angleterre

1

Parfois, on est, malgré soi, rattrapé par des connaissances du passé. Comme des fantômes, elles s'habillent de chair et de sang pour réapparaître telles que l'on s'était efforcé de les oublier.

On dit qu'on ne peut jamais fuir son passé. On peut essayer d'oublier, on peut essayer de se cacher, mais on finit toujours par être retrouvé. Toujours.

2

Tel un temple grec, ou un palais impérial à Rome, le quartier général en habit de marbre de la *Society of International Sciences* plastronne sur la vénérable Whitehall de Westminster, au cœur de Londres. Un large escalier de granit d'Ambar mène à une double porte en hêtre flammé derrière sept colonnes imposantes.

La SIS est une fondation créée en 1900 dans le but de rassembler dans une banque du savoir commune l'ensemble des activités de recherche du monde.

C'est une sorte de CIA de la recherche qui entretient des relations avec toutes sortes d'universités et de groupes scientifiques.

La réception de la SIS a l'air d'un musée pour personnalités spécialement invitées. Tous parlent à voix basse. Au-dessus des boiseries en acajou lustré sont accrochées des peintures à l'huile gigantesques aux motifs antiques et médiévaux. Des druides à Stonehenge. Moïse qui sépare les flots. L'assassinat de César. La crucifixion de Jésus. Marie-Madeleine qui allaite un nourrisson. Les Templiers dans le temple de Salomon. Les chevaliers du roi Arthur qui lèvent le Graal à la pleine lune.

Diane et le professeur Llyleworth m'attendent derrière une barrière de méranti rouge foncé.

— Bjorn, dit doucement Diane en m'embrassant légèrement. Ça fait longtemps.

Il y a quelques années, nous avons été amoureux. Ou peut-être devrais-je dire que nous avons été de simples amants. Pendant quelques bienheureuses semaines, j'ai cru avoir enfin trouvé la femme de ma vie.

Je me souviens de la nuit dans son appartement dans un gratte-ciel de Londres et de notre doux amour d'été au bord du fjord d'Oslo dans la maison de vacances de Farmor, ma grand-mère paternelle.

Et subitement, un jour, Diane m'a chassé de sa vie d'une chiquenaude, comme une mouche irritante. J'ai depuis longtemps pris note de l'anneau en or sélect qui orne son annulaire gauche. Aucun de nous ne fait la moindre allusion au fait qu'elle gémissait naguère *Bjorn* dans mon oreille tandis que ses longs ongles pourpres me lacéraient le dos et l'âme.

Le professeur Llyleworth me tend la main.

— Ravi de vous revoir, dit-il conventionnellement en écrasant ma main dans la sienne.

De me revoir… Je me suis efforcé d'oublier les souvenirs de la dernière fois que nous nous sommes vus. Nous avions trouvé une châsse d'or dans les ruines d'un octogone sur le site du monastère de Værne, siège des Johannites. Le *Reliquaire des secrets religieux*.

Le professeur Llyleworth était un émissaire de la SIS, venu excaver et saisir le reliquaire et, pour le reste, me mettre des bâtons dans les roues. Llyleworth répond par un rire forcé quand je lui rappelle comment je lui avais pris le reliquaire au nom des autorités norvégiennes de protection du Patrimoine.

À l'époque, Diane était une secrétaire serviable et pleine de volonté à la SIS. Plus tard, il est apparu qu'elle était aussi la fille de Michael MacMullin, le grand maître d'un ordre ancestral qui était à mes trousses pendant que je protégeais le précieux contenu du reliquaire d'or. Diane, le professeur et moi étions enfermés dans un filet de méfiance mutuelle aux mailles de plus en plus serrées. Cette aventure ne s'était pas terminée sans un peu d'agitation. La châsse contenait un évangile inconnu, mais même cela, ils avaient réussi à le dissimuler.

Quant à moi, j'avais sombré dans la dépression et la paranoïa. On m'avait envoyé à la clinique psychiatrique, où je m'étais enfermé dans ma coquille et adonné à une existence obscure et apitoyée sur mon propre sort.

Au bout de quelques mois, enfin, j'avais épousseté mes vêtements et mon âme, et j'étais ressorti d'un pas titubant dans la réalité.

3

C'est le professeur Llyleworth que j'ai appelé il y a plusieurs semaines pour aider Thrainn à cacher les rouleaux de Thingvellir. La SIS a envoyé un avion en Islande. À présent, les traducteurs et chercheurs de Thrainn collaborent avec la SIS dans un « endroit sûr » et secret quelque part dans la région de Londres. Je ne veux pas savoir où, c'est plus prudent.

Le professeur Llyleworth a réussi à me joindre chez le *lensmann* de Ringebu plus tôt dans l'après-midi. L'incendie de l'église était éteint. « Comment la SIS sait-elle où je suis ? » ai-je demandé. « Bjørn, a répondu le professeur, nous savons. » « Que voulez-vous ? » « Il faut que nous parlions, a répondu le professeur. Je vous expliquerai quand vous viendrez. Un avion vient vous chercher à Gardermoen. »

C'est ainsi qu'opère la SIS. Lorsque j'en ai eu terminé chez le *lensmann* à Ringebu, je suis rentré en voiture chez moi à Oslo. Une patrouille de police m'a accompagné à mon appartement, où je me suis douché avant de mettre mon passeport et des vêtements dans un sac. J'ai emporté le bâton runique d'Urnes dans un étui à flûte.

Ragnhild m'a conduit à Gardermoen. En chemin, je lui ai raconté tout ce qui s'était passé.

Elle a trouvé que c'était une bonne idée d'aller passer quelques jours à l'étranger.

Dans le Gulfstream de la SIS, j'ai fait le voyage jusqu'à Londres. Il faisait nuit lorsque nous avons atterri. Une limousine m'a conduit de Heathrow à Whitehall.

4

— Qu'ont-ils pris à Ringebu ? s'enquiert le professeur Llyleworth.

— Une effigie en bois de saint Laurent.

Dans une salle de réunion derrière la réception, trois fauteuils confortables ont été installés devant un écran que Diane fait descendre à l'aide d'une télécommande.

— Pouvez-vous me dire ce que sont les rouleaux de Thingvellir ? ai-je demandé.

Le professeur Llyleworth joint les mains avant de répondre :

— Une copie d'un manuscrit biblique.

— Qu'est-ce qui la rend si exceptionnel ?

— C'est ce que nous nous efforçons de découvrir.

— Comment a-t-elle atterri chez Snorri en Islande ?

— Nous ne savons pas encore, intervient Diane.

— J'ai de la peine à le croire.

— Nous avons quelques hypothèses… répond le professeur Llyleworth.

— Racontez-moi !

— Commençons par le commencement.

Diane allume le projecteur au plafond. Sur l'écran, un portrait apparaît dans une cascade de lumière.

— Stuart Dunhill, commente Diane. Un éminent archéologue des années soixante-dix.

Le professeur Llyleworth enchaîne :

— En 1977, dans les falaises derrière le temple d'Amon-Rê, près de Louxor, dans la Thèbes antique, en Égypte, il a trouvé un hypogée qui jusque-là n'avait jamais été découvert. L'entrée de la crypte était murée, camouflée derrière un autel.

Sur l'écran, une peinture murale égyptienne entourée de hiéroglyphes succède au portrait.

— Cette photo a été prise dans la crypte que Stuart Dunhill a trouvée, indique Diane.

— La décoration date des environs de l'an 1015, ajoute le professeur Llyleworth.

— Les Égyptiens n'écrivaient pas en hiéroglyphes, dis-je. Ils écrivaient en copte, en arabe ou en grec.

— Exact, répond le professeur Llyleworth. Mais ceci était un écrit saint, qui n'était pas destiné aux regards humains. Une prière aux dieux. Dans de telles circonstances, les hiéroglyphes avaient, paraît-il, une force bien plus importante.

Je soupçonne un sourire.

— C'est pourquoi ils écrivaient avec des caractères anciens, termine-t-il.

— La crypte, continue Diane en montrant une série de clichés des lieux, est plus ancienne, de plusieurs millénaires. En fait, l'installation funéraire est composée de trois chambres. Une chambre extérieure qui semble avoir servi exclusivement de paravent à une chambre intérieure. Mais, et c'est là ce qui est passionnant, à l'intérieur de la chambre cachée se trouvait encore une crypte, mieux camouflée que la crypte extérieure et que celle du milieu.

— Qui était enterré là ?

— Nous ne savons pas, répond le professeur Llyleworth. Les hiéroglyphes, et nous parlons de textes remontant à plusieurs milliers d'années, parlaient des dieux alternativement comme des Déchus, des Condamnés et des Saints.

— Il semblerait, renchérit Diane, que la momie ait été d'extraction royale, condamnée par ses contemporains, mais vénérée par la postérité.

Elle clique pour faire apparaître des photos de statues et de reliefs.

— Les hiéroglyphes les plus récents ont donc deux mille cinq cents ans de moins que les plus anciens.

— Qu'est-il écrit ici ?

Diane zoome sur les hiéroglyphes.

— Nous avons passé un certain temps à les interpréter. Le problème est qu'elles n'ont pas vraiment de sens.

Le professeur remarque :

— La crypte a été trouvée par Stuart Dunhill en 1977, mais les trésors et momies ayant été volés par des détrousseurs de tombes, la découverte a alors suscité peu d'intérêt international.

— La crypte se trouve dans les falaises au bord du Nil, au nord de la Vallée des Rois.

Diane fait apparaître une photo prise au bord du Nil. Sous un ciel bleu, je vois les falaises dorées. Sur un plateau s'élève un temple.

— Il y a mille ans, un canal latéral partait du Nil et passait devant le site du temple, observe Diane.

— Ce qu'il y a de curieux, ce sont ces messages incompréhensibles des hiéroglyphes, dit le professeur Llyleworth. Ils indiquent, en utilisant le calendrier égyptien d'alors, que la crypte a été attaquée un peu plus de mille ans après la naissance du Christ. Elle a été attaquée par, et je cite littéralement les inscriptions murales, *les barbares de pays sauvages au nord*.

— Cela te rappelle quelque chose ? demande Diane.

— Des Vikings ?

— C'était la conclusion de Stuart Dunhill, répond le professeur Llyleworth. Malheureusement, il ne s'est pas contenté de rencontrer de la résistance de la part de ses pairs. Il a été ridiculisé, discrédité. Sa réputation a été détruite. L'establishment archéologique des années soixante-dix l'a brisé à la fois humainement et professionnellement.

— Bien entendu, nous savons qu'il n'existe pas de preuve que les Vikings ont effectivement descendu le Nil, précise Diane. Snorri lui-même, qui ne manquait pourtant pas d'imagination quand il s'agissait d'orner ses histoires des rois, ne mentionne aucun raid viking en Égypte. On pourrait s'attendre à ce qu'un archéologue qui trouve une telle crypte force l'admiration et le respect. Mais pour Dunhill, ça a été le début de la fin. Au lieu de publier sa découverte dans une revue universitaire et de documenter ses thèses scientifiquement, il a vendu l'histoire au *National Geographic*. Il y affirmait très énergiquement que des Vikings norvégiens avaient envahi l'Égypte.

— Stuart a eu tout faux, estime le professeur Llyleworth. Il s'attendait à être encensé comme le Howard Carter de notre temps, mais il avait tiré un peu trop de conclusions hâtives fondées sur du matériel un peu trop spéculatif. Après examen des hiéroglyphes, certains de ses confrères ont tiré des conclusions complètement différentes des siennes. Par exemple, ils ont interprété les *barbares de pays sauvages au nord* comme les soldats de l'empereur de Byzance.

— Face à ce fiasco, il a commencé à noyer son chagrin dans la bouteille, raconte Diane. Et ça a été une pente descendante.

— Il est mort ?

— C'est une question de définition.

— Il boit, explique le professeur Llyleworth. Depuis 1979, il habite, et dans une certaine mesure travaille, à l'institut Schimmer.

— Paradoxalement, ces vingt-cinq dernières années ont vu se multiplier des allusions qui rendent vraisemblable et confirment largement la thèse de Stuart selon laquelle les Vikings auraient remonté le Nil... Tes propres découvertes confirment cette hypothèse, ajoute Diane, en affichant une photo de la crypte de l'abbaye de Lyse.

Cette photo me donne des frissons. Je n'avais pas la moindre idée que la SIS était représentée parmi les chercheurs qui m'ont succédé dans la crypte, mais, bien entendu, elle est là aussi. La SIS est partout.

— Qui est responsable des meurtres de sira Magnus et du pasteur de Ringebu ?

— Nous ne le savons pas. Mais nous avons des soupçons, me répond le professeur Llyleworth.

— Après la découverte de l'hypogée en 1977, des rumeurs sur ce que révélaient les inscriptions murales ont circulé, dit Diane. De nombreux collectionneurs internationaux se sont fait concurrence pour trouver le plus d'informations possible, comme des transcriptions exactes ou des représentations des murs.

— Quand elle dit *se sont fait concurrence*, elle veut dire *ont acheté*, complète le professeur Llyleworth. Pour des sommes considérables.

— Parmi les collectionneurs apparus à ce moment-là, l'un des plus dévoués à la cause était un cheikh inconnu, un multimilliardaire mystérieux, le cheikh Ibrahim al-Jamil ibn Zakiyy ibn Adbulaziz al-Filastini. Je ne suis pas sûr que quiconque l'ait jamais rencontré en personne. Nous ne disposons même pas de photo de lui, alors que c'est pourtant l'un des plus grands collectionneurs mondiaux de reliques antiques. On entend souvent dire qu'il possède une version complète du *Codex Sinaiticus*, la collection de manuscrits de la Bible grecque. C'est une version de la Bible qui est dispersée aux quatre vents : trois cent quarante-sept feuilles se trouvent à la British Library, douze feuilles et quatorze fragments sont au monastère de Sainte-Catherine, quarante-trois feuilles sont à la bibliothèque universitaire de Leipzig et trois autres à la bibliothèque nationale russe de Saint-Pétersbourg.

— Et il y aurait donc peut-être une copie intégrale et intacte chez le cheikh Ibrahim, rappelle le professeur Llyleworth.

— Le cheikh a engagé des collectionneurs, des bouquinistes, des bibliothécaires et des chercheurs du monde entier pour le prévenir s'ils tombent sur des nouveautés pouvant avoir un lien avec un raid viking en Égypte, explique Diane. Nous ignorons pourquoi. Les hommes du cheikh Ibrahim sont-ils responsables des meurtres de Reykholt et Ringebu ? Nous ne le savons pas non plus.

— Mais ce n'est pas impensable, renchérit le professeur Llyleworth. Nous suspectons que l'organisation du cheikh a été à l'origine de deux meurtres dans les années quatre-vingt. C'est de cette façon qu'il s'est procuré une copie alexandrine du *Codex Vaticanus*, qui est considérée comme le plus ancien manuscrit biblique existant.

— Une copie ? Je ne savais pas du tout qu'il en existait une copie.

— Il y a bien des choses que les chercheurs ne savent pas.

— Tu connais la théorie des univers parallèles ? demande Diane.

Je la regarde avec de grands yeux. Elle rit.

— Il existe aussi deux mondes pour ce qui est des artefacts historiques. L'un est celui dans lequel nous autres chercheurs évoluons. Et l'autre est le monde commercial des collectionneurs, voleurs, receleurs, intermédiaires et vendeurs. Ils ne reculent devant aucun moyen quand il s'agit de se procurer les objets qui ont le plus de valeur : manuscrits, peintures et œuvres d'art, éditions originales, découvertes archéologiques.

— Et le cheikh est l'un de ces hommes ?

— Le pire d'entre eux.

— C'est un personnage mystérieux qui travaille par l'entremise de tout un réseau d'opérateurs, d'agents et de représentants, explique le professeur Llyleworth. Lui-même est un ermite qui s'est retiré dans son palais dans le désert où il se consacre à sa collection, à sa richesse et à sa foi.

— Mais comment a-t-il été au courant du parchemin de sira Magnus ? Et de mes découvertes ?

— Il sait *tout*, répond Diane.

— Il a les ressources d'un service de renseignements, renchérit le professeur Llyleworth. Et il est sans scrupules.

— Pourquoi veut-il si désespérément mettre la main sur les rouleaux de Thingvellir ?

— Nous ne sommes vraiment pas suffisamment engagés dans le travail de traduction, dit Diane. Mais nous supposons que les rouleaux de Thingvellir sont à la fois une copie hébraïque et une traduction copte d'un manuscrit biblique original bien plus ancien. Vraisemblablement plus ancien que le *Codex Vaticanus* et que la traduction des Septante.

— Que veut-il faire du texte ?

— Il veut peut-être simplement l'*avoir* ? suggère Diane.

— Pour le posséder, ajoute le professeur Llyleworth.

Cette hypothèse paraît tout sauf plausible.

— Elle contient peut-être de nouvelles informations, un nouveau savoir, laisse entendre le professeur Llyleworth.

— Nous ne savons vraiment pas, Bjorn.

Diane n'a jamais su prononcer mon nom. Il fut un temps où je trouvais son accent charmant. *Bjorn*…

— Donc, que faisons-nous maintenant ? Pourquoi m'avez-vous demandé de venir ?

Diane et le professeur baissent les yeux.

— La SIS aimerait t'engager, explique Diane. Nous avons besoin de toi !

Son regard croise le mien. *We need you*…

À l'époque où la SIS avait trouvé le *Reliquaire des secrets religieux*, j'étais le dernier dont la fondation avait besoin. J'étais contrôleur norvégien, une épine pâle et douloureuse dans le pied de ces Britanniques propres sûr eux. Ils voulaient le reliquaire d'or avec le manuscrit ancestral, et je les gênais.

Je n'exclus pas que mon obstination sans bornes ait pu les impressionner. Avec suffisamment d'obstination, on trouve la solution à laquelle personne n'avait pensé. Je me suis fait un certain nom dans les cercles universitaires. Dans les congrès et séminaires, les chercheurs étrangers me font un signe de tête entendu quand ils me rencontrent. Bjørn Beltø, l'archéologue norvégien, l'albinos qui a mis Michael MacMullin à genoux. Mais tout cela est une autre histoire.

— Nous te connaissons, Bjorn, indique Diane. Tu es entreprenant, résolu, courageux et acharné.

Ainsi que – comme elle le sait parfaitement bien – facile à berner, naïf et crédule.

— Ce n'est pas l'argent qui manquera, précise le professeur Llyleworth. Vous aurez un budget illimité. Nous remplirons votre compte en fonction de vos besoins. Et vous aurez des honoraires non négligeables.

— Je ne sais même pas par où commencer.

— Commence par Stuart Dunhill, dit Diane. Va à l'institut Schimmer et parle-lui. Puis va en Égypte. Va exactement où tu veux.

— Mais… que voulez-vous que je fasse ?

— Que vous découvriez ce qui s'est passé en Égypte à l'époque, répond le professeur Llyleworth.

— Découvre-le avant le cheikh Ibrahim, ajoute Diane.

Le chercheur déchu

Moyen-orient

1

Stuart Dunhill a le teint blafard et le regard aqueux et fuyant des hommes qui dorment bien trop longtemps et passent leur journée à l'intérieur à attendre que la nuit tombe.

Il est assis dans un fauteuil tout au fond de la bibliothèque de l'institut Schimmer, comme s'il avait trouvé le point de l'univers le plus éloigné des fâcheux et des désagréments. Sur ses genoux repose un exemplaire du *Times*, qu'il n'a pas ouvert.

Il a dû être bel homme, distingué. Ses cheveux gris argent, ramenés en arrière, et ses traits fins et harmonieux lui donnent des airs d'aristocrate déchu qui a gaspillé toute sa fortune au jeu et vit de la charité d'un compagnon de boisson au bout du rouleau. Il lève brièvement les yeux sur moi. Il me semble vaguement le reconnaître, comme si nous étions un jour allés à la même soirée et nous étions grisés au point d'aussitôt nous oublier l'un l'autre.

Je m'installe dans le fauteuil libre à côté de lui sans dire un mot. Il respire lourdement.

Ma simple présence l'inquiète.

— Je sais qui vous êtes, dit-il d'une voix légèrement troublée par l'alcool.

Je suis trop perplexe pour répondre.

— Et je sais pourquoi vous êtes venu.

Sans un mot, je lui tends la main très légèrement plus pâle que la sienne. Il la serre avec une fermeté surprenante.

— Navré d'être éméché… Bjørn Beltø.

Sa prononciation de mon nom est presque parfaite.

— Bjørn Beltø en personne. L'archéologue qui a trouvé le *Reliquaire des secrets religieux*.

— C'est la SIS qui a trouvé le reliquaire. Ma mission était de veiller sur lui.

— Et vous l'avez fait.

— J'ai fait mon travail.

— Et maintenant… le codex de Snorri. Les rouleaux de Thingvellir. Une crypte sous le monastère de Lyse… Oserez-vous courir le risque de m'accompagner au bar ?

— Avec plaisir.

2

Comme s'il somnolait, le *Schimmer Institute* se situe au fond d'une vallée dans un désert de pierre inhospitalier, au milieu de bosquets d'oliviers et de figuiers. La route qui mène de la civilisation à l'institut est une bande d'asphalte tracée au cordeau, qui vibre sous la chaleur et va d'un horizon à un autre. Les coteaux autour de l'institut sont couverts de lauriers roses, d'arbres à oliban et de santals.

Il y a sept cents ans, les moines ont construit un monastère dans cette oasis de calme.

Au début des années 1970, ce monastère en pierre brûlé par le soleil a été agrandi de plusieurs milliers de mètres carrés d'aluminium, de verre et de miroir pour réunir des bibliothèques, des archives, des salles de séminaires et de conférences ainsi qu'une aile hôtelière. Dans ce mélange monstrueux d'ancien et de neuf, théologiens et philosophes, linguistes et paléographes, ethnologues, historiens et archéologues collaborent, chacun étant l'un des plus grands spécialistes mondiaux de son domaine.

Dans ses archives, l'institut conserve des parchemins, des papyrus et des documents remontant à l'époque préchrétienne.

Certains restaurent les textes du passé, d'autres les traduisent, d'autres encore les interprètent.

Certains restent assis au bar à boire.

— Ce qui distingue un excellent archéologue d'un archéologue médiocre, déclare Stuart Dunhill en m'observant – déformé – à travers un verre de gin tonic, c'est sa capacité à voir des schémas logiques là où les autres ne voient que du chaos. Un bon archéologue est un détective. Il parvient à pénétrer l'esprit, la pensée de ceux sur lesquels il enquête. Il nous faut comprendre comment pensaient les hommes dont nous recherchons les traces. Cette capacité, vous l'avez.

Il s'approche de moi et baisse la voix :

— Pourquoi croyez-vous que les hommes du cheikh vous laissent continuer ? Je vais vous le dire : ils savent que vous avez plus de chances qu'eux de trouver ce qu'ils recherchent ! Vous êtes un excellent archéologue. Vous avez du flair ! Vous possédez des qualités uniques, Bjørn : vous êtes déterminé, opiniâtre et talentueux. C'est pourquoi vous réussissez à mener à bien les tâches que vous vous fixez.

— Comment savez-vous qui ils sont ?

— Qu'ils travaillent pour le cheikh ? C'est évident. C'est le seul au monde à être suffisamment fou et suffisamment riche pour orchestrer une telle opération.

3

Lorsque nous nous retrouvons plus tard ce soir-là, Stuart Dunhill me parle de son enfance dans un foyer de la classe supérieure à Windsor. Il me confie sa fascination pour l'histoire antique et me raconte comment des pistes remontant jusqu'à l'époque de Moïse l'ont mené à l'hypogée de Louxor en 1977. Il a été brisé par l'hilarité de ses confrères lorsqu'il a présenté ses théories sur le raid viking en Égypte dans le magazine *National Geographic*.

— Mais je n'ai qu'à m'en prendre à moi-même, juge-t-il alors qu'il entame son neuvième ou dixième verre de gin tonic.

— Que s'est-il passé ?

— J'ai été bête. J'étais si emballé par mes découvertes que je voulais les partager avec tous. Tout de suite. Je ne pensais pas avoir le temps d'attendre. J'étais jeune et je me moquais des méthodes et des traditions de la science. Comme il se doit. Aujourd'hui, je le comprends. J'aurais dû publier mes résultats dans des revues universitaires reconnues. J'aurais dû documenter, raisonner, présenter tout mon matériel pour permettre à mes confrères de les passer au peigne fin. Après tout, j'avais lancé une nouvelle théorie. Les Vikings en Égypte… J'avais un ensemble d'indices vraisemblables, mais qui nécessitaient qu'on les interprète avec un peu de bonne volonté. Pour convaincre les experts, il faut non seulement argumenter de façon convaincante contre le savoir existant, mais encore attester de la viabilité de sa propre hypothèse. Pas facile, pas facile… Convaincre tout un domaine d'une nouvelle théorie prend de nombreuses années. Même quand on a raison.

— Qu'ont dit les experts ?

— Quand leurs fous rires se sont apaisés, ils ont présenté des arguments cohérents et solides contre mes théories, arguant que j'avais eu une interprétation bien trop littérale des hiéroglyphes. Que *les pays sauvages au nord* représentaient l'Empire byzantin, qui avait repris de la vigueur et était en conflit éternel avec l'Égypte. Que la dénomination *barbare* signifiait non égyptien. Que, comparés aux Égyptiens, la plupart des Européens *ont la peau pâle*, que les cheveux *aux épaules et la barbe* étaient portés dans une grande partie de l'Europe. Même les descriptions et dessins de grands navires vikings, ils les ont balayés. Du Caire à Londres, des professeurs ont démontré comment les Égyptiens avaient de toute évidence dessiné des navires stylisés inspirés de représentations de navires marchands et guerriers phéniciens. Même mes interprétations les plus évidentes, ils ont réussi à leur trouver une réponse alternative. Personne ne croyait à mes théories.

— Comment vous êtes-vous retrouvé ici ?

— D'abord, je me suis soûlé. Heureusement, la SIS a réussi à me retrouver et à me mettre au sec. Ils ont financé mes recherches, dit-il en levant son verre de gin tonic, ici à l'institut.

— La SIS ?

Ni le professeur Llyleworth ni Diane ne m'ont informé que Stuart était du nombre de leurs salariés. Typiquement eux. Ils ne vous racontent jamais plus que le strict nécessaire.

— Vous connaissez Diane ?

Je réponds que je connais Diane.

— Une fille bien. Elle s'est occupée de moi ces dernières années.

— Je vois…

— Vous croyez peut-être que j'ai paressé et bu ?

— Mais non, je…

— Allez, ne me la faites pas. Je le vois sur vous. Mais il se trouve que j'ai aussi fait des recherches. Ce que la

SIS sait sur ces affaires, elle le tient en bonne partie de moi.

— Comme ?

— J'ai retrouvé la piste de documents et de lettres connus et oubliés. J'ai passé trente ans à faire des recherches sur ces choses-là.

— Ces choses-là ?

— Depuis plus de dix ans, nous connaissons l'existence des documents qui sont aujourd'hui évoqués comme le codex de Snorri et les rouleaux de Thingvellir. Simplement, nous ne savions pas où ils étaient passés jusqu'à ce que votre ami, sira Magnus, tombe sur le codex.

— Je les croyais pourtant l'un comme l'autre inconnus des historiens.

— De la plupart des historiens, oui. Nous avons travaillé discrètement. Le projet a impliqué des archéologues, des historiens, des linguistes et des égyptologues. Nous avons examiné des documents que le Vatican avait rendus accessibles au cours de ces dernières décennies. Nous avons eu accès à des textes dans des musées et archives égyptiens. Nous avons cherché dans des archives nordiques, en Islande et en Norvège. Mais sans jamais révéler ce que nous cherchions.

— Pourrais-je voir certaines de vos découvertes ?

— Bien entendu, mais demain, car maintenant, cher Bjørn, je suis bourré.

Dans mon étui à flûte repose le bâton runique d'Urnes. Les quatre cheveux que j'ai placés dans la fente en fermant l'étui n'ont pas bougé. Demain, j'apporterai le bâton au département technique.

Dans ma chambre, je regarde la télévision. Je m'efforce de refouler l'idée qu'ils sont certainement ici aussi. Mes poursuivants. Hassan et ses hommes. Les invisibles. Ils m'observent grâce à une caméra microscopique dont j'ignore l'existence. Ils entendront ma respiration quand j'irai me coucher.

4

Au sous-sol, sous la bibliothèque de l'institut Schimmer, se trouvent les archives. Elles ne sont ni sombres ni poussiéreuses, mais au contraire d'une propreté impeccable et bien éclairées. Dans de longues rangées de meubles en métal sur roulettes sont conservés des documents qui font voguer mes pensées vers l'ancienne bibliothèque d'Alexandrie.

Les archives de l'institut Schimmer abritent des tablettes d'écriture cunéiforme millénaires, des écrits sur papyrus, des parchemins raides et des manuscrits écrits sur du papier jauni. On trouve ici des fragments de textes bibliques originaux, des édits signés par des empereurs comme Tibère, Vespasien, Hadrien et César, on peut tomber sur des papyrus qui pourraient avoir été lus par Cléopâtre et des rapports de politique militaire de la province romaine de Judée sur l'insurrection juive naissante menée par un agitateur du nom de Jésus.

Ici sont rangés des manuscrits de l'historien romain Flavius Josèphe et l'original de la première épître de saint Paul aux Corinthiens.

Autour de moi, les lieux fourmillent de chercheurs qui ressemblent à des versions adultes de ceux qui s'asseyaient toujours aux pupitres les plus proches du tableau et sur les chaises alignées contre le mur au bal de l'école. Des hommes de petite taille, avec peu de cheveux et des lunettes rondes. Des femmes de grande taille, maigres, les cheveux en queue de cheval et le regard perdu loin dans les raisonnements les plus subtils de la métaphysique. Dans un coin somnole un vieil homme qui a passé toute sa vie à démontrer qu'une secte juive oubliée était étroitement liée à un groupement gnostique que tout le monde avait cru massacré cent ans auparavant. De jeunes femmes talentueuses, avec voile, trousse et bourse des meilleures institutions d'enseignement supérieur de leur pays, recherchent les dernières nouveautés en matière de persécution des cathares. Ici se trouvent maints théologiens chrétiens, juifs orthodoxes et ulémas, qui travaillent côte à côte. Et des chercheurs comme Stuart Dunhill et moi. L'alcoolique et l'albinos.

Nous sommes à une table de lecture près d'un aquarium aux poissons colorés, qui nous regardent fixement la bouche entrouverte. C'est ainsi que je me sens moi-même, de temps à autre.

Stuart Dunhill est allé chercher une pile d'étuis en carton plats et un rouleau avec une poignée de chaque côté. Il le déroule sur la grande table.

— La Torah ! Dénomination juive du Pentateuque. Ceci est une copie âgée de quatre cents ans, pas très ancienne, autrement dit. À l'origine, les textes avaient été écrits sur des rouleaux comme celui-ci. Ils pouvaient mesurer jusqu'à plusieurs mètres de long. Ce n'est que plus tard qu'on a découvert que les livres étaient plus pratiques à produire et à lire. L'Ancien Testament est à l'origine un recueil hébraïque de textes et lois religieux et historiques, qui ont été réunis en un canon il y a deux mille cinq cents ans. La version la plus ancienne de l'Ancien Testament est appelée la Bible des Septante. C'est une traduction gréco-alexandrine vieille de plus de deux mille ans qui a été compilée par des savants juifs hellénisants.

— L'original existe-t-il ?

— La Septante elle-même est au Vatican, mais on a perdu un grand nombre de textes d'origine de l'Ancien Testament. Et en perdant les originaux, nous avons hélas perdu la possibilité de vérifier, de confirmer et d'infirmer ce qui est écrit, ou de dater des événements bibliques importants.

Il ouvre une autre boîte et sort une copie et une traduction d'un parchemin en copte.

— Nous sommes tombés sur cette lettre lorsque nous avons eu accès à quelques caisses poussiéreuses du Vatican. En fait, nous étions à la recherche d'une transcription de la Septante censée remonter au temps du pape Innocent III. L'institut Schimmer s'était vu confier cette mission par la congrégation des cardinaux, mais nous avons trouvé cette lettre à la place. Elle a été envoyée de Rouen en 1013 au calife fatimide d'Égypte. Les Fatimides étaient une dynastie musulmane qui a régné en Afrique du Nord du dixième siècle à 1171. Mais la lettre n'est jamais parvenue à destination. Elle a été confisquée par le service de renseignements du pape. Voici, fait-il en me tendant une feuille de la boîte, une traduction anglaise.

Pour Son Altesse le calife Al-Hakim bi-Amr Allah, Souverain par la grâce de Dieu, calife tout-puissant d'Égypte

Avec l'humble respect qui vous est dû, moi, le grand prêtre Asim, grand vizir du culte d'Amon-Rê, *j'envoie ces mots de ma captivité à l'étranger. Dans la foi d'Allah, et dans la loyauté envers la mission de la vie, je suis auprès du SAINT et je le protège, Lui et Ses trésors, à la mesure de mes faibles moyens. J'ignore où ce voyage me mènera. J'écris ces mots dans le scriptorium d'un certain duc Richard II, dans la ville de Rouen, située dans le duché de Normandie en France. Nous faisons étape avant de poursuivre notre expédition vers la barbarie par-delà la civilisation et j'espère que mes mots parviendront à Votre Altesse, Souverain par la grâce de Dieu, calife tout-puissant d'Égypte, calife Al-Hakim bi-Amr Allah, afin que quelqu'un puisse venir en aide au SAINT.*

Soyez salué,
Asim,
Grand vizir du culte d'Amon-Rê

— Asim !

C'est le nom qui était dans le texte que j'ai trouvé dans l'église de Garmo.

— Le destinataire, le calife Al-Hakim bi-Amr Allah, régnait en Égypte à cette époque. Un sacré bonhomme, commente Stuart. C'était par pure crainte qu'Asim n'a fait référence qu'à Allah et pas à tous les autres dieux qu'il adorait. Le calife était, non sans une certaine légitimité, considéré comme fou. Entre autres choses, il avait interdit aux Égyptiens de manger des raisins et de jouer aux échecs. Il entendait détruire le plus d'églises possible dans le monde et ce n'est nul autre que le calife Al-Hakim bi-Amr Allah qui a détruit l'église du Saint-Sépulcre à Jérusalem. 1013 a été une année critique pour lui. Non seulement le pays a été envahi par des Vikings, mais encore cette humiliation s'est produite au moment où culminait sa persécution des chrétiens.

— De quoi parle cet Asim dans la lettre ?

— Asim était prisonnier des Vikings, mais cela, je ne peux bien sûr pas le dire publiquement.

Il me donne une autre traduction :

… continuâmes jusqu'au bout du monde, jusqu'au froid glaçant du royaume des morts. Nous avions

quitté l'empire du soleil et les rives luxuriantes du Nil pour rejoindre la côte rocheuse désolée du pays de la neige. Nous avions quitté la bienfaisance d'Amon-Rê, nous avions laissé derrière nous le souffle chaud d'Osiris, pour nous soumettre aux dieux des barbares. Ô dieux des pères, donnez-moi la force ! Lorsque j'étais enfant et que les cauchemars nocturnes me montraient les portes du royaume des morts, c'était toujours un paysage tel que celui-ci – froid, désolé et sauvage – que je m'imaginais apercevoir au-delà des brumes de la mort. Plusieurs jours durant nous naviguâmes...

— Nous supposons que ceci est une copie d'un fragment de manuscrit qui pourrait être attribué à Asim. Cette copie a été trouvée, tenez-vous bien, dans une pile de lettres et de manuscrits de la famille de Christophe Colomb.

Il lève les mains en l'air.

— Et ne me posez pas de questions, parce que je n'ai pas la moindre idée de comment c'est arrivé.

Il pose d'autres parchemins, copies et transcriptions sur la table devant moi, notamment une transcription de l'*Histoire de la sainte Croix* de Snorri. Je lis des traductions anglaises de documents jaunis sur la battue menée par le Vatican, les Templiers et les Johannites pour trouver un sanctuaire.

Je lis des textes sur les expéditions papales en Norvège au douzième et au treizième siècles et je pense aux mots sur le tableau mural de l'église en bois debout de Garmo : *La garde du pape de Rome, les Johannites de Varna et les chevaliers du temple de Jérusalem sont réunis en un bataillon. Cachée est la crypte sacrée selon les indications d'Asim.*

— Donc que devons-nous déduire de tout cela ?

— N'est-ce pas évident ?

— Que les Vikings sont venus en Égypte ?

— Plus que cela : ils sont allés jusqu'au temple du culte d'Amon-Rê. Ils ont dévalisé une crypte et kidnappé un vizir. Et ils ont tout ramené en Norvège.

— Sans que qui que ce soit en ait entendu dire ne serait-ce qu'un mot ?

— Il s'est passé beaucoup de choses que nous ignorons.

— Une expédition viking remontant le Nil ? On en aurait parlé partout, des sagas de Snorri aux annales égyptiennes !

Stuart Dunhill secoue la tête.

— Pas nécessairement. Si le roi Olav avait décidé que l'expédition sur le Nil devait rester secrète, ni les scaldes ni Snorri n'ont pu en entendre parler. N'oubliez pas que Snorri a vécu plusieurs siècles après les événements qu'il relatait. Le temps des Vikings a été l'ère des chants de scaldes. Très peu de choses ont été consignées par écrit. Snorri se référait à des récits oraux et à des sources écrites de fiabilité variable. Et à partir de ce matériel très maigre, il mêlait réalité et fiction.

— Comment ont-ils pu garder une chose pareille secrète ? Une flotte guerrière sur le Nil ?

— Le Viking ne laissait aucun héritage écrit. Il n'écrivait pas de lettres. Il pourrait avoir raconté ses aventures dans des auberges et autour du feu lors du banquet sacrificiel de Noel. Et un scalde local aurait peut-être composé un chant captivant sur ses entreprises. Mais à partir de là, le chemin qui mène aux livres d'histoire est infiniment long. N'oubliez pas que les Vikings ne connaissaient pas l'Égypte. Pour eux, l'Égypte n'était qu'un pays exotique, brûlant et très lointain, comme la Terre des Juifs ou Byzance. Le Nil était un fleuve comme les autres, comme la Seine ou la Volga. Ce n'est pas avant le dix-neuvième siècle que s'est éveillée la fascination de l'Occident pour l'Égypte ancienne. Les Vikings s'en contrefichaient.

— Mais ils sont allés en Égypte malgré tout ?

— Certaines expéditions vikings ont emprunté la route du commerce vers l'est en longeant la côte nord-africaine de Gibraltar jusqu'à Alexandrie en Égypte. Une autre route importante passait par Byzance et descendait dans le sud à Jérusalem, puis continuait vers le sud-ouest et l'Afrique. Pensez aux déprédations de Harald Hardråde, Harald le Sévère, en Afrique du Nord. De nombreux Vikings ont visité l'Égypte, c'est évident, mais ils ont été pris pour des guerriers byzantins ou des marchands norrois. C'est un fait connu que les Vikings commerçaient avec les Arabes. Dans les centres marchands norvégiens et les tombes vikings, on a trouvé de grandes quantités de pièces de monnaie arabes. Les faucons blancs qui avaient été capturés au Groenland, par exemple, étaient très prisés des cheikhs.

— Que disent les sources égyptiennes ? Une attaque viking à Louxor même ?

— Ils n'ont jamais attaqué Louxor. Le temple du culte d'Amon-Rê se trouvait au nord de Louxor, sur la rive des morts du fleuve, et, même pour la population locale, c'était un temple entouré de mystère et d'épouvantails. Une attaque militaire de ce temple avait bien moins d'importance que n'en aurait eu une attaque plus au sud du temple de Karnak ou du monument funéraire de Hatchepsout.

— Pour l'armée, la défaite a dû être douloureuse.

— L'humiliation était totale. Les Vikings avaient rencontré une grande résistance dans le nord, de la part des garnisons des villes jumelles de Fustat et d'al-Qahira, Le Caire d'aujourd'hui, donc. Pour le calife fou Al-Hakim bi-Amr Allah, l'échec face à l'armée ennemie était si mortifiant qu'il a dû décider qu'on n'en parlerait jamais. Les Égyptiens ont toujours éliminé les événements désagréables et les souverains impopulaires de leur histoire. De tout temps, ceux qui détenaient le pouvoir ont réécrit l'histoire. Même le nom des rois les plus respectés était effacé s'ils tombaient en disgrâce. Des hommes puissants ont disparu des souvenirs et de l'histoire. Leurs noms ont été supprimés. Leurs monuments brisés. Temples et statues ont été détruits ou dédiés à d'autres souverains. Le meilleur exemple en est le plus grand prophète de la Bible.

— Moïse ?

— Si le portrait que brosse la Bible de Moïse est fidèle, il a dû avoir une influence énorme sur son époque. Qu'ils l'aient considéré comme un prophète, un magicien, un libérateur, un agitateur ou un traître, les Égyptiens ne peuvent pas avoir été indifférents à Moïse. Mais comment Moïse est-il évoqué par sa propre époque ou par la postérité ?

— Pas du tout.

— Tout à fait : Moïse a été gommé de l'histoire.

— Qu'en concluez-vous ?

— Soit il n'a jamais existé, soit il est tombé en disgrâce auprès de ses contemporains.

— Vers quoi tendaient toutes vos prémisses et hypothèses ?

— Qu'est-ce qui pourrait donc avoir été d'une importance telle que le grand prêtre Asim, qui avait dédié sa vie à la protection d'un sanctuaire, ait écrit une lettre au *calife* de son pays ?

— Une écharde de la croix de Jésus ? dis-je en plaisantant.

— Ou alors quelque chose de plus sacré encore.

— Plus sacré ?

Et puis, je comprends.

— Oh, s'il vous plaît, Stuart, épargnez-moi encore un mythe du Graal !

À ma surprise, il éclate de rire.

— Le Graal ? Bjørn, Bjørn, Bjørn… Le Saint-Graal est un mythe médiéval. Non, réfléchissez. Asim avait une mission sacrée : protéger une crypte et son contenu, les trésors, la momie, les écrits, tout ce qui se trouvait dans l'hypogée. Selon des sources égyptiennes, Asim a été grand prêtre de l'an 999 de notre ère à sa disparition de l'histoire quatorze ans plus tard. C'était un grand prêtre respecté et érudit, qui maîtrisait de nombreuses langues et savoirs. Il était astrologue et devin, magicien et interprète des rêves. Déjà à cette époque, le culte d'Amon-Rê était une religion vieille de deux mille ans, où, au fil du temps, l'enseignement religieux égyptien s'était teinté de foi mosaïque, de christianisme et d'islam. Mais la secte avait de nombreux dieux et, encore au onzième siècle, elle adorait au premier chef les anciens dieux égyptiens. Yahvé n'en était qu'un parmi d'autres. Les prêtres passaient leur vie dans un temple qui cachait l'entrée de l'hypogée. À cette époque, Al-Hakim bi-Amr Allah était donc calife d'Égypte. Il a mystérieusement disparu en 1021, mais les Druzes de la secte semi-musulmane louent encore Al-Hakim bi-Amr Allah comme leur *mahdi*, qui reviendra comme libérateur du monde et de l'Islam.

Dunhill marque une pause, avant d'ajouter :

— Que vous dit tout cela ?

— Pas grand-chose.

— Je vais vous faire une confidence. Vous savez ce que je cherchais quand j'ai trouvé la crypte en 1977 ?

Je secoue la tête.

— Je cherchais quelque chose d'une valeur religieuse incommensurable. Quelque chose qui était caché avec une momie et des trésors précieux…

Il ferme les yeux.

— Quelque chose que les Vikings ont volé par mégarde parce que cela se trouvait avec tout l'or et toutes les pierres précieuses.

— Quoi donc ?

— Quelque chose qui, vraisemblablement, apporterait un nouvel éclairage à l'histoire biblique. Si l'on en croit des écritures juives, comme la Mishnah, un objet sacré était caché dans une crypte, précisément dans *une vallée déserte sous la crête d'une colline*. Comme la Vallée des Rois…

— Ne pouvez-vous pas me dire ce qu'ils cherchaient ?

— Bjørn, ne vous moquez pas de moi, vous aussi.

— Je ne me moque pas.

— J'aime à jouer avec l'idée que les Vikings ont dérobé l'Arche d'Alliance.

Son regard devient flou.

Il ne manquait plus que ça ! L'Arche d'Alliance ! Quiconque fantasme sur l'idée de trouver l'Arche d'Alliance a un peu trop tâté de la bouteille et depuis longtemps sombré dans la folie.

L'Arche d'Alliance était un objet sacré portable. La Bible la décrit comme un coffre de deux mètres et demi de long, plaqué d'or à l'intérieur comme à l'extérieur, orné de deux chérubins et porté avec recueillement par des serviteurs du temple à l'aide de deux barres en bois glissées dans des anneaux d'or. Le coffre contenait, entre autres choses, les tablettes en pierre des dix commandements et ont suivi le tabernacle pendant la traversée du désert. Plus tard, l'Arche a été transférée dans le temple de Salomon à Jérusalem, avant de sortir de l'histoire lors de la destruction du Temple en l'an 586 avant Jésus-Christ. D'aucuns pensent que Nabuchodonosor II a volé l'Arche. D'autres pensent qu'elle avait été cachée sous le temple de Salomon et que c'était à la protection de l'Arche d'Alliance – et non du Graal – que les Templiers dédiaient leur vie. Certains, enfin, sont persuadés que l'Arche d'Alliance a été acheminée en Éthiopie, où elle se trouverait à ce jour.

Il en est aussi, comme Stuart, qui pensent que l'Arche a été cachée dans la Vallée des Rois, ou à proximité.

Et puis il y a les plus rétifs d'entre nous, qui ne croient pas qu'elle ait jamais existé.

5

Le bar ressemble à quelque chose que l'institut Schimmer aurait volé au Waldorf-Astoria. Le pianiste joue un pot-pourri de tubes d'Elton John. D'un claquement de doigt, Stuart Dunhill a fait venir un serveur, qui nous apporte deux gin tonics glacés. Nous trinquons et passons deux heures à discuter de mythes de l'Égypte ancienne et de mythologie préchrétienne. Nous finissons par être éméchés et par avoir envie de prendre l'air.

Dans le silence du désert, je garde en suspens dans ma tête les notes du pianiste, comme un écho musical. *Goodbye Yellow Brick Road*… Il fait frais et sombre. Nous traversons le parking asphalté et nous dirigeons vers le bosquet de figuiers et d'oliviers. Je me souviens de mon séjour précédent. La lune brillait comme une lanterne japonaise sur le feuillage. Ce soir, le ciel et les étoiles se cachent derrière un voile de nuages. Entre les arbres, tailladés par la griffe des siècles, la voix de Stuart semble ténue.

— Nous entrevoyons, à peine, les contours d'une énigme historique. Beaucoup, chacun de son côté, ont eu accès à une toute petite parcelle du mystère. Les Templiers. Les Johannites. Les croisés. Le Vatican. Tous les ordres mystiques, confréries et congrégations dont nous adorons entendre parler, que savaient-ils ? Que cachaient-ils, que s'efforçaient-ils de trouver ? Vraisemblablement, chacun d'entre eux connaissait un petit bout de la vérité, et cela leur suffisait.

— Ont-ils jamais trouvé ce qu'ils cherchaient ?

Stuart Dunhill ferme les yeux avant de répondre.

— Je doute qu'ils aient su ce qu'ils cherchaient. Chacun pour soi, ils administraient une petite part de la vérité. C'est seulement en assemblant tous ces fragments de connaissance que l'on commence à entrevoir l'ensemble. Et cela a été un problème. Tout le monde s'est accroché à sa petite parcelle, personne n'a partagé.

En silence, nous contemplons l'obscurité et pensons la même chose.

— Assez parlé de mes affaires, dit Stuart. Qu'en est-il des vôtres ? Parlez-moi de vos découvertes en Norvège.

Je lui raconte toute l'histoire, en commençant par le meurtre de sira Magnus et le codex volé. Je lui parle des rouleaux de Thingvellir dans la caverne en Islande, de Hassan et des hommes qui me poursuivent et travaillent vraisemblablement pour le cheikh Ibrahim. Du code runique de sira Magnus qui m'a mené à une adresse e-mail avec la copie des documents volés. Je lui raconte les codes cachés dans le texte de Snorri et comment j'ai réussi à les déchiffrer avec de l'imagination et de bons amis. Comment Øyvind et moi avons procédé pour trouver la crypte sous l'abbaye de Lyse. La pierre runique que j'ai en ma possession. Ma cachette, le code de la pierre runique qui m'a mené à Urnes, puis Flesberg, Lom, Garmo et Ringebu. J'ai dans ma poche une version imprimée des textes que j'ai réussi à déchiffrer jusqu'ici. Je les lui montre. Il les lit à la faible lueur de l'institut et j'entends à sa respiration combien il est exalté. Je lui parle du meurtre du pasteur de l'église en bois debout de Ringebu, de l'effigie en bois qu'ils ont volé et de mon voyage jusqu'à la SIS et à l'institut Schimmer.

— Quelle histoire ! commente-t-il. Et ces manuscrits que vous avez trouvés en Islande, les rouleaux de Thingvellir, j'espère qu'ils sont entre des mains sûres ?

— Bien entendu.

— En Norvège ? En Islande ?

— Nous avons de la peine avec la traduction.

— Vous avez des gens de bon niveau pour vous aider ?

— Les meilleurs.

— À vrai dire, c'est ici que sont les meilleurs, à l'institut Schimmer.

— O.K., soit. Ceux qui viennent juste après les meilleurs, alors !

— Vous devriez vraiment faire venir le parchemin ici. Pour sa conservation, son traitement et sa traduction.

— On en prend bien soin. Pour l'instant, je ne sais pas si c'est sûr de le faire venir ici. Je ne serais pas surpris que le cheikh *possède* l'institut Schimmer. C'est ici que sira Magnus a téléphoné quand il a trouvé le codex.

Stuart reste silencieux un moment avant de retrouver le fil de la conversation.

— Vos amis et vous êtes arrivés plus loin que quiconque. Vous avez découvert des codes là où d'autres ne voyaient que du texte. Et surtout, vous avez réussi à déchiffrer ces codes !

— Mais nous n'avons pas trouvé la crypte la plus importante. Et nous avons perdu le fil conducteur qui se trouvait dans l'effigie de saint Laurent.

Dans le noir, j'entrevois le sourire vague de Stuart Dunhill.

— Vous courez dans la même catégorie que les meilleurs chercheurs du monde et qu'un milliardaire mystérieux. Mais vous avez un flair, une intuition et une effronterie crâne qui font défaut à tous les autres. Je vous admire, Bjørn. Vraiment, je vous admire.

Je sens mes joues s'embraser.

Stuart poursuit :

— Si cette crypte doit être découverte un jour, et cette énigme résolue, ce sera par vous. Et je ne suis pas le seul à le penser.

6

Je passe toute la journée suivante dans les archives de l'institut Schimmer, où j'emprunte plusieurs étuis en carton de documents, parchemins, rouleaux et fragments de papyrus. L'archiviste enregistre soigneusement tout ce que j'emporte sur mon pupitre.

Avec la minutie d'un chirurgien du cerveau, je feuillette les textes et remonte dans l'histoire. Je trouve une thèse sophistiquée du dix-neuvième siècle qui tire des parallèles entre le mystérieux manuscrit de Voynich du seizième siècle – un document de deux cent soixante-douze pages en caractères inconnus dans une langue codée incompréhensible – et un manuscrit tout aussi cryptique de Léonard de Vinci, de la *Biblioteca Ambrosiana* à Milan. Je trouve des lettres, des récits et des lettres de créance, des attestations et des justificatifs, des directives, des chartes et des notes, des titres de propriété et des circulaires.

À la plupart des documents sont jointes des traductions anglaises. Je porte des gants de soie et, à intervalles réguliers, un conservateur vient à mon pupitre pour s'assurer que je ne suis pas en train de transformer ces trésors irremplaçables en papier mâché.

Je ne découvre cependant pas le moindre indice pouvant laisser penser que quelqu'un, hormis le grand prêtre Asim, a laissé quelque écrit pouvant confirmer que les Vikings se sont livrés à un raid en Égypte en 1013.

Si une telle documentation existait, Stuart l'aurait trouvée depuis des années.

7

Stuart Dunhill et moi avons rendez-vous pour dîner vers dix-huit heures. En attendant, je me rends au département technique de l'institut Schimmer pour voir s'il y a des résultats sur le bâton runique. Quel âge a-t-il, par exemple ? De quel bois est-il fait ? Contient-il quelque chose ?

Le département technique a sa propre aile, construite en 1985, avec toutes sortes d'ateliers et d'équipements spéciaux.

On y fait tout, de la datation au carbone quatorze d'artefacts à la restauration d'objets en passant par l'assemblage de documents qui parviennent en mille morceaux aux laborantins.

Des chercheurs en blouses blanches et combinaisons, certains avec masque devant la bouche et lunettes de protection, sont recroquevillés au-dessus de leur plan de travail et de leurs machines.

Une laborantine vêtue d'une combinaison en plastique vert m'indique le chemin du *Département technico-historique pour artefacts en bois, papier et papyrus*. Je jette un œil dans un atelier où deux chercheurs juifs portant la kippa travaillent sur une Torah déroulée sur une table en aluminium de plusieurs mètres.

Dans l'atelier suivant, un groupe de chercheurs restaure un cercueil très ouvragé. J'ouvre ensuite la porte d'un placard à balais, puis celle d'une femme indignée dont le bureau déborde de classeurs et de justificatifs et qui me demande s'il m'arrive de frapper avant d'entrer.

Le troisième atelier est vide, si l'on excepte Lars : saint Laurent, l'effigie en bois qui a été volée à l'église en bois debout de Ringebu.

Saint Laurent est attaché sur un établi, avec des sangles et des pinces, comme si l'on voulait l'empêcher de prendre ses jambes à son cou et de s'enfuir dans le désert.

L'air conditionné n'est pas le seul à me glacer l'échine. Je ne comprends pas ce que l'effigie fait ici, à l'institut Schimmer. L'institut doit manger dans la main du cheikh Ibrahim, ce qui signifie que je suis dans le meilleur des cas sous surveillance et dans le pire en danger de mort. Je reste quelques secondes dans l'encadrement de la porte à regarder fixement saint Laurent, avant d'entrer d'un pas chancelant dans l'atelier.

L'effigie me paraît singulièrement étrangère sur la table de travail, entourée de scies égoïnes électriques et de perceuses et forets. En dépit de l'arsenal d'outils sinistres, la sculpture en bois est de toute évidence traitée avec délicatesse. Sous les sangles et les pinces, on a glissé du feutre protecteur. Les lames des scies et les mèches sont les plus fines qui soient.

Une radiographie est collée sur un tableau lumineux au mur. Épaté, je reste à l'examiner. Les rayons X montrent que saint Lars ne recèle aucune cavité qui puisse abriter un message. Manifestement, les chercheurs se sont arrêtés en plein travail et ont reposé leurs outils lorsqu'ils ont reçu la radio.

Saint Laurent est en bois plein et il n'y a rien à l'intérieur.

Interdit, je promène mon regard de la radio à l'effigie et de l'effigie à la radio. Le texte écrit sur la bible était pourtant sans ambiguïté. *Comme la Vierge Marie a porté Jésus en son sein, le ventre abrite le reliquaire. Gloire à Thomas !*

Donc pourquoi n'y a-t-il rien à l'intérieur ?

Sous le plafond, je remarque une caméra de surveillance. Je me demande si en cet instant précis quelqu'un est en train d'observer la trombine éberluée de Bjørn l'albinos myope.

Je quitte l'atelier, ferme la porte derrière moi et reste immobile le temps de reprendre mes esprits. Au même instant deux chercheurs, un homme et une femme s'approchent. Tous deux s'arrêtent.

— Oui ? fait la femme.

— Pouvons-nous vous aider ? demande l'homme.

Les techniciens préfèrent que nous autres universitaires nous en tenions à la salle de lecture. La bouche sèche, j'explique que je cherche un atelier où un bâton runique de Norvège est en cours d'examen.

— Le bâton runique ? Atelier quatorze.

Je les remercie et repars dans le couloir.

Le bâton runique est dans un sac en plastique transparent dans une armoire en verre fermée à clef dans un atelier vide qui s'appelle *Woodwork Laboratory XIV*, laboratoire du bois quatorze. Je casse la vitre d'un coup de coude et glisse la bâton runique dans ma poche.

Sous le plafond, une lampe de la caméra de surveillance passe au rouge.

Le souffle court, j'emprunte le chemin par lequel je suis venu. L'alarme va se déclencher d'un instant à l'autre. Une sirène se mettra à hurler et une voix dans un haut-parleur va crier : « Au voleur ! » Mais rien ne se produit.

Chaque fois que je croise quelqu'un, je ralentis. Je regarde derrière moi en franchissant à vive allure les doubles portes battantes du département technique.

Je traverse l'aile des conférences au trot et arrive dans le grand espace ouvert de la réception.

J'imagine Hassan et un peloton d'exécution agenouillé, les fusils braqués sur ma poitrine, mais personne ne fait attention à moi.

La vie suit son cours à la réception. Certains regardent la télévision, tandis que d'autres bavardent, parlent au téléphone ou lisent le journal. Personne ne lève les yeux. Personne ne crie : « C'est lui ! »

8

Stuart Dunhill loge dans une suite de l'aile hôtelière. Je frappe fort à sa porte. Il ouvre et lève un sourcil surpris : déjà ? Il est en train de se préparer pour le dîner. Il a le visage couvert de mousse à raser. Sa chemise blanche est déboutonnée.

J'entre en forçant le passage et referme la porte.

— Ils sont ici.

— Qui est où ?

— Le cheikh. Hassan. Je ne sais pas. J'ai vu saint Laurent ! Dans un atelier.

— Saint qui ?

— Saint Laurent ! L'effigie en bois !

— *Ici* ?

— J'étais dans l'atelier à l'instant ! Je cherchais le bâton runique.

— Avez-vous demandé à quelqu'un si…

— Vous êtes fou ? De toute évidence, l'institut Schimmer est dans la combine.

— L'institut ? Enfin, arrêtez. C'est un institut respectable et sérieux qui n'irait jamais voler d'artefacts historiques. Et encore moins assassiner quelqu'un.

— Alors que fait saint Laurent ici ?

— Il existe sûrement une explication logique. Parlons-en donc à la direction. Immédiatement.

— Non !

— Réfléchissez : il pourrait y avoir un traître dans les rangs de l'institut. L'institut s'est peut-être fait berner. Quelqu'un a peut-être apporté l'effigie ici sans informer quiconque sur son origine et sur la façon dont il se l'était procurée.

— Je n'ose pas leur faire confiance.

— Des centaines de chercheurs travaillent ici. L'institut n'est pas de mèche avec des bandits. Vous avez vous-même apporté un bâton runique. Si vous l'aviez volé dans un musée, l'institut ne serait pas responsable.

— Il faut que je m'en aille.

— Bjørn, vous êtes en plein désert !

— Je ne peux pas rester. Je suis désolé !

— Bjørn…

Au même instant, le téléphone sonne. Stuart répond, écoute, puis raccroche. Le combiné est barbouillé de mousse à raser.

— Je vous accompagne !

— Vous m'accompagnez ?

Il sort une valise de sous le lit.

— Stuart ? Que se passe-t-il ?

Il transfère rapidement quelques piles de sous-vêtements, chaussettes et chemises de la commode à une valise.

— Qui vous a appelé ? Que vous a-t-on dit ?

Stuart s'interrompt.

— C'était la SIS.

— Le professeur Llyleworth ?

— On m'a demandé de veiller sur vous.

— De veiller sur moi ?

— Je vais faire tout mon possible.

— Est-il arrivé quelque chose ? La SIS sait-elle que j'ai trouvé l'effigie ?

— J'en doute, mais le cheikh Ibrahim sait que vous êtes ici. La SIS a appris que les hommes du cheikh étaient en route pour l'institut. Et ils sont bien plus dangereux que des chercheurs corrompus.

Stuart me regarde.

— Il a envoyé Hassan.

Avant notre départ, je glisse mon mobile dans une enveloppe matelassée et l'adresse à mon bureau à la fac. Je ne sais pas si c'est ma carte GSM ou un serviteur infidèle de l'institut qui trahit l'endroit où je me trouve à n'importe quel moment.

Contre Hassan, la seule chose que je puisse faire pour prendre un peu d'avance, c'est de semer un brin de confusion dans la haute technologie du nid d'espions du cheikh.

9

Dans un Mitsubishi Outlander dont je ne saurais dire si Stuart l'a emprunté ou volé, nous filons dans le désert. Le ciel est sombre et étoilé. Le désert semble infini. Les phares éclairent deux creux qui, avec un peu de bonne volonté, peuvent être qualifiés de piste. La voix féminine du navigateur satellite du tableau de bord nous demande de prendre à droite dans *three hundred yards*. Elle semble s'imaginer que nous nous trouvons sur une autoroute.

— Où allons-nous ?

— Loin ! me répond Stuart.

— Loin où ?

— Si les choses doivent prendre cette tournure, j'aimerais autant vous montrer ce dont je parle.

— Ce qui signifie ?

— Que nous allons dans le seul endroit où nous avons quelque chose à faire.

— Qui est ?

— Mon Dieu ! Pour quelqu'un d'aussi malin, vous êtes sacrément long à la détente !

— Où ?

— En Égypte !

10

Des heures durant, nous roulons à travers l'impressionnante obscurité du désert avant que la nuit s'évanouisse à l'horizon. En route, Stuart pontifie avec la ferveur d'un professeur qui a enfin trouvé un élève qui ne peut pas s'esquiver. Ou alors c'est sa technique pour rester éveillé. Avec une main sur le volant et l'autre gesticulant dans l'espace qui nous sépare, il me parle des patriarches de l'Ancien Testament et de la façon dont la création de l'État égyptien a influencé leur culture tribale.

— Les patriarches étaient un peuple nomade de chevriers, raconte-t-il en contemplant l'aube naissante. Juifs, chrétiens et musulmans adorent tous le même patriarche : Abraham. Il a eu avec la servante Agar son fils Ismaël, l'un des grands prophètes musulmans. Avec son épouse Sarah, il a eu son fils Isaac, l'un des ancêtres de Moïse et des Juifs. À la mort d'Abraham, Sarah a chassé son beau-fils Ismaël, et la race sémite a ainsi été divisée en Arabes et Juifs. Et depuis, c'est la discorde entre eux.

Alors que le soleil se lève et inonde de sa lumière crue le paysage désertique, Stuart évoque la fusion des cultures tribales et des civilisations bourgeonnantes. Les pneus produisent des claquements au contact des irrégularités du terrain.

— L'Ancien Testament a été façonné à une époque où les tribus de l'Antiquité constituaient une culture étatique organisée. Les auteurs de l'Ancien Testament ont trouvé beaucoup de leur matière dans des cultures de la région, comme celles des Babyloniens et des Égyptiens. Des textes de doctrine égyptiens sont directement copiés dans le langage de Salomon. Regardez l'administration du roi David, avec des ministres et des titres ronflants : ce n'est rien d'autre que de la copie de hiérarchie étatique égyptienne.

J'allume le ventilateur. La canicule commence à taper sur le toit de la voiture. Sur la banquette arrière se trouvent des bouteilles d'eau dans une glacière chaude. J'en sors deux et en tends une à Stuart. L'eau est tiède, mais j'avale néanmoins la moitié de la bouteille en une gorgée.

Stuart a de la peine à dévisser le bouchon.

— Dans la culture tribale des patriarches, le récit, la transmission orale, occupaient une position centrale. En Égypte, en revanche, il était devenu habituel de consigner les meilleures histoires par écrit.

Il porte la bouteille à sa bouche et boit goulûment, avant d'éructer en murmurant « *Excuse me* ». Par la vitre de la voiture, je vois un désert de pierre qui n'en finit pas.

— Vous êtes fatigué ?

Stuart me répond qu'il ne l'est pas.

— Lorsque l'archéologue britannique Layard a trouvé les ruines du palais du roi assyrien Assunasirpal II en Irak au milieu du dix-neuvième siècle, on a aussi découvert des tablettes d'écriture cunéiforme datant de l'occupation assyrienne de Babylone. Dans leur récit de la création, qui est le précurseur de celui que nous connaissons du Pentateuque, le premier être humain, l'homme, a été créé dans un jardin paradisiaque. Une femme a été créée à partir de sa côte.

Stuart toussote et boit encore une gorgée d'eau.

— Plus tard, l'homme et la femme ont été expulsés du paradis. Ils avaient désobéi à leur dieu…

Il finit son eau.

— Même le déluge trouve son origine dans la mythologie babylonienne : la Gilgamesh, cette épopée vieille de trois mille ans, parle d'un dieu qui ordonne à un homme de se préparer à une inondation. L'homme se sauve avec sa famille et de nombreuses espèces animales à bord d'une arche qui s'échoue contre une montagne.

Je tourne le ventilateur au maximum.

— La tour de Babel ? poursuit Stuart. À Babylone, le roi assyrien Assarhaddon a construit une tour, dédiée au dieu Mardouk, qui devait monter jusqu'au ciel. Que croyez-vous qu'il se soit passé ? La force de gravité l'a emporté et la tour s'est écroulée.

— Mais, Stuart, tout ceci ne vient-il pas confirmer les récits de la Bible ?

— On peut l'interpréter ainsi. Ou alors on peut être méchant et dire que les créateurs de l'Ancien Testament n'ont même pas suffisamment d'imagination pour inventer leurs propres histoires.

— La Tanákh est constituée de bien davantage que les exemples que vous donnez.

Mes objections l'irritent.

— De grandes parties tout à fait essentielles des Écritures saintes ne sont qu'une resucée de mythes et récits issus de cultures encore plus anciennes…

— D'accord !

— … astucieusement intégrés dans la création d'une nouvelle religion centrée autour d'un nouveau dieu tout-puissant.

Nous restons tous deux silencieux pendant un moment.

Mais ce silence finit par être trop lourd à porter pour Stuart :

— L'histoire de Moïse elle-même est une réinterprétation d'une histoire antérieure. Dans les mythes babyloniens, la mère du roi Sargon d'Akkad, cherchant à le cacher, l'envoie sur le fleuve dans une corbeille en roseau. Par bonheur, on le trouve et on l'adopte.

Stuart tambourine contre le volant.

— C'est dire si le récit le plus important de l'Ancien Testament est original !

Même dans les flammes de l'enfer du désert, certains êtres se plaisent et vivent. Des larves velues et colorées. Des ânes. Et puis vous avez la rose de Jéricho. Par temps humide, elle est plate et verte. Mais dès qu'elle sèche, elle se serre en un poing dirigé contre les éléments. Je ne suis pas sans me reconnaître en elle.

Si la sécheresse dure, elle se détache de ses racines, roule à travers le désert et se laisse pousser par le vent jusqu'à un nouvel endroit humide où s'établir.

On la trouve très rarement jolie, mais on la trouve souvent amusante. Un peu comme moi.

11

Plus tard, nous arrivons à une ville frontière où nous achetons un visa pour l'Égypte. Nous traversons la frontière, roulons vers le sud de la péninsule du Sinaï et longeons la baie d'Akaba jusqu'à Charm el-Cheikh.

Là, nous traversons en ferry la mer Rouge jusqu'à Hurghada et roulons jusqu'à Port Safaga, où nous suivons une colonne de touristes en voyage organisé à travers le désert, vers l'ouest et Louxor.

En chemin, Stuart m'avoue qu'il espère que notre enquête pourra lui permettre d'obtenir de nouveaux résultats dans ses propres recherches.

— Blason redoré ! Appelez cela comme vous voudrez ! Vengeance ! Revanche ! Réhabilitation professionnelle ! Vous n'imaginez pas ce que cela signifierait pour moi de réussir, avec votre aide, à prouver que ma théorie est exacte : que les Vikings sont bel et bien allés en Égypte.

À mon grand effroi, une larme roule sur sa joue. Gêné, je regarde par la fenêtre.

— Je crois, observe Stuart, que les rouleaux de Thingvellir contiennent quelque chose qui montre que j'ai raison. Que pendant toutes ces années j'ai eu raison.

Dans l'ancienne Thèbes, un *dromos* reliait les temples de Karnak et de Louxor. Ici, des pharaons se sont promenés en sandales poussiéreuses en élaborant des plans guerriers avant de s'en retourner dans leur palais pour manger des dattes et souiller leurs sœurs.

Aujourd'hui encore, les deux temples, avec leurs édifices religieux, leurs obélisques, leurs sphinx et leurs statues gigantesques, continuent de projeter de longues ombres sur le paysage au-dessus du fleuve.

Nous prenons des chambres au Winter Palace dans la rue principale Corniche el Nile. À l'ouest, de l'autre côté du Nil, le soleil se couche. Le crépuscule rougeoyant embrase les falaises et les temples et tombeaux dédiés aux pharaons, reines et princes morts.

Légèrement plus exotique que l'arrivée à Brandbu dans l'Opland par un jour de grisaille…

La ville oubliée

Égypte

1

Entre les falaises de la rive des morts du Nil, la Vallée des Rois dort d'un sommeil éternel.

Un génie des lieux intemporel repose sur cette vallée dorée. On y ressent la même impression de caractère immuable qu'au Forum de Rome ou à l'Acropole d'Athènes ; une reconnaissance de la fuite du temps et du lent ressac de l'histoire. Dans les galeries rocheuses, de puissants rois reposaient dans leurs hypogées cachés. Ramsès. Séthi. Thoutmôsis. Amenhotep. Toutankhamon. Plus de soixante tombeaux ont été creusés dans le roc en presque cinq siècles.

Un coup de vent traverse la gorge en sifflant.

En compagnie de centaines de touristes, Stuart et moi nous rendons dans la vallée en petit train, derrière un tracteur dont le moteur a des sonorités d'ébrouement de cheval. La poussière de sable colle à la peau.

Les falaises pointent vers le ciel.

L'hypogée que Stuart veut me montrer se trouve haut, dans une gorge étroite. On y accède par le nord. La crypte est orientée vers l'est. Le motif symbolise l'outre-monde.

Le souffle court, nous gravissons un escalier abrupt et étroit qui mène à une entrée modeste et jadis bien camouflée.

Un garde prend nos billets et nous laisse continuer dans le tunnel. La chaleur est si torride que je commence à tirer sur le col de mon tee-shirt.

— L'une des premières choses que faisaient les rois était d'engager le travail de construction de leur tombeau, raconte Stuart. Des centaines d'ouvriers passaient des décennies à creuser ces hypogées. D'abord des ouvriers, des tailleurs de pierre venaient faire le gros œuvre. Puis c'était le tour des décorateurs avec leurs pinceaux et des prêtres avec leurs bénédictions.

En descendant l'escalier étroit, nous devons nous plaquer sur le côté pour laisser passer les touristes qui montent.

Je réprime les pointes de claustrophobie qui se succèdent. Il fait terriblement lourd. Lorsque, en leur temps, des pilleurs et des archéologues ont ouvert les tombeaux, l'air renfermé pouvait même être dangereux.

Arthur Conan Doyle, le créateur de Sherlock Holmes, avait d'ailleurs élaboré une théorie selon laquelle des spores de champignons mortels avaient été laissées dans les tombeaux pour punir ceux qui y entreraient.

À petits pas, nous remontons des centaines et même des milliers d'années dans le temps. Pour éviter l'usure provoquée par les chaussures de millions de touristes, les autorités du patrimoine ont fabriqué des sentiers en bois. Formant un long banc, nous nous enfonçons de plus profondément dans le roc.

J'ai de la peine à respirer, l'air n'arrive pas tout à fait jusqu'à mes poumons. Mais je ne dis rien à Stuart, je n'ai pas envie de passer pour une mauviette.

Le plafond est peint en bleu avec des étoiles dorées. L'antichambre est dominée par deux colonnes massives ornées de sept cent quarante et une divinités.

Un escalier de plusieurs étages mène ensuite à l'hypogée ovale avec deux colonnes et quatre chambres latérales.

J'entends le murmure enthousiaste des touristes. Quand nous sommes si nombreux, nous devons bien consommer tout l'oxygène disponible, non ?

On me bouscule. Je vacille dans le champ d'un touriste qui photographie un ornement mural. Je fais un sourire d'excuse et tire sur le col serré de mon tee-shirt.

— Quelque chose ne va pas, Bjørn ? demande Stuart.

— Non, non, dis-je en hoquetant.

Les parois de l'hypogée sont décorées comme un rouleau de papyrus et contiennent le texte du livre sacré d'Amdouat sur l'au-delà. Sur les deux colonnes rectangulaires se trouvent des extraits de litanies de Rê et des motifs du défunt en compagnie d'une déesse.

Dans ce tombeau, la momie du pharaon Thoutmôsis III repose depuis près de trois mille cinq cents ans. Sixième pharaon de la huitième dynastie d'Égypte, il est considéré comme l'un des plus grands rois du pays.

Il a régné pendant un demi-siècle, jusqu'à sa mort autour de l'an 1425 avant Jésus-Christ. Son tombeau a été découvert par l'égyptologue français Victor Loret en 1898.

La momie de Thoutmôsis III avait été trouvée dix-sept ans auparavant, entassée avec cinquante autres momies dans la caverne de Deir el-Bahari dans les falaises du temple d'Hatchepsout.

Je tapote mon doigt sur le bras de Stuart.

— L'air devient un peu irrespirable, ici, en avons-nous vu assez ?

2

Nous quittons la Vallée des Rois et roulons vers le nord en longeant les falaises et le Nil. Je baisse ma vitre et me remplis les poumons à grandes goulées. Stuart me demande si j'essaie d'attraper des mouches. Je lui rappelle que je suis végétarien.

Il ne tarde pas à tourner devant un édifice grandiloquent dans la falaise, derrière un mur et une clôture de barbelés.

— Voici le temple-palais du culte d'Amon-Rê, explique Stuart. C'est ici que sont venus les Vikings.

Il ouvre un portail non verrouillé et se gare à l'ombre d'un arbre.

— Là-bas, fait-il en désignant la plaine entre les falaises et le Nil, il y a un jour eu un canal de dérivation, qui a été rebouché par les agriculteurs.

Il se tourne vers le temple.

— Et c'est ici que régnait le grand prêtre Asim.

Deux immenses statues des rois Amon-Rê et Osiris gardent un large escalier qui mène au plateau devant le temple. Nous remontons le sentier sableux qui va vers le temple-palais.

— La secte s'appelait *Les humbles serviteurs de sa sainteté le dieu du soleil Amon-Rê et les gardiens d'une alliance divine*, mais nous la connaissons comme le culte d'Amon-Rê. La secte a continué d'exister jusqu'au treizième siècle. L'objet sacré qu'elle devait garder, et que les Vikings ont volé, avait alors disparu depuis deux cents ans. Même les grands prêtres les plus convaincus commençaient sans doute à avoir l'impression de perdre leur temps en surveillant quelque chose qui avait disparu depuis longtemps.

— L'Arche d'Alliance ?

— Ç'aurait été quelque chose, hein ! répond-il d'une

voix étonnamment faible. Mais ce n'était peut-être pas cela du tout.

Nous contemplons les statues en pierre et le palais. J'essaie d'imaginer la vie dans cet endroit précis, il y a mille ans. Ou deux mille. Ou trois mille. Puis je me tourne vers le Nil et me représente la flotte viking.

— N'est-ce pas ? fait Stuart, le télépathe.

Ni le temple ni le tombeau ne sont ouverts au public, mais Stuart a un laissez-passer des autorités égyptiennes et un réjouissant billet de cinquante livres pour le garde qui somnole près de la grille. Nous entrons dans le palais. Stuart me guide vers la salle du temple.

Derrière ce qui, jadis, fut un autel, je vois l'entrée hérissée de pointes des tombeaux.

J'inspire profondément avant d'entrer. Dans le noir, Stuart et moi allumons chacun notre lampe de poche. Il nous faut emprunter un long escalier, puis un tunnel, avant d'arriver dans la première chambre.

Les rayons lumineux papillotent sur des peintures murales et des inscriptions.

— C'est ici que j'ai trouvé les peintures et hiéroglyphes les plus récents, ceux qui dépeignent l'attaque ayant eu lieu mille an auparavant, commente Stuart.

Il me montre les dessins sur les murs. Un grand navire viking. Des sauvages chevelus et barbus aux yeux bleus. Des épées, des haches et des boucliers. Des têtes de dragons.

— Des Vikings... dis-je.

— C'est ce que j'ai pensé : des Vikings et pas des soldats ou des navires de putain de Byzance ! Des Vikings ! Et ces salauds se sont moqués de moi.

Nous prenons encore un escalier vers la deuxième crypte. Comme nous sommes seuls dans le tunnel et que je sais que je peux remonter en courant vers l'air pur, je parviens – tout juste – à faire échec à ma claustrophobie.

Au bout du deuxième tombeau, je vois les restes de ce qui devait apparaître comme le mur du fond. Nous passons par le trou dans le mur, descendons un escalier abrupt et étroit, puis un tunnel au bout duquel nous trouvons le dernier tombeau. Le saint des saints. Des chambres vides, des vases vides. Un sarcophage vide…

Ici, dans la crypte du fond, on avait conduit à sa dernière demeure un souverain rejeté, qu'on allait plus tard évoquer comme LE SAINT. Qui était-il ? Pourquoi l'avait-on caché avec un tel soin ? Quels trésors emportait-il dans sa tombe ? Quelles écritures ? Quels objets saints ? Et pourquoi allait-on le garder pendant deux mille cinq cents ans ?

— Nous croyons, déclare Stuart, que le texte que vous avez trouvé dans la caverne de Thingvellir était une copie et une traduction de l'original qui se trouvait ici.

Dans l'hypogée vide, Stuart me montre les peintures murales, les inscriptions et les cartouches dont le sens ne m'apparaît qu'avec les explications patientes de Stuart. Nos lampes de poches finissent par faiblir et nous nous dirigeons vers la sortie.

L'air frais est une caresse délicieuse.

Nous passons devant le garde, qui s'est endormi, et marchons silencieux, méditatifs, jusqu'à la voiture.

Avant de démarrer, Stuart m'annonce qu'il veut m'emmener dans une ville qui n'existe pas pour parler avec un homme qui n'existe pas.

3

L'église du monastère copte *Repos de Marc* est construite en grès autour d'un jardin luxuriant avec de l'eau courante et des plantes heureuses. Elle a exactement l'apparence qu'elle a dû avoir mille neuf cents ans plus tôt, quand les moines ont posé la dernière pierre et brossé le sable de leur main. Sur le toit domine un ankh doré.

Stuart gare la voiture dans un nuage de sable qui poursuit sa route sur le parking, telle une tempête du désert fougueuse et rebelle.

L'église se trouve dans la *Ville oubliée*, dans une vallée dans le désert, à quelques dizaines de kilomètres de Luxor. Vous ne trouverez pas la *Ville oubliée* sur les cartes, et elle n'est qu'exceptionnellement évoquée dans les brochures touristiques (et encore dans de singulières tournures comme « ruine d'un village du désert qui refuse de mourir »). Officiellement, elle n'existe pas. Depuis le quinzième siècle, les autorités égyptiennes refusent de reconnaître son existence. L'origine en est un différend entre les moines, une tribu bédouine et les autorités centrales concernant la propriété de la source qui maintient le village en vie. Lorsque, en 1481, les autorités ont abandonné leur lutte contre ces villageois rétifs – après tout, ce maudit village désertique et ce monastère se trouvaient dans un trou paumé fait de vent, de chaleur, de sable et de dromadaires flatulents –, elles ont éliminé le village de tous leurs papiers et registres.

À ce jour, personne n'a eu l'envie de faire revenir ce village à la réalité. La rancœur du pouvoir n'est pas de courte durée en Égypte. Le village, qui à l'origine portait un nom que tout le monde a oublié depuis longtemps, n'a ni école, ni mairie, ni commissariat de police, ni système de soins. Les enfants qui grandissent ici prennent le bus pour Qena, où l'école les inscrit comme sans domicile. Le médecin local peut au mieux être qualifié de guérisseur. Lorsque, chose rare, un cas le fait douter, il envoie son patient à l'hôpital sur la plateforme du camion du village parce que les médecins de l'université, comme il les appelle avec mépris en fumant une pipe à eau au café, sont mieux équipés que lui pour la chirurgie du cerveau et les transplantations de la cornée. Et, dans une certaine mesure, parce qu'il souffre d'un regrettable tremblement des mains.

Aux abords de cette oasis, de cette réunion de maisons de pierre et d'argile, oubliée et ignorée de l'administration locale, des autorités centrales et du reste du monde, se trouve le *Repos de Marc*.

4

Le portail du monastère s'ouvre.

Un homme qui semble avoir vécu et officié au *Repos de Marc* à peu près depuis sa construction en sort. Son visage rappelle un raisin sec rabougri. Autour de la tête il porte… un turban. Chaussé de sandales en raphia, il vient à notre rencontre d'un pas peu assuré et nous salue d'un grand sourire édenté.

Une petite croix est tatouée sous son avant-bras. Il se présente en arabe. Son nom m'évoque un éboulis aléatoire de consonnes, et Stuart a beau me l'avoir répété dans la voiture, je n'arrive pas à le mémoriser.

Donc je l'appelle le moine.

Il nous invite dans son monastère dans le désert et nous fait visiter les dortoirs, les réfectoires, la salle d'étude, l'église et le jardin soigné du cloître. À ma surprise, il parle un anglais parfait. Il a fait ses études à Cambridge, où il a ensuite enseigné pendant de nombreuses années.

— Nous avons beau être très différents, explique le moine avec une tendresse distante dans la voix, Stuart et moi avons une histoire commune. J'étais son directeur d'études à la faculté d'égyptologie de l'Université de Cambridge.

Étonné, j'étudie son visage brûlé par le soleil et buriné par le sable, ayant bien du mal à imaginer ce moine en professeur à Cambridge. Mais, d'un autre côté, beaucoup me conçoivent difficilement en maître de conférences à l'Université d'Oslo.

Il raconte que le christianisme copte a été établi en Égypte par l'apôtre Marc, quelques années après la crucifixion de Jésus. Les tout premiers chrétiens organisés du christianisme étaient des coptes.

Les moines du *Repos de Marc* affirment sans en démordre que Marc lui-même a participé à la construction de l'église du monastère. Le chef de l'Église copte est encore appelé *pape d'Alexandrie et patriarche de la prédication de saint Marc* et l'ancienne Église copte utilisait comme croix le symbole ankh, la *crux ansata*.

Lorsque les chrétiens égyptiens ont été chassés des villes au troisième siècle, c'est dans le désert qu'ils se sont réfugiés. Ils y ont bâti leurs monastères. Plusieurs centaines de monastères ont ainsi été établis dans le désert rocheux égyptien, dans des édifices fragiles et des grottes ombragées. Partant de là, le mouvement monastique s'est répandu dans tout le monde chrétien.

Le moine me confie que la relique la plus sacrée du monastère, qui repose sur une étoffe de soie rouge dans un reliquaire en or, est une épine de la couronne de Jésus. Et un reliquaire en argent ciselé dans lequel sont conservés huit pages qui feraient partie du texte original de l'Évangile de Marc et d'un fragment copte de l'Évangile de saint Jean-Baptiste.

5

— Dieu est mort.

À l'ombre de la galerie du cloître, nous sommes assis sur un banc et buvons de l'eau fraîche dans des bouteilles en plastique.

Le moine donne des coups de sandale sur le sol. Son visage est parcouru d'un trait de douleur.

— Mort ? dis-je.

— Osiris, dit-il en levant un doigt en l'air. Odin.

Nouveau doigt en l'air.

— Zeus. Ptah. Bacchus. Thor. Pan. Poséidon. Cupidon. Astarté.

Il a maintenant baissé le doigt, mais continue néanmoins.

— Bellone. Isis. Jupiter. Anubis. Balder. Nabû. Loki. Amon-Rê. Aphrodite. Baal. Ahijah. Freyja. Hadès. Mulu-hursang. Njörd. Llew Llaw Gyffes. Mu-il-lil. Frigg. Vénus. Seth, le grand souverain de la vallée du Nil. Je pourrais continuer pendant dix minutes. Qu'est-ce qui caractérise tous ces dieux ? Ils ont dirigé la vie de millions de gens vivant dans la crainte de dieu. Leurs noms ont fait trembler de peur des hommes et pencher avec recueillement la tête des femmes. Les masses populaires les ont adorés. Nous avons construit des temples à leur gloire. Des esclaves se sont échinés à élever des édifices pour que nous puissions les louer. Des civilisations ont grandi et sont tombées en leur nom. Des guerres ont été menées. Des générations de prêtres et de moines ont consacré leur vie à les comprendre, les interpréter, leur faire des offrandes, les adorer.

Un souffle de vent pousse une balle de paille sur le sentier du jardin.

— Et maintenant ? demande-t-il. Nous ne croyons plus en eux. Maintenant ils sont tous morts. Ils ne sont pas tous oubliés, mais plus personne ne croit en eux, personne ne les adore. Et s'ils ont jamais existé, ils mènent leurs vies divines dans l'ennui de l'oubli. En tant que dieux, ils sont morts.

La brise qui passe dans la galerie du cloître a des accents de soupir.

— Je crois, poursuit le moine, que Dieu aussi est mort. Le dieu que nous connaissions comme Yahvé. Jéhovah. Elohim. Le Seigneur. Ses noms sont nombreux, tout comme les indices de sa mort. Les prophéties de la Bible sont réalisées : Dieu est mort. Nietzsche avait raison.

— Comment le savez-vous ?

Il fait un sourire triste et édenté.

— Regardez autour de vous ! Le monde porte-t-il la marque d'un Dieu actif, vivant ? Y a-t-il quoi que ce soit dans notre existence qui laisse entendre qu'un Dieu aimant veille sur nous ?

— Je ne suis pas croyant.

— Comment pouvez-vous vivre sur terre sans foi ?

— Pourquoi croirais-je en un dieu ?

— Jésus est la voie, la vérité et la vie.

— Un cliché. Pourquoi votre foi est-elle plus vraie que celle des bouddhistes et des hindouistes ? Qu'est-ce qui rend votre Dieu plus puissant que la force du Brahman ? Juifs et chrétiens, mahométans et sikhs, tous croient aussi profondément en *leur* dieu, *leur* interprétation, *leur* vérité. Ont-ils tous raison ? Personne n'a-t-il raison ? Votre Dieu condamne tous les autres. Donc dites-moi : qui a raison ? Laquelle des religions du monde est plus vraie que les autres ? Et quelle confession serait agréable à votre Dieu et à Jésus ? Celle des catholiques ? Des mormons ? Des Témoins de Jéhovah ? Des protestants ? Des baptistes ? Des pentecôtistes ? Des adventistes ?

Bjørn…

— Pourquoi est-ce que *moi*, je croirais en un dieu qui règne sur tous les peuples du monde et, entre tous, se choisit une tribu nomade du Moyen-Orient ? Et les indigènes de Hawaii, alors ? Les Inuits ? Les aborigènes ? Pourquoi votre Dieu là-haut au ciel serre-t-il contre son cœur un tout petit peuple tribal, alors que d'autres n'ont jamais ne serait-ce qu'entendu parler de lui ?

— Les voies du Seigneur sont impénétrables.

— Les voies du Seigneur sont parfaitement irrationnelles. Que les Israélites aient cru en lui il y a deux ou trois mille ans, je peux le comprendre. Que cette superstition demeure aujourd'hui, cela dépasse l'entendement.

— Ainsi parlent les fous.

— Vous dites vous-même que le cœur de votre Dieu a cessé de battre.

— Un dieu meurt lentement, Bjørn. Il ne meurt pas du jour au lendemain. En partant d'exégèses, de signes et d'interprétations de prophéties et de prières, notre conclusion – une supposition, il faut le reconnaître – est que Dieu a été mourant à partir du douzième siècle et qu'il est mort à la fin du dix-neuvième siècle. Dieu est mort depuis plus de cent ans. Nous ne parvenons pas à le réaliser.

— Vous êtes moine. Qui adorez-vous si votre dieu est mort ?

— Cessez-vous d'aimer votre mère ou votre père parce qu'ils meurent ? Nous adorons le souvenir de Dieu. De Jésus. Des valeurs qu'ils défendaient et de tout ce qu'ils nous ont enseigné.

— Et si vous avez raison, qu'est-ce que cela signifie ? Qui a pris la succession ? Y a-t-il d'autres dieux qui attendent de reprendre là où Dieu s'est arrêté ?

— Nous ne savons pas. Pas encore. Les gnostiques, cette secte chrétienne estampillée hérétique par les pères de l'Église catholique orthodoxe sortis vainqueurs des querelles de doctrine, n'ont jamais accepté l'idée que Dieu était tout-puissant. Bien au contraire, ils étaient nombreux à croire que Yahvé était un dieu de rang inférieur et mégalomane, dont la création – la terre et les hommes – était là pour prouver son incurie. Au-dessus de Yahvé et des autres petits dieux rivaux dominait une divinité plus puissante, le vrai Dieu, qui s'élevait largement au-dessus des bassesses de cette terre. Mais ni les rabbins juifs ni les pères de l'Église chrétienne ne pouvaient accepter pareille hétérodoxie. Après tout, le dieu de l'Ancien Testament avait ordonné qu'on l'adore Lui et nul autre. Mais… Et si les gnostiques avaient eu raison ? Et si le Yahvé de l'Ancien Testament avait été un dieu ivre de pouvoir, un *aeon*, se préoccupant maladivement de bagatelles comme la question de savoir comment nous les hommes devions l'adorer ? Et s'il existait une force créatrice, un vrai Dieu, qu'aucune religion ne serait parvenue à capturer dans son leurre sacré ? Il peut s'écouler des siècles avant que le nouveau dieu soit suffisamment fort pour se présenter aux hommes et choisisse de nouveaux prophètes que l'humanité écoutera et adorera… Vous êtes un enfant de l'athéisme, de la sécularité, de l'indifférence à l'éternité et à tout ce qui est sacré. De ce point de vue, votre attitude athée est le résultat de l'absence de Dieu de l'existence.

Nous restons un moment sans rien dire, à l'ombre du soleil désertique. Après avoir bu le reste de l'eau, le moine nous guide vers la fraîcheur d'un sous-sol en terre sous le monastère. Nous traversons plusieurs pièces avant d'arriver à une porte en fer qui donne sur une pièce éclairée par un néon vacillant.

Le moine ouvre une armoire en métal et sort un tiroir rempli de pièces de monnaie. Il m'en tend une poignée. J'ai la surprise de voir qu'il s'agit de pièces d'argent avec un sceau royal norvégien inconnu.

— Comment ont-elles atterri ici ?

— C'est ici qu'elles ont été fabriquées.

— J'ai eu pas mal de cours de numismatique à la fac. Si je me souviens bien, Olav Tryggvason a fabriqué les premières pièces norvégiennes vers l'an 995. Sur les pièces, il était écrit *ONLAF REX NORmannorum*, c'est-à-dire *Olav roi des Norvégiens*. Le côté face était orné d'une effigie du roi avec sceptre, le côté pile d'une croix avec les lettres CRVX, la *crux* latine, la Croix. On suppose que le monnayeur venait d'Angleterre.

— Des marchands norrois ont aussi fait frapper des pièces ici en Égypte, et plus précisément dans le village de Misr au sud d'Alexandrie, au bord du Nil.

— Les archéologues ont supposé que les pièces arabes qui ont été trouvées en Norvège étaient arrivées dans le Nord avec des marchands qui avaient fait du commerce dans l'Empire byzantin. De plus, les pièces arabes étaient souvent utilisées comme devise internationale. Je ne savais pas que les Vikings avaient fait frapper de la monnaie ici.

— Pendant une courte période.

— Ce n'est pas tout, remarque Stuart en bousculant le moine, avec un signe de tête vers une armoire encore plus massive. En contrepartie, j'espérais que vous me montreriez les rouleaux de Thingvellir.

— Bientôt…

Le moine ouvre l'armoire et en sort un coffret en bois. Dedans se trouve un bijou en or. Il me tend la chaîne, qui pèse lourd dans ma main. Le pendentif représente la rune tyr.

— Un bijou viking, commente Stuart. Devinez-vous où il a été découvert ?

Je ne le devine pas.

— Le bijou a été trouvé dans le sarcophage vide dans le tombeau du fond du temple du culte d'Amon-Rê, explique le moine.

6

Ce soir-là, juste après le dîner, j'appelle le professeur Llyleworth de la SIS depuis un téléphone à carte à l'extérieur, à plusieurs pâtés de maisons de l'hôtel. La liaison est épouvantable et le vacarme de la rue empêche toute conversation.

Mais je parviens à lui expliquer que j'ai réussi à m'échapper de l'institut Schimmer et que je suis à peu près en bon état. Ses questions se noient dans une cacophonie de mobylettes, bus, marchands de légumes qui proposent leurs melons aqueux, et d'appels discordants à la prière des muezzins qui retentissent des minarets.

Sur le chemin du retour, je me trouve par mégarde entraîné dans une multitude de bazars et de petites boutiques, où, suite à une malheureuse série de malentendus culturels et linguistiques, je parviens à me retrouver avec une collection non négligeable de scarabées en pierre, figurines de chat, reliefs de momie, moulages d'Anubis, sarcophages miniatures avec petites momies ainsi qu'une affiche en papyrus représentant un sphinx dans le coucher de soleil et l'essence de parfum *Nubian Nights*, que les belles femmes trouvent irrésistible.

Devant l'hôtel j'aperçois le touriste photographe du tombeau de Thoutmôsis. Il guette quelqu'un, peut-être son éblouissante épouse, qui a une carte de crédit et n'a pas peur de l'utiliser.

Lorsqu'il m'aperçoit, il me fait un sourire perplexe. Soit parce qu'il me reconnaît sans vraiment se souvenir d'où. Soit parce que je n'étais pas censé le voir.

7

Tôt le lendemain matin, Stuart et moi traversons à pied les quelques pâtés de maisons qui séparent notre hôtel du musée de Louxor. Stuart a téléphoné au musée hier soir et obtenu un rendez-vous avec le directeur, un collègue avec lequel il a gardé le contact au fil des ans.

En chemin, Stuart tente de nouveau de me convaincre de lui montrer les rouleaux de Thingvellir. Je lui réponds qu'il faut qu'il comprenne que je ne les ai pas avec moi.

— Mais vous devez bien savoir où ils sont ? geint-il. Ne pouvons-nous pas y aller ?

J'ai beau comprendre que sa curiosité professionnelle soit difficile à brider, son insistance commence à me taper sur les nerfs.

Avec sa barbe fournie, ses sourcils broussailleux et même des poils qui sortent de son col de chemise, le directeur du musée a l'air d'un aimable gorille.

— Stuart ! ronronne-t-il en serrant son ancien collègue dans ses bras.

Ils s'observent en riant, d'un air incrédule, tels des camarades de guerre qui sont tous deux sortis vivants des tranchées.

— Il était mon assistant quand j'ai excavé le tombeau d'Amon-Rê, explique Stuart.

— Assistant ? s'exclame le directeur en éclatant de rire. J'étais ton esclave, oui !

Le musée est déjà à moitié plein. Je promène mon regard à la recherche du touriste photographe de l'hypogée. Il a disparu. Ils l'ont bien sûr remplacé par un autre.

— Ce que peu de gens connaissent, et encore moins souhaitent voir, c'est la collection de textes sur papyrus, parchemins et papiers que nous conservons dans le magasin du sous-sol, raconte le directeur, avant d'ajouter à l'intention de Stuart : c'est là que j'ai les documents.

Stuart me fait un clin d'œil. Nous passons au même instant devant une vitrine contenant un personnage devant lequel je m'arrête net.

La sculpture en bois mesure environ quarante centimètres de haut et représente un homme ou un dieu qui tient sa longue barbe des deux mains. D'après l'écriteau de la vitrine, cette figurine vieille de trois mille deux cents ans était à l'origine couverte de poix noire, la couleur du dieu Osiris, et a été trouvée dans une tombe dans la Vallée des Rois. La sculpture est d'une ressemblance frappante avec celle dont Thrainn avait une photo dans son bureau à Reykjavik, une figurine en bronze vieille de mille ans et découverte au bord de l'Eyjafjördur dans le nord de l'Islande en 1815. D'où venait la figurine d'Eyjafjördur ? Est-elle originaire d'Égypte ? Et si c'était un Viking islandais qui avait fabriqué la figurine d'Eyjafjördur au onzième siècle, en avait-il trouvé l'inspiration ici ? Pourrait-il avoir fait partie de l'équipage d'un grand navire d'Olav ?

Je me dépêche de rattraper Stuart et le directeur du musée qui descendent l'escalier du sous-sol.

— D'après la légende, le grand prêtre Asim du culte d'Amon-Rê a été rappelé par les dieux du ciel tôt un matin de l'an 1013, dit le directeur du musée en riant et en faisant un signe de tête à Stuart. Pourquoi cet intérêt renouvelé pour Asim ? Au bout de trente ans ?

— Nous travaillons sur une théorie. Nous sommes tombés sur des fragments de manuscrits qui pourraient venir de lui.

— Des fragments de manuscrits ? D'Asim ? C'est passionnant ! Cela m'intéresserait beaucoup de les voir !

— Je t'enverrai des copies.

— Merci, mon ami, bien volontiers !

Le directeur nous ouvre la porte d'un entrepôt et éteint l'alarme. Il sort deux feuilles A4 plastifiées. Sur l'une se trouvent une traduction égyptienne et une traduction anglaise d'un texte originellement écrit sur papyrus. L'autre montre une photographie du document original, qui se trouve dans un musée du Caire.

— Ce texte a été écrit par notre ami *mister* Asim. C'est un fragment d'une description des funérailles d'un pharaon, plutôt un compte rendu journalistique qu'un hymne religieux, fondé sur un papyrus du Nouvel Empire ainsi que des hiéroglyphes et peintures murales. Malheureusement, il manque le début et la fin.

… depuis l'aube, les gens s'étaient massés le long de la voie processionnelle qui descendait au fleuve. La foule psalmodiait un hymne à la gloire d'Amon-Rê. De l'autre côté du Nil, sur la rive des morts, le tombeau était terminé depuis presque dix ans. Seuls ceux qui l'avaient creusé savaient où il se trouvait. Pharaon était mort depuis soixante-dix jours. Osiris attendait. Les pleureuses se lamentaient, s'aspergeaient de poussière et en jetaient sur les spectateurs en agitant les bras. Les danseurs, en pagne et chapeau à plumes, évoluaient au rythme des tambours. Sur la rive, sous le palais, attendaient la barque funéraire et la momie dans son cercueil en or. Un murmure traversa la foule lorsque le bateau de la famille endeuillée, en sanglots, quitta le quai. Aussitôt après suivit la barque funéraire. Le cercueil au placage d'or se trouvait sous un toit orné porté par quatre colonnes sculptées. Des rameurs debout pagayaient. Ensuite, les bateaux suiveurs larguèrent les amarres, avec à bord les prêtres, les officiers, la cour, les représentants officiels, les danseurs et les serviteurs qui apportaient tous les trésors. Les objets de valeur devaient être placés dans le tombeau et suivre le défunt dans son voyage dans l'au-delà, où il allait continuer de vivre comme dieu. La foule descendit vers le Nil et se regroupa derrière les rangs de gardes en observant les bateaux qui traversaient le fleuve. Aucun tiers ne pouvait venir sur la rive des morts. La dernière demeure du roi était secrète. Sur la rive ouest, le cercueil fut hissé sur la civière, en forme de bateau, elle aussi, et placé sur un traî-

neau. Les hauts fonctionnaires du palais eurent l'honneur de tirer le traîneau portant le pharaon. Derrière venait un autre traîneau, qui portait le vase contenant les organes internes du pharaon. Les proches du défunt marchaient à côté du cercueil. Derrière l'autre traîneau, les serviteurs suivaient avec les trésors que le pharaon allait emporter dans sa nouvelle existence, ainsi que Le Livre des morts contenant les formules magiques et indications pour diriger le défunt dans son voyage à travers l'outre-monde. Lentement, du fait de la chaleur et du poids, les traîneaux furent tirés depuis le fleuve, sur la plaine et sur le coteau jusqu'au tombeau. Le battement monotone des tambours résonnait entre les falaises…

— C'est tout ce qu'il y a, conclut le directeur du musée en voyant mon regard atteindre la fin.

Puis il se tourne vers Stuart.

— L'autre document est une lettre du quatorzième siècle, écrite au vizir égyptien de la part du préfet des archives du Vatican. Il glisse un document dans un plastique transparent devant nous.

— Le vizir avait manifestement envoyé une demande au Vatican concernant l'existence de lettres ou de documents d'Asim. Il devait avoir des relations, car le préfet du Vatican, qui aurait facilement pu ignorer toute demande de consultation de ce qui était tout de même les archives du pape (d'autant plus que la demande émanait d'un vizir d'un pays musulman), a consciencieusement répondu.

J'essaie de comprendre le texte latin.

— En bref, le préfet confirme l'existence de trois documents écrits par Asim, résume le directeur. Le plus ancien est une lettre du grand prêtre à *Son Altesse, le calife*

Al-Hakim bi-Amr Allah, Souverain par la grâce de Dieu, calife tout-puissant d'Égypte…

— Nous avons la copie à l'institut, coupe Stuart.

— … le deuxième document est une copie d'un original inconnu dépeignant une attaque du temple et du tombeau par des sauvages païens, et le troisième est une copie de fragment d'une lettre de voyage, peut-être extraite du même texte que le document précédent, qui décrit une expédition vers, je cite, l'avant-poste de la civilisation.

Stuart se tourne vers moi avec un léger sourire.

— L'avant-poste de la civilisation…

— Il doit s'agir de la Norvège.

— Des sauvages païens…

La voix de Stuart s'empâte.

— Ce n'est pas comme ça qu'auraient été évoqués des soldats byzantins : il dépeignait des Vikings !

— Ce qui signifie qu'il y a dans les archives du Vatican trois documents d'Asim.

— Alors, fait Stuart, allons voir si nous les trouvons.

Le bouquiniste

Italie

1

À un jet de pierre de la foule de touristes de la Piazza Navona, dans un passage dallé étroit qui descend d'une rue endormie à une artère principale où la circulation est dense, entre un encadreur et un modiste, se trouve un bouquiniste qui, d'après l'écriteau au-dessus de la vitrine, s'appelle tout simplement *Bouquinerie*. La carte de Rome fait croire que le passage, qui se recourbe suffisamment pour que l'on ne puisse pas voir une extrémité depuis l'autre, est une voie sans issue. En réalité, la population locale l'utilise comme raccourci pour rejoindre la Via del Governo Vecchio, tandis que des touristes égarés s'imaginent arrivés dans le passé. Dans ce bout de rue discret, les boutiques semblent à peine avoir été visitées depuis les jours de l'empereur Néron et le temps s'être curieusement arrêté. Les livres poussiéreux exposés dans la vitrine de la bouquinerie sont des best-sellers d'un autre temps, tombés dans l'oubli depuis longtemps. La nuit, dans le souffle de l'appareil à air conditionné, les feuilles apparemment mortes de livres entrouverts battent comme des fantômes. Devant la porte d'entrée, où les horaires de fermeture sont indiqués sur une feuille jaunie avec les jours et les heures joliment calligraphiés à l'encre passée, les tristes vestiges d'une bicyclette sont enchaînés à un bout de conduite.

Stuart Dunhill arrange son blazer.

— On y va ?

Sur le chemin depuis l'hôtel, il m'a parlé de l'homme que nous allons rencontrer. Luigi Fiacchini est une légende dans le milieu de la bouquinerie illégale. Il connaît tous les acteurs de poids du milieu : bouquinistes, bibliothécaires, éditeurs, chercheurs, libraires et collectionneurs. Il fréquente les honorables et honnêtes prestidigitateurs qui fuient la publicité : des bibliophiles de Milan et Florence, Vienne et Paris, Hambourg et Londres, Saint-Pétersbourg et Moscou, Oslo et Stockholm, Copenhague, Helsinki et Reykjavik, New York et San Francisco, Hongkong et Singapour, Buenos Aires, Santiago et Rio de Janeiro, Sydney et Cape Town. Depuis sa base romaine, Luigi Fiacchini a négocié la vente de plusieurs des collections et exemplaires de livres les plus chers du monde. Il était intermédiaire lorsqu'une copie du cinquième siècle de l'Évangile de Luc a été achetée par l'Opus Dei, et la rumeur veut que ce soit Luigi qui ait retrouvé la trace du manuscrit de la pièce perdue de Shakespeare *Love's Labour's Won*, pour lequel un collectionneur des Émirats aurait déboursé cinquante millions de dollars. Il était également à l'origine de la vente de l'une des quarante éditions folio des œuvres complètes de Shakespeare, imprimée sept ans après la mort du maître, pour 2,8 milliards de livres.

Stuart a aussi entendu dire que Luigi était impliqué dans la vente par Sotheby's Londres du premier atlas imprimé du monde, daté de 1477 et fondé sur les travaux de Claudius Ptolemaeus, géographe du deuxième siècle, pour 26,5 millions de couronnes.

En entrant, nous croisons un homme. Nos regards restent accrochés un dixième de seconde et j'ai l'étrange sensation de l'avoir déjà vu. Mais rien ne laisse penser qu'il me reconnaît et je l'ai oublié quand la cloche hystérique sous le chambranle signale notre arrivée.

La devanture modeste de la bouquinerie, une vitrine et une porte, laissait supposer que l'on entre dans un magasin minuscule, mais les locaux sont immenses. On entre d'abord dans une petite section aux murs entièrement tapissés de livres avec un comptoir et un tiroir-caisse à l'ancienne, puis le commerce s'élargit et prend des allures de bibliothèque. Des milliers de livres remplissent des labyrinthes de rayonnages, de comptoirs, de coffres, de tables et d'étagères. L'air est saturé de l'étrange odeur des livres : papier et poussière de papier, reliure, colle et une pointe de la sueur des personnages principaux qui se livrent à leurs batailles entre les couvertures des textes.

Stuart me donne un coup de coude.

Depuis le début, j'imaginais Luigi Fiacchini en comte italien de grande taille, distingué, les cheveux grisonnants et le regard empreint de sagesse. Mais l'être qui nous tourne le dos et marmonne « *Momento, momento* » en déplaçant des livres, et qui dans une série de mouvements saccadés se tourne pour voir qui le dérange, est petit et voûté, a les cheveux clairsemés et des yeux troubles qui regardent dans deux directions complètement opposées. Il ne lui manque qu'une bosse dans le dos, une peau d'écailles et une langue très longue.

— Stuart ! s'exclame-t-il.

— Luigi ! répond Stuart.

Ils se serrent la main avec une énergie suggérant qu'ils résistent de toutes leurs forces à leur envie de se donner une bonne accolade. Stuart me présente. Luigi me considère avec la curiosité décomplexée que peut se permettre un monstre en présence d'un autre.

— *Mister Belto* ! Vous avez fait sensation dans mon milieu quand vous avez confisqué le *Reliquaire des secrets religieux*. Dommage que vous ne l'ayez pas mis sur le marché, vous seriez devenu milliardaire !

Son rire sonne comme du vent qui fait bruire les pages d'un livre, comme s'il était un effet sonore et non l'expression de sa gaieté.

Il est nettement plus petit que moi et son œil est recouvert d'une pellicule grise.

— Je suis aveugle de l'œil gauche. Mais comme le troll, je vois d'autant mieux de l'autre !

Dans sa jeunesse, Luigi a mordu dans un cigare à moitié éteint qu'il refuse de lâcher. Il affirme descendre en ligne sinueuse de Léonard de Vinci, mais personnellement je trouve qu'il rappelle plutôt le descendant déchu d'un Maure espagnol qui aurait pris du bon temps avec une ânesse.

Il dit « *Momento*, messieurs », court à la porte, la verrouille et baisse un store.

Avec la passion d'un amant débordant de fierté, il nous fait visiter sa bouquinerie, qui est agencée selon un mode thématique que je ne saisis pas tout à fait. Il sort des éditions rares, un exemplaire de *Le Avventure di Pinocchio* avec la signature de Carlo Collodi, une édition illustrée du dix-huitième siècle de *La Divina Commedia* de Dante Alighieri, une première édition d'*Il Principe* de Machiavel, et des épreuves de 1979 du *Il nome della rosa* d'Umberto Eco, avec les corrections de l'auteur.

Luigi gesticule et tire complaisamment sur son cigare.

— J'ai ici des dizaines de milliers des meilleurs livres du monde et chacun d'entre eux supplie d'être relu.

Au premier étage, desservi par un escalier en colimaçon dont l'accès est barré par une chaîne et un écriteau *Riservato*, se trouve l'appartement de Luigi.

Il ne se distingue pas notablement du magasin. Les livres sont partout. Au milieu de la pièce, il a ménagé de la place pour un salon en cuir et une table basse couverte de piles de journaux et magazines italiens.

— Comme je te le disais au téléphone, explique-t-il à Stuart en servant un café, les copies de fragments du manuscrit d'Asim sur son voyage dans le Nord sont des objets recherchés sur le marché de la collection depuis le dix-neuvième siècle. Nous ne savons pas d'où viennent ces copies, mais certaines ont trouvé le chemin des archives du Vatican. Ce sont des fragments, mais manifestement ils viennent tous d'un même document, qui selon toute vraisemblance a été perdu.

— Est-ce à dire, interviens-je, que tout ce qui se trouve au Vatican serait déjà en circulation ?

— En aucun cas. Les archives du Vatican sont inépuisables. Tout dépend de votre méthode de recherche et des références qui vous aident à poursuivre ces recherches. Chercheurs et collectionneurs ont beau avoir exploré de fond en comble les archives, aucun ne savait vraiment ce qu'il essayait de trouver. Si vous passez outre le moindre document, si la moindre référence croisée vous échappe, eh bien, vous perdez le fil rouge qui vous mènera au but. De plus, c'est seulement maintenant…

Il s'arrête pour me regarder.

— C'est seulement maintenant que toute cette information parcellaire commence à trouver un sens.

— Que pouvons-nous espérer ?

— L'un des fragments traite de l'attaque du temple d'Asim. Un autre apparaît comme une sorte de lettre de voyage dépeignant une expédition vers le gouffre de la civilisation.

— L'avant-poste, rectifie Stuart.

— L'avant-poste. Bien sûr. Le Vatican avait réussi dès le douzième siècle à déterminer l'emplacement de ce gouffre, la Norvège, mais le problème était que personne ne savait exactement où en Norvège.

Il m'interroge du regard, je hausse les épaules.

— Ce qui a posé un autre problème a été d'identifier les documents dont il est avéré qu'ils sont liés à cette affaire.

— La plupart d'entre eux semblent être marqués.

— Marqués ? Comment ?

— Avec trois symboles : un ankh égyptien, la rune tyr et une croix.

Le regard de Luigi s'envole.

— *Oh cazzo !...* s'exclame-t-il, avant de redevenir attentif. Je pense que si elle s'est jamais trouvée au Vatican, la lettre de voyage d'Asim aurait été découverte depuis longtemps.

— Nous n'avons pas forcément besoin d'une version complète, observe Stuart. Toutes les pistes, petites ou grandes, peuvent nous être utiles.

— Et c'est ce que vous espérez trouver dans l'*Archivum Secretum Apostolicum Vaticanum*, les archives secrètes du Vatican ?

— Si on nous laisse entrer.

— Ces archives ne sont pas tout à fait aussi secrètes que leur nom le laisse imaginer. Certains pensent que le mot *secretum* renvoie à une notion de « séparation » et non de « secret ». Dès 1881, elles ont été ouvertes à des consultations limitées. Il faut certes déposer une demande, mais aujourd'hui elles reçoivent la visite de mille cinq cents chercheurs par an.

— Obtenir une autorisation est une mission perdue d'avance pour nous...

— Oh, ne dites pas cela. Plusieurs archivistes font partie de, comment dire, ma corporation bibliophile. Ils me doivent quelques services. Je vais vous faire entrer dans les archives et vous trouver un archiviste qui sait où chercher.

Je lui serre la main avec gratitude.

— L'intérêt voué aux manuscrits et aux cartes d'Asim ne s'est pas tari quand Stuart a fait ses remarquables découvertes en 1977, raconte Luigi. Mais, du haut de leur arrogance et de la logique de rebuffade dont ils sont coutumiers, les milieux scientifiques ont abandonné l'affaire à des cercles plus privés.

— Il veut dire des collectionneurs illégaux, traduit Stuart.

— Vous avez parlé de *cartes* ?

— Ah oui, vous ne saviez pas ? Il existerait au moins une carte qu'Asim aurait envoyée en Égypte et qui indiquerait où en Norvège sont cachés la momie et les trésors. Il est possible qu'il en existe une version dans les archives du Vatican, je n'en sais rien, mais, si c'est le cas, cela n'a pas aidé un seul chercheur de trésor.

— Donc vous vous occupez de cartes aussi ?

— Un peu, oui ! Attendez, attendez.

Il descend en courant l'escalier en colimaçon et remonte les bras chargés de rouleaux de papier et de chemises qu'il pose délicatement sur la table devant nous.

— Les cartes sont souvent aussi précieuses que des documents manuscrits. Il s'agit de conceptions du monde ! De l'honneur des grands explorateurs. Marco Polo. Christophe Colomb. Vasco de Gama. Hudson. Nansen. Amundsen. Heyerdahl.

Il déplie une feuille.

— Ceci est un fac-similé de la carte du monde de Mercator de 1569. Vous pouvez reconnaître la Scandinavie, la pointe nord de l'Écosse, l'Islande et certaines parties du Groenland, mais il y a beaucoup d'invention. Mercator s'est fondé sur les récits du Moyen Âge d'un moine navigateur qui a écrit au quinzième siècle un livre appelé *Inventio Fortunata*. Malheureusement, il a été perdu. Le Vinland a été décrit pour la première fois dans des sources écrites connues par le géographe et historien Adam de Brême dans le livre *Descriptio insularum Aquilonius* autour de 1075, soit une génération après le débarquement de Leif Eiriksson au Vinland. La carte du pape Urbain, de 1367, fait allusion à l'existence de grandes îles, la côte américaine, loin à l'ouest dans l'océan Atlantique. La carte contestée du Vinland, la *Mappa Mundi*, est prétendument une carte de l'Amérique. Le parchemin date du quinzième siècle, mais les scientifiques n'arrivent pas à se mettre d'accord sur l'âge de l'encre. Dans la collection de Sir Thomas Philips, on trouve une carte de 1424, qui montre des détails de la côte est américaine descendant jusqu'à la Géorgie et la Floride.

— Il ne manquait plus que cela ! gémis-je. L'Amérique ! Restons-en donc à notre propre continent.

— Comme vous voudrez.

Je goûte le café, qui est très serré, et m'enquiers de savoir si Luigi n'a pas peur des cambrioleurs.

— Après tout, poursuis-je, un cambrioleur pourrait dérober dans ce magasin des livres dont la valeur serait supérieure au trésor qu'il trouverait en cambriolant une banque.

— C'est tellement vrai, c'est tellement vrai !

Luigi se dirige vers la rampe d'escalier. Dans une échancrure du poteau de bois est encastré un bouton.

— J'en ai quinze dans la boutique. L'alarme est directement reliée à la police. Ils sont ici en deux minutes. Et j'ai glissé dans les livres les plus précieux des capteurs électroniques qui déclenchent une alarme si le voleur approche de la porte.

Il tape sur la vitre qui donne sur le passage.

— Verre blindé. Même avec un marteau, vous ne pouvez pas le casser. Si vous voulez traverser cette fenêtre, il vous faut des explosifs.

— J'ai cru comprendre, commence prudemment Stuart, que vous aviez été en contact avec le cheikh Ibrahim ?

Luigi lève les yeux, comme un animal qui sent le danger.

— Quiconque a un certain poids dans le monde international des livres anciens et des manuscrits a été en contact avec le cheikh Ibrahim.

— À quel point le connais-tu ?

— Quiconque affirme bien connaître le cheikh ne le connaît pas.

— Lui avez-vous déjà acheté ou vendu quelque chose ?

Luigi me toise de son unique œil.

— Dans mon secteur, la base du succès est la discrétion. Révéler quoi que ce soit sur des clients, qu'ils soient vendeurs ou acheteurs, relèverait de l'indiscrétion.

— Ce que nous nous demandons, explique Stuart, c'est pourquoi le cheikh s'intéresse au grand prêtre Asim et au trésor volé par les Vikings. Est-ce le trésor lui-même qu'il recherche ? Est-ce la momie ? Ou les écrits qui étaient stockés dans les jarres ?

— Le cheikh s'est toujours intéressé aux antiquités et aux manuscrits.

— Comment a-t-il eu connaissance de l'histoire de saint Olav et de Snorri ?

— Peut-être a-t-il lu le *National Geographic* en 1977 ?

— Peux-tu nous aider à en apprendre plus ? demande Stuart.

— Je vais me renseigner un peu.

Stuart me fait un clin d'œil. Je soupçonne que dans le vocabulaire de Luigi « se renseigner un peu » signifie « tirer au clair ».

— Ne va pas croire que je fais cela pour te rendre service, s'empresse-t-il d'ajouter, comme s'il avait vu nos sourires satisfaits et souhaitait nous remettre à notre place.

— Certainement pas, répond Stuart. Il ne pourrait pas me traverser l'esprit que tu ne veux rien en échange.

— *Amico*, glousse Luigi, tu me connais. Ma motivation, oui, je dis les choses telles qu'elles sont, est mon intérêt personnel, c'est tout. Je pense qu'on peut raisonnablement partir du principe que la chasse au trésor du cheikh Ibrahim n'est pas une malheureuse opération de recherche d'un document minable d'un moine du quinzième siècle. Le cheikh Ibrahim flaire de grosses sommes d'argent. Et s'il y a de grosses sommes d'argent en jeu, je n'ai rien contre me lancer dans la danse autour du veau d'or.

2

La salle de lecture de l'*Archivum Secretum Apostolicum Vaticanum* est longue et étroite, avec un plafond voûté orné de fresques, comme dans une église.

Au milieu se trouvent les tables de lecture, chacune pouvant accueillir deux ou trois chercheurs ; elles sont si nombreuses que je renonce à les compter. Le mur du fond est tapissé de livres sur deux étages.

Un réceptionniste nous conduit à travers plusieurs halls et salles avec des boiseries, des plafonds peints et des bibliothèques en bois sombre. Autour de nous, des chercheurs aux nuits sans sommeil sont plongés dans leurs nuages de poussière locaux.

Tomaso Rossellini est un homme petit, rond, aux yeux noisette qui se plissent avec curiosité derrière des lunettes rectangulaires à monture en or. Il nous attend devant son bureau.

— Donc, vous aussi, vous êtes des amis de Luigi ? nous demande-t-il sur un ton conspirateur en nous serrant la main.

L'esquisse d'un sourire fait tressaillir les commissures de ses lèvres.

— Qui ne l'est pas ? répond courtoisement Stuart, faisant éclater Tomaso d'un rire parfaitement silencieux.

Il faut passer des décennies à travailler comme archiviste ou bibliothécaire pour perfectionner un rire que personne n'entend.

Nous tentons quelques phrases de convenance sur la beauté des lieux et sur combien nous lui sommes reconnaissants de prendre le temps de nous aider, mais il balaie tout cela d'un geste impatient de la main.

— Luigi m'a raconté que vous recherchez des documents et des lettres en rapport avec un certain grand prêtre égyptien, Asim du culte d'Amon-Rê, et avec des liens avec le saint norvégien Olav. Puis-je me permettre, par pure curiosité personnelle, de vous demander pourquoi ?

— Nous essayons de démontrer qu'il a existé entre les cultures norroise et égyptienne des contacts plus étroits que ceux que l'on connaît, répond vaguement Stuart. Nous pensons que la religion norroise des Ases a tout autant subi l'influence de la religion égyptienne que des mythologies germanique et celte.

Tomaso nous observe pendant que le disque dur prend une nanoseconde ou deux pour travailler, catégoriser et archiver ces renseignements. Nous ne sommes certainement pas les premiers chercheurs qui viennent le trouver pour démontrer une hypothèse sans avenir.

— J'ai réuni un certain nombre de références d'archives en relation avec les personnes, la thématique et les sujets connexes. Mais pour des raisons naturelles – le temps ! – je n'ai pas pu passer en revue le matériel moi-même.

Il nous tend trois pages de lettres et de chiffres.

— Les références les plus anciennes ont neuf cent

cinquante ans, mais on trouve des références croisées remontant au douzième siècle et allant jusqu'au début du seizième siècle.

Il nous explique ce que nous serons en mesure de localiser nous-mêmes et ce pour quoi nous devrons recouvrir à des archivistes, en l'occurrence pour la majorité des documents.

— Nos archives contiennent les collections de deux cent soixante-quatre papes depuis le cinquième siècle. Et il ne s'agit pas uniquement d'affaires religieuses, on peut tomber sur tout et n'importe quoi, d'une lettre de relance adressée à Michel-Ange aux lettres d'amour d'Henri VIII. Mais il faut savoir ce que vous cherchez. Les archives sont énormes ! Ces bibliothèques bien remplies s'étirent sur un total de quatre-vingt-cinq kilomètres. Mais je dois vous prévenir : seule une infime partie des textes sont traduits. Dans le meilleur des cas, ils sont traduits en latin.

— Je maîtrise le latin, le grec, le copte, l'hébreu, l'araméen et le vieil italien, déclare Stuart. Puis, voyant nos regards ébahis, il ajoute : cela faisait partie de mon éducation de base.

3

Tomaso nous emmène dans la salle de lecture, puis descend avec nous aux archives. Le matériel se trouve en grande partie au sous-sol, où les rangées de rayonnages d'archives disparaissent dans l'éternité. Un conservateur ayant soigneusement rassemblé ce que nous demandons, nous remontons dans la salle de lecture avec deux cartons de boîtes, classeurs, protocoles et chemises. Puis nous nous installons et commençons à chercher. Heure après heure, Stuart et moi restons voûtés au-dessus de livres à la reliure craquelée et de documents qui partent en morceaux à consulter du matériel qui n'a qu'un vague rapport avec ce que nous cherchons.

Dans un écrit, je tombe sur une référence croisée à une lettre au « grand maître Stephanus Scannabecchi » avec les mots clefs *Noruega* et *Dollsteinen*. Stuart lit une bulle émise par le pape Anastase IV juste avant sa mort en 1154, qui fit de Nidaros un archevêché, au-dessus d'Oslo, Hamar, Bergen, Stavanger, les Orcades, les Hébrides, les îles Féroé et le Groenland.

On trouve de nombreuses références au *Diplomatarium Norvegicum*, un ouvrage en vingt-deux volumes contenant plus de vingt mille lettres du Moyen Âge norvégien, certaines remontant au lointain douzième siècle.

Dans ce foisonnement d'information, je lis une lettre de novembre 1354, dans laquelle le roi Magnus nomme Pål Knutsson commandeur d'une expédition officielle de consolidation du christianisme au Groenland. Puis, dans un document de 1450, se trouve une référence à « l'offensive contre les barbares au Groenland » et à « certains des sauvages qui en ont réchappé ».

Dans une pile d'écrits sur saint Magnus, je découvre une bulle du pape Célestin III, qui en 1197 a canonisé Ragnvald Orknøyjarl – Ragnvald, duc des Orcades.

Plus surprenante est la référence à un parchemin de 1131, dans lequel le chevalier Clemens de Fieschi, dans une lettre au cardinal-évêque Clemens de Fieschi Benedictus Secundus, qui renvoie à un précédent rapport, expose que ce même Ragnvald a dû le précéder et a vidé la caverne de ses trésors.

La caverne ? Des trésors ? De Fieschi propose dans sa lettre que le Vatican conclue une alliance avec une branche de la famille de Ragnvald qui lui est déloyale et s'oppose à lui.

Ces renseignements m'émoustillent à plus d'un titre. Ragnvald Orknøyjarl est ce même croisé qui, d'après Adelheid, cherchait un trésor dans la grotte de Dollsteinen.

A-t-il effectivement trouvé ce trésor ? Quel rôle a-t-il joué ? Était-il un gardien qui a sauvé la momie, les écrits et les objets précieux du Vatican, ou était-il un chercheur de trésors ?

En 1137, quelques années après sa visite à Dollsteinen, Ragnvald a engagé la construction de la cathédrale saint Magnus à Kirkwall dans les îles Orcades, pour honorer son oncle Magnus qui était mort en martyr. Lors de la restauration de la cathédrale au début du vingtième siècle, les ouvriers ont retrouvé les squelettes de Ragnvald et de son oncle Magnus dans les piliers du chœur.

Ragnvald Orknøyjarl a été, d'après la chronique, assassiné par des membres de sa propre famille à Caithness, en Écosse, en 1158, dans le cadre d'une lutte de pouvoir. La lettre de De Fieschi laisse entendre qu'il aurait été liquidé par des renégats au nom d'une congrégation du Vatican.

L'assassinat de Ragnvald en 1158 me rappelle le triste destin de mon ami sira Magnus.

4

Une heure et demie plus tard, Stuart trouve un document qui nous coupe le souffle à tous les deux.

Dans ce document, avec le sceau brisé de la congrégation des cardinaux et un ruban de soie effiloché, il est indiqué sans ambages que le Vatican est informé du fait que « des barbares du pays de la neige » sont entrés en Égypte et ont volé « une momie sacrée, des textes sur papyrus inestimables et des trésors précieux ».

— Pourrait-on être plus clair ?

Stuart a les yeux brillants. En cet instant précis, je

crois que, pour lui, la réhabilitation compte plus que la crypte et le butin viking. D'après le texte, deux émissaires égyptiens, le calife al-Mustarchid et un grand prêtre dont le nom n'est pas cité, se sont rendus au Vatican pour présenter leur affaire.

Leur visite coïncidait avec la traduction de la lettre copte vieille d'un siècle de l'Égyptien Asim, qui prenait la poussière dans les propres archives du Vatican. Le message des Égyptiens et de la lettre copte ont dû impressionner le pape. Plus tard dans l'année, Innocent II ordonnait l'envoi en Norvège d'une première délégation, menée par le chevalier Clemens de Fieschi.

Avec le document des cardinaux se trouve une missive destinée au grand maître Scannabecchi du Vatican, vraisemblablement celle à laquelle il était fait référence plus tôt, et envoyée par Clemens de Fieschi qui, en toute modestie, signait *Porteur d'armes du Seigneur* :

Pour son Excellence
Le grand maître Stephanus Scannabecchi
Sancta Sedes & Curia Romana
Vatican

Sire,
Le cardinal-évêque Benedictus Secundus, au nom du Saint-Père, m'a ordonné de diriger l'expédition d'un groupe de docteurs et d'hommes d'armes en Noruega, au nord de la civilisation, pour, si possible, retrouver la trace d'un manuscrit sur papyrus sacré. Parmi mes hommes se trouvaient des représentants du Vatican, de l'ordre des Chevaliers du Temple, de l'ordre des Johannites et des hommes de confiance choisis par le calife d'Égypte. Le calife avait ordonné à ses émissaires de ramener la momie (embaumée conformément

à l'usage païen égyptien) et le reste du contenu du tombeau de la momie, vraisemblablement de l'or, des pierres précieuses et des œuvres d'art.

Malheureusement, beaucoup porte à croire que les Norvégiens avaient connaissance de notre arrivée. Je n'ai pas réussi à découvrir comment. Ils pourraient, indirectement, avoir été avertis par les émissaires johannites ou les éclaireurs que le cardinal-évêque Secundus avait envoyés en reconnaissance pour nous aider à trouver des pistes, ou par des individus bavards dans les monastères ou les auberges dans lesquels nous avons fait halte, qui auraient transmis des renseignements en partant de nos questions et conversations.

Suivant des conseils que l'on nous avait prodigués dans un village du Danemark appelé Domus Mercatorum, ou Kaupmannahafn, où nous avions rencontré plusieurs marchands et chasseurs qui avaient beaucoup voyagé en Noruega, nous avons fait voile jusqu'à Ásló, le village sur la plaine des dieux sous la colline. L'on pouvait ensuite poursuivre vers le nord à cheval, d'abord à travers des vallées luxuriantes, puis pardessus de puissantes chaînes montagneuses, ce que l'on nous recommandait, plutôt que de naviguer le long de la dangereuse et sauvage côte rocheuse, où des vagues hautes comme des maisons pouvaient s'élever du néant et où l'on disait qu'un monstre marin appelé hafgufa[1] *pouvait faire couler de grands navires.*

À notre arrivée en Noruega, nous avons été pris au dépourvu par un hiver sévère, qui amenait de grandes quantités de neige et un froid glacial, et nous avons été contraints de passer six mois dans un monastère norvégien en attendant la fonte des neiges. Deux de nos hommes sont morts des suites de maladies provoquées par le froid hivernal.

1. Connu en norvégien sous le nom de *kraken*.

D'après les cartes centenaires et les descriptions de l'Égyptien Asim, grand prêtre du culte d'Amon-Rê, *nous pensions pouvoir situer l'emplacement d'une grotte qui portait le nom de Dollsteinen sur une île de la côte nord-ouest. Cette localisation concordait bien avec les descriptions d'Asim.*

Par égard pour le temps précieux de mon lecteur, je ne m'étendrai pas sur ce que nous avons rencontré dans les profondes forêts obscures menant aux hauts sommets qu'il nous fallait franchir pour atteindre notre destination finale. Permettez-moi simplement de vous informer que nous nous sommes heurtés à plusieurs tribus hostiles de sauvages, de trolls et d'ogres, et que, dans les heurts qui s'ensuivirent, notre groupe a perdu cinq courageux soldats.

Nous avons atteint l'île de Doll un jour en fin d'après-midi et établi notre campement sur une plaine, où nous avons fait un feu et rôti quelques oiseaux. Nous étions accompagnés d'un homme qui connaissait les lieux et qui nous avait promis son aide contre une pièce de monnaie et une bénédiction au nom du Saint-Père. Depuis le campement, nous voyions le rocher Dollsteinen à l'extrémité du cap à l'ouest de l'île du fjord.

Au lever du soleil le lendemain matin, nous avons chevauché au bord de l'eau jusqu'au rocher. Là, nous avons attaché les chevaux et laissé deux hommes pour monter la garde.

Le rocher était abrupt, accidenté et glissant. À deux bonnes centaines de pas de hauteur, tournée vers le large, se trouve l'entrée de la grotte, qui ressemble à un gouffre menant droit en enfer. Un tunnel étroit, raide et dangereux plongeait dans les obscures profondeurs.

Nous avons dû nous éclairer à la torche et descendre prudemment sur les rochers glissants. L'air était glacial.

Nous avons fini par arriver dans une grande salle. Puis nous avons emprunté des passages exigus et franchi quelques murs élevés. Pas moins de cinq grottes se succédaient ainsi. Au total, la caverne faisait plusieurs centaines de pieds de profondeur, mais les gens du coin affirment que ce système de cavernes s'étire jusqu'à l'Écosse. De nombreux récits évoquent l'existence d'un grand trésor, qui se trouverait dans la grotte. Le long de la côte, la rumeur voulait que Ragnvald, duc des Orcades, soit venu sur l'île à la recherche d'un trésor il y a deux ans.
Nous nous sommes enfoncés dans la grotte autant que faire se pouvait. Sire, grand maître Scannabecchi, j'ai la douleur d'annoncer à son Altesse sérénissime que la grotte, nonobstant notre examen approfondi, s'est révélée vide.

Avec tout mon humble respect,
CLEMENS DE FIESCHI
Porteur d'armes du Seigneur

5

Vingt-cinq ans après l'échec de la première expédition, le pape Hadrien IV – anciennement Nicolas Breakspear, qui avait visité Hamar et la Norvège en 1153-54 – réunissait une commission chargée d'examiner ce mystère.

Le document laisse largement entendre que la mission de Breakspear en Norvège avait un rapport avec la chasse au trésor. Le pape Alexandre III a envoyé un nouveau groupe de soldats dans le Nord vers 1180, au moment de la construction de l'église en bois debout de Flesberg. Et le pape Grégoire IX a dépêché encore un groupe cinquante ans plus tard, en 1230.

1230… Je me souviens du texte de l'église en bois debout de Garmo : *La garde du pape de Rome, les Johannites de Varna et les chevaliers du temple de Jérusalem sont réunis en un bataillon. Cachée est la crypte sacrée selon les indications d'Asim.*

Dans des actes portant le chiffre romain LXVII se trouve la lettre dont Stuart m'a montré une copie à l'institut Schimmer, cette lettre que le grand prêtre Asim avait envoyée de Rouen au calife d'Égypte, mais qui n'allait jamais arriver plus loin que le Vatican.

Les doigts tremblant d'excitation, nous continuons de tourner les pages de la pile de papiers et de parchemins que de consciencieux moines du passé et des archivistes méticuleux ont enveloppés d'un tissu de références fragiles et d'indications voilées.

6

Vers la fin du deuxième jour, alors que la lumière dorée du soleil plonge par les fenêtres hautes et profondes, je trouve une chemise en cuir.

J'ai beau ne pas comprendre un mot du dossier lorsque je l'ouvre, je saisis intuitivement que j'ai trouvé deux brefs fragments de l'histoire d'Asim, auxquels il était fait allusion dans la lettre que nous avons vue en Égypte.

— Copte, dit Stuart.

Une traduction latine est jointe et, muni des deux documents, Stuart lit à voix haute :

Saint Osiris, ce qu'ils peuvent empester ! Tels des animaux impurs – oui, tels des porcs aux viscères malades et des damans du Cap atteints de gangrène – ils emplissent l'air qui les entoure de leur odeur nauséabonde ; ces relents corsés de sueur rance, de rots acides, de gaz intestinaux fermentés, de pieds enfermés et d'organes sexuels non lavés ; leurs vêtements répandent une odeur de vieille urine et d'excréments, de transpiration, de sang et…

… sans peur, violents et brutaux. Ils luttent avec sauvagerie contre n'importe quel ennemi. Même mortellement blessés ou mutilés d'un membre, ils continuent de se battre. Les hommes courageux qui meurent au combat sont accompagnés par les Valkyries dans un paradis appelé Walhalla, où les tombés deviennent des einherjer, *qui peuvent combattre, manger et boire pour l'étern…*

7

Enflammé et décontenancé par la découverte de ces textes ancestraux, je flâne dans les rues de Rome. Stuart est resté au Vatican pour faire des copies.

Le soleil est tiède. Dans les embouteillages de fin de journée, des deux-roues zigzaguent à folle allure entre des voitures pare-chocs contre pare-chocs. Une cloche d'église, claire et pure, sonne au loin et reçoit des réponses. Sur les terrasses des cafés, touristes et Romains sont installés avec de minuscules tasses autour de tables minuscules. Sur la Piazza Venezia, je passe droit au milieu d'un groupe de pigeons qui s'ouvre et se referme comme une fermeture à glissière.

Mon cœur refuse de s'apaiser. Le trésor d'Asim pourrait-il se trouver encore dans la grotte de Dollsteinen, comme Adelheid me l'a raconté ? Ou Ragnvald, duc des Orcades, l'a-t-il emporté et caché dans la cathédrale Saint-Magnus ?

Dans la rue parallèle, de l'autre côté de la place, une voiture de police force le passage à l'aide de sa sirène. Quelque part un klaxon de voiture retentit. Un car régurgite des touristes.

Je me souviens de la première fois que je suis venu à Rome. J'avais mis plus d'une heure avant de trouver la roche Tarpéienne. J'avais passé des heures au Colisée, où j'avais imaginé la rumeur des foules dans l'Antiquité, et j'avais résisté au soleil cuisant dans les ruines du Forum. Par une douce soirée, j'avais flâné, seul, parmi les couples joyeux à la terrasse des restaurants du Travestere.

Je dois piler quand un scooter sort comme une flèche d'un porche avant d'être englouti par la circulation routière. Un pigeon indigné qui a trouvé un morceau de pain refuse de se déplacer.

Sans faire attention, je fais un pas sur la route.

Quelqu'un m'attrape par la manche et me ramène sur le trottoir au moment où une Alfa Romeo freine en klaxonnant. Je me tourne vite pour remercier l'inconnu qui m'a évité de me faire écraser, mais il est reparti en courant dans la direction opposée.

J'appelle Ragnhild, de la police d'Oslo, depuis un téléphone public pour savoir s'il y a du nouveau.

— Ah, vous voilà ! dit-elle comme si j'étais un malfaiteur en fuite.

Elle me raconte qu'ils ont trouvé la cachette de Hassan à Oslo. Un agent immobilier leur avait vendu un appartement à Frogner. L'argent avait été viré depuis un compte à Londres. Cash.

Lorsque la police a forcé la porte de l'appartement, elle a trouvé des armes et du matériel de surveillance, mais pas d'êtres humains.

Mes pensées ne sont qu'un chaos complet, tandis que je regagne mon hôtel sur le Quirinal.

8

À l'hôtel m'attend une invitation, calligraphiée et enluminée sur du papier à la forme épais, à une réception au club pour messieurs bibliophiles de Luigi ce soir, à vingt heures.

Je monte au quatrième dans l'ascenseur qui cahote.

On est venu dans ma chambre. La pièce est exactement telle que la femme de chambre et moi l'avons laissée. Le lit est fait, la poubelle vidée, mais les minuscules bouts de fil à coudre que j'avais glissés dans la fermeture éclair de ma trousse de toilette et entre les livres et les papiers dans la pile sur la table ont disparu.

Quelqu'un a cherché quelque chose qu'il n'a pas trouvé. Hassan ? Sait-il que je suis à Rome ? Pourquoi ne m'a-t-il pas fait la peau ? Je me poste à la fenêtre qui donne sur une mosaïque de toits et de coupoles d'églises. Dans la brume, de l'autre côté du Tibre, j'entrevois la basilique Saint-Pierre.

Dans la rue, en face de l'entrée de l'hôtel et derrière une édition du *Corriere della Sera*, un homme est appuyé contre un lampadaire.

Il n'a en fait rien de singulier, et c'est peut-être la raison pour laquelle mes soupçons s'éveillent.

La bible de Satan

1

Le club de Luigi se trouve derrière une porte en acajou au deuxième étage d'un vénérable immeuble de la via Condotti, juste à côté de l'escalier de la place d'Espagne, dans un quartier qui semble s'imaginer être encore dans le passé sans vraiment savoir quelle époque choisir. Un frère de loge ou un laquais, je ne vois pas la différence, nous a fait entrer avant de se volatiliser. Une vingtaine ou une trentaine d'hommes, en costumes sombres et buvant pour la plupart du cognac, sont réunis dans le salon.

La fumée de cigare est si dense que mes yeux piquent.

— Bjørn ! Stuart !

Luigi sort d'un cercle, pose son cognac sur le rebord d'un miroir et son cigare dans un cendrier. Il tape fort dans ses mains.

— Messieurs ! crie-t-il. Permettez-moi de vous présenter Bjørn Beltø. Vous savez tous ce qu'il a fait pour sauver le *Reliquaire des secrets religieux*.

Applaudissements épars.

— Et Stuart Dunhill, l'archéologue qui a démontré la visite des Vikings à Thèbes.

Stuart s'incline légèrement.

Luigi nous accompagne dans la salle et nous présente à ses frères de loge. Nous serrons la main de chacun d'entre eux. L'un des conjurés bibliophiles est Tomaso, des archives secrètes du Vatican.

Un autre est propriétaire de l'une des plus grandes chaînes de librairies d'Italie. Plusieurs sont bouquinistes, comme Luigi, d'autres sont bibliothécaires ; il y a ici quelques écrivains et un directeur des éditions Bompiani, ainsi que quelques hommes dont l'activité reste nimbée de discrétion. Les noms sont chuchotés et disparaissent aussitôt de ma misérable mémoire.

L'un d'eux me serre la main particulièrement longtemps.

— Bjørn Beltø, c'est donc vous.

Je devine qu'il a dans les soixante ou soixante-dix ans. Il est toujours bel homme, bien bâti et anguleux, avec de longs cheveux gris ramenés en arrière.

À l'instant où il me la lâche, ma main est reprise par un gros homme chauve qui me murmure qu'il est un *ammiratore*, ce qui, m'explique Luigi, signifie admirateur.

— Dans un e-mail à mes frères, je me suis permis de mentionner la mission qui vous occupait, et je suis fier que notre modeste réseau ait trouvé quelque chose qui va pouvoir vous aider. Nous espérons, ajoute Luigi, qu'en contrepartie vous pourrez nous aider.

Sa voix a pris un ton cérémonieux. Les hommes de l'élégante armée grisonnante trinquent en solitaire.

— Laissez-moi donc vous présenter le club. Vous, comme tous ceux qui connaissent l'existence de notre confrérie exclusive, savez que nous sommes un club fermé pour hommes bibliophiles. Ce que nous sommes, *naturalmente*. Mais le club a été fondé en 1922 dans un objectif occulte tout à fait particulier.

— Occulte ?

— C'est sans doute ainsi que la plupart des gens le percevraient.

— Parce que ?

Luigi lève son verre de cognac.

— Disons-le carrément : nous cherchons la bible perdue de Satan.

La pièce devient tellement silencieuse que les bruits lointains de la ville s'infiltrent à travers les fenêtres. Une pointe d'angoisse vient fendre ma cage thoracique.

— Êtes-vous des satanistes ?

La salle éclate de rire, tandis que Luigi me tapote l'épaule.

— Non, non, non, mon ami, nous ne sommes pas des satanistes. Nous ne vouons pas de culte à Satan. Notre intérêt est purement universitaire. Nous voulons nous pencher sur le rôle et la fonction de Satan dans la Bible et la mythologie chrétienne et juive.

— Le… rôle de Satan ?

— Nous savons qu'il existe une bible perdue, enfin, recueil d'écrits serait une dénomination plus exacte, de la période préchrétienne. Ces manuscrits racontent la vie du diable et sa conception des choses, formulées par ses adorateurs, exactement comme la Bible raconte la vie et les lois des prophètes et de Jésus.

— Mon Dieu !

— La raison pour laquelle nous vous révélons ce secret est que nous espérons et croyons que c'est le manuscrit de ladite bible de Satan qui est en votre possession.

Je goûte ce nom : la bible de Satan. On dirait un juron païen.

— Et pourquoi donc pensez-vous cela ?

— Déductions, suppositions, conjectures. Cinq cents ans avant Jésus-Christ, une version de la bible satanique a été emmenée de Mésopotamie en Égypte, où elle a suivi un homme saint dans sa tombe. Il pourrait s'agir du manuscrit que vos ancêtres, les Vikings, ont emporté.

— Et alors la momie serait le diable lui-même ?

Une nouvelle vague de rires enjoués roule à travers l'assemblée.

— Qu'est-ce qui vous fait supposer que ces écritures sataniques se trouvaient dans le tombeau de la secte d'Amon-Rê ? fais-je.

— Ce qui m'a mis sur la piste, ce sont les trois symboles que vous avez évoqués : ankh, tyr et croix. Je me suis souvenu d'avoir déjà vu cette combinaison de symboles, mais je ne savais plus ni où ni quand. Donc j'ai posé la question à mes frères.

L'un des hommes les plus âgés, Marcello Castiglione, fait un pas hors du cercle et sort une feuille de papier de sa poche intérieure.

— Ceci est une photocopie d'une entrée du journal que Bartolomeo Colomb, le frère de Christophe, a tenu pendant l'un de ses voyages dans la mer des Caraïbes, explique Marcello Castiglione dans son anglais hésitant, mais précis.

Il me tend la feuille, qui est couverte d'une écriture soignée, pleine de boucles et d'ornements.

— Vous n'en comprendrez sans doute pas grand-chose, mais je voudrais attirer votre attention sur ceci…, fait-il en pointant son doigt vers le milieu de la page.

— Hein ? ! dis-je.

J'ignore si « hein » a le même sens en italien, mais, aux sourires que je vois ici et là, je comprends que mon ébahissement divertit.

— Vous dites que ceci a été écrit par le frère de Christophe Colomb ?

Marcello Castiglione hoche la tête avec cérémonie.

— Incroyable ! s'exclame Stuart. Ceci est entièrement nouveau ! Bartolomeo Colomb !

— Pourquoi Colomb a-t-il dessiné ces symboles ?

— Nul ne le sait, répond Luigi. Il parlait de cette combinaison de symboles comme du *Sceau des gardiens.*

— Dans son journal, Bartolomeo Colomb fait référence à une lettre cachetée qu'on l'avait prié de ramener en Europe, enchaîne Marcello Castiglione. Il ne dit pas un mot de qui, sur une île caribéenne récemment découverte, envoyait cette lettre. Mais il révèle à qui l'enveloppe était adressée.

Il marque une pause.

— *Erkebiskop Erik Valkendorf af Nidaros i Noriges rike.*

L'archevêque Erik Valkendorf de Nidaros du royaume de Norvège. Je réprime un hoquet de stupéfaction.

— Par d'autres sources, raconte Luigi, nous savons que Colomb a consciencieusement ramené la lettre en Europe, d'abord à Lisbonne et à Vale do Paraíso au Portugal, puis en Espagne. Il a remis la lettre à un évêque espagnol qui ne se souciait pas outre mesure de jouer les postiers. Même pas pour un confrère norvégien. L'évêque soupçonneux a dû briser le sceau, ouvrir la lettre et, effrayé par le contenu, la donner au représentant de l'Inquisition espagnole, qui était sous l'autorité du roi d'Espagne et pas du Vatican. Pourtant, la lettre est évoquée dans les registres des archives du Vatican en 1503, soit sous le pape Jules II. Cinquante ans plus tard, l'inquisition du pape portait le nom de *Sacrée Congrégation de l'Inquisition romaine et universelle* et cette congrégation de prêtres érudits a classé la lettre comme écriture secrète magique, écriture de sorcellerie, et, en tant que telle, hérétique.

— L'Inquisition, sous une forme atténuée et miséricordieuse, existe d'ailleurs à ce jour, ajoute Tomaso. Aujourd'hui, elle porte le nom de *Congrégation pour la Doctrine de la Foi* et fait partie de l'administration centrale de l'Église catholique.

— Nous nous interrogeons, conclut Marcello Castiglione, sur ce qu'il y avait dans cette lettre qui non seulement a dissuadé l'évêque de la délivrer à son juste destinataire, mais en plus l'a conduite jusqu'à l'Inquisition.

— Cette lettre existe-t-elle ?

— Oui. Enfin, non. C'est-à-dire peut-être. Mais nous ne savons pas où, concède Luigi.

— Tout porte à croire qu'elle a été volée dans les archives du Vatican entre 1820 et 1825, explique Marcello Castiglione.

— Les soupçons se sont dirigés vers un théologien juif fortuné, qui habitait Prague, raconte Luigi. Il avait consacré sa vie à la collection d'écrits religieux et entretenait une véritable fascination pour ce qui concernait Satan. Nous le soupçonnons d'avoir soudoyé un fonctionnaire de rang inférieur aux archives du Vatican pour qu'il vole ce document précis. Étant entendu qu'il reste incompréhensible qu'un document apparemment illisible des Caraïbes du seizième siècle, adressé à un évêque norvégien, ait pu intéresser un collectionneur spécialisé dans les manuscrits et documents du Moyen-Orient.

— Qu'est-il advenu de la collection ?

— Avant sa mort en 1842, il a fait don de l'ensemble, quatre mille six cents lettres, documents et manuscrits, à une fondation administrée par son fils Jakob. En 1934, tout a été confisqué par le célèbre industriel allemand et nazi Maximilian von Lewinski. Nul ne sait ce qu'est devenue la collection par la suite. Beaucoup craignent qu'elle ait été détruite lors du bombardement de la résidence de Lewinski à Dresde en février 1945, qui l'a laissée en ruine.

— La bible de Satan, dis-je encore une fois, toujours interdit.

Marcello Castiglioni adopte la posture d'un prêtre qui s'adresse à une assemblée de sceptiques.

— Les différentes religions ont des images relativement différentes de Satan. *Satan* est le nom hébreu signifiant « opposant » ou « accusateur ». Satan était l'archange chéri que Dieu a expulsé du ciel, l'ange déchu Lucifer.

— Il est l'instrument de Dieu, observe Luigi, tout comme Judas était l'instrument de Jésus. Certains voient le diable comme un représentant symbolique du mal. Pour d'autres, c'est un personnage physique et bestial avec des cornes et des pieds fourchus.

— Certains, comme les juifs, pensent qu'il s'entoure de nombreux démons, indique Marcello Castiglione, dont la voix et le ton légèrement péremptoire rappellent un prédicateur dans une chapelle de campagne. Les juifs ont deux catégories de démons, les *se'irim*, aux allures de satyres velus, et les *shedim*, en forme de serpent. Dans la tradition chrétienne, les démons sont un peu moins physiques ; on les connaît plutôt comme de mauvais esprits. Au seizième siècle, Johann Weyer, l'auteur du catalogue de démons *Pseudomonarchia Daemonum*, a calculé que le nombre de démons de l'enfer était de 7 405 926, répartis en 1111 légions, comptant chacune 6666 membres.

Puis Luigi enchaîne de nouveau :

— Satan, le chef de tous les diables, a toujours fait couler beaucoup d'encre. Qui est-il en réalité ? Satan n'occupe aucune place centrale dans la Bible. En revanche, dans leur livre sacré *La Perle de Grand Prix*, les mormons relatent une rencontre entre Moïse, Dieu et Satan. Selon les mormons, ce chapitre a un jour fait partie de la Bible.

— Dans l'Ancien comme dans le Nouveau Testament, Satan était pour le Seigneur un instrument de mise à l'épreuve de l'homme, dit Marcello Castiglione.

— Lorsque des versions inconnues de la Genèse et de l'Exode sont apparues avec les rouleaux de la mer Morte en 1947, les théologiens ont pu lire que le jour où le Seigneur avait créé la lumière, il avait aussi créé des anges lumineux et des anges ténébreux, enchaîne Luigi.

— Vous comprenez ? demande Marcello Castiglione. Dieu a *créé* les anges du mal. On peut se demander pourquoi.

— Notre représentation de Satan a changé avec notre image de Dieu. Dans l'Ancien Testament des juifs, Dieu apparaissait comme sévère, reprend Luigi. Autour de la naissance de Jésus, cette image de Dieu s'est modifiée. Dieu est devenu miséricordieux. Beaucoup considèrent que c'est un Dieu plus doux que l'on rencontre dans le Nouveau Testament. Pardon et tolérance ont trouvé une place plus importante.

— Simultanément, la représentation de l'homme de Satan s'est modifiée, poursuit Marcello Castiglione. Il est devenu un anti-Dieu, l'opposé radical du Seigneur.

— Mais Satan n'avait toujours pas de règne propre, précise Luigi. L'enfer n'appartient pas à Satan. Dans la Bible, il est écrit que Satan et ses anges ont été *envoyés* dans cette mer de flammes quand ils ont été rejetés du ciel. L'enfer existait donc avant Satan. Ce n'est que plus tard que les hommes se sont mis en tête que Satan régnait sur l'enfer.

— Notre image de Satan, celle du diable comme être semi-bestial avec des cornes et des pieds fourchus, ne vient pas de la Bible, remarque Marcello Castiglione. Elle a été créée au Moyen Âge.

— Pourquoi ?

— Personne ne le craignait ! répond Marcello Castiglione en se mettant à rire. Satan ne faisait peur à personne. Or, l'Église avait besoin d'un diable terrible pour châtier les masses, elle avait besoin d'un monstre épouvantable.

— L'un des contributeurs était un moine de l'abbaye Saint-Germain d'Auxerre en France, renchérit Luigi. Au onzième siècle, Rodulfus Glaber a dépeint Satan comme un petit homme au visage livide, avec une excroissance en guise de bouche, la barbe d'un bouc et des oreilles pointues et velues. Ses dents étaient comme les canines d'un chien, sa tête pointue, elle aussi, et il était bossu.

— Les témoins oculaires se sont multipliés, raconte Marcello Castiglione. L'apparence physique de Satan est devenue plus bestiale, moins humaine. On l'a affublé de cornes, de pieds fourchus, d'ailes… À propos, savez-vous pourquoi les anges ont des ailes ? Les artistes les ont dotés d'ailes pour expliquer au commun des mortels comment ils se déplaçaient du ciel à la terre.

— Imaginez, fait Luigi avec une expression rêveuse, que nous trouvions réellement la bible de Satan ! Imaginez que le récit sur Lucifer montre la véritable identité du diable. L'archange qui a osé remettre en cause la maltraitance de l'humanité par Dieu, l'ange qui a tenu tête à Dieu.

— Qu'est-ce qui vous fait croire que c'est justement cette « bible » que nous avons trouvée en Islande ?

— Déduction, répond Marcello Castiglione.

— Et signe mathématique, ajoute Luigi.

— Mathématique ?

— La façon dont Colomb a disposé les trois signes ankh, tyr et croix dans un schéma avec un total de neuf signes n'était assurément pas le fruit du hasard.

Sur une feuille, Marcello écrit :

Ankh. Tyr. Croix.
Tyr. Croix. Ankh.
Croix. Ankh. Tyr.

— Remplaçons chaque symbole par une valeur chiffrée, propose Marcello Castiglione. Le chiffre un représente l'unité divine dans plusieurs religions du monde. Le chiffre deux représente la dualité de l'existence, sa double face. L'homme et la femme. Le yin et le yang. La vie et la mort. Et le chiffre trois a tant de dimensions religieuses, de la trinité aux trois rois mages qui ont offert trois présents à Jésus, que je ne puis les nommer toutes. Un, deux et trois sont nos chiffres les plus fondateurs. Ensuite, nous faisons la chose suivante : nous transformons la combinaison de symboles de Bartolomeo en combinaison de chiffres. Ankh est égal à un, tyr à deux et croix à trois. Puis nous posons cela avec des chiffres à la place des mots.

1	**2**	**3**
2	**3**	**1**
3	**1**	**2**

— Dois-je tirer de ces chiffres un lien avec Satan ? dis-je.

— Déduisez ! dit Marcello Castiglione. Dans la Bible, nous trouvons le lien dans le manuscrit original grec de l'Apocalypse selon saint Jean. Sous forme numérique, il a été évoqué comme *χξς*, en toutes lettres *εξακCσιοι εξCκοντα εξ*. En lettres latines : hexakosioi hexekonta hex.

— Euh. Et avec nos chiffres occidentaux ?

— Vous voulez dire avec nos chiffres *arabes* ? rectifie Luigi avec un grand sourire. Facile. Additionnez-les !

Marcello Castiglione me refait le schéma :

	1	**2**	**3**	=	**6**
	2	**3**	**1**	=	**6**
	3	**1**	**2**	=	**6**
=	**6**	**6**	**6**		

— 666 ! Le nombre de la bête !

— Horizontalement et verticalement, précise Marcello Castiglione.

— Même en chiffres romains, 666 est un nombre magique, rappelle Luigi en écrivant dans sa main :

DCLXVI

— Si vous employez chacun des chiffres romains de 1 à 500 une fois, vous obtenez :

IVXLCD

— Qui, si vous regardez de plus près, est DCLXVI à rebours.

— 666. Le nombre de la bête de l'Apocalypse selon saint Jean, dit Marcello Castiglione.

— Le nombre qui représente l'antéchrist, ajoute Luigi.

Et un certain nombre d'indications voilées du codex de Snorri en Islande, pensé-je intérieurement, mais sans le dire.

Il est tard lorsque nous quittons le club et marchons en silence vers l'hôtel. Lorsque je finis par m'endormir, je fais un affreux cauchemar dont j'ai tout oublié à mon réveil le lendemain matin. Mes draps sont trempés de sueur.

2

Après m'être douché et rasé, j'appelle Thrainn pour lui demander s'il y a dans le texte quelque chose qui pourrait laisser penser que ses confrères sont en train de traduire – ici, j'hésite et toussote – la *bible de Satan*.

— La *bible de Satan* ? répète Thrainn en souriant.

Après une longue pause, comme s'il voulait me laisser une chance de lui dire que je plaisante, il répond :

— Pour être tout à fait franc, je n'avais pas la moindre idée qu'il existait une *bible de Satan*.

— Une hypothèse…

— Quoi qu'il en soit, rien ne laisse entendre que le manuscrit contienne des diableries, fait-il en riant brièvement. Mais il reste beaucoup de travail à accomplir. Nous ne pouvons pas exclure quoi que ce soit avant que le manuscrit soit entièrement traduit.

Ensuite, je me promène dans la Rome matinale en sifflotant un air des *Misérables*.

Dans la bruine, les trottoirs brillent comme de l'argent. La ville est encore un peu endormie.

Hier soir, avant que nous quittions le club, Luigi m'a demandé de passer à son échoppe en allant au Vatican. Il voulait me montrer quelque chose. En toute discrétion.

Stuart est parti en avance aux archives pas-si-secrètes-que-cela du Vatican. Ses manières de gentleman pondéré, britannique et légèrement embrumé sont remplacées par un enthousiasme fervent et impatient. En son for intérieur, il sait que nous allons bientôt pouvoir produire des documents prouvant la campagne des Vikings en Égypte et qu'il va pouvoir écrire un article scientifique sur le sujet et le publier dans une revue universitaire. La vengeance est mienne, dit le Seigneur. *Mihi vindicta, ego retribuam, dicit Dominus.* Mais je ne crois pas que Stuart recule le moins du monde devant l'idée de faire mordre la poussière à ses adversaires en son nom propre et en celui du Seigneur.

3

Les clochettes sonnent gaiement quand j'entre dans la bouquinerie.

— *Momento, momento !*

Luigi débouche d'un coin en se dandinant, les paupières lourdes en raison de son strabisme et un tablier qui n'a pas fini de prendre son petit déjeuner. Il me salue d'une poignée de main ferme.

— Venez, mon ami, venez !

Il ferme la porte à clef et m'invite en haut.

— Merci pour hier. J'espère que vous n'avez pas pris peur ?

Le tendre duo « Je crois entendre encore » de l'opéra de Bizet *Les Pêcheurs de perles* sort des haut-parleurs. Il s'assied sur le canapé en s'y enfonçant avec un soupir de satisfaction.

— C'est beau, non ?

Je mets un peu de temps à comprendre qu'il parle du duo. Son œil qui voit s'humecte.

— Il n'y a que la musique et les femmes pour vous emplir d'un tel bien-être.

Intérieurement, j'imagine les femmes auprès desquelles Luigi a du succès.

— Vous vouliez me montrer quelque chose ? dis-je.

Il se tourne vers moi et semble me dévisager de son œil aveugle.

— La dernière fois, vous m'avez posé une question sur l'intérêt que le cheikh Ibrahim porte à Asim, commence-t-il. Je me suis renseigné un peu. Il apparaît que, pendant la guerre, l'un des employés de confiance du Vatican a vendu des originaux et des copies issus des archives. Ce serviteur déloyal espérait sans doute empocher une petite fortune, mais, bien entendu, il s'est fait prendre ; une grande partie du matériel a été retrouvée et restituée aux archives. Des copies non autorisées de ce matériel continuent néanmoins de circuler dans les milieux de collectionneurs et de chercheurs, et ces documents, ou ces copies, devrais-je plutôt dire, ont fini par être compilées dans un recueil qui a été surnommé *Les Papiers du Vatican*. Le recueil était constitué de copies de certains fragments de textes évangéliques, d'un certain nombre d'écrits gnostiques, de plusieurs bulles papales sur l'orthodoxie, ainsi que quelques recueils de textes égyptiens, surtout coptes, qui comptaient vraisemblablement certains documents d'Asim. *Les Papiers du Vatican* n'ont pas tardé à devenir mythiques dans le milieu des bouquinistes. Le recueil a disparu dans les années cinquante, avant de réapparaître dans une vente aux enchères illégale à Buenos Aires en 1974, trois ans avant que votre ami Stuart fasse sa remarquable découverte en Égypte. La collection entière a été vendue pour un million et demi de dollars. Avez-vous une idée de qui était l'acheteur ?

— Le cheikh ?

— Tout juste. Le cheikh Ibrahim.

— Merci beaucoup, Luigi !

Je me lève pour partir. Je suis impatient de poursuivre les recherches dans les archives du Vatican.

À vrai dire, cette information sur le cheikh n'est pas vraiment une surprise.

— Mais ce n'est pas tout… ajoute Luigi en baissant la voix. À la fin de la réunion au club hier, un membre m'a retenu. Il m'a confié être en possession d'un fragment de document passablement dégradé, mais sur lequel deux des symboles, ankh et tyr, étaient visibles contre un coin déchiré. Il ignore de quoi parle le document. Il a acheté le fragment avec une collection de textes que des émissaires du Vatican avaient saisie au Groenland dans les années 1450, lors d'une vente aux enchères illégale à Santiago en 1987.

— Au Groenland ?

— Au Groenland.

Luigi se dirige vers une bibliothèque et en sort une édition du *De Principatibus* de Nicolò di Bernando dei Machiavelli de 1532. Il a caché le fragment de document au milieu du livre.

— Mon contact se demande si cela vous intéresserait de l'acheter.

Il a raison sur le fait que le fragment est relativement abîmé. Mais je vois distinctement les symboles ankh et tyr. Le papier est déchiré là où aurait dû se trouver la croix.

— On l'appelle le fragment de Skálholt, indique Luigi.

Le texte est norrois et parfaitement lisible. Il s'agit de la consignation écrite par l'évêque islandais de Skálholt de dons faits à l'église norvégienne en 1250.

— Comment a-t-il atterri au Groenland ?

— Nous ne le savons pas.

Il ressort du fragment que parmi les dons de l'évêque se trouvaient deux figurines en bois. Un sculpteur sur bois islandais avait, sur commande de Thordur Kakali, le neveu de Snorri, sculpté les deux effigies.

Dans la note, l'une est désignée comme saint Laurent Thomas, l'autre comme saint Laurent Didyme.

Un frisson, comme une décharge électrique, traverse tout mon être. Thomas était l'un des douze disciples de

Jésus. Il était également connu sous le nom de Didyme Jude Thomas. En araméen, Thomas signifie jumeau, tout comme Didyme signifie jumeau en grec.

Je suis sans voix.

Il a été sculpté deux effigies de saint Laurent ! Quelque part il existe une copie fidèle du saint Laurent de Ringebu. Dans les annales, tout a été camouflé en donnant à saint Laurent le nom double de Thomas, jumeau ! Le texte caché sous la peinture de la bible indiquait :

Comme la Vierge Marie a porté Jésus en son sein
Le ventre abrite le reliquaire
Gloire à Thomas !

La dernière phrase était un message astucieux aux gardiens, disant que le reliquaire se trouvait dans le ventre du jumeau de l'effigie.

— Mon contact l'estime à vingt-cinq mille euros, annonce Luigi.

Mes pensées sont ailleurs. Luigi se méprend sur mon silence.

— Je suis désolé, c'est ce que demande le vendeur. Dans notre branche, nous ne sommes pas des chercheurs ou des idéalistes qui s'entraident. Nous sommes des hommes d'affaires. Mon confrère pense que vous, ou votre employeur, serez disposé à payer cette somme.

Il hésite.

— Si le fragment ne vous intéresse pas, il va le proposer au cheikh Ibrahim.

En voyant mon regard, il ajoute :

— C'est le business…

Je ne lui révèle pas que j'ai déjà lu et compris le texte. Mais je dis qu'il est vrai que vingt-cinq mille euros représentent suffisamment d'argent pour que j'en confère avant avec mon employeur.

Luigi allume un gros cigare, comme s'il célébrait déjà la transaction.

4

J'ouvre la porte du magasin et sors dans le passage pour rejoindre la Via del Governo Vecchio, où je trouve un téléphone à carte.

D'abord, j'appelle Øyvind. Je l'informe succinctement de ce dernier développement et lui demande de chercher le double de saint Laurent.

— Cherche partout ! Églises, musées, châteaux, manoirs !

Puis je compose le numéro de mobile du professeur Llyleworth. Il répond à la troisième sonnerie. Je l'entends s'excuser et quitter une réunion.

— Bjørn ! Que se passe-t-il ? Pourquoi avez-vous disparu de l'institut Schimmer ? Et que diable faites-vous en Égypte ? Je n'ai pas compris un traître mot de ce que vous me disiez lorsque vous appelé l'autre jour.

— Je suis à Rome.

Je répète tout ce que j'avais essayé de lui dire dans la cacophonie de Louxor, que nous nous sommes enfuis de l'institut Schimmer lorsque la SIS a appelé Stuart pour le prévenir de l'arrivée des hommes du cheikh Ibrahim, je lui raconte le voyage à travers le désert jusqu'en Égypte, puis jusqu'ici à Rome.

Pause.

— Professeur ?

— Stuart est-il avec vous actuellement ?

Il y a quelque chose dans sa voix.

— Il est au Vatican et fouille dans les archives. Je suis en visite chez un bouquiniste qui veut vingt-cinq mille euros pour un fragment de document qui montre que saint Laurent a un double, un jumeau. Pensez-vous que je…

— Bjørn, écoutez-moi. Écoutez-moi bien !

— Oui ?

— La SIS n'a pas appelé Stuart Dunhill.

Un bus passe dans un nuage noir de bruit et de diesel.

— Nous n'avons jamais prévenu Stuart que le cheikh Ibrahim avait envoyé du monde à l'institut Schimmer.

— Mais…

— Et nous ne savons rien des déplacements du cheikh Ibrahim ou de ses hommes.

— Peut-être que quelqu'un d'autre…

— Diane et moi sommes les seuls à avoir des contacts avec Stuart. Personne d'autre. Je l'aurais su si Diane l'avait appelé.

Une sensation de froid me parcourt. Un piéton me bouscule avec un grognement agacé.

— Bjørn. Vous êtes là ?

— Oui.

— Vous entendez ce que je dis ?

— Mais…

— Ni Diane ni moi n'avons appelé Stuart Dunhill !

— Pourquoi a-t-il menti ?

Le professeur Llyleworth soupire.

— Nous aurions dû vous prévenir. Certains à l'institut Schimmer soupçonnent que Stuart Dunhill pourrait avoir collaboré avec le cheikh Ibrahim !

— Mon Dieu !

— La SIS n'a jamais accordé de crédit à ces rumeurs. Ces soupçons n'ont jamais été fondés sur des éléments substantiels. Jamais ! Au fond, c'était juste un vague sentiment de quelque chose qui n'était pas tout à fait régulier. La SIS a choisi de le soutenir, de rester derrière lui. Nous considérions ces rumeurs comme des ragots malfaisants, vestiges des années soixante-dix…

— … et vous m'avez envoyé droit dans ses griffes.

— Bjørn, si nous avions su…

Il s'interrompt.

— Il faut que vous quittiez Rome aussi vite que possible. Si Stuart collabore avec le cheikh, vous pouvez être certain que Hassan et les autres rôdent quelque part. Même si vous ne les voyez pas.

— Ils sont ici. Je sais qu'ils le sont.

— Partez !

— Pourquoi me laissent-ils opérer seul ? Pourquoi Stuart prétend-il que nous travaillons ensemble ?

— Parce qu'ils se servent de vous. Stuart a dû se mettre dans vos bonnes grâces pour vivre en parasite sur tout ce que vous découvrez. Lui et le cheikh vous exploitent. Partez, Bjørn ! Prenez un train rapide pour Milan, puis l'avion. Les aéroports de Rome sont sûrement surveillés.

— Le fragment de texte. Vingt-cinq mille euros. Qu'est-ce que je fais ?

— Achetez-le ! Et tirez-vous de Rome ! Vous m'entendez ?

Le patient (I)

1

La bouquinerie est vide.

— Luigi ?

Il ne répond pas.

Avec impatience :

— Luigi ?

Mon regard glisse à la dérobée – comme celui des hommes comme moi quand ils observent une femme – le long des rangées de livres au dos fin.

Un bruit.

— Luigi ? Vous êtes en haut ?

2

Luigi est assis sur le canapé dans son appartement. Au premier coup d'œil, il a l'air de sommeiller, la tête légèrement penchée en arrière. Son cigare est sur ses genoux, éteint.

— Luigi ?

Puis je me rends compte que la moitié de son occiput a disparu. Le sol derrière le canapé est taché de ce qui un jour a été Luigi. Je titube en marche arrière en hoquetant. Le corps humain perd beaucoup de son mystère divin quand, pour des raisons diverses, il est troué. Quand une plaie par balle met à nu le cerveau, il devient difficile de concevoir que cette bouillie gris jaune a contenu des pensées sur l'univers, l'amour pour une femme et le ravissement à l'écoute de « Je crois entendre encore ».

Sur une assiette sur la table devant lui, à côté du chef-d'œuvre dérangé de Machiavel, le fragment de document a été réduit à un copeau de cendre.

Mes genoux tremblent. Hassan. Hassan est venu.

J'imagine la scène. Les bourreaux sont entrés dans le magasin juste après que je suis sorti pour téléphoner. Luigi a vraisemblablement crié *momento* avant de venir à leur rencontre. *Sì signori ?* Puis il a vu les pistolets, ils ont verrouillé la porte et l'ont forcé à monter l'escalier en colimaçon. Ils l'ont fait asseoir sur le canapé en le menaçant. *Assieds-toi, Quasimodo de merde !* Hassan lui a demandé ce que Bjorn Belto cherchait. Ou peut-être a-t-il cherché à savoir si j'avais essayé de lui vendre les rouleaux de Thingvellir. Luigi a secoué la tête. Il a dû comprendre comment cela allait se terminer. Froidement, calmement, il a tiré sa toute dernière bouffée de cigare avant de plonger la braise sur le document friable qui a dû s'enflammer comme du papier à cigarette bien sec.

Luigi devait se douter que le fragment de Skálholt était important et sa dernière action sur terre a été d'empêcher qu'il tombe aux mains du cheikh.

— *Mister Belto.*

Je me fige. Je me fige au point que les médecins diagnostiqueraient sans doute une paralysie. Chacun de mes pieds se trouve comme emprisonné dans un seau de plomb. Je sais que je devrais me tourner, mais j'en suis incapable. Mon corps est moulé dans du béton armé à séchage rapide. Puis la paralysie finit par relâcher son étreinte. Je me tourne en grinçant vers la voix. Ils sont deux, assis sur un divan partiellement dissimulé par une table à manger couverte de piles de livres instables.

Ils m'ont attendu.

Je ne les ai jamais vus. Des Arabes. Tous deux sont vêtus de costumes chics et ont cet air d'autosatisfaction des hommes conscients d'avoir le pouvoir.

Tous deux sont confortablement installés. Les mousquetaires du cheikh.

— Le patron est en train de perdre patience, explique l'un des hommes dans un mauvais anglais.

— Il veut le manuscrit, renchérit l'autre.

— Maintenant !

J'ai tellement peur qu'il m'est tout naturel de jouer les imbéciles.

— Le manuscrit ?

— Les rouleaux de Thingvellir, me rappelle le premier.

— Combien Luigi Fiacchini était-il prêt à payer ?

— Vous vous méprenez…

— Où sont-ils ?

Au même instant, je me rends compte que je me tiens toujours près de la rampe avec le bouton d'alarme intégré dans le poteau.

— *Où ?*

Ma main glisse le long de l'entaille jusqu'à ce que je sente le bouton sous le bout de mon doigt.

Je pensais que c'était une alarme silencieuse. Qui avertissait la police en toute discrétion, mais pas du tout. C'est seulement maintenant que je comprends pourquoi Luigi n'a pas osé la déclencher.

Une sirène se met à hurler. Au rez-de-chaussée, quelque chose grince furieusement. Les deux Arabes se lèvent. Par bonheur, aucun d'eux n'a compris que c'était moi qui avais déclenché l'alarme.

— *Hurry up !* crie l'un d'eux en me poussant dans l'escalier en colimaçon.

Bien trop vite. Ils me bousculent devant eux. Pieds et marches n'ont pas le même rythme. Je suis englouti par l'escalier et cela ne tarde pas à mal tourner. Au moment où je vois qu'un rideau de fer s'est abaissé devant la porte, je perds pied.

J'essaie de me rattraper, mais retombe mal. Un éclair de douleur me traverse quand mon pied heurte le sol en angle droit. Ma jambe se casse. Je pousse un cri, de douleur, d'horreur, de terreur.

Les Arabes me saisissent avec impatience par la veste et me tirent derrière eux. Ils me traînent comme un sac sur le sol. J'essaie de me redresser sur ma jambe saine.

Tout devient noir.

Je reviens à moi presque aussitôt. Les Arabes secouent le rideau de fer en discutant avec animation.

Soudain ils sont là, devant. Il y a deux policiers qui ont dû se garer en haut dans la rue, le passage étant bien trop étroit pour les voitures, et, à cause du hurlement de l'alarme, aucun de nous n'a entendu la sirène de la voiture.

Ils nous considèrent avec étonnement. Moi qui gis sur le sol. Les deux Arabes qui ont dégainé chacun un pistolet. Et puis ils repartent.

Aussitôt après, l'alarme infernale se tait. En contrepartie, Rome se remplit de sirènes.

Je gémis. Je ne peux pas m'en empêcher.

3

Pour le peintre et le relieur, le noir est une couleur. Pour le physicien, le noir représente *l'absence* de couleur. On dit que nous autres êtres humains avons des perceptions différentes de la douleur, que les hommes ne supporteraient jamais les souffrances de l'enfantement. J'aurais tendance à être d'accord. Nous supportons à peine un rhume.

Ma jambe m'élance, j'ai la sensation d'avoir un pic à glace enfoncé du pied à la hanche.

Je me lamente comme un gamin et, par intermittences brèves et apaisantes, je m'évanouis. Mais la douleur et les vagues de nausées me rattrapent.

Dehors, j'ai des aperçus de policiers en uniformes de commando. Certains nous observent à l'aide de miroirs inclinés au bout de longues perches.

Les Arabes débattent sur un ton énervé. Ils m'empoignent sous les bras et par les jambes du pantalon et me soulèvent. La douleur est intolérable.

4

Lorsque je reviens à moi, je suis étendu sur le canapé en cuir de Luigi dans son appartement. Un chacal affamé me ronge la jambe.

Luigi n'est plus là. Ils ont dû le transporter dans la chambre à coucher.

Pleins de prévenances, ils ont posé ma jambe cassée sur une pile de coussins. Ces hommes sans scrupules recèlent donc au moins un soupçon de décence.

Le téléphone sonne. Ils le laissent sonner. Longtemps. Puis l'un d'eux finit par céder.

— *Na'am !* rugit-il dans le combiné.

Il écoute.

— Nous avons un otage ! crie-t-il en anglais. Et nous exigeons un sauf-conduit jusqu'à l'aéroport Leonardo da Vinci.

Il écoute de nouveau. Son visage s'assombrit.

En arabe, il invoque une tripotée d'esprits des flammes grincheux et raccroche violemment le combiné. Je disparais dans les douces brumes de la perte de conscience.

5

J'ouvre les yeux. Ma bouche est sèche comme de l'amadou. Combien de temps s'est-il écoulé ? Des minutes ? Des heures ? Des pointes de douleur fusent de ma fracture.

— De l'eau, dis-je péniblement. *Water, please.*

Le regard des Arabes est indifférent. Aucun d'eux ne fait mine d'aller chercher de l'eau.

— *Please ! I'm thirsty !*

— *Quiet !*

— *Water, please !*

— *Shut up !*

6

Je gémis.

Je suis à bord d'un navire qui tangue lourdement dans la houle. Monte et descend, monte et descend... La mer n'est qu'un seul rouleau qui ne s'arrête jamais. Je suis sous une couverture molletonnée collante, mouillée, malodorante. J'ai dans la bouche un goût de matière grasse rance. Monte et descend, monte et descend... Douleur et nausée s'entremêlent. Chaque friction de ma fracture provoque des renvois brûlants. Les os frottent les uns contre les autres. Le navire tangue. Ma jambe n'est qu'élancements déchirants, crampes et brûlures, le tout avec une intensité aiguë à laquelle succède un lancinement plus rond et plus profond. Ma jambe cogne et explose. Ses vaisseaux sont en feu. Mon pouls bat en saccades aiguës, furieuses. Mon ventre se contracte. Monte et descend, monte et descend…

L'un des Arabes parle dans son téléphone mobile. J'imagine que c'est avec Hassan. Je suis content qu'il ne soit pas là. Il n'aurait pas posé ma jambe sur des coussins moelleux. Bien au contraire, il aurait serré ses grandes mains autour de la fracture, en la tordant.

Je vomis.

L'Arabe raccroche. Il dit quelque chose à l'autre et me regarde. Aussitôt après, le mobile sonne. Cette fois, c'est l'autre qui répond, en s'énervant. De brèves exclamations de fureur succèdent aux questions et accusations. Enfin, je crois, car je n'en comprends pas un mot.

Le téléphone fixe sonne. La police, me dis-je. Cette fois, ils ne répondent pas.

7

Ma jambe a enflé, et mon pantalon me serre. Chaque cellule, chaque fibre musculaire, chaque articulation bat. J'ai soif. Je transpire et grelotte dans des accès de sueurs froides. Je songe : Dieu du ciel, si mal, si incroyablement mal, si putain d'incroyablement mal. Obscurité. Lumière. Obscurité.

Je glisse dans un sommeil semi-inconscient où la seule chose qui compte est la douleur.

Combien de temps s'est-il écoulé ? Je n'en sais rien, je n'ai aucune notion du temps, secondes, minutes et heures s'entremêlant dans un tourbillon dénué de sens.

Dans ma léthargie, tout l'oxygène de la pièce disparaît. Je suis un astronaute qui plane dans l'espace avec des réserves d'air vides.

Je me débats pour rattraper le câble qui m'échappe et je suis emporté loin du véhicule spatial.

Puis : rien.

8

Je reviens à moi quand un poids m'écrase dans le canapé. J'écarquille les yeux, essaie de respirer d'un halètement rauque. Ma bouche et mon nez sont remplis de sable fin et de mortier. Mes poumons sont serrés l'un contre l'autre par deux liens en acier serrés.

Ma langue se colle à mon palais.

Je régurgite, mais rien ne vient. Rien d'autre que des bruits secs, comme ceux d'un soldat qui se meurt.

— De l'eau, dis-je dans un râle, de l'eau, de l'eau, de l'eau.

Mais ou bien ils ne comprennent pas, ou bien ils s'en moquent.

Ma bouche est grande ouverte. Plus facile de respirer comme ça. Obscurité. Lumière. Obscurité.

9

L'obscurité éclate sous les bruits. Des voix. Je cligne des yeux.

L'Arabe parle dans son mobile. Il crie. En colère. Enfermé.

10

Ils ont enroulé une serviette blanche autour de ma fracture. Et serré avec un cintre.

J'ai la tête qui tourne. Dans un bref aperçu, je vois que la serviette est imbibée de sang.

Fracture ouverte, me dis-je. Aussitôt après, je plisse des yeux inquiets vers la serviette. Maintenant, elle est blanche. Pas la moindre tache de sang.

Alors, ce doit être mon imagination, me dis-je, soulagé, avant de perdre à nouveau connaissance.

11

« Il meurt ! » crie l'Arabe.

J'ouvre les yeux. L'Arabe est au téléphone. Il me regarde en parlant dans son mobile. Il meurt.

Ses mots – en arabe – tournent et tournent encore dans ma tête. Je ne comprends pas ce qu'il dit. Je ne parle pas l'arabe. *Il meurt ?* J'ai dû rêver.

Peut-on mourir d'une fracture, le peut-on ?

De l'eau. Water. Please. S'il vous plaît. De l'eau.

Mais ils ne me donnent rien.

12

De l'extérieur s'infiltrent les bruits d'une autre réalité. Bottes qui courent sur les pavés. Bruits électroniques de talkies-walkies. Grondements de chiens policiers.

Ordres brefs et percutants.

Water. Please. Shut up ! You just shut up !

Interlude

HISTOIRE DE BÅRD (II)

De même, je vous le dis, il y aura plus de joie
Dans le ciel pour un seul pécheur qui se repent,
Que pour quatre-vingt-dix-neuf justes
qui n'ont pas besoin de repentir.

Évangile selon Saint Luc

Mais, par ton endurcissement et par
ton cœur impénitent,
Tu t'amasses un trésor de colère
pour le jour de la colère
Et de la manifestation du juste jugement de Dieu.

Épître de Paul aux Romains

Quand le vent d'ouest soufflait au plus fort, il pouvait éteindre la lampe à huile du pupitre branlant que les moines lui avaient donné. L'un des pieds du pupitre était un peu plus court que les autres. Ou alors c'étaient les trois autres qui étaient trop longs, il ne parvenait jamais à se décider. Il avait glissé un bout de bois sous le pied court quelques semaines auparavant, mais un moine avait dû l'ôter en passant le balai. Le vieillard était assis avec le coude sur la table et le menton dans la main. Il avait les yeux mi-clos. Installé ainsi, il entendait très distinctement les chœurs de la cathédrale de Rouen. Par vagues lentes, comme la haute mer…

EXTRAIT DE L'HISTOIRE DE BÅRD

… ou comme un champ de blé norvégien dans la douce brise de fin d'été, la psalmodie du prêtre montait et descendait. L'écho restait accroché sous le plafond voûté de la cathédrale. Le soleil entrait par une fenêtre et brillait en colonnes obliques scintillantes. Le prêtre se tut. Certains toussèrent.

Puis le chœur, plus loin en arrière dans l'église, se mit à chanter. Les chorals caressants étaient d'une beauté sensuelle.

Aucun de nous n'en comprenait les paroles. Et pourtant nous les comprenions. Je ne puis l'expliquer. J'inspirai les parfums inhabituels de l'encens, suaves et pénétrants à la fois. Une voix claire de garçon emplissait l'espace. Les notes faisaient leur chemin en moi. Je vis un garçonnet dont j'avais coupé la tête d'un unique et puissant coup d'épée. Le sang avait jailli dans les airs.

Autour de moi, les hommes s'étaient réjouis et avaient ri, mais à présent, dans cette église de Rouen, il m'était difficile de ressentir de la fierté.

Le roi Olav était assis en silence sur le banc en bois dur. Il resta longtemps la tête penchée en avant, posée contre ses paumes. La veille, il m'avait confié que sa mère, Åsta, lui manquait. Il s'était écoulé de nombreuses années depuis la dernière fois qu'il l'avait vue.

Était-elle encore vivante ? Avait-elle eu d'autres enfants ? Olav n'avait été qu'un gamin quand il l'avait embrassée pour lui dire au revoir et partir en expédition. À présent, c'était un homme adulte, un roi.

En rentrant de l'église, Olav se montra songeur et absent. Je tentai de lui faire la conversation, mais le roi ne fit que des réponses courtes, peu intéressées. Sans un mot, il monta droit dans sa chambre afin de réfléchir, comme il le dit. Quant à moi, je restai dans l'antichambre à le regarder partir avant de me rendre dans la bibliothèque du duc. Mon père m'avait appris à lire et à écrire les runes, et nombre des parchemins de la collection du duc Richard étaient norrois. J'ai toujours aimé les chants de scaldes et les textes écrits.

Comme à son habitude, l'Égyptien Asim était dans la bibliothèque. Nous l'appelions le Sage. Asim m'insécurisait beaucoup. J'avais beau avoir livré à la mort des hommes plus grands et plus forts que lui, je comprenais que ce petit Égyptien pouvait être dix fois plus dangereux. Il réunissait l'intelligence de nombreux prêtres et les talents de magicien du sorcier. Je l'avais compris en faisant connaissance avec lui à bord du *Havørnen* sur le trajet d'Égypte à Rouen.

Asim leva les yeux. Il était penché sur la table, une plume à la main. Sur sa gauche, il avait un rouleau d'écriture dans cette matière qui était appelée papyrus ; devant lui se trouvait un parchemin tout blanc et neuf, qu'il couvrait d'écriture. « Tu être à l'église ? » me demanda-t-il dans son norvégien ténu.

Mes vêtements étaient encore imprégnés de l'odeur de l'encens. Pendant la brève période qu'avait duré sa captivité, il avait appris notre langue.

Sur le navire, il avait aussi passé beaucoup de temps avec les barreurs pour apprendre la navigation et les manœuvres. Il connaissait les étoiles dans leurs moindres détails et avait montré *leiðarstjarna*, l'étoile Polaire, en la désignant d'un tout autre nom dans sa langue. « Église est un beau temple », observa Asim. « Qu'est-ce que tu écris ? » m'enquis-je avec un signe de tête vers le rouleau de parchemin. Asim me fit signe d'approcher. Hésitant, je pris le tabouret à côté de lui. Asim dit : « Avec l'autorisation de ton roi, je copie quelques textes que LE SAINT a emportés dans sa tombe. » « Tu comprends vraiment ces drôles de signes anciens ? » demandai-je. Asim rit. « Je parler beaucoup de langues, ânonna-t-il.

Quand j'avais cinq ans, je ne parlais pas seulement ma langue maternelle, mais aussi l'hébreu et l'araméen. Plus tard, j'ai appris le grec et le latin et de nombreuses autres langues. Et maintenant j'apprendre ta langue ! Jeune homme, fit Asim en posant sa main sur mon épaule, sans langues, tu n'es rien. Avec les langues, tu possèdes le monde. »

***

Le cercueil avec la momie était placé dans une chapelle aux abords de Rouen. Dix membres de la garde d'Olav surveillaient la chapelle jour et nuit. Nombre des Vikings étaient rentrés au pays sur leurs navires lourdement chargés de trésors, d'autres s'étaient établis autour de Rouen avec le roi.

Tous les matins, Asim faisait la longue promenade du palais du duc à la chapelle pour s'assurer que tout allait bien. Les trésors et les richesses de la crypte étaient encore dans les cales des navires, dans le port fluvial, emballés et surveillés. Les voleurs les plus avides et les plus téméraires de Normandie eux-mêmes n'auraient pas osé essayer de nous les voler, s'ils avaient su quels trésors se cachaient à bord. Le roi était très secret.

Le reliquaire abritait une puissance divine et une force si grande que nul ne devait avoir vent de notre raid ni de ce que nous avions volé.

Aucun chant ne devait être composé. Je lui rappelai que les hommes avaient facilement tendance à parler quand ils allaient dans les auberges et qu'ils étaient avec des femmes, mais Olav s'en préoccupait moins. « Les hommes seront toujours des fanfarons.

Personne ne croit les marins. Mais les chants et les sagas ont plus de puissance. Ils vivent plus longtemps. Nul ne doit apprendre où nous sommes allés et ce que nous avons volé », dit le roi Olav. Et ce fut ainsi.

***

Les semaines passaient. Le roi restait des heures et des heures en compagnie du duc Richard. Le duc était baptisé et adorait le Christ blanc. Olav aussi commençait à se tourner vers le nouveau dieu. Pour nous qui étions proches de lui, ce fut une triste période.

Le fier Viking en lui fut enfermé. L'Olav que nous connaissions des champs de bataille se battait en vain pour être libéré. Le roi avait de longues conversations avec le duc, avec l'archevêque et les moines des monastères et écoles monastiques.

Ils parlaient du Dieu tout-puissant, de son fils Jésus-Christ, du droit chrétien et du livre sacré qu'on appelait la Bible. C'est à cette époque que s'éveilla mon intérêt pour l'art du scalde.

Pendant qu'Olav se laissait convertir par le duc, je fus inspiré par Asim et ses talents de narrateur. Olav était si absorbé par sa nouvelle foi que le Christ blanc faisait de l'ombre à son écuyer et camarade.

Le roi Olav se fit baptiser au nom du Christ blanc. L'archevêque de la cour de Richard, son frère Robert, administra le sacrement. Asim et moi suivions la cérémonie au premier rang. Olav souhaitait que je me fisse baptiser avec lui, mais j'hésitais et lui dis que j'avais besoin de plus de temps.

***

Le jour où nous quittâmes Rouen, le roi Olav et le duc Richard se tinrent longuement les mains sur le quai en conversant. Pour finir, le roi s'agenouilla et embrassa la main du duc.

Des Normands s'étaient rassemblés par milliers au bord de la Seine pour assister au spectacle de la flotte viking trouvant le vent et faisant voile vers la mer. La mer… Je ne pus que ricaner en voyant le visage misérable et nauséeux d'Asim. « Ce n'est rien, ce temps, lui dis-je, juste une bonne brise pour tendre un peu les voiles après tous ces temps de mollesse qu'elles ont passés au mouillage. » S'il trouvait que ça, c'était grave, il ne perdait rien pour attendre de voir la mer de Norvège pendant une tempête d'automne.

Le grand navire plongeait dans les vallées de vagues avec un fracas qui faisait craquer le bois. Les embruns s'élevaient à plusieurs mètres de hauteur et retombaient sur nous en douches glacées. L'eau salée sortait de la tête du dragon de proue. Les hommes poussaient des cris joyeux. De nouveau, je ne pouvais réprimer mon sourire. Ils étaient si heureux d'être de nouveau en mer ! Je n'étais pas le seul que cette longue période obscure à Rouen avait commencé à irriter et là, dans les vagues et le vent, nous avions enfin le sentiment de vivre.

En Angleterre, nous entrâmes au service du roi Ethelred et nous alliâmes de nouveau à Torkjell Høye. Le roi Svein Tjugeskjegg, Svein à la Barbe fourchue, et sa Grande Armée avaient pris le pays au roi Ethelred, en représailles du massacre des Danois qui s'y étaient établis de façon permanente.

Après s'être battu en Angleterre pendant deux étés, Olav vendit une petite partie du butin, paya grassement les hommes restants et prit congé d'eux.

Certains s'installèrent en Angleterre, en hommes aisés. D'autres embarquèrent sur leurs navires vikings et firent voile vers la Norvège.

Deux ou trois cents des guerriers les plus loyaux restèrent dans la cour du roi. Olav vendit le *Havørnen* pour acheter deux *knørr*. À l'automne, nous naviguâmes vers le nord. Les deux navires marchands étaient surchargés d'or, d'argent, de pierres précieuses et des trésors d'Égypte. Après un jour et une nuit dans une tempête épouvantable, je me retrouvai, de nouveau, avec Olav à la proue. Cette fois, nous regardions vers le nord-est. Les *knørr* martelaient la mer. Plus courts et plus larges que les *langskip*, les grands navires, ils étaient lourds dans l'eau. La Norvège n'allait pas tarder à apparaître à l'horizon. C'était difficile à croire : nous avions passé de nombreuses années en expédition.

Olav avait convaincu quatre évêques de nous accompagner en Norvège pour l'aider à christianiser le pays : Grimkjel, Sigurd, Rudolf et Bernhard.

Les voilà qui venaient en groupe pour parler au roi. « Sire », commença l'évêque Grimkjel, en s'inclinant profondément et en jetant un regard vers moi.

Quelques instants s'écoulèrent avant qu'Olav ne comprenne l'allusion de l'évêque. Puis il déclara : « Évêque Grimkjel, Bård est mon confident, tout ce que j'entends, il peut l'entendre. » « Comme il plaira au roi », répondit l'évêque avant d'expliquer qu'il avait eu une conversation avec Asim dans la langue qu'on appelait le latin. Dans son pays, dit l'évêque, il est grand prêtre. Olav l'informa qu'il le savait.

L'évêque raconta ensuite qu'Asim prétendait que la momie était un dieu dormant. « Un faux dieu ? » s'inquiéta le roi qui entendait bien suivre ces dix commandements que le duc Richard lui avait enseignés.

L'évêque Grimkjel leva les mains d'un geste rassurant. « Au contraire, sire, fit-il, Asim nous a parlé de la secte qui a gardé la momie pendant deux mille cinq cents ans et nous ne pensons pas qu'Asim sache tout à fait qui est cette momie. » « Mais vous, vous le savez ? » voulut savoir le roi. « Sire, nous le croyons. »

Le vent trouva prise dans la chevelure longue et blonde du roi, et elle se mit à battre au vent. « Alors, qui est-il ? » demanda le roi Olav...

C'était un ami des ombres. Dans les douces ombres de la fin de l'été, il s'enveloppait dans sa cape de laine et se rendait invisible tandis que les moines le dépassaient en hâte pour accomplir leurs innombrables tâches. Il pouvait passer des heures immobile, caché de la lumière, tandis que ses pensées s'envolaient vers ses années de jeunesse, si longtemps auparavant, vers cette époque d'insouciance avec le roi, où la mort était une promesse, non une menace. Quand le cours du soleil le chassait de son sanctuaire d'ombre et que la lumière torturait ses yeux comme un vent de sable, il cherchait un nouveau coin d'ombre ou regagnait sa cellule de moine. Là il se penchait au-dessus du rouleau de manuscrit sur son pupitre et écoutait les vagues qui se brisaient sur le rivage de pierres et les rochers au pied du monastère.

Troisième partie

L'EXPÉDITION AU VINLAND

Voilà qui était sacrément près du nez, fit le gars.
Il avait reçu une flèche dans l'œil.

Snorri

Quand je serai mort, enterrerez-moi
dans le tombeau où est enterré l'homme
de Dieu, mettez mes os à côté de ses os.

Premier livre des rois

Pour le roi au bon cœur
Le coffret plaqué d'or est fabriqué.

Chant de scalde

Le patient (II)

1

C'est l'aube. Des voiles de lumière sourdent des rideaux de l'appartement de Luigi. La douleur, diffuse, ne s'apaise jamais. Les yeux mi-clos, j'observe ma main qui tremble.

Les deux Arabes somnolent. L'un est assis dans un fauteuil à côté de moi, l'autre s'est allongé sur le divan. Au cours de la nuit, ils ont passé beaucoup de temps à parler au téléphone, soit dans leur mobile en arabe, soit dans le téléphone fixe en anglais. L'Arabe installé sur le divan commence à ronfler. Je m'endors ou bien, peut-être, je m'évanouis, c'est difficile à dire.

Dehors, le jour se lève sur Rome.

2

L'explosion est si puissante que le canapé se renverse. Le souffle projette une averse de bris de glace dans l'appartement. Je suis protégé par le canapé, mais j'ai la sensation qu'on a fait faire à ma jambe deux tours complets.

La police pénètre dans l'appartement par la fenêtre brisée. Tel que je suis – semi-comateux derrière le canapé – je ne les vois pas, mais je les entends. *Polizia !* rugit une voix grave. Une rafale de tirs crépite.

Je ne bouge pas.

L'un des Arabes crie quelque chose que je ne comprends pas, mais, à son ton, je comprends qu'il se rend. La police se rue sur lui. Son pistolet et sa tête claquent sur le sol. Les policiers hurlent des ordres en italien.

Au même moment, trois policiers en tenue de commando intégrale, équipés de casques, visières, gilets pare-balles et pistolets automatiques avec lampe de poche jettent un œil par-dessus le canapé renversé. *Ostaggio !* crie l'un d'eux. *Via liberal !* ajoute un autre. L'un d'eux s'agenouille à côté de moi. *Dottore !* rugit-il. *Immediatamente !*

Au rez-de-chaussée, on fait sauter la porte d'entrée, le rideau de fer est arraché. J'entends des pas qui se précipitent dans l'escalier. L'appartement de Luigi se remplit. Ce sont encore des policiers, mais il y a également des ambulanciers avec des vestes réfléchissantes rouges et deux médecins. Les médecins crient leurs questions en anglais. Où ai-je mal ? Que m'ont-ils fait ? Quel est mon nom ? Quelle est ma date de naissance ? Une fois qu'ils ont leurs réponses, il m'injectent un analgésique et me mettent sous perfusion.

Les griffes de la douleur se rétractent. Les médicaments me plongent dans un sentiment euphorique de bien-être. Intérieurement, j'écoute « Je crois entendre encore » de Bizet. Une fois qu'ils ont stabilisé la fracture et m'ont mis sur la civière, j'aperçois les deux Arabes.

L'un me tourne le dos et est menotté. L'autre gît sans vie dans une mare de sang.

Descendre la civière dans l'escalier en colimaçon est un peu laborieux. Les ambulanciers la hissent au-dessus de la rampe et la font passer à travers des étais. Une fois en bas, ils déplient un chariot à roulettes et me transportent hors de la bouquinerie, puis vers la rue où sont garés tous les véhicules d'intervention.

Un groupe de pigeons s'envole tandis que, dans les environs, les lourdes cloches d'une église sonnent.

3

Je passe les vingt-quatre heures suivantes à l'hôpital dans une agréable torpeur narcotique. Les médecins ont plâtré ma jambe. Par bonheur, la fracture était moins grave que ma douleur m'avait induit à l'imaginer.

Dans le couloir, deux policiers armés gardent l'entrée de la chambre. Un essaim de vibrions de la *polizia*, tous identiques et sans humour, viennent m'interroger.

Ils sont parfaitement semblables, portent le même nom et posent les mêmes questions. Je leur raconte chaque fois ce que je sais.

4

Le lendemain, le professeur Llyleworth me rend visite. En chapeau et pardessus, il a l'air d'un riche oncle qui a fait un long chemin depuis sa propriété dans la campagne anglaise !

En deux heures, je lui ai récapitulé tout ce qui s'est passé depuis que la SIS m'a envoyé à l'institut Schimmer. Son visage s'éclaire quand il m'entend mentionner la collection Lewinski. Il vient d'embaucher une femme qui va pouvoir m'aider : Laura Kocherhans est historienne et chercheuse, avec un doctorat de l'Université de Yale. Avant que la SIS ne la démarche pour son siège de Londres, où Laura a le titre de *Chief Manuscript Researcher*, elle était considérée comme l'une des meilleurs détectives spécialisées dans les manuscrits à la bibliothèque du Congrès de Washington.

Après le départ du professeur Llyleworth, je dors deux heures avant d'être réveillé par la sonnerie du téléphone mobile qu'il m'a laissé.

Au téléphone, la voix de Laura Kocherhans est légèrement nasale, à l'américaine, mais avec un écho doux qui recèle quelque chose de vulnérable et d'attachant.

— Bien sûr que nous allons trouver la collection Lewinski, dit-elle après que nous avons parlé un moment.

— Comment pouvez-vous en être sûre ?

— Le problème de ceux qui ne trouvent jamais ce qu'ils cherchent, c'est qu'ils ne cherchent pas suffisamment bien !

Une femme comme je les aime ! Laura me raconte qu'il existe des milliers de collections privées dans le monde, dont les chercheurs ne connaissent pas l'existence, mais qui contiennent des manuscrits inconnus de grande valeur culturelle et historique.

— Comment cherchez-vous une collection perdue ?

— En cherchant comme vous, je suppose. Avec du discernement et de l'imagination. Et, s'il le faut, ajoute-t-elle avec un rire mignon, des pots-de-vin.

— Par où commencez-vous ?

— Dresde. Puis les archives fédérales de Berlin.

Je reste encore quelques jours immobilisé. Quand on me renvoie enfin chez moi, c'est avec la jambe dans le plâtre et deux béquilles que je dois régler mon dû.

L'île des moines

Norvège

1

La bruine arrive par bouffées de la haute mer et dérive sur le paysage déchiqueté. Quelque part, haut au-dessus de nous, le soleil brille, mais c'est difficile à croire. Entre les nappes de brume, je distingue la tour carrée en pierre qui émerge des ruines du monastère.

Solidement campé sur mes béquilles, je me tiens devant le baraquement provisoire aménagé entre le monastère et le pont. Quelques semaines se sont écoulées depuis que je suis descendu en claudiquant de l'avion me ramenant d'Italie. La fracture est en train de se ressouder. Quant à la suspension de mon poste, elle a été levée : dans le doute et sous la pression politique, la commission d'examen a conclu que le délit que j'avais commis en excavant la crypte de l'abbaye de Lyse sans autorisation ne me coûterait pas mon emploi.

En toute discrétion, nous avons passé deux semaines à travailler jour et nuit pour préparer les fouilles. Les habitants des villages de Selje et les ouvriers du bâtiment locaux qui ont monté le baraquement pensent que nous allons restaurer l'église Albanus.

Archéologues, historiens et géologues norvégiens, suédois, danois, anglais, français, italiens et allemands marchent d'un pas pressé entre les tentes et les baraques. Le ministère de la Culture et la SIS partagent les frais. Nous sommes presque cent spécialistes en activité. Je n'ai pas vu ne serait-ce que l'ombre de Hassan et des hommes du cheikh, mais cela ne signifie certes pas qu'ils ne suivent pas nos faits et gestes…

On dit que même le frêle battement d'ailes du papillon peut déclencher un ouragan. Dans le droit fil de ce charmant postulat de la théorie du chaos, la solution est apparue avec le détail des *deux* effigies dans le fragment de Skálholt, que Luigi a brûlé avant d'être tué.

Øyvind a retrouvé Didyme, le jumeau monozygote de saint Laurent Thomas, après avoir exploré une poignée d'archives, de registres et de beaux livres.

Sept cent vingt-cinq années durant, la sculpture en bois a patiemment attendu sous les silhouettes des flèches et des têtes de dragons de l'église de Borgund, à Lærdal. La paroisse de Borgund a reçu l'effigie en bois du nom de Didyme en don de ses coreligionnaires de Ringebu en 1280.

L'avant de l'effigie était emboîté dans l'arrière avec des tenons et des mortaises, et verrouillé avec huit chevilles en bois sous la tunique et dans les bras.

Dans la cavité du ventre, nous avons trouvé un coffret couvert de runes :

Eirik le GARDIEN cacha le reliquaire dans l'église d'Urnes
100 étés après la mort de saint Olav.

Bård le GARDIEN déplaça le reliquaire à Flesberg
150 étés après la mort de saint Olav.

Vegard le GARDIEN amena le reliquaire à Lom
200 étés après la mort de saint Olav.

Sigurd le GARDIEN cacha le reliquaire
dans le ventre de saint Laurent Didyme
Et déplaça l'effigie de l'église de Ringebu
à l'église de Borgund
250 étés après la mort de saint Olav

Le reliquaire abritait un parchemin codé qu'Øyvind et Terje ont déchiffré à l'aide de la roue runique :

Ragnvald le GARDIEN écrivit ces mots secrets
Comme Asim l'avait ordonné
Cinq étés après l'atterrissage du roi Olav

Cherche la crypte dans les profondeurs de la cavité
Où la Sainte Vierge et les martyrs
Ont échoué et trouvé le salut de Dieu

Là repose le corps du SAINT
Pour les siècles des siècles

Trym le GARDIEN a écrit ces mots
25 étés après la mort de saint Olav

Le sage Asim
Repose avec saint Olav
Aux côtés du SAINT
Et le garde pour toute l'éternité

La caverne de Sunniva. Pas la grotte de Dollsteinen, comme tout le monde le pensait. La crypte se trouve donc au fond de la caverne de Sainte-Sunniva sur l'île de Selja, dans la commune de Selje.

Dans le brouillard, j'entends de douloureux cris d'oiseaux. En tout cas, j'espère que ce sont des cris d'oiseaux. Autour de moi, on s'active comme dans une fourmilière. Des bruits électroniques d'appel sifflent dans les talkies-walkies, car plusieurs policiers sont stationnés sur l'île. Leur présence apporte une certaine sécurité au cas où Hassan rôderait derrière une pierre.

Après le meurtre du pasteur de Ringebu et les événements de Rome, la police a fait de cette affaire sa priorité. Les polices norvégienne, islandaise et italienne collaborent par l'intermédiaire d'Interpol, Ragnhild dirigeant le groupe d'enquête norvégien.

Le monastère de Selje est exposé à tous les vents, sur une plaine sous les rochers abrupts. Il fut un temps où, avec ses murs robustes et sa tour, il rappelait un fort médiéval.

Ce monastère bénédictin a été construit au douzième siècle, mais, avant cette époque déjà, on trouvait sur ce site un monastère en bois plus petit. Cinquante mètres plus haut sur les coteaux, les ruines de l'église de Sunniva s'accrochent comme l'aire d'un aigle, et juste au-dessus s'ouvre la grotte du sanctuaire de Mikael, saint Michel.

La caverne de Sainte-Sunniva. La bienheureuse Sunniva était une princesse irlandaise. À la fin du dixième siècle, elle fuit un soupirant hérétique qui voulait envahir sa vie et son pays natal.

Sunniva et des hommes, femmes et enfants pieux partirent dans trois bateaux qui, sans gouvernail ni voiles ou rames, dérivèrent avec le vent et les courants jusqu'à Selja. Là, les fugitifs s'installèrent dans des grottes et des cavernes. Ceux qui vouaient un culte aux faux dieux païens sur la terre ferme considéraient ces étrangers avec méfiance. Håkon, duc de Lade, envoya ses hommes se battre contre ceux qu'il prenait pour des guerriers. Sunniva et ses compatriotes se réfugièrent alors dans leur grotte et prièrent Dieu de les sauver. Le mythe veut que Dieu, au lieu d'arrêter les attaquants, ait enseveli Sunniva sous des tonnes de blocs de pierre. Pendant les années suivantes, paysans et marins observèrent d'étranges lumières qui rayonnaient de la caverne. Lorsque le roi Olav Trygvasson et l'évêque Sigurd visitèrent le sous-sol de l'île, ils trouvèrent dans la grotte le corps de Sunniva avec des ossements, des crânes et des squelettes à l'odeur agréable. Quelques années plus tard, c'est précisément à Selja que le roi Olav Haraldsson toucha terre lorsqu'il revint en Norvège pour christianiser le pays.

Le mythe de Sunniva a-t-il été inventé pour dissimuler l'existence d'une crypte au fond de la caverne ?

2

À la mi-journée, le brouillard se lève.

Je suis dans une baraque de la direction du chantier, où j'étudie les dernières photos du chantier de fouille. La caverne est ravagée par les éboulements et les chutes de pierre. Derrière l'autel de pierre de la grotte, nous avons ôté plusieurs tonnes de pierres et exposé un mur vertical fait de moellons grossièrement taillés. Au milieu de ce mur, une porte cintrée a été rebouchée avec des galets plus petits. La porte est scellée.

Demain, à onze heures précises, nous allons la briser pour passer de l'autre côté.

J'entends des pas approcher et repose les photos. La porte s'ouvre. Dans le contre-jour qui l'encadre d'un rayonnement céleste, elle a l'air d'une déesse qui serait descendue parmi nous autres mortels avec un message de vie éternelle. Mais ce n'est qu'Astrid qui m'apporte une tartine au concombre et à la tomate. « Impatient ? » me demande-t-elle. Professeur auprès du musée des Antiquités, elle est l'une des plus grandes spécialistes des ruines de monastères norvégiens.

Quelque chose en moi palpite.

3

Le hurlement de l'alarme est strident.

Je me réveille en sursaut et me redresse sur le lit de camp. Je suis encore sous l'effet de l'atmosphère étrange d'un rêve dont je ne parviens pas tout à fait à me souvenir. Je tâtonne à la recherche de mes lunettes avant d'allumer la lumière. Il est deux heures et demie. Dehors, j'entends des cris et du vacarme.

Je m'habille rapidement, saisissant mes béquilles et claudiquant dans la nuit. L'alarme a automatiquement allumé toutes les lampes extérieures. Dans le brouillard nocturne, le site entier est baigné d'une lumière ouatée. L'air est mordant.

Aussi vite qu'on le peut quand on se déplace avec des béquilles, je sautille jusqu'à la baraque de la direction du chantier.

Plusieurs personnes parlent avec animation avec deux des gardes. Ils expliquent qu'un garde gît inconscient dans l'escalier de pierre étroit et raide qui monte à la caverne.

Quelqu'un parvient enfin à éteindre la sirène. Au même instant, nous entendons démarrer un bateau au moteur rugissant. Dans les heures suivantes, nous parvenons à nous faire une idée de la situation, à défaut de vraiment la comprendre. Des gens se sont introduits dans la caverne.

Les marteaux qu'ils ont laissés signifient sans doute qu'ils avaient prévu de briser la porte pour aller dans la crypte que nous comptons trouver de l'autre côté.

Heureusement, nous avons, sur mes conseils, gardé secrets les détails des systèmes d'alarme mis en place pour protéger le site. Les malfaiteurs sont ainsi tombés droit dans le piège : un rayon infrarouge au milieu du portail en fer forgé à l'entrée de la grotte. Le garde de nuit qui est monté en courant voir ce qui se passait a été assommé. Groggy, il revient à lui pendant que nous le portons jusqu'à la baraque, où nous nettoyons et pansons sa plaie au front. Il se souvient à peine de l'agression et ne sait plus qui il est.

Le matin, il nous manque trois collègues.

Michael Rennes-Leigh de la School of Archaeology de l'Université d'Oxford, Paul-Henri de Chenonceau de l'Institut de papyrologie de la Sorbonne et Paolo Baigenti de l'Université de Rome ne sont plus là.

Je n'en connaissais aucun particulièrement bien. Ils restaient beaucoup sur leur quant-à-soi. Rien dans leurs missions de travail n'indique qu'ils avaient la moindre raison de se rendre dans la grotte. Et encore moins au milieu de la nuit avec des marteaux… D'une manière ou d'une autre, ces trois-là ont réussi à infiltrer les fouilles et travaillaient vraisemblablement pour le cheikh.

D'après le *lensmann*, le bateau sur lequel ils ont fui est amarré à Selje. La voiture de location a disparu.

Nos vérifications auprès des universités auxquelles ils sont rattachés montrent qu'ils venaient tous d'arriver en tant que boursiers. Leurs postes de chercheurs étaient financés par la même fondation d'Abu Dhabi aux Émirats arabes unis.

4

À onze heures, le travail de démolition du mur commence.

La caverne est humide et froide. Dans une impatience frigorifiée, nous nous tenons en demi-cercle autour des costauds qui vont faire le trou dans le mur. Dehors, dans la bruine, les journalistes de la presse écrite et les équipes de télévision attendent.

Le mur est épais, robuste et peu coopératif, mais une pierre finit par se détacher, puis une autre. Munis de barres à mine, nous ôtons les pierres de soutènement plus petites, afin de créer une ouverture suffisamment grande. Quelqu'un y glisse une lampe de chantier.

Quand j'étais petit et que je déchirais l'emballage des cadeaux de mes mains pâles et menues, sourdait toujours en moi l'espoir frémissant que précisément ce présent-là serait plus grandiose, plus surprenant que n'importe quel autre que j'avais pu recevoir. Je rampe à travers l'ouverture en tenant la lampe devant moi pour éclairer l'obscurité sans fond, et j'ai enfin ma récompense.

Astrid me fait passer mes béquilles. Derrière moi règne un silence complet. Je me redresse, époussette mes genoux. Je reste immobile sur un palier, le souffle court.

Rien, strictement rien, ne nous a préparés à ce qui nous attend.

La grotte

1

Dans la pénombre, je pressens la dimension de la crypte. Deux rangées de colonnes en pierre projettent des ombres sur les parois. Des barbes de mousse et de racines pendent de fentes dans la roche. Un faible courant d'air me caresse la peau.

L'obscurité des siècles est lacérée par le ballet des rayons lumineux des lampes de poche de ceux qui arrivent derrière moi.

La grotte déborde de trésors égyptiens. Sous les couches de poussière de pierre et de toiles d'araignées scintillent de précieuses antiquités. Coffres. Jarres. Écrins. Or, argent et pierres précieuses. Chandeliers. Coupes. Lampes à huile. Tableaux muraux. Ornements. Sceptres. Pierreries finement ouvragées. Diamants. Rubis. Saphirs. Émeraudes.

Des statues de dieux égyptiens et de pharaons sont alignées dans une chambre latérale, comme s'ils attendaient patiemment. J'en reconnais plusieurs. Anubis. Thoutmôsis. Amenhotep. Ramsès. Horus. Akhénaton. Thot. Je suis submergé par l'émotion, les larmes coulent de mes yeux. On me tapote l'épaule. Je me mords la lèvre inférieure en posant la main sur la colonne à côté de l'escalier. La surface lisse est glaciale. Je suis si ému que je reste appuyé sur mes béquilles à regarder fixement droit devant moi. Derrière, Astrid s'extirpe de l'ouverture dans le mur. Comme moi, elle se fige, la bouche entrouverte, les yeux perdus dans la pénombre.

Mille ans durant, cette crypte est restée cachée derrière des tonnes de cailloux, derrière un mur si épais qu'il se confondait avec la roche.

2

Je descends avec précaution les marches une à une, à cloche-pied, en tenant mes béquilles devant moi. Les autres me suivent, avec leurs lampes de chantier et de poche, et leurs exclamations.

Au centre de la crypte pentagonale se trouvent deux blocs rocheux, deux socles en pierre taillée. L'un est vide. Sur l'autre repose le reliquaire d'Olav, le cercueil de saint Olav. Sans un mot, je me tourne et échange un regard avec Astrid. Ses lèvres tremblent. Je m'approche respectueusement du cercueil.

D'innombrables manœuvres de détournement lui ont assuré près de mille ans de tranquillité. Je m'arrête. Les béquilles dans une main, j'essuie délicatement un peu de l'épaisse couche poussiéreuse de l'autre.

Quelques-uns d'entre nous hissent la caisse sans fond, le cercueil extérieur protégeant le reliquaire d'argent. Sous les couches de poussière, le placage d'argent, paré d'ornements en or et de joyaux, est noirci par l'âge.

Sa silhouette est exactement telle que j'ai souvenir des dessins dans les livres d'histoire. Le cercueil mesure deux mètres de long et à peine un mètre de large et de haut.

Le couvercle a la forme d'un toit de maison ; le faîte est prolongé à chaque extrémité par des têtes de dragons.

Je ne bouge plus et admire le reliquaire d'Olav.

Quand le cercueil aura subi les opérations de nettoyage et de conservation, il va devenir mondialement célèbre. Des images vont défiler sur les écrans de télévision des États-Unis et d'Australie, du Japon et du Burkina Faso. Elles vont orner la une de *Newsweek* et d'*El País*. La découverte de la châsse d'Olav et des vestiges du roi viking canonisé est un événement archéologique.

Derrière nous arrivent sans cesse d'autres collègues. Tous parlent à voix basse, comme dans une église.

— L'Arche d'Alliance ! soupire quelqu'un.

— Ne dites pas n'importe quoi ! dis-je. C'est le reliquaire d'Olav !

Quelqu'un éclate d'un rire exalté. Mon regard glisse du reliquaire d'Olav au socle en pierre vide à côté.

Le socle de la momie ? Où est le sarcophage ?

Je claudique vers une chambre latérale. Deux cercueils en pierre plus petits reposent sur un seul socle. Sur un couvercle, le nom *Bárðr*, forme norroise de Bård, est gravé en runes. Sur l'autre est écrit *Asim*. Asim...

Bouleversé, je fais un pas mal assuré en arrière.

Asim, l'Égyptien... Le grand prêtre du culte d'Amon-Rê. C'est donc vrai, tout cela : les allusions de Snorri, les théories de Stuart, nos folles conjectures.

Tout ce que nous avons soupçonné, sans vraiment le savoir. Tout est vrai.

Un peu plus tard, nous écartons les deux couvercles de pierre. Dans chaque cercueil se trouve un squelette dans des restes de bandages décomposés. On a essayé d'embaumer et de momifier les deux corps. Contre le mur de la cavité latérale se dressent encore des jarres pleines de bijoux en or, de pierreries et d'objets décoratifs.

3

Les projecteurs de chantier baignent la crypte d'une lumière blanche et vive.

Ce n'est que maintenant que je me rends compte que les murs et le plafond sont décorés. Sous la couche de poussière, j'entrevois des inscriptions en hiéroglyphes, runes et lettres. Je vois des peintures murales aux couleurs passées de dieux égyptiens, chrétiens et norrois, des figures et des symboles, un vrai bouillon de mythologie, d'astrologie et de religion.

Depuis une croix, en forme d'ankh, Jésus lève les yeux sur un Odin tout-puissant. Le serpent du Midgard s'enroule autour d'un globe terrestre qui abrite un pentagramme. Amon-Rê trône à l'entrée de l'outre-monde, où Satan domine dans toute sa puissance. L'arbre-monde Yggdrasil projette de longues ombres sur la pyramide de Khéops. Moïse sépare les flots d'une mer écumante à l'aide de l'épée Mimung. Les décorateurs imaginatifs ont entremêlé mythologie nordique, christianisme, judaïsme, mythologie égyptienne et un soupçon d'astrologie.

Certaines bribes de textes sont lisibles. Elles parlent d'un dieu en sommeil éternel, des saints Moïse et Olav, du discours des étoiles et d'un voyage au bout du monde.

4

Pendant une bonne semaine, je travaille dans la crypte depuis très tôt le matin jusqu'à tard le soir.

Nous photographions, filmons et copions les décorations murales. Nous prenons des mesures de la grotte et la dessinons selon des perspectives variées. Nous enregistrons et marquons chaque artefact, chaque jarre, chaque pierre.

C'est avec bonheur que je me consacre entièrement à mon métier d'archéologue en m'efforçant d'oublier qu'il existe des hommes du nom de Hassan et de cheikh Ibrahim al-Jamil ibn Zakiyy ibn Abdulaziz al-Filastini. L'île et la grotte sont placées sous la surveillance de policiers et de vigiles vingt-quatre heures sur vingt-quatre.

Chercheurs, journalistes et équipes de télévision viennent du monde entier pour visiter la grotte. Nous les faisons entrer par petits groupes, tous les après-midi. Ayant une tendance à passer les dimanches de pluie en compagnie de National Geographic Channel, je me montre particulièrement bien disposé à l'égard de l'équipe américaine de cette chaîne de télévision qui souhaite réaliser un documentaire d'une heure. CNN émet en direct de l'entrée de la caverne. La Rai italienne prévoit une émission dont le titre de travail est *La Crypte dans la grotte*, et demain la chaîne arabe Al-Jazeera est prévue.

Un soir tard, Ragnhild, de la police, m'appelle. Elle a reçu un rapport d'Islande indiquant que l'un des hommes de Hassan avait été arrêté à l'occasion d'un nouveau cambriolage chez Thrainn. Le malfaiteur louait une maison au bord du lac Raudavatn par l'intermédiaire d'une agence immobilière saoudienne établie à Paris. Trois avocats sont venus de Londres pour assister le cabinet d'avocats le plus prestigieux d'Islande.

J'essaie d'appeler Thrainn, mais il ne répond pas.

5

Nous transférons le reliquaire d'Olav par hélicoptère de Selja à Bergen. La camionnette est escortée par la police de l'aéroport de Flesland à l'atelier de l'Université de Bergen.

Nous mettons deux jours pour démonter le reliquaire. Sous le cercueil extérieur, nous mettons à nu le cercueil d'argent serti de joyaux que Magnus Olavsson, le fils d'Olav, construisit pour son père.

Des éléments en or sont incrustés dans le couvercle et sur les côtés. Certaines zones sont constituées de motifs religieux en relief. Les parois et le couvercle sont décorés de joyaux et de cristal de roche poli.

Nous défaisons laborieusement les attaches, moraillons et gonds qui retiennent le couvercle en forme de toiture du cercueil d'argent. Nous sommes quatre pour soulever délicatement le couvercle.

Tout au fond se trouve le cercueil en bois d'origine. Le bois est tapissé d'étoffes qui se sont décomposées. Le cercueil lui-même semble solide et dur, et le couvercle est cloué avec soixante-six clous en cuivre. Nous les enlevons un par un, jusqu'à ce que nous puissions ouvrir le couvercle en faisant levier.

Le corps de saint Olav est momifié et partiellement recouvert d'un linceul brodé. La momie repose les mains croisées sur la poitrine.

Dans ses mains, le roi tient un sceptre en or ayant une forme d'ankh à une extrémité et de rune tyr à l'autre. Un peu au-dessus de la moitié est fixée une barre transversale. Ankh, tyr et croix sont ainsi réunies sur le sceptre.

Nous restons sans mot dire pendant plusieurs minutes et contemplons les vestiges du roi saint. Dehors, le vent s'est levé, les arbres tremblent sous les rafales.

La collection Lewinski

1

On frappe à la porte de mon bureau. Je suis de retour à Oslo. J'ai passé quelques jours à compulser des rapports de diverses instances professionnelles qui travaillent sur l'examen de la grotte et des vestiges.

Je lance un regard agacé en direction de la porte et, dans l'espoir que les coups vont s'arrêter, je ne bouge pas.

Par peur des émissaires du Vatican, les gardiens ont déplacé la momie égyptienne de la caverne de Selja, ou peut-être d'une cachette provisoire dans une église en bois debout, en Islande, chez Snorri.

En Islande, la momie a été gardée par Snorri, puis par Thordur. Mais qui a repris la momie lorsque Thordur a été appelé auprès du roi de Norvège, nous ne le savons pas. Pourquoi le cercueil a-t-il été déplacé ? Où cela ? Et pourquoi avoir laissé les trésors et le reliquaire d'Olav dans la grotte ?

On frappe de nouveau. Plus fort.

J'ai enfermé mon délire de persécution dans un cocon d'assurance indifférente. J'ai gagné et le cheikh a perdu. Ses bataillons d'assassins, d'espions et de poursuivants sont rentrés chez eux avec Hassan, penauds et déçus, battus à plate couture par un maître de conférences en archéologie norvégien.

— Bjørn ?

La porte s'ouvre.

— C'est moi !

Thrainn.

Je le serre dans mes bras avec un peu plus de cœur qu'un éminent docteur en archéologie ne l'attend de la part d'un misérable maître de conférences.

— J'ai essayé de t'appeler, dit-il.

— Désolé. J'ai éteint mon mobile, sinon il sonne constamment. Que fais-tu ici ?

— J'apporte quelque chose qui pourrait être utile. Ensuite, je vais à Selja pour regarder la grotte de plus près. Une chose pareille, on n'en fait l'expérience qu'une fois dans sa vie, dans le meilleur des cas.

Sous le bras, il porte un grand dossier.

— La traduction du manuscrit biblique ?

Il secoue la tête.

— Ils n'ont pas encore terminé. C'est éminemment déconcertant. Le texte à la fois correspond et ne correspond pas aux anciennes versions de la Bible. Ils n'excluent pas que le texte soit une version pirate, dans laquelle un nigaud de moine aurait fait ses propres ajouts sur une copie d'un texte biblique existant.

Il ouvre son dossier et en sort quelques grandes photos d'un manuscrit.

— J'ai fait photographier les pages intéressantes en taille réelle. La qualité de photo est de première classe ! Tu peux même voir les irrégularités de l'encre.

— Qu'est-ce que c'est ?

— Le livre de Flatey. *Codex Flatöiensis*. Le plus grand et le plus beau des recueils de manuscrits islandais, sans doute le manuscrit médiéval le plus important d'Islande. Deux cent cinquante pages de la plus belle peau, écrites à la main, enluminées et illustrées. Le texte a été commencé en 1387 par…

— Thrainn ! Pourquoi m'as-tu apporté cette copie ?

— Parce que le *Codex Flatöiensis* contient davantage que les autres écrits. Tu y trouves la plupart des sagas des rois de Norvège, comme l'histoire d'Olav Tryggvason et saint Olav, mais aussi des informations historiques. Le livre de Flatey contient par exemple une autre version de l'histoire de saint Olav. Avant, les historiens considéraient que la version de Snorri était plus précise, mais maintenant nous accordons plus de foi au livre de Flatey. Ce que je voulais te montrer, c'est ceci…

Thrainn tourne les pages.

— Voilà, annonce-t-il. La saga des Groenlandais.

Il tapote la photo. Dans la marge, magnifiquement enluminés, se distinguent trois symboles : ankh, tyr et croix.

— Ce texte en marge n'a jamais été inclus dans aucune des copies ou traductions du livre de Flatey qui ont été faites par la suite. Il en va ainsi de la plupart des manuscrits. Si tu retournes à l'original, tu trouves toujours des textes qui ont été oubliés ou négligés.

— Qu'est-ce qui est écrit ?

— Pas grand-chose. Il est évident qu'ils ne voulaient pas que n'importe qui puisse comprendre. En résumé, le texte raconte que, en 1350, les gardiens ont déplacé le trésor pour le mettre en sûreté au Groenland.

Je me tais. Ce trésor, ce doit être la momie et les rouleaux. Y a-t-il encore un tombeau, au Groenland ?

À la fin du dixième siècle, le Groenland a été colonisé par Eirik Raude, Eirik le Rouge, qui était en fuite, après avoir été banni de Norvège et d'Islande. Pendant quelques siècles, la colonie nordique s'est épanouie en harmonie fragile avec les autochtones inuits, mais, peu à peu, la situation s'est dégradée. Le dernier navire marchand norvégien a quitté le Groenland en 1368. Le dernier évêque chrétien est mort dix ans plus tard. L'histoire veut que la colonie nordique ait disparu pendant la première moitié du quinzième siècle. D'aucuns pensent qu'ils ont été faits prisonniers de pirates et vendus comme esclaves. D'autres croient qu'ils ont fait voile vers le sud et les îles Canaries, où ils ont fondé le peuple des Guanches, grands, blonds aux yeux bleus. Selon d'autres versions, ils auraient tranquillement navigué vers l'Islande et la Norvège, se seraient tout simplement éteints, ou bien auraient poursuivi vers le Vinland à l'ouest…

— Cela pourrait expliquer toutes les références au Groenland sur lesquelles nous sommes tombés, dis-je.

— Il y a ici une référence à la peste noire. Dans les années 1350, les Islandais craignaient la peste qui décimait la Norvège et l'Europe. Elle n'a certes jamais atteint l'Islande, mais tu imagines la panique qui y régnait.

— Donc, par peur de la peste, les gardiens se sont réfugiés au Groenland !

— Ça en a tout l'air.

— Et le reste du trésor se trouverait là-bas ?

— Ah, non, pas du tout.

Thrainn sort d'autres photos.

— Ici, dans le livre de Skálholt islandais du quinzième siècle, on a écrit a posteriori un texte de marge. Ce texte laisse entendre que le trésor a été gardé par une colonie nordique au Groenland pendant cent ans, autrement dit jusqu'aux années 1450. Ensuite une partie de ce peuplement a été massacrée. Des découvertes archéologiques de squelettes, d'armes et de matériel sur les lieux de peuplement portent à croire que les attaquants pourraient avoir été des soldats du sud de l'Europe. Peut-être le Vatican. Mais lis cela ! fait-il en tapotant le doigt sur un paragraphe. Il est clairement indiqué qu'un groupe leur a échappé et est reparti « vers le pays derrière l'horizon ».

C'est une formulation intéressante, car elle revient dans plusieurs textes de l'époque, et elle renvoie au Vinland. Le nouveau pays étranger à l'ouest.

— En 1450 ?

— Ce n'est que cinquante ans plus tard que Colomb a trébuché sur les Caraïbes.

— Au Vatican, j'ai trouvé une référence à des combats ayant eu lieu au Groenland en 1450. Si ma mémoire est bonne, il était aussi écrit quelque chose sur le fait que certains des barbares, qui pourraient avoir été les gardiens norvégiens et islandais, avaient réussi à s'échapper. Cinquante ans plus tard, le frère de Christophe Colomb a transmis une lettre de la part d'un groupe inconnu de gens de l'île d'Hispaniola. Les gardiens.

— Tu as la lettre ?

— Nous la cherchons.

— Les régions maritimes entre la Norvège, l'Écosse, l'Islande et le Groenland ont été visitées par plusieurs expéditions du sud de l'Europe à cette époque. Les hommes du pape, suite aux expéditions des années 1360, connaissaient bien ces eaux. Une centaine d'années plus tard, Christophe Colomb est d'ailleurs venu en visite ici dans le Nord, comme simple marin. C'est vraisemblablement ainsi qu'il a eu l'idée de naviguer vers le pays à l'ouest.

— Donc la momie a été amenée d'Islande au Groenland et, cent ans plus tard, du Groenland à la colonie nordique du Vinland.

— Cela pourrait être le cas.

2

À quatorze heures, j'ai rendez-vous chez le médecin, qui m'enlève mon plâtre. J'ai l'impression d'avoir la jambe d'une légèreté aérienne, mais, craignant la douleur, j'ai peur de marcher. Le médecin me dit que je suis une mauviette. J'ignore si elle me taquine ou si elle le pense réellement.

Cet après-midi-là, Laura, la chercheuse de la SIS à la recherche de la collection de Maximilian von Lewinski, me téléphone. J'entends à sa voix qu'elle est surexcitée.

— J'appelle de Berlin, des archives fédérales !

— Qu'avez-vous trouvé ?

— Je crois que j'ai enfin réussi à retrouver la trace de la collection !

— À Berlin ?

— Non, mais c'est là que j'ai découvert le fil conducteur. Je suis allée à Bonn, Stuttgart, Paris, Varsovie…

— Racontez !

— Le respect de Maximilian von Lewinski pour sa collection devait être bien trop grand pour qu'il ose courir le moindre risque. Il était officier de haut rang dans la Wehrmacht. Il avait dû comprendre que la guerre arriverait. Donc je me suis dit : si j'étais Maximilian von Lewinski, qu'est-ce que j'aurais fait ? Qu'auriez-vous fait, Bjørn ?

— J'aurais mis ma collection en sécurité. Je l'aurais déplacée en lieu sûr.

— Et quel était le lieu le plus sûr dans les années 1930 ?

— Voyons voir. Un pays qui ne serait pas touché par la guerre ?

— Et dans ce cas nous parlons de… ?

— Nombreux pays…

— Mais l'un d'eux se distingue naturellement dans un contexte comme celui-ci.

— Les États-Unis ?

— La dynastie von Lewinski avait déjà une tête de

pont aux États-Unis. Uwe, le frère de Maximilian von Lewinski, y avait émigré en 1924 et s'était installé à Chicago, où il dirigeait la *Lewinski Steel Corporation*, la société industrielle américaine de l'empire Lewinski.

— Avez-vous trouvé un lien ?

— Oui. L'Allemagne nazie était une société pétrie de règlements. Même ceux qui étaient au sommet de l'échelle, comme Lewinski, devaient passer par la hiérarchie s'ils voulaient expédier des biens de valeur hors d'Allemagne. Et c'est ainsi que j'ai trouvé une référence à la collection. Je viens de passer quatre jours au *Bundesarchiv*, les archives fédérales allemandes. Dans les registres de douane de 1935, qui ironiquement ont été conservés parce que, bien avant la guerre, ils avaient été transférés dans un coffre-fort conçu pour résister aux bombes, j'ai trouvé une référence aux papiers d'exportation de la collection de livres de Maximilian von Lewinski, qui, avec ses œuvres d'art et diverses reliques familiales, a été envoyée, en 1935, d'Allemagne à Chicago !

— Chez le frère ?

— Maximilian a envoyé ses collections d'art et de livres à son frère Uwe. Même s'il n'est rien indiqué de spécifique sur des lettres et manuscrits historiques, je parie que Maximilian von Lewinski avait camouflé la collection du Juif dans sa riche bibliothèque.

— Sans que cela ait été découvert ?

— Cela n'a rien de très étonnant. Quelques milliers de documents ne prennent pas beaucoup de place, surtout quand ils sont disséminés entre des milliers de livres précieux emballés dans de robustes caisses en bois bourrées de laine de bois et de journaux.

— Cette collection existe-t-elle ?

— Non seulement elle existe, mais en plus j'ai trouvé où elle était. Vous ne le croiriez pas.

— Où ça ?

— Juste sous notre nez.

— Où ça ?

— Maximilian est mort pendant la guerre. Son frère Uwe n'a jamais partagé son goût pour l'art et les livres. Pendant plus de soixante ans, la collection exceptionnelle de Maximilian von Lewinski est restée emballée chez Uwe von Lewinski. Elle n'a pas été ouverte ! À la mort de Maximilian, Uwe ne s'est même pas donné la peine d'ouvrir les caisses. Il les a montées au grenier. Uwe von Lewinski est mort en 1962 et son fils Albert est décédé dans un accident d'avion il y a un an. Sans enfant. Ses héritiers, une myriade de neveux, nièces, cousins et cousines, ont jeté un bref coup d'œil dans les caisses de vieux livres et ont donné la collection à, tenez vous bien, la bibliothèque du Congrès. *The Library of Congress !*

Lorsque nous raccrochons, j'entends deux déclics dans le combiné.

La traque

États-unis

1

La nuit est tombée quand j'arrive en Amérique.

Washington D.C. est un océan infini de lumière. Rues et édifices papillotent, scintillent. Par le hublot, j'entrevois les millions de phares de voitures dessinant des traits blancs et rouges qui s'éteignent comme des étoiles filantes.

Laura Kocherhans m'attend dans le hall d'arrivée. Je ne me doutais pas le moins du monde qu'elle serait aussi mignonne. Quant à elle, elle ne semble pas très préparée à ce que je sois albinos. Aux yeux de la plupart des femmes, je ne suis pas sans ressembler à quelque chose qui serait resté un peu trop longtemps dans la baignoire. Notre première rencontre se présente donc comme un chaos maladroit d'accolades et de béquilles.

Devant l'aéroport, l'obscurité moite sent les gaz d'échappement et la bruine, avec une légère pointe de parfum de Laura.

Nous faisons la queue pendant dix minutes avant qu'un taxi nous emmène à l'hôtel par une autoroute à huit voies sous des rangées de panneaux verts.

L'hôtel est une oasis dans la nuit.

Un chasseur porte ma valise de la réception à la chambre 3534, à côté de la chambre dont Laura a pris possession plus tôt.

Nous convenons de nous retrouver au bar de l'hôtel pour boire un verre rapide une fois que je me serai douché et que j'aurai déballé mes affaires. Laura m'y attend quand je sors de l'ascenseur. Quelle beauté ! Une partie de mon cerveau songe qu'une femme peut difficilement présenter plus grande perfection. Je pose mes béquilles contre le comptoir et me hisse sur le tabouret à côté d'elle. On nous lance des regards incrédules. La belle et la bête. Je commande un gin tonic. C'est le seul cocktail dont je me rappelle le nom. Laura boit quelque chose de rouge avec un parasol dedans, tout en m'expliquant que nous avons rendez-vous à la bibliothèque du Congrès demain matin.

L'un des hommes du bar me fixe. Il se demande vraisemblablement ce que Laura fait avec ce visage pâle. Ou alors c'est un agent du cheikh, envoyé pour garder un œil sur moi. Je me racle la gorge et demande à Laura si elle s'est sentie… eh bien, suivie… pendant qu'elle cherchait la collection Lewinski. Elle rit.

— Hélas, ma vie n'est pas aussi pleine de rebondissements.

Son rire me chatouille.

— Personne que vous auriez remarqué dans plusieurs endroits différents ? Personne qui vous aurait suivie du regard ?… Plus que vous n'y êtes accoutumée, dis-je hardiment.

— Non, malheureusement, pouffe-t-elle. Enfin si, d'ailleurs, un spécialiste de l'informatique aux archives de Berlin, mais il n'était pas mon genre.

L'homme qui nous garde à l'œil a l'air d'origine arabe. Il devrait vraiment se raser. Lorsqu'il croise mon regard pour la quatrième fois, il vide son verre et s'en va.

Laura et moi arrivons bientôt à court de sujets de conversation. Nous prenons l'ascenseur jusqu'au troisième étage. Pendant que nous marchons dans le long couloir, je joue avec l'idée que nous sommes deux amoureux qui vont au lit.

Entre les chambres 3532 et 3534, Laura me souhaite bonne nuit en collant sa joue contre la mienne. Pendant quelques minutes, je regarde par la fenêtre de ma chambre avant de me coucher sous le drap tendu. J'ai la sensation d'être une lettre enfoncée dans une enveloppe un peu trop petite.

Plusieurs heures s'écoulent avant que je m'endorme.

2

Lorsque Laura travaillait à la *Library of Congress*, elle occupait un poste de confiance au département des livres et collections rares, la *Rare Books and Special Collections Division*. L'une de ses fonctions était de contribuer à l'enrichissement et au recensement de la collection Kislak, une collection historique de plus de quatre mille livres rares, cartes, documents, lettres, gravures et objets de l'histoire américaine.

Certains pays rendent leurs collections historiques inaccessibles. Aux États-Unis, c'est l'inverse. La bibliothèque du Congrès offre pas moins de vingt-deux salles de lecture aux chercheurs, étudiants et autres curieux.

Dans le bâtiment James Madison, Laura m'assiste lors du passage du contrôle de sécurité où, pendant quelques angoissantes minutes, mes béquilles sont évaluées comme armes mortelles potentielles, et lors de mon inscription.

Elle ne cesse de saluer d'anciens collègues. Ils s'interpellent allègrement, s'embrassent et s'observent de pied en cap. Certains me regardent d'un air interrogateur, comme s'ils se demandaient ce que je fais là. Laura me présente comme l'un des archéologues les plus renommés d'Europe. Je me sens personnellement plutôt comme quelque créature échappée d'une vitrine d'exposition.

J'ai l'habitude des regards. Ma peau, mes cheveux, tout est blanc. Quand j'étais petit, les enfants criaient *isbjørn*, ours blanc, à mon passage. Les adultes ont plus d'égards, mais tout le non-dit remonte dans leurs yeux, dans leur regard.

En temps normal, nous aurions dû remplir un formulaire de commande des livres et manuscrits que nous souhaitons examiner. Mais la collection Lewinski est arrivée si récemment qu'elle n'est pas recensée. C'est pourquoi Laura a rendez-vous avec le conservateur chargé de cette mission, Miranda Cartwright. Miranda est grande, ronde et a une abondante chevelure rousse. Elle fait partie de ces femmes qui sont toujours gaies et attentionnées, pleines de rires et de répliques vives. Comme moi, elle a l'habitude des regards.

Elle a l'habitude des silences et des promesses non tenues. Elle a l'habitude d'être dédaignée puis oubliée, de rester en dehors quand les enfants jouent à des jeux chantés. On dit que ça passe avec l'âge, mais bien entendu ce n'est pas vrai. Miranda n'a jamais confié à personne qu'elle s'endormait en pleurant. Elle n'a jamais raconté qu'elle reste assise dans la baignoire, nue, avec l'eau coulant à flots et la lame de rasoir prête pour la brève entaille qui la libérera. Je le vois sur elle. Elle est exactement comme moi, un petit bout d'épave humaine qui tangue dans les algues sous le ponton. Elle camoufle son mépris de soi sóus un vernis de bonheur feint. Elle est évidemment aussi observatrice que moi. Il ne manquerait plus qu'elle ne le soit pas. Nous, les sensibles, sommes des télépathes. C'est pourquoi, lorsqu'elle me serre la main, son sourire est différent, il me signifie tendrement et sincèrement qu'elle me reconnaît. Son signe de tête presque imperceptible révèle qu'elle sait que j'ai eu une enfance hérissée d'épines et que, comme elle, j'ai des problèmes d'image de moi.

— *So welcome to Washington*, dit-elle avec un rire dont je suis seul à pouvoir saisir la portée.

Miranda explique que la bibliothèque a repris la collection Lewinski à la fin du printemps dernier, mais que le travail de recensement et d'indexation n'a commencé que cette année vers Pâques. La majeure partie de la collection est constituée d'œuvres originales allant du seizième au dix-neuvième siècle, mais elle contient aussi des manuscrits, des lettres et des livres du Moyen Âge.

Je demande à Miranda si elle a connaissance d'une lettre codée du début du seizième siècle qui aurait été envoyée des îles caribéennes en Europe par l'intermédiaire de Bartolomeo Colomb.

— Vous trouverez vraisemblablement trois symboles quelque part sur une feuille. Ankh. Tyr. Croix. C'est un texte qui semblera sans doute illisible et incompréhensible parce qu'il est crypté.

— C'est passionnant, répond Miranda. Mais, hélas…, c'est le genre de choses dont nous devons nous contenter de rêver.

3

À l'aide d'un pied-de-biche, nous ouvrons les caisses en bois où la collection volée de Maximilian von Lewinski est entassée et protégée par du papier journal en boules qui nous raconte que l'Allemagne s'arme pour un avenir victorieux.

Nous feuilletons de gros livres lourds qui sentent la poussière et les idées passées. Nous cherchons dans des in-folio et des œuvres reliées en cuir indiquant des noms de lieux et des années d'impression dépaysants. Nous explorons de fragiles protocoles et incunables, sermonnaires, catalogues, cartes, lettres et encyclopédies.

Mais nous ne trouvons pas la lettre des gardiens.

Une fois notre journée à la bibliothèque du Congrès achevée, Laura retourne à l'hôtel en taxi et Miranda à sa solitude chez elle. Quant à moi, je suis convoqué au FBI.

C'est un rendez-vous arrangé par Ragnhild, de la police d'Oslo. Lorsque je l'ai appelée de l'aéroport de Gardermoen pour lui annoncer que je partais aux États-Unis, elle a insisté pour que la police américaine veille sur moi.

Quand j'étais petit et que je restais à l'intérieur alors que les autres enfants jouaient dans la rue, j'avais l'habitude de faire des parties d'échecs avec moi-même. Il m'arrivait parfois de réussir à faire venir un autre ermite de la cour d'école, des garçons solitaires comme moi, rejetés par la communauté. Je gagnais systématiquement. C'est sans doute la raison pour laquelle je cessai de les inviter, ou qu'ils cessèrent de venir. Dans le jeu d'échecs, il s'agit de toujours penser avec plusieurs coups d'avance, même si l'on ne sait pas comment l'adversaire va réagir. Comme tous les joueurs d'échecs le savent, un adversaire peu assuré finit par se déconcentrer.

L'agent du FBI qui me reçoit est sceptique et stressé. Il a devant lui la pile de fax d'Interpol qui l'informent des trois meurtres et de la prise d'otage à Rome.

Il ne cesse de me lancer des regards agacés, comme s'il avait de la peine à saisir comment un albinos myope de Norvège a pu devenir son problème à lui.

Je l'observe à la dérobée. Il a une pomme d'Adam qui monte de sa clavicule à son menton chaque fois qu'il déglutit. Finalement, je lâche les mots magiques :

— Ce sont vraisemblablement des terroristes islamistes.

L'ascension express de la pomme d'Adam révèle que mes mots ont touché droit au but. Il entre les renseignements dans l'ordinateur. Dans la base de données, les mots vont résonner comme le tic-tac d'une bombe à retardement.

Un peu hésitant, il m'équipe d'une alarme avec émetteur GPS et d'un *panic button*. Bouton de panique. L'agent m'explique son fonctionnement, mais, dans le flot de paroles, je ne comprends pas tout à fait s'il alerte le FBI, le *United States Marshals Service* ou la *Washington Metropolitan Police*. Mais je n'ai pas de doute sur le fait que quelqu'un viendra à la vitesse de l'éclair si j'appuie sur le bouton.

Ce soir-là, Laura et moi sortons dîner dans l'un des restaurants végétariens branchés de Washington. Laura est curieuse de ces légumes qui font semblant d'être de la viande. Elle déclare leur trouver un goût amusant. Personnellement, je préfère opter pour un plat d'asperges ne prétendant pas être autre chose que des asperges blanchies. Nous buvons du vin californien et de l'eau de source.

Devant le restaurant, de l'autre côté de la route, une voiture noire aux vitres sombres est stationnée. Je m'imagine que quelqu'un à l'intérieur nous observe à la jumelle et au téléobjectif.

Peut-être qu'on nous prend en photo. C'est pourquoi je fais un signe de main en souriant. Laura me demande avec qui je flirte. Mon propre reflet, réponds-je.

La voiture est toujours là lorsque nous quittons le restaurant une heure plus tard.

Nous marchons dans la rue animée. Laura a glissé sa main sous mon bras. Nous avons bu tellement de vin qu'elle me parle de son dernier petit copain. Il s'appelait Robbie et n'était pas prêt à se lier. Leur rupture est l'une des raisons pour lesquelles elle a accepté le poste à la SIS et est partie s'installer à Londres.

À intervalles réguliers, je regarde par-dessus mon épaule pour voir si la voiture nous suit. Mais ce n'est pas le cas. Ils sont plus calculateurs que cela.

4

Le lendemain, nous poursuivons la chasse à la lettre.

Au milieu d'une collection de textes sur l'arrestation de Christophe Colomb, je tombe sur une série d'écrits sur les lieux d'habitation nordiques en Amérique du Nord. La découverte qui a le plus de poids est celle de Helge et Anne Stine Ingstad à L'Anse aux Meadows à Terre-Neuve. Mais je lis aussi des textes sur des pierres runiques sujettes à controverse, sur des tours de pierre ressemblant à des églises rondes nordiques, sur la découverte d'une pièce de monnaie de l'époque d'Olav Kyrre dans un lieu d'habitation indien à Norumbega.

Au seizième siècle, les cartographes Abraham Ortelius et Gerardus Mercator ont montré que Norumbega avait reçu son nom des colonies nordiques vikings. Lorsque Giovanni da Verrazano a cartographié la côte est de la Floride à Terre-Neuve en 1524, il a écrit *Normanvilla*, terre norvégienne, sur les régions à la hauteur de New York.

Longtemps avant que Colomb aille aux Caraïbes, les aventuriers nordiques s'étaient établis vers le sud le long de la côte est américaine.

Laura et Miranda travaillent plus lentement que moi. Tandis que je me contente de feuilleter et de chercher, elles enregistrent et recensent chaque volume. Laborieusement, elles entrent toute l'information disponible sur les livres et les écrits dans un programme spécial du réseau informatique de la bibliothèque du Congrès.

À la fin de la journée, Laura et moi regagnons l'hôtel en taxi. J'ai dans la bouche le goût que j'aurais si j'avais mangé un journal. Je suis si fatigué et j'ai la tête si vide que je ne prends même pas la peine de dire à Laura que j'ai le sentiment d'être suivi. Elle se moquerait de moi.

5

Nous trouvons la lettre le troisième jour.

Le parchemin, ainsi que l'enveloppe adressée à l'archevêque Erik Valkendorf de Nidaros du royaume de Norvège, sont pressés entre les pages 343 et 344 d'un livre espagnol du dix-septième siècle sur la découverte de l'Amérique.

Sous les symboles ankh, tyr et croix, se trouve une combinaison bien connue de runes et de lettres. Je ne doute pas un instant du fait qu'elles ont été écrites par ce même ordre de gardiens qui a crypté les codes des églises en bois debout trois cent cinquante ans auparavant.

J'appelle Laura en sifflant. Suffoquée, elle ouvre une bouche muette. J'envisage brièvement de voler la lettre. Après tout, elle va avec les autres découvertes que nous avons faites, mais j'écarte cette idée.

Même moi, j'ai mes limites. C'est son contenu, pas la lettre elle-même, dont j'ai besoin.

Avec l'appareil photo numérique, je prends plusieurs gros plans du parchemin et du code runique avant de faire signe à Miranda.

— Je l'ai trouvé.

— *Oh. My. God.* Le parchemin ?

— En code. Ce document démontre une fois pour toutes que les descendants des Vikings norrois vivaient sur le continent américain quand Colomb est arrivé en dérivant avec le vent.

— Comprenez-vous quoi que ce soit de ce texte ? demande Laura.

— Strictement rien.

Le rose aux joues, Miranda repart au petit trot avec le parchemin dans une boîte en carton.

6

Toute crainte naît de ce que nous aimons quelque chose, disait le moine dominicain Thomas d'Aquin. En ce qui me concerne, j'ajouterais : la peur de la douleur et de la mort est plus haut sur la liste.

En sortant de la bibliothèque du Congrès, Laura et moi sommes accueillis par une bourrasque froide.

À travers le nuage de poussière soulevé par ce grain, je les repère.

Quand les lions attaquent sur les steppes africaines brûlées par le soleil, les gazelles développent une vision tunnel. Je les comprends. Personnellement, je parviens à distinguer quatre silhouettes. Quatre hommes qui quittent tranquillement leurs postes, comme des missiles thermoguidés approchant de leur cible. Chacun depuis son côté.

— Plus vite, dis-je à Laura, bien que j'aie déjà du mal à la suivre.

Je resserre ma prise autour des béquilles. Comme ça j'ai de quoi frapper.

Ils sont à dix ou quinze mètres. Hassan n'est pas parmi eux. Mais ils sont grands, d'origine arabe et vêtus de costumes.

— Laura…

Elle ralentit.

— Courez, Laura ! Courez !

Laura lève les yeux au ciel.

— Bjørn ! Franchement !

Je dois m'arrêter pour pouvoir glisser la main dans la poche de ma veste. Mes doigts se referment autour de l'alarme.

Laura regarde démonstrativement autour d'elle pour s'assurer et m'assurer que je me fais des idées. Elle dit que j'ai vu bien trop de films d'action et ne les remarque même pas.

Dans leurs costumes élégants, chemises blanches et cravates serrées, ils se déplacent vers nous comme des caméléons invisibles. J'appuie le bouton panique.

— Courez ! dis-je une dernière fois.

— Ne soyez pas idiot.

Ils sont à cinq mètres de nous. J'empoigne mes deux béquilles et les tiens bien fermement, même si je me rends compte qu'une béquille creuse en métal léger fait une bien piètre arme.

— Brrr, il fait froid.

Laura resserre son manteau.

C'est seulement lorsque l'un des hommes arrive à notre hauteur en nous faisant sentir son arme cachée qu'elle se rend compte que même les paranoïaques peuvent avoir raison. Son visage se raidit et se craquelle.

— *Please*, nous enjoint l'un des hommes, accompagnez-nous !

Mon cœur bat si vite que mes oreilles sifflent. Que feraient-ils si je criais à l'aide ? M'abattraient-ils ?

Deux d'entre eux m'empoignent sous les bras. Deux autres tiennent discrètement Laura. Un œil non averti ne verrait même pas qu'on nous enlève.

Les hommes nous guident vers Independence Avenue. Ils sont si discrets, si bien entraînés, qu'un témoin, si jamais il remarquait quoi que ce soit, croirait assister à une arrestation *undercover*. Un van noir aux vitres teintées pile devant nous. Laura et moi sommes poussés sur la banquette arrière. Deux hommes s'installent devant avec le chauffeur, deux autres restent derrière avec Laura et moi. La voiture accélère. Ils ne disent pas un mot en roulant dans les rues du centre.

J'essaie bien de leur demander qui ils sont et ce qu'ils font, comme si j'avais le moindre doute à ce sujet.

Mais je n'obtiens pas de réponse. Ils ne me demandent même pas de la boucler.

Tous se raidissent quand une voiture de police toutes sirènes allumées nous rattrape à un carrefour, mais elle nous dépasse et continue sur l'avenue. Mon corps vibre. Laura a une respiration saccadée.

Le chauffeur slalome dans la circulation dense. Au bout d'un moment, le van tourne brusquement à droite et entre dans le garage d'un hôtel.

Laura et moi sommes conduits dans un ascenseur qui nous amène au deuxième étage. L'homme qui était au volant enfonce sa carte dans la porte, une lampe verte s'allume, nous entrons.

7

Hassan nous attend assis dans un fauteuil à oreilles. Même assis, il est gigantesque et menaçant.

Mes genoux tremblent. Dieu sait ce que Hassan peut trouver à faire quand il est de mauvais humeur et à bout de patience. Il m'observe comme s'il était mon thérapeute et tombais un peu mal.

Deux hommes nous fouillent. Lorsqu'ils trouvent l'alarme, ils la balancent sans un regard, croyant sans aucun doute qu'il s'agit d'un téléphone mobile.

Laura est emmenée vers un canapé. Je m'apprête à

claudiquer à sa suite – dans une vaine tentative de la protéger – mais l'un des gangsters me retient. Laura est au bord des larmes et me regarde avec des yeux apeurés.

— *Ms. Kocherhans*, fait Hassan. Je suis ravi que vous ayez trouvé l'occasion de nous rendre visite.

Laura se met à pleurer.

8

Cette suite est la plus grande dans laquelle je sois jamais allé. Dans le salon, je compte les portes fermées de trois chambres attenantes.

Deux des malfaiteurs m'attrapent sous les bras pendant qu'un troisième prend mes béquilles. Ils me conduisent, en me traînant à moitié, dans l'une des pièces voisines. C'est la chambre de Stuart Dunhill.

D'un regard, Stuart renvoie les gorilles hors de la chambre. Silence.

— Ravi de vous revoir, Bjørn.

Il me fait signe de le suivre jusqu'à un salon près de la fenêtre. Je pose mes béquilles contre un fauteuil en peluche et me laisse lourdement tomber sur le canapé.

— Je suis navré d'avoir quitté Rome sans vous dire au revoir…

J'essaie de parler d'une voix de dur. Mais, en réalité, elle a plutôt le timbre de quelqu'un qui va fondre en larmes.

— … mais je n'étais pas tout à fait sûr de ne pas me trouver sur la même liste que Luigi.

— Croyez-moi quand je vous dis que j'avais de l'affection pour Luigi.

— Oui, enfin, cela ne vous a tout de même pas empêché de le tuer.

— Pas moi, Bjørn, pas moi. Je ne suis qu'un petit poisson rouge parmi les requins. Luigi… commençait à prendre ses aises. Il devenait avide. Vous savez comment c'est. Il jouait double jeu. Luigi savait ce qu'il faisait, il savait quel risque il courait en bravant le cheikh. Il a été téméraire et il a perdu. Ce fragment de texte qu'il a essayé de vous vendre, il l'avait déjà promis au cheikh. Et puis il y avait autre chose : il avait déjà roulé le cheikh à deux reprises. Le cheikh a perdu patience, et puis il s'est mis en tête que vous et Luigi négociez le prix des rouleaux de Thingvellir.

— Balivernes !

— Vous le savez, je le sais. Mais le cheikh est soupçonneux.

— Donc vous reconnaissez travailler pour lui ?

— Le cheikh Ibrahim…

Sa réponse reste en suspens.

— À la fin des années 1970, lui et la SIS ont été les seuls à me soutenir. Quand j'étais la risée générale et que plus personne ne voulait collaborer avec moi ni publier mes rapports, et que j'étais au bord du gouffre, le cheikh Ibrahim m'a sauvé. Avec la SIS, il m'a aidé à obtenir un poste de chercheur à l'institut Schimmer.

De l'autre côté de la fenêtre, à travers les voilages, je vois des gens travailler dans un bureau en *open space* de l'autre côté de la rue. Je me demande ce que peut bien faire la police, pourquoi elle n'est pas encore là.

— Je suis entré en exil professionnel, poursuit Stuart. Un archéologue moqué, alcoolisé, qui par hasard était tombé sur l'une des grandes énigmes de l'histoire de l'archéologie…

— Était-ce vraiment un hasard ? Vous saviez ce que vous cherchiez.

— La plupart des choses que je vous ai racontées sont vraies. Croyez-moi. Si j'ai fait quelque chose, c'était vous protéger contre… eux.

— Parlez-moi de lui. Qui me traque ?

— Le cheikh Ibrahim… Par où commencer ? D'aucuns le considèrent comme un leader religieux, d'autres comme un philosophe ou un fanatique. Personne ne le connaît vraiment. Il vient des Émirats, où il est propriétaire de champs pétroliers qui ont beaucoup de valeur. Il est infiniment riche et c'est un personnage très complexe. L'intérêt qu'il porte aux manuscrits anciens ne se résume pas à un goût pour la collection et l'argent. Dans son idée, juifs et chrétiens doivent reconnaître Mahomet comme non seulement un prophète, mais le plus vrai des prophètes. Le cheikh est un paradoxe vivant, profondément religieux, mais aussi obsédé de façon monomaniaque par le pouvoir et la richesse. Il est à la tête de la plus grande collection privée du monde d'art antique. Sa bibliothèque est énorme. Il est calculateur et cynique, mais en même temps il a fait des dons de millions de dollars à tout et n'importe quoi, des cliniques vétérinaires au Canada aux écoles en Somalie. Il est cultivé, lettré et réfléchi. Mais c'est aussi le dirigeant sans états d'âme d'organisations financières qui possèdent un grand nombre de multinationales. Le cheikh est sans scrupules et il ne recule devant rien pour atteindre ses objectifs. Et il engage des hommes qui ont des couilles.

— Autrement dit des assassins.

Stuart acquiesce pensivement.

— Et vous.

— Et des hommes comme moi…

— Qu'y a-t-il dans sa bibliothèque ?

— La bibliothèque du cheikh abrite une collection exceptionnelle de manuscrits, des copies précoces de textes bibliques et coraniques. Il est propriétaire de l'un des originaux du *Cantique des cantiques*. Dans la foi islamique aussi, Salomon est un prophète.

— Comment est-il tombé sur Snorri ? Sira Magnus ? Moi ?

— À partir du début des années 1970, le cheikh a passé l'aspirateur sur le marché légal et illégal de manuscrits. Il était en quête de manuscrits, lettres, parchemins, cartes et documents. C'est ainsi qu'il est tombé sur une transcription d'un fragment de ce que l'on appelle la copie du Vatican, qui était la traduction qu'Asim avait faite en copte et essayé d'envoyer au calife d'Égypte depuis la demeure du duc Richard de Normandie, mais que le Vatican a confisquée et rangée dans ses archives sans se douter de rien.

— Donc un autre manuscrit que celui que nous avons trouvé à Thingvellir ?

— Une autre version, oui. Le cheikh a fait traduire le texte et est devenu obsédé par l'idée de trouver l'original. Lorsqu'il a entendu parler de mes découvertes en Égypte, il a immédiatement vu un lien.

— De quel manuscrit original parlez-vous ?

— Vous ne l'avez vraiment pas compris ? Asim a copié les textes sur papyrus que les Vikings avaient volés dans la crypte en Égypte.

— Et les rouleaux de Thingvellir…

— … sont une copie hébraïque de ces mêmes textes, avec une nouvelle traduction en copte.

— Sira Magnus ne savait rien de tout cela.

— Certes, mais il avait, par une coïncidence, mis la main sur un très vieux document, le codex de Snorri, qui contenait une piste, un fil conducteur, que le cheikh cherchait depuis vingt-cinq ans. Le codex contenait des cartes et des codes qui menaient à tout, des cryptes norvégiennes à la caverne de Thingvellir où Snorri avait caché la copie de manuscrit d'Asim.

— Sira Magnus n'avait pas la moindre idée de ce qu'il avait trouvé.

— Il ne le savait pas précisément. Et il ne savait pas comment le texte, les signes et les cartes devaient être interprétés, mais il avait sans doute compris que le codex valait des millions de dollars sur le marché noir. C'est pour cela que sira Magnus avait pris contact avec nous.

— Je ne vous crois pas !

— Sira Magnus avait besoin d'argent. Enfin, peut-être pas lui, mais son église. Un nouvel orgue. Plus d'œuvres aux murs. Sira Magnus voulait nous vendre le codex.

— Je ne vous crois toujours pas.

— Au fil des ans, sira Magnus a déniché un nombre non négligeable de parchemins et de documents islandais qu'il a vendus au cheikh. Aucun d'eux n'avait une très grande valeur historique ou économique. Comment croyez-vous qu'un pasteur puisse rouler en 4 x 4 BMW ? Je ne crois pas qu'il ait vendu quoi que ce soit à des fins d'enrichissement personnel, poursuit Stuart, même s'il s'est offert une belle voiture. Avant tout, je crois qu'il voulait fournir des moyens à l'Église, à la recherche, à la paroisse et à l'association des amis de l'institut Snorri. Et peut-être aussi que c'était plus palpitant que de remettre ces artefacts historiques à l'institut des manuscrits.

Je continue de rester muet.

— J'ai fait la connaissance de sira Magnus à la fin des années quatre-vingt-dix, raconte Stuart. Nous avions participé à un congrès à Barcelone sur les débuts du développement de la minuscule caroline et son importance dans les manuscrits médiévaux. Je l'aimais bien…

— Ils l'ont assassiné !

— Il m'a contacté quelques mois plus tard. Il avait quelques parchemins dont il se demandait si je voulais les voir. Il devait savoir que j'étais en relation avec le cheikh. C'est ainsi qu'a commencé notre collaboration…

Il baisse les yeux.

— … Ce qui s'est passé cette fois, ce qui a mal tourné, c'est qu'il a eu des remords. Il a compris qu'il s'apprêtait à aller bien trop loin en vendant un joyau comme le codex de Snorri. Donc il a changé d'avis. C'est à ce moment-là qu'il vous a appelé. Il avait besoin de soutien. Il était désespéré. Quand vous êtes arrivés chez lui à Reykholt, il s'était retiré de la transaction et avait tout annulé.

— Et pourtant, il avait une peur bleue de vous.

— Sira Magnus savait bien que nous étions en route. Et ce que nous voulions. Il a prétendu ne plus avoir le codex. Il disait que vous l'aviez apporté à l'institut des manuscrits.

— C'est pour cela que vous l'avez tué ?

— Il a succombé à un infarctus. Lisez le rapport d'autopsie !

— Vous lui avez tenu la tête sous l'eau, merde !

— Hassan a été un peu violent, c'est dans sa nature. Il avait carte blanche pour proposer de grosses sommes à sira Magnus. Mais le pasteur a refusé. Hassan a dû… l'encourager. Hassan prend son devoir au sérieux. Mais personne ne l'a tué. Hassan l'a forcé à révéler où il avait caché le codex, mais il n'a pas mis fin à ses jours. Pas directement. Il leur a claqué entre les doigts.

Je laisse cette excuse inacceptable s'émietter entre nous. Stuart commence à être mal à l'aise. Je le laisse souffrir.

Finalement, je demande :

— Comment avez-vous su que Thrainn et moi étions à Thingvellir ?

— Tant que vous logiez dans les locaux du centre culturel Snorrastofa, Hassan avait un bon contrôle de vos faits et gestes, mais quand vous êtes allé à l'hôtel à Reykjavik, ils vous ont perdu de vue pendant un moment. Ils ont commencé à enquêter. Nous savions que vous étiez en relation avec Thrainn Sigurdsson. Donc l'un de nous a appelé l'institut en se faisant passer pour l'un de vos collègues, et une secrétaire nous a révélé où vous étiez.

— Et en Norvège ? Vous aviez également une bonne vue d'ensemble de mes faits et gestes.

— Ce n'était pas très compliqué. Il suffisait d'être suffisamment nombreux. Plusieurs hommes du cheikh ont un passé dans les services secrets. Ils se sont servis de toutes sortes d'équipement de surveillance. Caméras à infrarouges. Suivi GPS. Dépistage de mobile. Le problème, c'était que vous n'arrêtiez pas de laisser votre téléphone mobile et de faire des choses imprévues. Vous n'êtes pas très facile à suivre, Bjørn.

— Vous m'avez pourtant trouvé à Lom. Je n'avais pas emporté mon téléphone.

— Mais votre confrère Øyvind avait le sien.

— Pourquoi ne m'avez-vous jamais trouvé à Nesodden ?

— Nous savions que vous y étiez, mais nous n'avons jamais pu localiser la maison dans laquelle vous vous trouviez. Le matériel n'est pas encore suffisamment sophistiqué.

— Donc, c'était vraiment vous que j'ai vu...

— Nous suivions votre voiture à l'aide d'ém...

— D'émetteurs GPS que j'ai trouvés !

— Nous nous doutions bien que vous chercheriez. Donc nous en avions placé quatre sur votre 2CV. Deux que nous supposions que vous trouveriez. Deux que, bien entendu, vous ne trouveriez jamais. C'est ainsi que nous avons retrouvé votre trace à Ringebu.

— Où vous avez tué le pasteur et mis le feu à l'église en bois debout.

Il soupire.

— Là encore, c'était un simple accident.

— Un accident ? J'y étais, j'ai vu ce qui s'est passé, Stuart !

— Les hommes du cheikh ont la main relativement dure, ce sont des choses qui arrivent malheureusement. Le cheikh était furieux quand il l'a su.

— Épargnez-moi ce couplet ! Un assassin est un assassin.

— Ils sont incroyablement bien payés pour exécuter la sale besogne du cheikh.

— Mais personne n'a découvert les mêmes choses que moi ?

— Vous avez un talent unique, Bjørn. Le cheikh est impressionné. Il a beau avoir un bataillon d'archéologues à sa disposition, ils n'ont jamais découvert autant de choses. Votre cerveau est constitué de telle sorte qu'il voit des choses que nous autres ne voyons pas. Vous avez un talent exceptionnel.

Je ne réponds pas à sa tentative maladroite de flatterie.

— Nous avons adopté une nouvelle stratégie quand vous êtes arrivé à l'institut Schimmer. Nous savions que vous viendriez me voir. Après tout, je suis le plus grand spécialiste pour ce qui concerne l'expédition des Vikings sur le Nil. Donc, au lieu d'envoyer ses orques à l'institut Schimmer, le cheikh m'a laissé m'occuper de vous. En vous incluant dans presque tout ce que je sais de ces secrets, j'ai gagné, en tout cas temporairement, votre confiance.

— Donc le cheikh n'avait personne à l'institut ?

— Il m'avait moi. Et un type qui vous surveillait dans votre chambre. Nous avions placé la caméra et un micro dans la lampe. Il était chargé de vous garder à l'œil, de vérifier ce que vous saviez. Le cheikh avait en outre payé quelques chercheurs pour qu'ils examinent les artefacts, comme l'effigie de saint Laurent.

— Le dernier soir, vous m'avez raconté que le cheikh avait envoyé des hommes à l'institut Schimmer…

— Je bluffais, désolé. Quand j'ai prétendu recevoir un

appel de la SIS m'avertissant que les hommes du cheikh étaient en route, c'était en fait la réception qui me signalait que mes vêtements étaient sortis de la blanchisserie. Le fait que vous soyez tombé par hasard sur l'effigie de saint Laurent et que vous ayez choisi de me le confier m'a donné l'occasion de vous rapprocher encore plus de moi.

J'inspire profondément et retiens mon souffle. À quel point peut-on être crédule ? J'aurais dû le percer à jour dès notre première rencontre.

— Vous m'avez emmené en Égypte. À l'hypogée, à la ville oubliée, à Rome chez Luigi. Pourquoi ?

Stuart se lève avant de se rasseoir. Si je ne le connaissais pas mieux, j'aurais pu penser qu'il avait un cas de conscience.

— Parce que, Bjørn, j'espérais que vous trouveriez tout ce que je n'avais pas réussi à trouver. Je n'arrivais nulle part ! J'avais plein de tessons sur les genoux qui devaient constituer une jarre, mais vous étiez le seul capable d'assembler les morceaux. En vous gavant d'informations, j'espérais que vous pourriez nous aider à avancer.

— Mais pendant tout ce temps, c'était après les rouleaux de Thingvellir que vous en aviez ?

— Bien entendu.

— Que contient ce manuscrit qui soit si précieux pour le cheikh ?

— Je ne peux pas le révéler.

— L'institut Schimmer. L'Égypte. Rome. Pendant tout ce temps, c'était *vous* qui me surveilliez.

— Le cheikh avait envoyé quelques agents pour m'assister, mais vous étiez sous ma protection en permanence, Bjørn. Et, croyez-moi, je n'ai jamais souhaité vous faire de mal. Je voulais simplement emprunter votre talent, l'utiliser. Le fait que les gorilles du cheikh aient tué Luigi était une bévue.

— Une bévue…

— Ils auraient évidemment dû attendre que nous en ayons terminé à Rome avant de s'occuper de Luigi. Après, nous avons eu des problèmes. Nous nous sommes rendu compte que nous étions en train de perdre le contrôle. Vous vous entouriez d'un nombre croissant de gardes et de policiers. Nous avons donc fait profil bas. Mais lorsque la SIS et la direction norvégienne du Patrimoine de Norvège ont réuni la crème des chercheurs internationaux, nous avons vu l'occasion d'infiltrer le projet. Nous avons réussi à faire entrer trois des nôtres dans le groupe. Hélas, ils ont fait de bien piètres détrousseurs de tombes.

— Et ici, aux États-Unis.

— Bjørn, il faut que vous compreniez… Vous avez fini par être mieux surveillé qu'un membre de la CIA soupçonné d'être un agent double ! Le cheikh a des hommes partout, à la SIS, à la direction du Patrimoine. Nous savions parfaitement que Laura travaillait pour vous. Nous savons aussi qu'en leur temps, les gardiens ont transféré la momie et les textes d'Islande au Groenland, puis ici, dans le Vinland.

— Et maintenant ? Qu'est-ce qui se passe ?

— Les rouleaux de Thingvellir pourraient vous rendre incroyablement riche.

— Incroyablement riche…

Je répète ses mots avec de lointains accents d'ironie. Pour moi, l'argent, c'est comme les femmes.

L'un comme les autres, je les désire surtout dans mon imagination.

— Réfléchissez-y. Une vie dans le luxe. Une villa avec piscine. Des voitures de sport. Des vacances sur la Côte d'Azur et dans les Caraïbes. De grands millésimes de vins. De belles femmes.

Un homme normal aurait joué avec cette idée. Moi, elle me rend revêche. Stuart pense que mon silence traduit une véritable hésitation.

— Le cheikh est disposé à vous payer dix millions de dollars pour les rouleaux de Thingvellir.

— Dix millions de dollars ?

Je goûte la somme en faisant claquer ma langue.

— Qu'est-ce qui pourrait rendre un texte si phénoménalement précieux ?

— Dix millions de dollars !

— Je n'ai pas la moindre idée d'où il se trouve.

Et ce n'est même pas un mensonge, juste un infime contournement de la vérité.

— Quinze millions de dollars ?

Je secoue la tête.

— Pour dire les choses telles qu'elles sont…

Le FBI ne frappe pas aux portes. Il les enfonce. Dans un fracas épouvantable, la porte principale de la chambre voisine est pulvérisée au bélier. Une grenade à saturation sensorielle détonne. J'entends des bottes qui courent et des voix fortes.

— *FBI ! Down ! Down ! Down ! FBI !*

Ni Stuart ni moi ne bougeons. La porte de notre chambre est ouverte d'un coup de pied. Trois hommes armés se précipitent à l'intérieur.

— *FBI ! Down ! Down ! Down !*

Ce n'est pas une invitation, mais une menace de mort brutale et immédiate si nous n'obtempérons pas. Tel un corps en fonte, je glisse de ma chaise, sur le sol.

— *FBI !* crient-ils encore au cas où nous serions sourds ou aurions l'esprit d'une lenteur invraisemblable.

Stuart lève les mains.

— Il doit s'agir d'un malentendu…

— *Down ! Down ! Down !*

Stuart se couche à contrecœur sur le sol. Il me regarde, puis il écarte les bras et les jambes.

— *Cleared !* crie l'un des hommes du FBI.

Les policiers entrent en nombre dans la pièce. Certains ressemblent aux combattants de première ligne d'un vaisseau spatial intergalactique, ou portent des coupe-vent avec FBI marqué en grandes lettres jaunes. D'autres ont des MP5 ou diverses armes. Et tout à la fin viennent les agents en costume.

— Monsieur Beltø ? demande l'un des agents.

— *Yes sir !*

Il m'aide à me relever et me tend mes béquilles.

— Nous aimerions vous parler.

9

Laura et moi passons le restant de la journée et de la soirée au FBI. Incarcérer Hassan, Stuart et toute la bande pour meurtre et tentative de meurtre dans trois pays européens est une affaire délicate.

Mais, à l'exception de Stuart, ils sont tous arabes, musulmans. Et ils ont des armes pour lesquelles ils n'ont pas d'autorisation de port.

— Des terroristes islamistes, dis-je à l'envi.

J'ignore ce qu'il va advenir de Stuart et de ses comparses. Mais ils ne vont sûrement pas être libérés dans l'immédiat.

Une fois que nous en avons enfin fini avec la police, nous clopinons dans la nuit washingtonienne. Nous dînons dans un fast-food japonais avant de rentrer à l'hôtel en taxi.

10

Le lendemain, je m'achète un téléphone portable flambant neuf qui est enregistré au nom de l'un des amis de

Laura. J'envoie le numéro à une poignée de personnes en qui j'ai confiance, parmi lesquelles, Terje Lønn Erichsen.

Ensemble, nous passons les vingt-quatre heures suivantes à décrypter le code.

Je lui ai envoyé les photos du parchemin, et chacun avec son jeu de photos imprimées, nous essayons diverses clefs de déchiffrement et combinaisons en communiquant sur MSN.

La lettre des Caraïbes a beau avoir été rédigée cent ans après les codes des églises en bois debout, le langage chiffré est rigoureusement identique.

Un mot sur deux est codé, respectivement grâce à une combinaison César 7 et une combinaison César 8, tandis que tous les troisièmes mots sont écrits à rebours.

C'est un document remarquable. Dans leur lettre à l'archevêque Valkendorf, les auteurs remercient pour la réponse à leur demande précédente, quand ils ne savaient manifestement pas qui était évêque à Trondheim et si la corporation des gardiens existait toujours en Norvège. Ils confirment que l'évêque a répondu avec les bons symboles – ankh, tyr, croix –, sont navrés de ne pas avoir donné de leurs nouvelles depuis si longtemps, mais ils viennent seulement de trouver un havre tranquille dans un village appelé Santo Domingo sur l'île d'Hispaniola, qui est aujourd'hui l'île partagée entre la République dominicaine et Haïti. Ils y ont rencontré un Européen qu'ils appellent Bartolomé Colón, frère de Cristóbal Colón, que nous connaissons aujourd'hui sous le nom de Christophe Colomb.

Après le massacre au Groenland, écrivent-ils, le groupe s'est réfugié dans « le pays à l'ouest de l'horizon ».

Ces cinquante dernières années, ils ont voyagé vers le sud avec l'objet saint. Se fiant à des récits norrois, ils savaient qu'ils rencontreraient un vent d'est qui les ramènerait en Europe.

Ils ont vécu de nombreuses années dans diverses colonies nordiques en descendant la côte est et ont soigné leurs relations avec les Esquimaux autochtones.

Ils ont laissé des pierres runiques. Nombre d'entre eux sont morts en route, de vieillesse et dans des combats avec les autochtones.

Malgré quelques naissances, le groupe de gardiens est maintenant réduit à dix-neuf hommes, neuf femmes et huit enfants. Ils attirent enfin l'attention de l'archevêque sur le fait qu'ils ont décidé de ramener la momie en Égypte, conformément au vœu d'Asim.

Avec Laura, je lis et relis la traduction de la lettre. Où pouvons-nous poursuivre nos recherches ?

Saint-Domingue est la plus vieille cité européenne des Caraïbes. C'est une grande ville de plus de deux millions d'habitants. L'expédition des gardiens s'est-elle arrêtée là ? Ou bien sont-ils retournés en Europe sur un navire ? La momie a-t-elle fini au Vatican malgré tout ?

11

Dans la bibliothèque, nous trouvons des piles de livres sur l'histoire de Saint-Domingue, ce qui nous permet de commencer les recherches. Dans la journée, j'appelle le professeur Llyleworth de la SIS pour lui demander s'il peut nous aider. J'entends à sa voix que le lien avec Saint-Domingue lui donne une idée.

— Avez-vous fait des recherches autour du palais Miércoles ?

Je ressens une bouffée d'espoir. J'ai entendu parler de ce fameux palais Miércoles de Saint-Domingue.

— Esteban Rodriquez, que je connais un tout petit peu, est un aristocrate plutôt excentrique. Renseignez-vous ! suggère Llyleworth.

Laura ouvre un livre de 1954, *The World's Ten Greatest Palaces*, au chapitre sur le palais Miércoles. Ce somptueux édifice est un palais de la Renaissance, âgé de cinq cents ans et sis dans un grand parc aux abords de la vieille ville de Saint-Domingue.

D'après le folklore local, il a été bâti par Christophe Colomb, ce qui ne saurait être le cas, puisqu'il était mort quand la construction a commencé. Son frère Bartolomeo en revanche a joué un rôle en trouvant un site pour le palais dans un bois qui se trouvait, à l'époque, en dehors du centre-ville. Aujourd'hui, le palais Miércoles est une oasis au cœur de la ville aux millions d'habitants.

Dans l'article, il est brièvement indiqué que la famille Rodriquez, qui vit dans le palais Miércoles, manifeste un vif souci de préservation de son passé.

D'après le texte, cette famille appartenait à la noblesse européenne et a suivi Bartolomeo Colomb, le frère de Christophe, dans l'une de ses expéditions dans l'empire qui venait d'être découvert.

Il est ensuite fait référence à des conjectures selon lesquelles la richesse de la famille Rodriquez émanerait des vestiges des trésors disparus des Templiers.

Les Rodriquez auraient été soudoyés par la reine Isabelle pour ne pas révéler un secret sur son origine, Henri VIII d'Angleterre aurait financé le palais Miércoles pour tenir la famille Rodriquez à l'écart de l'Europe suite à un scandale, et Léonard de Vinci aurait persuadé la dynastie Sforza de Milan de construire le palais dans le cadre d'un plan d'établissement d'une tête de pont aristocratique dans le Nouveau Monde.

Mais, à vrai dire, personne ne sait grand-chose de l'origine de la famille Rodriquez avant son arrivée à Saint-Domingue au seizième siècle, où elle a construit le palais Miércoles, s'y est installée et en a refermé les portes dans un claquement définitif.

Miércoles.

En espagnol, *miércoles* signifie « mercredi ». Le mot vient du dieu romain Mercure, qui est le même dieu que le germanique Wotan (Woden, *Wōdinaz*) et le nordique Odin. En anglais, *Wednesday*, mercredi, dérive de *Wēdnes dæg*, tout comme en norvégien Odin a donné son nom à *onsdag* (le jour d'Odin), mercredi. Le palais Miércoles. Le palais du mercredi. Le palais d'Odin…

Laura pointe son doigt sur une photo en noir et blanc des armes des Rodriquez, cette famille noble farouche. Parmi les dragons, lions et séraphins maniant l'épée, je reconnais trois symboles : ankh, tyr et croix.

INTERLUDE

☥ ↑ †

HISTOIRE DE BÅRD (III)

À présent, le roi Olav se battait avec hardiesse et courage. Il donna un coup d'épée à Torgeir de Kvistad, et ce coup lui traversa le visage, brisant la visière de son casque et fendant sa tête sous ses yeux, de sorte qu'elle fut presque éjectée.

Snorri

Toi, tu es du royaume immortel de Barbalo.

Évangile de Judas

Il frissonna dans sa cellule de moine humide et resserra sa cape autour de lui. Il plongea dans l'encrier la plume qu'il venait de tailler. Le soir, quand le soleil était couché, il écrivait à la pâle lueur de deux lampes à suif que les moines changeaient tous les matins. L'odeur du suif en fonte se mêlait à la forte odeur de l'encre et aux relents de poisson, de chou bouilli ou de viande de mouton qui montaient de la cuisine. Parfois, il entendait le rire des moines, qui le faisait toujours sourire, et, plus tard, il fermait les yeux pour écouter le son harmonieux des moines qui se réunissaient pour chanter les vêpres. De l'autre côté de la lucarne, la brume marine avait gommé les contours des îles, des rochers et de la haute mer. Souvent, le soir, il se souvenait des sentiments qui le gagnèrent sur le knørr lorsque, enfin, après toutes ces années d'expédition, ils

Extrait de l'histoire de Bård

touchâmes terre et aperçûmes des rivages familiers à travers les bancs de brume. Nous étions de retour ! Le roi Olav lui-même eut le souffle court et devint joyeux. Le seul d'entre nous qui ne semblait pas éprouver de joie à la vue des montagnes et des fjords était Asim. Grave et muet, il se tenait à la rambarde et regardait la terre d'un air sombre.

***

Ensuite, le roi Olav fit voile vers le sud, puis l'est, et longea la côte jusqu'à la région de Viken, en compagnie de cent de ses fidèles. De là, le roi marin rentra à pied à la ferme de son enfance, auprès de sa mère Åsta et de son beau-père.

On a dit beaucoup de choses sur l'œuvre de christianisation du roi. Moi, qui me suis trouvé à ses côtés pendant toutes ces années, je reconnais bien peu de tout ce qui est affirmé de nos jours. La vérité est que ce fut un royaume divisé que rencontra notre roi du rassemblement, une société tribale plus qu'un pays, un assemblage disparate de régions autonomes dirigées par des chefs et roitelets qui n'en faisaient qu'à leur tête.

Pour pouvoir christianiser le pays, il devait avoir le pouvoir. Il ne reçut aucune aide des anges, comme on l'a dit dans le sud-ouest du pays. Les portes du ciel ne s'ouvrirent jamais, comme on le croit à l'ouest. Le Christ blanc ne se tint jamais aux côtés du roi. L'œuvre de christianisation nécessita un travail laborieux et de la persévérance ! Olav plaida sa cause auprès des petits rois, des chefs et des grands paysans des Opplandene, les terres de l'est. Ils reconnurent Olav comme leur roi. Tour à tour, il prit aussi le pouvoir dans le Viken, l'Agder, le Trøndelag et l'Inntrøndelag.

Ayant le contrôle du sud et du centre de la Norvège, il fit la paix avec le roi de Suède et épousa l'une de ses filles. Un beau mariage ! Mon seigneur, Olav, était maintenant roi suprême de Norvège. Dans le pays qu'il voulait christianiser, la religion des Ases côtoyait le christianisme. Mes compatriotes vénèrent des dieux qui varient au gré des circonstances. À travers le pays, les assemblées avaient décidé que les Norvégiens se tourneraient vers la foi en le Christ et le Dieu tout-puissant, et la plupart des grands chefs s'étaient plus ou moins convertis à cette nouvelle foi. Prétendaient-ils. C'est surtout le long de la côte que le christianisme s'épanouissait. Dans les villages des terres, les paysans étaient plus traditionnels. Ils préféraient leurs dieux nordiques.

Le roi Olav était un missionnaire impatient. C'est pourquoi ses sujets se retournèrent contre lui. Ses compatriotes étant récalcitrants à l'égard du message du Seigneur, l'ancien Viking se réveilla en Olav.

Il brûla lieux de sacrifice et fermes. Il mit à mal ses opposants et liquida ses ennemis, le tout au nom du Christ. Christianiser la Norvège, c'était chasser les anciens dieux en employant la force et les menaces. Les paroles de Jésus sur la miséricorde et l'amour du prochain ne suscitaient aucun enthousiasme. Je peux les comprendre. J'adorais moi-même les dieux qu'Olav voulait chasser. Ce n'était que quand Dieu et le Christ blanc se montraient plus puissants qu'Odin, les Ases et les Vanes que mes compatriotes se laissaient convertir.

La force était une langue qu'Olav maîtrisait.

Par la force, il introduisit le droit chrétien en Norvège. Il parcourut le pays entier pour contraindre les paysans à vivre selon ces nouvelles lois. Beaucoup protestèrent. Ce que le Christ édictait allait souvent à l'encontre d'usages consacrés. Le roi Olav suscitait une opposition et une hostilité croissantes.

***

À Selja, Asim fit construire un monastère où il rassembla autour de lui un groupe de gardiens qui veillaient sur la momie et les trésors que nous avions ramenés du pays désertique. Tous les trois ans, je lui rendais visite.

Tous considéraient Asim avec une crainte respectueuse. Il était davantage qu'un prêtre ou un moine. Asim était un magicien, un sorcier, un astrologue, un prophète qui savait écouter les dieux. Au monastère, Asim enseignait aux hommes du roi l'astronomie et l'astrologie, la géographie et l'histoire. À intervalles réguliers, il dépêchait des expéditions en Norvège. À l'aide d'observations astronomiques et de mesures terrestres, il collectait l'information sur la terre et la mer, les rivières et les montagnes. C'est ainsi qu'Asim fit dessiner une carte de la Norvège. Grâce à cette carte, les hommes du roi Olav furent en mesure de voyager de manière plus sûre et plus rapide dans le royaume.

Asim était un homme d'habitudes. Tous les matins, au lever du soleil, il montait sur le plateau devant la grotte et regardait la mer. Les moines disaient qu'il attendait des gens qui arriveraient par voie maritime.

***

De nombreux ennemis d'Olav se rassemblèrent autour de Knut den mektige, Knut le Puissant, roi du Danemark et d'Angleterre, qui avait fait voile vers la Norvège avec sa flotte de guerre ; un spectacle effrayant de voiles tendues et de têtes de dragons terrifiantes.

Contre le roi du Danemark, nul ne recourut aux armes, bien au contraire. Le peuple était lassé des menaces et attaques du roi Olav. Le roi de la christianisation avait humilié bien des hommes fiers. Knut, quant à lui, promettait aux grands seigneurs pouvoir, liberté et richesse. Il payait bien ses alliés principaux : jusqu'à ses propres guerriers trahirent Olav.

Le roi sombra dans la mélancolie. L'œuvre de sa vie était détruite. La christianisation de la Norvège n'était pas une expédition divine triomphale. Forcé de fuir à l'est, le roi Olav se sentit comme un chien. Lui, le roi de Norvège ! Le Viking ! Le guerrier qui avait toujours regardé la terreur droit dans les yeux. L'homme du Seigneur ! Il devait fuir… devant Knut et les paysans en colère.

Je faisais partie de sa suite, lors de sa chevauchée vers l'est, à travers les grandes forêts. Chez le roi Anund de Suède, il laissa son épouse Astrid et sa fille. Puis nous continuâmes de naviguer et de chevaucher, jusqu'à l'empire de Garda et au prince Iaroslav de Novgorod.

L'*Øreting*, l'assemblée d'Øra, célébra Knut comme nouveau roi de Norvège. Håkon Eiriksson devint son duc. Olav était inconsolable. Le prince Iaroslav lui proposa de devenir roi de Bulgarie, mais il déclina l'offre. Tout ce qu'il souhaitait, c'était récupérer son propre pays, son héritage familial : la Norvège.

Au cours de l'été 1030, Olav reçut la bonne nouvelle de la noyade de Håkon lors d'un naufrage. La Norvège n'avait plus de chef ! Exalté, Olav repartit. En chemin, il réunit une armée peu convaincue d'hommes sachant manier les armes empruntés au roi de Suède, des gardes royaux dépêchés et des hommes plus ou moins volontaires. En cours de route se joignirent aussi à nous Harald le demi-frère d'Olav et ses hommes. Nous progressions à vive allure à travers de grandes forêts, des terres désertes et de vastes lacs. Parfois, nous nous séparions ; ailleurs, le bataillon entier voyageait ensemble. À un moment donné, nous eûmes vent d'une rumeur : les éclaireurs avaient rapporté que l'ancien roi était sur le chemin du retour, et de riches paysans, qui étaient loyaux envers le roi Knut, avaient rassemblé une formidable armée.

Elle était principalement composée d'habitants de l'Inntrøndelag, mais aussi de chefs et de grands seigneurs du Vestlandet et du nord de la Norvège. Certains voulaient se venger des manières brutales d'Olav. D'autres avaient vendu leur loyauté au roi Knut.

***

Fier et sûr de sa victoire, le roi Olav entra à cheval dans le Verdalen, dans le nord du Trøndelag. Le soleil brillait à notre approche de Stiklestad. Nous étions quinze cents hommes. Des nuages épars planaient mollement sur le paysage. L'air était saturé de graines aigrettées et d'oiseaux. Dans les champs, les gens de ferme s'appuyaient sur leurs pelles et fourches et nous suivaient d'un regard lourd. De petits enfants couraient en criant vers la route où, apeurés, ils restaient à nous regarder. Les bœufs et les vaches tournaient leurs yeux vides vers nous en mugissant, des cochons grognaient, des troupes de poules battaient des ailes et caquetaient avec inquiétude, des chiens grondaient.

Sur les plaines de Stiklestad, nos forces se rencontrèrent. Olav avait conduit son armée sur une hauteur en forme de fer à cheval, qui nous offrait une bonne vue sur le bataillon ennemi arrivant par groupes séparés.

Au nord se trouvait un marais. Au sud coulait la rivière et sur notre droite un ravin empêchait l'ennemi de nous attaquer. Pour nous prendre, ils devaient gravir les quinze mètres de côte jusqu'au point de rassemblement des forces d'Olav.

J'avançai à côté du roi et dis avec découragement : « L'armée ennemie semble être trois fois plus grande que la nôtre ! » L'ami du roi, Dag Ringsson, n'était pas encore arrivé avec ses mille hommes, dont nous avions cruellement besoin. Olav sourit sans crainte. « Nous avons Dieu et la Providence de notre côté », affirma-t-il. Sur la plaine, des milliers de guerriers se rassemblaient en formations. Les éclaireurs d'Olav annoncèrent qu'ils étaient au bas mot cinq mille : des paysans et des chefs qui s'étaient retournés contre Olav. Je serrai ma main autour de la poignée de l'épée. N'ayant pas la vision brûlante et l'assurance du roi, je ne voyais rien d'autre qu'une force supérieure.

« Tu as été un bon écuyer et un ami fidèle, Bård », remarqua le roi. Je le revois encore, il était vêtu d'une armure et d'un casque, armé d'une épée et d'une hache et de son bouclier blanc avec la croix du Christ blanc en or. Je le remerciai. Le roi dit : « Tu te souviens, à Karlsrå, quand je t'avais parlé de mon rêve d'un homme avec du feu dans le regard qui me disait que je devais rentrer pour devenir le roi de Norvège ? » Je répondis que je m'en souvenais. Olav plissa le front : « Tout à l'heure, quand je dormais la tête sur les genoux de Finn Arnesson, j'ai rêvé d'une échelle qui menait droit au ciel. Et aux portes du paradis m'attendait ce même homme au regard de feu. » Le roi m'observa d'un air interrogateur. Je fus d'avis qu'un tel rêve pouvait facilement s'interpréter comme un signe de mauvais augure. Le roi rit. « Bien au contraire, Bård ! déclara-t-il. Une promesse ! »

Olav avait réuni ses hommes les plus forts et les plus hardis – ainsi que ses scaldes légèrement plus angoissés – en un rempart. Tout devant, il avait placé quelques *berserker* et des voleurs qui n'étaient pas entraînés à la guerre, mais qui étaient sauvages, fous et sanguinaires. Autour de lui, Olav avait les soldats suédois prêtés par le roi Anund Jakob, les guerriers du prince Iaroslav et l'armée qui avait accompagné son demi-frère Harald, de l'Opland, âgé de quinze ans.

Nous plongeâmes de la colline sur le bataillon de paysans qui nous attendait. Notre cri de guerre résonna. J'avais le sentiment de chevaucher droit dans le Ragnarök. Je n'avais pas peur de me battre aux côtés de mon roi. Mais face au nombre, je me rendis rapidement à l'évidence que la seule chose que nous pouvions faire était de repousser l'inévitable : la mort du roi.

Le combat fut brutal et sanglant. Nous avions pris tant de vitesse dans la descente que nous entrâmes droit dans l'armée paysanne. Notre attaque en fit fuir certains, combattre d'autres. Certains luttaient à la lance, d'autres à la hache et à l'épée.

Des averses de flèches aiguisées sifflaient dans les airs. Certains lançaient des javelots et des pierres. Les hommes rugissaient, criaient : d'aucuns de rage démente, d'autres de douleur et de peur de mourir. La terre était imbibée de sang. L'odeur âcre des viscères dérivait comme une brume invisible sur le champ de la mort. Le bataillon autour du roi devenait de plus en plus ténu.

Je me battais avec une sauvagerie que je n'avais pas ressentie depuis ma jeunesse, quand Olav et moi étions partis en expédition ; comme si j'étais seul à pouvoir sauver le roi de la mort. Tord continuait de se battre vaillamment en portant l'insigne du roi. Mortellement blessé, il planta l'insigne dans le sol si violemment qu'il y resta fiché.

Autour de lui, le sang jaillissait de plaies ouvertes. Les hommes se battaient un contre un, avec des épées et des haches rouges de sang. Un homme de Kviestad, qui s'appelait Torgeir, fit une sortie contre le roi. Olav fendit sa tête en deux juste au-dessous des yeux. Un groupe d'hommes – Kalv Arnesson, un autre Kalv, un certain Olav et Tore Hund – s'étaient rassemblés autour du roi.

Olav attaqua Tore Hund, mais son épée rebondit. À plusieurs reprises, le roi essaya d'atteindre Tore, mais l'épée n'avait pas prise sur lui. Furieux, le roi se tourna vers Bjørn Stallare et le pria de frapper à la hache. Bjørn tourna la hache et frappa Tore à l'épaule du marteau de la hache. Tore vacilla. Aussitôt après, il enfonça sa lance dans le corps de Bjørn. Entre-temps, Kalv fit une sortie contre Olav au moment où celui-ci se tournait vers lui.

Cette fois, l'épée trouva de la chair. Le roi poussa un gémissement. Quant à moi, je criai, comme si j'avais reçu un coup de hache. Torstein Knarresmed se précipita alors avec sa hache et entailla la cuisse d'Olav, juste au-dessus du genou gauche.

Le roi s'appuya contre une pierre et lança un regard d'envie vers le ciel bleu. Ses doigts se resserrèrent autour de la poignée en or de l'épée tranchante. En silence, il dit intérieurement une prière. Ses lèvres bougeaient presque imperceptiblement. Le casque doré et l'armure scintillaient au soleil. Le sang giclait de sa blessure.

Il pressa fortement sa main dessus. Le sang coulait entre ses doigts. « Sire ! Lutte ! » rugis-je en me battant contre un jeune poulain qui saignait de l'épaule. Tore Hund, le vieil ennemi du roi, s'avança. « Olav ! » tonna-t-il en tenant sa lance en avant. Sans pitié, Tore Hund enfonça profondément la lance sous l'armure, dans le ventre du roi. Le jeune poulain et moi baissâmes nos épées. « Mon roi », chuchotai-je, mais mes paroles furent étouffées par le bruit assourdissant des centaines, non, des milliers d'hommes au combat. Olav râlait. Il toussait du sang et gémissait de douleur.

Aujourd'hui encore ces souvenirs me pèsent. Il respirait si péniblement… Le sang gargouillait dans chacun de ses souffles. Le roi me lança un regard. Il me sembla voir un brave semblant de sourire.

Un homme du nom de Kalv se tenait au-dessus du roi. Il leva son épée. L'espace d'un instant, je vis la lame piquer. Le fil frappa le roi sur le côté gauche du cou. Sa chair blanche s'ouvrit en une plaie béante. Le sang afflua en saccades colossales.

Désespéré, je tombai à genoux. Des vols de corneilles et de corbeaux s'étaient massés dans les arbres autour de nous. Le vacarme de la bataille sembla s'éteindre pour laisser l'atmosphère s'emplir des croassements rauques et affamés des oiseaux. Le roi croisa mon regard. Il râlait, les lèvres tachées de sang.

Et ainsi, à Stiklestad, mourut mon seigneur et maître, le roi viking Olav Haraldsson, l'homme que nous connaissons comme *Óláfr hinn helgi*.

Il leva sa plume du parchemin. Dans sa cellule du monastère de pierres, il vissa le bouchon de l'encrier et roula les parchemins. Il poussa un profond soupir et s'adossa à sa chaise.

Quarante années s'étaient écoulées depuis ce jour ensoleillé où le roi était mort à Stiklestad. Pourtant il se souvenait de chaque instant avec une clarté que par ailleurs il regrettait d'avoir perdue avec l'âge. Le soleil de juillet qui papillotait dans le ciel, les odeurs de sang et de viscères qui se mêlaient au parfum des champs, des prairies en fleurs et des forêts, les cris des hommes mourants et les rugissements menaçants de ceux qui se battaient avec sauvagerie et bravoure.

Dehors, les mouettes et les goélands voletaient face au vent. Les vagues roulaient lourdement contre les rochers.

La respiration permanente de la mer, pensa-t-il. Le souffle salé de la mer.

***

Les moines le trouvèrent juste après les vêpres. Il gisait sur sa banquette, les mains jointes sur le ventre. Ils comprirent aussitôt que l'ancien Viking était mort.

L'abbé, qui avait lui-même juré fidélité à Asim l'Égyptien, envoya immédiatement le message de sa mort au grand maître de la confrérie à Nidaros.

Quatrième partie

LE DERNIER GARDIEN

Moïse leva la verge et il frappa les eaux du Nil
Sous les yeux de Pharaon et de ses serviteurs.
Toute l'eau se changea en sang.

Exode

Sufficienta Scripturae Sacrae

(Les Écritures Saintes suffisent)

Le palais Miércoles

République dominicaine

1

La vie est pleine de sons. Dans la rue, à travers la fenêtre fermée, j'entends la circulation, comme un bourdonnement lointain. Le système d'air conditionné siffle. On ouvre une porte. On rit. Une porte d'ascenseur fait pling.

Je suis assis sur le bord du lit, dans ma chambre d'hôtel, entouré de guides de voyage et de cartes. L'hôtel n'est pas des moins chers, mais ce n'est pas moi qui paie, alors…

J'ai envoyé un SMS à Laura pour l'informer que je suis bien arrivé. Sa mission est terminée. J'aurais bien aimé qu'elle m'accompagne à Saint-Domingue, mais la SIS a estimé qu'il était plus sûr pour elle de rentrer à Londres. Moi, je suis à l'évidence quelqu'un qui peut être sacrifié.

Stuart, Hassan et les fines gâchettes du cheikh sont en prison, m'explique Laura. Le FBI veut les inculper de kidnapping et de terrorisme.

De l'hôtel, je prends un taxi pour le palais Miércoles, qui se trouve juste en dehors de la vieille ville, non loin de la *Catedral Primada de América*, la première cathédrale catholique du continent américain.

Le parc qui l'entoure est si vaste que l'on aperçoit à peine le palais entre les arbres centenaires.

Ici et là scintillent des mares surmontées de ponts en arc en pierre. Le parc est ceint d'une clôture de lances en fer forgé de presque quatre mètres de haut entre des colonnes en brique sophistiquées, ornées de frises de motifs bibliques.

La construction du palais Miércoles a commencé au début du seizième siècle, mais elle ne s'est achevée que cent ans plus tard. D'après le guide que j'ai acheté à l'aéroport, l'édifice et son parc ont servi de modèle lors de la conception du château de Versailles.

Aujourd'hui, c'est Esteban Rodriquez qui règne sur le palais.

Un philanthrope menant une vie en retrait, qui parfois apparaît avec les têtes couronnées d'Europe, toujours comme ami de quelque roi ou prince, mais qui globalement se tient à l'écart des feux de la rampe.

Sa famille a financé des hôpitaux, des églises et des écoles du Tiers-Monde par le biais de la fondation Miércoles, une organisation pratiquement inconnue, dont le siège se trouve à Washington. Esteban est marié avec Sophia Goldsmith, dont la carrière d'actrice prenait son envol aux États-Unis quand elle a rencontré Rodriquez en 1958. Ils ont eu deux enfants, Javier en 1964 et Graciela en 1968.

Sur mes béquilles, je longe clopin-clopant la clôture surdimensionnée avant d'arriver au portail principal, qui est fermé et surveillé par deux gardes armés vêtus de curieux uniformes.

Je cherche une sonnette ou un interphone, mais il semblerait que les habitants du palais Miércoles ne souhaitent pas forcément laisser entrer démarcheurs, touristes ou missionnaires. J'essaie d'interpeller un garde, mais il a l'habitude d'ignorer les curieux.

Je finis par renoncer et regagne l'hôtel.

Le soir, j'écris une lettre, à la main, sur l'épais papier de correspondance filigrané de l'hôtel, adressée à Señor Esteban Rodriquez, palais Miércoles.

Je me présente, explique ma mission et lui demande de me faire la grâce d'un rendez-vous. J'aurais dû parler d'audience.

J'apporte l'enveloppe à la réception et prie le concierge d'envoyer la lettre par coursier au palais Miércoles. Cet homme toujours si correct hausse le sourcil de quelques millimètres et dit : « Bien entendu, *Sir, right away.* »

2

Tôt le lendemain matin, vers huit heures, je suis réveillé par des coups frappés à ma porte. Je chausse tant bien que mal mes lunettes, enfile mon pantalon et ouvre.

Dans le couloir se tiennent trois hommes. Je reconnais le réceptionniste, accompagné de deux hommes trentenaires à la mise impeccable.

— *Mister Belto*, m'annonce le réceptionniste d'une voix agitée, ces messieurs viennent du palais Miércoles.

Ils s'inclinent légèrement. L'un d'eux me tend une feuille. Au sommet sont imprimées, en or, les armes de la famille Rodriquez. Le message est écrit à la main :

Cher Monsieur,

J'espère ne pas prendre trop de libertés en vous invitant par la présente à venir prendre le petit-déjeuner au palais et en vous envoyant deux de mes hommes de confiance pour vous éviter l'inconfort d'avoir à vous déplacer par vos propres moyens dans la circulation matinale.

Votre dévoué,
Esteban Rodriquez

La limousine noire rutilante qui attend devant l'hôtel a l'air d'un panthéon de trois cents mètres de long. Les vitres sont teintées et les sièges sont en cuir blanc.

La limousine accélère, enfreignant absolument toutes les règles du code de la route. Il ne nous faut ainsi qu'un quart d'heure pour rallier le palais Miércoles. Le portail s'ouvre et, en trombe, nous dépassons les gardes.

Les portes en fer forgé se referment derrière moi et laissent le reste du monde à l'extérieur.

Nous roulons sur une large allée gravillonnée à travers le parc. Dans l'un des bassins, sous les arbres, nagent quatre cygnes. Au loin, j'entrevois des gens qui montent des purs-sangs. Puis nous sortons du parc boisé ombragé et je vois enfin le palais Miércoles de près.

Il en est qui considèrent que, quand vous avez vu un château, vous les avez tous vus. Pourtant, le palais Miércoles me coupe le souffle. Face à ses dimensions et à son ornementation, je m'interroge, encore une fois : qui étaient réellement ces Rodriquez qui ont construit le palais cinq cents ans auparavant.

Cinq serviteurs en livrée attendent quand la limousine se gare devant l'escalier de cinquante mètres de large qui mène à la grande plateforme de granit devant l'entrée principale.

On me souhaite la bienvenue avec une légère courbette avant de m'accompagner à l'intérieur du palais.

Le hall mesure trois étages de haut, avec un escalier si grand que je me demande où ils ont trouvé tout ce marbre. On me conduit au premier, devant de grands tableaux, dans des galeries de colonnes et des couloirs sans fin. Nous nous arrêtons devant une double porte de quatre mètres de haut et, d'une courbette, les serviteurs me font entrer dans une salle.

Ils ferment les portes derrière moi.

Au milieu de la pièce se trouve une table, mise pour le petit-déjeuner. Dans cette vaste salle, elle semble être d'une petite taille incongrue.

Le plafond est décoré de motifs religieux encadrés d'ornements dorés. Aux murs sont accrochés des miroirs dont le cadre est également doré. Au bout, derrière les fenêtres cintrées, la pièce s'ouvre sur une terrasse.

J'entre d'un pas lent. Une porte s'ouvre. Je ne l'entends pas, mais je sens le courant d'air sur ma joue.

3

Il s'est arrêté sur le tapis rouge et m'observe, souriant. Je suis bouche bée. Nous restons ainsi à nous regarder fixement. Je l'ai déjà rencontré. C'était au club de Luigi à Rome. Esteban Rodriquez est l'homme distingué aux cheveux longs qui avait gardé ma main si longtemps dans la sienne.

— Vous ? dis-je simplement.

Son sourire est une balafre.

— Je vous ai rencontré à Rome, poursuis-je, surtout pour combler le silence alors qu'il approche.

De nouveau, nos mains se rencontrent. De nouveau, il me regarde dans les yeux.

Esteban Rodriquez a ramené ses cheveux derrière ses oreilles. Son visage est anguleux et intense ; il me rappelle une star de cinéma des années 1940 dont j'ai oublié le nom. Il est habillé comme s'il attendait une invitation chez Gatsby le magnifique.

— Je vous ai suivi.

Sa voix est un agréable baryton. Il parle l'anglais avec un vague soupçon d'accent espagnol.

— Vous êtes un chien de combat acharné. Un terrier. Un pitbull. Qui mord sans lâcher prise.

Il claque des doigts. Une servante se matérialise avec deux verres de cognac sur un plateau.

— Une bonne façon de commencer la journée, observe-t-il.

Nous levons nos verres. Le cognac me laboure le gosier et s'enroule dans mon estomac. Mon hôte fait tourner son verre dans sa paume et en hume le bouquet en faisant vibrer ses narines étroites.

— Et vous ? dis-je. Qui êtes-vous au juste ?

— Qui je suis… répond-il avec une expression mi-joueuse, mi-interrogatrice. La plupart des gens peuvent suivre leurs origines familiales en remontant quatre ou cinq générations en arrière. Combien savent quelque chose sur leurs trisaïeuls ? Les généalogistes peuvent retrouver leurs ancêtres quelques centaines d'années en arrière, peut-être remonter jusqu'au seizième siècle. Le plus ancien registre d'église conservé de Norvège date de 1623. Dans ma bibliothèque, j'ai une généalogie qui, nom par nom, retrace ma lignée jusqu'à l'an 930.

— En Norvège ?

— Bien entendu.

Je l'observe pendant un long moment. Une certitude se fait jour en moi. De l'autre côté des fenêtres, une brise caresse les arbres. Les feuilles se soulèvent au vent.

— Je suis né dans ce palais, au troisième étage. Ma mère était une aristocrate cubaine, renommée pour sa beauté et sa voix de chanteuse. Mon père l'avait vue dans un bal et lui a envoyé par coursier une invitation à déjeuner. Elle est évidemment venue. Personne ne refuse une invitation au palais Miércoles. Mon père était blond, il avait le teint pâle et les yeux bleus. Mère avait des yeux noisette, des cheveux de jais et une peau dorée. Je me suis toujours demandé comment les gènes de père avait pu l'emporter sur ceux de mère. Il en est toujours allé ainsi du côté masculin de notre lignée. Nous avons quelque chose de récalcitrant.

— Vous êtes un gardien !

Il termine son cognac à grandes gorgées et ferme les yeux en inhalant de l'air frais.

— Vous êtes le dernier gardien ! dis-je.

— J'ai pris la liberté de régler votre note à l'hôtel et de faire venir vos affaires ici au palais. Je vous ai préparé une chambre dans l'aile des invités. J'espère que vous acceptez mon invitation.

— Personne ne refuse une invitation au palais Miércoles.

Nous nous installons à la table au milieu de la pièce. Aussitôt affluent des serviteurs, qui nous apportent petits pains chauds, confitures, œufs brouillés et fromages. Nous nous sustentons et buvons notre orange pressée, puis il m'entraîne dans les longs couloirs et me montre le chemin de ma chambre, qui est plus grande que tout mon appartement à Grefsen.

Ma valise est posée au milieu de la pièce. Un lit à baldaquin, de taille à accueillir une partie fine dont je ne peux que fantasmer, trône entre les fenêtres. Il y a aussi deux salons de style Louis XVI, des toilettes, une salle de bains et un dressing séparés. De lourdes tentures sont tirées devant les fenêtres qui donnent sur le parc.

Sur un mur, une honorable collection de livres est enfermée derrière des portes de verre poli.

J'envoie un SMS au professeur Llyleworth pour lui dire où je suis. Pour une raison ou pour une autre, c'est du mobile de Diane que je reçois une réponse :

Le palais Miércoles ? Tu en as de la chance ! J'aurais voulu y être.

Après quelques minutes, le professeur Llyleworth me répond aussi :

Vous êtes privilégié. On n'accède pas facilement au palais Miércoles. Saluez Esteban pour moi. C'est un fidèle donateur de la SIS.

4

Une fois que j'ai déballé mes affaires et pris une douche, Esteban Rodriquez m'offre une visite guidée.

— Le professeur Llyleworth m'a prié de vous transmettre ses salutations.

— Le professeur ! J'ai donné quelques deniers pour soutenir la SIS. Un gentleman sympathique.

Pendant plus d'une heure, nous flânons à travers les salles, petits et grands salons, chambres à coucher ornées et boudoirs ; le tout desservi par un labyrinthe de longs corridors. Mes béquilles me donnent des ampoules aux mains.

Quelque part dans le palais résonne l'agonie d'une clarinette.

— Je suis navré, s'excuse Esteban, le fils de la femme de chambre de mon épouse fait partie d'une fanfare turque.

Deux salles de bal contiguës, chacune aussi grande qu'une salle de concert, sont décorées avec faste. Nous traversons une salle de musique avec des pianos à queue

Steinway, des pianos droits, des épinettes, un orgue Hammond B3 et une harpe dorée. Un chat qui dort sur un tabouret de piano ouvre les paupières et nous accorde un regard méprisant, comme s'il était l'empereur du monde.

Mais le clou du spectacle, Esteban Rodriquez le garde pour la fin : la bibliothèque.

La bibliothèque du palais Miércoles occupe toute l'aile ouest de l'édifice.

Elle contient non seulement des dizaines de milliers d'œuvres Renaissance, baroques et romantiques, mais également des milliers de manuscrits originaux liés à la découverte européenne et la colonisation de l'Amérique à partir du seizième siècle.

Esteban Rodriquez me montre des lettres manuscrites de Christophe Colomb à la reine Isabelle, à des éminences et à des nobles.

— Venez, dit-il en me guidant vers une vitrine.

Sous une épaisse plaque de verre, je vois un parchemin, écrit sur une peau devenue brun sombre avec les années.

— Une lettre de l'un des survivants ayant échappé au massacre du Groenland. Cette lettre aurait dû accompagner un groupe de chasseurs qui rentraient de Terre-Neuve en Islande, mais le messager a été tué par des Indiens et la lettre a échoué entre les mains d'une famille de colons. Elle décrit la levée de camp et la fuite du Groenland lorsque la confrérie des gardiens a compris que le Vatican avait retrouvé sa trace et que le navire de l'armée du pape approchait de la colonie.

Je lis laborieusement le texte norrois.

— *Nous cherchâmes refuge pour le trésor sacré dans le pays à l'ouest de l'horizon.*

— Le pays à l'ouest de l'horizon, répète presque imperceptiblement Esteban.

— Les États-Unis.

— Oui, enfin… N'oubliez pas que cela s'est passé au milieu du quinzième siècle. Techniquement, ni les États-Unis ni le Canada n'existaient en tant que nations. Les évadés des zones d'habitation de la côte est du Groenland ont suivi les traces de Leif Eiriksson et des Vikings norrois, ils ont contourné la pointe sud du Groenland, remonté la côte ouest, traversé le détroit de Davis jusqu'à Baffin Island, avant de poursuivre vers le sud, jusqu'à ce qui est connu aujourd'hui comme le Labrador, Terre-Neuve, la Nouvelle-Écosse, le Maine et le New Hampshire. Le Vinland…

Nous contemplons le parchemin en silence en imaginant les périples de cette croisière en eaux glacées.

Au loin, presque inaudible, la clarinette se lamente.

— Bjørn. Vous avez trouvé quelque chose en Islande.

Je suis aussitôt sur mes gardes. Il pose la main sur mon épaule.

— Un manuscrit… L'avez-vous lu ?

— Non.

— Laissez-moi deviner… C'était un texte hébraïque avec une traduction copte.

— Vous êtes bon au jeu des devinettes.

— Vous ne soupçonnez pas l'importance de ce manuscrit.

— Trois meurtres. Une jambe cassée et un doigt brisé. Une offre de quinze millions de dollars pour l'échanger. Si, je crois que j'ai une petite idée de son importance…

— Où se trouve-t-il ?

— Nous sommes en train de le traduire.

— Mais *où* ?

L'intensité de sa question me convainc qu'effectivement il ne connaît pas la réponse.

— Dans un lieu sûr, dis-je.

5

— La première pierre du palais Miércoles a été posée par Bartolomeo Colomb.

C'est la fin de l'après-midi. Esteban Rodriquez est enfoncé dans un fauteuil en osier sur l'une des terrasses donnant sur le parc. Il allume un cigare. Un souffle emporte quelques cendres grises de la braise. L'air embaume le mimosa.

Une hirondelle de mer fait du surplace face à la brise marine. Le jardinier a branché l'asperseur qui diffuse un parfum d'humidité.

— C'est ici, à Saint-Domingue, que les puissances coloniales se sont établies la première fois que Christophe Colomb est venu en Amérique.

— Si j'en crois les rumeurs, votre famille l'accompagnait.

— Je suppose que vous avez compris le lien.

— Vous êtes le dernier gardien.

Il tire une bouffée de son cigare.

— Si nous passons outre les premiers sites nordiques en Amérique du Nord, Saint-Domingue était la première colonie européenne dans le Nouveau Monde. On continue de se disputer sur la question de savoir quelle a été la première île sur laquelle Colomb a posé le pied à son arrivée en 1492. Ce que nombre d'historiens refusent de reconnaître, c'est que Colomb était tout à fait au courant des expéditions vikings dans le Vinland.

— Vous pensez à ses visites en Islande et au Groenland en 1477 ?

— Colomb et les autres marins ont été en relation avec des pêcheurs et des chasseurs qui leur ont parlé du pays à l'ouest de l'horizon. Colomb pensait qu'ils parlaient de l'Asie.

— Une légère méprise.

— Le problème était qu'il avait mal calculé la circonférence de la Terre. Colomb savait, comme tous les marins, que la Terre était ronde, mais il se fondait sur les calculs du géographe Marinus de Tyr et avait pris comme point de départ des degrés plus courts que ce qu'ils étaient en réalité. Pour couronner le tout, il travaillait avec des unités de longueur italiennes, 1238 mètres, et pas arabes, 1830 mètres. Avec un tel point de départ erroné, Colomb avait calculé que la circonférence de la Terre était d'environ vingt-cinq mille kilomètres et la distance des îles Canaries au Japon de trois mille sept cents kilomètres. En réalité, cette distance est de presque vingt mille kilomètres. Ses détracteurs ne craignaient pas que les navires basculent par-dessus le bord de la terre, mais que les marins meurent de faim et de soif longtemps avant d'avoir atteint l'Asie.

— Donc l'Amérique a mis un coup d'arrêt à une croisière vers la mort.

— Et Colomb a pu faire un retour triomphal en Europe, persuadé d'être allé en Asie. Ce n'est que lors de son troisième voyage, en 1498, qu'il a posé le pied sur le continent sud-américain. L'Amérique du Nord, il n'y est jamais allé. En 1504, il est rentré en Europe, pour mourir deux ans plus tard à Valladolid en Espagne.

— J'ai lu récemment qu'on avait découvert où il était enterré.

— D'abord, Colomb a été enterré à Valladolid, puis son corps a été transporté à Séville et plus tard de l'autre côté de l'océan, à la cathédrale de Saint-Domingue. En 1795, les Français ont amené ses vestiges à La Havane et en 1898 les restes d'ossements ont été renvoyés à la cathédrale de Séville. En 1877, on a découvert ici à Saint-Domingue un coffret contenant des ossements et l'inscription *Don Christopher Colombus*. Beaucoup ont pensé qu'on avait déplacé le mauvais corps.

— Donc où repose-t-il ?

— Tout le monde se trompe. Il est enterré ici au palais Miércoles.

Mon souffle se coupe.

— C'est ce que voulaient les membres de sa famille. Ils avaient conclu une alliance avec la cour. Les vestiges de Colomb ont été enterrés dans une tombe dans le parc du palais Miércoles en 1569. Les ossements dont tout le monde pensaient qu'ils étaient ceux de Colomb étaient ceux de son fils Diego.

— Je ne vois pas le rapport entre Colomb et les gardiens.

D'une chiquenaude, il fait tomber la cendre de son cigare sur le sol de la terrasse, elle se répand comme une poussière fine. Un courant d'air saisit ses cheveux blancs, qu'il plaque derrière ses oreilles.

— C'est une longue histoire, dit-il en écrasant son cigare. Une histoire qui s'étend sur des siècles.

Et puis il me la raconte.

L'histoire des gardiens

1

Esteban Rodriquez forme une flèche en serrant ses doigts les uns contre les autres.

— Pour comprendre l'histoire des gardiens, il vous faut d'abord comprendre le grand prêtre Asim. Son érudition englobait de nombreuses sciences et religions. Il enseignait dans ses cercles proches, en Égypte et plus tard en Norvège, la religion, la mythologie et la magie. Il enseignait les astres, apprenait à lire l'avenir, à parler avec les morts, à écrire des messages codés, manier l'écriture secrète, à dessiner des cartes, interpréter les rêves, trouver des motifs de géométrie sacrée dans la nature… Asim était un mystique de première catégorie.

Esteban bascule la tête en arrière en fermant les yeux avant de pencher sa tête en avant et de croiser mon regard si soudainement que je sursaute.

— Asim était animé de convictions que nous autres Occidentaux avons facilement tendance à considérer comme irréconciliables. En tant que grand prêtre, il vouait un culte aux dieux égyptiens. Mais Amon-Rê devait être un dieu tolérant, car Asim adorait aussi Abraham et Moïse, Jésus et Mahomet. Il était astrologue et pratiquait la sorcellerie et la magie occultes. Il avait beaucoup lu, était polyglotte et maîtrisait nombre des savoirs de son temps. C'était un homme savant et intelligent qui avait consacré sa vie à une seule mission : protéger l'hypogée d'une momie sainte et les trésors et textes que le défunt avaient emportés dans sa tombe. La momie avait deux mille cinq cents ans à l'époque d'Asim ; elle était donc plus âgée que ne l'aurait été le corps de Jésus s'il existait aujourd'hui. Donc quand les Vikings ont attaqué le temple et vidé la crypte, ils ont profané sa foi et dérobé ce qui constituait la mission de sa vie. Asim aurait accepté de mourir pour la momie. Mais quand il a compris qu'ils étaient trop nombreux, il a choisi de les accompagner. En suivant l'armée ennemie, il pouvait essayer de protéger l'objet sacré et, avec le temps, de tout rapporter en Égypte, ramener la momie dans son hypogée, son lieu de repos éternel.

— Un projet ambitieux.

— Un homme ambitieux.

— Comment Olav a-t-il trouvé cette crypte si elle était si secrète ?

— À l'époque de la reine Cléopâtre, un prêtre déloyal, qui avait été rejeté du culte d'Amon-Rê, avait dessiné une carte indiquant non seulement la situation géographique de l'hypogée au bord du Nil, mais aussi l'entrée du temple et deux des chambres funéraires qui camouflaient celle du fond. Il essayait vraisemblablement de s'attirer les bonnes grâces des Romains. Mais les Romains n'ont sûrement pas eu confiance en ce traître. Ce que nous savons, c'est que la carte a fini à Rome, par l'entremise de l'époux de Cléopâtre, Marc Antoine. Plus tard, elle est partie, sans doute par hasard, avec un lot de cadeaux envoyés au roi Athelstan d'Angleterre, qui l'a confiée à son fils adoptif Håkon le Bon. Puis elle a atterri chez le jeune Olav Haraldsson.

Esteban se frotte la racine du nez, comme s'il avait mal à la tête. Son regard me quitte et erre dans le vide. On croirait qu'il se transforme imperceptiblement en une autre personne ; il me rappelle les déments irrécupérables de la clinique, ceux qui sont allés se perdre loin dans les méandres de la folie.

— Chez le duc Richard à Rouen, Asim a écrit un cri de détresse destiné au calife d'Égypte. De là, il a aussi envoyé la première traduction copte du manuscrit sur papyrus qui était dans le tombeau. Quelques années plus tard, de Norvège cette fois, il a envoyé au calife un nouveau cri de détresse, accompagné d'une carte, le tout dissimulé dans une figurine en céramique. Mais les services postaux n'avaient rien de très efficace. Les uns après les autres, ses appels au secours, sa carte et sa traduction du manuscrit antique ont été confisqués par le service du renseignement du pape, qui surveillait tout courrier suspect.

Dans un étui en bois très fin, Esteban prend un nouveau cigare, qu'il allume avec des chichis cérémonieux. Avant de poursuivre, il reste les yeux mi-clos à savourer le tabac.

— Pendant que le roi Olav Haraldsson christianisait la Norvège en ayant recours à la violence et aux menaces, Asim était sur l'île de Selja et attendait ses compatriotes. À un moment donné, il a dû comprendre qu'aucun sauveteur ne trouverait le chemin du désert de glace. C'est alors qu'il a élaboré un plan pour protéger la momie et la ramener en Égypte.

— Quel genre de plan ?

— Il a formé une confrérie, un ordre de gardiens. Les premiers gardiens ont été les moines guerriers qu'Asim connaissait du monastère de Selja et les hommes du cercle du roi. L'ordre mêlait moines, scaldes, maîtres des runes et Vikings qui continuaient de croire dans les Ases. Asim a assaisonné le tout de copte et de mythologie égyptienne. Il croyait que la momie ressusciterait comme un dieu sous forme humaine. Les chrétiens attendaient Jésus ressuscité et plus tard le roi canonisé saint Olav. Dans un véritable chaos de croyances religieuses, de numérologie, d'astrologie et de géométrie sacrée, la mythologie égyptienne d'Asim le sage a été réunie avec la religion des Ases des Norvégiens et le christianisme. De tout cela émerge le symbole ankh, tyr, croix. La combinaison des trois signes sacrés devait caractériser la confrérie des gardiens, mais aussi former une sorte de protection magique par-delà les religions. Asim leur a enseigné la religion, l'astrologie et les sciences ésotériques. Ils se sont soumis loyalement à leur maître et ont prêté serment de consacrer leur vie à cette mission.

Esteban tire à plusieurs reprises sur son cigare avant de souffler la fumée dans ma direction. Je la chasse en agitant la main.

— En même temps, Asim a dû recourir à la magie. Dans la mythologie et la tradition égyptienne, il était primordial de construire des monuments pour honorer les dieux. Le monde, comme vous le savez, regorge de sanctuaires dont les situations géographiques forment des motifs magiques qui nous échappent complètement. Asim avait consulté les astres et établi un horoscope grâce auquel il avait réussi à faire correspondre la géométrie sacrée de la terre ferme avec une constellation d'étoiles donnée. En plaçant cinq cryptes de sorte qu'elles forment un pentagramme correspondant à la constellation des Gémeaux, les jumeaux, il protégeait les cryptes d'une puissance surnaturelle. Et, comme vous le savez, les positions étaient déduites de la carte incomplète dont il disposait. La caverne de Sunniva. Nidaros. Hamar. Tønsberg. Bjørgvin. Il a fallu plus d'un siècle aux successeurs d'Asim – les bâtisseurs de la nation récemment christianisés – pour mener à bien le plan grandiose du maître. Lorsque ces beaux édifices furent achevés, chacun cachait une crypte secrète : la cathédrale de Nidaros, la cathédrale de Hamar, la citadelle Tunsberghus, l'abbaye de Lyse.

— Et les églises en bois debout ? Comment entraient-elles dans ce cadre ?

— C'est un tout autre chapitre. J'y viens.

Esteban se dirige vers un tiroir et en sort une vieille impression à aiguilles sur papier perforé.

— Le propre récit d'Asim. En voici une traduction un peu boiteuse.

Mon cœur palpite lorsqu'il me tend les feuilles :

Histoire d'Asim

Salué sois-tu, Amon-Rê, dieu puissant et seigneur de la vérité ; salué sois-tu, Osiris, roi de l'éternité ; salué sois-tu, Jésus, sauveur de la miséricorde et fils de Dieu ; salué sois-tu, Mahomet, prophète béni d'Allah. Je suis Asim, grand prêtre du temple des humbles serviteurs de sa sainteté le dieu du soleil Amon-Rê et des gardiens d'une alliance divine *non loin des murs de Thèbes et des tombeaux des rois. Ces mots, je les écris comme captif dans le pays des souffrances. En vérité, je vous le dis : j'ai échoué au bout du monde, dans un empire de glace et de froid éternels, de neige et de pierre, et de montagnes qui écorchent le ciel. Dans des fjords profonds et des forêts obscures sévissent des hommes brutaux et sauvages comme les plus terribles démons du royaume des morts. J'espère éveiller le plaisir des dieux en révélant que j'ai trouvé une nouvelle crypte pour LE SAINT.*

Voici, dieux des dieux, mon récit :

Les sauvages arrivèrent au point du jour, alors que le souffle d'Amon-Rê teintait le ciel de rouge. Pieds nus sur une dalle de pierre rafraîchie par la nuit, je scrutai ces navires d'allure étrangère qui faisaient voile sur le fleuve ; de longs navires, fuselés, avec des voiles imposantes et des têtes de dragons gueules béantes. Jusqu'à la pointe au nord, le fleuve débordait de navires. De nouveaux bateaux arrivaient continûment du cap.

Je m'étais levé longtemps avant les autres. Je m'étais lavé de la transpiration nocturne avec l'eau de l'amphore d'argile placé dans le coin le plus frais du dortoir et sustenté de fruits fraîchement cueillis. Sur la dalle rocheuse, je m'arrêtai en apercevant les navires. Je lançai un regard interrogateur vers le ciel. Pourquoi les astres ne m'avaient-ils pas prévenu ? Pourquoi les dieux ne m'avaient-ils pas préparé ? Quels dieux étrangers protégeaient-ils et assistaient-ils ces sauvages ? Ils ne pouvaient en aucun cas être plus puissants que les miens. Pourquoi mes dieux avaient-ils fermé les yeux en se détournant ?

Les sauvages étaient silencieux comme des cobras. Les animaux les plus rusés et les plus dangereux sont ceux qui font le moins de bruit. On n'entend jamais le crocodile avant qu'il ne referme ses mâchoires ni le serpent avant que son poison ne paralyse. Inquiet, je suivais les navires du regard. Ils étaient bien plus rapides que les bateaux fluviaux. Comment avaient-ils pu franchir les ouvrages de fortification et les postes de douane ? Ils devaient être invincibles. J'espérais qu'ils continueraient leur chemin, jusqu'à Karnak, Waset, la Vallée des Rois ou encore plus loin au sud, jusqu'à Swenet ou Abou Simbel. Mais mes espoirs s'évanouirent lorsque les navires les plus proches affalèrent leurs voiles et mirent le cap sur la terre. De longues rangées d'avirons sortirent des flancs des bateaux et se déplacèrent en cadence dans l'eau. Pas un bruit. Pas un hurlement. Pas un cri de guerre. Seulement ceci : le silence. Les têtes de dragons démoniaques plissaient leurs yeux vers moi. Je courus dans le temple et envoyai le prêtre Fenuku prévenir les gardiens du temple et les hommes du village. Ensuite, je regagnai en hâte la plateforme rocheuse. Sur la rive du fleuve, les sauvages étaient en train d'accoster. Puissant Anubis, ils étaient si nombreux, ils arrivaient par milliers et étaient des géants ; des hommes énormes, grands, musclés, aux cheveux longs et à la barbe non entretenue. Ils portaient tous des épées, des haches, des lances, des boucliers décorés.

En un groupe qui fit trembler le sol, ils bondirent hors de leurs navires et se précipitèrent vers le temple. Un jeune homme grand, ramassé et musclé était à leur tête. Je ne bougeai pas. Je levai fièrement la tête en croisant les bras. Maintenant, mes dieux allaient venir à mon secours. Maintenant, les souverains éternels d'Égypte allaient protéger LE SAINT. Le jeune homme s'arrêta à quelques mètres de moi. Son visage était large, pâle et rougeâtre, ses cheveux châtains et emmêlés. Ses yeux bleus chatoyaient comme des saphirs au soleil levant. Je finis par comprendre qui ils devaient être. Dans les considérations du diplomate Ibn Fadlân sur une expédition sur le fleuve Volga il y a presque cent étés, j'avais lu des propos sur les ar-rus *sans peur et barbares. Dans son œuvre géographique, al-Ya'qubi évoque des sauvages qui étaient descendus jusqu'à Séville sur l'imposant fleuve Guadalquivir.* Al-Magus. *Les adorateurs du feu.*

Rebroussez chemin ! tempêtai-je avec les bras levés au ciel. Repartez ! Les dieux les plus puissants gardent ce temple.

Dans Le Livre des morts, on parle de l'heure de la colère. Et l'heure de la colère était venue. Le jeune homme me dévisagea. Lorsqu'il fit un pas en avant pour m'abattre, je me préparai à rencontrer mes ancêtres. Mes propres dieux me trahissaient. À l'instant de la colère, les dieux chuchotèrent dans mon oreille. La mort n'était pas un acte héroïque. Mourir n'était que fuir mon œuvre sacrée. Je ne pouvais pas servir LE SAINT en tant que défunt. Je devais me soumettre. Le devoir de ma vie était de protéger LE SAINT et ses trésors. Et c'est pourquoi, puissant Amon-Rê, je tombai à genoux sur l'allée dallée et levai les yeux pour croiser le regard du jeune. C'est pourquoi, grand Osiris, je posai le front et les paumes sur le sol en signe de capitulation. Ce fut par humble sacrifice, lion sacré Sekhmet, que je me soumis à l'hérésie barbare du bout du monde. Et jamais, dieux divins, par peur.

Le jeune homme me laissa la vie sauve. Deux de ses subordonnés m'entraînèrent à leur suite jusqu'au plus grand navire, où ils m'attachèrent au mât.

Les barbares étaient sans merci. Sur le plateau du temple s'étaient massés de nombreux prêtres, une troupe de gardiens du temple armés et un grand groupe d'artisans avec leurs pelles, leurs pioches et leurs haches. Certains entrèrent bravement dans le temple pour protéger l'entrée secrète de la crypte derrière l'autel. D'autres brandirent leurs armes et marchèrent en cadence vers la flotte sur le fleuve. Impuissant, étroitement ligoté au mât, je vis les sauvages abattre tous ceux qui opposaient une résistance. L'un après l'autre, nos courageux hommes tombèrent, coupés en morceaux par les épées et les haches des barbares. Face à cet essaim d'incroyants ne servait aucune des tactiques auxquelles nous nous étions entraînés sur la place du temple ; les formations dans lesquelles nous devions nous mettre pour nous protéger, les pas et gestes que nous avions perfectionnés pour atteindre le plus de puissance possible dans nos coups d'épée, tout cela n'était d'aucune utilité face à ces sauvages qui se ruaient sur leur ennemi sans lui laisser la moindre chance. La bataille ne dura pas longtemps. Le sang de mes hommes se mêlait au sable et à la poussière. Des mouches arrivaient par millions au-dessus des plaies béantes des cadavres et des mares de sang qui coagulaient. Le soleil était chaud. La colère d'Amon-Rê était infinie.

Lorsque les sauvages sortirent en portant le cercueil du SAINT, je pleurai. Même mes yeux indignes n'avaient jamais vu le cercueil en cyprès de la crypte du fond. En larmes, je les priai d'arrêter. Mais ils ne m'écoutèrent ni ne m'entendirent. Quatre barbares descendirent le cercueil sur le navire, où ils le recouvrirent de nombreuses couches de jute, de paille et de chanvre, avant d'envelopper le tout dans le tissu qu'ils utilisaient pour réparer les voiles. Pour finir, ils serrèrent une corde autour du cercueil empaqueté et le chargèrent dans la cale sous le pont. Le sacrilège emplit mes yeux de larmes et mon âme de chagrin. Les barbares laissèrent les vases canopes contenant les organes embaumés du SAINT, mais volèrent tout ce qu'ils pouvaient porter en matière d'or et de joyaux, et tous les somptueux objets, comme la statue d'Anubis, les écrins et les statuettes en or, les amulettes, les bijoux scarabées, les figurines magiques, deux des modèles de bateaux et certains des Ushabtis qui devaient servir LE SAINT dans l'au-delà. À ma grande stupeur, j'entrevis aussi le coffret scellé contenant LES ÉCRITURES SAINTES. Ils n'avaient rien laissé en paix.

En tant que captif sur le grand navire du jeune homme aux yeux bleus, je restai ligoté au mât jusqu'à ce que le Nil se déverse dans la mer. De l'ombre de la tour d'Alexandrie, nous fîmes voile vers l'ouest et le berceau du soleil.

Quelle période épouvantable ! Saint Osiris, ce qu'ils peuvent empester ! Tels des animaux impurs – oui, tels des porcs aux viscères malades et des damans du Cap atteints de gangrène – ils emplissent l'air qui les entoure de leur odeur nauséabonde ; ces relents corsés de sueur rance, de rots acides, de gaz intestinaux fermentés, de pieds enfermés et d'organes sexuels non lavés ; leurs vêtements répandent une odeur de vieille urine et d'excréments, de transpiration, de sang et des entrailles en putréfaction de leurs victimes. Précisément comme ibn Fadlân l'a dépeint, ils sont sales et insensibles à l'odeur qu'ils dégagent. Mais ils ont aussi des qualités humaines : ils sont fiers et ont de l'amour-propre, ils sont attachés à leur lignée et à leurs propriétés. Je comprends aisément pourquoi les gens de la côte les craignent. Ils sont vifs et sans pitié. Bien avant que les opposants aient eu le temps de rassembler une armée, ils ont accosté et sont repartis, avec butin, femmes et esclaves. Leurs navires de guerre rapides ont un tirant d'eau si faible et un fond si plat qu'ils peuvent naviguer jusqu'aux berges du fleuve. Leur combativité est illimitée. Ce sont des lions sanguinaires. Ils sont roués et sagaces. Au combat, ils sont sans peur, violents et brutaux. Ils luttent avec sauvagerie contre n'importe quel ennemi. Même mortellement blessés ou mutilés d'un membre, ils continuent de se battre. Leur courage est aisément compréhensible : les hommes courageux qui meurent au combat sont accompagnés par les Valkyries dans un paradis appelé Walhalla, où les tombés deviennent des einherjer, *qui peuvent combattre, manger et boire pour l'éternité. La fin des temps est appelée Ragnarök.*

Des esclaves qui m'apportaient mes repas, j'appris de nombreux mots. J'en saisissais d'autres en écoutant les conversations des hommes. J'ai des facilités pour apprendre les langues. À l'âge de huit ans, je maîtrisais les langues de six pays entourant l'Égypte. À vingt ans, je parlais douze langues. Certains naissent avec un bel organe de chant. Je suis né avec la capacité d'apprendre les langues.

Des jours et des semaines durant, nous fîmes voile vers l'ouest, puis le nord. L'air se rafraîchit. Bientôt, on me laissa évoluer librement sur le navire.

Les sauvages attaquaient des villages le long des côtes. Ils ravageaient, brûlaient, tuaient. Au terme provisoire du voyage, nous arrivâmes dans un village enfoncé dans le paysage, au bord d'un fleuve qui sinuait comme un serpent dans le sable, exactement comme le Nil. Ici, nul ne brandit d'armes. Ils étaient chez des amis. La ville s'appelait Rouen. Leur hôte était un souverain qu'ils appelaient duc. Du palais ducal, j'envoyai une lettre et quelques transcriptions des ÉCRITURES SAINTES *au calife. Plus tard, nous repartîmes en traversant la mer jusqu'à une île à l'ouest où nous restâmes un certain temps.*

C'était l'automne lorsque nous mîmes le cap sur le bout du monde et le froid glaçant du royaume des morts. On m'avait arraché à l'Empire du Soleil et aux rives luxuriantes du Nil pour m'emmener sur la côte rocheuse désolée du pays de la neige. Nous avions quitté la bienfaisance d'Amon-Rê, nous avions laissé derrière nous le souffle chaud d'Osiris pour nous soumettre aux dieux des barbares. Ô dieux des pères, donnez-moi la force ! Lorsque j'étais enfant et que les cauchemars nocturnes me montraient les portes du royaume des morts, c'était toujours un paysage tel que celui-ci – froid, désolé et sauvage – que je m'imaginais apercevoir au-delà des brumes de la mort. Plusieurs jours durant nous naviguâmes le long de la côte du pays qu'ils appelaient Norðrvegr. *Les montagnes s'élançaient vers le ciel pour disparaître dans les nuages. Des îles rocheuses découpées et des rochers aigus se dressaient comme une bordure face à la haute mer.*

Un après-midi, le navire dériva vers une île tout au bout, près du large. J'avais les deux mains sur la rambarde et j'observai l'éminence ronde sur la petite île. Je sentis un effluve que j'allais apprendre à connaître comme celui de la terre et des marais, de la forêt et des rochers, de la bruyère et de la mousse. J'inhalais ces parfums inhabituels, ils me rappelaient vaguement mon pays disparu, quand le Nil se retirait après les inondations.

Nous accostâmes et amarrâmes les knørr *à deux rondins soutenus par des pierres. Une petite chapelle en bois était érigée sous le rocher escarpé. Tandis que le roi et les évêques y entraient pour prier leur dieu, un Viking du nom de Bård et moi grimpâmes le coteau. Haut, dans la falaise, inaccessible et cachée, se trouvait l'ouverture d'une grotte imposante.*

Merci, puissant Amon-Rê, de nous avoir montré le chemin.

Je ne quittai jamais le monastère que nous construisîmes sur l'île dans le pays de la demi-lune debout.

Dans un rapport destiné à l'Égypte, je dépeignis notre longue expédition vers le nord. Je racontai où j'allais cacher LE SAINT. Le texte, écrit sur de la peau d'animal, fut scellé et roulé dans une bouteille en verre, qu'on moula dans une effigie en céramique représentant Anubis, maître de l'outre-monde et dieu de l'embaumement. Je munis deux moines guerriers loyaux d'or du tombeau du SAINT et les envoyai dans le centre marchand le plus proche, où ils devaient trouver un transport vers le sud, sur toute la longue route jusqu'à l'Égypte, avec la figurine d'Anubis contenant mon message. Ils n'atteignirent jamais leur destination. Je n'entendis plus jamais parler d'eux.

Ils avaient emporté le verset que mes compatriotes devraient montrer aux GARDIENS lorsqu'ils viendraient chercher LE SAINT. Seuls les méritants d'Égypte connaîtraient et emploieraient les mots du Livre des morts. Les GARDIENS montreraient le tombeau du SAINT aux hommes qui amenaient LA CLEF.

– La clef –

Les hommes de cour du foyer royal marchent à la suite
De l'Osiris-roi Toutankhamon vers l'ouest.
Ils crient : Ô, Roi ! viens en paix !
Ô, Dieu ! Protecteur du pays !

À cette époque, je lançai les hommes dans la construction d'une crypte dans la grotte dans le rocher. Le rocher était bien plus dur qu'en Égypte, mais heureusement la grotte formait une cavité naturelle. Les travaux durèrent de nombreuses années. Comme en Égypte, je fis construire une crypte au fond, au milieu de laquelle trônait un socle de pierre pour le sarcophage du SAINT. Dans une crypte latérale, je plaçai tous les trésors qu'Olav avait confiés à ma garde. Le long du mur de la crypte du fond, je préparai un socle pour mon propre cercueil, dans l'éventualité où je rencontrerais l'outre-monde avant que l'on vienne me secourir. Avec cinq des hommes les plus talentueux, j'ornai les murs de peintures et d'anciens hiéroglyphes, de cartouches et de runes. Nous érigeâmes une cloison intérieure avec un portail cintré, destiné à être muré et scellé le jour où le dernier corps serait amené à sa dernière demeure dans les sanctuaires du pentagramme. Suite à quoi, le mur et le portail seraient cachés par de nombreuses tonnes de pierres, en faisant en sorte que l'éboulis apparaisse comme le fond de la grotte.

Le soleil progressait froidement dans le ciel. Sur l'île du monastère, nous ne remarquions pas grand-chose des contentieux d'Olav. Les hivers étaient rudes. Le froid plongeait dans le corps comme des couteaux tranchants. Je ne m'habituai jamais aux gelées impitoyables du pays de la neige. À mes heures perdues, je copiais les textes sacrés et les traduisais en copte. Les jours passaient en enseignement, cartographie, contemplation et rituels. Dehors, dans la barbarie, Olav se battait pour convertir ses compatriotes à son nouveau dieu. Je comprenais maintenant qui était Olav. Il était, en vérité, un homme saint. Le roi Olav était Jésus ressuscité. En la personne d'Olav, le Christ était revenu après mille ans pour faire venir le règne de Dieu sur la terre !

Lorsque j'appris la nouvelle de la mort d'Olav à Stiklestad, j'envoyai dix moines chercher le défunt. Le corps du roi fut remplacé par celui de quelqu'un d'apparence physique proche et ramené sur un knørr *de Nidaros à Selja en suivant la côte. Je montrai aux moines comment les Égyptiens embaumaient leurs morts et quel traitement il leur réservait. Entouré de moines, je momifiai le corps d'Olav en leur demandant de faire de même avec moi – afin que moi aussi je puisse rencontrer mes dieux – quand je quitterai cette vie. Nous construisîmes un nouveau socle dans la crypte, de sorte que le roi puisse reposer avec LE SAINT. Ensemble, ils pourront ressusciter lorsque mille ans se seront écoulés.*

Une fois Olav dans son tombeau, je rassemblai trente-trois des guerriers, moines, évêques et scaldes les plus pieux du cercle du roi. Et je les exhortai à former une garde secrète de GARDIENS, un ordre sacré. Ils devaient protéger de leur vie LE SAINT, ses écritures, ses trésors et le secret de son dernier tombeau.

Chacun des GARDIENS avait le devoir d'initier un digne héritier dans un cycle éternel. Je les priai de communiquer entre eux à l'aide de codes, afin qu'aucun non-initié ne puisse lire leurs messages. Sur une carte magique du sud de la Norvège, je dessinai le symbole sacré en leur expliquant que la forme du pentagramme agréait aux dieux. Tout se soumet à l'harmonie du pentagramme et est protégé par une force divine.

Et je dis aux GARDIENS : « Au cours des cent prochaines années, il faudra construire quatre sanctuaires majestueux. Sous chaque sanctuaire, il faudra, dans le plus grand secret, creuser une crypte. Les hommes auxquels les tombeaux sont destinés reposeront ici, sur cette île, jusqu'à ce que leur tombe soit prête. Ensemble, les cinq tombeaux formeront une alliance puissante avec la forme sacrée du pentagramme. »

Sur l'île, le tombeau le plus important était déjà prêt. C'était là qu'allait reposer le roi Olav avec LE SAINT. À Trondheim serait construite une cathédrale au-dessus du tombeau de l'évêque Grimkjel. À Hamar serait construite une cathédrale au-dessus du tombeau de l'évêque Bernhard. À Tønsberg serait érigée une forteresse au-dessus du tombeau de l'évêque Sigurd. Et à Bjørgvin serait bâti un monastère au-dessus du tombeau de l'évêque Rudolf.

Ces mots sont dédiés à Toi, grand Amon-Rê, et à Toi, Yahvé, et à toi, Allah.

2

Bouleversé d'avoir pu lire la version d'Asim de ces événements qui ont eu lieu mille ans auparavant, je rends le document à Esteban.

— C'est ma sœur qui l'a traduit, du mieux qu'elle pouvait, dans les années quatre-vingt, dit-il.

— Elle connaît le copte ?

— Beatriz connaît tant de choses…

— J'ai encore beaucoup de questions.

— Rien d'étonnant à cela.

— Une chose que je ne saisis pas, c'est cette loyauté qu'Asim avait à l'égard d'Olav. Il ne s'est pas enfui. Il ne s'est pas retourné contre le roi, qui l'avait pourtant enlevé et qui avait vidé l'hypogée. Bien au contraire, il semblerait qu'Asim se soit mis à vouer un culte au roi.

Esteban joint les mains devant lui sur la table.

— Il s'est passé quelque chose avec Asim. Peut-être pendant le voyage vers la Norvège, peut-être à Rouen, peut-être au monastère. Le roi Olav a dû en appeler à ses sentiments religieux. Le fait est qu'Asim s'est mis à considérer le roi comme un prophète, quelqu'un qui était en contact avec les dieux. Souvenez-vous qu'Asim était un magicien qui voyait des connexions dans les chiffres. Cela faisait mille ans que Jésus avait vécu. Au bout d'un moment, Asim s'est mis en tête que le roi Olav n'était pas simplement un prophète, mais Jésus-Christ ressuscité. Et à partir de là, il n'y avait qu'un pas jusqu'à sa prophétie suivante : la momie du SAINT et Olav ressusciteraient mille ans plus tard dans une puissante union religieuse.

— Et cela, il y croyait vraiment ?

— Depuis quand les religions sont-elles rationnelles ? Les religions sont une affaire de rêves et d'aspirations. Dans la foi, l'homme recherche un sens qui fait défaut à l'existence. Et la secte d'Asim souhaitait réunir toutes les confessions. Elle voulait rassembler toutes les religions en une foi. Tout est un, proclamait Asim : c'est simplement que nous interprétons différemment les mêmes vérités. Pour Asim, il était parfaitement naturel de momifier Olav et de le conduire à sa dernière demeure auprès de la momie millénaire. Ainsi, il restait parmi les dieux.

— Asim n'était pas prisonnier. N'aurait-il pas pu repartir en Égypte avec la momie ?

Esteban dodeline de la tête avant de répondre.

— En théorie, il aurait sans doute pu fuir Selja. Mais comment ? Voyager en sécurité de Norvège jusqu'en Égypte, avec un trésor dans ses bagages, n'était pas gagné d'avance. Sur la terre ferme, il aurait rencontré des bandes de brigands, des milices locales, des barrières douanières, des souverains fous et des propriétaires terriens sanguinaires. Ainsi qu'un nombre non négligeable de sorcières et de sorciers. Il lui aurait fallu franchir de grandes étendues de terre, traverser des rivières et passer de l'autre côté de chaînes montagneuses étourdissantes.

— Mais par la mer…

— … il aurait eu besoin d'une flotte viking considérable pour se protéger des pirates, pillards, douaniers et armadas des puissances ennemies.

Une sorte de sourire lacère le visage d'Esteban.

— Mais Asim avait trouvé dans les étoiles un présage qui était tout aussi important : sa prédiction astrologique que LE SAINT et le roi Olav ressusciteraient tous les deux en Égypte dans mille ans.

J'ai beau ne pas croire à l'astrologie et aux prophéties, celle d'Asim me procure un sentiment inquiétant, comme de voir le reflet de quelque chose qui n'existe pas du tout.

— Et maintenant, mille ans se sont écoulés, dis-je tout bas.

3

Esteban doit passer quelques coups de téléphone qui ne peuvent pas attendre. En son absence, j'écoute les bruits du parc en méditant sur le mystère Asim. Un scarabée, gros comme une petite voiture Matchbox, avance cahin-caha sur les carreaux de la terrasse.

Un oiseau hystérique passe en battant des ailes. Au retour d'Esteban, nous reprenons notre conversation sur les gardiens.

Esteban en sait plus que ce qui est raconté dans l'histoire d'Asim. Sa bibliothèque déborde vraisemblablement de lettres et d'écrits de ses ancêtres.

— Les gardiens faisant partie de la confrérie étaient rigoureusement sélectionnés, explique-t-il. L'unité de la confrérie des gardiens reposait sur le secret, la loyauté et l'honneur, à quoi s'ajoutaient des idéaux norrois. Mais Asim était intelligent, et seule une minorité de gardiens avaient pleinement connaissance du secret. Exactement comme dans une organisation de renseignements ou des bandes criminelles : chacun ne savait que ce qu'il *devait* savoir. L'existence du tombeau de Selja n'était connue que de quelques-uns, qui étaient appelés le *Cercle interne des sept*.

— Et les codes secrets ?

— Les codes étaient des fils conducteurs menant à d'autres dans la confrérie et à la génération suivante de gardiens. Chaque fois que la momie ou d'autres parties du trésor étaient déplacés d'une église en bois debout ou d'une crypte, les gardiens laissaient un message sur le devenir du trésor. Ils sortaient le trésor en indiquant, grâce à un code, qui en avait repris la responsabilité. Un code que seuls les gardiens eux-mêmes seraient en mesure de déchiffrer.

— Tous les codes étaient donc de la communication interne entre gardiens ?

— On peut l'exprimer ainsi. Disons que, si un gardien mourait de manière inattendue, il aurait été catastrophique qu'il n'ait pas laissé de message aux autres maillons de la chaîne. Le *Cercle interne des sept* avait à tout moment une vue d'ensemble complète, tandis que les autres gardiens étaient des commandants locaux qui ne savaient rien de la structure de la confrérie. Ils avaient pour instruction de partager leur savoir avec le gardien suivant qu'ils enrôlaient et le gardien de la paroisse voisine. Ainsi, il y avait toujours quelqu'un qui disposait du savoir nécessaire. Donc, quand le trésor était déplacé d'une église donnée, le gardien écrivait un message codé qui montrait le chemin à suivre. Aujourd'hui un gardien aurait envoyé un SMS ou un e-mail crypté ! À l'époque, on gravait les messages en runes.

— Comment les gardiens trouvaient-ils les codes de leurs prédécesseurs ?

— Comme vous l'avez fait : en cherchant. Mais, contrairement à vous, les gardiens savaient exactement ce qu'ils cherchaient et où ils devaient chercher. Cela faisait partie de la banque commune de savoir. Codes, messages, instructions, indications et pistes étaient placés dans des lieux où l'on avait appris aux gardiens à chercher. Les gardiens laissaient des fils conducteurs, en textes runiques codés et en formulations cryptiques, à la fois pour les gardiens contemporains et pour la génération suivante. Les gardiens d'Urnes, par exemple, savaient que le trésor avait été déplacé de leur église à Flesberg vers 1180. Mais pas qu'il avait ensuite été partagé et partiellement envoyé hors du pays, partiellement acheminé à Garmo, à Lom. Mais imaginons que, en 1250, le grand maître de la confrérie ait su que la guerre ou la maladie avait exterminé presque tous les gardiens, et qu'il ait instruit un gardien d'Urnes de ramener le trésor en sûreté. Le gardien d'Urnes n'aurait pas su où se trouvait le trésor, mais le gardien qui l'avait enrôlé lui aurait expliqué que le fil conducteur se trouvait sur un bâton runique dans un pilier de l'église. Le code du bâton runique lui aurait indiqué d'aller à Flesberg, et le mot *retentissant* lui aurait suggéré d'inspecter la cloche de l'église. Là, il aurait trouvé les runes secrètes que, contrairement au commun des mortels, il savait déchiffrer. Vous vous souvenez du texte sur la cloche de l'église ? *La cloche sonne Urnes cinquante ans Flesberg cinquante ans Lom cinquante ans.* Pour un gardien, le texte aurait été limpide. Cette histoire de cinquante ans, je vais y revenir. Mais, armé de ses connaissances en matière de codes, le gardien pouvait maintenant repartir vers Lom. Là, il allait tomber sur le message selon lequel *les textes sacrés et le dieu dormant sont en sécurité chez notre allié dans le pays où le soleil se couche*, autrement dit chez Snorri en Islande, avec un fil conducteur suivant l'attendant *là où le soleil se lève.* Comme les gardiens savaient que les églises en bois debout formaient une croix, il comprendrait que *Lars* se trouvait dans l'église en bois debout de Ringebu et que sa bible contiendrait le code suivant.

— Une sorte de rébus sur plusieurs siècles…

— Un rébus réservé aux initiés. Les gardiens enrôlaient eux-mêmes leurs successeurs. Le gardien enrôlé se faisait expliquer où les codes étaient cachés et comment ils devaient être interprétés. Ainsi les codes étaient incompréhensibles pour le commun des mortels, mais un gardien, lui, non seulement les trouvait, mais savait les déchiffrer et les lire. Ainsi, de nouvelles générations de gardiens pouvaient suivre le trésor d'église en église, de cachette en cachette.

— Qu'auraient fait les gardiens si les prêtres égyptiens d'Asim avaient effectivement fait leur apparition ?

— Les gardiens savaient que les prêtres d'Asim auraient une clef. Un verset. Une prière du Livre des morts, tirée de l'inscription murale du tombeau de Toutankhamon : *Les hommes de cour du foyer royal marchent à la suite de l'Osiris-roi Toutankhamon vers l'ouest. Ils crient : Ô Roi ! Viens en paix ! Ô Dieu ! Protecteur du pays !*

— Le texte du codex de Snorri…

— La clef n'a jamais été utilisée. Les Égyptiens ne sont pas venus. Contrairement au Vatican.

— Bien trop tard.

— Tout juste. Le Vatican avait relégué dans un coin les manuscrits et cartes confisqués sans leur accorder beaucoup d'attention. Il allait s'écouler cent ans avant que quelqu'un au Vatican ait le temps d'examiner le texte. En 1129, le cardinal-évêque Benedictus Secundus envoya le chevalier Clemens de Fieschi chercher en Norvège. En 1152, Nicolas Breakspear, émissaire du pape, qui allait d'ailleurs lui-même devenir pape peu après, faillit trouver le tombeau de Hamar, où il établit un évêché. En 1180, le pape Alexandre III envoya une nouvelle section. Dix ans plus tard, les Johannites s'installèrent en Norvège où ils reçurent le monastère de Værne du roi Sverre Sigurdsson. En 1230, le pape Grégoire IX fit une nouvelle tentative.

— Comment les gardiens ont-ils compris que le Vatican était sur la trace de la caverne de Selja ?

— Ils ont été avertis. Il était impossible pour le Vatican de garder le secret d'une troupe armée remontant l'Europe vers le nord, précédée d'éclaireurs et d'espions. Lorsqu'ils ont été prévenus, les gardiens ont eu le sentiment qu'il serait plus sûr de changer de cachette, au moins provisoirement.

— Même si la crypte de Selja était sacrée ?

— Asim avait laissé beaucoup d'indications qui prenaient en compte diverses éventualités. Les gardiens savaient ce qu'ils devaient faire. Sur la foi de prédictions astrologiques, Asim avait décidé que la momie, si elle était menacée, devrait faire un voyage sacré en relation avec le nombre magique cinquante.

— Qu'est-ce que le nombre cinquante a de magique ?

— Dans la Bible, cinquante représente le nombre du jubilée. Le jubilée, ou année jubilaire, était une célébration au cours de laquelle les péchés devaient être pardonnés, les esclaves et les prisonniers libérés, les dettes effacées. Les gardiens suivirent fidèlement les instructions d'Asim. Et quand ils surent que des émissaires du Vatican étaient en route, ils agrandirent l'église d'Urnes, qui était déjà en construction, en plaçant une crypte sous le plancher. Urnes a été érigée exactement cent ans après la mort d'Olav. Cinquante ans plus tard, ils déplaçaient le trésor dans l'église en bois debout de Flesberg. Et ainsi de suite.

— Et le Vatican n'a rien compris ?

— L'histoire des églises en bois debout, ils ne l'ont jamais découverte, ni celle de la crypte dans la grotte. Lorsque Clemens de Fieschi a suivi la carte quelque peu imprécise d'Asim, il s'est retrouvé dans la grotte de Dollsteinen. L'expédition papale suivante a certes visité la caverne de Sunniva à Selja. Mais la crypte du fond était si bien cachée qu'ils ne l'ont pas découverte. Tout s'est passé suivant le plan soigneusement échafaudé d'Asim jusqu'en 1239. À ce moment-là, les gardiens ont paniqué. Le roi Birkebeiner Håkon Håkonsson devenant un peu trop inquisiteur, ils n'ont voulu courir aucun risque et ont expédié ce qu'il y avait de plus important hors du pays.

— Important ?

— La momie. Et le reliquaire d'or avec les six jarres qui contenaient les manuscrits originaux sur papyrus.

— En Islande…

— Deux ans auparavant, le duc Skule avait enrôlé Snorri Sturluson comme gardien. Snorri a ramené le sarcophage et les manuscrits sacrés en Islande. En même temps, il a emporté les parchemins des gardiens norvégiens.

— Donc le codex sur lequel sira Magnus est tombé à Reykholt était le rapport de Snorri aux gardiens qui allaient lui succéder ?

— Plus précisément Thordur Kakali. Le codex sur parchemin était constitué des propres indications manuscrites de Snorri et des parchemins que les gardiens de Norvège lui avaient donnés. Le recueil retraçait, à l'aide de codes et de cartes, les cachettes de Norvège et d'Islande.

— Vous avez dit que le roi Håkon Håkonsson était sur la piste des trésors ?

— Quelqu'un avait révélé le secret au roi Håkon, qui avait lâché son complice Gissur Thorvaldsson sur Snorri pour lui soutirer la vérité. Snorri s'est tu. Et il est mort.

— Donc Thordur Kakali est devenu gardien.

— Snorri avait lui-même enrôlé Thordur Kakali comme son héritier. Håkon a appelé Thordur en Norvège pour lui tirer les verres du nez. Le roi menait une chasse au trésor frénétique. Il a donné sa fille Kristina en mariage au frère du roi castillan et a envoyé des diplomates auprès du sultan de Tunis, tout cela afin de suivre des pistes dont il espérait qu'elles lui donneraient accès au trésor.

— Grottes… Églises en bois debout… Codes… Tout cela est plutôt déconcertant.

— Pour vous, pour nous, aujourd'hui. Mais n'oubliez

pas que vous avez essayé de démêler plusieurs écheveaux en même temps. Vous n'avez rien découvert dans le bon ordre chronologique. Au contraire, vous avez révélé pêle-mêle des bribes du passé. La copie de manuscrit que vous avez trouvée à Thingvellir, par exemple, a été placée là par Snorri plus de deux siècles après avoir été écrite par Asim. Les églises en bois debout ont été construites longtemps après la caverne de Selja.

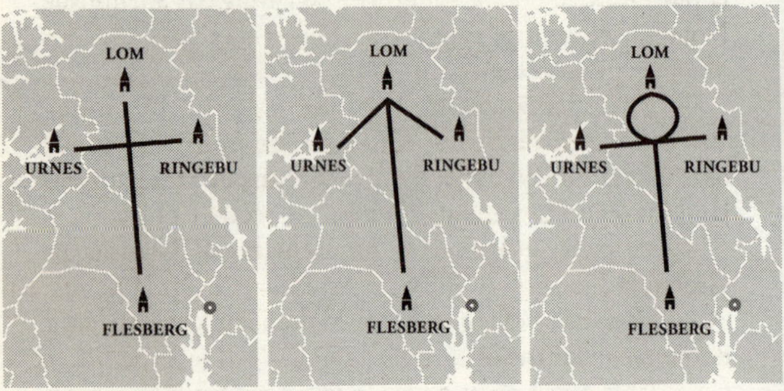

— Savez-vous pourquoi Snorri a séparé le trésor en deux ?

— Sans doute pour des raisons de sécurité. Il a construit un tombeau sous sa propre demeure à Reykholt, où il a placé le manuscrit sur papyrus et le cercueil de la momie. La traduction du papyrus d'Asim a été cachée dans la caverne de Thingvellir.

— Tandis que le reste du trésor était toujours caché dans les églises en bois debout ?

— À cette époque, le trouble le plus complet régnait parmi les gardiens. Le trésor était dispersé aux quatre vents, mais ils ont mené à bien les travaux des quatre églises en bois debout. À l'instar des sanctuaires du pentagramme, les églises en bois debout formaient des motifs sacrés. Un ankh égyptien. La rune tyr. La croix. Pendant un certain laps de temps, la caverne de Selja est restée vide, mais vers 1250, les restes du trésor ont été ramenés à Selja. Le dernier fil conducteur, l'astuce des deux effigies de saint Laurent à Ringebu et Borgund, achevait la partie norvégienne de l'opération de couverture. En même temps, la momie et les écritures, la partie la plus importante du trésor, étaient hors du contrôle des Norvégiens.

— Il faut s'accrocher dans les virages…

— C'est précisément cette grande complexité des opérations de couverture qui a permis au trésor de ne jamais tomber aux mains du Vatican.

— Et puis la momie a été déplacée d'Islande au Groenland lorsque la Norvège a été frappée par la peste.

— Oui. Et après cent ans au Groenland, le Vatican a de nouveau retrouvé sa trace. En 1447, une expédition papale est arrivée un petit peu trop au sud sur l'île ; donc les gardiens ont pu être prévenus et fuir avec cinquante hommes et femmes sur deux navires. Le reste de la colonie groenlandaise a été décimé.

— Et les gardiens ont fait voile vers le Vinland ?

— Au cours des cinquante années suivantes, les colonies nordiques de gardiens ont établi cinq zones de peuplement dans le Vinland. Les gardiens se déplaçaient constamment vers le sud et ont laissé des pierres runiques, des maisons longues et des tours de pierre.

— Pourquoi ne sont-ils pas repartis en Islande et en Norvège ?

— Parce qu'ils avaient décidé de ramener la momie en Égypte. Du temps des Vikings, on connaissait les vents du commerce qui pouvaient les ramener à l'est de ce que nous connaissons aujourd'hui comme la Floride et les Caraïbes, en passant par les Açores, pour rejoindre l'Europe et la Méditerranée. C'est pourquoi ils allaient vers le sud, à la recherche de ces vents du retour. Lorsqu'ils ont atteint les Caraïbes, ils sont entrés en relation avec des autochtones marins et des Indiens qui leur ont parlé des marins blancs des îles plus loin au sud. Les gardiens, dont le vieux navire était si fragile qu'il n'était sûrement pas en mesure d'affronter les tempêtes et le mauvais temps d'une traversée de l'Atlantique, espéraient pouvoir repartir avec les explorateurs européens. Et c'est ici, à Saint-Domingue, qu'ils ont rencontré Bartolomeo Colomb. C'est de là qu'ils ont envoyé un signe de vie, en code secret, à l'archevêque de Nidaros. Et la rumeur court que vous auriez trouvé cette lettre à Washington.

Je ne réponds pas et Esteban continue.

— L'archevêque Erik Valkendorf était lui-même un gardien, dans un ordre qui, à ce moment-là, s'était un peu égaré et ne savait plus trop ce qu'il gardait. Valkendorf a toutefois constaté que cela arrivait précisément cinq cents ans après les événements en Égypte et précisément cinq cents ans avant que la momie, selon la prophétie d'Asim, revienne pour ressusciter. Magie des nombres, là encore.

— Comme ce *Sceau du gardien* qui m'a été montré à Rome, la combinaison de symboles qui donnait 666. Qu'est-ce que c'était que cette histoire ?

Esteban se met à rire.

— Mes amis du club ont l'art d'exagérer. On peut faire exactement ce que l'on veut des nombres. Je crois tout simplement que Bartolomeo s'est amusé à recopier les trois signes dans des ordres différents. Et si vous donnez aux symboles d'autres valeurs, vous obtenez des réponses totalement différentes. Si jamais une bible de Satan existe réellement, elle n'a rien à voir avec cela !

— Qu'est-il advenu des gardiens après leur rencontre avec les explorateurs ? N'ont-ils jamais regagné l'Europe ?

— Certains sont rentrés, mais d'autres sont restés. Ils se sont impliqués dans la chasse au trésor sur le continent en Amérique centrale. Les gisements incroyables d'or et de biens précieux ont financé le palais Miércoles et jeté les bases de la richesse de ma famille.

— Et la momie ?

— Une triste affaire. Elle a disparu à la fin du dix-septième siècle. En fait, elle s'est décomposée. À cette époque, plus personne n'était loyal envers Asim ou les ancêtres. On menait la belle vie ici, au palais.

— La momie s'est décomposée ?

— Il ne reste que quelques fragments d'ossements et de la poussière dans une jarre. C'est tout.

La déception m'embue les yeux.

— C'est sans doute toutes ces conditions climatiques différentes qui ont été trop pour elle. De la chaleur sèche égyptienne à l'atmosphère froide et humide de Norvège. La mer. L'air salé. Les transports. Elle ne l'a tout bonnement pas supporté.

— Et les papyrus ?

— Certains sont encore en notre possession. Deux ont été donnés au Vatican. Les autres, nous les avons ici dans notre bibliothèque, mais ils n'ont rien de très particulier. Ils présentent surtout un intérêt pour les chercheurs et les spécialistes. Ce sont des fragments de transcriptions bibliques du cinquième et du sixième siècles, des peintures de la vie populaire en Égypte, des louanges. Ce genre de choses.

Il se tait un instant.

— Bjørn. La copie d'Asim de Thingvellir… Je vous le demande encore.

Il me regarde.

— Voulez-vous me donner le manuscrit islandais ?

Je garde le silence.

— C'est ici qu'est sa place : au palais, avec tout le reste.

— Il n'est pas en ma possession.

— Qui l'a ?

— Ce manuscrit est un artefact historique, dis-je dans une manœuvre d'évitement. On risque des poursuites si on le donne.

— Ce manuscrit… commence-t-il avant de s'interrompre. Ne pouvez-vous pas me faire confiance ? Ne voulez-vous pas contribuer à mener à bien le projet d'Asim ?

— Le projet d'Asim était de protéger la momie. Et elle n'existe plus.

— Peut-être pas physiquement.

— Les gardiens ont trahi. Trahi leur mission.

Il se tait.

— Vous savez que, reprend-il après une petite pause, vous auriez pu devenir l'un des nôtres : un gardien. Vous êtes d'une sacrée trempe ! C'étaient des hommes comme vous dont Asim et le roi Olav s'entouraient. Des hommes intrépides, sans crainte, préoccupés par les grandes idées.

— Existe-t-il encore ? Est-ce cela que vous essayez de me dire ? L'ordre des gardiens existe-t-il ?

Son regard est tourné vers l'intérieur, vers tout ce qui a été.

– À présent, nous ne gardons plus que les souvenirs et les ombres du passé.

Beatriz

1

Deux serviteurs en livrée frappent à ma porte alors que, dans le couloir, la grande horloge du Jugement dernier sonne huit heures. Je suis escorté par deux pingouins à travers les dédales couverts de tapis du palais Miércoles, où chacun de mes lents pas sur béquilles est un pas en arrière dans le temps.

Dans la salle à manger, Esteban Rodriquez et sa famille m'attendent, sous un lustre qui, de loin, pourrait aisément passer pour une aurore boréale. Sophia, la femme d'Esteban, me serre la main avec un sourire qui ne remonte pas jusqu'à ses yeux. C'est une beauté brune qui me fait penser aux grandes prêtresses des Incas sur le point d'arracher le cœur de la victime. Des chirurgiens talentueux ont verrouillé son visage et sa silhouette dans un passé qu'elle ne voudra jamais laisser partir. Leur fils Javier est un play-boy hâlé aux yeux pétillants et au sourire rempli de dents blanches et de belles promesses. Il vit une partie de l'année à Bel Air et Saint-Tropez et rayonne comme s'il revenait tout juste d'une soirée réussie avec abondance de cocaïne et de femmes. Graciela a hérité de l'air lointain et de la beauté de sa mère.

Elle a mon âge, mais, comme sa mère, elle paraît beaucoup plus jeune. Sa poignée de main est molle et elle retire ses doigts, comme si mon contact lui faisait horreur.

Puis, je salue la sœur d'Esteban.

Beatriz approche de la soixantaine, mais son regard a cette étincelle brûlante qui caractérise les femmes fortes, intelligentes, adultes qui gardent en elles une jeune fille joueuse. Ses boucles folles châtains descendent bas dans son dos. Un minuscule piercing brille dans sa narine. Un diamant. Elle a le maintien et les formes de quelqu'un qui a enduré des heures de souffrance dans la salle de gym. Sa poignée de main est ferme, son regard oblique.

— C'est donc vous, l'homme qui a trouvé le *Reliquaire des secrets religieux*.

Sa voix est chaude et un peu rauque, comme si elle avait besoin d'aller au lit et volontiers avec de la compagnie.

Je vois sur son visage qu'elle vient de lire mes pensées. Je rougis et nous nous asseyons autour d'une table si longue que nous aurions pu inviter une assemblée nationale.

Alors qu'une file de serveurs apportent des plateaux de hors-d'œuvre exotiques, Esteban parle de l'histoire du palais Miércoles et des hommes d'État et oisifs, chevaliers et pickpockets, vierges et nymphomanes, saints et moutons noirs de la famille Rodriquez. Il lance régulièrement de petites piques à Beatriz. Elle s'élève au-dessus de son manque de tact avec une dignité supérieure et des regards froids. Sophia, plongée dans une sphère d'indifférence, ne dit pas un mot. Javier raconte en braillant une fête au cap Ferrat, où Mick Jagger avait aspergé de champagne le visage d'un financier qui s'était servi un peu trop avidement de la femme de l'hôte. Javier parle anglais avec un accent espagnol qui peut faire chavi rer les femmes. Son rire se répand en cascade joyeuse.

Sophia et Graciela chipotent dans leur assiette. Esteban demande à Beatriz si elle progresse dans sa thèse. Elle donne une réponse évasive et essaie de trouver du secours chez Sophia, qui détourne le regard et mastique avec un mouvement mécanique des mâchoires.

Les hoquets de rire de Javier viennent gâcher la chute de son histoire sur George Michael dans un magasin de chaussures de la Cinquième Avenue.

Nous passons deux bonnes heures à table à bavarder. Je me sens à l'écart de la conversation. Les autres mangent des plats caribéens comme du riz pilaf, du poulet au curry et au piment, du channa aux épices et du poisson salé aux aubergines. Quant à moi, on me sert des légumes crus, sautés, vapeur, grillés et marinés, dont je n'ai jamais entendu parler.

Nous buvons des vins d'exception de la cave du palais. Je ne cesse de glisser des regards vers Beatriz, sans parvenir à savoir si elle s'en aperçoit. Elle est d'une grande beauté. Si elle lit dans mes pensées, elle le cache bien, ou peut-être s'en amuse-t-elle. Heureusement, j'ai des zones du cerveau dans lesquelles je peux mettre mes fantasmes en quarantaine sans surveillance.

2

Après le dîner, l'heure est au cognac et au cigare pour les hommes, tandis que les femmes se rendent dans un salon voisin où elles sirotent un porto.

Ensuite, nous nous retrouvons dans une pièce qu'ils appellent l'antichambre, dont les grandes portes vitrées donnent sur la terrasse.

Vers vingt-deux heures, Esteban et Sophia prennent congé. Même Graciela se dégèle une fois que ses parents nous ont quittés ; pour la première fois, je l'entends rire. Mais au bout de quinze ou vingt minutes, Javier et Graciela se retirent aussi.

Dans le silence qu'ils laissent, Beatriz et moi restons à regarder par les portes vitrées. Je suis chatouillé par la conscience d'être seul avec elle, par l'idée que, théoriquement, je pourrais franchir les quelques pas qui nous séparent, l'attirer dans mes bras, la serrer et sentir son corps contre le mien.

— Voulez-vous que nous sortions prendre un peu l'air ? propose-t-elle.

Elle me lance un regard que je ne parviens pas à interpréter. Je suppose qu'elle lit encore dans mes pensées. Je suis à la fois gêné et émoustillé. Avec un petit rire, elle me prend par le bras et m'entraîne sur la terrasse. J'ai envie de l'embrasser, mais je ne ferais bien sûr jamais une chose aussi baroque. Nous nous installons dans des fauteuils de jardin moelleux. Entre les arbres, Saint-Domingue étincelle comme une galaxie lointaine. Le bruit de la grande ville nous parvient comme une vague rumeur. Le parc est rempli des cris d'amour des oiseaux, grenouilles, grillons et autres petits animaux.

— Me croirez-vous, commence Beatriz, si je vous dis qu'il fut temps où j'étais une hippie ?

J'essaie de hausser un sourcil, mais j'ai quelques problèmes de coordination des muscles, donc j'ai sans doute plutôt l'air d'avoir une mouche dans l'œil.

— J'ai vécu trois ans à San Francisco à partir de 1966. Haight-Ashbury. Le *summer of love*. Le LSD. Le *flower power*.

Sa voix a un souffle de soleil et de chaleur qui vient d'un endroit en elle auquel nul n'a accès.

— C'était peut-être ma façon de protester contre tout cela ? fait-elle avec un geste des bras.

— Pauvre petite fille riche ? dis je d'un ton un peu plus acerbe que je ne le voudrais.

Son sourire se métamorphose en quelque chose de si froid et amer que je crains de l'avoir offensée au plus haut point.

Mais il redevient chaleureux et tendre.

— J'ai grandi comme une princesse dans une famille royale sans royaume, sans peuple. Mon père était un soiffard et ma mère s'entourait d'amants. Mon grand frère Esteban… enfin…

Elle regarde le ciel. Nous suivons tous deux les lumières clignotantes d'un avion.

— Vous savez, Bjørn, ma famille n'a jamais fait partie de cette société ou de cette culture. Le palais Miércoles aurait pu se trouver au milieu de Hyde Park à Londres ou de Central Park à Manhattan, ou à Bombay ou Tokyo, et nous aurions vécu tout aussi séparés et éloignés du monde qu'ici.

De mon côté, j'ai grandi dans une maison biscornue blanche dans une ruelle calme de Grefsen, à Oslo. Mais je comprends ce qu'elle veut dire.

— Beaucoup nous envient notre richesse.

— Je veux bien le croire.

— Mais ce n'est pas une vie enviable.

— Les riches disent souvent ce genre de choses.

— J'espère que je ne vous semble pas blasée, mais je le suis sûrement. Être riche vous fait quelque chose. Et ce n'est pas quelque chose de beau.

Elle se passe la main dans les cheveux. Dans la pénombre, sa peau lisse s'anime d'un teint doré. Je ne peux pas croire qu'elle a vingt ans de plus que moi. Elle est comme un elfe fragile et intemporel.

— Paradoxalement, mon époque hippie et tout ce qu'elle a entraîné m'ont sauvée. Sans cette rébellion, j'aurais touché le fond. Il fallait que je devienne une autre pour devenir moi-même. Vous comprenez ?

— Je crois.

— Ma famille ne se doutait de rien. Ils pensaient que je menais une vie tranquille et retirée en pension.

— Comment ont-ils su la vérité ?

— J'ai été hospitalisée. Overdose. Les médecins ne pensaient pas que je survivrais. Le proviseur a fait venir ma mère et mon père à San Francisco. Et que croyez-vous qu'il se soit passé ? Le soiffard et la demi-mondaine m'ont déshéritée. Le comble de l'hypocrisie ! J'étais indigne. Esteban a tout hérité. *Lui* !

Le regard vissé sur le mien, elle prend son souffle pour ajouter quelque chose, quelque chose d'important, mais elle y renonce et regarde ailleurs. Lorsqu'elle reprend la parole, c'est pour me raconter tout autre chose que ce qu'elle avait prévu initialement.

Je me demande pourquoi elle hésite. Parce qu'elle ne me connaît pas assez, peut-être, ou alors c'est le poids des mots qui est trop lourd à porter.

— Après ma cure de désintoxication et mes examens, j'ai vécu de nombreuses années à Londres, Rome et Rio de Janeiro. Je ne me suis jamais mariée, mais croyez bien que je n'étais pas seule. C'est seulement bien des années après la mort de mes parents que je suis revenue habiter à la maison. Esteban avait alors repris le rôle de père avec une telle perfection qu'il m'arrivait de me demander s'il ne s'agissait pas d'une seule et même personne.

— Pourquoi vouliez-vous rentrer ?

Elle baisse les yeux.

— Parce que, chuchote-t-elle avec de la rébellion dans la voix, c'est à ces lieux que j'appartiens. Et cela, personne ne peut me l'enlever. Personne ! Ni mère, ni père, ni non plus Esteban. Encore moins Esteban.

Puis son ton se radoucit.

— Mais avant tout parce que je travaille mieux ici. Près de la bibliothèque et des écrits historiques. Et près du Conservateur, bien entendu.

— Qui ?

— Un collègue, un ami. Vous allez le rencontrer.

Dans un accès absurde de jalousie, je me demande s'ils sont davantage que collègues et amis.

— Votre frère disait que vous travailliez sur une thèse ?

— Qu'est-ce qu'il en sait ? Mais oui, effectivement, j'étudie la théologie et l'histoire à Berkeley. En ce moment, j'ai un poste à mi-temps de professeur invitée à la Universidad Autónoma de Santo Domingo, mais je travaille principalement dans mon bureau ici au palais.

Nous restons à bavarder jusqu'à deux heures du matin. Je ne cesse de la voir dans mon lit, nue, les cheveux répandus sur les draps en soie, le souffle chaud, les yeux de braise, des petits seins pointus et un piercing dans le nombril. Nous parlons des différences entre *New Age* et religion, des conditions de vie en Amérique du Sud et en Amérique du Nord, de l'émigration de l'homme d'Afrique et de la formation des premières souches humaines.

Je m'imagine comment elle referme ses jambes autour de mes hanches et comment ses ongles labourent ma colonne vertébrale. Elle me parle de ses amis du Grateful Dead et de Jefferson Airplane et de ses hallucinations sous LSD et mescaline. Je dis, d'une manière équivoque, que je n'ai guère besoin de stimuli pour halluciner. Elle dit, d'une manière tout aussi équivoque, qu'elle le sait.

Lorsque nous nous disons bonne nuit, elle me donne l'accolade et pose un baiser furtif sur ma joue, comme pour me dire que si j'avais été à Frisco en 1967, nous serions sans doute devenus un couple. Ou bien alors je me fais juste des idées. J'étais à peine amorcé en 1967.

L'empreinte de son corps chauffe ma peau quand je vais me coucher.

3

Je passe toute la journée suivante à la bibliothèque.

Je ne vois pas l'ombre ni de Beatriz ni d'Esteban, mais trouve à la place la compagnie des livres, lettres, manuscrits et tiroirs de cartes centenaires des îles caribéennes et des côtes du continent américain.

La bibliothèque se trouve au rez-de-chaussée et ses fenêtres donnent sur le parc. De l'espace rectangulaire principal partent dix allées transversales. Certaines sont remplies de livres du sol au plafond, d'autres contiennent des armoires et des meubles à tiroirs où documents, lettres, cartes et autres écrits sont classés par ordres géographique, thématique et chronologique.

Au bout de la bibliothèque se trouve une grande double porte à poignées en laiton. J'en saisis une. La porte est verrouillée. Sur le mur, je vois un digicode, un lecteur d'empreintes digitales et un scanner d'iris.

Je découvre par hasard une section consacrée aux ravages des pirates dans les Caraïbes. Parmi les rapports judiciaires et les condamnations à mort, je tombe sur des xylographies de pirates, corsaires et boucaniers célèbres posant comme des rois. Dans un dossier en carton décomposé, je vois de longues lettres aux ancêtres d'Esteban, envoyées par des légendes de la piraterie comme Henry Morgan, Francis Drake et Edward « Barbe-Noire » Teach. Un tiroir en bois est rempli de documents de l'époque où les États-Unis d'Amérique étaient constitués de treize colonies : lettres, accords, et même l'un des premiers brouillons de la Déclaration d'indépendance de Thomas Jefferson.

Après le déjeuner, que je prends seul, sous un parasol sur la terrasse de la bibliothèque, je découvre une section nordique qui contient un véritable foisonnement de premières éditions et de manuscrits originaux et un échange épistolaire amer entre les deux écrivains Knut Hamsun et Henrik Ibsen.

4

Tard dans la journée, Esteban passe par la bibliothèque. Il fait semblant de tomber sur moi par hasard, comme s'il était simplement venu chercher un bon bouquin à lire au lit. Mais je ne suis pas si naïf. Je lui demande ce qui se dissimule derrière la porte verrouillée. Il répond que c'est la chambre forte où sont conservés leurs ouvrages et documents les plus précieux et les plus rares. Comme si un voleur pouvait dérober ne serait-ce qu'un point-virgule au palais Miércoles…

— Bjørn, à propos du manuscrit que vous avez trouvé en Islande.

Encore.

— Est-ce une question d'argent ?

Sa question me prend au dépourvu au point que je ne parviens pas à répondre.

— Si c'est le cas, vous verrez que je dispose de moyens qui vous permettront de vivre dans une aisance certaine. Et qui vous permettront de trouver des occupations plus intéressantes que celles que vous avez en tant que maître de conférences à l'Université d'Oslo.

— J'aime mon travail.

— Vous aimeriez encore plus votre nouvelle vie.

— Pourquoi ce manuscrit revêt-il une telle importance ?

— Il complétera ma collection.

Ce n'est pas un mensonge, mais ce n'est pas non plus toute la vérité.

— Laissez-moi y réfléchir.

Je n'ai pas l'intention de lui vendre quoi que ce soit,

mais j'ai besoin de temps. De temps pour comprendre. Il m'observe avec une mine laissant entendre que nous venons de signer un contrat et que nous attendons que l'encre sèche.

5

J'ai laissé mon téléphone mobile dans le tiroir de ma table de chevet. Le professeur Llyleworth a appelé huit fois et m'a envoyé un SMS :

Hassan et Stuart Dunhill ont été libérés.
Appelez-moi !

Le professeur répond après une sonnerie. Il m'explique que Stuart et Hassan ont été libérés par décision d'une *district court* de Washington.

— Comment est-ce possible ? dis-je, étonné.

— D'après l'examen des preuves par la justice, le procureur n'a rien contre eux. Rien.

Ni Stuart ni Hassan n'étaient armés quand ils ont été arrêtés. Leurs avocats ont fait des plaidoyers convaincants sur le fait qu'ils avaient tous deux été appelés comme intermédiaires dans ce qu'ils avaient pris pour un rendez-vous d'affaires régulier concernant une transaction de documents médiévaux. Ils ignoraient que Laura et moi avions été enlevés et que certains membres de l'assemblée étaient armés. C'est ça…

— Hassan est pourtant un criminel de guerre et un assassin recherché, objecté-je.

— Hassan est mort.

— Mort ? Que dites-vous ?

— Officiellement, il n'existe pas. Son passeport, son certificat de naissance, l'ambassade d'Irak et différents registres internationaux, y compris le tribunal de La Haye, ont confirmé que l'identité du prévenu était Jamaal Abd-al-aziz. Et l'avocat a même présenté un certificat de décès de Hassan.

— Mais…

— Ce n'est pas à moi qu'il faut poser la question. Cela en dit long : quelqu'un a réussi à manipuler tous ces registres. Même les portraits de Hassan étaient modifiés. La justice ne croit pas le parquet.

— Mais c'est du pur bluff !

— Le juge était inébranlable.

— Le cheikh a dû le soudoyer, alors. Avec quelques millions.

Je demande au professeur où sont passés Stuart et Hassan, mais il ne le sait pas.

— Si cela peut vous consoler, tous les autres membres du groupe ont été placés en détention provisoire. Ils avaient des armes illégales non enregistrées.

— Une maigre consolation.

— Soyez tranquille, Bjørn. Il est impossible qu'ils sachent où vous êtes parti.

— Je n'en jurerais pas.

— Nous devons respecter cette décision. La sécurité du droit marche à la fois pour et contre nous.

— Et ma sécurité à *moi* dans tout ça ?

— Le palais Miércoles est le lieu le plus sûr où vous puissiez vous trouver en ce moment précis.

La bibliothèque sainte

1

— Beatriz, puis-je vous demander quelque chose ?

— Bien entendu.

Elle m'a invité à dîner. Nous sommes installés à la fenêtre de sa salle à manger. Elle a ses propres appartements dans l'extrémité nord du palais.

Il n'y a que nous deux, Beatriz et moi. On en tirera les conclusions que l'on veut.

— Qu'y a-t-il derrière la porte verrouillée de la bibliothèque ?

— Plusieurs livres.

Le chef a préparé un plat végétarien d'asperges étuvées au beurre, de tomates grillées et de poivrons farcis au riz et aux épices. Beatriz mange des filets de cailles marinés au vin blanc.

Elle lève son verre de vin et nous trinquons.

Elle n'est pas elle-même. Elle tente un sourire dégagé, mais quelque chose la tracasse. Le barrage cède pendant que je déguste ma dernière asperge.

D'abord, elle baisse les yeux sur les restes de son filet de caille, puis elle me lance un regard.

— Avez-vous l'intention de lui donner le manuscrit ?

Je mastique lentement. L'asperge a toujours été l'un de mes légumes préférés. Il ne faut pas la cuire trop longtemps, car elle doit exercer de la résistance sous la dent.

— À qui ? Je n'ai rien promis à qui que ce soit.

— Esteban. Il dit que vous allez lui vendre le manuscrit.

— Alors il a mal compris. Il m'a dit qu'il en avait besoin. Je lui ai répondu que j'allais y réfléchir. Point final. Le manuscrit ne m'appartient même pas. Pourquoi lui vendrais-je quelque chose qui n'est pas à moi ?

— Il va agiter des millions de dollars devant vos yeux.

— L'argent ne m'intéresse pas.

— Il va vous rouler. Gardez le manuscrit bien à l'écart d'Esteban.

Beatriz s'essuie les commissures des lèvres avec sa serviette en tissu ornée du monogramme familial.

— Pour être tout à fait franc, Beatriz, je ne comprends pas ce que vous essayez de me dire.

Elle regarde par la fenêtre. Les projecteurs embrasent les arbres et les font scintiller dans la nuit bleue. La lanterne de la terrasse a attiré un essaim d'insectes qu'elle refuse de relâcher.

— Il ne faut pas faire confiance à Esteban. Jamais.

— C'est votre frère.

Au fond d'elle, quelque chose s'enflamme et se reflète dans une lueur de colère de son regard.

— Pouvez-vous imaginer ce que c'est que de faire partie d'une famille constituée de traîtres et de menteurs ?

En l'occurrence, je le peux. Avant de mourir, maman m'a demandé si je lui avais pardonné ce qui s'était passé lorsque papa est tombé de la paroi rocheuse dans le Telemark. Je lui ai caressé la joue en répondant bien sûr. Mais je ne disais pas la vérité.

Je ne raconte rien de cette histoire à Beatriz, pas maintenant. Pourtant, elle tend sa main et la pose sur la mienne. Une main frêle et bronzée sur la mienne, blanche comme du lait.

— Esteban dit qu'il vous a tout raconté.

— Oui. Enfin, peut-être pas tout.

— Non, pas tout.

Puis nous restons silencieux un moment.

— Quand on me voit, il est difficile de concevoir que je puisse descendre des Vikings. Non, non, vous n'avez pas besoin de répondre. En moi, les gènes caribéens ont depuis longtemps vaincu les nordiques, dit-elle en serrant ma main avant de la relâcher. C'est douloureux d'avoir honte de sa famille, de ses ancêtres.

— Avez-vous des raisons d'avoir honte ?

— Vous n'imaginez pas…

— À votre place, j'aurais été fier d'avoir des ancêtres aussi persévérants. Pensez à tous ces siècles qu'ils ont passés à garder la momie.

Elle rit, d'un rire bref et froid, comme une fille de joie aurait ri d'un client lui demandant si elle l'aimait.

— J'imagine ce qu'Esteban vous a raconté.

— A-t-il menti ?

La porte s'ouvre. Les serveurs défilent pour débarrasser nos assiettes et nous servir le dessert : des baies tièdes sur de la glace à la vanille maison.

Ils versent le vin du dessert dans de petits verres en cristal et referment la porte si silencieusement que je dois me retourner pour voir s'ils sont réellement partis.

— Oui, il a menti. Il y avait sans doute beaucoup de vrai dans ses propos, la majorité. Mais sur les points essentiels, il a menti.

— Pourquoi ?

— Parce qu'Esteban est intoxiqué par le passé.

— Que voulez-vous dire ?

— Nous sommes tous des produits des choix de nos ancêtres.

— Oui, mais nous sommes tout de même dotés d'un libre arbitre.

— Certains sont pourris par leur libre arbitre.

— Esteban ?

— Mon frère est corrompu par des siècles de trahison, de double morale et d'absence de principes.

Elle traîne sur les mots, comme si chacun d'entre eux était attaché à un boulet au bout d'une chaîne. Je l'observe d'un air interrogateur et inquiet en suçant une framboise tiède. Sa colère réprimée lui donne des couleurs.

— Qu'essayez-vous de dire, Beatriz ?

Avec sa fourchette en argent, elle pousse une myrtille dans la glace à la vanille fondue. Ses yeux sont embués de larmes.

— Comment croyez-vous que mes ancêtres aient pu construire un palais pareil ?

— L'or inca ?

Petit rire.

— L'or des Incas et des Aztèques a dû servir, oui. Les gardiens se sont associés aux conquistadors et, fidèles à leur sang viking, ont volé des richesses dans les îles des Caraïbes et sur le continent. León. Velázquez. Cortés. Pizarro. De Soto. De Coronado. Nous y étions avec eux. La légende familiale veut même que mes ancêtres aient trouvé la ville d'or sud-américaine d'El Dorado. Que notre argent vienne d'El Dorado.

— El Dorado n'est-elle pas un mythe ?

— On le dit, mais qui sait ? Le fondement de l'incroyable fortune de ma famille remonte aux seizième et dix-septième siècles. Une grande partie de l'argent venait des pillages des conquistadors. Mais… nous avons aussi reçu une somme significative d'Europe.

— De la part de qui ?

— De l'institution la plus puissante de l'Europe du seizième siècle.

— Qui était ?

— Laissez-moi plutôt vous poser une question : pendant combien de siècles pensez-vous que la confrérie que vous appelez les *gardiens* ait été loyale envers Asim et sa mission ?

J'avais espéré jusqu'au bout qu'Esteban était un gardien, quelqu'un qui mettait son honneur à préserver l'alliance que ses ancêtres avaient conclue.

— Mes ancêtres ont trahi, Bjørn. Ils ont trahi Asim, ils ont trahi tous ceux qui avaient sacrifié leur vie, ils ont trahi leur mission.

— Comment ?

— Il en est, pas si peu nombreux que cela, d'ailleurs, pour dire que Colomb a importé la corruption et la décadence européennes en Amérique. L'Europe découvrant l'Amérique a signé la perte des populations locales, et également celle des gardiens. Ils ont cédé à la corruption, tous comme un seul homme. Corrompus par l'argent, par le pouvoir, par les postes. Esteban et moi sommes apparentés à des brigands.

Je ne sais pas quoi dire.

— Les îles caribéennes n'ont jamais été la destination des gardiens, poursuit-elle. Ils allaient repartir en Europe. Ils cherchaient les vents qui les ramèneraient chez eux, et pourtant ils sont restés ici. Ne vous demandez-vous pas pourquoi ?

— Pourquoi ?

— Par cupidité.

— Je ne comprends...

— Dans un sens, ils ont continué comme gardiens. Ils ont juste pratiqué des ajustements de leur loyauté. Ils veillaient toujours sur le même secret, mais pour un autre donneur d'ordre.

— Qui ?

— Si vous additionnez deux plus deux, c'est évident.

— J'ai toujours eu des difficultés en mathématiques.

— Ils sont restés ici à Saint-Domingue, dans le palais qui avait été construit avec l'aide des meilleurs architectes et ingénieurs d'Europe. Ils ont pris des noms espagnols. Certains des gardiens sont restés ici à Saint-Domingue, au palais Miércoles : mes ancêtres. D'autres sont repartis sur les navires marchands espagnols à destination de l'Europe, où ils ont obtenu, tous autant qu'ils étaient, des titres de noblesse, de grandes propriétés et plus d'argent qu'ils ne pouvaient en rêver. Les rares protestataires ont été tués. Les plus honorables ont été assassinés par l'Inquisition sur ordre direct du Vatican. Les seuls qui ont survécu sont ceux qui ont trahi les promesses qu'ils avaient faites. Aujourd'hui, leurs descendants vivent dans des châteaux en Italie, en France et en Espagne.

— Qui était derrière tout cela ?

— À cette époque, pendant les premières années suivant l'arrivée à Saint-Domingue, le pape s'appelait Jules II. La postérité le connaît pour beaucoup de choses. On l'appelle le pape guerrier et c'était une figure de pouvoir intrigante. En 1506, il a fondé la Garde suisse, qui continue de protéger le Vatican et le pape. Il a initié la construction de l'église Saint-Pierre. Il a engagé Michel-Ange pour peindre le plafond de la chapelle Sixtine. Michel-Ange a aussi été chargé de faire le monument funéraire du pape avec la célèbre statue de Moïse.

— Je ne comprends toujours pas le lien.

— Le lien, c'est le Vatican.

— Mais pourquoi ? Nous parlons tout de même, avec tout le respect que je vous dois, d'une momie, de quelques manuscrits sur papyrus, d'un butin viking.

— Ni Asim ni les gardiens ne pouvaient se douter de l'importance de ce qu'ils cachaient. Sans le savoir, ils protégeaient une momie et des écrits qui allaient changer la compréhension du judaïsme, du christianisme et de l'islam.

Je ne sais pas comment je suis censé réagir. Ces mots semblent si pompeux, irréels.

— J'espère que cela ne passera pas pour du manque de respect si je dis que cela semble quelque peu disproportionné.

Elle embroche une myrtille sur sa fourchette et la mange.

Je lui demande :

— Quel genre de secret pourrait avoir une telle portée ? S'agissait-il d'une momie de Dieu ?

J'essaie de rire, mais ne produis qu'un coassement sec. Beatriz boit une gorgée de vin en fermant les yeux. La lumière diffuse efface ses rides et la rend aussi jeune que lorsqu'elle dansait au clair de lune sur Haight-Ashbury.

— J'ai quelque chose à vous demander, Bjørn.

— Allez-y.

— Ce manuscrit…

Elle se tait, comme si elle ne savait pas comment s'exprimer.

— Oui ?

— Que savez-vous à son sujet ?

— C'est une copie et une traduction du douzième siècle d'un manuscrit biblique original plus ancien.

— En avez-vous lu des extraits ?

— Il est encore en cours de traduction.

— J'espère que vous avez bien caché le manuscrit.

— Bien entendu. Il est en de très bonnes mains.

— En avez-vous une copie ?

C'est la question qu'Esteban ne m'a jamais posée.

— Évidemment.

Sa bouche refuse de se fermer.

— Vous avez envie de la voir ? dis-je en lui tendant la main.

Dans la bibliothèque, j'allume un PC et me connecte sur le compte Gmail que sira Magnus avait ouvert.

Dans la boîte de réception, sous le codex de Snorri, se trouve l'e-mail de Thrainn avec une version numérisée des rouleaux de Thingvellir.

— Doux Jésus ! s'exclame Beatriz quand je fais apparaître le document pdf.

Sur l'écran plat, des parchemins bien nets rayonnent vers nous.

— Le Conservateur n'en croira pas ses yeux. Croyez-vous… fait-elle en hésitant… croyez-vous que je pourrais en avoir une impression ?

Je clique sur l'icône de l'imprimante. Dans un geste de reconnaissance, elle appuie sur mes épaules. La grande imprimante laser se réveille. Une fois le document imprimé, je dis :

— Au fait, vous n'avez jamais répondu à ma question.

— Quelle question ?

Je fais un signe de tête vers la porte verrouillée.

— Ah, ça. Venez.

Elle m'attire vers la porte, où elle doit regarder fixement le scanner d'iris jusqu'à ce qu'une lumière verte s'allume. Elle tape un code. Le verrou bourdonne et elle peut ouvrir la lourde porte.

2

Nous pénétrons dans une atmosphère de passé et de mystères. Les fresques des murs et du plafond représentent les grands moments de l'histoire biblique. Si j'avais été un peu moins futé, j'aurais cru que Michel-Ange était venu ici avec sa palette et ses pinceaux. Du plafond en coupole pendent trois lustres. Sur des étagères et dans des niches se trouvent des icônes et des reliquaires.

Intérieurement, j'entends résonner des chants grégoriens. Sur le mur du fond, une croix avec le Christ de douleur est accrochée. *Elí, Elí, lemá sabaktáni ? Mon Dieu, mon Dieu, pourquoi m'as-tu abandonné ?* Je vois, dans une vitrine sur un piédestal élevé, une couronne d'épines. Non, ça ne peut pas être… la vraie, mais je ne me résous pas à poser la question.

Sous la croix, sur une table couverte d'une nappe blanche, brûlent les hautes chandelles blanches d'une *menora*, un chandelier à sept branches. Le long des murs, entre les fresques, dominent des bibliothèques avec des portes en verre et des tiroirs. Les fenêtres profondes sont protégées par de robustes grilles de fer forgé.

Au plafond se trouvent des caméras de surveillance.

— Bienvenue dans la Bibliothèque sainte, dit Beatriz. C'est ici que nous conservons nos trésors les plus rares et les plus précieux.

Nous progressons dans la salle de bibliothèque sur un tapis moelleux comme de la mousse.

Beatriz s'arrête à côté de l'une des armoires vitrées. Elle en sort un codex relié en bois. Je me tiens légèrement derrière elle et regarde au-dessus de son épaule. Elle l'ouvre très délicatement.

— Ceci est le texte original du *Transitu Virginis* sur l'ascension de Marie, écrit autour de l'an 169 par saint Méliton de Sardes. Marie étant mère du fils de Dieu, elle ne pouvait pas décemment mourir d'une mort terrestre. À la fin de ses jours sur terre, elle a été rappelée au ciel.

Je contemple avec recueillement ces lettres, dont chacune a été tracée avec amour et foi. Beatriz continue sa visite vers une armoire dont elle ouvre un tiroir. Sur un coussin de soie se trouvent deux pièces d'or.

— Ces pièces sont attribuées à Nicolas de Myre ou saint Nicolas. En langue moderne, il est plus connu comme le père Noël. En secret, il a sauvé un homme et ses trois filles de la pauvreté et de la prostitution en lançant des bourses de pièces d'or par la fenêtre et dans la cheminée.

Elle sort d'un secrétaire doré un écrin en or avec un document craquelé mis sous presse entre deux plaques en verre.

— Ceci est l'ordre d'exécution que Ponce Pilate a émis pour Jésus-Christ.

— Comment vous êtes-vous procuré tout cela ?

— Nous nous sommes toujours bien entendus avec le Vatican. Différents papes, cardinaux et évêques se sont servis de nous à des fins diverses. Au plus fort des débats théologiques, il leur était utile de pouvoir mettre à l'écart des documents dont ils ne souhaitaient pas que leurs opposants se servent. Le palais Miércoles est plus sûr que les propres archives du Vatican. Des archivistes et cardinaux infidèles ont toujours constitué un risque pour le Vatican. Nous, ils ont toujours pu nous faire confiance.

— C'est véritablement incroyable, Beatriz, véritablement incroyable !

— Tout ne vient pas du Vatican. Nous avons aussi acheté des manuscrits, des lettres, des livres, des codex et des parchemins sur le marché ouvert et le marché illégal. Nous avons financé des fouilles, soudoyé des archéologues, des explorateurs et des aventuriers. En mettant la main sur ces trésors, nous avons au moins empêché qu'ils se perdent.

— Qu'ils soient cachés derrière les portes closes du palais Miércoles ou aux Émirats chez le cheikh Ibrahim ne doit pas avoir beaucoup d'importance pour les chercheurs et le public.

— De nombreux écrits nous sont passés sous le nez pour aller chez le cheikh. Mais il aurait sans doute la même chose à dire de nous… Venez avec moi, je voudrais vous présenter quelqu'un.

3

Il est si dégingandé, si maigre et si pâle que, à contre-jour, il pourrait facilement devenir invisible. Sa peau est aussi blême que la mienne. C'est peut-être la raison pour laquelle je ressens une forme de parenté.

Entre des touffes grises, je vois la carte de taches de vieillesse de son cuir chevelu. Il a le nez pointu, busqué et poilu. Son regard est tourné vers l'intérieur, vers un monde qui n'est ouvert qu'à lui-même.

Sa chambre à coucher fait aussi office de cabinet d'étude. Lorsque nous frappons à la porte, il est assis avec son thé à un bureau couvert de papiers, de livres, de documents.

— Je vous présente le Conservateur, dit Beatriz. C'est ainsi que nous l'appelons. Le Conservateur.

Il lui tend une main osseuse. Je serre la main d'un squelette.

— J'ai lu des articles sur vous, observe-t-il d'une voix aussi crépitante et fragile que du papier.

Beatriz pose les mains sur ses frêles épaules avec une tendresse attentionnée.

— Nous sommes de vieux amis ; je le connais depuis toujours. Il a été mon premier baby-sitter et est devenu mon ami, mon mentor. Il vit et travaille au palais Miércoles depuis 1942, époque à laquelle il a fui Varsovie.

— … je n'étais alors qu'un garçon, notez bien, je n'étais qu'un garçon !

— … et il a fini ici en passant par Copenhague, Boston et La Havane. Mon père a eu pitié de lui dans l'un de ses rares accès de compassion. C'est le Conservateur qui a éveillé mon intérêt pour l'histoire et la théologie, et pour tout ce qui est caché dans de vieux écrits.

— J'ai cru comprendre que vous partagiez notre

dévouement aux trésors du passé, remarque le Conservateur.

Sa voix est basse, un chuchotement, tel le jeu du vent dans les pages d'un livre oublié sur un banc du parc. Nos regards se croisent et c'est comme s'il ouvrait une porte sur son paysage intérieur. Dans un instant d'hallucination, j'aperçois un couloir interminable rempli de livres recouverts de la poussière des siècles. Puis l'illusion se dissipe et je vois que ses yeux humides sont injectés de sang. Il penche la tête.

— Beatriz est un être adorable, n'est-ce pas ? Réjouissez-vous d'avoir son amitié et son affection.

Je ne sais pas vraiment quoi répondre. Derrière sa personne solennelle, je soupçonne un ironique joueur qui me teste.

— Quand je vivais à l'étranger, raconte Beatriz, c'est grâce à ses lettres et ses coups de fil que j'étais au courant de la vie au palais. Quand j'étais de passage à la maison, c'était le Conservateur que je me réjouissais de voir.

Le Conservateur plisse des yeux inquisiteurs vers les papiers que Beatriz tient à la main. Elle acquiesce imperceptiblement. Il se mord la lèvre inférieure. Elle lui tend la liasse qu'il saisit les mains vibrantes tandis qu'il sort ses lunettes de lecture de sa poche de poitrine.

— Enfin, murmure-t-il plusieurs fois avant de lever les yeux vers Beatriz. Le voici !

— C'est ce que je disais.

— Je n'osais pas y croire, mais le voici !

4

Le Conservateur nous a servi trois verres de sherry. Beatriz et moi sommes assis sur son lit. Lui est à son bureau.

— Le roi viking Olav ne savait pas ce qu'il avait volé, explique le Conservateur, dont la lèvre supérieure est ourlée de sherry. Il cherchait sans doute le reliquaire d'or dans lequel se trouvaient les écrits.

— Le manuscrit original, dit Beatriz, est ici au palais Miércoles.

— Esteban dit qu'il n'a rien de spécial.

— Esteban ment.

— Serait-il possible de le voir ?

— Ce n'est pas tout à fait aussi simple. Seuls Esteban et moi y avons accès. Il y a une procédure de sécurité. Chaque fois que nous ouvrons la porte, c'est inscrit dans le log de sécurité. Esteban se poserait sans doute des questions.

— Malheureusement, le manuscrit original n'est pas complet, enchaîne le Conservateur. L'air sec du désert d'Égypte est parfait pour la préservation du papyrus, mais l'air marin mordant de Norvège et d'Islande est – et je mesure mes propos – nettement moins favorable. Le papyrus s'est en partie décomposé et il est plein de lacunes. Des pans entiers sont illisibles. Pour pouvoir lire et traduire correctement le texte, nous avons besoin de la copie non endommagée de Thingvellir.

— Allez-vous bientôt pouvoir me dire ce qui rend ce manuscrit si exceptionnel ?

— C'est l'original d'un texte biblique.

— Ça, merci, je l'avais compris. Mais qu'est-il écrit dans ce texte qui fait peur au Vatican ?

Le Conservateur se lève pour remplir les verres à moitié vides de sherry. Il enfonce le bouchon dans la bouteille.

— Fait peur… Ce n'est peut-être pas aussi simple. Il y a mille ans, le Vatican avait de tout autres éléments à prendre en compte qu'aujourd'hui. Je ne sais pas comment le Vatican aurait géré l'affaire si le manuscrit avait fait surface de nos jours. Mais il y a mille ans, ils ont paniqué.

— Pourquoi ?

— Parce que l'Église a passé des siècles a répandre l'illusion que la Bible était la parole de Dieu.

Ses mots ont un accent de défi.

— N'est-ce pas là sa mission ? dis-je.

— C'est justement pour cela que l'autorité de la Bible et de l'Église s'émietterait si le Vatican reconnaissait que la Bible est… disons, un recueil de bonnes histoires édifiantes, écrites par des hommes, modifiées par des hommes, rassemblées et sélectionnées par des hommes. Et rien d'autre.

— Tout le monde sait bien que la Bible n'est pas à prendre au pied de la lettre. Plus grand monde ne croit encore au message littéral de la Bible.

— Ah bon ? Demandez donc aux homosexuels. Demandez aux femmes. Pendant deux mille ans, les interprétations de l'Église ont été martelées. Vous seriez surpris de voir combien de personnes lisent la Bible comme la parole que Dieu a adressée aux hommes, combien la lisent comme si c'était Dieu lui-même qui avait tenu la plume. Ces forces qui ont jeté les bases des croisades, de l'Inquisition et de l'esclavage sont florissantes aujourd'hui encore.

— Je croyais que tout cela avait changé avec Luther ?

— Prenez la parole de Paul sur l'homosexualité. Cet apôtre, qui prêche un message d'amour, de pardon et de compassion, condamne l'homosexualité et continue d'être applaudi par de nombreux érudits de l'Église, lâche-t-il dans un nuage de postillons. Que croyez-vous que Jésus aurait pensé de la haine avec laquelle les homosexuels sont accueillis par certains chrétiens ?

— Allons, allons… dit Beatriz en se penchant en

avant pour lui tapoter la cuisse afin qu'il retrouve son calme.

— Paul vivait à une autre époque, dis-je.

— Justement ! Cela montre bien que la Bible appartient à un temps révolu. Aujourd'hui, oui, *aujourd'hui*, l'Église condamne ce même esclavage qu'elle a longtemps soutenu de tout son cœur, mais les homosexuels continuent d'être persécutés avec un acharnement diabolique et une haine brûlante.

Le Conservateur a le souffle court après cette sortie et il s'appuie à son bureau.

— Tout va bien ? s'inquiète Beatriz.

— Mais oui, mais oui !

— Le Conservateur s'emporte facilement, explique-t-elle, mais je suis d'accord avec lui. La Bible est un chef-d'œuvre littéraire et mythologique qui a appartenu à son époque, son peuple, son monde. Aujourd'hui, nous pouvons choisir de lire la Bible comme un message religieux ou comme un manifeste philosophique. En tant que véhicule de la parole de Dieu, la Bible repose exclusivement sur la foi des lecteurs. L'autorité de la Bible dépend de la puissance et de l'incontestabilité du texte.

Beatriz reprend haleine et le Conservateur en profite pour reprendre la parole :

— Notre Bible s'est fait apposer son cachet « approuvé » par les pères de l'Église il y a plus de quinze cents ans. Pendant tous ces siècles, papes et ecclésiastiques, prêtres et prédicateurs se sont rassemblés derrière le caractère inexpugnable de la Bible. Critiquer la Bible, c'était nier Dieu. On s'est livré à des guerres pour défendre et répandre la parole de la Bible. Des millions de personnes ont été tuées au nom de la Bible.

Une quinte de toux du Conservateur me permet de glisser une question :

— Comment cela pourrait-il être ébranlé en quoi que ce soit par les rouleaux de Thingvellir ?

Alors que le Conservateur s'étouffe, Beatriz répond :

— Le texte le plus fondateur d'entre tous, le fondement théologique du judaïsme, du christianisme et de l'islam, est le Pentateuque : le récit de la Création, l'histoire des patriarches, l'Exode, Canaan, Caïn et Abel, les lois, les ordonnances, les dix commandements. Toutes ces histoires forment un fondement de notre patrimoine culturel commun et de notre compréhension de nous-mêmes, explique-t-elle en tapant le Conservateur dans le dos pendant qu'il tousse. Moïse compte parmi les personnages les plus influents de l'histoire mondiale. La moitié de la population du globe fonde sa foi sur ses paroles. Le Dieu tout-puissant qui apparaît dans le Pentateuque reste le Dieu vénéré par les chrétiens, les juifs et les musulmans.

Le Conservateur, qui a retrouvé son souffle, vide son verre de sherry en une gorgée pleine de colère.

— Que se passerait-il si quelqu'un prouvait que tout cela est une falsification ?

— Falsification ? dis-je comme un écho. Qu'est-ce qui est une falsification ?

— Comment réagiriez-vous si je vous disais que le Pentateuque est la somme d'innombrables textes et idées de l'Antiquité ?

— Que cela ressemble à l'une des premières choses que les étudiants en théologie apprennent à l'université.

— Mais c'est curieux de voir comment ils gardent ce savoir pour eux. La plupart des gens ne savent pas que le Pentateuque, et même une grande partie de l'Ancien Testament, sont un imbroglio de mythes babyloniens, phéniciens, de contes hittites et de récits égyptiens liés par le portrait d'un dieu tout-puissant et la création d'une religion monothéiste. Et d'un nouvel État.

Beaucoup rejetteraient tout cela comme un mythe de plus, une théorie du complot. Certains, des spécialistes, des théologiens critiques et des chercheurs, reconnaîtraient que, eh bien, l'Ancien Testament est effectivement en grande partie un recueil extraordinaire de textes plus anciens ayant fait peau neuve et trouvé une nouvelle étiquette.

— On peut bien sûr choisir de passer outre toute cette problématique parce qu'on est convaincu que la Bible est la parole de Dieu, dit Beatriz.

— Ou on peut envisager la Bible comme une description culturelle d'un passé mythologique et de l'espoir d'un avenir idéalisé, observe le Conservateur. Comme un livre sur les rêves de céleste et de beau qui habitent l'homme. Un peu de sherry ?

Je tends mon verre, qu'il remplit à ras bord. Beatriz a encore un verre à moitié plein qu'elle abrite de sa main.

— Mais imaginez, poursuit le Conservateur en reposant la bouteille, imaginez que quelqu'un soit en mesure de présenter des preuves indiscutables révélant comment le Pentateuque a été élaboré et comment cette nouvelle religion a été créée.

— Quel genre de preuves ?

— Les rouleaux de Thingvellir !

Beatriz et le Conservateur me regardent fixement, d'un air interrogateur, d'un air de défi.

— Il y a dans le monde deux milliards de chrétiens. La moitié d'entre eux sont des catholiques, explique le Conservateur. Un milliard et demi de musulmans. Quatorze millions de juifs. Le fondement de la foi de nombre de ces croyants est le Pentateuque. Moïse a pavé la voie de la foi pour Jésus et Mahomet.

— C'est la raison pour laquelle ce manuscrit est si important, ajoute Beatriz. Il raconte une tout autre histoire.

— Le pape ne pourra jamais prendre la parole pour dire que les écritures autour desquelles les pères de l'Église se sont rassemblés étaient incomplètes, reprend le Conservateur. Il ne pourra jamais dire que la Bible doit être réécrite. C'est impensable ! Il ne pourra jamais révéler qu'il y a dans le Pentateuque des erreurs à corriger. Il poignarderait dans le dos ceux qui l'ont précédé pendant deux mille ans. Et, en même temps, il admettrait que la Bible, dans toute sa splendeur littéraire, n'est pas la parole de Dieu, mais celle de l'homme.

— La Bible, dit Beatriz, serait transformée en un beau livre de contes pleins de visions inspirées, écrit par des gens intelligents, sur un dieu et un paradis dont nous pouvons tous rêver.

— Mais qui n'est qu'une illusion, conclut le Conservateur.

Sixième livre du Pentateuque

1

Nous sommes sortis sur la terrasse. Beatriz a apporté du vin, une bougie cube et une spirale à moustiques qui me gêne davantage qu'elle ne gêne les moustiques. Le Conservateur est allé chercher des verres à l'intérieur.

— Pourquoi tant de colère ?

Je fais un signe de tête vers la porte de la terrasse et le Conservateur.

— Pendant la guerre, ses parents et lui ont voulu se réfugier dans une église. Le prêtre les a refusés, car il ne voulait pas donner l'asile à des Juifs. Un enfant de chœur a couru dans la rue pour avertir des soldats. Le père du Conservateur a été abattu sur les marches de l'église. Sa mère a été envoyée en camp de concentration, où elle est morte. Il a été le seul à réussir à s'enfuir. Il avait dix ans.

Le Conservateur sort avec les verres.

— Vous êtes bien silencieux, dit-il en ouvrant la première bouteille de vin et en faisant le service.

— Tu parles pour trois, grand bavard, répond Beatriz en allumant la bougie.

Nous levons nos verres. Le Conservateur s'enfonce dans son fauteuil et se perd dans la lueur rouge du vin.

— Êtes-vous prêt à supporter davantage de mes discours professoraux ? s'enquiert-il joyeusement.

Je ris.

— Ai-je le choix ?

— Non, répond Beatriz.

2

Le Conservateur tient son verre de vin par le pied, puis le repose sur la table.

— La Bible… Nous avons facilement tendance à envisager la Bible comme une entité, quelque chose de divin et d'immuable, mais elle résulte d'un travail rédactionnel ciblé et éminemment humain. Ce travail a été influencé par la foi personnelle des rédacteurs et par leurs intérêts politiques et théologiques. Il n'existe même pas une seule Bible sur laquelle tous les croyants seraient d'accord. Juifs, chrétiens, orthodoxes, catholiques, protestants, ils ont tous *leur* version de la Bible. C'est une longue histoire, mais, en deux mots, les rouleaux de Thingvellir sont une copie hébraïque complète et une traduction copte d'un recueil de textes de l'Antiquité. On pourrait appeler cela un premier jet, si vous voulez, un texte brut, un brouillon. Ultérieurement, divers auteurs ont révisé, travaillé et adapté ces écrits pour les réunir en une histoire cohérente.

— Et cette histoire, précise Beatriz, c'est le Pentateuque.

Un frisson me parcourt.

— Les rouleaux de Thingvellir, poursuit le Conservateur, sont constitués des textes originaux qui ont été le point de départ du Pentateuque.

— Ces textes originaux ne révèlent pas seulement comment les cinq livres du Pentateuque sont nés, page après page, chapitre après chapitre, ajoute Beatriz, mais aussi tout ce qui en a été exclu.

— Ouah… réponds-je.

J'aurais dû trouver un commentaire plus pertinent, mais c'est la seule chose qui me vienne à l'esprit.

— Ce n'est pas tout, continue Beatriz. Le texte de départ comprend un sixième livre.

— Un de plus ? Que voulez-vous dire ?

Elle hoche la tête.

Le Conservateur boit une gorgée de vin.

— Le manuscrit contient un sixième livre de Moïse, un sixième livre du Pentateuque.

3

Il me faut quelques instants pour reprendre mes esprits. Un livre du Pentateuque inconnu ? L'affirmation paraît parfaitement délirante. Mais elle permet aussi de tout rendre logique : les cachoteries, le cheikh et Hassan, le Vatican, la SIS… Toutes ces choses inexplicables trouvent soudain un sens.

— Je sais que c'est difficile à comprendre, dit le Conservateur.

Quelque part dans la ville, quelqu'un tire à l'arme à feu, à moins que ce ne soit un pot d'échappement défectueux.

— Nous n'avons rien pu lire d'autre, explique Beatriz, qu'un extrait incomplet du texte original partiellement détérioré que nous avons ici au palais. C'est pour cela que les rouleaux de Thingvellir sont d'une telle importance. C'est là que se trouve le texte, dans sa forme originale, mot pour mot.

— D'après nos extraits lacunaires, raconte le Conservateur, le sixième livre du Pentateuque dépeint l'enfance et la jeunesse de Moïse. Il donne de nouvelles règles de conduite qui influenceront le judaïsme, le christianisme et l'islam. Dieu en révèle davantage sur qui Il est, pourquoi Il a créé la terre et ce qu'Il attend des hommes. Il laisse entendre qu'il existe plusieurs dieux, mais qu'Il est le dieu créateur des hommes et de la terre.

— Dieu présente des conceptions que les gnostiques et les cathares ont défendues bien plus tard, renchérit Beatriz. Le sixième livre du Pentateuque affaiblit largement la position de l'Église et du clergé. Dieu condamne tous ceux qui volontairement L'interprètent mal. La véritable foi divine est en chacun de nous. *Le temple le plus saint*, est-il écrit, *c'est dans ton cœur que tu le trouves*. Dieu met Moïse en garde contre les faux prêtres qui veulent se servir de l'Église comme d'une base sur laquelle asseoir leur propre savoir.

— Le sixième livre du Pentateuque consacre quatre chapitres à Satan et trois à des archanges et anges connus et inconnus. Dieu appelle Satan son fils déchu et parle de lui avec amour paternel. Ce que nous comprenons comme *le mal*, c'est avant tout l'absence de divinité.

Je trempe les lèvres dans mon vin en essayant de suivre.

— Le sixième livre du Pentateuque va modifier la compréhension que nous avons des cinq autres livres, poursuit le Conservateur. Pour des raisons que nous ignorons, certains ont exclu le sixième livre. S'il est canonisé, certaines parties des trois grandes religions du monde devront s'adapter à ce nouvel écrit.

— À quel égard ?

— Nous ne le saurons pas avant d'avoir pu lire le texte complet. Tirer des conclusions en nous fondant sur les traductions que nous avons déjà faites revient à jouer aux devinettes. Voici un exemple… dit-il en sortant une feuille avec un texte bref de sa poche intérieure, pour vous montrer combien nous dépendons des rouleaux de Thingvellir.

Quand tu pries le Seigneur ton Dieu, Il est… [illisible]… et tu trouveras… [illisible]… sont un, de sorte qu'il est… [illisible]… a créé. Tu vas… [illisible]… l'a déjà trouvé, et c'est… [illisible]…

— Le texte lisible a été traduit du papyrus original abîmé qui est au palais Miércoles, explique le Conservateur. Mais pour combler les lacunes, là où le papyrus s'est décomposé, nous avons besoin de la copie d'Asim. Dans son état incomplet, le texte est quasiment dénué de sens.

4

Moïse et les Israélites ont marché quarante ans dans la canicule du désert. Je compatis pleinement. Ma propre traversée du désert commence à être éprouvante et elle n'est pas terminée.

Le Conservateur va à l'intérieur chercher un exemplaire relié, usé, de l'Ancien Testament. Il feuillette de ses longs doigts les pages très fines.

— La première chose à faire pour lire, comprendre et interpréter le Pentateuque correctement, dit-il, est de reconnaître que Moïse ne l'a jamais écrit.

Il lit.

Et Moïse, serviteur de l'Éternel, mourut là, dans le pays

de Moab, selon la parole de l'Éternel. Et il l'enterra dans la vallée, dans le pays de Moab, vis-à-vis de Beth-Péor ; et personne ne connaît son sépulcre, jusqu'à aujourd'hui. Et Moïse était âgé de cent vingt ans quand il mourut.[1]

— Ce serait donc *Moïse* qui aurait écrit cela ? demande le Conservateur. Comment peut-il décrire sa propre mort et son enterrement ?

Il lit plus loin :

Et cet homme, Moïse, était très humble, plus que tous les hommes qui étaient sur la face de la terre.[2]

Le Conservateur se permet un petit rire :

— L'homme le plus humble de la terre s'exprimerait-il ainsi ?

— Cela ne prouve rien, dis-je. Même si Moïse n'a pas tout écrit dans le Pentateuque, cela ne signifie pas pour autant qu'il n'a rien écrit du tout.

— Beaucoup sont de cet avis, dit Beatriz, et pensent qu'un auteur a arrangé le texte de Moïse. Mais la plupart des théologiens et prêtres de notre époque s'accordent pour dire que Moïse n'a pas écrit les livres de Moïse, le Pentateuque.

— Si vous lisez le Pentateuque, remarque le Conservateur, vous serez troublé par les répétitions, tous les noms donnés à Dieu et aux hommes et les versions discordantes d'un même événement.

— Dans le premier livre du Pentateuque, la Genèse, se trouvent deux versions différentes du récit de la Création, précise Beatriz.

— Deux ?

— Deux histoires apparentées entremêlées en une histoire, répond le Conservateur, avant de lire à haute voix :

Au commencement, Dieu créa les cieux et la terre. La terre était informe et vide : il y avait des ténèbres à la

1. Deutéronome, chapitre 34, versets 5 à 7.
2. Les Nombres, chapitre 12, verset 3.

surface de l'abîme, et l'esprit de Dieu se mouvait au-dessus des eaux.[1]

— C'est ainsi que s'ouvre le récit de la Création tel que nous le connaissons. Mais un récit contradictoire est inclus dans le même texte, écrit par un autre et ajouté à la première version. Les ajouts ont été faits si élégamment que le lecteur ne se rend même pas compte que le récit recommence au début.

— Où cela ?

Le Conservateur tourne les pages et pointe le doigt :

— Voyez par vous-même ! Pentateuque, deuxième chapitre. Ici commence un nouveau récit de la Création. Nul besoin d'être théologien ou linguiste pour voir que ces mots introduisent un récit indépendant.

Il lit :

Voici les origines des cieux et de la terre, quand ils furent créés. Lorsque l'Éternel Dieu fit une terre et des cieux, aucun arbuste des champs n'était encore sur la terre, et aucune herbe des champs ne germait encore : car l'Éternel Dieu n'avait pas fait pleuvoir sur la terre, et il n'y avait point d'homme pour cultiver le sol. Mais une vapeur s'éleva de la terre et arrosa toute la surface du sol. L'Éternel Dieu forma l'homme de la poussière de la terre, il souffla dans ses narines un souffle de vie et l'homme devint un être vivant.[2]

— Voyez-vous comment ceci est une ouverture indépendante d'un récit de la Création qui tient sur ses propres jambes ? demande Beatriz.

— Dans la première version, dit le Conservateur, Dieu crée le ciel et la terre, la lumière et l'obscurité, la mer et la terre, les plantes, les oiseaux, les poissons, les animaux marins, les animaux terrestres et pour finir l'être humain, l'homme et la femme. Dans cet ordre.

— Mais dans le chapitre suivant, enchaîne Beatriz,

1. Genèse, chapitre 1, versets 1 et 2.
2. Genèse, chapitre 2, versets 4 à 7.

l'ordre est différent : Dieu crée d'abord la terre, le ciel et l'eau, puis l'homme, ensuite les plantes, les animaux, les oiseaux et, pour finir, la femme, Ève.

— Comment les deux versions peuvent-elles être justes ? demande le Conservateur.

— Et nous pouvons continuer ainsi, dit Beatriz. Lisez les histoires de Noé. Elles ne concordent pas ! À un moment, la Bible décrit comment Moïse se rend au Tabernacle… avant de l'avoir construit. Le Pentateuque est truffé de contradictions.

— D'imprécisions et d'erreurs, ajoute le Conservateur. En ce qui me concerne, j'ai besoin d'aller faire un tour à l'intérieur pour satisfaire un besoin naturel.

5

À mon retour, le Conservateur a ouvert encore une bouteille de vin. Un papillon de nuit se jette frénétiquement sur l'une des lampes de la terrasse.

La lune brille à travers le feuillage, alors qu'un souffle d'air marin caresse le parc.

Je m'assieds et bois une gorgée de vin. Beatriz et le Conservateur m'observent tous deux comme s'ils cherchaient à déterminer si j'en avais eu assez.

— La théologie est pleine de « secrets » qui sont accessibles à tous, reprend le Conservateur en inspirant profondément. Ces faiblesses du Pentateuque ont toujours été connues des théologiens, des rabbins et des prêtres. On les a longtemps excusées en arguant que le récit abritait une vérité plus grande. Dès le dix-septième siècle, des théologiens critiques ont déclaré franchement qu'il était impossible que Moïse ait écrit le Pentateuque. Les théologiens sont au courant de cela depuis des siècles. Si on passe une tête dans n'importe quelle faculté de théologie du monde, on se rend compte que cela fait partie de leur compréhension fondamentale de la Bible. Moïse n'a jamais écrit les livres de Moïse, le Pentateuque.

Beatriz sirote son vin en me regardant.

— Tout cela nous amène à l'hypothèse des sources, dit le Conservateur.

— L'hypothèse documentaire, ajoute Beatriz.

— Qui signifie ?

— L'hypothèse documentaire est l'hypothèse selon laquelle le Pentateuque serait constitué à partir d'au moins quatre sources principales : le document jahviste, le document élohiste, le Deutéronome et le document sacerdotal, explique Beatriz.

J'écrase un moustique qui s'est posé sur mon bras.

— Le Pentateuque a été commencé neuf cents ans avant Jésus-Christ, et divers écrits ont ensuite été réunis et refondus, jusqu'au quatrième siècle avant Jésus-Christ, pour former les cinq livres de Moïse du Pentateuque, poursuit-elle.

— Les auteurs du Pentateuque racontent la même histoire de base, mais selon des perspectives diverses, observe le Conservateur en entremêlant ses doigts en un nœud serré. Leurs angles ont été choisis selon des considérations politiques et religieuses et ils ont essayé de se corriger les uns les autres, de rectifier la version précédente.

— Ironiquement, toutes ces représentations contradictoires ont été associées, commente Beatriz.

Un peu plus loin, dans l'aile de service du palais, la lumière s'éteint à une fenêtre.

— En se fondant sur des connaissances en théologie, en histoire, en politique et en linguistique, les théologiens ont découpé tous les chapitres et versets du Pentateuque et essayé de les recoller ensemble dans leurs contextes respectifs, raconte le Conservateur. Au cours de ce processus, les théologiens en sont arrivés à la conclusion que le Pentateuque était en fait constitué de sources encore plus nombreuses et complexes que les sources de l'hypothèse documentaire.

— Alors qui a écrit le Pentateuque ? demandé-je.

6

Mon mobile sonne. Dans un premier temps, je m'abstiens de répondre – je ne suis pas l'esclave du téléphone. Et puis je suis curieux d'en savoir plus sur Moïse.

Mais je me souviens alors que seules les personnes ayant vraiment besoin de me joindre ont ce numéro.

C'est le professeur Llyleworth, qui est très agité. La SIS a mené plusieurs enquêtes.

Il y a juste une heure, à Miami, un certain Jamaal Abd-al-aziz, autrement dit Hassan, a embarqué à bord d'un avion American Airlines à destination de Saint-Domingue.

— Comment sait-il que je suis ici ?

Je parle d'une voix heurtée.

— Les services de renseignements du cheikh n'ont rien à envier à quiconque.

— Que dois-je faire ?

— Restez là où vous êtes. C'est plus sûr.

— Plus sûr ? Alors que Hassan est en route ?

— Je me suis déjà entretenu avec Esteban Rodriquez. Le niveau de sécurité du palais Miércoles est en train d'être augmenté en ce moment même.

Je parle de Hassan au Conservateur et à Beatriz. Ils sont d'accord avec le professeur sur le fait qu'il paraît plus dangereux de m'enfuir que de rester.

— Quoi qu'il advienne, il vous trouvera. Ici, au moins, vous êtes en sécurité.

Je regarde fixement le parc plongé dans l'obscurité.

— Il y a ici tellement de systèmes d'alarme, rappelle le Conservateur, qu'un éventuel intrus serait découvert bien avant d'avoir pu escalader la clôture.

7

— Revenons donc au Pentateuque, dis-je en vidant mon verre de vin d'une traite. Qui l'a écrit ?

Beatriz me ressert.

— Les théologiens opèrent avec au bas mot quatre sources, mais, en réalité, elles sont bien plus nombreuses.

— Le *Yahviste*, l'auteur du document jahviste, qui emploie systématiquement le nom de *Yahvé* pour Dieu, est le plus grand des théologiens et maîtres littéraires de l'Ancien Testament, explique le Conservateur. Il a vécu environ neuf cents ans avant Jésus-Christ et été l'architecte de la structure fondamentale et du génial cadre du Pentateuque. Il a donné aux mythes et histoires de l'Antiquité une nouvelle forme épique et un nouveau sens théologique. La perspective du Yahviste, ses talents de narrateur, son choix de mots, son style littéraire et ses vues religieuses montrent qu'il était judéen. Tous ses héros venaient de Judée. Il était vraisemblablement scribe à la cour de Jérusalem, peut-être à la cour du roi Salomon.

— L'*Élohiste*, qui évoque toujours Dieu sous le nom d'*Elohim* et non de *Yahvé*, a écrit la réponse des Israélites au Yahviste cent ans plus tard, poursuit Beatriz. Tous les héros élohistes étaient des Israélites, pas des Judéens. Il a remplacé la perspective judéenne par la perspective israélite.

— Le document sacerdotal a été écrit par un groupe de prêtres de Judée après la construction du deuxième Temple, cinq cents ans avant Jésus-Christ, et avant que Jérusalem ne tombe aux mains des Babyloniens. Ces prêtres aussi défendaient leurs propres intérêts théologiques et politiques.

— Le Deutéronome, le cinquième livre de Moïse, a été écrit au sixième siècle avant le Christ. Beaucoup pensent que l'auteur en est le Jérémie qui a écrit le livre de Jérémie de l'Ancien Testament.

À l'intérieur, une porte s'ouvre. Le Conservateur se tait alors qu'Esteban Rodriquez apparaît sur le seuil de la terrasse.

— Vous êtes là, dit-il, le souffle court en me regardant. Vous avez appris la nouvelle ?

— Le professeur Llyleworth vient d'appeler.

— Nous avons renforcé la sécurité du palais et fait venir d'autres vigiles pour la surveillance du parc.

— Merci. Je suis sincèrement désolé de vous imposer tout ce travail supplémentaire. S'il est préférable que je m'en aille…

— N'y pensez pas !

Son regard glisse de Beatriz à la bouteille de vin.

— Bon, je ne vais pas vous déranger. Il faut que j'appelle le commissaire de police.

Beatriz se penche vers moi et me tapote la main.

— Ça va aller, chuchote-t-elle.

Lorsque le Conservateur entend la porte du couloir se refermer derrière Esteban, il reprend :

— Ironiquement, toutes ces versions contradictoires ont été fondues en une seule. Ce serait comme de découper une vive polémique dans le journal et de coller ensemble toutes les contributions au débat, dans un seul article, prônant une seule opinion. Ce texte unique avait une autorité puissante, qui reliait l'empire du sud et l'empire du nord, la Judée et Israël, religieusement, politiquement et socialement.

— Comment tout cela a-t-il atterri chez Asim ?

— Les divers écrits qui sont devenus le Pentateuque sont parvenus au culte d'Amon-Rê quatre cents ans avant notre ère. Ils étaient enroulés, enveloppés dans du tissu, glissés dans des vases qui ont été scellés et placés dans un coffre en or. Dans l'*Ægyptiaca*, l'historien Manéthon, se fondant sur des archives égyptiennes conservées dans le temple d'Héliopolis, dépeint une cérémonie religieuse au cours de laquelle le reliquaire d'or contenant le manuscrit sur papyrus a été amené dans la crypte et placé aux pieds de la momie.

— Le reliquaire y est resté intouché jusqu'en 1013, précise Beatriz.

Je m'adosse à mon fauteuil, lève les yeux vers le ciel étoilé et bois une gorgée de vin en songeant intérieurement qu'ainsi peut aller la vie.

Le troisième gardien

1

L'obscurité fourmille d'insectes. Nous nous attaquons à la troisième bouteille de vin.

— Alors, finis-je par dire en reposant mon verre sur mon torse, pourquoi m'avez-vous raconté tout cela ?

— Nous vous attendions, répond Beatriz.

— Moi ?

— Depuis que le Conservateur et moi avons commencé à étudier ce matériel à la fin des années soixante, nous attendons le troisième gardien.

Je sombre dans des abîmes d'incompréhension.

— Attendez, attendez, attendez ! Que voulez-vous dire ?

— Bjørn, vous êtes le troisième gardien.

— Je ne suis pas un gardien.

— Nous n'avions pas la moindre idée que c'était *vous*, mais nous savions que le troisième aurait quelque chose de spécial, quelque chose qui le distinguerait.

— Vous, dit le Conservateur.

— Lorsque nous avons appris qu'un Norvégien était venu ici, au palais Miércoles, et que ce Norvégien, c'était vous, nous l'avons compris, dit Beatriz. Bjørn

Beltø… L'homme qui a sauvé le *Reliquaire des secrets religieux*.

— Beatriz et moi avons une mission, renchérit le Conservateur.

— Qui est ?

— De terminer la mission des gardiens.

— Vous voulez dire…

— … ramener la momie dans sa crypte en Égypte.

— La momie existe-t-elle ? Esteban m'a dit…

— Il ne faut pas écouter Esteban ! coupe Beatriz. Il ment, il ment et il ment encore. Le monde mérite de lire les textes tels qu'ils ont été écrits à l'origine.

— Je ne partage pas l'inquiétude du Vatican, explique le Conservateur. Ceux qui croient peuvent continuer de croire. Leur foi trouvera une dimension supplémentaire. Et les théologiens auront de la matière à réflexion pour les siècles à venir.

— Vous dites que vous m'avez attendu. Comment ça ?

Le Conservateur sort une feuille pliée de sa poche intérieure.

— Ceci est une traduction de quelque chose qu'Asim a écrit à Selja avant sa mort, une prédiction astrologique, une prophétie, appelez cela comme vous voudrez.

Il me tend la feuille :

Et les temps viendront où les GARDIENS ramèneront LE SAINT à sa dernière demeure, sous le soleil sacré, dans la falaise sacrée ; et mille ans s'écouleront ; et la moitié du temps sera plongée dans le brouillard de la décadence et de la corruption ; et d'une grande cohorte de GARDIENS il n'en restera que trois ; ils sont loyaux, ils ont le cœur pur, et leur nombre est trois, car trois est un nombre sacré, et trois est agréable au SAINT, comme trois abrite les piliers de Dieu : le judaïsme, le christianisme et l'islam, et la sainte Trinité, les trois villes saintes de l'islam, les trois patriarches, les trois fêtes de pèlerinage de Shalosh Regalim, les trois rois mages, les trois dirigeants d'Israël pendant la traversée du désert : Moïse, Aaron et Miriam, les trois sections du Tanakh, et la vérité de l'éternité : le Ciel, l'Enfer et le Purgatoire.

2

Beatriz se frotte l'arête du nez en disant qu'il est temps d'aller se coucher.

Elle le dit en me lançant un bref regard. L'espace de quelques secondes, je m'imagine qu'elle souhaite que je l'accompagne, mais elle ajoute alors qu'elle est terriblement fatiguée et que le vin lui a donné mal à la tête. Elle se lève et ramasse les bouteilles vides.

— Ce n'est pas un hasard s'il s'est écoulé mille ans depuis que la momie a été enlevée de sa demeure, dit-elle.

— Ni s'il s'en est écoulé cinq cents depuis le chavirement moral des gardiens ici, dans les Caraïbes, ajoute le Conservateur en soufflant la bougie.

— Et maintenant, conclut Beatriz, nous sommes enfin trois.

Le mausolée

1

— Venez, dit le Conservateur.

Une chauve-souris chasse un insecte dans la nuit. Il s'est écoulé un certain temps depuis que Beatriz est repartie dans le palais en tourbillonnant et nous a abandonnés à l'obscurité et au silence engourdi.

— Où allons-nous ?

Le Conservateur, avec les gestes fragiles de la vieillesse, se lève.

— Je voudrais vous montrer quelque chose. Venez.

Nous laissons la bougie cube, la spirale à moustiques et les verres vides sur la table et refermons la porte de la terrasse derrière nous.

2

Il m'entraîne de nouveau vers la Bibliothèque sainte.

— Un instant, chuchote-t-il alors que le scanner d'iris se démène avec son œil éraillé.

Il tape les codes et une fois encore je claudique dans la salle de bibliothèque aux allures d'église.

Entre deux rayonnages étiquetés *Guardas nórdicos* et *Textos santos*, il ouvre un placard. D'un tiroir portant l'inscription *Aventuras de caballeros*, il sort une boîte en carton rectangulaire. Il soulève le couvercle et écarte le papier de soie.

— Voici quelque chose qui devrait vous intéresser.

Je regarde avec curiosité. Sur du vélin, la plus fine des peaux de veau, je vois un texte écrit en runes. Les lignes de signes norrois forment des blocs de texte symétriques. Je me penche plus près et traduis les premières lignes :

Odin, donne-moi de la force.
Mes mains tremblent. Mes doigts crochus ressemblent aux serres d'un aigle. Mes ongles sont pointus et fendus. Mon souffle est un râle sifflant. Mon regard, qui autrefois pouvait repérer une buse sous les nuages ou le drapeau du grand mât d'un navire derrière l'horizon, est prisonnier d'une brume éternelle.

— Ce texte, nous l'appelons l'*Histoire de Bård*. Il a été écrit par Bård, l'écuyer et compagnon de saint Olav, à Selja, quarante ans après la bataille de Stiklestad.

— Bård ?

Bárðr ! La momie décomposée dans le cercueil en pierre à côté d'Asim dans la crypte de Selja.

— C'est un écrit inhabituel, il est d'un style différent de celui qui prédominait à son époque.

— Comment le manuscrit a-t-il échoué ici ?

— Les gardiens avaient dû l'envoyer avec Snorri quand…

La porte s'ouvre brutalement. Tel un feld-maréchal furieux, trahi, Esteban arrive au pas de charge avec deux de ses gardes de sécurité.

Le Conservateur et moi sursautons. Discrètement, mais pas assez, bien entendu, je tends la boîte contenant l'*Histoire de Bård* au Conservateur.

– Est-il arrivé quelque chose ? dis-je. Est-ce Hassan ?

Esteban aboie en espagnol quelque chose dont je ne comprends pas un mot. Penaud, le Conservateur lui tend la boîte du manuscrit.

Esteban jette un coup d'œil dans la boîte.

— *Historia de Bård*, dit-il. *¿Porqué ?*

— *Perdonarme, señor Rodriquez*, murmure le Conservateur.

Esteban se tourne brusquement vers moi.

— C'est intéressant ? s'enquiert-il d'une voix tranchante.

— Je n'en ai lu que quelques lignes, réponds-je faiblement. Avez-vous eu d'autres nouvelles de Hassan ?

Les gardes empoignent le Conservateur et le mènent hors de la bibliothèque comme un vulgaire délinquant.

— Que se passe-t-il ?

Esteban me lance son regard de proviseur.

— Je suis navré si j'ai...

— C'est au Conservateur d'être navré !

— Nous...

— Il a outrepassé de très loin ses prérogatives.

— Comme vous m'aviez montré le texte d'Asim, je pensais...

— Ce que *moi* je vous fais lire et ce que le *Conservateur* vous fait lire sont deux choses complètement différentes.

— Bien entendu, je suis désolé. Nous ne voulions pas...

— *Bueno !* m'interrompt-il. Suivez-moi !

Esteban me prend par la manche et me fait traverser la bibliothèque. Sur mes béquilles, j'ai bien du mal à tenir le rythme.

3

Nous sortons du palais par une aile latérale, descendons un escalier en pierre, puis une allée dallée. Sur notre chemin, nous dépassons des fontaines pétillantes et des statues en marbre dont le regard plonge dans l'éternité.

Le parc est une forêt profonde qui s'évanouit dans l'obscurité. J'entends les feuilles craquer et les créatures nocturnes roucouler et couiner. Esteban m'emmène sur un chemin gravillonné qui traverse le bois fleuri.

Au milieu du tapis coloré de fleurs, éclairée par des lampes cachées, se trouve une pierre d'un mètre de haut.

Une pierre runique.

J'effleure du bout des doigts les caractères que les siècles ont presque effacés. Signe par signe, je traduis intérieurement :

Tord grava ces runes loin du royaume de ses pères
Traversant des mers déchaînées
et des pays montagneux étrangers
Des forêts et des sommets
Nous avons apporté la relique
Que nous étions nés pour protéger
Dans la miséricorde des dieux
Comme Asim l'avait ordonné
Jusqu'à l'île du soleil
Hispaniola
1503
†

Au cœur du parc, entouré de fleurs et d'une haute clôture de longues pointes noires en fer forgé, se dresse un mausolée blanc.

Ornés de frises en pierre rose, les murs sont dépourvus de fenêtres. La coupole du toit est en cuivre patiné. Nous nous arrêtons au portail.

— Suivez-moi, fait Esteban.

Il sort de sa poche une télécommande. Une énorme grille de rayons infrarouges se détache de l'obscurité.

— C'est par mesure de précaution, explique-t-il. Dans l'hypothèse où, contre toute attente, quelqu'un parviendrait à franchir les clôtures extérieures, les capteurs au sol, les caméras de surveillance, les rayons infrarouges, les détecteurs et les chiens.

Il colle son œil contre un scanner d'iris et tape un code. Le portail en fer forgé s'ouvre.

Nous nous arrêtons au pied de l'escalier en granit qui mène au plateau devant l'entrée. Dans une frise qui surmonte la grande porte double, je reconnais les trois symboles : ankh, tyr et croix.

Nous montons les marches jusqu'à la plateforme en marbre. Les vieux cadenas robustes ont été remplacés par des cadenas à codes insérés dans les larges chambranles. Esteban tape un code, attend un peu, puis en tape un autre. Les lourdes portes s'ouvrent sans un bruit.

Nous entrons dans un vestibule au sol en mosaïque. Murs et plafond sont couverts de fresques entre cadres sculptés et sarments dorés.

Derrière nous, les portes se referment en se verrouillant bruyamment. Portes intérieures et extérieures ne peuvent apparemment pas être ouvertes simultanément.

Après la porte suivante, un large escalier descend deux étages vers un nouveau vestibule. Esteban doit de nouveau regarder un scanner d'iris et taper un code. La porte s'ouvre et nous entrons.

4

Mon regard se perd dans la beauté insondable du mausolée.

La haute voûte étoilée blanchie à la chaux est portée par quatorze colonnes de marbre. Derrière les colonnes, les murs sont blancs et brillants.

La rotonde, les colonnes et la voûte s'accordent en une harmonie éthérée. Alors que la Bibliothèque sainte et le reste du palais Miércoles sont une débauche d'ornements, le mausolée est simple, épuré, incroyablement beau et d'une blancheur éblouissante.

De l'extérieur, le mausolée ne paraît pas très grand, mais, à l'intérieur, je suis ébahi par ses dimensions et proportions monumentales.

Au milieu du sol dallé se trouve un cercueil en or, sur une estrade d'un mètre de haut, surmontant de larges marches. À chaque coin, brûlent sept bougies dans des *menoras* en or, d'un mètre de haut.

Nous approchons avec révérence du catafalque et du cercueil. Le bruit de mes béquilles me semblant blasphématoire, je les prends sous mon bras et marche à cloche-pied.

Nous montons les cinq marches. Le couvercle du cercueil est ouvert, reposant sur quatre piliers d'ivoire.

Dans le cercueil, ses maigres bras croisés sur sa poitrine, repose la momie.

Elle est enveloppée de lin. La forme de sa tête est oblongue et pointue.

— Ceci, annonce Esteban, est Moïse.

J'avais beau l'avoir déjà compris, j'en ai le souffle coupé et je ne suis plus qu'un vide animé de picotements, sans pensées. Mon cœur bat si fort que je halète. L'irréalité et la solennité du moment emplissent mes yeux de larmes.

— Moïse, reprends-je avec recueillement.

5

Une porte intérieure du mausolée s'ouvre. Beatriz entre avec les gardes qui ont emmené le Conservateur. Les gardes se postent de part et d'autre de la porte. Beatriz traverse la pièce.

Déconcerté, je promène mon regard de Beatriz à la momie, avant de revenir sur Beatriz. Pourquoi est-elle venue ici ? Je la croyais au lit depuis longtemps. Pourquoi est-elle accompagné de deux gardes ?

— Je veux les rouleaux de Thingvellir, déclare Esteban.

Ses mots sont certes inattendus, mais ils ont une curieuse forme de logique. À travers l'inquiétude et la peur naissante, je comprends pourquoi Esteban m'a montré la momie.

— Vous vous demandez pourquoi je vous ai emmené ici, dit Esteban. Je veux que vous compreniez que les rouleaux de Thingvellir font partie d'un tout. Et ce tout se trouve ici, au palais Miércoles.

J'interroge Beatriz du regard. *Que faites-vous ici ?* Son regard est froid et plein de morgue.

— Beatriz ? dis-je.

Elle regarde son frère.

— Belle femme ? fait-il en me donnant un coup de coude. Du premier choix, hein ? Vous croyez que je n'ai pas vu vos regards libidineux ?

— Où est le manuscrit ? demande Beatriz.

Sa voix a perdu toute chaleur.

— Me les donnerez-vous si je vous laisse coucher avec elle ? ricane Esteban. Qu'est-ce que tu en dis, Beatriz ? Les rouleaux valent-ils de tirer un coup avec le visage pâle ?

Beatriz me regarde fixement. Esteban poursuit :

— J'ai été patient avec vous. Vous n'êtes pas d'accord ? J'ai été amical et accueillant. Je vous ai donné de nombreuses chances, mais maintenant je commence à m'impatienter.

— Je ne sais pas où ils sont, dis-je d'une voix bredouillante.

— Peut-être que je vous crois. Peut-être pas. Quoi qu'il en soit, vous pouvez facilement le découvrir.

Il fait signe aux deux gardes de sécurité, qui traversent lourdement le sol carrelé. Esteban m'escorte au bas des cinq marches. Beatriz me suit du regard. Ils me conduisent ensemble hors du mausolée, puis nous empruntons un escalier et des couloirs souterrains rénovés récemment et équipés d'épaisses portes de sécurité, le tout devant certainement se trouver juste au-dessous du palais.

Ils ouvrent une épaisse porte en bois. Un long escalier en pierre mène dans les profondeurs du sous-sol.

— Où allons-nous ?

Beatriz se tourne et part dans une autre direction. Vers la lumière.

Ils me poussent dans l'escalier, vers l'obscurité, dans une puanteur de marécage et de décomposition. Des griffes grattent le sol en pierre. Des yeux jaunes étincellent quand l'un des gardes allume sa lampe de poche.

— Où allons-nous ?

J'ai bien compris que nous ne nous dirigions pas vers ma chambre au large lit moelleux et lustre au plafond, mais j'aimerais tout de même avoir une explication.

La galerie du sous-sol est basse et humide, avec un plafond voûté. Les dalles du sol sont glissantes. Nous tournons et nous arrêtons devant une porte en bois massive tandis qu'un lézard file sur le sol et grimpe sur le mur.

Un garde ouvre la porte avec une clef démesurée. Le verrou grince comme s'il n'avait pas servi depuis deux siècles, ce qui ne doit pas être très loin de la vérité.

— Je ne voudrais surtout pas que vous ayez une mauvaise opinion de mon hospitalité, observe Esteban. Je vous remonterai dans les étages dès que vous vous montrerez coopératif. En attendant, je suis sûr qu'un séjour au sous-sol vous aidera à réfléchir.

Il m'invite à entrer. Je reste immobile.

— Il faut que vous sachiez, dis-je d'une voix étranglée, que j'ai des problèmes de claustrophobie.

L'un des gardes me pousse si fort qu'il m'expédie tête la première dans la cellule. Mes béquilles tombent avec fracas sur le sol en pierre, qui est dur, froid et mouillé.

La porte claque en se refermant.

La cellule

1

C'est le noir complet dans la cellule où il règne une forte odeur de vieux, de moisi, d'urine, d'eau croupie, de mousse et de quelque chose qui est mort et s'est putréfié depuis longtemps.

Je me lève et me cogne la tête contre le plafond en pierre. Je gémis.

Dans l'obscurité, trouver son équilibre est malaisé. Je dois me concentrer pour faire échec aux accès de claustrophobie. Je sais que je ne dois pas céder à la panique. Trois, deux, un… Inspirer profondément et régulièrement. Pas de danger. Suffisamment d'air. Trois, deux, un… J'inspire l'air dans mes poumons, jusqu'à mon estomac.

Mes yeux ont dû s'habituer à l'obscurité, mais je ne vois toujours rien, strictement rien. Les mains devant moi, je franchis en claudiquant les quelques pas qui me séparent du mur également constitué de blocs de pierre massifs.

Je me passe la main dans les cheveux, me rendant compte que je me suis fait une bosse sur la tête. À présent, ma respiration s'est suffisamment apaisée pour que j'identifie un autre bruit que mon propre halètement. Je retiens mon souffle et tends l'oreille.

Quelqu'un respire : je ne suis pas seul dans la cellule.

2

La peur me paralyse. Complètement pétrifié, je me colle contre le mur et écoute le souffle vague, râpeux d'un autre être.

Un humain ? Un animal ? Un monstre qui aurait vécu quatre cents ans dans le noir et s'apprêterait enfin à pouvoir assouvir sa faim ?

Ma gorge se noue. Mes suffocations arrivent par vagues. Mes mains et mes genoux tremblent.

— Ce n'est que moi, Bjørn.

Mon cœur s'arrête. Puis je reconnais sa voix : le Conservateur. Pendant encore quelques secondes, mon corps reste prisonnier de la peur. Puis mes poumons se vident dans une explosion d'air.

Dos au mur, je m'affale sur le sol.

— Ces cellules qui sont au deuxième sous-sol ont servi à loger toutes sortes de gens, des esclaves et des pirates, des mutinés et des agitateurs politiques. Au plus fort de leur activité, cinquante à soixante captifs étaient détenus dans ces cellules. Certains y ont passé parfois plusieurs années avant de mourir. Aujourd'hui les lieux servent de chambres froides et d'entrepôts.

Je ne le vois pas, mais à sa voix, j'estime qu'il se trouve à trois ou quatre mètres sur ma gauche.

— Je suis désolé de vous avoir empêtré là-dedans.

— Ce n'est pas de votre faute. Je croyais que Beatriz était de notre côté.

— Bien sûr qu'elle l'est.

— Elle… C'est Beatriz qui est venue avec les gardes de sécurité me chercher dans le mausolée.

— Il y a sûrement une explication.

— Vous ne comprenez pas…

— Je comprends !

— Et Esteban… Il ne peut pas nous traiter de cette façon.

— Le roi Esteban peut traiter qui il veut exactement comme cela lui agrée.

— Aucun être normal ne se comporte de la sorte.

— Normal ? Esteban ? C'est un possédé !

— Je n'avais pas l'intention de vous causer du tort avec mes furetages.

— Tout est de ma faute. J'aurais dû penser que les gardes nous surveillaient grâce aux caméras, même en pleine nuit.

— Je ne comprends pas… Vous êtes pourtant son collaborateur !

— Jusqu'à maintenant, j'ai été son idiot utile. Maintenant, le manuscrit est une affaire entre lui et vous. Et, donc, il peut bien se passer de moi.

— Mais pourquoi a-t-il…

Je cherche le mot juste.

— … pourquoi vous a-t-il assigné à résidence ?

— Parce qu'il n'a pas confiance en moi, parce qu'il m'a enfin pris la main dans le sac. Il en a après moi depuis des années. Beatriz m'a protégé. Maintenant, il a enfin quelque chose contre moi. Je ne crois pas qu'il y ait quoi que ce soit de dangereux dans l'histoire de Bård. C'est seulement ma déloyauté qui le fait réagir, le fait que je vous ai montré l'un des manuscrits de la Bibliothèque sainte dans son dos.

— Pourquoi en a-t-il après vous ?

— Je l'ai toujours défié, il ne m'a jamais supporté. En plus, il est jaloux.

— De vous ?

De nouveau, je l'entends respirer dans le noir.

— Parce que Beatriz m'aime plus que lui.

— Et alors ? C'est un frère. Et vous un ami. Ce n'est pas comparable.

— Esteban, dit-il doucement, a toujours porté un intérêt plus que fraternel à Beatriz.

L'obscurité s'amplifie entre nous.

— Que voulez-vous dire ?

— Vous savez que les pharaons égyptiens se préoccupaient tant de maintenir la pureté des lignes de sang de la famille qu'ils épousaient leurs propres sœurs. Cléopâtre elle-même était mariée avec son frère bien plus jeune qu'elle. D'aucuns pensent même que le pharaon Akhénaton et sa mère, la reine Tiyi, ont eu une liaison qui a jeté les bases du mythe d'Œdipe.

— Sous-entendez-vous qu'Esteban et Beatriz ont une relation incestueuse ?

— Je n'ai jamais voulu poser la question.

— Esteban n'est pas un pharaon !

— Il est tout aussi mégalomane, aussi fou. Dans les années soixante, avant de partir aux États-Unis, Beatriz m'a confié qu'Esteban l'avait agressée.

— Que dites-vous ?

— À l'époque, elle était suicidaire. Je venais d'empêcher une tentative de suicide quand elle me l'a raconté. Par la suite, elle n'a plus jamais voulu en parler. Je ne sais pas si cela a continué ou s'il l'a laissée en paix.

Je mets ma tête dans mes mains.

— Pourquoi me racontez-vous cela ?

— Il est important que vous mesuriez la folie d'Esteban.

— Folie…

— Ne vous laissez pas prendre par le charme psychopathe d'Esteban. Il est mauvais jusqu'au bout des ongles.

Je me demande si cela ne pourrait pas être le Conservateur qui a un problème, car j'ai de la peine à imaginer Beatriz dans les bras d'Esteban.

— Esteban doit avoir des amis puissants, mais, quand ceci sera terminé, il va se rendre compte que j'en ai aussi.

— Mon cher Bjørn…

Il hésite avant de poursuivre.

— Vous ne pensez tout de même pas qu'il a l'intention de nous laisser sortir d'ici vivants ?

Moïse

1

Assis sur le sol en pierre froid et mouillé, le dos contre le mur dur, j'ai un sommeil agité toute la nuit. Mes rêves et ma peur s'entremêlent et forment des nœuds serrés. À intervalles réguliers, je me réveille brusquement et regarde l'obscurité moite en haletant.

Un hypnothérapeute m'a appris un jour à dominer mes crises de panique claustrophobique en me tournant vers moi-même et en ralentissant mon pouls.

Trois, deux, un… Je deviens un avec mon propre souffle, mais ce n'est pas facile.

Parfois j'entends des griffes gratter le sol. Je m'imagine que le plafond est un ciel de toiles d'araignées et que de grosses araignées attendent qu'un rat vienne se prendre dans leurs fils collants.

Quand j'essaie de me réfugier dans le sommeil, mon corps est parcouru de petites décharges.

J'entends le ronflement légèrement voilé du Conservateur. M'a-t-il raconté la vérité ? Ou Esteban l'a-t-il mis dans la cellule pour me duper ? Le Conservateur, Beatriz et Esteban ont-ils conspiré ensemble ? Et comment ai-je pu me tromper si lourdement sur Beatriz ?

Comment ai-je pu tomber amoureux d'une femme aussi corrompue et froide que son frère ?

Je somnole en rêvant que je suis devenu un gardien. Un gardien qui a repris les affaires là où la confrérie les avait laissées il y a cinq cents ans. Bjørn Beltø, le gardien.

Mon corps est endolori. Le Conservateur se soulage contre le mur, je me lève et l'imite. Puis nous nous efforçons de dormir.

2

J'ignore si c'est le matin, l'après-midi ou le milieu de la nuit. Dans l'obscurité, le temps a perdu tout sens. Mais même à travers ma peur, la faim me ronge.

Dans un demi-sommeil, j'imagine les pirates et esclaves qui ont fini leurs jours dans cette cellule. Je sens l'odeur forte de leur angoisse.

3

— Bjørn ?

— Oui ?

— On parle ?

— Pourquoi ?

— C'est mieux que de perdre la raison.

— De quoi voulez-vous que nous parlions ?

— De Moïse.

— Encore.

— Pourquoi croyez-vous que le Vatican ait versé une fortune à la famille Rodriquez pour veiller sur la momie et les textes pendant cinq cents ans ?

— Bonne question. Si la momie était véritablement Moïse, le Vatican aurait sans doute plutôt édifié une cathédrale en son honneur, comme la basilique Saint-Pierre ! Un sanctuaire pour tous les juifs, chrétiens et musulmans du monde.

— Pas si Moïse était différent de celui que l'Église voulait qu'il soit. Pas si Moïse n'a jamais guidé les Israélites à travers le désert pendant quarante ans. Pas s'il était un prince égyptien désobéissant et déloyal qui avait bravé l'autorité de son père.

— Donc la représentation de la Bible est une falsification ?

— Il s'est écoulé près de mille ans entre le moment où Moïse aurait vécu jusqu'au moment où son histoire a été racontée dans le Pentateuque. Mille ans. Une histoire change beaucoup en mille ans, Bjørn. C'est long.

Je suis d'accord, mille ans, c'est long.

4

Les gens qui perdent la vue disent souvent que leurs autres sens sont aiguisés. Je comprends ce qu'ils veulent dire, car, dans le noir, j'entends le ruissellement de l'eau dans les profondeurs des murs, le grattement des griffes et les mucosités dans les poumons du Conservateur.

Je sens la marche du temps et l'urine là-bas, dans le coin. Je goûte ma propre haleine métallique et ressens le parcours du sang dans mes artères. Je ne vois pas le Conservateur, mais je devine le contour de son aura.

— Dans la Bible, plusieurs siècles sont concentrés en un bouillon cube d'événements, dit le Conservateur. C'est seulement quand tout est resitué dans son rythme réel et sa chronologie que les faits rencontrent la mythologie.

— Comme par exemple ?

— Prenons les dix plaies d'Égypte. L'eau du Nil qui se transforme en sang. Les pluies de grenouilles et les nuées de criquets. Le bétail qui meurt sur pied. Les pustules. Les averses de grêle. L'obscurité. Vous vous souvenez ?

— Oui, je suis allé au catéchisme.

— Dans les temps bibliques, une gigantesque éruption volcanique a coupé l'île grecque de Santorin en deux, et toute la région méditerranéenne a été frappée par des raz-de-marée. Des cendres volcaniques ont été propulsées dans la stratosphère et ont obscurci le soleil. Les retombées mortelles ont entraîné une catastrophe climatique, des milliers d'hommes et d'animaux sont morts. Le Nil a été empoisonné, faisant disparaître les poissons. L'écosystème a été déséquilibré. Les larves d'insectes ont pu se développer sans servir de nourriture aux poissons. Lorsqu'elles ont éclos, les nuées d'insectes ont créé des conditions favorables aux grenouilles. Vous comprenez ? Tout est lié.

— Et l'Exode ?

— Un mystère historique. Tout ce que nous savons de la fuite des Israélites d'Égypte nous vient du deuxième livre du Pentateuque. En prenant comme point de départ des événements historiques que nous pouvons situer dans le temps grâce à l'archéologie, nous savons que l'Exode a dû avoir lieu quelques générations après le régime du pharaon Thoutmôsis III, qui a jeté les bases d'une Égypte nouvelle et puissante. Le pays était d'une richesse débordante. Son arrière petit-fils, Amenhotep III, a érigé de somptueux édifices un peu partout dans le pays. À Thèbes, il a construit le palais Malqata. Plus au nord, dans le Delta du Nil, il a ordonné la reconstruction de la ville détruite d'Avaris. La nouvelle ville a reçu le nom de Pi-Ramsès – Pithôm et Ramsès –, mais la région est encore plus connue sous un autre nom : Gosen. Dans le Pentateuque, il est écrit que les fils d'Israël bâtirent *pour le Pharaon des villes à greniers, Pithom et Ramsès*[1]. Et c'est là que se produit un rapprochement entre l'histoire biblique et l'archéologie : d'après l'Exode, les esclaves israélites étaient impliqués dans un gigantesque projet de construction. Et les archéologues ont trouvé des confirmations de ce que des esclaves étrangers avaient travaillé à la reconstruction de Pi-Ramsès.

— Donc cela signifie que…

— … qu'Amenhotep III était le pharaon de la Bible. Il était le père d'Akhénaton, qui voulait remplacer les nombreux dieux égyptiens par un seul dieu tout-puissant.

— Le même projet que Moïse.

— Exactement. Et je sais qui était Moïse.

1. Exode, chapitre 1, verset 11.

Les promesses

1

Dans la galerie, nous entendons l'écho de pas lourds. Nous retenons tous deux notre souffle en entendant la clef tourner dans la serrure récalcitrante.

La porte s'ouvre dans une explosion de lumière. Le Conservateur et moi sommes éblouis, nous protégeons nos yeux des rayons acérés des lampes de poche.

Une fois que je me suis enfin habitué à la lumière, je vois vraiment la cellule pour la première fois.

Elle n'est pas grande, environ quatre mètres sur cinq avec un plafond voûté.

Le Conservateur est assis dans un coin. Les murs sont constitués de blocs de granit géants, tandis que le sol est fait de dalles en pierre irrégulières, lissées par les pas traînants des captifs.

— Vous !

L'un des gardes me désigne.

Je saisis mes béquilles. Le Conservateur se lève pour m'accompagner, mais ils le repoussent à l'intérieur.

J'entends, en un martèlement lointain et irréel, qu'il tambourine avec ses deux poings sur la porte.

Les gardes me laissent me doucher et aller aux toilettes.

La puanteur de la cellule imprègne certainement mes vêtements humides et sales.

2

Ils m'attendent derrière une table rococo en acajou astiquée. Esteban porte un costume chic, Beatriz une jolie robe d'été ajustée.

— *Buenos días*, dit Esteban. Bien dormi ?

Je ne réponds pas. Beatriz me lance un regard vide.

— Tout serait tellement plus facile si vous nous disiez où vous avez caché les rouleaux de Thingvellir.

Sa voix est fraîche. Je sais bien garder le silence.

— N'est-elle pas délicieuse ?

La pointe de la langue d'Esteban apparaît. Avec un sourire espiègle, il caresse le bras nu de sa sœur.

— Un bijou, non ? La preuve que Dieu a créé la femme ! Vous auriez dû la voir quand elle était jeune ! Oh là là !

Beatriz reste parfaitement impassible.

— Nous avons une question, poursuit Esteban.

— Et si je réponds ?

— Nous cesserons de vous importuner.

— Vous me laisserez partir ?

— Bien entendu.

— Le Conservateur aussi ?

— Naturellement.

— Si je ne réponds pas ?

— Vous allez répondre ! Vous n'êtes pas idiot. Nous allons vous laisser du temps pour reprendre vos esprits, dit Beatriz.

— Du temps ?

— Pour réfléchir. Au sous-sol, avec le Conservateur.

— Que trouvez-vous que je devrais faire, Beatriz ?

— Je trouve que vous devriez faire ce que vous dit Esteban.

— Je vais y réfléchir.

Le prince héritier

1

Après l'interrogatoire, on me reconduit dans ma cellule. J'ai pu emporter deux petits pains, deux pommes et deux bouteilles d'eau.

La puanteur me saisit à la gorge.

Les gardes de sécurité me poussent à l'intérieur et m'abandonnent à l'obscurité et aux leçons d'histoire du Conservateur.

— Comment cela s'est-il passé ?

— Beatriz a participé à l'interrogatoire.

— Ah bon…

— Vous avez entendu ce que je viens de dire ?

— Oui.

— Elle en fait partie.

— De quoi ?

— De l'opération d'Esteban.

— Beatriz ? C'est impossible !

— Cela me dépasse complètement, moi aussi.

Dans le noir, nous dévorons nos petits pains et nos pommes en gardant de l'eau pour plus tard.

En silence, nous nous écoutons mutuellement respirer.

2

— Donc qui était-il ?

J'entends le Conservateur s'installer plus confortablement et s'éclaircir la voix.

— Le Moïse de la Bible n'a jamais existé.

— Et vous savez quand même qui il était ?

Je souffle par le nez.

— Le prince que nous connaissons comme Moïse était un Égyptien d'extraction royale. Il n'était pas fils d'esclaves. Ultérieurement, les rédacteurs de la Bible lui ont attribué leur projet israélite. Comme tant d'autres choses dans la Bible, l'histoire est arrangée et colorée.

— Pourquoi ?

— Parce qu'ils avaient une nation à construire, un peuple à rassembler, une religion à créer. Ils avaient besoin d'un prophète et d'une histoire fabuleuse qui enthousiasmerait et bernerait le peuple.

— Et c'est ainsi qu'ils ont inventé Moïse ?

— Un trait de génie ! En créant ce personnage littéraire, Moïse, ils pouvaient l'étoffer à l'aide de personnages réels et fictifs, de mythes, d'événements ayant véritablement eu lieu.

— De quelle façon ?

— L'origine de Moïse, le fils d'esclave qui devient prince, est un bon exemple. Nous connaissons tous l'épisode du Pentateuque où la fille du pharaon trouve le nourrisson Moïse flottant sur le Nil dans une caisse de joncs[1]. Le problème est qu'une fille de roi égyptien n'aurait jamais eu le droit d'adopter un fils, comme la Bible le raconte. Dans les familles royales égyptiennes, les liens du sang étaient tellement sacrés que, si c'était nécessaire, les pharaons faisaient des enfants à leurs propres sœurs et mères pour maintenir la pureté du sang. Que la fille à

1. Exode, chapitre 2, versets 3 à 10.

moitié divine d'un roi puisse adopter le fils d'un pauvre esclave hébreu est impensable.

— Comment cette histoire est-elle apparue ?

— Le récit du fils adopté trouve sa source en partie dans une histoire parallèle de la mythologie babylonienne, en partie dans l'histoire égyptienne. De nombreux pharaons épousaient des princesses d'autres royaumes pour former des alliances politiques. Certaines obtenaient leur propre palais et le titre honorifique de *tet-sa-pro*. Pouvez-vous imaginer ce que *tet-sa-pro* signifie ?

Dans le noir, je secoue la tête.

— *Tet-sa-pro*, Bjørn, signifie *fille de pharaon*. Ces pauvres femmes vivaient dans la solitude et la chasteté et ne pouvaient pas avoir leurs propres enfants. Une triste vie. Si elles prenaient un amant, elles se faisaient exécuter. Des sources historiques nous racontent le destin d'une de ces femmes : la princesse syrienne Termut. Elle a mené une vie de *tet-sa-pro*, de fille de pharaon, donc, au temps de Thoutmôsis III. Elle n'avait pas d'enfant, et pourtant des sources historiques rapportent que la princesse Termut a élevé un fils.

— Un fils adoptif ?

— Oui. Nous ne connaissons pas son nom, mais nous savons que la princesse Termut avait obtenu le droit d'adopter un fils uniquement parce qu'elle était une épouse venant de l'extérieur, une *tet-sa-pro*. Avec le mythe babylonien du nourrisson qui est arrivé sur un radeau en roseau, cette adoption a donné aux écrivains de la Bible l'idée du trajet de Moïse du camp d'esclaves à la cour royale égyptienne.

3

— Donc, qui était le Moïse de la Bible ?

— Un prince héritier rebelle.

— Akhénaton ?

— Akhénaton est monté sur le trône à la place de son frère aîné.

— Ce qui signifie ?

Le Conservateur marque une pause.

— Que c'est le frère d'Akhénaton qui était Moïse.

— Son frère ? Quel frère ?

— Le fils aîné d'Amenhotep III et prince héritier s'appelait Thoutmôsis. Il était aussi connu sous le nom de Djehoutymès. Il est le grand mystère de l'Antiquité égyptienne.

— Je n'ai même jamais entendu parler de lui.

— Précisément. Alors que tous les membres de sa famille continuent d'être de grands noms – son père Amenhotep III, sa mère Tiyi, son petit frère Akhénaton, et même Toutankhamon, fils soit d'Akhénaton, soit d'Amenhotep III – nul n'a entendu parler du prince héritier Thoutmôsis. Il aurait pu entrer dans l'histoire comme le grand pharaon Thoutmôsis V. Au lieu de quoi il a disparu. Sans élégies, sans hommage du peuple et de sa famille et sans aucune explication, le prince héritier du pays est sorti de l'histoire dans le silence complet.

— Pourquoi ?

— Il est tombé en disgrâce. Dans la vingt-troisième année de règne d'Amenhotep III, le prince héritier Thoutmôsis a disparu de l'histoire, de façon brusque et inattendue, comme une poussière dans le vent.

— Que s'est-il passé ?

— Une triste histoire. Le prince héritier Thoutmôsis était un héros de guerre et un dirigeant religieux célébré, un courageux général de l'armée de son père. À l'instar de Moïse, il s'est rebellé. Enfin, il y a trop de ressemblances entre le prince héritier et Moïse pour que l'on puisse les imputer à des coïncidences.

— Par exemple ?

— Dans la Bible, nous lisons que Moïse a tué un Égyptien qui maltraitait un esclave à Gosen. Le prince héritier Thoutmôsis est intervenu contre la maltraitance des esclaves. D'après une version alternative de l'histoire biblique, Moïse ne s'est pas réfugié en Madian, mais en Éthiopie où il s'est battu si héroïquement qu'il a été proclamé roi. Dans le Coran, il est écrit noir sur blanc que Moïse a été roi d'Éthiopie. Le Talmud parle également de Moïse comme d'un roi.

— Et alors ?

— Pendant un certain temps, le prince héritier Thoutmôsis a été roi d'Éthiopie.

— Et cela fait de lui Moïse ?

— Ce n'est pas tout. Moïse et le prince héritier Thoutmôsis étaient tous les deux de grands dirigeants d'armée. Ils étaient aussi profondément religieux. Après un raid réussi, le prince héritier Thoutmôsis a été nommé grand prêtre du temple de Rê, à Héliopolis dans le nord de l'Égypte, et rattaché au culte de Ptah à Memphis. À partir de cette base religieuse, non loin de Pi-Ramsès, le prince héritier Thoutmôsis a régné sur tous les prêtres de Haute et de Basse-Égypte.

Le Conservateur tousse. Je me fais la réflexion qu'il est bien trop frêle pour supporter un long séjour dans cette cellule.

— Vous comprenez ce que je dis, Bjørn ? Le prince héritier Thoutmôsis était grand prêtre dans la région où son père a reconstruit Gosen, là où la Bible raconte que les Israélites étaient esclaves du pharaon.

4

Après une brève pause pour se moucher, le Conservateur reprend :

— Nous trouvons d'autres points de convergence entre le prince héritier Thoutmôsis et Moïse dans l'ouvrage *Ægyptiaca*. L'historien Manéthon y parle d'une révolte d'esclaves à Avaris, c'est-à-dire Pi-Ramsès ou Gosen, sous Amenhotep III. Manéthon écrit qu'on avait conseillé au pharaon d'épurer le pays des *indésirables* et de les mettre au travail dans la carrière d'Avaris.

— Qui étaient les *indésirables* ?

— Qui pourraient-ils avoir été hormis la tribu haïe des Israélites. D'après Manéthon, les esclaves ont dû travailler pendant des années avant qu'un prêtre du temple de Rê d'Héliopolis arrive. Le prince héritier Thoutmôsis ! Le prêtre avait quitté sa religion égyptienne et ses dieux égyptiens pour adorer un dieu tout-puissant. Manéthon écrit encore que ce prêtre était un ancien soldat, comme le prince héritier Thoutmôsis, qui allait apprendre aux *indésirables* à se battre. La Bible écrit des Israélites que les Égyptiens *eurent peur* d'eux[1]. Manéthon raconte que, quand le prêtre a mené la révolte des *indésirables*, nombre d'entre eux ont réussi à s'enfuir et à regagner leur pays d'origine. Ne voyez-vous pas de ressemblances ? Une insurrection d'esclaves… Un aide égyptien… Une fuite vers le pays d'origine…

— L'Exode.

— Exactement ! Des siècles plus tard, les auteurs de la Bible ont métamorphosé ce récit en une histoire épique, pleine de rebondissements, sur la trahison et le courage, la révolte et la fuite, un départ pour rejoindre la terre promise de Dieu. La version de la Bible est bien entendu plus grandiloquente, plus fière. Une fuite de masse spectaculaire… Un Dieu qui intervient activement dans les événements sur terre… Un dirigeant majestueux du calibre de Moïse…

1. Exode, chapitre 1, verset 12.

5

— Cela signifie-t-il que la momie qui se trouve dans le mausolée du palais Miércoles est le prince héritier Thoutmôsis ?

— La momie est le prince héritier Thoutmôsis, fils d'Amenhotep III et de la reine Tiyi. Le mouton noir de la famille, batailleur et rebelle.

— Qu'est-il advenu de lui après la fuite des esclaves ?

— Après avoir aidé les esclaves israélites à s'enfuir, le prince héritier Thoutmôsis a eu le courage de retourner au palais de son père. Mais Amenhotep III n'était pas un père doux et compréhensif, et il a condamné à mort son fils désobéissant. Le prince héritier ne s'était pas seulement rebellé contre sa famille et contre les dieux égyptiens. Il n'avait pas seulement aidé les esclaves à s'enfuir. Non, avant tout, il avait déshonoré son père, le roi et dieu d'Égypte. Et c'était impardonnable.

— Donc il a été exécuté ?

— Étant d'extraction royale, il a échappé à l'exécution publique. Pour le pharaon, la trahison de son fils était un secret d'État, un sujet tabou, la honte de la famille. Le prince héritier Thoutmôsis a pu choisir lui-même comment il souhaitait mourir et il a opté pour le poison. Une fois qu'il eut poussé son dernier soupir après avoir bu la coupe de poison, son corps a été embaumé, puis momifié. Il avait beau être un traître, il n'en restait pas moins royal, donc divin. Mais il n'a pas pu reposer en compagnie de ses ancêtres. Sa dernière demeure a été un hypogée caché sur la rive ouest du Nil, en dehors des vallées des Rois, des Reines et des Princes. Et puis il a été effacé de l'histoire. Amenhotep III a ordonné qu'on l'en élimine. Toutes les allusions et références écrites à sa personne ont été détruites, des monuments l'évoquant ont été rasés.

— Et cependant il n'a pas été oublié ?

— Le prince avait laissé de nombreux écrits qui font partie des manuscrits sur papyrus décomposés du palais Miércoles. Réunis, ces textes jetaient les bases d'une nouvelle foi. Les partisans du prince héritier, qui étaient nombreux, n'ont pas oublié leur dirigeant. Ils ont pris soin de ses écrits et des récits encore plus anciens. Ils ont étudié ses pensées et ses conceptions religieuses. Les prêtres se sont convertis au dieu tout-puissant ayant vaincu les dieux égyptiens. Un courant s'est développé pour créer le judaïsme. Un autre, plus petit et plus excentrique, a été à l'origine du culte d'Amon-Rê. La momie du prince héritier, qu'ils gardaient, était leur divinité. Des auteurs visionnaires ont réuni les nombreux écrits et ont ainsi créé un nouveau personnage principal puissant, auquel ils ont donné le nom de Moïse.

Le cheikh

1

Le temps passe lentement dans le noir. Le Conservateur et moi discutons de théories sur Moïse et sur l'histoire des gardiens. Que savaient-ils ? Qu'avaient-ils compris ? Comment les siècles ont-ils altéré l'histoire ?

On vient me chercher deux fois pour parler avec Esteban et Beatriz qui me prient à nouveau de leur révéler où sont les rouleaux de Thingvellir.

J'ai peur, mais je ne dis pas un mot.

2

La fois suivante, quand les gardes viennent me chercher, ils me passent une cagoule sur la tête. Ma peur devient panique. Je fais de l'hyperventilation et essaie de me dégager tout en sanglotant comme un enfant.

Les gardes me traînent à travers le sous-sol et me portent dans l'escalier, dans le grand couloir, jusqu'à une pièce où ils me ligotent à une chaise.

Je m'agite éperdument pour me libérer alors que la porte se referme.

— Aidez-moi ! À l'aide !

J'essaie de faire un trou dans la cagoule en la mordant avec mes dents de devant.

— Il n'y a aucune raison de paniquer, observe Esteban. Le tissu est poreux et laisse donc passer l'oxygène.

— Enlevez-la !

— Respirez calmement.

— Enlevez-la, je vous dis !

— Vous êtes un dur à cuire, Bjørn Beltø.

— Enlevez la cagoule !

— Bientôt !

— Je n'arrive pas à respirer !

— Dans un petit instant.

— Maintenant !

— Bien sûr que vous pouvez respirer.

— S'il vous plaît ! Enlevez-la ! S'il vous plaît !

— Si vous vous taisez et que vous me laissez finir de parler, je vais l'enlever.

Dans la chaleur humide de la cagoule, je m'efforce de me calmer. Trois, deux, un…

— Voilà, comme ça. C'est mieux.

— S'il vous plaît. Dépêchez-vous.

— Bjørn ?

— Oui ?

— Vous allez rencontrer le cheikh.

— Le cheikh Ibrahim ?

— En personne.

Comme j'imagine qu'un moine peut sentir la présence de Dieu dans une chapelle de monastère, je pressens celle du cheikh dans la pièce. Comme si sa seule existence bloquait l'oxygène.

— Donc vous jouez dans la même équipe ?

Esteban rit.

— Eh bien. Vous pouvez le dire… Presque personne n'a rencontré le cheikh.

Je suffoque et inspire mon propre souffle chaud. En me présentant au cheikh, il signe aussi mon arrêt de mort, j'en suis conscient.

Il défait le cordon autour de mon cou et retire la cagoule. J'avale goulûment l'air frais en plissant les yeux vers la lumière crue à la recherche du cheikh.

Mais la seule personne que je vois, c'est Esteban, qui tient la cagoule à la main.

De l'autre côté de la fenêtre, il fait nuit. Une horloge indique vingt-trois heures trente. Je respire profondément et lourdement. Je suis en nage après ma crise de panique et de claustrophobie.

— Où est-il ?

— Il est ici.

Troublé, je regarde autour de moi. Il n'y a que nous deux dans la pièce.

Esteban croise mon regard.

— Je suis le cheikh, m'annonce-t-il.

3

Pendant longtemps, je le regarde. J'attends qu'il éclate de rire et me révèle la plaisanterie, que la porte s'ouvre et que le cheikh Ibrahim fasse son entrée dans toute sa splendeur et toute sa puissance.

Mais je comprends qu'il dit vrai.

Esteban marche en cercle autour de ma chaise.

— Depuis que je suis petit, commence-t-il, et que mon père m'a raconté l'histoire des gardiens, des manuscrits et de la momie, ma vie est axée sur une seule chose : trouver la copie d'Asim. Les rouleaux de Thingvellir. Comme vous le savez, le palais et moi nous trouvons sous la protection du Vatican. De toutes les façons possibles, notamment économique. Donc j'ai dû mener mon petit projet en parallèle. J'ai hérité de l'obsession de père : compléter le recueil de manuscrits du palais Miércoles avec une version intégrale des écrits. Et j'ai rapidement compris qu'il me fallait un alter ego. J'étais bien trop connu ; les gens auraient commencé à se poser des questions si j'étais allé aux ventes aux enchères de manuscrits ou si je m'étais mis à fouiner dans les grandes bouquineries, archives et bibliothèques du monde. J'ai donc inventé le cheikh et lui ai fait engager toute une équipe de collaborateurs.

— Pourquoi précisément un cheikh ?

— Pourquoi pas ? Ibrahim al-Jamil ibn Zakiyy ibn Abdulaziz al-Filastini. Un cheikh érudit, cultivé, riche et reclus, basé aux Émirats arabes unis. Un mécène, donateur et soutien généreux, un bienfaiteur. En tant que cheikh, j'ai financé des facultés et des instituts de recherche, mais tout ce que j'ai fait, toutes les dispositions que je prenais n'avaient qu'un seul but : me procurer l'information qui me mènerait aux parchemins que vous avez trouvés à Thingvellir. Je me suis attaché les services de chercheurs et d'hommes de main, j'ai engagé des scientifiques et des bouquinistes. Mais j'opérais toujours par le truchement d'hommes de paille. Toujours. Personne ne rencontrait jamais le cheikh. Personne ne savait qui il était. Ma chère sœur Beatriz elle-même n'a jamais su que le cheikh et moi n'étions qu'une seule et même personne. Il n'habitait jamais plus d'une semaine dans la même maison. Personne n'a jamais su où il se trouvait. Le cheikh opérait par le biais de son organisation, un réseau de mensonges et de tromperies, un mirage.

— Pourquoi me révélez-vous ce secret ?

— Parce que je veux que vous sachiez combien il est important pour moi de mettre la main sur les rouleaux de Thingvellir. Je veux que vous compreniez pourquoi vous devez me dire où ils sont.

— Et sinon ?...

Il se dirige vers une porte latérale, l'ouvre et fait signe à quelqu'un qui attend.

Hassan

1

Le très imposant Hassan fait son entrée dans la pièce. Hassan, le casseur de pierre.

— Si vous refusez de coopérer, explique Esteban, je serai obligé de demander à Hassan de vous convaincre, mais nous n'en sommes pas encore à cette extrémité. Je vous raconte la vérité dans l'espoir de vous convaincre de l'importance que cette affaire a pour moi, du sérieux avec lequel je travaille et du fait que je ne me laisse arrêter par rien... rien du tout !

Je ne parviens pas à répondre.

À l'aide d'un canif, Esteban coupe les liens qui m'attachent à la chaise.

— Et si je réponds, vous nous laisserez partir, le Conservateur et moi ?

— Bien entendu.

Mais nous savons tous deux qu'il ne peut pas se permettre que son secret soit trahi. Il aspire de l'air entre ses lèvres et va chercher un objet que je reconnais dans le tiroir d'un secrétaire.

— Je suis curieux, Bjørn. Montrez-moi comment, à partir de ce parchemin, demande-t-il en posant le codex de Snorri sur la table à côté de moi, vous avez trouvé la caverne de Thingvellir.

La vue du manuscrit perdu de sira Magnus m'émeut. Je revois mon ami à la table du presbytère et j'entends sa voix.

— Je sais que vous pensez que nous l'avons volé à sira Magnus. Et que nous l'avons tué, mais, à vrai dire, il a d'abord essayé de nous le vendre. Qu'il ait eu des remords, je n'y peux rien. Nous ne voulions pas le tuer. Son cœur n'a pas supporté l'épreuve, c'est aussi simple que cela.

Esteban jette un coup d'œil à Hassan. L'immense Irakien regarde droit devant lui, sans un mot, comme si ni Esteban ni moi n'existions et ses pensées étaient perdues loin dans son univers autiste.

C'est aussi simple que cela…

Avec des mains qui tremblent tant qu'il m'est difficile de saisir le parchemin, je tourne les pages et lui montre comment le vers de la dernière page nous a menés au manuscrit original de l'*Histoire de la sainte Croix*, qui à son tour recelait les indications de la grotte. Esteban glousse avant de lancer de nouveau un coup d'œil à Hassan, dont les paupières se referment toutes seules.

— Il est tard. Hassan vient d'arriver. Je pense que vous pourrez avoir une conversation sérieuse tous les deux au petit matin.

La perspective d'une conversation sérieuse avec Hassan me fait frissonner.

— Il n'est pas très raffiné, mais il est efficace. Vous pouvez réfléchir avant qu'il entre en action. Vous seriez bien inspiré de coopérer dès le départ, avant qu'il ait le temps de vous briser d'autres doigts ou de rouvrir cette fracture qui semble avoir bien cicatrisé. Vous devriez éviter de l'agacer. Les fractures comptent parmi les techniques les plus modernes que Hassan emploie. En Irak, il a arraché les deux yeux d'un homme qui refusait de parler. De ses propres doigts. Je le mentionne, car, vraisemblablement, vous allez hésiter à me donner la réponse que je veux. Pour vous-même, Bjørn, vous seriez bien inspiré de vous montrer coopératif.

2

Kierkegaard a dit un jour que l'angoisse, c'était le lendemain. Je vois très bien ce qu'il voulait dire.

Adossé au mur en pierre, je regarde fixement l'obscurité de la cellule sans parvenir à dormir. J'ai beau savoir qu'il y a un mur quelques mètres devant moi, je pourrais aussi bien être en train de regarder l'espace infini.

Rien ne vient atténuer ma terreur de ce qui m'attend à l'aube. Je suis emprisonné dans les bras de la peur, obnubilé par une seule chose : Hassan.

Il va de soi que je vais révéler ce que je sais, je ne suis pas stupide. Je ne vais sacrifier ni mes doigts ni mes yeux et encore moins ma vie pour les rouleaux de Thingvellir. Il n'en reste pas moins que j'ai deux problèmes : ils vont me tuer de toute façon, et je n'ai aucune idée de l'endroit où se trouvent les rouleaux de parchemin.

Je devine que le *lieu sûr* de la SIS est situé quelque part dans les environs de Londres.

Mais pour autant que je sache, il pourrait aussi bien se trouver au Pays de Galles, dans le charmant village de Llanfairpwllgwyngyllgogerychwynrndrobwllllantysiliogogogoch.

Que vont-ils faire de moi quand je leur dirai que je ne sais pas ? Vont-ils me briser quelques doigts pour s'en assurer ? Ils vont indubitablement me demander d'appeler la SIS. Que diront le professeur Llyleworth ou Diane quand j'appellerai en disant, tout à fait inopinément, *coucou, c'est Bjørn* et que je leur demanderai où se trouvent les rouleaux ? Dans le meilleur des cas, ils comprendront que je téléphone sous la contrainte. Dans le pire des cas, ils refuseront de me répondre.

Quoi qu'il en soit, les rouleaux et les chercheurs seront dans un tout autre endroit quand les troupes de Hassan frapperont à la porte avec la bouche de leur canon, et je nourris peu de doutes quant au fait que je me trouverai encore ici, dans cette cellule, dans le noir, pendant qu'ils vérifient que je ne les ai pas bernés.

J'ai toujours été une mauviette face à la douleur. Dentistes. Angines. Ampoules. Ongles arrachés. Je suis celui qui souffre le plus.

La perspective des sévices que Hassan va m'infliger me donne la nausée ; j'ai envie de pleurer. Mon souffle tremble, alors que le Conservateur ronfle tranquillement.

Le plan

1

Cette fois, je n'entends pas les pas, mais simplement les cliquetis dans la serrure et le mécanisme paresseux et rouillé qui lutte contre la force de la clef.

Je sursaute. *Déjà ?* Ma respiration s'arrête, mon cœur s'arrête, mon cerveau se fige et ne contient plus qu'une seule chose : de la panique folle et primitive. Les gonds grincent. La porte s'ouvre. Je ne peux pas respirer, ma gorge est bien trop étroite. À travers la fente, le fil explosif de lumière d'une lampe de poche s'enflamme. En cet instant précis, je sais exactement ce que ressentent les condamnés à mort que l'on vient chercher dans leur cellule pour les conduire à la chaise électrique. Je gémis.

— Chut ! m'enjoint quelqu'un.

Beatriz. Beatriz aux mèches folles et au beau sourire. Beatriz au regard joueur. Beatriz la traîtresse.

Pourquoi l'envoie-t-il, elle, pour me chercher ? La gracile Beatriz ?

— Vite ! chuchote-t-elle.

Le Conservateur bondit sur ses jambes.

— Bea ! s'exclame-t-il en l'étreignant.

Personnellement, j'ai de la peine à rassembler simultanément mes esprits et mes membres.

— Quelle odeur ! remarque Beatriz.

Que se passe-t-il ? Où sont les gardes de sécurité ? Hassan m'attend-il sur le seuil ? Effrayé, déconcerté, je recule le long du mur dans la cellule. Je m'éloigne de Beatriz et des frayeurs qu'elle m'a causées.

— Bjørn ?

Je sursaute quand le rayon lumineux lacère mon visage comme un coup de fouet.

— Bjørn, enfin ! fait Beatriz.

Bjørn, enfin ?

Je plisse les yeux vers la lampe de poche.

Elle me demande :

— Mon cher, vous n'avez pas compris ?

Compris ? Je ne réponds pas. *Mon cher ?* Non, je n'ai pas compris.

Elle entre dans la cellule, tend la lampe de poche au Conservateur et m'aide à me relever. Je tremble et j'ai honte de trembler autant. Même dans la mort, j'aimerais conserver une certaine dignité.

Lors de mes dernières minutes en ce monde, je ne voudrais pas apparaître comme un pauvre malheureux tremblant et pleurnichant.

Elle pose les mains sur mes épaules et me regarde droit dans les yeux. Dans ces yeux bigleux que Hassan va sortir de leur orbite avec les pouces avant qu'ils me privent de mes jours.

— Bjørn ?

Je détourne le regard.

— Hé ! ho ? Mon ami ?

— Que voulez-vous ?

— Allons.

— Vous allez regarder ? Pendant que Hassan me torture ?

Elle m'attire vers elle.

— Bjørn, écoutez-moi. Regardez-moi. Bjørn ! Bjørn !

— Oui ?

— Je jouais la comédie.

Jouais la comédie. C'est ce qu'elle dit.

— J'ai fait semblant de faire équipe avec Esteban.

Fait semblant. C'est ce qu'elle dit.

— Cela ne m'a pas été difficile, je connais le rôle. Ma vie entière n'a été qu'une longue pièce de théâtre pendant laquelle j'ai donné la réplique à Esteban…

Elle va ajouter quelque chose, mais se reprend.

— Le soir où Esteban vous a surpris avec le Conservateur dans la bibliothèque, j'ai été avertie par un garde que je paie un peu plus pour… comment dire, pour qu'il soit de mon côté. J'ai compris que je devais faire semblant d'être avec lui, je n'avais pas le choix. C'était la seule façon de découvrir les intentions d'Esteban. J'ai proposé d'aller chercher les gardes et de les amener au mausolée pour qu'il puisse vous parler, seul, avant que vous soyez jeté au cachot. Il a été tellement content que je lui propose mon aide. C'était désormais lui et moi contre le reste du monde… Esteban est un petit malin, mais en ce qui me concerne, je le mène par le bout du nez. Il se laisse toujours avoir, et il en a toujours été ainsi.

Cela, elle le dit avec un accent d'amertume retenue.

— Et comment puis-je savoir que vous n'êtes pas en train de jouer la comédie en ce moment ?

— Je crois que vous le savez, Bjørn…

— Pourquoi m'avez-vous demandé de révéler où étaient les rouleaux de Thingvellir ?

— Parce que je devais faire semblant d'être la méchante Beatriz. La reine de glace d'Esteban.

— Et si je l'avais révélé ?

— Bjørn, je vous connais, je savais que vous ne diriez pas un mot.

— Elle dit vrai, Bjørn, intervient le Conservateur. Je connais Beatriz, vous pouvez lui faire confiance.

— Et même si, tôt ou tard, vous aviez été forcé de révéler où se trouvent les rouleaux, explique Beatriz, ce n'est en fait pas ce qui compte le plus pour *nous.*

— Qu'est-ce qui compte plus ?

— Sauver la momie et les manuscrits originaux.

Ma raison reste en mode d'analyse sceptique. Pourquoi la croirais-je maintenant ? Mais mon corps a depuis longtemps accepté l'explication, mes muscles se décontractent. La griffe d'angoisse, ne pouvant résister à ce regard doux, lâche prise.

Elle me pince délicatement la joue.

— Tiens, fait-elle en tendant un pistolet au Conservateur.

— Tout est arrangé ?

— Qu'est-ce qui est arrangé ?

— Tout est prêt, répond Beatriz. Personne ne soupçonne quoi que ce soit. Je me suis comportée normalement. Je me suis fait les ongles, je suis allée à l'université, j'ai passé des coups de fil à mes amis un peu partout dans le monde, exactement comme d'habitude. Esteban ne se doute de rien. En même temps, j'ai fait les préparatifs pour ce que nous devons faire.

— Que devons-nous faire ?

— J'ai affrété un cargo avec des conteneurs spéciaux à atmosphère régulée et plusieurs tonnes de sucre et de café à destination de l'Italie.

Je lui lance un regard interrogatif.

— Le navire s'appelle *Desidéria*, dit-elle.

J'ai l'esprit un tantinet lourd.

— Pourquoi allons-nous transporter plusieurs tonnes de sucre et de café en Italie ?

Aucun d'eux ne me répond. Ils s'imaginent vraisemblablement que je demande cela en plaisantant.

— Je me suis procuré deux camionnettes identiques et deux semi-remorques, continue Beatriz. J'ai acheté quarante sacs d'ignames et deux fûts de rhum de distillerie artisanale. J'ai soudoyé les douaniers, les gardes et les dockers du port. Un avion de transport attend à l'aéroport. J'ai parlé au professeur Llyleworth de la SIS, qui nous assiste avec un groupe d'*operatives*, d'anciens soldats de commando professionnels, qui sont venus en avion de Londres. Tout est prêt.

— Bon travail ! commente le Conservateur.

— De quoi parlez-vous ?

Ils me lancent tous les deux un regard exaspéré.

— Bjørn, enfin ! fait Beatriz. Vous ne vous souvenez pas de notre conversation ? Nous allons ramener la momie en Égypte et faire en sorte que les chercheurs aient les textes sur papyrus.

— Comment allons-nous y parvenir ?

— Il nous faut voler la momie et le manuscrit sur papyrus. Non, « voler » n'est pas le bon mot. Nous allons la reprendre. En réalité, nous ne faisons que mener à bien la mission que les gardiens auraient dû accomplir il y a cinq cents ans.

— On y va ?

Sur le seuil, le Conservateur s'impatiente.

— Oui, nous n'avons pas beaucoup de temps.

Beatriz m'époussette, puis elle me tend mes béquilles.

2

Nous empruntons un autre chemin dans le sous-sol.

— Esteban a placé un garde en haut de l'escalier, explique Beatriz.

Le sous-sol est un dédale de couloirs étroits et sombres. Nous marchons et marchons encore.

Un lézard file devant nous. À un moment donné, je crains que nous ne nous soyons complètement égarés dans les profondeurs, mais Beatriz tourne à droite et à gauche avec le naturel des gens qui connaissent les lieux.

Je sautille derrière sur mes béquilles, à une cadence régulière.

— Le système de sécurité est si perfectionné qu'il est pratiquement impossible pour un non-initié de voler la momie et les manuscrits, observe Beatriz. Quelqu'un d'étranger pourrait à peine franchir le portail principal. Pas un écureuil du parc ne peut se déplacer sans que les gardiens le sachent, mais le système n'a pas pris en compte une attaque de l'intérieur de la part de quelqu'un comme moi, par exemple.

3

Au bout de la galerie du sous-sol, nous arrivons à un escalier raide, d'à peine cinquante centimètres de largeur, qui nous mène au premier sous-sol.

De là, un couloir nous conduit à un autre escalier débouchant dans le hall devant la bibliothèque.

— D'abord, nous allons chercher les rouleaux de papyrus. À partir de maintenant, nous devons nous méfier des caméras de surveillance, recommande Beatriz. Les gardes surveillent le palais, intérieurement et extérieurement, grâce à quarante-cinq caméras qui transmettent des segments de dix secondes diffusés sur quinze moniteurs.

Je ne suis pas spécialement bon en mathématiques, mais un calcul simple m'indique qu'il y a une pause de vingt secondes pour chaque caméra.

— Nous n'avons pas beaucoup de temps, souligne le Conservateur.

— Deux caméras surveillent la bibliothèque, ajoute Beatriz. L'une est placée dans le coin droit du plafond, l'autre au milieu de la salle. Elles ont toutes deux de grands angles morts. Suivez-moi ! Personne ne bouge sans que je donne le feu vert.

Le coffre-fort

1

Au signal de Beatriz, nous nous coulons à l'intérieur de la bibliothèque. Enfin, à strictement parler, ce sont Beatriz et le Conservateur qui se coulent à l'intérieur de la bibliothèque.

En ce qui me concerne, je cahote derrière sur mes béquilles, me prends les pieds dans un tapis et me cogne l'épaule contre le chambranle, faisant claquer la poignée de la béquille contre les boiseries. Je gémis de douleur. Beatriz se retourne et gesticule en levant les yeux au ciel.

— Pour l'instant, personne ne sait que je vous ai libérés de la cellule, me chapitre-t-elle à voix basse. Si l'on nous découvre, tout se terminera instantanément. Si nous sommes trahis, nous ne pourrons jamais nous en sortir.

— Bien reçu !

Dans l'angle mort sous la caméra du plafond, entre deux vases en porcelaine, nous nous collons contre le mur.

Au moment où la lampe de la caméra s'éteint, nous avançons le long des bibliothèques jusqu'au prochain angle mort. Beatriz doit courir au scanner d'iris et au tableau du code en deux étapes pour pouvoir ouvrir la porte de la Bibliothèque sainte.

Je n'entends ni alarme ni pas de course, mais mon cœur bat si fort qu'il doit s'entendre jusqu'à Key West.

Nous refermons la porte de la Bibliothèque sainte et nous serrons contre le mur juste au-dessous de la caméra de surveillance. Lorsque l'ampoule s'obscurcit, Beatriz et le Conservateur courent devant moi à travers la bibliothèque. Nous empruntons un passage qui mène à une porte de coffre-fort en acier blindé. Par bonheur, il n'y a aucune caméra ici.

Beatriz colle son œil contre le scanner d'iris, attend la lumière verte et tape deux codes à six chiffres, chaque chiffre déclenchant un bip électronique. La fermeture bourdonne.

Lorsqu'elle ouvre la lourde porte en acier du coffre, une lumière diffuse s'allume à l'intérieur.

— Si Esteban a découvert ce que je fabriquais, c'est maintenant que nous allons le savoir.

J'entre en boitant dans le coffre. La pièce est blanche et rappelle un bloc opératoire où tout est stérile et froid. Dans un coin, un conditionneur d'air siffle. Au milieu se trouve une table en acier avec d'épaisses plaques en verre.

Beatriz marche devant moi jusqu'à la table. Je claudique derrière. Les embouts en caoutchouc des béquilles gémissent sur le sol carrelé.

Sous les plaques en verre d'un centimètre d'épaisseur, entre des instruments de précision qui mesurent la température et l'humidité de l'atmosphère, reposent six rouleaux de papyrus. Le papyrus s'est décomposé en fragments en plusieurs endroits.

— Ceci, annonce Beatriz, est le Pentateuque.

Je me penche respectueusement sur la plaque en verre et contemple le papyrus aux caractères brouillés et incompréhensibles.

Le Conservateur tambourine contre le verre.

— Le Vatican préfère que les livres soient gardés ici, loin de tous les fouineurs et serviteurs déloyaux qui, sinon, auraient pu révéler la vérité. Depuis cinq cents ans, le Vatican paie grassement la famille Rodriquez pour qu'elle veille sur ces rouleaux.

2

Pendant que le Conservateur et moi nous divertissions avec Moïse dans l'obscurité de la cellule, Beatriz a préparé les papyrus pour le transport.

Elle les enveloppe dans de la soie qu'elle serre juste ce qu'il faut.

Sous la table en acier aux épaisses plaques en verre, elle a caché une caisse en aluminium capitonnée divisée en six compartiments spécialement adaptés.

Elle transfère délicatement les six rouleaux dans les compartiments en mousse.

La caisse en aluminium est suffisamment légère pour que le Conservateur puisse la porter tout seul.

Nous quittons le coffre-fort, fermons la porte et, hors du regard scrutateur des caméras, empruntons le passage de service. Puis nous prenons un escalier qui mène au sous-sol, où le risque de tomber sur quelqu'un est minime. Beatriz passe la première en éclairant avec une lampe de poche, ensuite vient le Conservateur avec la caisse en aluminium, puis moi, clopin-clopant.

Encore une fois nous traversons un labyrinthe d'étroits boyaux au sous-sol. Je ne sais pas du tout si nous sommes déjà passés par là.

Le réseau de couloirs croisés est sombre et il est impossible de distinguer un couloir de l'autre, mais Beatriz connaît le chemin. Lorsqu'elle ouvre une porte en fer qui grince comme dans un film, nous nous trouvons dans un garage souterrain éclairé par un néon blafard.

— Esteban a fait construire ce garage dans les années soixante-dix, explique Beatriz. Avant nous avions un cellier ici.

Elle ouvre la portière arrière d'une camionnette rouge ornée du logo Coca-Cola sur les côtés. Dans le coffre se trouvent deux robustes caisses en bois, une grande rectangulaire et une petite carrée. Le Conservateur pose la caisse en aluminium contenant les papyrus dans la plus petite en l'enveloppant de plastique à bulles et de laine de bois. Dans la caisse en bois rectangulaire, il y a exactement la place pour mettre le cercueil de la momie.

J'appuie l'une de mes béquilles contre le mur du garage. Si je veux aider à porter, j'ai besoin d'un bras libre.

3

Depuis le garage, nous descendons encore dans un entrelacs de couloirs, cette fois sous l'aile ouest du palais. Lorsque nous prenons à droite et passons une porte en métal bordeaux, je reconnais l'entrée rénovée du mausolée.

Je découvre qu'il est plus facile de marcher avec une seule béquille, au point que je me demande pourquoi j'ai utilisé deux béquilles jusqu'à maintenant. Les médecins en Italie ne m'ont donné aucune indication quant à la durée de leur utilisation. Le médecin norvégien qui a remplacé mon plâtre par des bandes de soutien ne les a même pas mentionnées. Aurais-je pu les jeter depuis longtemps ? C'est moi tout craché.

Nous nous arrêtons devant la porte du sas de sécurité à l'étage sous le mausolée. Ni le couloir ni le sas ne sont sous surveillance des caméras. Beatriz compose le code. Une fois dans le sas, il nous faut attendre que la porte derrière nous soit refermée et verrouillée avant que Beatriz puisse regarder le scanner d'iris et entrer ses codes. La porte s'ouvre, nous montons l'escalier et entrons dans l'arrière-salle du mausolée.

— O.K., dit Beatriz en se tournant vers moi et en inspirant profondément. C'est maintenant qu'il s'agit de ne pas faire de faux pas.

— Que voulez-vous dire ?

— Comme il y a deux caméras dans le mausolée, les gardes ont en permanence une image du cercueil sur leurs moniteurs. C'est pourquoi nous devons couper la transmission.

— Est-ce bien malin ? Couper la transmission est sans doute le moyen le plus sûr de nous trahir. Avec un peu de chance, il se peut que les gardes ne soient pas en train de suivre ce qui se passe sur leurs écrans ?

— Ils suivent, croyez-moi. En coupant la transmission, nous gagnons quelques minutes parce qu'ils vont croire que cela est dû à une erreur technique. L'un d'eux sera obligé de descendre du central de surveillance au premier étage du palais, puis jusqu'ici pour régler les caméras. Ensuite il se rendra compte que la connexion a été coupée manuellement et que le cercueil a disparu. Au bout de quatre minutes et cinquante secondes, il déclenchera l'alarme générale.

— L'alarme générale ?

— Le palais dispose de différents niveaux d'alerte. Les alarmes locales ne se déclenchent que dans des zones délimitées et au central de surveillance. C'est pire avec l'alarme générale qui déclenche toutes les sirènes intérieures et extérieures. Tous les portails et portes se ferment automatiquement, tous les projecteurs, y compris les lampes clignotantes orange et rouges de la clôture, sont allumés. La police est prévenue. En quatre à cinq minutes, les forces de l'ordre encerclent le palais, ferment les axes principaux de sortie de Saint-Domingue et interrompent tout le trafic aérien au départ de l'aéroport.

— En résumé, cela nous laisse trois minutes pour acheminer le cercueil du mausolée à la voiture et une minute trente pour sortir du parc et rejoindre la ville, récapitule le Conservateur. Nous sortons par le portail latéral ouest ?

— Oui, répond Beatriz. C'est Carlos qui est de garde à la porte ouest ce soir.

Elle fait un signe de tête au Conservateur, qui ouvre le capot du tableau d'alarme.

— Les sirènes vont faire un bruit infernal, prévient-il. Prête, Beatriz ?

— Prête.

Elle compose le code. Le Conservateur a le doigt sur l'interrupteur qui coupe la liaison caméra. Beatriz compte à rebours depuis cinq.

— Maintenant !

Le tir

1

L'alarme est stridente.

— Vite ! crie Beatriz.

Elle ouvre la porte et nous pousse devant elle dans le mausolée. Le bruit de la sirène sinue entre les murs, le sol et la haute voûte du plafond.

L'écho se rencontre lui-même dans des courbes cacophoniques. Les flammes vacillantes des bougies confèrent des ombres et des couleurs étranges aux colonnes de marbre blanc.

— *Go ! Go ! Go !*

Nous courons – et boitons – sur les dalles étincelantes du mausolée et grimpons les cinq marches de l'estrade. Comme si nous étions tous traversés par la même pensée, nous nous arrêtons respectueusement devant la momie.

Moïse… le prince héritier Thoutmôsis… le prince indocile…

Dans son linceul en lin, le corps semble si fragile. Les bras croisés reposent sur la poitrine affaissée. Le déplacer semble être un sacrilège, comme de troubler son profond sommeil millénaire…

Beatriz ferme le cercueil. Le Conservateur et elle poussent les verrous.

— Dépêchez-vous ! crie-t-elle à travers le hurlement des sirènes d'alarme.

Nous saisissons les poignées en or, Beatriz et le Conservateur devant, moi derrière, et hissons le cercueil hors du sarcophage.

Je craignais qu'il ne soit lourd, mais il ne pèse presque rien.

2

En tenant le cercueil aussi horizontal que possible, nous descendons de l'estrade et traversons la pièce. L'écho de nos pas se noie dans le vacarme des sirènes. Le Conservateur me tient la porte de l'arrière-salle qui claque derrière nous.

J'ai les oreilles qui sifflent. La sirène hurle à une fréquence qui est réglée précisément pour faire perdre l'audition et la raison.

Nous avons de la peine à garder le cercueil droit dans l'escalier raide.

Le Conservateur et Beatriz le soulèvent au-dessus de leur tête tandis que je marche recroquevillé en tenant le fond à quelques centimètres des marches.

Je traîne ma béquille derrière moi, elle claque contre chaque marche.

Je m'attends constamment à ce que nous tombions sur un garde. Ou pire encore : Hassan et Esteban.

Dans le sas de sécurité, la sirène devient une lointaine irritation dans l'oreille. Beatriz scanne son œil et attend la lumière verte.

Rien.

— Peuvent-ils nous enfermer dans le sas ?

— Bien entendu, répond Beatriz. Tout le système est dirigé depuis le central de surveillance.

— Ça prend toujours un peu de temps, précise le Conservateur.

Un peu de temps…

Puis la lampe s'allume enfin et Beatriz entre le code. Nous entendons le bourdonnement des moteurs électriques qui ouvrent les verrous et nous retrouvons dehors dans le couloir du sous-sol.

Nous marchons d'un bon pas dans le couloir avec le cercueil entre nous. L'un des néons du plafond commence à clignoter. Nos chaussures claquent contre le sol et j'entends mon pouls battre dans mes oreilles.

Alors que le Conservateur pose la main sur la poignée et ouvre la porte du garage, je me représente un escadron prêt à tirer.

Mais le garage est vide et sent vaguement le diesel et l'huile. Sous le plafond sonne une cloche d'alarme à l'ancienne, comme celles qui annonçaient la récréation quand j'étais écolier.

3

Hassan nous attend sur un strapontin à l'arrière de la camionnette.

Son visage est inexpressif. Il a une tête de directeur de banque d'une filiale de petite ville étrangère loin des voies de communication.

Un de ces directeurs qui, très formaliste et se référant à des directives concernant un formulaire signé par les autorités financières des deux pays, vous refusent un transfert d'argent dont vous avez désespérément besoin.

Même dans la pénombre du véhicule, son crâne lisse brille. Sa moustache est fournie et fraîchement taillée.

Il porte une chemise blanche, une cravate bleue et un costume qui sort de la blanchisserie.

Le Conservateur, Beatriz et moi restons immobiles. Aucun de nous ne parle. Nous regardons fixement Hassan en attendant ce qui viendra forcément. Je serre la main fort autour de la poignée en or du cercueil.

Il n'est pas armé. Il est si gigantesque qu'il n'a pas besoin de penser à des bagatelles comme des armes à feu. Il a l'habitude d'obtenir ce qu'il veut.

Quelque chose dans son envergure lui donne une allure parfaitement invincible et invulnérable.

Il ne l'est pas.

4

D'abord, je ne comprends pas d'où vient le tir. La détonation est forte et aiguë et est suivie d'un écho tranchant renvoyé par les murs en béton. Beatriz et moi sursautons.

Le visage de Hassan prend une expression stupéfaite, torturée. Sur sa chemise blanche et son costume gris bleu, une rose rouge devient de plus en plus grande. Il fait des gargouillis, de la mousse rose apparaît à la commissure de ses lèvres. Dans un bruit sourd, il tombe sur le plancher à l'arrière de la camionnette. Le strapontin se referme en claquant.

Le Conservateur sort la main de sa poche. Il tient le pistolet que Beatriz lui a donné. De la fumée s'échappe d'un trou noir brûlé dans sa veste.

— Il le fallait, dit-il.

Nous posons le cercueil sur le sol du garage et essayons de sortir Hassan de la camionnette, mais il est trop lourd. Nous avons beau être trois, il ne bouge pas d'un millimètre.

— Nous n'avons pas le temps de nous occuper de ça ! déclare Beatriz.

Nous le laissons donc là.

— Je n'avais pas le choix, fait le Conservateur, avant d'ajouter d'un ton plus insistant : n'est-ce pas ? Je n'avais pas le choix.

Beatriz et moi lui répondons en chœur qu'il n'avait pas le choix. Nous hissons le cercueil dans la camionnette et l'enfonçons dans la caisse en bois avant de l'envelopper dans de la laine de bois et du plastique à bulles.

Je regarde partout ailleurs que vers Hassan, mais il est si grand qu'il est difficile à éviter.

— Pas le choix… murmure le Conservateur.

La fuite

1

Beatriz sort du coffre, contourne le véhicule au pas de course et s'installe au volant. Le Conservateur et moi devons passer sur Hassan pour prendre place sur les deux strapontins derrière elle. J'ai du sang sur le genou.

Avec une télécommande, Beatriz ouvre la porte du garage et accélère entre les rangées de voitures garées et de colonnes en béton grossièrement moulées.

Une grille d'égout mal fixée pousse une plainte bruyante à notre passage. Ce n'est que maintenant que je me souviens que j'ai oublié l'une des béquilles.

Les pneus crissent sur le sol du garage quand Beatriz tourne. Elle doit freiner légèrement avant de prendre la sortie en côte abrupte, crénelée. Nous arrivons dans une arrière-cour ouverte et remontons l'allée de gravier qui traverse le parc.

— Trente secondes de retard sur ce qui était prévu, annonce le Conservateur.

Beatriz accélère. Graviers et cailloux claquent contre le châssis.

— Bizarre, observe Beatriz.

— Quoi ? demande le Conservateur.

— Si Hassan avait compris ce que nous avions prévu de faire, Esteban devait le savoir. Où est-il ? Pourquoi ne nous arrête-t-il pas ?

Cette zone du parc n'est pas éclairée par des projecteurs. Des myriades d'insectes scintillent dans la lumière des phares. Beatriz roule comme un chauffard.

De l'autre côté des vitres, les troncs d'arbres sombres forment un mur noir.

Un petit animal, un lapin ou un écureuil, s'est égaré sur le chemin et se fige dans l'étreinte mortelle des phares. Une seconde avant que nous le réduisions à néant, il se rue dans le sous-bois.

Beatriz serre le volant si fort que ses articulations blanchissent.

Entre les arbres, nous apercevons les lampadaires qui entourent le parking du poste de garde de la porte ouest. Le Conservateur et moi tirons les rideaux qui nous séparent de l'avant du véhicule.

Beatriz ralentit et baisse sa vitre. Le garde lui demande quelque chose en riant. J'identifie le mot Coca-Cola. Beatriz répond.

Le garde rit. Ils parlent en espagnol, donc je ne comprends pas ce qu'ils disent. Le double portail grince pendant l'ouverture motorisée. Beatriz ajoute quelque chose en riant. « *Sí ! Sí ! Sí !* » répond le garde, hilare. « *Bueno, Carlos,* dit Beatriz. *Buenas noches.* »

Au même instant l'alarme générale se déclenche.

Et son nom est fort bien choisi : le tapage pourrait facilement laisser penser que la troisième guerre mondiale vient d'éclater.

Une sirène qui ressemble à un croisement entre une sirène d'alerte aérienne et l'avertisseur d'un pétrolier résonne à un volume qui doit réveiller tous les habitants de la République dominicaine, de Haïti, de Porto Rico, de la Jamaïque et du sud-est de Cuba.

Par les vitres arrière, je vois, tel un complexe hôtelier à Dubaï, le palais Miércoles et le parc sous le feu des projecteurs.

Les portes s'arrêtent dans un à-coup. Puis commencent automatiquement à se refermer.

Beatriz appuie sur l'accélérateur. La camionnette bondit en avant et se retrouve coincée entre les deux portes, qui frottent contre la carrosserie.

Le garde tape frénétiquement sur la porte arrière. « Stop ! *¿Que pasa ?* Stop ! »

Dans un hurlement déchirant de métal, le portail lâche prise. Nous sommes dehors.

2

L'allée ouest, qui part en courbe légère de l'avenue pour rejoindre le poste de garde, est ceinte de murs bas et de mimosas qui grimpent à mi-hauteur de la clôture en fer forgé. À folle allure, nous rejoignons la route principale. Beatriz ne regarde pas et s'engage comme une flèche dans l'avenue. Une Mercedes gris anthracite pile, dérape et se retrouve en travers de la route. Le chauffeur klaxonne avec fureur. Beatriz pousse le véhicule Coca-Cola à cent vingt kilomètres-heure.

— Les gens doivent penser que nous allons faire une livraison chez des gens qui ont très soif, remarque le Conservateur.

Par bonheur, il n'y a quasiment pas de circulation à cette heure-ci. Le terre-plein central de l'avenue est planté d'arbres majestueux. Le long de la clôture entourant le parc du palais Miércoles, des centaines de lampes d'alarme rouges et orange clignotent.

Nous brûlons de la gomme en prenant à droite au carrefour suivant. Une camionnette rouge identique, avec le logo Coca-Cola, nous attend. Derrière elle se trouvent un semi-remorque, une Lexus, un Ford Transit et deux Hummer.

Beatriz pile. L'autre véhicule Coca-Cola se précipite sur l'avenue et poursuit la trajectoire que nous venons d'abandonner. Le regard concentré, Beatriz roule sur la rampe pentue en aluminium et monte dans le semi-remorque. Le portail du palais Miércoles a détruit les logos Coca-Cola.

Pendant que la camionnette est enfermée dans le poids lourd, Beatriz, le Conservateur et moi courons vers la Lexus. Le semi-remorque se met en route avec une saccade assortie d'un gros nuage de diesel. Nous, le semi-remorque, la Lexus, le Transit et les deux Hummer avec les commandos de la SIS, faisons le tour du pâté de maison avant de regagner la route principale.

Deux cents mètres plus tard, nous sommes rattrapés par la police et nos poursuivants du palais Miércoles. Telle une légion romaine, ils arrivent en grondant sur l'avenue : une Ford Excursion noire, deux Land Rover et huit voitures de police avec sirènes et gyrophares.

Nous les laissons passer.

Au même moment, Beatriz reçoit un coup de téléphone. Elle écoute. Après avoir raccroché, elle nous annonce :

— L'avion que j'ai affrété est encerclé par la police.

— Oh, merde !

— Au contraire, me rassure Beatriz. Ils font exactement ce que j'avais prévu.

Tandis que les troupes d'Esteban continuent de poursuivre l'autre camionnette Coca-Cola, et que les forces de police corrompues encerclent l'avion à l'aéroport, notre petite colonne prend à gauche. À un rond-point, nous faisons demi-tour et mettons le cap sur le port.

3

Dix minutes plus tard, nous entrons dans la zone portuaire, qui se trouve sur une avancée à l'embouchure d'un fleuve.

Le chauffeur de la Lexus reçoit un appel sur son talkie-walkie. C'est le chauffeur de la camionnette Coca-Cola qui lui raconte que la police et les gardes de sécurité du palais Miércoles sont sur le point de le rattraper.

Ils sont à des dizaines de kilomètres dans la campagne.

— Dans cette camionnette, ils ne trouveront rien d'autre que quatorze sacs d'ignames et deux tonneaux de rhum artisanal, explique Beatriz. Et cinquante palettes de canettes de Coca-Cola.

Nous longeons des hangars, des entrepôts, des baraques, des citernes de pétrole, des grues, une zone de conteneurs et des monceaux de ce qui ressemble à des cannes à sucre, du paillis et du sable fin pour l'exportation.

— Regardez, commente Beatriz, nous sommes arrivés.

Desidéria

1

Devant nous, avec tellement d'amarres tendues qu'on pourrait facilement le croire retenu au port contre son gré, se trouve le *Desidéria*.

C'est un navire fuselé dont la superstructure est éclairée. Sur le premier pont, je vois les visages des officiers qui rayonnent faiblement à la lueur des lanternes.

Le semi-remorque s'arrête tout près du navire, parallèle au bord du port. La Lexus et le Transit se garent à côté. Les Hummer continuent jusqu'à la zone sombre la plus proche, près de l'entrepôt.

Nous sortons de la voiture. Derrière nous, la ville est pleine de sirènes. Le port sent le pétrole, l'eau de mer et les épices étrangères. Un pélican, qui a l'air d'avoir avalé un veau, se dandine pesamment sur un embarcadère.

Beatriz sort la camionnette en marche arrière du semi-remorque et roule jusqu'à la passerelle. Les dockers sont déjà en train de charger des marchandises.

Beatriz veut que nous portions nous-mêmes les caisses du cercueil et des manuscrits à bord du navire et que nous les descendions dans le conteneur à air conditionné de la cale.

Le Conservateur ouvre la porte arrière de la camionnette. Subitement, il se tourne. Je suis son regard.

2

Trois voitures noires, phares éteints, arrivent sur le quai et s'arrêtent à quelques mètres de nous.

Les portières s'ouvrent et huit hommes descendent. J'en reconnais deux du palais Miércoles, j'en ai vu un autre en Islande. Ils sont tous armés.

En dernier vient Esteban Rodriquez.

— Tu me surprends, Beatriz, dit-il.

Le visage empreint d'une grande lassitude, il s'appuie contre la porte ouverte.

Debout entre le Conservateur et moi, Beatriz regarde fixement son frère.

— Tu m'impressionnes, poursuit Esteban.

— Allez, épargne-moi ton discours ! siffle-t-elle.

— Je n'aurais jamais cru que tu pourrais être aussi organisée et prévoyante. L'avion affrété. Le navire. Les deux camionnettes. Les manœuvres de détournement. La façon dont tu m'as berné avec ton charme faux et tes mensonges. Impressionnant ! Vraiment impressionnant !

— Je t'ai toujours berné, Esteban. Toujours.

Il lâche la porte. Pas à pas, il approche. Son sourire est forcé.

— Il y a toujours eu quelque chose de spécial entre toi et moi, Beatriz.

— Uniquement dans ton imagination détraquée.

— Beatriz, enfin !

Il tend la main, elle fait un pas en arrière.

— Allez, viens, sœurette. Reviens avec moi au palais. Et puis je serai disposé à oublier tout cela. Tu sais que quoi qu'il advienne je vais reprendre le cercueil et les écrits. Et tu sais que je n'ai pas le choix en ce qui concerne ces deux-là…

Il fait un bref signe de tête vers le Conservateur et moi.

— … mais toi et moi, nous pouvons rentrer à la maison et mettre tout cela derrière nous.

La bouche de Beatriz se dessine dans un trait pincé.

— Je ne suis pas déraisonnable, poursuit Esteban. Je comprends. Tu es une femme, tu te laisses guider par tes sentiments et un idéalisme naïf. Tout cela, je te le pardonne, Beatriz. Reviens avec moi au palais.

— Depuis notre enfance, tu as toujours cru que je t'admirais, que je t'aimais. La vérité, Esteban, c'est que je t'ai toujours eu en horreur.

— Beatriz…

— Tu sais bien pourquoi. Tu as le cerveau malade, tu as toujours eu le cerveau malade. C'est juste que tu ne le sais pas toi-même.

Les larmes roulent par à-coups sur sa joue.

— Reviens avec moi à la maison, chère Beatriz. Au palais.

— Jamais !

— Ta place est au palais. Chez moi.

Son visage et son regard reflètent les sentiments qui sévissent en lui. Son ton se durcit :

— Si tu ne viens pas de ton plein gré, tu vas me forcer à te punir, Beatriz. Tu crois que je ne savais pas à quel manège tu te livrais ? Tu crois vraiment que je te laisserais partir sur ce bateau ? Je ne suis pas un imbécile, je suis attentif à ce qui se passe. Derrière moi, tu vois huit hommes armés. Ils ont tous une expérience de la guerre. Dans les deux Hummer là-bas, tu as six gardes du corps de la SIS. Je suppose qu'ils sont armés de MP5. De votre côté, vous avez peut-être un pistolet chacun ? Enfin, enfin ! Vous n'avez aucune chance. En quelques secondes, tes amis seront neutralisés. Mais personne ne va lever le doigt sur toi, Beatriz, tu le sais. Je ne te ferais jamais de mal.

Sur le débarcadère, le pélican se tourne vers nous. Puis il déglutit et repart en se dandinant.

— Je me doutais que tu verrais clair dans mon jeu, répond Beatriz.

— Tu me connais si bien, ma petite colombe.

— C'est pourquoi j'ai aussi prévu d'autres plans.

Esteban incline la tête.

— Des plans que tu ne pouvais pas surveiller. Que tu ne pourrais jamais découvrir.

Une étincelle de surprise traverse son visage. Le pélican s'interroge sur l'opportunité de prendre son envol.

Comme sur un signal invisible, ils apparaissent. Des soldats en tenue de commando. Dix ou quinze d'entre eux se cachaient sur le navire, dix autres sur les conteneurs et quatre ou cinq sur le toit du hangar le plus proche. Dans leur arsenal, je reconnais toutes sortes d'armes, des pistolets-mitrailleurs aux mitraillettes en passant par les fusils d'assaut.

Esteban rit de stupéfaction.

— Ça alors, Beatriz, ça alors !

Le pélican déplie des mètres d'ailes et se jette du débarcadère. Il arrive sur l'eau dans un plat.

Esteban observe sa sœur avec une expression insondable.

D'un geste lent, il porte le bout des doigts à ses lèvres et souffle un baiser à Beatriz.

3

Tout se déroule très vite.

Esteban saisit quelque chose dans sa poche intérieure.

Comme par réflexe, ses gorilles lèvent leurs pistolets-mitrailleurs, mais les soldats de commando sont plus rapides.

Les coups de feu crépitent. Dix ou vingt fortes détonations dans la nuit.

Esteban vacille un moment avant de tomber. Parcouru de quelques spasmes avant de s'immobiliser, il se recroqueville en position fœtale dans une mare de sang.

Beatriz inspire par grands à-coups. Les huit gardes d'Esteban sont morts. Aucun d'eux n'a eu le temps de faire partir une balle.

— Je ne suis pas une imbécile non plus, Esteban, observe Beatriz.

— Beatriz… dis-je dans un murmure.

— Chut. Pas maintenant.

L'un des soldats de commando en uniforme se poste devant elle.

— Désolé, dit-il brièvement. Nous suivons le plan ?

— Oui, faites comme prévu.

— Prévu ?

— Allons-y.

— Mais…

Beatriz me prend les mains.

— Vous n'avez pas besoin d'en savoir plus, Bjørn.

— J'ai toujours voulu savoir, cela a toujours été mon problème.

Avec un petit rire, elle acquiesce pour elle-même.

— Que se passe-t-il maintenant, Beatriz ?

— Nous partons.

— Et… *ceci* ?

— Les cadavres, à l'exception d'Esteban, vont être enterrés dans un cimetière désert à cent kilomètres au nord de la ville. *Ceci* ne s'est jamais produit.

— Et Esteban ?

— La famille a son propre mausolée, vous comprenez. Au palais Miércoles.

— Mais la police…

— J'ai arrangé les choses avec la police.

— Comment…

— Le palais Miércoles a été attaqué ce soir. Par des cambrioleurs, des terroristes… je ne sais pas. Mon brave frère a essayé de les arrêter. Quant à moi, je leur ai échappé à la dernière minute.

Elle jette un dernier coup d'œil sur le corps de son frère.

— Adieu, Esteban, dit-elle froidement.

4

Tandis que les cadavres sont entassés à l'arrière des Hummer, nous montons les caisses de la momie et des manuscrits à bord du navire.

Sans se laisser décourager par leur nombre, les dockers s'attaquent aux valises et sacs de Beatriz qui attendent dans le Ford Transit.

Tout se déroule avec rapidité et efficacité.

On m'empoigne le bras et m'aide à monter la passerelle.

L'équipage largue les amarres. Le *Desidéria* tourne sa proue vers l'océan.

5

Une demi-heure plus tard, je sors et appuie mes coudes sur le bastingage tandis que le *Desidéria* se dirige vers le sud-est. Le moteur gronde à un rythme régulier et fait vibrer la coque.

Pour la dernière fois, je regarde Saint-Domingue, la myriade de fenêtres éclairées, de publicités clignotantes, la file de voitures et leur traîne rouge.

Je lance la dernière béquille par-dessus bord. Telle une flèche qui virevolte, elle disparaît dans les profondeurs.

Une porte s'ouvre et se referme en claquant. Il s'ensuit un instant de silence.

— C'est ici que vous êtes, murmure Beatriz si bas que je l'entends à peine.

Elle tire son chemisier sur ses bras nus avant de s'appuyer contre mon épaule. Elle semble pleurer. Je glisse ma main autour de sa taille. Le navire tangue dans les vagues. Les embruns humectent mon visage. L'air marin est salé. Après des jours dans la fétidité de la cellule, l'océan apporte un parfum d'espoir.

Nous restons ainsi, serrés, sans parler, à regarder la ville s'éloigner de plus en plus et les lumières être éteintes par la nuit et la mer.

Épilogue

J'ai quitté la vie, aucun défaut ne m'a été trouvé lorsque je me suis présenté devant Osiris et ses juges. Je me tiens devant toi, toi seigneur des dieux. J'ai rejoint les morts, le pays des justes. J'arrive dans le pays de ceux qui reposent à l'horizon, j'approche de la porte sainte.

Le livre des morts

Les temps viendront où les GARDIENS
ramèneront LE SAINT à son lieu
de repos, sous le soleil sacré, dans l'air sacré,
dans la falaise sacrée.

Asim

The New York Times

LONDRES (Reuters) – La momie qui serait celle du Moïse biblique et le manuscrit sur papyrus original qui contiendrait un sixième livre du Pentateuque ont été remis aujourd'hui aux autorités égyptiennes.

Le groupe international de recherche chargé d'examiner la momie et le texte ancien commencera son travail lundi prochain.

À l'origine de cette découverte, il y aurait la mise au jour de plusieurs cryptes anciennes en Norvège et en Islande, mais le lien entre les découvertes archéologiques égyptiennes et nordiques reste encore indéterminé.

Un porte-parole du Vatican, le cardinal T. K. Bertone, déclare n'avoir connaissance de la découverte de la momie et du manuscrit que par presse interposée et tient pour un fait acquis que les « affirmations hérétiques » ne tarderont pas à être démenties. D'après le Vatican, le Pentateuque, tel qu'il se présente dans la Bible, est « donné par Dieu ».

Vatican, An 2007

Qu'entendez-vous par le fait que le Vatican possède une copie de ce… de ce *manuscrit*… cardinal-évêque ? La colère du pape incita le cardinal-évêque à tripoter nerveusement la grande croix qu'il portait au bout d'une chaîne en or autour de son cou.

— Saint-Père, nos prédécesseurs ont confisqué la copie copte du grand prêtre Asim dès le onzième siècle. Donc, quand la momie et le texte original sont apparus à Saint-Domingue cinq cents ans plus tard, le pape Jules II et le cardinal-évêque Castagna ont pensé que c'était aussi bien que tout reste là-bas.

Le cardinal-évêque tendit au pape le document jauni du rapport de la réunion entre Jules II et Castagna.

— Mais… pourquoi ? demanda le pape.

— Ils ne voulaient sans doute pas créer d'incertitude, Votre Sainteté.

Le pape dévisagea le cardinal-évêque avec une stupéfaction mêlée de colère.

— Et ceci a donc été gardé secret…

— Bien entendu, Saint-Père !

— … y compris vis-à-vis de tous les papes qui ont suivi Jules II ?

— Il est certaines informations, Votre Sainteté, qu'il vaut mieux que vos humbles serviteurs traitent pour vous sans vous en encombrer.

Corriere della Sera

WASHINGTON, D. C. (Reuters) – La plus grande collection privée de livres, documents, lettres et cartes du monde a été donnée à la *Library of Congress*.

La collection du palais Miércoles de Saint-Domingue, constituée de plusieurs millions de titres, a été remise à la bibliothèque suite au meurtre non élucidé d'Esteban Rodriquez et à la découverte de ce qu'on appelle la momie de Moïse et des manuscrits originaux du Pentateuque.

D'après Tommy Manning, conservateur en chef de la bibliothèque du Congrès, ce don est d'une valeur historico-culturelle inestimable.

El País

LE CAIRE, Égypte (AP) – Des chefs d'État de plus de cinquante pays seront présents lorsque ce que l'on appelle la momie de Moïse sera conduite dans son hypogée d'origine aux abords de la ville antique égyptienne de Louxor. Le président égyptien est l'hôte de la cérémonie.

La momie, âgée de plus de trois mille ans, y restera jusqu'à ce qu'il soit décidé si la crypte sera ouverte au public ou s'il faut construire un sanctuaire spécialement dédié à ce corps à Louxor, au Caire ou à Jérusalem.

Ni les autorités égyptiennes ni les dirigeants religieux n'ont décidé si la momie devrait à l'avenir reposer sur un lit de parade.

Aucun représentant du Vatican ou des organisations juives ne participera aux funérailles de demain. Les grands imams islamiques boycotteront également la cérémonie.

D'après un porte-parole du Vatican, le pape ne reconnaît pas la momie comme le Moïse de l'Ancien Testament.

Dans une bulle papale, il est aussi indiqué que les nouveaux manuscrits bibliques sont « des falsifications centenaires créées par des hérétiques pour répandre le doute et l'incroyance ».

D'après son porte-parole, le Vatican a la certitude que l'équipe de chercheurs va rapidement lever le voile sur ce qui est qualifié d'« escroquerie malfaisante et hérétique ».

Égypte, an 2007

Les projecteurs balayaient le ciel dégagé de leurs rayons investigateurs le soir où la momie fut transportée dans son hypogée original.

La cérémonie fut retransmise en direct par les télévisions du monde entier.

Une affiche impressionnante d'artistes assurait le divertissement sur la scène provisoire construite au pied du temple d'Amon-Rê.

Sur certaines images de la tribune, les spectateurs purent apercevoir un homme pâle aux cheveux blancs et aux lunettes à verres épais.

Il était assis entre une femme un peu plus âgée avec une cascade de boucles folles et un vieil homme maigre comme un clou au nez crochu.

Bjørn, Beatriz et le Conservateur étaient invités d'honneur.

Ils avaient pris quelques congés de l'institut Schimmer, où ils assistaient le groupe de chercheurs travaillant à la restauration et à la traduction des textes sur papyrus ancestraux.

Plus tôt dans la journée, à l'hôtel à Louxor, Bjørn avait envoyé un e-mail à Thrainn, Terje, Øyvind, Laura et aux autres qui l'avaient aidé. *Chers amis*, avait-il écrit, *cela paraîtra peut-être pompeux, mais ce soir va enfin être respectée la promesse que les gardiens ont faite il y a mille ans. Nous sommes les derniers gardiens. Le travail est fait.*

***

La cérémonie s'acheva autour de minuit par un feu d'artifice. Des milliers de fusées sifflèrent vers le ciel pour exploser dans d'éblouissants feux de couleurs papillotantes et des pluies scintillantes d'argent.

De son nid au sommet des falaises au-dessus du temple, une colombe blanche s'envola dans le silence obscur du désert, mais cela personne ne le vit.

Extrait du sixième livre du Pentateuque

Et lorsque Moïse eut conduit les enfants d'Israël hors d'Égypte et leur eut montré le chemin de Canaan, comme l'Éternel le lui avait ordonné, il retourna auprès de Pharaon.

Au palais, ils l'attendaient, Pharaon, les magiciens, les grands prêtres et la cour.

Et Moïse tomba à genoux et dit : « L'Éternel m'a ordonné de conduire le peuple d'Israël hors d'Égypte, groupe par groupe ! C'est fait. »

Pharaon répondit : « Mais moi, ton père, tu m'as trahi ! »

Et alors Moïse dit : « Ce que le Dieu d'Israël m'a prié de faire, je l'ai fait. »

Le roi d'Égypte se mit alors en colère et dit : « Tu m'as trahi, ainsi que ton peuple et ton royaume, et le jugement est la mort ! »

Et Moïse dit : « Ainsi sont les paroles du roi. »

Comme Moïse était d'extraction royale, on le laissa choisir la manière dont il voulait mourir, et Moïse choisit un mélange de poison, de miel et de vin.

On l'éloigna de Pharaon et l'emmena dans l'une des

chambres du palais, où on lui donna une coupe remplie de poison, de miel et de vin.

Et voyez, une colombe passa en projetant son ombre dans la pièce.

Au même instant, Moïse vida la coupe de poison. Et pendant qu'il attendait que le poison paralyse son cœur, il dit :

« Le temple le plus saint, c'est dans ton cœur que tu le trouves. Quand tu pries le Seigneur ton Dieu, Il fait un avec toi. Il est toujours avec toi et chez toi, et tu dois Le trouver en toi, car l'Éternel et toi êtes un, tout comme Il est un avec tout ce qu'il a créé et avec le vrai Dieu de Barbelo. Tu ne dois pas chercher le paradis, car tu l'as déjà trouvé et il est en toi. »

Puis il tomba.

Ainsi mourut Moïse, le serviteur de Dieu, dans le palais de Pharaon. Et en secret, ils l'ensevelirent dans une crypte au bord du fleuve. Et dans cette crypte cachée, Moïse reposera pour l'éternité, car à ce jour nul ne sait où est le sépulcre.

Dieu n'a pas de religion.

MAHATMA GANDHI